डान क्विग्जोट

डान क्विग्जोट

स्पानी उपन्यास

सरवान्तीस

हिंदी अनुवाद

छविनाथ पाण्डेय

साहित्य अकादेमी

Don Quixote : Hindi translation by Chhavinath Pandeya of Cervantes's Spanish novel *Don Quixote*, Sahitya Akademi, New Delhi, 2024, ₹550/-

सरवान्तीस (1547-1616) : लेखक
छविनाथ पाण्डेय (1890-1986) : अनुवादक

विधा : उपन्यास

साहित्य अकादेमी द्वारा प्रकाशित

प्रथम संस्करण : 1964
पुनर्मुद्रण : 1997, 2005, 2007, 2011
2014 एवं 2024

मूल्य : पाँच सौ पचास रुपये

Cervantes (1547-1616): Author
Chhavinath Pandeya (1890-1986): Translator

Genre: Novel

Published by Sahitya Akademi

First Published: 1964
Reprinted: 1997, 2005, 2007, 2011,
2014 & 2024

Price: Rs.550/-

ISBN 978-81-260-2146-8

साहित्य अकादेमी

प्रधान कार्यालय : रवीन्द्र भवन, 35, फ़ीरोज़शाह मार्ग, नई दिल्ली 110 001
secretary@sahitya-akademi.gov.in | 011-23386626/27/28
विक्रय अनुभाग :'स्वाति', मंदिर मार्ग, नई दिल्ली 110 001
sales@sahitya-akademi.gov.in | 011-23745297, 23364204
कोलकाता : 4, देवेंद्रलाल ख़ान रोड, कोलकाता 700 025
rs.rok@sahitya-akademi.gov.in | 033-24191683/ 24191706
चेन्नई : मेन बिल्डिंग, गुना बिल्डिंग्स (द्वितीय तल), 443(304), अन्नासालइ, तेनामपेट, चेन्नई 600 018
chennaioffice@sahitya-akademi.gov.in | 044-24311741
मुंबई : 172, मुंबई मराठी ग्रंथ संग्रहालय मार्ग, दादर, मुंबई 400 014
rs.rom@sahitya-akademi.gov.in | 022-24135744/24131948
बेंगळूरु : सेंट्रल कॉलेज परिसर, डॉ. बी. आर. आंबेडकर वीथी, बेंगळूरु 560 001
rs.rob@sahitya-akademi.gov.in | 080-22245152, 22130870

मुद्रक : सीता फाईन आर्ट प्रा. लि., दिल्ली।

वेबसाइट : https://www.sahitya-akademi.gov.in

भूमिका

मुरझाए चेहरे और लालटेन-से जबड़े वाला डान क्विगजोट एक लस्टम-पस्टम और सींकिया व्यक्ति था, जो अपना जंग-खाया कवच धारे अपने मरियल घोड़े रोजिनांटे पर चढ़ा डोलता था। हमारे जीवन में वह आज भी अपने पेटू अनुचर सैंकोपांका के साथ अपना भाला ताने घोड़े पर सवार दौड़ रहा है।

'डान क्विग्जोट' में हमें अपने जीवन की सातों अवस्थाओं के लिए सन्देश प्राप्त होता है: स्कूल के दिनों में श्रोवाटाइड के कुत्ते की भाँति कंबल में लोट-पोट होते सैंकों का दृश्य देखकर हँसी के मारे हमारे पेट में बल पड़ जाते हैं, कॉलेज के नए विद्यार्थी के रूप में हम प्रेमाहत कार्डेनिक और हरित-नयना लुसिंडा के आख्यान की ओर आकर्षित होते हैं, और जब हम अपनी प्रेमिका की भृकुटियों पर विषाद-भरे गीत रचने लगते हैं तो हमारा ध्यान चतुर डोरोथिया की ओर जाने लगता है। युद्धकाल में, जब हम रणभेरी के आह्वान पर गाँव-गाँव से जवानों को चल पड़ते देखते हैं तो क्या हमें उस छोकरे की याद नहीं आ जाती जो डान क्विग्जोट और सैंको को रास्ते में जाता अकेला मिला था, जो कंधे पर रखी तलवार के सहारे पोटली लटकाए गाता चल रहा था:

समरभूमि में जाता हूँ मैं क्योंकि नहीं है पैसा
पैसा पास अगर होता तो क्या मैं करता ऐसा

और भला कौन है जो अपने विश्वविद्यालय के जीवन में सालामांका विश्वविद्यालय के उस विद्यार्थी सैम्सन कैरास्को की पग-पग पर याद न करता हो, जो डीलडौल में चाहे अनोखा न हो, पर जो बहुत बड़ा मसखरा था। और जब हम अधेड़ावस्था में पहुँचते हैं और अँधेरे में भटकने की दाँतें द्वारा निर्धारित आधी अवधि पार कर चुकते हैं, तो इस अमर रचना का द्वितीय खंड हमें उस सर्वव्यापी दृष्टि की झलक प्रदान करता है जो हमें शेक्सपियर और मौंटेन में मिलती है।

हमें यह बराबर बताया जाता है कि यह पुस्तक प्राचीन प्रेमाख्यानों पर व्यंग्य है, और निस्संदेह आंशिक रूप से यह बात सच है, क्योंकि सरवांतीस ने ह्रासोन्मुखी अमर्यादित मध्ययुगीन वीर-विलासिताओं पर व्यंग्य जरूर किया है, पर वे गौल के अमादिस और चार्ल्स पंचम, संत टैरेसा आदि सोलहवीं शताब्दी के प्रखर व्यक्तियों के समान भाव से प्रशंसक भी थे। यह कहना उचित होगा कि सरवांतीस ने अपना सारा जीवन वीर-विलास की भावना में ही बिताया था, और यदि *डान क्विग्जोट* सारे प्रेमाख्यानों को उखाड़ने में सफल हो सका तो इसका कारण यही है कि वह स्वयं भी एक प्रेमाख्यान है। यही नहीं, वह अन्य सभी प्रेमाख्यानों से बढ़कर है, क्योंकि वह यथार्थ जगत् की भूमि पर टिका है।

डान क्विग्जोट के लेखक के रूप में विख्यात होने के बहुत पहले से ही सरवांतीस महान व्यक्तित्व के धनी और वीर थे। जीवन का चित्रण करने के पहले उन्होंने अपने जीवन के सबसे मूल्यवान वर्ष जीवन से शिक्षा लेने में बिताये थे। उन्होंने अपने जीवन में उन्हीं विषम परिस्थितियों के साथ प्रवेश किया था जो शेक्सपियर, डिकेंस और बर्नार्ड शॉ के साथ लगी थीं, क्योंकि उनके माता-पिता निर्धन थे। अपने प्रारंभिक जीवन की रकता से सरवांतीस ने अपने परिजनों के प्रति उदारता और विनम्रता सीखी और पारिवारिक सहयोग का मूल्य पहचानना सीखा। जो हो, निर्धनता का करुण प्रसंग उनकी समस्त रचनाओं में लगातार व्याप्त मिलता है।

सरवांतीस को इस बात पर गर्व था कि उन्होंने सन् 1571 में लेपांटो के उस युद्ध में भाग लिया था जिसमें आस्ट्रिया के डान जान के भूमध्यसागर में तुर्की की शक्ति का समूल नाश कर दिया था। विजय की उस संध्या में वे बड़ी वीरता से लड़े थे और घायल हो गए थे, उनका बायाँ हाथ चकनाचूर हो गया था और उनकी छाती में गोलियों से दो घाव हो गए थे।

दुर्भाग्य कदम-कदम पर उनका पीछा करता रहा। जब वे पदोन्नति पाने के लिए स्पेन लौट रहे थे तो उनके बजरे पर अचानक आक्रमण हुआ और उन्हें बंदी बनाकर एल्जियर्स ले जाया गया।

पाँच वर्ष के अपने बंदी-जीवन में सरवांतीस ने कारागर से भाग जाने का चार बार प्रयत्न किया और हर बार उनको और उनके साथियों को शत्रु-सैनिकों ने घेरकर पकड़ लिया। लेकिन पकड़े जाने पर हर बार उन्होंने पलायन का सारा अपराध अकेले अपने सिर ले लिया।

उनका शौर्य और त्याग इतना विलक्षण था कि जब सन् 1580 में उन्हें ट्रिनटरियन पादरियों ने उत्कोच देकर छुड़वा लिया तो उनके बंदी साथियों ने उनके वीरत्वपूर्ण आचरण और व्यवहार का गुणगान करते हुए एक दस्तावेज़ पर हस्ताक्षर किए थे। यह दस्तावेज़ आज भी उपलब्ध है।

स्पेन लौटने पर लेपांटो के इस टोंटे नायक सरवांतीस का जीवन अभावों और निराशाओं की कहानी बन गया। यद्यपि सन् 1584 में उन्होंने कैटेलीना नामक एक उन्नीस वर्षीय बाला से विवाह कर लिया था, पर वे अपनी पत्नी के लिए एक मामूली-सी गृहस्थी जोड़ने में भी असमर्थ रहे और विवश होकर शासन के लिए रसद जुटाने के काम पर अंडालुसिया और ला मांचा में घूमते रहे। सन् 1587 से लेकर अगले पंद्रह वर्षों तक सैविले उनका अड्डा बना रहा जहाँ से वे गाँव-गाँव घूम-घूमकर रोटी, गेहूँ, जौ और तेल इकट्ठा करते। कभी-कभी उन्हें फसलें हथियाने के कारण किसानों के उग्र प्रदर्शन का और मठाधीशों के बहिष्कार का सामना करना पड़ता था।

अपने निराले विनोदपूर्ण ढंग से सरवांतीस ने हमें बताया है कि उनके नायक डान क्विग्जोट का जन्म बंदीगृह में हुआ था जहाँ दुनिया भर की दीनता बसती है और सारी दर्द-भरी आवाज़ें घर कर लेती हैं।

यह सन् 1597 के उस प्रसंग का उल्लेख है जब सरवांतीस ऋण के कारण सैविले जेल में बंद थे और जब उन्हें ला मांचा के इस विख्यात सज्जन का चरित लिखने की प्रेरणा हुई थी।

उपन्यास का पहला खंड सन् 1605 में प्रकट हुआ था, और छः महीने बीतते न-बीतते डान क्विग्जोट और उसके अनुचर सैंकों दोनों की स्पेन एवं आस-पास के देशों में धूम मच गई। यहाँ तक कि समुद्र-पार इंडीज में भी दोनों प्रसिद्ध हो चुके थे और स्पेन में पाठकों के पत्र आने लगे थे कि पुस्तक का नाम बदलकर 'डान क्विग्जोट और सैंकोपांका' कर देना चाहिए; क्योंकि उनकी राय में सैंकों का भी उतना ही महत्त्व है जितना उनके मालिक का, और सैंकों में विनोद की मात्रा अपने मालिक से भी अधिक है।'

सच्चे अर्थों में विश्व के प्रथम उपन्यासों में अन्यतम इस उपन्यास की देश-विदेश में इतनी ख्याति और सफलता के बावजूद सरवांतीस ने इसका दूसरा खंड पूरे दस वर्ष के बाद लिखा तो झींककर यह भी जोड़ दिया : 'बीमारी के अलावा इस समय धन के अभाव ने भी मेरी कमर तोड़ रखी है।'

इस समर्पण में सिर्फ़ दान-दक्षिणा की ही याचना नहीं थी, आश्वासन की भी माँग थी, क्योंकि जब वे अपने उपन्यास का दूसरा और अंतिम खंड लिख रहे थे तभी उन्हें पता चल गया था कि टेरागोना के किसी एलोन्सो द एवेलानेडा ने एक नकली *डान क्विग्जोट* प्रकाशित करके यह प्रचारित कर दिया है कि वह पूर्व-प्रकाशित उपन्यास की ही अगली कड़ी है।

अगले ही वर्ष सन् 1616 में 23 अप्रैल, शनिवार को उनकी मृत्यु हो गई। उनकी मृत्यु के दस दिन बाद ही इंग्लैंड में (जहाँ पंचांग में अभी सुधार नहीं हुआ था) शेक्सपियर का स्वर्गवास हुआ (एक प्रकार से) 23 अप्रैल को ही।

मृत्यु में वे एक हो गए।

—***वाल्टर स्टार्की***

प्रथम भाग

पहला अध्याय

1. ख्यातनामा डान क्विग्जोट डे ला मांचा के रहन-सहन का स्तर और तरीका

लामांचा (स्पेन) के किसी गाँव में (जिसका नाम मैं नहीं प्रकट करूँगा) उस पुरानी चाल-ढाल के एक सज्जन रहते थे जो टेक और माला, पुरानी आड़, दुबला-पतला घोड़ा और शिकारी कुत्ते के बिना नहीं रहते थे। उनका भोजन भेड़ का गोश्त न होकर गो-मांस[1] था। वह प्रायः प्रति रात को मांस के छोटे-छोटे टुकड़े, शुक्रवार को मसूर की दाल, शनिवार को अंडा और सूअर का गोश्त तथा रविवार को असाधारण रूप से कबूतर खाते थे। भोजन में ही उनकी आय का तीन-चौथाई भाग खर्च हो जाता। शेष रकम वह अवकाश के दिनों के लिए रोयेंदार कोट, मखमली ब्रीचेज (चुस्त पाजामा), उस की स्लीपर (चट्टी) और काम के दिनों के लिए घर के कते हुए सूत के उत्तम वस्त्र पर खर्च करते थे। उनके परिवार में चालीस साल की उम्र की एक गृह-रक्षक महिला, बीस साल की एक भतीजी और एक नौकर था, जो घर का काम-काज भी करता और खेत भी सँभालता था। वही साईस का काम भी करता था और बागवानी का भी। मालिक की उम्र पचास के लगभग थी, शरीर हृष्ट-पुष्ट, आकार पतला और चेहरा चिपटा। वह तड़के उठते थे और शिकार के शौकीन थे। कुछ लोग कहते हैं कि उनका नाम किग्जाडा या क्वेजाडा था। उनके उपनाम के बारे में लेखकों में मतभेद है। तो भी हम लोग यह मान लेते हैं कि उनका नाम क्विग्जाडा था (अर्थात् लालटेन की तरह जबड़े वाला)। यद्यपि इससे हम लोगों को विशेष प्रयोजन नहीं, शर्त यह है कि इस इतिहास के प्रत्येक भाग को हम ज्यों-का-त्यों मान लें।

इसलिए आप लोगों को वह जान लेना चाहिए कि जब इन महाशय को कोई काम नहीं रहता था (प्रायः साल-भर वे बेकार ही रहते थे) तब ये सामंत वीरों की गाथा पढ़ने में अपना समय बिताते थे। वीरों की इन गाथाओं में उन्हें

---

1. स्पेन में खस के मांस से गो-मांस सस्ता मिलता था।

इतना आनंद मिला और ऐसी रुचि उत्पन्न हुई कि उन्होंने शिकार करना एकदम छोड़ दिया। उन वीर गाथाओं में वे इस कदर लीन हो गए कि उस तरह की पुस्तकों के खरीदने के लिए उन्होंने अपनी कई एकड़ जोत की भूमि बेच दी। इस तरह उन्होंने उस समय उपलब्ध सभी पुस्तकों को खरीद डाला। उन संग्रहों में भी फेलसियानो डे सिल्वा की रचनाएँ उन्हें सबसे उत्कृष्ट प्रतीत हुईं, क्योंकि उसके गद्य की स्पष्ट शैली, तथा उसकी श्लिष्ट वाक्य-योजना, जो उसमें गद्य की विशेषता है, उन्हें वाग्मिता के चमकते मोती प्रतीत हुई, खासकर जब उन्होंने उसका *चैलेंजेज* नामक ग्रंथ तथा प्रणयासक्त पत्रों को पढ़ा। उनमें से अधिकांश उसी असाधारण शैली में लिखे गए थे। ''मेरे तर्कों के अनुपयुक्त प्रयोग के कारण मेरे तर्क इतने शिथिल हो जाते हैं कि मुझे तुम्हारे सौंदर्य के प्रतिवाद के लिए पर्याप्त तर्क उपस्थित नहीं हो पाता।'' और भी ''गरिमामय नियति जो तुम्हारे भाग्य के नक्षत्र को सदा उद्दीप्त करती रहती है, और तुम्हें इस महान शिखर पर चढ़ा देती है जो तुम्हारी महत्ता के सर्वथा अनुकूल है।'' इस तरह के तथा अन्य वाक्य-विन्यास उस बेचारे के दिमाग को विचित्र उलझन में डाल देते थे जब वह उसका अभिप्राय समझने के लिए अपना दिमाग खपाता रहता था, जिसका वास्तविक अभिप्राय अरिस्टाटिल की समझ में भी ठीक-ठीक नहीं आ सकता था, भले ही खास उसी काम के लिए उसे कब्र से उठाना पड़े।

डान बोलियनिस ने जो भीषण घाव किए थे उनका वृत्तांत उसे रोचक नहीं प्रतीत हुआ, क्योंकि उनके विचार से शल्यविद्या की समूची कला उसके चेहरे और शरीर को घाव के दाग से विकृत करने से नहीं रोक सकती थी। उसे इस बात से बड़ा संतोष था कि लेखक ने इस साहसिक कार्य के असंपूर्ण अध्याय को पूर्ण करने का आश्वासन दिया था। कई बार उसके मन में आया कि वह लेखनी उठाए और उसके असंपूर्ण अंश को पूर्ण कर दे। और यदि उसका मस्तिष्क किसी महत्त्वपूर्ण विचार में निमग्न रहता तो निश्चित है कि इस काम को वह संपन्न कर देता। इस बात में ज़रा भी संदेह की गुंजाइश नहीं कि उसे सफलता भी मिलती।

गाँव (पेरिस) के प्रधान पुरोहित से वह इस प्रश्न को लेकर बहुधा झगड़ पड़ता कि इंग्लैंड का पाल्मरिन बड़ा वीर योद्धा (नाइट) था या अमाडिस डे गाल। यद्यपि प्रधान पुरोहित विद्वान व्यक्ति और सिगुएंजा विश्वविद्यालय का स्नातक था लेकिन उसी नगर का हज्जाम[1] मास्टर निकोलिस कहता कि सूर्य के वीर (नाइट

---

1 स्पेन के देहातों में हज्जाम ही शल्य-चिकित्सक (सर्जन) का काम करता था।

ऑफ दी सन) के साथ उन दोनों में से किसी की तुलना नहीं हो सकती। यदि उसके नज़दीक कोई पहुँच सकता है तो वह अमाडिस डे गाल का भाई डान गैलओर है, क्योंकि उसका हृदय बहुत विशाल है। न तो अपने भाई की तरह वह अत्यधिक शौकीन है, और न उसके समान ईर्ष्यालु प्रेमी है। और जहाँ तक साहस का संबंध है, वह उससे रंच-मात्र भी घटकर नहीं है।

सारांश यह कि वह उस तरह की पुस्तकों के पढ़ने में इतना दत्तचित्त हो गया कि वह रात को पढ़ना आरंभ करता तो पढ़ते-पढ़ते सवेरा हो जाता और यदि दिन को पढ़ना आरंभ करता तो पढ़ते-पढ़ते रात हो जाती। दिन-रात पढ़ने में वह इस तरह व्यस्त रहता कि उसे सोने के लिए बहुत ही कम समय मिलता। फलस्वरूप उसके मस्तिष्क का रस इस प्रकार सूख गया कि अंततोगत्वा वह अपनी विचार-शक्ति का उपयोग करने योग्य नहीं रह गया। उन पुस्तकों में से उसने विचित्र-विचित्र विचारों को अपने मस्तिष्क में भर लिया था। वे ही विचार दिन-रात उसकी कल्पना में चक्कर लगाते रहते थे। उसके दिमाग में जादू-कलह, संग्राम-आह्वान (ललकार) घाव, शिकायत, प्रेम, यातना तथा अन्य प्रकार के संभव-असंभव विचार भर गए। इसका परिणाम यह हुआ कि जो भी किस्सा-कहानी और कल्पित वृत्तांत वह पढ़ता, सब उसे सत्य ऐतिहासिक घटना प्रतीत होते। वह कहा करता कि सिड रूईडियज[1] बहुत बड़ा वीर योद्धा था तो भी वह धधकती तलवार (बर्निंग स्वोर्ड) वाले वीर योद्धा के मुकाबले में खड़ा होने योग्य नहीं था, क्योंकि इस वीर योद्धा ने तलवार के एक ही वार से दो भीषण और शक्तिशाली दैत्यों के दो टुकड़े कर डाले थे। लेकिन उससे भी अधिक प्रिय उसे बर्नाडोडेंल कर्वियों था, जिसने रान्सेस्वलस में मायावी आर्लैंडो को मार डाला था। उसने उसे ज़मीन से उठा लिया और जिस तरह हरक्यूलीस ने धरती-पुत्र अंटोइअस को गला घोंटकर मार डाला था उसी तरह ऊपर-ही-ऊपर उसने उसे गला घोंटकर मार डाला।

जहाँ तक मोर्गांटे दैत्य का संबंध था वह उसकी सदा प्रशंसा किया करता था। यद्यपि वह उन्हीं भयानक जंतुओं में था जो घमंड में सदा चूर रहते थे और क्रूरता से बाज नहीं आते थे। तो भी उसका व्यवहार मृदु और सौम्य होता था।

लेकिन उसके हृदय में सबसे अधिक आदर मांडलैबन के रिवेल्डो के लिए था; खासकर उसका अपने किले से अचानक निकल पड़ना और जो मिले उसे लूट

---

1 स्पेन का प्रसिद्ध सेनापति, जिसके बारे में अनेक दंतकथाएँ प्रचलित हैं।

लेना और फिर विदेश[1] जाकर मुहम्मद की प्रतिमा उठा लाना। इतिहास से विदित होता है कि वह प्रतिमा सोने की थी। लेकिन वह विश्वासघाती गैलेलन[2] को दिल से नफ़रत करता था और उसे इतमीनान के साथ ठोकर मारने का आनंद प्राप्त करने के लिए यदि उसे अपने गृह-रक्षक अथवा भतीजी तक का त्याग करना पड़ता तो वह खुशी से राजी हो जाता।

इस तरह अपनी विचार-शक्ति खोने के बाद दुर्भाग्यवश उसके दिमाग में एक ऐसा पुराना खब्त घुसा जिसकी उपज पागल के दिमाग में ही हो सकती थी। उसने वीर योद्धा होना सुविधाजनक तथा प्रतिष्ठा बढ़ाने के लिए जितना आवश्यक समझा उतना ही सार्वजनिक सेवा के लिए अनिवार्य समझा। उसने देखा कि अपने घोड़े पर सवार होकर, आपादमस्तक शस्त्र से सुसज्जित होकर साहसिक काम के लिए संसार का चक्कर लगाना बहुत ही बड़ी सेवा होगी। उसने देखा कि जिन वीरों की कहानियाँ उसने पढ़ी हैं उनकी नकल करके, उनके जीवन का अनुकरण करके, लोगों के हर तरह के दुखों को दूर करते हुए, और प्रत्येक अवसर पर अपने को संकट में डालते हुए, अंत में अपने साहसिक काम के सुखद अंत के बाद उसे चिर प्रतिष्ठा और प्रसिद्धि प्राप्त होगी। इस तरह के भ्रमात्मक विचारों से अभिभूत होकर उसने अपनी कल्पना में ट्रेपिजोंडे के राजकीय दंड को ग्रहण किया और अपनी बलवती आकांक्षा के पीछे दौड़ पड़ा। और मैदान में उतर पड़ने के लिए उसने क्षिप्रता के साथ सारी तैयारी कर डाली।

पहला काम उसने यह किया कि अपने प्रपितामह के समस्त शस्त्रों और कवच को रगड़कर साफ कर डाला। ये सामान वर्षों से घर के किसी कोने में लापरवाही से फेंके हुए पड़े थे और ज़ंग का शिकार हो गए थे। उसने उन्हें रगड़-रगड़ कर जहाँ तक संभव हो सका साफ किया और मरम्मत करने के बाद उसने देखा कि उनमें का एक आवश्यक अंग गायब है; क्योंकि पूर्ण शिरस्त्राण के स्थान पर केवल सिर का हिस्सा मौजूद था। पर उसके उद्योग ने इस कमी की पूर्ति कर दी। उसने कागज़ की एक दफ़्ती ली और उससे शिरस्त्राण का वह हिस्सा बनाया जो चेहरे पर रहता है अर्थात् उसने मुखौटा तैयार किया। लेकिन दुर्भाग्यवश उसने पहले ही वार में उसे नष्ट कर डाला जिसे बनाने में उसे कम-से-कम सप्ताह-भर माथापच्ची करनी पड़ी थी। वह नहीं चाहता था कि वह इतनी आसानी से टूट

1 बारबरी।

2 संकेस्थाप्लिस के मैदान में फ्रांसीसी सेना के साथ विश्वासघात किया था।

जाए, इसलिए दूसरी बार उसे बनाकर इस तरह की दुर्घटना से उसे बचाने के लिए उस पर लोहे का पत्तर जड़ दिया। उसने इस कारीगरी के साथ लोहे के पत्तर को उसके पीछे ऐसा जड़ा कि अपने काम की मजबूती से उसे पूरा संतोष हो गया। इसलिए उससे अधिक जाँच की आवश्यकता महसूस न करके उसने इस बात को मान लिया कि पूर्ण शिरस्त्राण से जो काम संपन्न हो सकता है, इससे भी वही काम पूरी तरह निकल जाएगा।

इसके बाद वह अपने घोड़े की जाँच करने गया, जिसकी हड्डियाँ स्पेन के रीयल सिक्के की तरह बाहर निकल आई थीं। उससे सड़ा-गला दूसरा घोड़ा नहीं हो सकता था; तो भी उसके मालिक ने समझा कि न तो सिकंदर का ब्यूसीफेलस और न सिडका वेनि का इसका मुकाबला कर सकते हैं। वह चार दिन तक इसी उधेड़बुन में पड़ा रहा कि वह अपने घोड़े का क्या नाम रखे। वह अपने मन में तर्क करने लगा कि जो घोड़ा ऐसे प्रसिद्ध वीर योद्धा की सवारी में रहेगा और जो स्वयं उत्तम गुणों से संपन्न है, उसका नाम भी वैसा ही महत्त्वपूर्ण क्यों न हो। इसलिए वह इस विचार में पड़ गया कि उसे ऐसा नाम दिया जाए जिससे प्रकट हो कि उसके मालिक के वीर योद्धा बनने से पहले वह किस तरह का घोड़ा था और अब वह कैसा है। उसने इसे उपयुक्त ही समझा कि जब उसके मालिक ने अपना पेशा बदल दिया है तो उसके घोड़े का नाम भी बदल जाना चाहिए और उसे दूसरे नाम से विभूषित होना चाहिए और वह नाम भी इतना बड़ा हो कि उसके उच्चारण से मुँह भर जाए और उसके मालिक के पेशे और योग्यता के अनुकूल हो। इस तरह कई नामों को सोचने, रद्द करने, बदलने, पसंद तथा नापसंद करने और फिर उन पर विचार करने के बाद अंत में उसने उसका नाम रोजिनांटे[1] रखा। उसकी समझ में यह नाम विशाल था, उसका उच्चारण सुदीर्घ था और उसकी पूर्वस्थिति तथा वर्तमान अवस्था का पूर्ण द्योतक था। संक्षेप में यह कहा जा सकता है कि पहले वह साधारण घोड़ा था, लेकिन अब संसार के सभी निकृष्टतम घोड़ों के ऊपर हो गया था।

घोड़े के नामकरण से उसे पूरा संतोष हो गया। तब वह अपने लिए नाम चुनने की चिंता में पड़ गया। वह आठ दिन तक निरंतर सोचता-विचारता रहा

---

1 'रोज़िन' का अर्थ है साधारण घोड़ा। 'अंटे' का अर्थ है पहले। इस तरह 'रोज़िनांटे' शब्द प्रकट करता है कि पहले वह साधारण घोड़ा था, लेकिन अब वह सभी साधारण घोड़ों से बढ़कर है।

और अंत में उसने अपने लिए 'डान क्विग्जोट' नाम चुना। उसी से इस प्रामाणिक इतिहास के लेखक ने यह परिणाम निकाला कि उसका असली नाम क्विग्जाडा था, न कि क्वेसाड़ा; जैसा कि लोग भूल से कहते हैं। उसने यह भी देखा कि वीर योद्धा अमाडिस को केवल अमाडिस नाम से संतोष नहीं हुआ, उसने अपने नाम में अपने देश का भी नाम जोड़ दिया ताकि वह अपने साहसिक कामों से अधिक प्रसिद्धि प्राप्त कर सके, इसलिए उसने अपना नाम अमाडिस डेगाल रखा। उसी के अनुकरण पर अपनी जन्मभूमि का सच्चा प्रेमी होने के कारण उसने भी अपना नाम डान क्विग्जोट डेला मांचा रखा। उसने समझा कि अपने नाम में इतना जोड़ देने से उसके देश और वंश का परिचय भी मिल जाता है और इस तरह विश्व के उस भाग को स्थायी ख्याति भी प्राप्त हो जाएगी।

इस तरह उसके अस्त्र और कवच साफ-सुथरे हो गए, उसके शिरस्त्राण की भी मरम्मत हो गई, उसका तथा उसके घोड़े का नया नामकरण हो गया। तब उसने देखा कि उसके लिए एक ऐसी महिला की आवश्यकता है जिस पर वह अपने हृदय के साम्राज्य को निछावर कर दे। वह यह बात भली-भाँति जानता था कि बिना प्रेयसी का वीर योद्धा बिना फल या पत्तों के पेड़ के समान ठूँठा है, या जैसे आत्मा के बिना शरीर है। उसने सोचा कि वीरों के साथ दैत्यों का मुकाबला होता ही रहता है। वीरों के साहसिक कार्यों का यह प्रधान अंग है। अगर इसी तरह के दैत्यों से मेरा सामना हो गया और मैंने उन्हें मार डाला, या अपने भाले से उनके टुकड़े कर डाले या उन्हें जीतकर अपने कब्जे में कर लिया तब क्या किसी ऐसी प्रेयसी का होना नितांत आवश्यक नहीं है, जिसके पास मैं अपनी वीरता का उपहार भेज सकूँ? इसके बाद जब दैत्य उसके सामने आएगा और उसके चरणों पर अपने मस्तक को डाल देगा, तब वह विजित शब्दों में कहेगा—''देवी, मैं मैलिंडातिया टापू का स्वामी कैराकूलिय दैत्य हूँ। मुझे वीर योद्धा डान क्विग्जोट डेला मांचा ने द्वंद्व-युद्ध में पछाड़ दिया, जिनकी उद्‌भट वीरता की उचित प्रशंसा नहीं हुई है। उनके आदेश के अनुसार मैं आपके चरणों में उपस्थित हुआ हूँ। आप मेरे साथ अपनी इच्छा के अनुसार व्यवहार कर सकती हैं।'' दैत्य की इस काल्पनिक वश्यता के गर्व से वह वीर योद्धा किस प्रकार फूल उठा। खासकर जब उसे ऐसी एक स्त्री का खयाल आ गया जिसे वह अपनी प्रेयसी की उपाधि से विभूषित कर सकता हो। जो संभवतः इस प्रकार घटित हुआः उसके निवास-स्थान के पास एक देहाती सुंदर युवती रहती थी जिसकी तरफ किसी समय उसका थोड़ा-बहुत झुकाव था, यद्यपि इस बात की चर्चा न तो कभी उस

युवती के कान तक पहुँची और न कभी उसने इसकी लेश-मात्र भी परवाह की। उस युवती का नाम अल्डोजा लौरेंजा था। इसी युवती को उसने अपने हृदय की देवी बनाने का विचार किया। उसने सोच-विचारकर उसका नया नामकरण करना चाहा, जिसका सामंजस्य उसके पुराने नाम से हो; पर साथ ही वह नाम किसी राजकुमारी अथवा संभ्रांत महिला की तरह प्रतीत हो। अंत में उसने उसका नाम डलसीनिया रखने का विचार किया। इस नाम के साथ उसने उसके जन्मस्थान का नाम डेल दोषोसो जोड़ देना चाहा। यह नाम उसकी समझ में मधुर, मनोहर, असाधारण और जिन अन्य नामों की उसने कल्पना की थी, उनसे किसी भी तरह कम प्रभावोत्पादक नहीं प्रतीत हुआ।

2. डान क्विग्जोट का प्रथम अभियान

इतनी तैयारी कर चुकने के बाद उसने अपने उद्देश्य को कार्य में परिणत करने के लिए परिपक्व पाया। उसने उत्पीड़ित विश्व को अपने से वंचित रखना महा अपराध समझा जिसे उसके समान उद्धारक की नितांत आवश्यकता थी। खासकर जब उसने यह देखा कि उसे किन उपद्रवों का शमन करना है, किन अन्यायों और अत्याचारों को दूर करना है, किन कुरीतियों को सुधारना है तथा किन कर्तव्यों का पालन करना है। इसलिए जुलाई के महीने में एक अतिशय गर्म दिन में भोर होने से पहले ही अपने उद्देश्य को किसी पर प्रकट किए बिना, अतिशय गुप्त रूप से उसने सिर से पैर तक अपने को कवच से सजाया, अपने भद्दे शिरस्त्राण को धारण किया, अपने निशाने और दास को सहमाया, अपनी माला को हाथ में लिया, अपने रोजिनांटे घोड़े पर सवार हो गया और अपने मकान के गुप्त द्वार से निकलकर मैदान में जा पहुँचा। उसे इस बात से अतिशय प्रसन्नता भी थी कि अपने अध्यवसाय के प्रथम उद्योग में उसे पूरी सफलता प्राप्त हुई थी। लेकिन वह कुछ ही दूर गया था कि उसके मन में सहसा एक विचार उठा और वह भय से काँप गया। वह विचार ऐसा था कि उसके इस महान अध्यवसाय से उसे विरल कर सकता था। उसके मन में सहसा यह विचार आया कि अब तक उसे वीर योद्धा की पदवी से विभूषित नहीं किया गया है। इसलिए वीर धर्म की रीति-नीति के अनुसार किसी स्वीकृत वीर योद्धा के मुकाबले हथियार उठाना उसके लिए न तो उचित था और न जायज ही। उसने यह भी सोचा कि वीर योद्धा की पदवी से विभूषित हो जाने पर उसे सफेद कवच

धारण करना होगा और अपनी ढाल पर कोई चिह्न धारण नहीं करना होगा जब तक कि वह अपने पुरुषार्थ का कोई असाधारण प्रदर्शन न करे।

इन विचारों ने उसके इरादे को गहरा धक्का पहुँचाया, लेकिन विचार-शक्ति की अपेक्षा बेवकूफ़ी का प्रभाव अधिक होने के कारण उसने सोचा कि जिस प्रथम व्यक्ति से उसकी भेंट होगी उससे वह वीर-सामंत की उपाधि ग्रहण कर लेगा; क्योंकि उन रोमांचक पुस्तकों में उसने पढ़ा था कि उससे पहले कितनों ने ही इस तरह यह पद प्राप्त किया था। सफेद कवच धारण करने की कठिनाई को हल करने का उपाय उसने यह सोचा कि फुरसत के समय वह अपने कवच को इस तरह रगड़ा करेगा कि कुछ काल के बाद वह सफेद दीखने लगे। इन उपस्थित बाधाओं को उपरोक्त प्रकार से दूर करने की कल्पना करके वह चुपचाप चल पड़ा। उसने अपने घोड़े की मर्जी पर यह बात छोड़ दी कि वह कौन-सा रास्ता पकड़े। उसने उसी को अपने अभियान का निर्दिष्ट पथ माना। इस तरह चलते-चलते वह सोचने लगा कि जब मेरे साहसिक कार्य-संपादन का इतिहास संसार के सामने आएगा, जब विद्वान लेखकों को मेरी आरंभिक यात्रा के इतिहास का वर्णन करना होगा तो वे उसी प्रकार से उसका उल्लेख करेंगे। सूर्य की अरुण किरणें धरती की अनंत सतह पर अपनी लाली फैलाने भी नहीं पाई थी, उषाकाल की प्रशंसा में पक्षियों ने अपने घोंसलों का त्याग करके कलरव करना भी आरंभ नहीं किया था जबकि अरुण अपनी प्रेयसी का पर्यंक त्यागकर क्षितिज पर आ विराजा और संसार की आँखों के सामने उसने अपनी किरण रूपी विभूतियों को पहले-पहल बिखेरा, उससे पहले ही विख्यात वीर योद्धा डान क्विग्जोट डेला मांचा अपने मुलायम पर्यंक का त्याग करके, नींद के प्रलोभन को ठुकराकर, अपने प्रसिद्ध घोड़े रोजिनांटे पर सवार होकर चल पड़ा और मांटील[1] के प्राचीन और प्रसिद्ध मैदान में आ पहुँचा। वास्तव में उसके घोड़े ने वही रास्ता पकड़ा था और आगे बढ़ते हुए वह कह उठा—ओह सुखद युग! ओह भाग्यशाली समय! जिसने मेरे सफल कारनामों को संसार के समक्ष उपस्थित होने का अवसर प्रदान किया है, मेरी ये सफलताएँ पीतल पर खोदे जाने के योग्य हैं। संगमरमर पर अंकित होने योग्य हैं, उत्कृष्ट चित्रकारों द्वारा अंकित किए जाने योग्य हैं जो मेरे यश की उज्ज्वल

---

1. मांटील, साहस भरने का उपयुक्त क्षेत्र। इसी मैदान में जारज संतान हेनरी (हेनरी दी वैस्टडड) ने अपने वैध भाई डान पैड्रो को मार डाला था, और जिसे हमारे वीर ब्लैक प्रिंस एडवर्ड ने स्पेन के सिंहासन पर बैठाया था।

प्रतीक हैं और भावी संतान के लिए उदाहरणस्वरूप हैं। तू पूज्य संत, बुद्धिनान जादूगर, चाहे तेरा जो भी नाम हो, जिसे भाग्य ने इस असाधारण इतिहास के संग्रह का अवसर प्रदान किया है, मैं तुझसे करबद्ध प्रार्थना करता हूँ कि मेरे अभियानों के अनन्यतम साथी मेरे रोजिनांटे को मत भूल जाना। इसके बाद उसने डलसीनिया का नाम लेकर इस तरह कहना शुरू किया मानो वह सचमुच उनके प्रेम में पागल हो—"ओ डलसीनिया, इस कैदी दिल की रानी, इस तरह देश-निकाला देकर तूने मुझे बहुत संताप और यातना दी है। तूने यह कठोर आदेश दिया है कि मैं फिर कभी तेरे सामने हाज़िर न होऊँ। रानी! तू अपने उपासक इस दास को याद रखना, जो तेरे प्रेम के लिए हर तरह की यातनाएँ चुपचाप भोगने के लिए तैयार है।" उपरोक्त बेमतलब और बेबुनियाद प्रगल्भ कल्पनाओं में उसने न जाने कितनी बातें जोड़ दीं, जिनका संकलन उसने उन रोमांचक पुस्तकों में किया था। ये कल्पनाएँ ऐसी थीं जो उठते हुए सूर्य के प्रचंड ताप के साथ मिलकर उसके मस्तिष्क को गला देने के लिए पर्याप्त थीं यद्यपि उसका कुछ भी बचा-खुचा हिस्सा उसके पास रह गया होता जब वह अपने घोड़े पर सवार चुपचाप मंद गति से चल रहा था।

उस दिन वह दिन-भर चलता रहा। उसके साथ ऐसी कोई साधारण-सी घटना नहीं घटी जिसका उल्लेख किया जा सके। इसका परिणाम यह हुआ कि वह एक तरह से निराश हो गया, क्योंकि उसके दिल में सदा से प्रबल इच्छा यह थी कि जल्द-से-जल्द उसे कोई ऐसा व्यक्ति मिल जाए जिस पर वह अपने हथियारों की शक्ति का प्रयोग कर सके।

कुछ लेखकों का कहना है कि उसका सबसे पहला साहसिक काम प्यूर्टो लेंसिका दर्रा था, कुछ कहते हैं कि वायु चक्की थी, लेकिन इस संबंध में निश्चयपूर्वक जो मैं जान सका हूँ और जो ला मांचा के वृत्तांतों में मुझे मिला है वह यह है कि उस दिन वह दिन-भर चलता रहा। शाम होते-होते वह और उसका घोड़ा नितांत श्रांत और भूख से पीड़ित हो गए थे। डान क्विग्जोट ने इधर-उधर दृष्टि दौड़ाई ताकि उसे कोई किला या गडरिये की झोंपड़ी ही मिल जाए, जहाँ ठहरकर वह आराम करे और अपनी थकान दूर करे। अंत में जिस राह से वह आ रहा था, पास ही उसे एक सराय दिख पड़ी। उसकी उत्सुक और उत्कंठित आँखों के लिए वह उतनी ही मनोरम थी मानो उसने किसी नक्षत्र को देख लिया हो जो उसे उस मार्ग, नहीं-नहीं, उस महल का पता दे रही हो जहाँ उसका उद्धार हो सकता था। वह तेज़ी से उस सराय की ओर दौड़ पड़ा और अँधेरा होते-होते

वहाँ जा पहुँचा। संयोग की बात कि सराय के फाटक पर दो साधारण वेश्याएँ खड़ी थीं जो उन हरकारों से मिलने जा रही थीं, जिन्होंने उस दिन उसी सराय में डेरा डाला था। उन्हें उस दशा में खड़ी देखकर हमारे वीर योद्धा ने जो सोचा या कल्पना की वह अतिशय रोमांचक है। जिन पुस्तकों ने उसके मस्तिष्क को विकृत कर दिया था उनके वर्णनों के अनुरूप ही यह घटना उसे प्रतीत हुई। उसने इस सराय को साधारण सराय नहीं समझा। यह उसे एक किला प्रतीत हुआ जिसके चार कोनों पर चार बुर्ज थे और जिसके गगनचुंबी शिखर चाँदी की भाँति चमक रहे थे, जिसके चारों ओर खाई थी और खाई के ऊपर चल पुल था तथा अन्य और सामान थे जो इस तरह के स्थान के अनुरूप होते हैं।

इसलिए सराय के पास आकर वह फाटक से कुछ ही दूर क्षण-भर के लिए रुक गया। उसे आशा थी कि चहारदीवारी के पास कोई संतरी आएगा और तुरही बजाकर किसी वीर योद्धा के आगमन की सूचना देगा। लेकिन किसी को आया न देखकर और रोजिनांटे को अस्तबल की ओर बढ़ने के लिए अधीर देखकर वह सराय के फाटक की ओर बढ़ा और फाटक पर उन दो औरतों को देखकर उसने अनुभव किया कि ये शहज़ादियाँ या उच्च श्रेणी की महिलाएँ हैं जो वायु-सेवन के लिए किले के फाटक पर आ गई हैं। ठीक उसी क्षण ऐसा हुआ कि सूअरों के चरवाहे ने अपने सूअरों को खेत से इकट्ठा करने के लिए अपनी तुरही बजाई। डान क्विग्जोट ने समझा कि जिस तुरही की वह प्रतीक्षा कर रहा था वह यही है, जिसे किसी संतरी ने उसके आगमन की सूचना देने के लिए बजाया है। इसलिए वह अतिशय आह्लाद के साथ सराय की सीढ़ियों पर चढ़ा। कवच से जकड़े हुए, हाथ में माला और निशाना लिए हुए किसी अजनबी को उधर ही आता देखकर वे दोनों वेश्याएँ अपनी कोठरी के अंदर भागने की तैयारी कर रही थीं। उन्हें इस तरह भयभीत देखकर डान क्विग्जोट ने अपने शिरस्त्राण का दफ़्तीवाला हिस्सा उठा लिया जिससे उसका मुरझाया और सूखा चेहरा प्रकट हो गया और उसने बड़े सौजन्य और विनम्रता के साथ इन शब्दों में उनकी अभ्यर्थना की—"देवियो! मेरी विनीत प्रार्थना है कि आप लोग भागें नहीं और लेश-मात्र भी डर न मानें। मैंने वीर योद्धा का जो पेशा अख़्तियार किया है उसके नियम के अनुसार मैं संसार के किसी भी प्राणी को किसी प्रकार की क्षति नहीं पहुँचा सकता—खासकर आप लोगों के समान महामहिमामयी कुमारियों को जिनकी महत्ता देखने-मात्र से ही प्रकट है।" उन वेश्याओं ने उत्सुकता के साथ उसकी ओर देखा; क्योंकि वे उसकी सूरत को एक पल में देख लेना चाहती थीं, जो शिरस्त्राण के भद्दे

अग्रभाग के कारण छिपी हुई थी। जब उनके कानों में 'कुमारी' शब्द की ध्वनि पड़ी तो वह हँसे बिना न रह सकीं; क्योंकि 'कुमारी' शब्द उनके पेशे से बहुत दूर था। उनका इस तरह हँसना डान क्विग्जोट को अच्छा नहीं लगा। उसने इसे उद्दंडता समझा और कहा—"मुझे यह कहने के लिए क्षमा कीजिएगा कि महिलाओं का सबसे बड़ा आभूषण शील और शालीनता है और इसके साथ ही उनका अकारण हँसना सबसे बड़ी अभद्रता है, लेकिन मैं यह सब आपको अपमानित करने के लिए या आपकी नाराज़गी हासिल करने के लिए नहीं कह रहा हूँ। मैं स्पष्ट कर देना चाहता हूँ कि आपकी सेवा के अतिरिक्त मेरा और कोई उद्देश्य नहीं है।" इस तरह की अनोखी बातें तथा वीर योद्धा की अति तुच्छ आकृति देखकर उन वेश्याओं को और भी हँसी आ गई। उनके इस व्यवहार से डान क्विग्जोट इस तरह उत्तेजित हो उठा कि संभवतः वह कोई कांड कर बैठता; लेकिन भाग्यवश उसी वक्त सराय वाला फाटक पर आ पहुँचा। उसका शरीर चर्बी से इस तरह लदा था कि उसका शांत और नम्र होना स्वाभाविक था, लेकिन इस तरह के विचित्र नर-कंकाल को उस तरह के भद्दे कवच और सामानों से सुसज्जित देखकर वह भी उन वेश्याओं की हँसी में योगदान देने से अपने को रोक न सका। किंतु इस तरह के विचित्र वीर योद्धा का सामना होने से सहमकर उसने उसके साथ नर्मी से पेश आने का निश्चय कर लिया। वह डान क्विग्जोट के पास चला गया और नर्मी से बोला—"वीरवर, यदि आप यहाँ ठहरकर मुझे गौरव प्रदान करना चाहें तो आपकी सुख-सुविधा की सारी व्यवस्था आपके आदेश के अनुसार हो सकती है।" किले के प्रबंधक की इस तरह की नम्रता देखकर (क्योंकि उसे वह सराय किला और सराय वाला किले का प्रबंधक ही प्रतीत हुआ) डान क्विग्जोट ने कहा—"कैस्टेलेनो महोदय, बहुत अल्प चीज़ें ही मेरे लिए पर्याप्त होंगी, क्योंकि मैं केवल इन अस्त्र-शस्त्रों की ही कद्र करता हूँ और मेरी आरामगाह तो बस युद्ध है।" सराय वाले ने समझा कि डान क्विग्जोट ने उसे असली कैस्टिलियन (कैस्टाइल का निवासी) समझकर उसे कैस्टेलेनो[1] संज्ञा से संबोधित किया है। लेकिन वास्तव में वह एंडेलूसिया, बल्कि यों कहना चाहिए कि सेंट लूकर के आस-पास का रहने वाला था, जहाँ के लोग न तो कैक्सवालों से कम चोर और न आखादि छात्रों से घटकर शैतान होते थे। इसलिए सराय

1. कैस्टेलेनो का अर्थ कांस्टेबुल और किले का प्रबंधक दोनों होता है तथा स्पेन के कैस्टाइल नामक राज्य के निवासी को भी कैस्टेलेनो कहते हैं।

वाले ने उससे इस तरह कहा—“वीरवर, इस हिसाब से तो आपका पलंग सड़क की पटरी हो सकती है और सदा जागते रहना ही आपका विश्राम है, तब आप यहाँ इतमीनान से ठहर सकते हैं। आपको मैं विश्वास दिलाता हूँ कि एक रात की तो चर्चा ही क्या, इस मकान में आपको सालों-साल जगाकर रखा जा सकता है।” इतना कहकर वह आगे बढ़ गया और डान क्विग्जोट की रकाब पकड़ ली। डान क्विग्जोट सुबह से शाम तक भूखा ही था, इसलिए बड़ी कठिनाई से वह घोड़े से उतर सका। डान क्विग्जोट ने किले के प्रबंधक (सराय वाले) से कहा—“मेरे घोड़े का मुकाबला संसार का दूसरा कोई घोड़ा नहीं कर सकता, इसलिए इसकी देख-भाल पर पूरा ध्यान रहे।” सराय वाले ने घोड़े को बड़े गौर से देखा। घोड़े में उसे वैसी कोई विशेषता नज़र नहीं आई जिसकी चर्चा डान क्विग्जोट ने की थी। खैर, उसने घोड़े को अस्तबल में बाँध दिया और वीर योद्धा के पास आया। उसने देखा कि इतनी ही देर में उन दोनों वेश्याओं से उसका मेल हो गया है और उनकी सहायता से वह अपना कवच उतार रहा है। उन दोनों ने किसी तरह उसका शिरस्त्राण (कवच का सामने का भाग) और पीठ का हिस्सा तो उतार लिया था, लेकिन वे किसी भी तरह उसका कंठ-कवच उतारने में समर्थ नहीं थीं और न उसके उस भद्दे शिरस्त्राण के अग्रभाग को उतार सकी थीं। उसने उस अग्रभाग को फीते से इस तरह कसकर बाँध रखा था कि बिना फीता काटे उसे शरीर से अलग नहीं किया जा सकता था। लेकिन वह किसी भी तरह इसके लिए तैयार नहीं था। इसलिए उसे रात-भर शिरस्त्राण पहनकर ही रहना पड़ा और वह दशा देखने लायक थी। जिस समय वे दोनों वेश्याएँ उसके कवच को उतार रही थीं उसने उन्हें शाहज़ादियाँ या किले की अन्य महिलाएँ समझकर पुरानी रोमांचक गाथाओं के आधार पर उनकी इस प्रकार प्रशंसा की:

“इस पृथ्वी पर किसी भी युग में
रूपवती स्त्रियों से सेवित ऐसा कोई नायक नहीं हुआ
जैसा किसी युग में महान डान क्विग्जोट था,
जब पहली बार वह अपने प्रिय ग्राम को छोड़कर चला
कुमारिकाएँ उसके वस्त्र-परिवर्तन के लिए दौड़ीं
और राजकन्याएँ उसके युद्ध के घोड़े को सजाने।”

'ओ रोजिनांटे! देवियो, यही मेरे घोड़े का नाम है और डान क्विग्जोट डेला मांचा मेरा नाम है। मैंने कभी भी ऐसी आशा नहीं की थी कि आप लोगों की सेवा में अपने वीर कर्म का कोई ज्वलंत उदाहरण उपस्थित किए बिना ही आप लोगों से मेरा परिचय हो जाएगा, लेकिन अनिवार्य आवश्यकता ने मुझे बाध्य किया कि मैं सर लैसलाट की प्राचीन रोमांचक पुस्तक के इस अवतरण का प्रयोग करूँ और उसी के कारण समय से पहले ही मेरा यह भेद आप लोगों पर प्रकट हो गया। लेकिन किसी दिन वह समय भी आएगा जब मैं आपके आदेशों का पालन करूँगा और उसी दिन मेरे इन अस्त्र-शस्त्रों और कवच का वास्तविक मूल्य प्रकट होगा कि मैं आप लोगों की सेवा करने के लिए कितना उत्सुक हूँ। उन दोनों औरतों को इस तरह की आलंकारिक भाषा सुनने का भी कभी सुअवसर प्राप्त नहीं हुआ था। इसलिए उन्होंने इसका कोई उत्तर नहीं दिया, केवल उससे इतना मात्र पूछा, 'आप भोजन क्या करेंगे?' इसके उत्तर में डान क्विग्जोट ने कहा—'भोजन तो मैं अवश्य करूँगा, जो भी खाद्य पदार्थ मिल जाए वही पर्याप्त होगा, क्योंकि मेरी समझ में इससे बढ़कर दूसरी कोई बात नहीं हो सकती।' लेकिन दुर्भाग्य की बात यह थी कि वह दिन शुक्रवार का था और उस दिन सराय में कुछ मछलियों के अतिरिक्त अन्य कोई भोज्य पदार्थ नहीं था। मछलियाँ, जिन्हें कैस्टाइल में अवैडैक्सो, अंडेलसिया में वैकालाओ, किसी जगह क्यूराडिलो तथा कहीं-कहीं ट्रुथला या लिटिल ट्राइट (कवई मछली) कहते हैं। यह अन्यत्र तुच्छ भोज्य पदार्थ समझा जाता था। इसलिए उन लोगों ने पूछा कि क्या वह टुगुता को खाना पसंद करेगा; क्योंकि सराय में दूसरी मछली नहीं थी। डान क्विग्जोट ने समझा कि उनका अभिप्राय छोटी कवई मछली से है, उसने कहा—'यदि एक से अधिक हैं तो मुझे कोई आपत्ति नहीं है। उसे बड़ी भी दे सकती हैं, क्योंकि आठ छोटे-छोटे टुकड़ों के बराबर एक बड़ा टुकड़ा या एक बड़े टुकड़े के बराबर आठ छोटे टुकड़े दोनों एक ही बात है। इसके अलावा ये छोटी कवई मछलियाँ बछड़े के मांस के समान होंगी, जो गोमांस से कहीं ज़्यादा स्वादिष्ट होता है, अथवा बकरी के बच्चे के गोश्त के समान होंगी जो बकरे के गोश्त से कहीं ज़्यादा स्वादिष्ट होता है। कहने का मतलब यह है कि जो कुछ भी खाने का सामान हो उसे झटपट हाज़िर किया जाए क्योंकि कवच का बोझ और रास्ते की थकान का भार भोजन की सहायता बिना नहीं वहन किया जा सकता। इसके बाद उन स्त्रियों ने ताज़ा हवा के खयाल से सराय के फाटक पर दस्तरख़ान बिछा दिया और सराय वाले ने एक मछली का टुकड़ा लाकर सामने रख दिया, जिसमें न तो काफो

शोरबा था और न वह अच्छी तरह से भूना गया था। पाव रोटी का टुकड़ा उतना ही सड़ा-गला था जितना कि उस वीर योद्धा का कवच था। तो भी उसे खाते हुए देखकर कोई भी हँसे बिना नहीं रह सकता था। क्योंकि शिरस्त्राण पहने रहने के कारण और उसका अगला हिस्सा उठाने पर भी बिना किसी सहायता के वह खा नहीं सकता था। इसलिए उन महिलाओं में से एक को वह काम करना पड़ा। लेकिन उस तरह से उसे पानी नहीं पिलाया जा सकता था और वह बिना पानी के ही रह गया होता यदि सराय वाले ने तरकट की एक नली की व्यवस्था न कर दी होती। नली का एक सिरा उसके मुँह में डाल दिया गया और दूसरे सिरे पर सराय वाले ने पानी उंड़ेलना शुरू किया। इन सारी असुविधाओं को उस वीर ने शांति से बर्दाश्त किया; क्योंकि जिस फीते से उसने शिरस्त्राण को बाँध रखा था उसे काटने के लिए वह भी किसी तरह तैयार नहीं था।

जबकि वह भोजन कर रहा था किसी बधिया करने वाले ने अपनी तरकट की तरही या सरपत की सीटी सराय के पास आते ही चार पाँच बार बजा दी। इससे डान क्विग्जोट को पक्का विश्वास हो गया कि वह किसी प्रसिद्ध किले में है, जहाँ भोजन के समय संगीत से उसका मनोरंजन किया जा रहा है। वह तुच्छ भोजन ताजी कवई मछली है, वह पाव रोटी सुस्वाद आटे की बनी है, वे वेश्याएँ संभ्रांत महिलाएँ हैं, और सराय वाला किले का प्रबंधक है। इन बातों की कल्पना करते ही उसे अपने अध्यवसाय से और उसके हेतु घर से निकल पड़ने पर अत्यंत संतोष हुआ। उसे सिर्फ़ एक ही बात खल रही थी कि अभी तक वह योद्धा की पदवी से विभूषित नहीं हो सका था; क्योंकि वह समझता था कि जब तक उसे यह पदवी नहीं मिल जाती तब तक वह नियमानुसार किसी भी साहसिक काम के लिए कदम नहीं बढ़ा सकता।

3. वीर योद्धा की पदवी से विभूषित होने के लिए डान क्विग्जोट ने जो तरीका अपनाया, उसका वृत्तांत

इस विचार ने डान क्विग्जोट को इस प्रकार अभिभूत किया कि उसने अपना भोजन झटपट समाप्त कर लिया। भोजन समाप्त करते ही उसने अपने मेज़बान (अर्थात् सराय वाला जिसने उसे भोजन दिया था) को बुलाया और उसे तथा अपने को अस्तबल में बंद करके उसके पैरों पर गिर पड़ा और कहा—'सर्वशक्तिमान् वीर योद्धा! मैं यहाँ से तब तक उठने का नाम नहीं लूँगा जब तक तुम मुझे एक भीख न दे दो। जो मैं तुमसे माँगने जा रहा हूँ और जो तुम्हारे

यश के लिए फलप्रद होगा और जिससे मानव जाति का कल्याण होगा।' अपने मेहमान को इस तरह पैरों पर गिरा देखकर और इस तरह आरज़ू-मिन्नत करते देखकर सराय वाला घबरा उठा। उसने उसे यत्न करके उठाना चाहा, लेकिन उसका सारा प्रयास तब तक व्यर्थ गया जब तक उसने उसे वचन नहीं दे दिया कि वह उसकी इच्छा पूरी करेगा। इस पर डान क्विग्जोट ने कहा—'महामहिम, आप महाभाग से मैंने यही आशा की थी, इसलिए मैं यह कहने का साहस कर रहा हूँ कि जो भीख मैं आपसे चाहता हूँ और जिसे देने का आपने कृपा करके वचन दिया है वह यह है कि कल प्रातःकाल आप मुझे वीर योद्धा की उपाधि से विभूषित कर दें। आज रात को मैं आपके किले के पवित्र मंदिर में अपने कवच की रखवाली करूँगा और कल सुबह आप मेरी आकांक्षा पूरी करेंगे, क्योंकि यह मेरी उत्कट अभिलाषा है कि विश्व के कोने-कोने में साहसिक यात्रा के लिए मैं हर तरह से योग्य बन जाऊँ और वीर धर्म के नियमों के अनुसार लोगों के कष्टों को दूर करूँ, जिस काम में मेरी उत्कट प्रवृत्ति है।'

मैं अभी लिख आया हूँ कि सराय वाला अव्वल दरज़े का धूर्त था। उसे शुरू से ही इस बात का संदेह था कि उसके मेहमान का मस्तिष्क विकृत है। उसके मुँह से इस तरह की बातें सुनकर उसे अपनी धारणा पर पक्का विश्वास हो गया। उस रात को तमाशा करने के ख़याल से उसने उसकी प्रार्थना को स्वीकार कर लिया। उसने कहा—'ऐसे महत्त्वपूर्ण काम का भार मेरे ऊपर सौंपकर आपने मेरा बहुत अधिक सम्मान किया है। यह काम किसी प्रथम श्रेणी के वीर योद्धा के उपयुक्त था; क्योंकि मेरी दृष्टि में आप असाधारण वीर पुरुष प्रतीत होते हैं। मैं भी अपनी जवानी में इस पेशे में प्रवृत्त था। साहसिक कार्यों की खोज में मैंने दुनिया के अनेक हिस्सों की यात्रा की थी। इसी सिलसिले में मैं मलगा के परचेलिस[1] रियारन द्वीप-पुंज, सेबिल की सीमा, सेगीनिया का बारे का भवन, वेलेंसिया के जैतून के क्षेत्र, ग्रेनाडा के वृत्त, सेंट लूकर का बंदरगाह, कार्डोवा[2] का पोट्रो, टोलेडो के जंगली प्रान्त-गृह तथा अनेक स्थानों की यात्रा करना नहीं भूला। उन स्थानों में मैंने अपने पैरों की फुर्ती और हाथों की सफाई का खूब प्रदर्शन

1. ये स्थान कुत्सित कार्यों और दुराचार के लिए बदनाम हैं।
2. कार्डोवा शहर का एक पार्क जिसके फव्वारे का पानी घोड़े के मुँह से निकलता है। उसी के पास बेंत मारने की टिकड़ी है। स्पेन की भाषा में पोट्रो का अर्थ बछेड़ा या घोड़ा होता है।

किया था। मैंने अनेक को हानियाँ पहुँचाई, अनेकविध पात्रों का पाणि-प्रार्थी बना, कितनी रमणियों के अबोध उत्तराधिकारियों का नाश किया। संक्षेप में इन उपायों से मैंने स्पेन की अनेक अदालतों में अपने को प्रसिद्ध किया। अंत में मैं इस क़िले में चला आया। यहाँ मैं अपनी तथा दूसरों की ज़मींदारी का उपभोग करता हूँ। यहाँ जो भी वीर योद्धा आते हैं उनका आदर-सत्कार करता हूँ, केवल इसलिए कि उनके लिए मेरे हृदय में अतिशय प्रेम है और इस अतिशयता के लिए वे मुझे जो कुछ भी दे देते हैं उससे मैं संतोष कर लेता हूँ।'

इसके बाद उसने यों कहना शुरू किया—'संप्रति इस किले में ऐसा कोई पवित्र मंदिर नहीं है जहाँ आप अपने कवच की रखवाली कर सकते हैं; क्योंकि पवित्र मंदिर गिरा दिया गया है और नया बनने वाला है। लेकिन आवश्यकता होने पर अन्य स्थान में भी उनकी रखवाली की जा सकती है। इसलिए आज रात को आप किले के प्रांगण में उनकी रखवाली कर सकते हैं और (यदि ईश्वर की कृपा हुई तो) कल सवेरे सभी आवश्यक संस्कार संपन्न किए जाएँगे जिससे आपको निश्चय हो जाए कि आप वीर योद्धा की उपाधि से विभूषित हो गए—साधारण वीर योद्धा नहीं, बल्कि उस श्रेणी के वीर योद्धा जो संसार में इसी पदवी के योग्य समझे जा सकते हैं।'

फिर सराय वाले ने डान क्विग्जोट से पूछा—'क्या आपके पास कुछ रुपये-पैसे भी हैं?'

इसके उत्तर में डान क्विग्जोट ने कहा—'एक छदाम भी नहीं है। मैंने वीर धर्म के किसी भी ऐतिहासिक विवरण में नहीं पढ़ा कि वीर योद्धा अपने साथ रुपया-पैसा भी लेकर चलते हैं।'

सराय वाला—'आप गलती पर हैं। मेरी बात मानिए। इस विषय में इतिहास चुप है। सभी लेखक यह समझते थे कि रुपया-पैसा और साफ कमीज़, ये दो चीज़ें अनिवार्य हैं, इसलिए उनकी चर्चा करना उन्होंने व्यर्थ समझा। उन्होंने भले ही चर्चा न की हो तो भी यह समझने का तो कोई कारण नहीं है कि वीर योद्धा लोग अपने साथ रुपया-पैसा और साफ कमीज़ नहीं रखते थे। यह बात आपको मान लेनी होगी कि प्रत्येक वीर योद्धा की जेब रुपयों से भरी रहती थी जिससे वे अपनी आवश्यकताओं की पूर्ति किया करते थे। वे अपने साथ कई कमीज़ें भी रखते थे। वे अपने साथ मरहम का छोटा बक्स भी रखते थे जिससे वे अपने ज़ख्मों को अच्छा करते थे; क्योंकि वे जहाँ कहीं मैदान या जंगल में भिड़ जाते थे वहाँ हर समय उनके ज़ख्मों की दवा करने के लिए डॉक्टर तो उपलब्ध नहीं ही

थे। यदि सौभाग्य से किसी वीर योद्धा की मित्रता किसी साधु, संत या जादूगर से हो गई तो उसे अवश्य तात्कालिक चिकित्सा की सुविधा प्राप्त हो जाती थी; क्योंकि अपने मित्र के घायल होने का वृत्तांत सुनते ही वे लोग किसी परी या किसी बौने के द्वारा बोतल में जल भेज देते थे, जो आकाश-मार्ग से उनके पास बात-की-बात में पहुँच जाता था। उस पानी में ऐसा गुण रहता था कि एक-दो बूँद पीते ही उनके घाव अच्छे हो जाते थे। उनके निशान तक इस तरह मिट जाते थे, मानो वे ज़ख्मी हुए ही न हों। प्राचीन युग में जब इस तरह के दोस्तों की आवश्यकता होती थी, तब सभी वीरों ने इस बात की आवश्यकता महसूस की कि उनके नौकरों के साथ रुपया-पैसा तथा अन्य आवश्यक सामान जैसे मरहम-पट्टी वगैरह रहे ताकि उनके ज़ख्मों की मरहमपट्टी हो सके। यदि उन वीरों के साथ नौकर-चाकर नहीं रहते थे—जैसा कि प्रायः नहीं होता था—तब वे लोग खुद उन चीज़ों को एक छोटे वेश में रखकर अपने साथ इस तरह ले चलते थे मानो वह सबसे अधिक मूल्यवान वस्तु हो। वे लोग उन चीज़ों को अपने घोड़े के साज में इस तरह छिपाकर रखते थे कि किसी को पता नहीं लगता था। ऐसा उन्हें इसलिए करना पड़ता था कि वीर-धर्म के नियम के अनुसार इन चीज़ों को साथ ले चलना वर्जित था। इसलिए तुम्हें मेरी यह सलाह है, सलाह ही क्यों; चूँकि वीर-धर्म में तुम मेरे पुत्रवत् शिष्य होने जा रहे हो, इसलिए मेरा आदेश है कि रुपया-पैसा तथा अन्य आवश्यक चीज़ों के बिना, जिनकी चर्चा मैंने तुमसे की है, आगे मत बढ़ो। ये सब चीज़ें ऐसे गाढ़े समय तुम्हारे काम आएँगी कि इनकी आवश्यकता की कल्पना तक नहीं कर सकते।'

डान क्विग्जोट ने कहा—'मैं आपके आदेशों का पूरी तरह पालन करूँगा।'

इसके बाद दोनों की बातचीत का सिलसिला खत्म हो गया, ताकि डान क्विग्जोट सराय के सामने वाले विशाल मैदान में अपने कवच की रखवाली करे।

इस वीर योद्धा ने उनकी हिफ़ाज़त के उद्देश्य से उन्हें एक जगह जमा किया और सबको एक तोबड़े में डाल दिया जो मैदान के पास वाले कुएँ पर था। इसके बाद वह अपनी ढाल और माला को लेकर, अँधेरा होते ही बाड़े के चारों ओर सैनिक चाल से पहरा देने लगा। इधर सराय वाले ने अपने मेहमान की इस मूर्खता का समाचार साथ में टिकने वाले सभी व्यक्तियों को सुना दिया कि किस तरह वह अपने कवच पर इतना आशय से पहरा दे रहा है कि वह योद्धा वीर बनेगा। वे लोग उसकी इस मूर्खता पर हँसने लगे और दूर खड़े होकर यह तमाशा देखने के लिए निकल पड़े। उन लोगों ने देखा कि कभी तो वह गंभीर

मुद्रा में इधर-उधर चलता है और कभी अपने भाले के बल झुककर अपने कवच को देखता है। रात हो गई थी, चंद्रमा भी आकाश में उदय हो गया था। इतनी ज्योति आ गई थी कि वह उस ग्रह का मुकाबला कर सके जिससे उसे ज्योति मिलती है! इसलिए दर्शक लोग उस वीर को भली-भाँति देख सकते थे। वह वीर अपने काम में इसी तरह व्यस्त था कि एक हरकारा, जो उसी सराय में ठहरा था, अपने खच्चर को धोने आया। तोबड़े में से उस सामान को अलग किए बिना वह पानी निकालकर अपने खच्चर को नहला नहीं सकता था। डान क्विग्जोट ने उसे अपनी ओर बढ़ते देखा तो चिल्लाकर बोला—'अरे, तू जो कोई भी उद्दंड वीर हो, तू मेरे समान अत्युत्कृष्ट वीर योद्धा के कवच में हाथ लगाने का साहस करता है! सावधान! अपने अपवित्र हाथों से उसे छूने का साहस मत करना, नहीं तो तेरे इस दुःसाहस का परिणाम तेरी सद्यः मृत्यु होगी।' लेकिन उस हरकारे ने उन गंभीर धमकियों की लेश-मात्र भी परवाह नहीं की। उसने तस्मा पकड़कर उसके कवच को उठा लिया और सामान दूर फेंक दिया। उचित यही था कि वह उसे निकालकर वहीं रख देता। डान क्विग्जोट ने ज्यों ही यह देखा उसने आकाश की तरफ आखें उठाईं और अपनी काल्पनिक प्रेयसी डलसीनिया का ध्यान करके बोल उठा—'देवि, तुम्हारे दास को जो प्रथम अवसर प्राप्त हुआ है, उसमें उसकी सहायता करो। अपने पुरुषार्थ के इस प्रथम प्रदर्शन में मैं तुम्हारी कृपा और रक्षा से वंचित नहीं होऊँ।' इस तरह के उद्गारों को प्रकट करते हुए उसने अपनी ढाल को सरका दिया और दोनों हाथों से माला डालकर उसके बेडौल सिर पर इस भीषणता के साथ प्रहार किया कि वह उसके पैरों के पास गिरकर छटपटाने लगा। यदि उसने अपने भाले से उसी तरह का दूसरा प्रहार भी किया होता तो उसका अंत ही हो गया होता। इसके बाद उसने अपने उस कवच को उठाकर पुनः उसी तोबड़े में रख दिया और पहले की भाँति बिना किसी चिंता या परवाह के टहल-टहलकर पहरा देने लगा।

इस घटना के थोड़ी ही देर बाद दूसरा हरकारा अपने खच्चर को धोने के लिए वहाँ पर आया। उसे पहली घटना की कोई जानकारी नहीं थी। पहला उसी तरह बेहोश ज़मीन पर पड़ा था। पहले की भाँति तोबड़े में से कवच अलग करने के लिए वह भी आगे बढ़ा। इस बार डान क्विग्जोट ने मुँह से एक शब्द भी बाहर नहीं निकाला और मदद के लिए किसी का आवाहन भी नहीं किया। उसने पुनः अपनी ढाल को सम्हाला, अपने भाले को ऊपर उठाया और इस हरकारे के मस्तक पर इस वेग से प्रहार किया कि अपने भाले को किसी तरह की क्षति

पहुँचाए बिना उसने हरकारे का सिर तीन-चार जगह से तोड़ दिया। हरकारे की चिल्लाहट सुनकर सराय के सभी लोग दौड़ पड़े। ज़मीन का मालिक भी साथ था। डान क्विग्जोट ने इन लोगों को देखकर अपनी ढाल को सामने किया और तलवार खींच ली और बोला—'ऐ सौंदर्य की देवी! मेरे दुर्बल हृदय को साहस और शक्ति प्रदान करने वाली डलसीनिया! यही समय है कि तू साहसिक काम करने वाले अपने दास को अपने महत्त्व की किरणों से प्रेरित कर, जब कि वह इस तरह के अचानक साहसिक काम में संलग्न है।' ऐसा प्रतीत हुआ कि इतना कहते ही उसमें असीम साहस का संचार हुआ कि यदि संसार के सभी हरकारों ने मिलकर भी उस पर आक्रमण किया होता तो वह सबका अकेले ही मुकाबला करता। उधर जब हरकारों ने अपने साथियों की यह दशा देखी तो वे क्रोध से पागल हो उठे। उन्हें उसके पास जाने का तो साहस नहीं हुआ, लेकिन वे लोग दूर से ही उस पर ढेलों की वर्षा करने लगे। डान क्विग्जोट जहाँ तक संभव था अपनी रक्षा अपनी ढाल की आड़ देकर करने लगा। वह तोबड़े के पास से हटकर कहीं जाना नहीं चाहता था, क्योंकि उससे तो यह प्रकट होता कि वह अपने कवच को त्याग रहा है। सराया वाला चिल्ला-चिल्लाकर हरकारों को रोकने लगा। उसने कहा—'मैंने तो पहले ही तुम लोगों को संकेत कर दिया था कि वह पागल है, इसलिए अदालत उसे रिहा कर देगी, भले ही वह तुम लोगों को मार डाले।' डान क्विग्जोट चिल्ला-चिल्लाकर उन्हें धोखेबाज, शैतान और किले के मालिक को नीच, अनुदार और शीलहीन योद्धा कहने लगा; क्योंकि वह एक साहसी वीर का अपमान अपनी आँखों से देख रहा था। उसने कहा—'यदि मुझे वीर योद्धा का रुतबा प्राप्त हो गया होता तो मैं तुझे सिखा देता कि तू कितना बड़ा नीच और विश्वासघाती है, केवल तेरे कारण ओ नीच कमीने! बरसा लो ढेले, बुरा-से-बुरा काम कर डालो अगर तुममें साहस है तो मेरे पास आओ और अपनी धृष्टता और विवेकहीनता का पुरस्कार ग्रहण करो।' उन शब्दों को उसने इस जोश और साहस के साथ कहा कि उस पर आक्रमण करने वालों के दिलों में दहशत समा गई। कुछ डर के कारण और सराय वाले के मना करने के कारण उन लोगों ने उस पर ढेले फेंकने बंद कर दिए। और उसने भी उन लोगों को अपने घायल साथियों को उठाकर ले जाने दिया। इसके बाद वह पूरी शांति के साथ अपने कवच की चौकसी पहले की भाँति करने लगा।

सराय वाले को अपने मेहमान के पागलपन की ये हरकतें बुरी लगीं। उपद्रव को रोकने के उद्देश्य से उसने उस मनहूस को वीर योद्धा की उपाधि से विभूषित

करके तुरंत वहाँ से चलता कर देना चाहा। इसलिए वह उसके पास आया और बोला—'मुझे खेद है कि उन पाजी शैतानों ने आपके साथ इस तरह का कुत्सित व्यवहार किया। मैं आपको विश्वास दिलाना चाहता हूँ कि यह सब हरकत मेरी अनुमति से नहीं हुई। उनकी धृष्टता के लिए उन्हें पूरा दंड दे दिया गया है। मैं आपसे पहले ही बतला चुका हूँ कि इस किले में धर्म-स्थान नहीं है। और वीर योद्धा की उपाधि प्रदान करने के लिए धर्म-स्थान की ज़रूरत भी नहीं है, जैसा कि इन संस्थाओं के संस्कार के ग्रंथों में लिखा है, केवल गरदन और कंधों पर तलवार का स्पर्श करा देने से ही यह संस्कार पूरा हो जाता है। यह काम मैदान या अन्य किसी स्थान में भी संपन्न किया जा सकता है। आपने अपने कवच की रखवाली की विधि पूरी कर डाली। नियम के अनुसार केवल दो घंटे तक रखवाली की जानी चाहिए पर आपने चार घंटे तक की है।'

डान क्विग्जोट ने सहज में उसकी बातों पर विश्वास कर लिया और कहा—'मैं आपका आदेश मानने के लिए तैयार हूँ। आप जल्द-से-जल्द संस्कार का काम संपन्न कर दें, क्योंकि वीर योद्धा की उपाधि प्राप्त हो जाने के बाद यदि मुझ पर कोई आक्रमण करेगा तो मैं किले के एक आदमी को भी जिंदा नहीं छोड़ूँगा, केवल आप जिन्हें कहेंगे उनकी जान छोड़ दूँगा।'

सराय वाले ने देखा कि कहीं वीर योद्धा उस तरह की दारुण हरकतों में प्रवृत्त न हो जाए, वह तत्काल उस रजिस्टर को ले आया जिसमें वह हरकारों के गल्ले और लकड़ी का हिसाब लिखता था, साथ ही वह दोनों वेश्याओं को भी लेते आया जिनकी चर्चा पहले की जा चुकी है। एक लड़का भी वह साथ लेता आया जिसके हाथ में जलती मोमबत्ती थी। उसने डान क्विग्जोट से घुटने के बल बैठ जाने के लिए कहा। वह रजिस्टर खोलकर इस तरह बुदबुदाने लगा मानो वह किसी धार्मिक ग्रंथ से पाठ कर रहा हो। पाठ के बीच में उसने अपना हाथ उठाया और डान क्विग्जोट की गर्दन पर जोर से दे मारा। उसके बाद अपनी तलवार के चपटे भाग से उसकी पीठ पर एक थपाका दिया। वह ये हरकतें करता जाता था और मन-ही-मन रजिस्टर का इस तरह पाठ करता जाता था मानो वह प्रार्थना कर रहा हो।

इतना कर चुकने के बाद उसने एक वेश्या को आदेश दिया कि वह वीर योद्धा की कमर के चारों ओर तलवार को घुमा दे। उसने बड़ी आस्था के साथ यह काम किया, बल्कि कहना तो यह चाहिए कि उसने बड़ी संजीदगी से काम लिया; क्योंकि उस संस्कार की प्रत्येक अवस्था पर हँसी को रोक रखना बहुत

ही कठिन काम था। यह भी निर्विवाद है कि थोड़ी देर पहले वीर योद्धा ने जिस पराक्रम का प्रदर्शन किया था उसका स्मरण उसे लेशमात्र भी आनंद नहीं प्रदान कर सका। उसकी कमर में तलवार को घुमाते समय उसने कहा—'स्वर्ग के देवता आपको भाग्यशाली वीर योद्धा बनाएँ, जहाँ कहीं भी आप जाएँ आप फलें-फूलें।' डान क्विग्जोट ने उसका नाम जानना चाहा ताकि वह याद रखे कि किसने उसके ऊपर इस तरह की दया की वर्षा की है और अपने जिस बाहुबल से वह कीर्ति अर्जित करता जा रहा था, उसमें उसे साझीदार बनाए। उस स्त्री ने बड़ी नम्रता से कहा—'मेरा नाम टोलीसा है। मैं एक मोची की लड़की हूँ। टेलेडो के सैंचेबियाना में मेरे पिता की छोटी-सी दुकान है। मैं आपके आदेशों का पालन करने के लिए सदा तैयार रहूँगी।' डान क्विग्जोट ने उससे निवेदन किया कि आज से आप अपने नाम के पहले 'श्रीमती' (LADY) शब्द जोड़ दें और आप अपने को श्रीमती टोलीसा कहा करें। उसने इस प्रार्थना को स्वीकार कर लिया। उसकी साथिन वीर योद्धा के जूते में जब कीलक बाँधने लगी तब उससे भी बातचीत करने का मौका मिल गया। उसने अपना नाम मिलर बतलाया। उसने कहा कि आटीक्वेरा के एक ईमानदार मिलर की वह बेटी है। उसने उससे भी आग्रह किया कि वह अपने को श्रीमती मिलर कहा करे। उसने उसे भी सेवा का वचन दिया। यह असाधारण संस्कार (क्योंकि इस तरह का संस्कार कभी संपन्न नहीं हुआ था) द्रुतवेग के साथ संपन्न हो जाने के बाद डान क्विग्जोट साहसिक कार्य की तलाश में सन्नद्ध हुए बिना शांत नहीं रह सकता था। इसलिए उसने तुरंत अपने घोड़े रोजिनांटे की पीठ पर जीन को रखा और सवार हो गया। उसने सराय वाले को छाती से लगाते हुए कृपा के लिए ऐसे शब्दों में उसे धन्यवाद दिया कि उनका वास्तविक अभिप्राय नहीं प्रकट किया जा सकता! सराय वाला जल्द-से-जल्द अपना पिंड छुड़ाना चाहता था। इससे उसने उसे व्यंग्यपूर्ण चंद शब्दों नें धन्यवाद दिया और हिसाब के लिए उसको रोके बिना ही उससे पीछा छुड़ाना ही उसने उचित समझा।

4. सराय छोड़ने के बाद की घटना

जिस समय डान क्विग्जोट सराय से बाहर हुआ उषादेवी प्रभात के आगमन की सूचना दे रही थी। वीर योद्धा की उपाधि से विभूषित होने से उसे इतनी अधिक प्रसन्नता, ऐसा उल्लास और आनंद था कि उसने वह संतोष अपने घोड़े में भर देना चाहा जो खुशी के मारे इतना फूल उठा था कि उसकी पेटी टूट

सकती थी। लेकिन उसी समय उसे सराय वाले की वह चेतावनी याद आ गई कि वीर योद्धा को अपने साथ रुपया-पैसा, साफ कमीज़ और मरहम पट्टी का सामान लेकर चलना चाहिए। उसने उन चीज़ों का संग्रह कर लेने के इरादे से घर वापस जाने का फैसला किया। वह एक खवास भी साथ कर लेना चाहता था। इस काम के लिए उसने अपने पड़ोस के एक मजदूर को हर तरह से उपयुक्त समझा। वह नितांत गरीब था, उसके अनेक बाल-बच्चे थे। वह इस पद के लिए सर्वथा उपयुक्त था। मन में यह ठानकर उसने उस सड़क को पकड़ा जो उसके गाँव की ओर जाती थी और रोजिनांटे मानो उसके मनोभाव को समझ गया हो, इस तेजी के साथ उसे लेकर सरपट भागा कि उसकी टाप मुश्किल से धरती को छूती थीं। वह थोड़ी ही दूर गया होगा कि उसे ऐसा प्रतीत हुआ कि उसके दाहिने हाथ की ओर वाली झाड़ी से किसी के रोने की आवाज़ आ रही है। उसका रोना सुनते ही उसने कहा—'ईश्वर को अनेक धन्यवाद है कि उसने इस पेशे के कर्तव्य के पालन का मुझे इतनी जल्द अवसर दिया ताकि मैं अपना मनोवांछित फल प्राप्त कर सकूँ। यह रोना किसी दुखिया का है जो मेरी तत्काल सहायता चाहती है।' रोजिनांटे जितनी तेजी के साथ घूम सकता था उतनी तेजी के साथ उसने उसका मुँह उस ओर फेरा और उस जगह आ पहुँचा। वहाँ पहुँचकर उस वीर योद्धा ने देखा कि जैतून के पेड़ में एक घोड़ी बँधी है और दूसरे पेड़ में एक पंद्रह साल का छोकरा बँधा है और कमर के ऊपर वह एकदम नंगा है। इसी लड़के के रोने की वह आवाज़ थी और उसका रोना अकारण भी नहीं था। क्योंकि एक मोटा-ताजा किसान उसे कमरपेटी से खूब पीट रहा था और प्रत्येक प्रहार पर उसे वह कहावत याद कराता जा रहा था—'अपना मुँह बंद और आँखें खुली रखो।' लड़का चिल्ला रहा था—'मेरे मालिक, अब मैं ऐसा कभी नहीं करूँगा, मुझ पर दया कीजिए, मैं ऐसा फिर कभी नहीं करूँगा। अब से मैं आपके माल की सावधानी से देख-रेख करूँगा।'

यह दृश्य देखकर डान क्विग्जोट का क्रोध उमड़ आया। उसने गरजकर कहा—'क्रूर वीर योद्धा! जो आदमी अपना बचाव नहीं कर सकता उस पर प्रहार करना अत्यंत घृणित काम है। अपनी घोड़ी को खोलो और भाले हाथ में लो। (क्योंकि किसान की कोई चीज़ पेड़ के सहारे खड़ी थी जो भाला के समान लगती थी) तब देखो कि मैं तुम्हें बतला दूँगा कि तुमने कायरता का काम किया है।' कवच से लैस भाला ताने क्रूर दृष्टि से अपनी तरफ एक आदमी को देखते हुए लक्ष्य करके किसान के होश उड़ गए। उसने दीनता के साथ कहा—'महामान्य

वीर योद्धा! यह लड़का, जिसे मैं सजा दे रहा हूँ, मेरा नौकर है। मैंने इसे अपनी भेड़ों की रखवाली के लिए नियुक्त कर रखा है, जो यहाँ से बहुत दूर नहीं हैं। लेकिन यह इतना लापरवाह है कि प्रतिदिन मेरी कुछ-न-कुछ भेड़ें लापता हो जाती हैं और जब मैं इसकी लापरवाही या दुष्टता के लिए इसे सजा देता हूँ तो यह कहता है कि मैं लोभी हूँ और इसकी मज़दूरी हज़म करने के लिए ऐसा करता हूँ। लेकिन मैं शपथपूर्वक कहता हूँ कि यह हमेशा मुझे धोखा देता रहता है।'

डान क्विग्जोट ने चिल्लाकर कहा–'पगला कहीं का! तू मुझसे ही झूठ बोलने चला है। मैं साफ-साफ कहे देता हूँ कि मैंने अपने इस भाले से तुझे छेद देने का पक्का इरादा कर लिया है। बिना किसी चूं-चपर के तू इसकी मज़दूरी तुरत चुका दे, नहीं तो ईश्वर की शपथ खाकर कहता हूँ कि मैं तुरत तुझे मिट्टी में मिला दूँगा। इसका बंधन तुरत खोल।' किसान ने सिर नीचा कर लिया और कुछ और कहे बिना लड़के का बंधन खोल दिया। डान क्विग्जोट ने लड़के से पूछा–'तुम्हारी कितनी मज़दूरी बाकी है?' लड़के ने कहा–'सात रीथल (स्पेन का सिक्का जो ढ़ाई आने के बराबर होता है) प्रतिमास के हिसाब से नौ महोने की मज़दूरी बाकी है।' डान क्विग्जोट ने हिसाब लगाकर देखा कि कुल तिरसठ रीथल होते थे। उसने कहा–'किसान, तुम तुरत इसकी कुल मज़दूरी दे दो, नहीं तो मैं इसी वक्त तुम्हारी जान ले लूँगा।' इस पर किसान ने डर से काँपते हुए कहा कि चूँकि मैंने कसम खायी है मेरे सिर पर मृत्यु की छाया मँडरा रही है, (यद्यपि उसने कसम नहीं खायी थी) इसका इतना बाकी नहीं है। मैंने इसे तीन जोड़ा जूता खरीद दिया था, उसकी कीमत बाद में देनी है और जब यह बीमार था तब इसको खून देना पड़ा था। उसकी मजूरी एक रीथल घटती है। डान क्विग्जोट ने कहा–'यह हो सकता है लेकिन तुमने इसे अकारण पीटा है, उसके मुआवजे में वह कट गया। तुम्हारे दिए हुए जूते से यदि इसने काम लिया तो इसे पीटकर तुमने इसको कमजोर भी कर दिया। यदि बीमारी में डॉक्टर ने इसे खून दिया था तो स्वस्थ हालत में तुमने इसका काफी खून निकाल लिया है। इसलिए उसके लिए यह तुम्हारा कुछ नहीं धराता।' इस पर किसान ने कहा–'वीर योद्धा महोदय लेकिन खेद है कि मेरे पास यहाँ रुपये-पैसे नहीं हैं। इसलिए यह लड़का अंड्रू मेरे साथ घर चले, मैं इसकी पाई-पाई हाथों-हाथ चुकता कर दूँगा।' किसान की यह बात सुनकर लड़के ने चौंककर कहा–'यह पक्का मक्कार और शैतान है, इसके साथ घर कौन जाएगा! मैं इसे खूब जानता हूँ। मैं हरगिज़ नहीं जाऊँगा। अकेले में मुझे पाकर यह सेंटवर्थ लोगों की तरह जिंदा मेरी चमड़ी उधेड़ लेगा।' डान

क्विग्जोट ने कहा—'यह मेरा आदेश है, उसे ऐसा करने का साहस भी नहीं हो सकता। इसे वीर योद्धा की उपाधि मिली है, उस संप्रदाय के नाम पर वह शपथ ले कि वह उसके नियमों का ईमानदारी से पालन करेगा तो मैं उसे स्वतंत्रतापूर्वक जाने दूँगा और तुम और तुम्हारी मज़दूरी सुरक्षित।' लड़के ने कहा—'मैं आपको सावधान कर देना चाहता हूँ कि न तो यह वीर योद्धा है और न इसके जीवन में कभी नियम-निष्ठा रही है। यह क्विण्टिनर का समृद्ध किसान हलडुडी है।' डान क्विग्जोट ने कहा—'इसे कुछ प्रकट नहीं होता। हलडुडो में भी वीर योद्धा हो सकते हैं। इसके अलावा वीर आदमी ही अपने भाग्य का निर्माण करता है और प्रत्येक आदमी अपने काम का प्रतिरूप है।' अंड्रू ने कहा—'महाशय, आपका कहना ठीक है, लेकिन मेरा यह मालिक किस काम का प्रतिरूप हो सकता है जो मेरी गाढ़ी कमाई देना नहीं चाहता।' तब मालिक ने कहा—'भले अंड्रू, मैं तुम्हारी मज़दूरी देने से इनकार नहीं करता। मैं तो इतना ही कहता हूँ कि तुम मेरे साथ चलो और संसार के वीर योद्धा-संप्रदाय के नाम पर मैं शपथपूर्वक कहता हूँ कि मैं तुम्हारा पाई-पाई का हिसाब चुका दूँगा और तुम्हें हर तरह से संतुष्ट कर दूँगा।' डान क्विग्जोट ने कहा—'हर तरह से संतुष्ट करने की बात छोड़ो, मेरा आदेश यही है कि उसकी पूरी मज़दूरी रीथल में दे दो। याद रखो कि अपने वचन का पूरी तरह पालन करना होगा नहीं तो मैं शपथपूर्वक कहता हूँ कि मैं वापस आकर तुम्हें खोज निकालूँगा और तुम्हें कड़ी सजा दूँगा चाहे तुम अपने को कहीं भी छिपाकर रखो। तुम्हें यह भी मालूम हो जाना चाहिए कि तुम्हें यह आदेश कौन दे रहा है। मैं वीर डान क्विग्जोट डेला मांचा हूँ जिसका काम ही लोगों का दुख दूर करना और सताने वालों से बदला लेना है। तुम विदा हो सकते हो, लेकिन याद रखना कि तुमने जो वचन दिया है जो उसे पूरा करने में जरा भी आनाकानी की तो तुम खतरे में आए।' इतना कहकर उसने रोजिनांटे को एड़ दी और तेजी से आगे बढ़ गया। वे दोनों उसके बहुत पीछे रह गए।

किसान उसे गौर से देखता रहा। जब उसने देखा कि वह जंगल से बाहर निकलकर आँख से ओझल हो गया तब उस लड़के अंड्रू के पास गया। बोला, 'आओ छोकरे, लोगों का दुख दूर करने वाले और सताने वालों से बदला लेने वाले ने मुझे जो आदेश दिया है उसके अनुसार मैं तुम्हारी मज़दूरी चुका दूँगा।'

अंड्रू ने कहा—'उचित तो यही है कि तुम उस वीर योद्धा के आदेश का पूरी तरह पालन करो; क्योंकि वह वीर है, और न्यायप्रिय है, लेकिन तुमने मेरी मज़दूरी नहीं दी तो निश्चय ही वह वापस आएगा और अपने वचन का पालन करेगा।'

किसान—'मैं भी यह अच्छी तरह जानता हूँ। इसमें मैं रकम बढ़ाने के लिए और अधिक देने के लिए भी तैयार हूँ।'

इतना कहकर उसने लड़के को पकड़ लिया और उसी पेड़ से बाँध दिया। उसने उसे इतनी बेरहमी से पीटा कि मुश्किल से उसमें जीवन का कोई लक्षण रह गया और कहा—'अंड्रू, अब तुम अपने दुखों को दूर करने वाले को पुकारो और तुम देखो कि मैंने जो कुछ किया है उसका प्रतिकार वह नहीं कर सकता, यद्यपि मैं सोचता हूँ कि मुझे जितना करना चाहिए था उसे मैंने अंशतः ही किया है। तुम्हारे कहने के अनुसार मुझे तुम्हारी जिंदा चमड़ी उधेड़ देनी चाहिए थी।'

इतना कहकर उसने उसे खोल दिया ताकि वह अपने न्यायाधीश की तलाश में जाए और अपनी डिग्री वसूल कर सके। अंड्रू ने पीड़ा से कराहते हुए रास्ता पकड़ा। उसने पक्का इरादा कर लिया था कि बहादुर डान क्विग्जोट डेला मांचा को खोज निकालेगा और यहाँ का सारा वृत्तांत उसे कह सुनाएगा ताकि सूद के साथ वह सतगुना इस किसान से वसूल कर ले। सारांश यह है कि वह रोता-सिसकता आगे बढ़ा और उसका मालिक वहीं हँसता रह गया और इस तरह डान क्विग्जोट डेला मांचा ने उस लड़के पर होने वाले अत्याचार का प्रतिकार किया।

इस बीच अपनी हरकतों से मन-ही-मन प्रसन्न होकर, यह कल्पना करके कि उसने अपने शस्त्रों के कौशल का बहुत ही शुभ और सुंदर आरंभ किया है, वह अपने गाँव की तरफ चला। उसने धीमे स्वर में कहा—'ओ प्रखर सौंदर्य की देवी, डलसीनिया डेल टोवोसो, तू अपने को अत्यंत भाग्यवान समझ, क्योंकि यह तेरा सौभाग्य था कि तूने मेरे समान प्रसिद्ध वीर योद्धा और स्वयं तेरे चरणों पर निछावर होने वाले वीर को लुभाया। यह डान क्विग्जोट डेला मांचा तेरा सदा गुलाम बना रहेगा। विश्व जानता है कि उसे कल ही वीर योद्धा की उपाधि मिली और आज ही उसने ऐसे महान अत्याचार और अनाचार का प्रतिकार किया जिसकी कल्पना कोई नहीं कर सकता। आज के दिन उसने उस उत्पीड़क के हाथों से दंड के साधन को छीन लिया जो बिना किसी कारण के एक अबोध बालक पर अत्याचार कर रहा था।' इतना कहते-कहते वह एक चौराहे पर जा पहुँचा। उसे सहस्रों उन चौराहों का स्मरण हो आया जहाँ पहुँचकर वीर योद्धा बहुधा निस्तब्ध रुक जाया करते थे और यह सोचने लगते थे कि उन्हें कौन-सा मार्ग पकड़ना चाहिए। यह सोचकर कि उसे भी उनका उदाहरण पालना चाहिए वह क्षण-भर के लिए रुक गया। उस समस्या पर गहरा विचार करने के बाद

उसने निर्णय रोजिनांटे पर छोड़ दिया और रास ढीली कर दी। रोजिनांटे ने अपनी प्रेरणा के अनुसार उसी मार्ग को पकड़ा जो उसके अस्तबल की ओर जाता था।

डान क्विग्जोट दो मील से अधिक नहीं गया होगा कि उसने मनुष्यों के एक दल को घोड़े पर सवार अपनी ओर आते देखा। वे टोलेडो के सौदागर थे, जो मर्किया रेशम खरीदने जा रहे थे। वह संख्या में छः थे। सबों के हाथ में छाता था। उनके साथ घोड़े पर चार नौकर और पैदल तीन खवास थे। उन्हें देखते ही वीर योद्धा ने इसे नया अभियान समझा। उसने अपनी पुस्तकों में जो कुछ पढ़ा था उसका पूरा-पूरा अनुकरण करना चाहा। उसने इसे भी कोई खास अभियान मान लेना चाहा, क्योंकि इस तरह के साहसिक कार्यों का सामना करने के लिए वह लालायित था। इसलिए उसने अपनी रकाब में पैरों को स्थिर किया, भाले को सम्हाल ढाल से अपनी छाती ढक ली और भयानक चेहरा बनाकर बीच रास्ते में खड़ा हो गया और उन अनुमानित वीर योद्धाओं के आगमन की प्रतीक्षा करने लगा। ज्यों ही वे लोग उसके निकट पहुँचे और उसने गंभीर भावना से गरजकर कहा—'तुम लोग जहाँ हो, वहीं खड़े हो जाओ और तब तक आगे कदम बढ़ाने का साहस नहीं करो जब तक कि तुम लोग यह स्वीकार नहीं कर लो कि इस विश्व में ला मांचा की साम्राज्ञी बेजोड़ डलसीनिया डेल टोबोसा के समान दूसरी सुंदरी नहीं है।' उसकी डाँट सुनते ही सौदागर जहाँ थे वहीं रुककर अपने प्रतिद्वंद्वी का असाधारण रूप निहारने लगे। उसके मुख के भाव तथा छद्म वेश से उन लोगों ने समझ लिया कि इसका दिमाग खराब हो गया है। उन लोगों ने उस विचित्र वाक्य का अर्थ भली-भाँति समझ लिया, जिसे वह उनसे कबूल करवा लेना चाहता था। इसलिए उनमें से एक जो मज़ाक को समझता था और पसंद भी करता था और जिसमें इस तरह के मज़ाक को सम्हालने की बुद्धि भी थी उससे बात करने के लिए आगे बढ़ा। उसने कहा—'अश्वारोही महोदय, आप जिस महामहिमामयी नारी की चर्चा करते हैं, उन्हें हम लोग नहीं जानते, इसलिए आप कृपया हम लोगों को उनका दर्शन कराइए। यदि हम लोग उनमें उस असाधारण सौंदर्य की झलक पाएँगे जिसकी चर्चा आपने की है, तो हम लोग खुशी-खुशी उस बात को स्वीकार कर लेंगे जिसे आप हम लोगों से स्वीकार कराना चाहते हैं।'

इसके उत्तर में डान क्विग्जोट ने कहा—'यदि इस सौंदर्य का दर्शन तुम्हें करा दूँगा तो इतने स्पष्ट सत्य को स्वीकार करना तो कोई महत्त्व की बात नहीं होगी। वास्तविक महत्त्व तो इस बात का है कि तुम लोग इसे मान लो, स्वीकार करो, प्रतिपादन करो, समर्थन करो और बिना उसे देखे ही इस धारणा की पुष्टि करो।

इसलिए इस तथ्य को इसी क्षण स्वीकार करो या मुझसे युद्ध करने के लिए तैयार हो जाओ। वीर धर्म के अनुसार चाहे तुम लोग एक-एक करके मुझसे लड़ो या तुम लोगों के समान मर्यादाहीन का पुरुष जैसा करते हैं, तुम लोग एक साथ ही मुझसे भिड़ो। मैं अकेला ही तुम लोगों का सामना करने के लिए तैयार हूँ। मुझे अपने उद्देश्य की सत्यता पर विश्वास है इसलिए मैं तुम लोगों का मुकाबला अकेले ही कर सकूँगा।'

सौदागर ने कहा—'वीर योद्धा महोदय, इन सभी उपस्थित राजाओं की ओर से मैं आपसे नम्र निवेदन करना चाहता हूँ कि जिस चीज़ को न तो हम लोगों ने कभी देखा, और न जिसके बारे में कभी कुछ सुना उसे स्वीकार कर लेना हम लोगों की अंतरात्मा कभी कबूल नहीं करेगी। इसके अलावा ऐसा करना अलकारिया और इस्ट्रैमंडुरा की साम्राज्ञी का बहुत बड़ा अपमान होगा। इसलिए आप उनका कोई चित्र ही दिखलाकर—चाहे वह गेहूँ के दाने के बराबर ही क्यों न हो—हम लोगों का इतमीनान करा दें, क्योंकि छोटा नमूना देखकर ही हम लोग पूरे नक्शे का अंदाज लगा लेंगे। इस तरह हम लोगों को भी इतमीनान हो जाएगा और आप भी संतुष्ट और खुश हो जाएँगे। नहीं, नहीं, मुझे पूरा विश्वास है कि हम लोग भी आपकी आज्ञा को स्वीकार करने की ओर इस तरह प्रवृत्त हो रहे हैं कि यद्यपि इस चित्र में वे एक आँख से कानी प्रतीत हों और दूसरी आँख से क्रोध से रक्त चूता हो तो भी आपको अनुगृहीत करने के लिए आप जो कुछ चाहेंगे हम लोग उनके पक्ष में करने के लिए तैयार रहेंगे।'

डान क्विग्जोट क्रोध से जल उठा और बोला—'बदमाश कहीं का, तूने 'चूता' शब्द का प्रयोग किया है! तू जान ले कि उसके शरीर से अंबर और माजीर कस्तूरी के अतिरिक्त और कुछ नहीं चूता। उसकी बनावट और रचना में कहीं कोई दोष नहीं है, बल्कि वह ग्वाडरमिया के टेकुआ से भी अधिक सीधी है। लेकिन तूने उस अतुलनीय सौंदर्य की महिला के संबंध में जो निंदाजनक बात कही है उसका मूल्य तुम सबको चुकाना पड़ेगा।' इतना कहकर वह भाला तानकर उस सौदागर पर इस तरह झपटा कि उसे अपने मज़ाक का महँगा मूल्य चुकाना पड़ता यदि उसके भाग्य से बीच में ही ठोकर खाकर रोजिनांटे ज़मीन नहीं चूमने लगा होता। रोजिनांटे के गिरने के साथ ही उसका सवार दूर जा गिरा। अपने भाला, ढाल, शंकु, आड़, निशाना और मुचलिगे कवच के बोझ से इस तरह वह दबा था कि लाख कोशिश करने पर भी वह अपने पैरों पर खड़ा नहीं हो सका। इस असहाय अवस्था में वह केवल अपनी जबान की बहादुरी दिखलाता रहा।

उसने चिल्लाना शुरू किया—'दुष्टो, कायरो, ठहरो, भागो नहीं, मैं अपनी भूल से यहाँ नहीं पड़ा हूँ, बल्कि अपने घोड़े की असावधानी से।'

उन सौदागरों का एक खवास उतने शिष्ट स्वभाव का नहीं था। ज़मीन पर पड़े हुए उस वीर योद्धा को इस तरह अपने मालिक को गालियाँ देते हुए सुनकर, वह उसका प्रतिकार किए बिना रह नहीं सका। इसलिए वह उसके पास आया, उसका भाला छीन लिया, उसे तोड़कर दो टुकड़े कर दिया और भाले के डंडे से उसकी पसलियों पर इस तरह से प्रहार करने लगा कि कवच के बावजूद भी उसे मूसा बना डाला। उसके मालिक ने उसे उतनी बेरहमी से पीटने से रोका, लेकिन वह इस तरह आपे से बाहर था कि उसे पीटते-पीटते जब तक उसका क्रोध शांत नहीं हो गया तब तक उसने दम नहीं लिया। इसके बाद उसने भाले का दूसरा टुकड़ा उठा लिया और वीर योद्धा के शरीर पर उसका प्रयोग करने लगा जो उसके कवच से टकराकर टुकड़े-टुकड़े हो गया। इस भयानक मार की परवाह न कर वह उसी तरह ज़मीन पर पड़ा-पड़ा उन्हें गालियाँ देता रहा। अंत में खवास थक गया और उन सौदागरों ने भी अपना रास्ता लिया। रास्ता काटने के लिए उन्हें इस वीर योद्धा के कारण काफी मसाला मिल गया था।

उनके चले जाने के बाद अपने को अकेला पाकर उसने फिर एक बार पुनः उठने का प्रयास किया, लेकिन जब वह पहले नहीं उठ सका था, जबकि अपने अंगों का प्रयोग कर सकता था, तब भला इतनी मार पड़ने पर अब कैसे संभव था। लेकिन इस दुर्घटना के बावजूद भी वह अपने को बड़ा भाग्यवान मानता था, क्योंकि उसकी यही धारणा थी कि वीर योद्धाओं के अभिमान में इस तरह की दुर्घटनाएँ तो होती ही हैं और इसका एकमात्र कारण वह घोड़े का गिर जाना मानता था। उस पर ऐसी भयानक मार पड़ी थी कि वह किसी तरह उठ नहीं सकता था।

5. हमारे वीर योद्धा की विपत्ति का अन्य विवरण

डान क्विग्जोट ने देखा कि वह हिलने-डुलने में असमर्थ है। उसने साधारण उपचार को अपनाने का इरादा किया अर्थात् वह सोचने लगा कि उसकी पुस्तकों का कौन-सा अंश उसे शांति प्रदान कर सकता है। उसकी मूर्खता का परिणाम यह हुआ कि उसे बाल्डविन और मांटुआ के मार्क्विज़ की कहानी याद आ गई जब कि चारलोट ने बाल्डविन को पहाड़ पर घायल करके छोड़ दिया था। इस कहानी को बाल-बच्चे, युवक-युवतियाँ सभी जानते और दुहराते हैं, बूढ़े इसे

सच भी मानते हैं, और सेहों मत के अलौकिक कामों में बिंदु-मात्र भी घटकर विश्वसनीय नहीं। उसे प्रतीत हुआ कि इसी तरह के अवसर के लिए खास तौर से यह कहानी गढ़ी गई थी। इसलिए वह अत्यंत व्यथा और वेदना प्रकट करता हुआ छटपटाने और ज़मीन पर लोटने लगा और आहें भर-भरकर उसी बात को दुहराने लगा जिसे जंगल में उस वीर योद्धा ने कहा था—'शोक! कहाँ तुम हो प्रिये कि मेरी विपत्ति के लिए तुम कराह नहीं उठतीं। तुम्हें पता नहीं कि यहाँ मुझे कौन पीड़ित कर रहा है! क्या तुम मेरे प्रति बेवफ़ा हो गई हो?'

उस रोमांच के विलाप को वह दोहराता रहा। अंत में उसके मुँह से यह वाक्य निकल आया—

'ओ मांटुआ के मार्क्विज़, महान अधिपति मेरे चाचा और मेरे बादशाह।'

सौभाग्य की बात कि उसी गाँव का रहने वाला उसका पड़ोसी किसान, पनचक्की से आटे का बोरा लिए हुए उधर ही आ निकला। उसने एक आदमी को ज़मीन पर टाँग पसारकर पड़ा देखा तो वह पूछ बैठा—'तुम कौन हो और इस तरह विलाप क्यों कर रहे हो?' डान क्विग्जोट के विकृत मस्तिष्क ने उस किसान को ही अपने काल्पनिक चाचा मांटुआ का मार्क्विज़ समझा। उसने किसान के प्रश्न का कोई उत्तर नहीं दिया, बल्कि अपने रोमांच को उसी तरह जारी रखा, जिसमें उसने उसके दुर्भाग्य के वृत्तांत का, उसकी पत्नी के प्रेम का और सम्राट् के पुत्र का ठीक उसी तरह वर्णन किया जिस तरह उस पुस्तक में दिया हुआ था। उसके मुँह से इसी तरह की बातों की चर्चा सुनकर किसान अचरज से उसका मुँह देखने लगा। उसने उसके चेहरे के ऊपर से शिरस्त्राण के सामने का भाग उतार लिया जो खवास की मार से टुकड़े-टुकड़े हो गया था, उसके चेहरे पर जो धूल जमी थी उसे पोंछा तब उसने उसे पहचाना। वह बोल उठा—'किग्जाडा महोदय (क्योंकि जब तक उसका दिमाग दुरुस्त था और भद्र पुरुष से विचरणशील वीर योद्धा नहीं बन उठा था तब तक वह इसी नाम से प्रसिद्ध था), आपकी यह दुर्दशा किस तरह हुई?' लेकिन अपने रोमांच को उसने उसी तरह जारी रखा, किसान के प्रश्नों का कोई उत्तर नहीं दिया, बल्कि पुस्तक की आगे की बातों को दुहराता रहा। उसकी यह हालत देखकर उस सज्जन किसान ने इस साहसी के क्षत-विक्षत कवच को उतार लिया और उसके जख्मों की खोज करने लगा। लेकिन किसी तरह की चोट या खून का कोई चिह्न न पाकर वह उसे उठाकर खड़ा करने की कोशिश में लग गया। अत्यधिक प्रयास के बाद वह उसे उठाकर किसी तरह अपने खच्चर पर लाद सका, क्योंकि वह आसान और आरामदेह

सवारी थी। उसने वीर योद्धा के सभी अस्त्र-शस्त्रों को बटोरा, भाले के टुकड़ों को भी बटोर लेना वह नहीं भूला। उसने उन्हें बाँधकर रोजिनांटे की पीठ पर रख दिया। उसने घोड़े की रास और अपने खच्चर की लगाम को पकड़ा और खिन्न-मन से गाँव की तरफ पैदल चला। डान क्विग्जोट के मुँह से जो असाधारण उद्गार निकले थे उन पर वह विचार करता जाता था। डान क्विग्जोट कम खिन्न नहीं था, क्योंकि उसे इतनी चोट लगी थी कि वह खच्चर पर मुश्किल से बैठ पा रहा था। वह बीच-बीच में इस व्यथा के साथ आह भरता था कि जो आकाश को चीरती-सी प्रतीत होती थी। इससे उस किसान का हृदय करुणा से भर गया और उसने पुनः उसके शोक का कारण जानना चाहा। लेकिन उस समय शैतान उसे ऐसी कथाओं की प्रेरणा दे रहा था जो उसकी उन परिस्थितियों से एकदम मिलती-जुलती थीं। उस क्षण वह बाल्डविन को भूल गया। उसने अपने को मूर अबिंडरेज समझा, जिसे अंटिक्वेर का दुर्गरक्षक रोड्रिगो डे नर्वेज गिरफ्तार करके अपने किले में ले जा रहा था। इसलिए जब किसान ने उससे हाल पूछा और उसकी तकलीफ़ को जानना चाहा तो उसने अक्षरशः उन्हीं बातों को दोहरा दिया जो कैदी अबिंडरेज ने रोड्रिगो डे नर्वेज से डायना ऑफ जर्जा डे मरंटे मेयर से कहा था, जहाँ इस वृत्तांत का वर्णन है। उसने अपने पक्ष में इस तरह घटा दिया कि उसे सुनकर किसान ने सोचा कि इस तरह की बेवकूफ़ी की बातों को सुनने की अपेक्षा शैतान का साथ करना कहीं अच्छा था। लेकिन तब तक उसे पूरा विश्वास हो गया कि उसके पड़ोसी का दिमाग खराब हो गया है। इसलिए उसकी बेवकूफ़ियों से छुटकारा पाने के लिए वह तेजी के साथ गाँव की ओर बढ़ा।

इस बीच में डान क्विग्जोट ने यों कहना शुरू किया—'डान रोड्रिगो डे नर्वेज, तुम्हें मालूम होना चाहिए कि जिस सुंदरी ज़रीफा का वृत्तांत मैंने तुमसे कहा है, संप्रति वह अति सुंदरी डलसीनिया डेल टोबोसो है, जिसके लिए मैंने वीर धर्म का काम किया है और बराबर करता रहूँगा और सफलता भी पाता रहूँगा।'

किसान ने कहा—'महाशय, मैं पापी हूँ। मैं न तो डान रोड्रिगो डे नर्वेज हूँ और न मांटुआ का मार्क्विज़ हूँ, बल्कि आपका पड़ोसी अलोंसो हूँ और न तो तुम बाल्डविन हो और न अबिंडरेज, बल्कि योग्य पुरुष क्विग्जाडा महाशय हो।'

डान क्विग्जोट—'मैं अच्छी तरह जानता हूँ कि मैं कौन हूँ और मैं यह भी जानता हूँ कि जिन लोगों का मैंने नाम लिया है मैं केवल वही नहीं हूँ, बल्कि फ्रांस के बारह सरदार, बल्कि नहीं, मैं नवरत्नों का समूह हूँ; क्योंकि मेरे कारनामे,

इन लोगों के अलग-अलग कारनामों से नहीं बल्कि सबके महत्त्वपूर्ण कारनामों के समूह से भी बढ़कर होंगे।'

इस तरह बातचीत करते हुए वे दोनों सूर्यास्त के समय अपने गाँव के निकट पहुँचे। बेचारा किसान गाँव से बाहर रुककर अंधकार होने की प्रतीक्षा करने लगा, क्योंकि वह नहीं चाहता था कि गाँव के लोग उस प्रतिष्ठित व्यक्ति को इस तरह की हीन सवारी पर देखें। इसके बाद वह उन्हें उनके ही घर ले गया, जो नितांत अस्त-व्यस्त अवस्था में था। उस समय डान क्विग्जोट के दोनों घनिष्ठ परिचित अर्थात् गाँव का पादरी और हज्जाम उसके घर पर ही थे। गृह-प्रबंधिका विषाद के साथ उससे कह रही थी—"डॉक्टर परेज! (पादरी का नाम यही था) तुम्हारा क्या खयाल है? मेरे मालिक किसी दुर्घटना के शिकार तो नहीं हो गए? क्योंकि आज छः दिन हो गए, लेकिन उनका, उनके कवच, ढाल, भाले तथा घोड़े आदि का कोई समाचार नहीं मिला। मैं तो हतबुद्धि हो गई हूँ। मेरी समझ में नहीं आता कि मैं क्या करूँ? मैं तो जोर देकर कह सकती हूँ कि साहसी कामों की उन पुस्तकों ने जिन्हें वे रात-दिन आँखों से पी रहे थे—उनके दिमाग को खराब कर दिया है। मुझे स्मरण आ रहा है कि मैंने बहुधा उन्हें यह बड़बड़ाते सुना था कि मेरा विचार हो रहा है कि मैं वीर योद्धा बनूँ और साहसिक कामों के लिए संसार में विचरूँ। जिन किताबों ने ला मांचा के सबसे तेज दिमाग़ को इस तरह चौपट कर दिया उन्हें शैतान और बाराबास लगा दे।" उसकी भतीजी ने भी हज्जाम से यही सब बातें कहीं। उसने कहा—"मि. निकोलस! (यही हज्जाम का नाम था) कभी-कभी मेरे चाचा उन दिमाग खराब कर देने वाली पुस्तकों को अड़तालीस घंटे तक लगातार पढ़ते रहते थे। इसके बाद वे उन पुस्तकों को एक किनारे रख देते और तलवार लेकर दीवार पर वार करने लगते और इस तरह तलवार चलाकर दीवारों को काटते और छेड़ते। जब वे थक जाते तब वे चिल्ला उठते—'गिरजे के बुर्ज के समान विशाल तीन दैत्यों को मैंने मार डाला।' थकान के कारण उनके शरीर-से पसीना निकलता। उसे वह इस लड़ाई में प्राप्त अपने जख्मों का खून बतलाते। इसके बाद वे एक घड़ा ठंडा जल पी जाते। तब वह पहले की तरह शांत हो जाते। उस पानी को वे उनके दोस्त और निपुण जादूगर संत इस्क्वाइफ[1] द्वारा लाया हुआ बहुमूल्य पेय बतलाते। लेकिन इन सारे उपद्रवों की जड़ मैं हूँ,

1. उसका अभिप्राय अमडिस डे गाल और ग्रीस के डे वेलियानस् के प्रसिद्ध तांत्रिक अलकीफ से था।

क्योंकि मैंने उनके इस तरह के प्रलापों की सूचना तुम्हें समय पर नहीं दी कि तुम इन्हें रोक सको। मैं उन बहिष्कृत किताबों को जला भी नहीं पायी, क्योंकि वे इतनी ज्यादा हैं कि मैं यह नहीं जान सकती कि कौन अपवित्र है और किन्हें जलाना चाहिए।'

पादरी ने कहा—''मैं तुम्हारे विचार से सहमत हूँ। मैं कल ही सबकी जाँच करूँगा और उन्हें अग्निदेव के हवाले करूँगा ताकि ये पुस्तकें, मेरे मित्र की तरह अन्य पढ़ने वालों का दिमाग न खराब न कर सकें।'' किसान डान क्विग्जोट के साथ बाहर ही खड़ा था। इन बातों के सुनने से उसे अपने पड़ोसी के विकृत मस्तिष्क का कारण मालूम हो गया, इसलिए बिना किसी परेशानी के उसने जोर से कहा—'ओ मकान वालो, दरवाजा खोलो—लार्ड बाल्डविन और मांटुआ के लार्ड मार्क्विस जख्मी होकर आ रहे हैं और मूर के लार्ड अबिंडरेज को अंडेक्वेरा का दुर्गपति वीर डान रोड्रियो डे नर्वेज कैद करके ले आया है।'

इतना सुनते ही वे सब-के-सब दरवाजे से बाहर चले आए। क्रमशः अपने चाचा, मालिक और दोस्त को पहचानकर वे लोग उसे छाती से लगाने के लिए दौड़ पड़े यद्यपि तब तक वह खच्चर पर से उतरा नहीं था क्योंकि स्वयं उतरने का उसे सामर्थ्य नहीं था। डान क्विग्जोट ने उनसे कहा—'मैं सख्त घायल हूँ क्योंकि मेरे घोड़े ने मुझे पटक दिया है। मुझे बिस्तर पर ले चलो और यदि संभव हो तो तांत्रिक उरगंडा को बुलाओ ताकि वह मेरे जख्मों को अच्छा कर दे।

गृह-प्रबंधक ने कहा—'मेरी बात सच निकली। मैंने तो शुरू में ही इसका अनुमान कर लिया था। चलिए। आराम कीजिए हम लोग प्राणपण से आपकी सेवा करेंगे और उस उरगंडा के बिना ही आपको अच्छा कर लेंगे। साहसिक कामों की जिन पुस्तकों ने आपकी यह दुर्दशा की है उन्हें सौ बार धिक्कार है।'

इतना कहकर वे लोग उसे उठाकर ले गए, बिस्तर पर सुला दिया और उसके घावों की खोज करने लगे। लेकिन घाव तो एक भी नहीं था। तब उसने कहा—'मेरा सामना ऐसे विकराल दस दैत्यों से हो गया था जिनकी बराबरी के दैत्य इस विश्व के कोने में भी कहीं नहीं मिल सकते। उनसे लड़ते-लड़ते मैं घोड़े से गिर पड़ा। मुझे अंदरूनी चोटें आई हैं।'

यह सुनकर पादरी ने कहा—'क्या नाच में भी दैत्य पाए जाते हैं![1] मैं पवित्र क्रूस की सौगंध खाकर कहता हूँ कि मैं उन्हें कल रात को ही जला दूँगा।' इसके

1. अमडिस में कुछ पंक्तियाँ हैं जिनसे प्रकट होता है कि कुस्तुन्तुनिया के किसी नाच में भद्र पुरुष और भद्र महिलाओं के साथ दैत्य भी शामिल हो गए थे।

बाद उन लोगों ने उससे अनेक प्रश्न किए, लेकिन उसने एक भी प्रश्न का उत्तर नहीं दिया। सिर्फ़ इतना कहा कि मुझे खाने को दो और मुझे आराम करने दो; क्योंकि मुझे आराम की सबसे अधिक ज़रूरत है। उन लोगों ने उसकी इच्छा की पूर्ति कर दी। पादरी ने किसान से पूछताछ करके यह जान लिया कि किस अवस्था में वह पाया गया, वहाँ तथा रास्ते में वह क्या बकवास कर रहा था। इससे पादरी के उस इरादे की पुष्टि मिली जो वह दूसरे दिन करना चाहता था। दूसरे दिन तड़के ही वह निकोलस हज्जाम को लेकर डान क्विग्जोट के घर पहुँचा।

6. पादरी और हज्जाम ने मिलकर डान क्विग्जोट के पुस्तकालय की कैसे जाँच की?

जिस समय पादरी हज्जाम के साथ वीर योद्धा के घर पहुँचा, वह सो रहा था। उसने उसकी भतीजी से उस कमरे की कुंजी माँगी जिसमें उसकी विपत्ति की मूल कारण वे पुस्तकें थीं। उसकी भतीजी ने चाभी दे दी। ताला खोलकर वे दोनों गृह-प्रबंधक के साथ कमरे में घुसे। उस कमरे में सौ के करीब जिल्दबँधी मोटी-मोटी और अनेक छोटी पुस्तकें थीं। इन पुस्तकों के ढेर को देखते ही गृह-प्रबंधक बाहर दौड़ पड़ी और पवित्र जल का पात्र और छिड़कने का साधन लेकर दूसरे ही क्षण वापस आई और पादरी से बोली—'कमरे के कोने-कोने में इस पवित्र जल को छिड़क दीजिए, नहीं तो इन पुस्तकों में जादू के जो कीड़े मरे पड़े हैं, वे रेंगकर किसी कोने में जा छिपेंगे और हम लोगों को सताना शुरू करेंगे; क्योंकि उन्हें नाश करने का हम लोग जो उपक्रम कर रहे हैं उससे वे हम लोगों से अवश्य ही रुष्ट होंगे।' उस सीधी-सादी औरत के भोलेपन पर पादरी हँसे बिना नहीं रह सका। उसने हज्जाम से कहा—'तुम एक-एक पुस्तक मुझे दो और मैं हर एक का आवरण देखता जाऊँगा। सम्भवतः ऐसी भी पुस्तकें हों जिन्हें अग्निदेव के हवाले करना उचित न हो।'

इस पर उसकी भतीजी ने कहा—'नहीं, नहीं, एक को भी बचाकर रखने की आवश्यकता नहीं है, सबने कुछ-न-कुछ मेरे चाचा के दिमाग़ को खराब किया है। अच्छा होगा कि हम लोग इन्हें खिड़की से बाहर मैदान में फेंक दें और सबको ही आग लगा दें। इससे किसी को धुएँ का कष्ट नहीं सहना पड़ेगा।' गृह-प्रबंधक ने उसके विचार का समर्थन किया, क्योंकि वे दोनों उन निरीह पुस्तकों को नष्ट कर देने पर तुले थे। लेकिन इस तरह की अनियमित कार्यवाही के लिए पादरी तैयार

नहीं था और उसने निश्चय किया कि प्रत्येक पुस्तक का कम-से-कम आवरण तो वह ज़रूर पढ़ेगा।

पहली पुस्तक जो निकोलस ने पादरी के हाथ में दी वह अमडिस डे गाल की चारों जिल्दें थीं। उसे हाथ में लेते हुए पादरी ने कहा—'यह भी रहस्य की बात मालूम होती है कि सबसे पहले यही पुस्तक हाथ में आई? क्योंकि मैंने सुना है कि वीर युद्ध के कारनामों की स्पेन में छपी यह पहली पुस्तक है और बाकी सब पुस्तकें इसी के आधार पर हैं। इसलिए मेरा मत है कि इस तरह के हानिकर विचारों का जन्मदाता होने के कारण इसे बिना किसी माया-ममता के आग के हवाले कर देना चाहिए।' हज्जाम ने कहा—'इसका नाश रोकने की मैं प्रार्थना करता हूँ, क्योंकि मैंने सुना है कि इस विषय की यह सर्वोत्तम पुस्तक है और इस विषय की एकमात्र उत्तम वस्तु होने के कारण यह क्षमा के योग्य है।'

पादरी—'ऐसी बात है तो इसे तत्काल रहने दिया जाए। हम लोग वह दूसरी पुस्तक देखें जो उसकी बगल में है।'

हज्जाम ने कहा—'ये अमडिस डे गाल के औरस पुत्र इस्प्लेण्डियन के अतुलनीय साहसिक कार्यों वाली है।'

पादरी—'पिता की अच्छाई पुत्र में इसके अभाव के लिए बहाना नहीं हो सकती। गृह-प्रबंधक, तुम इस खिड़की को खोलो और इस पुस्तक को मैदान में फेंक दो। यही पुस्तक उस ढेर की आधारशिला होगी जिसमें हम लोग अभी आग लगाने वाले हैं। उसने तुरंत इस आज्ञा का पालन किया और डान एस्प्रोंडियन आग में जलाने के लिए बाहर मैदान में फेंक दिया गया।'

पादरी ने कहा—'और वह तीसरी किताब?'

हज्जाम—'यह यूनान का अमडिस है। मेरा कहना है कि इस तरफ की सारी की सारी पुस्तकें उसी परिवार की हैं।'

पादरी—'तब इन सबको बाहर आँगन में फेंक दिया जाए, क्योंकि क्वीन पिण्टिक्विनिस्ट्रा[1] की ग्राम्य कविता (बिरहा) तथा गरेडिया डेरिनल[2] तथा उसके लेखक के अस्पष्ट विवरणों के सहित मैं अपने पिता को भी इन लोगों के साथ जला दूँ यदि मैं उन्हें वीर योद्धा के वेश में पाऊँ।'

हज्जाम—'मैं आपके मत से सर्वथा सहमत हूँ।'

---

1. 'अमेडिस दे गाल' में यह उग्र दैत्य के रूप में चित्रित है।
2. एक भद्दा विदूषक, जो किसी रानी के प्रेम में पागल था।

भतीजी—'मेरा भी यही मत है।'

गृह-प्रबंधक—'तब इन सबको बाहर मैदान में फेंक दिया जाए।' और, इस निर्णय के अनुसार वे सब-की-सब किताबें मैदान में फेंक दी गईं। वे किताबें संख्या में अनेक थीं। इसलिए सीढ़ियों से नीचे ले जाने के झंझट से और श्रम से बचने के लिए उसने उन्हें वहीं से नीचे फेंक दिया।

पादरी—'यहाँ बे-मतलब का कितना कूड़ा-कचरा जमा है!'

हज्जाम—'जिनका कोई हिसाब-किताब नहीं है। उसी लेखक ने *दी गार्डेन ऑफ फ्लावर्स* नामक पुस्तक लिखी और ईमानदारी के साथ मैं यह नहीं कह सकता कि उन दोनों पुस्तकों में सचाई का अंश किसमें है अथवा दूसरे शब्दों में किसमें कम झुठाई है। लेकिन मैं इतना निश्चित रूप से जानता हूँ कि इस तरह की बाहियात और रद्दी पुस्तक भी मैदान में फेंक देने योग्य ही है और यह *फ्लोरिस्मार्ट ऑफ हिरसानिया* है।'

पादरी ने विस्मय के साथ कहा—'लार्ड फ्लोरिस्मार्ट यहाँ किस तरह आ गए। आश्चर्यपूर्ण जन्म और अतिविश्वसनीय अभियानों के बावजूद भी अन्य पुस्तकों के साथ ये भी मैदान में फेंक दिए जाएँगे, क्योंकि उनकी नीरस और प्राणहीन शैली का यही सदुपयोग है। इसे भी आँगन में फेंक दो।' और उसने उसे उठाकर सीधा जीने के नीचे फेंक दिया।

हज्जाम—'यह डाल प्लेटायर है।'

पादरी—'यह बड़ी पुरानी पुस्तक है। इसमें ऐसा कुछ नहीं है जिसके लिए दया दिखलाई जाए। फेंक दो इसे भी मैदान मैं।' और वह भी फेंक दी गई।

इसके बाद जो किताब खोली गई वह *नाइट ऑफ दी क्रॉस* थी। पादरी ने कहा—'उसमें संचित बुरी सामग्री का आंशिक परिशोध इस पवित्र नाम में होता है, लेकिन कहावत है कि, 'क्रॉस' के पीछे शैतान छिपा रहता है। इसे भी आग के हवाले करो।'

तब हज्जाम ने दूसरी पुस्तक उठाई और कहा—'यह *मिरर ऑफ नाइट हुड* है।'

पादरी—'मुझे इसे जानने का सौभाग्य प्राप्त है। इसमें तुम मांटाहबैन के लार्ड रिनाल्डे को अपने संगी-साथियों के साथ पाओगे जो कैकस से कहीं बढ़कर चोर है। फ्रांस के बारह सरदार और ईमानदार इतिहास-लेखक टरपिन भी इनके साथ हैं। मुझे इससे कुछ अधिक नहीं कहना है कि मैं इन्हें हमेशा के लिए निर्वासित

कर देना चाहता हूँ क्योंकि इनके वृत्तांत में प्रसिद्ध बायर्डिक[1] के आविष्कारों की चर्चा है जिनके आधार पर ईसाई कवि अरिओस्टो ने ताना-बाना बुना है। यदि मैं इन्हें इन लोगों की संगति में पाता हूँ और यदि ये उसकी अपनी भाषा के अतिरिक्त अन्य भाषा में हैं तो मैं उसके साथ उदारता का व्यवहार नहीं कर सकता। लेकिन यह वह उसकी अपनी मातृभाषा में है तब मैं उसका हर तरह से सम्मान करने के लिए तैयार हूँ।'

हज्जाम—'यह पुस्तक मेरे पास इटली की भाषा में है, लेकिन वह मेरी समझ में नहीं आती।'

पादरी—'तुम उसे समझो या न समझो, यह कोई महत्त्व की बात नहीं है और मैं इस कप्तान को राजी-खुशी क्षमा कर सकता था; जिसने उसे स्पेन की भाषा में अनुवाद करने का प्रयास किया, क्योंकि उसने उनकी मौलिक प्रतिभा और सौंदर्य को बहुत कुछ नष्ट कर दिया है। यह दुर्भाग्य उन लोगों में से अधिकांश का है जो पद्य के अनुवाद का प्रयास करते हैं। वे कितना भी प्रयास क्यों न करें वे उस स्थानीय सौंदर्य और प्रतिभा को कायम नहीं रख सकते जिनका दर्शन मौलिक में होता है। इसलिए केवल पुस्तक को ही नहीं बल्कि इस तरह की उन सभी पुस्तकों को जिनका संबंध फ्रांस के वृत्तांतों[2] से है, किसी सुरक्षित अलमारी में रख देने के पक्ष में हूँ जब तक कि हम लोग विचारपूर्वक यह स्थिर नहीं कर लें कि इनके साथ किस तरह पेश आना चाहिए। मैं बरनार्डो डेल कर्वियो और रोनसेस बलिस को छोड़ दूँगा जो इन पुस्तकों में कहीं अवश्य होंगी, क्योंकि जब कभी मैं उन्हें देख पाऊँगा मैं उन्हें गृह-प्रबंधक के हवाले कर दूँगा, जो उन्हें आग में फेंक देगी। हज्जाम हर ब्यौरे को स्वीकार करता जाता था, क्योंकि वह जानता था कि पादरी कट्टर ईसाई है और सत्य का इतना बढ़कर प्रेमी है कि वह किसी भी हालत में झूठ नहीं बोल सकता।

उसने दूसरी पुस्तक खोली। यह पुस्तक *पाल मेरिन डे अलिवा* थी और उसके बाद वाली *पाल मेरिन ऑफ इंग्लैंड* थी।

पादरी—'ओह, क्या मैं तुम्हें पा गया? लो, पहले इसे फाड़कर टुकड़े-टुकड़े कर डालो, तब इसे आग के हवाले करो या इसकी राख को हवा में उड़ा दो।

1. इटली का प्रसिद्ध कवि 'अरेलैंडो इनामेरेटो के कई अध्यायों' का लेखक।
2. 'रोमांच के साधरण विषय' जिनका क्षेत्र 'शार्मलेन' और 'पलाडिंस' के काल में फ्रांस में था।'

लेकिन प्राचीन युग के अवशेष के रूप में *पाल मेरिन ऑफ इंग्लैंड* को सुरक्षित रखा जाए। इसके लिए वैसा ही कीमती बॉक्स बनवाया जाए जैसा सिकंदर महान को डेरियस (पारा) की लूट में मिला था और जिसमें उसने होमर की कृतियों को बंद करके रखा था। मैं यह बतला देना चाहता हूँ कि किसी पुस्तक का खास आदर दो कारणों से होता है—प्रथमतः उसकी उत्तमताओं के कारण और द्वितीयतः उसके लेखक के कारण। इस पुस्तक का लेखक पुर्तगाल का विद्वान राजा था और मिरागार्ड के किले का संपूर्ण अभियान इसमें पूर्णता और सुंदरता के साथ वर्णित है, वार्तालाप संक्षिप्त और स्पष्ट है और प्रत्येक चरित्र की शिष्टता का समान औचित्य और विवेक के साथ पूर्ण रीति से निर्वाह किया गया है। इसलिए मि. निकोलस, यदि आप मुझसे सहमत हों तो इसे तथा *अमडिस डे गाल* को आग से बरी कर दिया जाए और बाकी सबको बिना किसी और जाँच या परीक्षा के आग के हवाले कर दिया जाए।'

हज्जाम—'ऐसा नहीं होना चाहिए, क्योंकि मेरे हाथ प्रसिद्ध पुस्तक *डान बलियानेस* है।'

पादरी—'ठीक है, इस पुस्तक के चारों भागों के अत्यधिक अहितकर प्रभावों को दूर करने के लिए हरताल की एक मात्रा की आवश्यकता है। इसके अलावा उसके यश के शिखर को नष्ट कर देना चाहिए तथा अन्य कूड़ा-कर्कट हटा दिया जाना चाहिए। इसके लिए मेरा मत है कि उन्हें नष्ट नहीं किया जाए। चूँकि इन उपायों से उनमें सुधार हो जाएगा, इसलिए उन पर दया दिखलाना उचित होगा। इन्हें मि. निकोलस अपने घर उठा ले जाएँ और हिफ़ाज़त से रखें, लेकिन कोई भी इन्हें पढ़ने न पाए।'

हज्जाम—'मैं इसके लिए तैयार हूँ।' शेष पुस्तकों को उलटने के झंझट से बचने के लिए उसने गृह-प्रबंधक से कहा कि सभी मोटी पुस्तकों को उठाकर आँगन में फेंक दो। यह बात किसी बहरे या मूर्ख से नहीं कही गई थी, बल्कि उससे जो अन्य कामों की अपेक्षा इस काम को और भी तत्परता के साथ करने के लिए उत्सुक थी। उसने आठ मोटी जिल्दों को एक साथ उठाया और नीचे आँगन में फेंक दिया। वह बड़े उत्साह के साथ इस काम में लग गई और दूसरी किताबें उठाकर ले चली, जितना वह नहीं ले जा सकती थी, इससे एक पुस्तक हज्जाम के पैर के पास गिर गई। हज्जाम ने उत्सुकता से उसे उठा लिया और उलटकर देखने लगा। वह प्रसिद्ध वीर योद्धा टाइरांटे दी ह्वाइट का इतिहास था।

पादरी ने विस्मय से कहा—'कैसे आश्चर्य की बात है कि टाइरांटे दी ह्वाइट यहाँ! मेरे अच्छे पड़ोसी, कृपा करके यह पुस्तक मुझे दे दो। इस पुस्तक से मुझे बड़ा आनंद आता है और मेरा अत्यधिक मनोरंजन होता है। इसमें मांटेल वन के बहादुर वीर योद्धा डान काइरी इलीसन तथा उसके भाई टामस, फानसेका के वीर योद्धा प्रसिद्ध डेड्रियांटे तथा अनेलो का युद्ध, सुंदरी प्लाजर डेमिविडा की रोचक और सरस लंबी-चौड़ी बातें, विधवा रेपोसाडा का प्रेम और छल तथा उस महिला साम्राज्ञी की चर्चा है जो अपने अर्दली (प्रवेशक) हिवोलिटो से प्रेम करती थी। मैं तो यहाँ तक कहने के लिए तैयार हूँ कि संसार में इससे उत्तम पुस्तक नहीं है। वीर योद्धा क्यों खाते-पीते हैं, सोते हैं और समय आने पर मर जाते हैं, इतना ही नहीं अपना अंतिम वसीयतनामा क्यों लिख जाते हैं तथा इस तरह की अन्य और बातों की चर्चा इस पुस्तक में लेश-मात्र भी नहीं। उस तरह की मूर्खतापूर्ण चीज़ों के लिखने के लिए उन लेखकों को सदा के लिए फाँसी पर लटका देना चाहिए। इस पुस्तक को अपने साथ लेकर पढ़ो तब तुम्हें पता लगेगा कि मेरे कथन में कितनी सचाई है।'

हज्जाम—'आपकी बातों पर मुझे पूरा विश्वास है, लेकिन इन छोटी पुस्तकों का क्या होगा जिन्हें हम लोगों ने देखा तक नहीं।'

पादरी—'वे छोटी-छोटी पुस्तकें हैं। इनमें वीर योद्धाओं के अभियान की चर्चा नहीं होगी। वे प्रायः कविता की किताबें हैं।' उसने एक पुस्तक उठा ली, जो संयोग से *डायना ऑफ मांटे मेयर* थी। इसलिए उसने सभी पुस्तकों को उसी श्रेणी का मान लिया और बोला—'अन्य पुस्तकों की तरह इन्हें सजा नहीं मिलनी चाहिए, क्योंकि वीर योद्धाओं के वृत्तांत वाली पुस्तकों से जो हानि होती है, वैसी कुछ हानि इससे नहीं हो सकती। वे प्रायः अप्रसिद्ध पुस्तकें हैं। ये किसी के दिमाग को खराब नहीं कर सकतीं।'

भतीजी—'मेरी प्रार्थना है कि उन पुस्तकों के साथ इन्हें भी जला दीजिए क्योंकि यदि मेरे चाचा का वीर योद्धा बनने का खब्त उतर गया और वे इन पुस्तकों को पढ़ने में लग गए तो निश्चय ही गड़रिया हो जाएँगे और खेतों तथा जंगलों में चक्कर काटते रहेंगे। इतना ही नहीं, वे कवि भी बन सकते हैं और लोग कहते हैं कि यह छूत का रोग है, और असाध्य है।'

पादरी—'यह ठीक ही कह रही है। इस झंझट को भी अपने मित्र के रास्ते से हम लोगों को दूर कर देना चाहिए। हम लोगों ने *डायना ऑफ मांटे मेयर* से आरंभ किया है। मेरी राय है कि हम लोग इस पुस्तक को जलाएँ नहीं, बल्कि हम

लोग उसका वह हिस्सा निकाल लें जहाँ जादूगर फेलेसिया तथा जादू के पानी का वर्णन है। अन्य लंबी कविताओं को भी हटा दें। इस पुस्तक का शेष गद्य अंश रहने दिया जाए, क्योंकि अपने ढंग की यह पहली पुस्तक है।'

हज्जाम—'यहाँ *डायना* नाम की दूसरी पुस्तक भी है जिसके लेखक सलमंटिनो (सलमंकाके) हैं। इसी नाम की तीसरी पुस्तक गिलपोलो द्वारा रचित है।'

पादरी—'सलमंटिनो की *डायना* तो मैदान की शोभा बढ़ाने के लिए भेज दीजिए, लेकिन गिलपोलो की डायना को रख लीजिए, मानो अपोलो ने स्वयं इसे लिखा हो। जितनी जल्दी हो सके इन किताबों को देख डालो, क्योंकि देर हो रही है।'

हज्जाम—'मेरे हाथ में जो किताब है उसका नाम *टैन बुक्स ऑफ दी फार्चुन्स ऑफ लव* (Ten Books of the Fortunes of Love) है। इसके लेखक हैं अंथनी डे लोफ़्फो। ये सार्डीनिया के कवि थे।'

पादरी—'मेरी धारणा है कि जिस तरह दूसरा अपोलो या दूसरा मूसा या कवियों के अलावा दूसरा कवि नहीं हो सकता उसी तरह इस पुस्तक से बढ़कर प्रहसन की कोई पुस्तक लिखी ही नहीं गई। इस विषय की समस्त पुस्तकों से यह मुझे रोचक प्रतीत हुई, क्योंकि इतनी उत्तम सामग्री अन्यत्र कहीं भी उपलब्ध नहीं है। जिसने इस पुस्तक को नहीं पढ़ा उसे यह समझना चाहिए कि उसने रोचक सामग्री कभी पढ़ी ही नहीं। यह मुझे दो। इसे पाकर मुझे जो प्रसन्नता हुई वह प्रसन्नता कदाचित् फ्लोरेंस के उत्तम सर्ज का लबादा पाकर नहीं हुई होती।' इतना कहकर उसने अतिशय आह्लाद के साथ उस पुस्तक को उठाकर अलग रख दिया।

हज्जाम—'इन पुस्तकों का नाम *दी शेफर्ड ऑफ इबेरिया* (The Shepherd of Iberia), *दी निम्फ्स ऑफ इनारस* (The Nymphs of Enares) और *दी क्योर ऑफ जेलसी* (The Cure of Jealousy) है।'

पादरी ने कहा, 'इन्हें भी जला दो। अगर कोई मुझसे इसका कारण पूछे तो मैं यही उत्तर दूँगा कि ऐसा न करता तो हम लोगों का वह सारा प्रयास व्यर्थ था।'

हज्जाम ने कहा—'इसके बाद का ग्रंथ *दी शेफर्ड ऑफ फिलिदा* (The Shepherd of Filidar) है।'

पादरी—'यह गड़रिया नहीं था, बल्कि एक बहुत दूरदर्शी दरबारी था। यह बहुमूल्य रत्न है। इसे रखिए।'

हज्जाम—'यह ग्रंथ इससे भी बड़ा है। इसका नाम है *दी ट्रेज़र ऑफ डाइवर्स पोयम्स* (The Tresure of divers' Poems)।'

पादरी—'यदि इस पुस्तक में कम कविताओं का संग्रह रहता तो यह पुस्तक अच्छी होती। इसमें अनेक ऐसी कविताओं का संग्रह है जिनसे अन्यों का अपमान होता है। उन्हें काट-छाँटकर निकाल देना होगा। तो भी उसे रख लो, क्योंकि इसका लेखक मेरा दोस्त है और उसने अन्य अनेक ऊँचे दर्जे के ग्रंथ लिखे हैं।'

हज्जाम—'यह लोपेन माल्डोनेडो के गीतों का संग्रह है।'

पादरी—'यह भी मेरा खास दोस्त है। जब वह खुद पाठ करता है तब इसकी कविताएँ बड़ी सरल लगती हैं। इसकी आवाज़ इतनी मधुर है कि उसे पाठ करते सुनकर लोग मुग्ध हो जाते हैं। उसने अपनी ग्राम्य कविताओं का बहुत अधिक विस्तार कर दिया है, लेकिन अच्छी चीज़ें तो कभी भी लंबी नहीं प्रतीत होतीं। उत्तम ग्रंथों में इसे हिफ़ाज़त से रखना चाहिए। दूसरी किताब क्या है?'

हज्जाम—'*गैलेशिया ऑफ माइगुएल डे कर्वेण्टिस।*'

पादरी—'कर्वेण्टिस मेरे पुराने परिचित हैं। कविता से अधिक वह दुर्भाग्य से विशेष रूप से अवगत रहे हैं। इनकी पुस्तक का आकार-प्रकार बहुत सुंदर प्रतीत होता है। वे कोई उद्देश्य लेकर चलते हैं, पर किसी निश्चित परिणाम पर नहीं पहुँच पाते। इसलिए हम लोगों को उनके द्वितीय भाग की प्रतीक्षा करनी चाहिए जिसका वचन उन्होंने दिया है। संभव है कि वे अपना सुधार करें और हम लोगों की क्षमा के पात्र बन जाएँ जो संप्रति संभव नहीं है। जब तक दूसरा खंड नहीं निकल जाए तब तक तुम इसे अपने घर में सहेजकर रखो।'

हज्जाम—'अच्छी बात है। अब इन तीनों ग्रंथों को देखिए। ये हैं: *दी आरौकाना ऑफ डान आलोंसो डे इरसिला* (The Araucana of Don Alonso de Ercilla), *दि आस्टिराडा ऑफ जुआन रूफो* (The Austirada of Juan Ruffo)। जो कार्डोना का मजिस्ट्रेट था और बलेंसियन कवि का *मांसेरोटा, ऑफ क्रिस्टाफर डे बर्वेस* (Monserrato of Christopher de Virves)।'

पादरी—'स्पेन की भाषा में वीर रस के ये सर्वोत्तम ग्रन्थ हैं। ये इटली के सर्वोत्तम काव्य-ग्रन्थ से टक्कर ले सकते हैं। स्पेन में इससे बढ़कर काव्य-ग्रन्थ नहीं लिखे गए हैं। इसलिए इनकी रक्षा अनिवार्य है।'

पुस्तकों को देखते-देखते पादरी इतना ज्यादा थक गया था कि उसने फतवा दे डाला कि शेष जो पुस्तकें हैं उन्हें बिना देखे ही अग्नि के हवाले कर दिया जाए। लेकिन इस भयानक फैसले के पहले ही हज्जाम ने पादरी को एक ग्रंथ

दिखलाया, जिसे उसने संयोगवश खोला था। पादरी ने उसका आवरण देखा। उस पर लिखा था *दी टियर्स ऑफ अंगेलिका* (The Tears of Angelica)।

पादरी ने कहा–'यदि यह पुस्तक औरों के साथ जला दी गई होती तो मैं ही रो पड़ता; क्योंकि इसका लेखक स्पेन का ही नहीं विश्व का सर्वोत्कृष्ट कवि था। इसने आविड की कतिपय उपदेश-कथाओं का बड़ी सफलता से अनुवाद किया है।

7. अभियान की तलाश में डान क्विग्जोट का दूसरा प्रयाण

जब ये लोग इस काम में व्यस्त थे डान क्विग्जोट पागलों की तरह आप-ही-आप जोर-जोर से बकने लगा। उसने कहा–'साहसी वीर योद्धा! यही समय है कि तुम अपने शक्तिशाली अस्त्रों का प्रयोग करो। वह देखो, राज-सभासद् प्रतियोगिता का सम्मान लिए जा रहे हैं।' इस विचित्र चिल्लाहट को सुनकर उन लोगों ने पुस्तकालय की जाँच का काम गृह-प्रबंधक तथा उसकी भतीजी के विवेक पर छोड़ दिया। इसका परिणाम यह हुआ कि *दी करोलिया* (The Carolea), *लियो ऑफ स्पेन* (Leo of Spain) और डान लेविस डे अविला द्वारा लिखित *डीड्स ऑफ दी एम्परर* (The Deeds of the Emperor) के साथ बिना किसी जाँच किए हुए अन्य सभी पुस्तकें आग के हवाले कर दी गईं। यदि पादरी उन पुस्तकों की जाँच करता तो संभवतः उनके पक्ष में कुछ बातें निकल आतीं और उनकी रक्षा हो गई होती।

वे लोग डान क्विग्जोट के कमरे में आए। वह बिस्तर छोड़कर उठ खड़ा हुआ और पहले के पागलपन के समान अपना गला फाड़-फाड़कर चिल्ला रहा था और अपनी तलवार को उलट-पलट रहा था। वह इस तरह सचेत था कि मानो वह सोया ही नहीं था। वे लोग उसकी तरफ दौड़ पड़े। उसकी बाँहों को कसकर पकड़ा और जबर्दस्ती उसे बिस्तर पर ले आए। बिस्तर पर जब वह कुछ स्थिर और शांत हुआ तब वह पादरी की तरफ घूमा और बोला, 'मेरे लार्ड आर्चबिशप टरपित, हम लोगों के लिए, जिन्हें बारह सरदारों की उपाधि मिली है, यह बड़े अपमान की बात है कि बिना किसी विरोध के राज-सभासद् के वीर योद्धा प्रतियोगिता का सम्मान लिए चले आ रहे हैं, जब कि साहसिक यात्रा करने वाले हम वीर योद्धाओं ने पहले उसे तीन बार जीता था।'

पादरी–'मेरे दोस्त, शांत हो। संभव है कि भाग्य ने तुम्हारे लिए इससे अच्छी सफलता को सँजोकर रखा हो, क्योंकि जो आज पराजित हुए हैं वे कल विजयी

हो सकते हैं। संप्रति तुम्हें अपने स्वास्थ्य की चिंता करनी चाहिए, क्योंकि अगर तुम्हें अधिक चोट न भी लगी हो तो तुम थक अवश्य गए होगे।'

डान क्विग्जोट ने चौंककर कहा, 'घायल! मैं घायल नहीं हुआ था, पर मैं यह इनकार नहीं कर सकता कि मुझे चोट अवश्य लगी थी। उस कमीने वीर योद्धा औरलौडो ने डाह से भरकर जैतून की डाल से मेरे सभी अंगों पर गहरी चोट की थी, क्योंकि उसने देखा था कि मैं ही सिर्फ़ उसके कारनामों की प्रतिद्वंद्विता कर सकता था। लेकिन बिस्तर छोड़ने के साथ ही उसकी जादूगरी के बावजूद भी यदि मैंने इसका पूरी तरह बदला नहीं लिया तो मेरा नाम मांटाल बन का रिनांडो नहीं। इसलिए मेरा भोजन मँगवाओ, क्योंकि संप्रति उसी की मुझे सबसे ज्यादा ज़रूरत है और उसके बाद मुझे उसकी नीचता का बदला लेने के लिए अकेला छोड़ दो।'

तद्नुसार भोजन लाया गया। भोजन कर चुकने के बाद वह पुनः सो गया और उसके असाधारण पागलपन पर आश्चर्य प्रकट करते हुए वे लोग वहाँ से चले गए। उस रात गृह-प्रबंधक ने मैदान तथा घर की सारी पुस्तकें जला दीं। इस तरह अनेक पुस्तकें भस्म कर दी गईं जिन्हें अनंतकाल तक के लिए सुरक्षित रखा जा सकता था, यदि जाँचकर्ताओं ने इस तरह का आदेश नहीं दिया होता। इस तरह उन लोगों ने कहावत को चरितार्थ किया कि बुरे के साथ भलों को भी बहुधा कष्ट झेलना पड़ता है।

अपने मित्र के आरोग्य-लाभ का एक उपाय पादरी और हज्जाम ने यह सोचा कि उसके अध्ययन-कक्ष का दरवाज़ा बंद कर दिया जाए, ताकि उठने के बाद न तो वह उन पुस्तकों को पा सके और न उनका अभाव महसूस कर सके। उन लोगों की धारणा थी कि कारण को हटा देने के बाद उसका असर आप-से-आप जाता रहेगा। उन लोगों ने हिदायत दी कि यदि वह अध्ययन कक्ष के बारे में पूछे तो कह दिया जाए कि एक जादूगर अध्ययन-कक्ष, पुस्तकें तथा अन्य सब सामग्री उठा ले गया है।

दो दिन बाद डान क्विग्जोट उठा। सबसे पहले वह अपनी प्यारी पुस्तकों की ओर गया। जब उसे अपना अध्ययन-कक्ष नहीं मिला तो वह ऊपर-नीचे दौड़ने लगा और हर कमरे की जाँच करने लगा। कभी-कभी वह वहाँ आता जहाँ पहले दरवाज़ा था और क्षण-भर रुक-रुककर टटोलता और तब आँखें फाड़-फाड़कर चारों ओर चुपचाप देखता। अंत में उसने अपने गृह-प्रबंधक से यह पूछना उचित समझा कि उसके अध्ययन-कक्ष का कौन-सा रास्ता है। हिदायत के अनुसार गृह-प्रबंधक ने पूछा—'आप किस अध्ययन-कक्ष की खोज में हैं? इस मकान में न तो

अब अध्ययन-कक्ष है और न पुस्तकें, क्योंकि शैतान सब-कुछ लेकर चला गया।' उसकी भतीजी ने कहा कि 'वह शैतान नहीं था, बल्कि जादूगर या तांत्रिक था जैसा कि लोग कहते हैं। आपके जाने के बाद एक दिन वह बादलों के ऊपर से नाग (Dragon) पर चढ़कर आया और उतरकर सीधा आपके अध्ययन-कक्ष में गया। वहाँ जाकर उसने क्या किया यह तो शैतान और जादूगर ही बतला सकते हैं, क्योंकि क्षण-भर के बाद सब कुछ को धुएँ से भरा छोड़कर वह उड़कर मकान की छत पर चला गया और जब हम लोग (मैं और गृह-प्रबंधक) यह देखने गए कि इसने क्या कर डाला है तब हम लोगों को न तो पुस्तकों का पता चला और न अध्ययन-कक्ष का। जाते-जाते वह चोर चिल्लाकर कहता गया कि इन किताबों के मालिक के साथ मेरी पुरानी दुश्मनी थी इसलिए मैंने जो शैतानी यहाँ की है उसका पता तुम लोगों को जल्द ही मिल जाएगा। मुझे याद आता है कि उसने अपना नाम मुनिएटल बतलाया था।' उसकी बातें सुनकर डान क्विग्जोट ने कहा—'मुनिएटल नहीं, उसने अपना नाम फ्रैस्टन[1] बतलाया होगा।'

भतीजी—'मुझे स्मरण नहीं है कि उसने फ्रिस्टन कहा था कि फ्रैस्टन, लेकिन उनके नाम के अंत में 'टन' अवश्य था।

डान क्विग्जोट—'सही बात है। वह प्रसिद्ध जादूगर है और मेरा जानी दुश्मन है। वह मुझसे बहुत अधिक जलता है। अपनी जादूगरी से उसने देख लिया है कि उसके तंत्र-मंत्र के बावजूद भी समय की गति में मैं उस वीर योद्धा से अकेला लड़कर हरा दूँगा जिसका पक्ष वह लेता है। इसलिए वह मेरे साथ हर तरह की शैतानी करता रहता है। लेकिन मैं उससे कह देना चाहता हूँ कि वह प्रवाह के विरुद्ध गलत प्रयास कर रहा है और उसका जादू भाग्य की लकीर को नहीं मेट सकता।'

भतीजी—'इसमें क्या शक है! लेकिन आप इस झगड़े में क्यों पड़ते हैं? क्या यह उचित नहीं होगा कि आप घर पर सुख शांति से रहें, न कि आवाराओं की तरह इधर-उधर बेकार मारे-मारे फिरें और बिना विचारे घर में जो सुअन्न मिलता है उसे छोड़कर अच्छे भोजन की तलाश करते रहें। कितने लोग ही इनको तलाश में जाते हैं और अपना ही माथा मुँड़वाकर वापस आते हैं।'

डान क्विग्जोट—'बेटी! तूने इन बातों को कितना गलत समझ लिया है। तुझे जानना चाहिए कि जो कोई मेरी मूँछ का एक बाल भी छूना चाहेगा मैं उसकी दाढ़ी नोच लूँगा। मुझे मूँड़ना कोई खेल नहीं है।'

---

1. यूनान के डान बेलियानिस का जादूगर।

डान क्विग्जोट की इस उक्ति का उत्तर देना न तो उसकी भतीजी को और न गृह-प्रबंधक को ही समीचीन प्रतीत हुआ, क्योंकि उन्होंने देखा कि वीर योद्धा को क्रोध आ रहा है। हमारा वीर योद्धा पंद्रह दिन तक चुपचाप पड़ा रहा। इस बीच अपनी आवारागर्दी को पुनः जारी करने का उसने लेश-मात्र भी लक्षण प्रकट नहीं किया। इस अवधि में उसने अपने दोनों मित्रों—पादरी और हज्जाम के साथ अनेक रोचक विषयों पर बातचीत की। वह इस बात की बराबर पुष्टि करता रहा कि विश्व को सबसे अधिक आवश्यकता वीर योद्धाओं की है। इसलिए वह इस प्रथा को पुनः स्थापित करना चाहता था। कभी-कभी पादरी उसका विरोध भी कर देता और कभी उसकी बात मान भी लेता, क्योंकि यदि बीच-बीच में वह उसकी खामख्याली को प्रश्रय न देता जाता तो बातचीत का सिलसिला जारी नहीं रह सकता था।

इसी बीच में डान क्विग्जोट ने अपने एक पड़ोसी की बड़ी आरज़ू-मिन्नत की। वह देहाती मजदूर था, पर भला आदमी और ईमानदार था। उसे गरीब ईमानदार आदमी कह सकते हैं। क्योंकि वह गरीब तो था ही, रुपये-पैसे से भी गरीब और बुद्धि से भी गरीब। सारांश यह कि वीर योद्धा ने उससे इतनी लंबी-चौड़ी बातें कीं, इतना तर्क-वितर्क किया, ऐसी बड़ी-बड़ी आशाएँ दिलाईं कि अंत में वह गरीब बेवकूफ़ विदूषक उसके साथ जाने और उसका परिचारक बनने के लिए तैयार हो गया। उसे राजी करने के लिए अन्य प्रलोभनों के साथ-साथ डान क्विग्जोट उसे यह प्रलोभन देना भी नहीं भूल सका कि इस तरह के अभियानों में बहुधा ऐसा होता है कि अनायास ही वीर योद्धाओं के हाथ बड़े-बड़े टापू लग जाते हैं। अगर ऐसा हुआ तो डान क्विग्जोट उसे उस टापू का शासक बना देगा। इस तरह के अनेक वादों के लालच में पड़कर सैंकोपांका ने (यही उस आदमी का नाम था) अपने पड़ोसी का परिचारक बनने के लिए अपनी पत्नी और अपने बाल-बच्चों को छोड़ दिया।

इसके बाद डान क्विग्जोट को रुपया इकट्ठा करने की चिंता हुई। उसने एक मकान बेच दिया, दूसरे को गिरवी रख दिया और इस तरह घाटे का सौदा करके उसने खासी रकम जमा कर ली। उसने अपने एक मित्र से निशाना उधार ले लिया और अपने शिरस्त्राण के सामने के हिस्से की यथासाध्य मरम्मत करके उसने अपने परिचारक को प्रस्थान के दिन और समय की सूचना दे दी ताकि वह भी अपने लिए आवश्यक सामान जुटा ले। डान क्विग्जोट ने झोला साथ ले चलने की खास हिदायत की। सारी बातों को स्वीकार करते हुए सैंको ने कहा कि

मैं अपना खच्चर भी साथ लेता चलूँगा। मेरा खच्चर बहुत अच्छा है। इससे मुझे आराम मिलेगा, क्योंकि बहुत ज्यादा पैदल चलने की मुझे आदत नहीं है। खच्चर की बात सुनकर वीर योद्धा क्षण-भर के लिए चुप हो गया और स्मरण करने लगा कि उसने किसी पुस्तक में पढ़ा है या नहीं कि वीर योद्धाओं के अभियानों में उनके परिचारक खच्चर पर चढ़कर चलते थे। उसे कोई भी उदाहरण याद नहीं आया। उसने उसे अपने साथ खच्चर ले चलने की इजाजत दे दी। उसने मन में सोच लिया कि सबसे पहले जिस वीर योद्धा से मुठभेड़ होगी उसका घोड़ा छीनकर वह उसकी सवारी के लिए दे देगा। सराय वाले की हिदायत के अनुसार उसने कमीज़ तथा अन्य आवश्यक चीज़ों को, जिन्हें वह सुविधा से ले जा सकता था, साथ ले लिया। इतनी तैयारी कर चुकने के बाद दोनों एक रात को चुपचाप घर से निकल पड़े, न तो सैंकोपांका अपनी पत्नी और बच्चों से मिला और न डान क्विग्जोट ने अपनी भतीजी और गृह-प्रबंधक से ही भेंट की। इन लोगों ने इतनी जल्दबाजी की कि अपनी समझ से सुबह होते-होते इतनी दूर निकल गए कि पीछा किए जाने पर उन्हें कोई पकड़ न सके। सैंकोपांका अपने थैले और चमड़े की बोतल के साथ प्रौढ़ शासक की तरह खच्चर पर चला जा रहा था, क्योंकि उसके दिल में उस टापू का शासक बनने की प्रबल आकांक्षा थी, जिसका वादा उसके स्वामी ने किया था।

डान क्विग्जोट ने वही रास्ता, मांटील के मैदान का टुकड़ा जिस-जिससे वह पहले गया था। इस बार उस पथ पर चलने में उसे वह असुविधा नहीं हुई जो पहली बार हुई थी, क्योंकि यह प्रभात की बेला थी। इस समय सूर्य की किरणें धरती की सतह को ही छूती रहती हैं, दोपहर की तरह सीधे शरीर पर नहीं पड़तीं। इसलिए वे कष्टकर नहीं प्रतीत हो रही थीं। चलते-चलते सैंको ने अपने मालिक से कहा—'महामान्य वीर योद्धा, आपने द्वीप के बारे में मुझे जो आश्वासन दिया है उसे भूल मत जाइएगा। मैं आपको विश्वास दिलाता हूँ कि मैं उसका सम्यक् शासन करूँगा, लेकिन वह बहुत बड़ा न हो।' इसके उत्तर में डान क्विग्जोट ने कहा, 'मेरे मित्र सैंको, पुराने जमाने के वीर योद्धाओं का यही निरंतर तरीका रहा है कि जिन द्वीपों या राज्यों को वे जीतते थे उसका शासक वे अपने परिचारक को बना देते थे। मैं उस प्रशंसनीय विधि को केवल जारी ही रखना नहीं चाहता, बल्कि इसमें सुधार भी करना चाहता हूँ और उदारता से अपने पहले वाले वीर योद्धाओं से बढ़ जाना चाहता हूँ। पुराने जमाने के वीर योद्धाओं की साधारण प्रथा यह थी कि वे अपने परिचारकों को पारितोषिक देने में बहुत

देर कर दिया करते थे। दिन-रात काम करते-करते जब वे परिचारक थककर बूढ़े हो जाते थे तब वे उन्हें कोई उपाधि देकर अलग करते थे, भले ही चाहे वे उन्हें राज्य-सभासद्, किसी घाटी या किसी बड़े या छोटे प्रदेश का मार्क्विस बना देते थे। लेकिन यदि हम और तुम जीवित रहे तो इस बात की बहुत कुछ संभावना है कि छः दिन के भीतर ही मैं किसी राज्य पर दखल करूँ और अन्य अनेक राज्यों को जीतकर उसमें मिला लूँ। यह सब तुम्हारे ही लिए होगा और तब मैं तुम्हें किसी एक का राजा बना दूँगा। इसे तुम कोई बड़ी बात मत समझना, क्योंकि वीरता के काम में इस तरह की घटनाएँ अचानक और आकस्मिक हो जाया करती हैं और मैंने जितना वादा किया है उससे भी अधिक तुम्हें दे सकूँगा।'

सैंकोपांका–'आप जैसा कह रहे हैं वैसी आश्चर्यजनक घटना यदि हो गई तब तो मेरे सौभाग्य का प्रादुर्भाव होगा, मेरी निरीह और लाचार पत्नी मेरी गुहीरेज कम-से-कम रानी और मेरे बच्चे शाहज़ादे हो जाएँगे और आपकी तरह रहेंगे।'

डान क्विग्जोट–'इसमें क्या संदेह है!'

सैंकोपांका–'मुझे ही यह संदेह है, क्योंकि मैं यह विश्वास करने के लिए विवश हूँ कि अगर मेरी गुहीरेज़ के सिर पर राज्य की वर्षा भी हो तो भी वह उसके सिर पर ठहर नहीं सकेगी, क्योंकि मैं यह स्पष्ट कह देना चाहता हूँ कि वह ऐसी तुच्छ महिला है कि वह रानी होने के योग्य नहीं। उसके लिए काउंटेस की पदवी ही अनुकूल होगी, क्योंकि वह इस पद की सम्हाल किसी तरह कर सकेगी।'

डान क्विग्जोट–'भगवान से प्रार्थना करो कि वह वही दे जो तुम्हारे लिए अनुकूल हो। लेकिन तुच्छ विचार मन में लाने से सदा दूर रहना और वाइसराय से कम पद ग्रहण करने के प्रलोभन में मत पड़ जाना।'

सैंकोपांका–'मैं उससे कम पर कदापि राजी नहीं हूँ, खासकर जब मुझे आप-जैसा असाधारण मालिक मिला है जो मुझे मेरे योग्य वस्तु प्रदान करेंगे और जिसकी सम्हाल मैं करने योग्य हूँगा।'

8. वायुचक्की तथा अन्य संपादनों में डान क्विग्जोट को जो असाधारण सफलताएँ मिलीं, जिनकी कल्पना तक नहीं की जा सकती तथा जिन्हें भावी पीढ़ी के समक्ष रखने के योग्य हैं

इस तरह बातचीत करते हुए उन लोगों की दृष्टि उन तीस-चालीस वायु-चक्कियों (Wind mills) पर पड़ी, जो उस प्रदेश में थीं। उन्हें देखते ही वीर

योद्धा बोल उठा—'भाग्य हम लोगों के कार्य को किस तरह संपन्न कर रहा है, जिसकी हम लोग कल्पना तक नहीं कर सकते थे। मित्र सैंको! सामने की ओर देखो। वहाँ कम-से-कम तीस भयानक दैत्य हैं। मैं उनका मुकाबला करना चाहता हूँ। उनका काम तमाम करके उनके लूट के माल से हम लोग धनी बन जाएँगे; क्योंकि ये जायज पारितोषिक हैं और उन दुष्ट जीवों का सहार करना पुण्य का काम होगा।'

सैंकोपांका—'कौन दैत्य?'

डान क्विग्जोट—'जिन्हें तुम सामने लंबी बाँहें फैलाए देख रहे हो। उन घृणित जातियों में से कुछ की बाँहें इतनी लंबी होती हैं कि लंबाई में वे छह मील तक पहुँच जाती हैं।'

सैंको—'महामान्य, जरा सावधानी से देखें। सामने जो दीख रहे हैं वे दैत्य नहीं हैं, बल्कि हवा से चलने वाली चक्कियाँ हैं और जिन्हें आप लंबी बाँहें समझ रहे हैं वे उनके पंख हैं, हवा से उनमें गति प्रदान होती है और इससे चक्की चलती है।'

डान क्विग्जोट—'यह निशान है, निशान! तुझे साहसिक यात्राओं का कोई ज्ञान नहीं है। वे दैत्य ही हैं। यदि तू डर गया है तो अलग जाकर प्रार्थना कर; क्योंकि मैंने निश्चय कर लिया है कि मैं उन सबसे एक साथ ही असमान भयंकर द्वंद्व युद्ध में प्रवृत्त होऊँगा।' इतना कहकर उसने अपने परिचारक सैंको की बातों पर कान दिए बिना ही अपने घोड़े रोजिनांटे को एड़ लगाई। सैंको चिल्लाता और उसे समझाता ही रह गया कि वे दैत्य नहीं, बल्कि वायुचक्कियाँ हैं। लेकिन वह विपरीत विचार से इस प्रकार प्रभावित था कि न तो उसने अपने परिचारक की बातों को सुनने की परवाह की और न यह समझने की कोशिश की कि वे वास्तव में क्या हैं। वह उनके एकदम निकट पहुँच गया। उसने चिल्लाकर कहा—'खड़े रहो कायरो, अपनी जगह पर खड़े रहो, नीच जीवो, इस एक वीर योद्धा को देखकर मैदान छोड़कर न भागो। यह अकेला तुम लोगों से भिड़ना चाहता है।'

इसी समय हवा तेज़ हुई और पंख चलने लगे। यह देखते ही डान क्विग्जोट चिल्ला उठा, 'नीच शैतानो, यद्यपि तुम लोग ब्रेयरियस से भी अधिक अपने हाथों को हिला रहे हो तब भी तुम्हें अपनी उद्दंडता की सजा मिलेगी।' उसने बड़ी श्रद्धा के साथ अपनी प्रेयसी डलसीनिया का स्मरण किया और प्रार्थना की कि इस खतरनाक अभियान में वह उसकी सहायता करे। इसके बाद उसने ढाल से अपने को ढककर अपना भाला पकड़ा और रोजिनांटे को तेज़ करके पूरे वेग के

साथ सबसे पहली वायुचक्की पर झपटा तथा पंख पर अपना भाला चला दिया। हवा के वेग से पंख के घूमने के कारण भाला तो टुकड़े-टुकड़े हो गया और वेग के कारण ऐसा जबरदस्त धक्का लगा कि घोड़ा और सवार दोनों ज़मीन पर दूर जा गिरे। सैंकोपांका अपने मालिक की सहायता के लिए खच्चर पर तेजी से दौड़ा। उसने देखा कि उसके मालिक ज़मीन पर पड़े हैं। उनमें उठने की सामर्थ्य नहीं है; क्योंकि उन्हें और उनके रोजिनांटे को गहरा धक्का लगा था।

सैंकोपांका—'मुझ पर रहम कीजिए। क्या मैंने सावधान नहीं किया था? क्या मैंने आपसे यह नहीं कहा था कि ये वायुचक्कियाँ हैं और जिसके दिमाग में चक्कर नहीं आ रहा हो उसके अतिरिक्त इन्हें कोई अन्यथा नहीं समझ सकता।'

डान क्विग्जोट—'मित्र सैंको, शांत रहो। युद्ध के समान असामंजस्य अन्यत्र कहीं देखने में नहीं आता। मुझे पक्का विश्वास है कि जो शैतान जादूगर फ्रैस्टन मेरे अध्ययन-कक्ष और पुस्तकों को उठा ले गया था उसी ने इन दैत्यों को वायुचक्की में बदल दिया है, ताकि मैं विजय-गौरव से वंचित रहूँ। इतना भयंकर द्वेष उसे मुझसे है। लेकिन मैं यह स्पष्ट कह देना चाहता हूँ कि मेरी तलवार की तेज धार के सामने उसकी सारी धूर्तता और चालबाजी अंत में बेकार हो जाएगी।'

सैंको—'भगवान करें ऐसा ही हो।' इतना कहकर उसने अपने मालिक को उठाकर खड़ा किया और किसी तरह रोजिनांटे पर सवार कराया, जो गिरने से लंगड़ा हो गया था।

इस अभियान की चर्चा करते हुए वे दोनों लैपिस दर्रे की ओर बढ़े। डान क्विग्जोट ने जान-बूझकर यह रास्ता पकड़ा था; क्योंकि इस मार्ग से लोगों का आना-जाना बहुत होता था। इससे साहसिक काम दिखलाने का उधर अवसर अधिक मिलने की संभावना थी। लेकिन भाले की हानि का उसे कम विषाद नहीं था। अपने परिचारक से क्षति की चर्चा करते हुए उसने कहा, 'मैंने पढ़ा है कि स्पेन के वीर योद्धा डीगो परेग डे वर्गस की तलवार युद्ध के बीच में ही टूट गई थी। उसने जैतून के एक बड़े पेड़ को उखाड़ लिया था। उसकी एक विशाल डाल तोड़ ली और लगा उसी से संहार का आश्चर्यजनक काम करने! उस दिन उससे इतने मूरों को पीस डाला कि उसे तथा उसकी संतति को 'दी पाउंडर' (पीसने वाला) की उपाधि मिल गई। मैं इसकी चर्चा इसलिए कर रहा हूँ कि आगे जो जैतून का पेड़ मिलेगा उसे मैं उखाड़ना चाहता हूँ। उसकी डाल से मैं ऐसा आश्चर्यजनक काम करना चाहता हूँ कि तुम अपना भाग्य सराहोगे कि इस तरह

का असाधारण दृश्य देखने का तुम्हें अवसर मिला। तुम इस असाधारण दृश्य के एकमात्र गवाह होगे जिस पर भावी संतति विश्वास तक नहीं कर सकेगी।'

सैंको—'भगवान करे कि ऐसा ही हो। आपके मुँह से यह सब बातें निकल रही हैं, इससे विश्वास करना ही पड़ता है। लेकिन अच्छा होता यदि आप घोड़े पर जरा और सीधे होकर बैठते। मुझे ऐसा लगता है कि आप एक ओर झुके हुए हैं। गिरने से चोट लगने के कारण ऐसा हो सकता है।'

डान क्विग्जोट—'तुमने ठीक ही समझा है। और मैं दर्द की चर्चा इसलिए नहीं कर रहा हूँ कि वीर योद्धा को अपने जख्मों की शिकायत नहीं करनी चाहिए, चाहे उसकी अंतड़ियाँ ही क्यों न निकल आई हों।'

सैंकोपांका—'तब तो मुझे कुछ नहीं कहना है। लेकिन मैं तो यही चाहूँगा कि आपको जब कभी कोई शारीरिक कष्ट हो तो जरा इशारा तो कर दिया कीजिए। मैं तो साधारण दर्द होने पर भी कराहने और रोने से बाज नहीं आ सकता, जब तक कि यह न तय हो जाए कि इस संबंध में जो नियम वीर योद्धा के लिए हैं, वही उसके परिचारक पर भी लागू होंगे।'

डॉन क्विग्जोट अपने परिचारक के बुद्धूपन पर हँसे बिना नहीं रह सका। उससे कहा, 'वीर-धर्म की पुस्तकों में इस संबंध में मुझे कहीं कुछ नहीं मिला है। तुम जब चाहो और जितना चाहो उतना कराह सकते हो, चाहे तुम्हें कोई तकलीफ़ हो या न हो।' इसी समय सैंको ने उसका ध्यान समय की ओर आकृष्ट करते हुए कहा, 'भोजन का समय हो गया है।' इस पर उसके साथी ने कहा, 'तुम्हारी जब इच्छा हो तब भोजन कर सकते हो, लेकिन मुझे अभी भोजन करने की इच्छा नहीं।' अपने स्वामी से इस तरह का आदेश पाकर सैंको ने अपने खच्चर पर ही आसन ठीक किया और झोले में से कुछ सामग्री निकालकर तेजी से चबाने लगा। बीच-बीच में बोतल को मुँह के पास ले जाकर वह इस तरह खींचता था कि उसे देखकर मैलेज के बड़े-से-बड़े शराब बेचने वाले के प्राण सूख जाते। वह इतनी तन्मयता के साथ भोजन कर रहा था और शराब पी रहा था कि उसे उस वक्त उन वादों का जरा भी ध्यान न रहा जो उसके स्वामी ने किए थे। साहसिक कार्य की खोज में इस तरह की यात्रा उसे जरा भी कष्टकर नहीं प्रतीत हो रही थी; बल्कि उसने उसे संसार का सबसे बड़ा आनंद समझा।

वह रात उन लोगों ने किसी पेड़ के तले काटी। डान क्विग्जोट ने उसकी एक सूखी डाल तोड़ ली, जो किसी तरह उसके भाले का काम दे सकती थी। उसने अपने भाले का टूटा हुआ सिरा उसमें अड़ा दिया। लेकिन वह सोया नहीं।

अपनी प्रेयसी डलसीनिया के चिंतन में रात-भर जागता रहा, क्योंकि उसने वीर धर्म की पुस्तकों में पढ़ा था कि जब कभी वीर योद्धाओं को रात किसी जंगल या सुनसान में काटनी पड़ती है तो वे सोते नहीं थे, बल्कि अपनी अनुपस्थित प्रेयसी के चिंतन में सारी रात जागकर काटते थे। लेकिन सैंको ने उस बेकार तरीके से अपनी रात नहीं बिताई; क्योंकि उसने अपना पेट तेंदुए के पानी से भी कीमती चीज़ से भर लिया था। इसलिए उसने एक करवट से ही सारी रात बिता दी। यदि उसके स्वामी ने उसकी नींद नहीं तोड़ी होती तो उसके चेहरे पर पड़ती हुई सूर्य की किरणें और उषा के स्वागत में पेड़ों पर कलरव करती हुई चिड़ियां उसकी नींद में खलल नहीं डाल सकती थीं। वह आँख मलता हुआ उठा और प्रातः आचमन के रूप में उसने अपनी बोतल से दो या तीन लंबी चुस्कियाँ लीं। लेकिन रात की अपेक्षा वे बहुत हलकी रहीं। यह दुर्भाग्य उसे दिल में चुभ गया। उधर डान क्विग्जोट ने जलपान तक नहीं किया। वह रात भर अपनी प्रेयसी की सुमधुर याद में रमता रहा इसलिए सवेरा होते ही वह सीधा लेपिस घाटी की ओर चल पड़ा। लगभग तीन बजे वे दोनों वहाँ पहुँचे। उसके पास पहुँचकर डान क्विग्जोट ने कहा, 'भाई सैंको, अब हम लोग ऐसे स्थान पर पहुँच गए हैं जहॉ जितना जी चाहे साहसिक काम किया जा सकता है और हम लोग स्वच्छंदतापूर्वक विहार कर सकते हैं। लेकिन मैं तुम्हें एक आवश्यक चेतावनी दे देना चाहता हूँ। मुझे घोर संकट और खतरे में पड़ा देखकर भी मेरी रक्षा के लिए अपनी तलवार म्यान से बाहर मत खींचना। लेकिन जब तुम यह देखो कि कोई नीच और अधम बदमाश पीछे से मुझ पर वार कर रहा है तो तब तुम अपने स्वामी की रक्षा कर सकते हो। फिर भी जिसके साथ मैं जूझ रहा होऊँ वह अगर वीर योद्धा हो तो वैसा हरगिज मत करना; क्योंकि वीर-धर्म के अनुसार वीर योद्धा ही किसी वीर योद्धा के मुकाबले में खड़ा हो सकता है या उससे भिड़ सकता है, दूसरा कोई नहीं।'

सैंको—'आप इतमीनान रखिए, मैं आपके आदेश का हर तरह से पालन करूँगा। क्योंकि मैं शांतिप्रिय आदमी हूँ और मैं झगड़े-तकरार के पास फटकना भी पसंद नहीं करता। लेकिन इसके साथ ही मैं किसी का प्रहार भी नहीं सह सकता। यदि कोई वीर योद्धा पहले मुझपर ही प्रहार कर देगा तो मैं आपके इन नियमों की परवाह न करूँगा; क्योंकि मानवीय और ईश्वरीय दोनों नियम यही कहते हैं कि यदि कोई तुम पर आक्रमण करे तो अपनी रक्षा का तुम्हें पूरा हक़ है।'

डान क्विग्जोट—'मैं इससे सहमत हूँ, लेकिन किसी वीर योद्धा के मुकाबले मेरी मदद करने के लिए तुम्हें अपनी मान्यता पर नियंत्रण रखना होगा।'

सैंको—'मैं इसका पूरा खयाल रखूँगा। यदि मैं आपकी आज्ञा का उल्लंघन करूँ तो फिर कभी भी आप मेरा विश्वास न करें।'

वे लोग बातें कर ही रहे थे कि उन लोगों ने दो साँडनियों पर सवार संत बेनेडिक्ट संप्रदाय के दो महंतों को अपनी ओर आते देखा। जिन खच्चरों पर वे सवार थे वे इतने विशाल थे कि साँडनियों के समान ही लगते थे। धूल से बचने के लिए उन्होंने मुखावरण पहन लिया था जिसमें आँखों के सामने दो काँच लगे थे और धूप से अपनी रक्षा के लिए उन्होंने छाता लगा रखा था। उनके पीछे एक गाड़ी आ रही थी जिसके पीछे चार या पाँच घुड़सवार और दो खवास पैदल थे। गाड़ी में बिस्कयान की कोई महिला थी जो अपने पति से मिलने सेवाइल जा रही थी। उसका पति किसी ऊँचे पद पर इंडीज के लिए प्रस्थान करने वाला था। वे महंत उस जमात के नहीं थे, केवल उसी रास्ते जा रहे थे। उन्हें देखते ही डान क्विग्जोट ने अपने परिचारक से कहा, 'या तो मुझे धोखा हो रहा है या यह मेरा सबसे बड़ा साहसिक काम होगा, क्योंकि निःसंदेह वे दोनों काले व्यक्ति जो हम लोगों की तरफ चले आ रहे हैं, निश्चय ही कोई जादूगर हैं। ये उस गाड़ी वाली किसी शहज़ादी को जबरदस्ती पकड़कर लिए जा रहे हैं। मेरा यह परम कर्तव्य है कि मैं इस तरह के भयानक जुल्म को रोकूँ।'

सैंको—'मुझे भय है कि कहीं यह वायुचक्की से भी बुरा काम न साबित हो। क्या आप नहीं देख रहे हैं कि ये बेनेडिक्शन संन्यासी हैं? यह संभव है कि गाड़ी किसी यात्री की हो जो उसके अंदर है। इसलिए आप समझ से काम लीजिए और शैतान के भुलावे में मत पड़िए।'

डान क्विग्जोट—'सैंको! मैंने तुझे बार-बार समझाया कि साहसिक कामों के बारे में तू कुछ नहीं समझता-बूझता। जो मैं कह रहा हूँ वह सही है और इसकी सत्यता भी तुझे अभी मालूम हो जाएगी।' इतना कहकर उसने अपने घोड़े को एड़ दी और जाकर उस राह के बीचोबीच खड़ा हो गया, जिधर से वे महंत गुजरने वाले थे। उनके निकट आने पर तीक्ष्ण आवाज़ में गरजकर कहा, 'ओ नरक के साधनो! या तो तुम लोग उन राजकुमारियों को तुरंत रिहा कर दो जिन्हें तुम लोग जबरदस्ती उस गाड़ी में लिए जा रहे हो, या तत्काल मरने के लिए तैयार हो जाओ; क्योंकि तुम लोगों के दुष्कर्मों की यही उपयुक्त सजा है।' दोनों महंतों को उसकी सूरत देखकर जितना अचरज हुआ उतना ही अचरज उसकी बात सुनकर

हुआ। उन्होंने अपने खच्चरों को रोक दिया और कहा, 'वीर योद्धा महोदय, हम लोग उन लोगों में नहीं हैं जिनकी चर्चा आपने अभी की है। हम लोग संत बेनेडिक्ट संप्रदाय के धार्मिक व्यक्ति हैं। हम लोग अपने काम से जा रहे हैं। हम लोग यह जानते भी नहीं कि उस गाड़ी में कोई राजकुमारी है और उसे लोग पकड़कर जबरदस्ती लिए जा रहे हैं।'

डान क्विग्जोट–'मैं तुम लोगों की मधुर वाणी के चकमे में आने वाला नहीं हूँ। विश्वासघाती शैतानो! मैं तुम लोगों को खूब पहचानता हूँ।' उनके उत्तर की प्रतीक्षा किए बिना ही उसने रोजिनांटे को कसकर एड़ लगाई और उनमें से एक पर अपना भाला इतनी तेजी से चलाया कि यदि वह तेजी के साथ ज़मीन पर न गिर गया होता तो निश्चय ही यह उसे मार गिराता या सख्त घायल कर देता। दूसरे संन्यासी ने अपने साथी के साथ इस तरह का अभद्र व्यवहार होते देखा तो उसने अपने प्रौढ़ खच्चर को कसकर एड़ लगाई और मैदान में इस तेजी के साथ भागा मानो वह हवा से होड़ ले रहा हो। संन्यासी को इस तरह गिरते देखकर सैंकोपांका चुपचाप अपने खच्चर पर से उतरा, उसके पास दौड़कर गया और उसका वस्त्रमोचन करने लगा। तब तक संन्यासियों के दोनों खवास (साईस) दौड़कर वहाँ आ गए और सैंकोपांका से पूछा, 'तुमने इनका वस्त्रमोचन क्यों किया?'

सैंकोपांका, 'इन्हें युद्ध में मेरे स्वामी डान क्विग्जोट ने हराया है, इसलिए ये मेरी लूट की संपत्ति हैं, इनका सब कुछ ले लेना मेरे लिए जायज है।'

उन दोनों की समझ में नहीं आया कि युद्ध और लूट के माल से इसका क्या मतलब है, क्योंकि उनके साथ मज़ाक का कोई प्रश्न नहीं उठ सकता था। इन लोगों ने यह भी देखा कि डान क्विग्जोट वहाँ से कुछ दूर गाड़ी की बगल में खड़ा तेजी के साथ बात कर रहा है। वे दोनों सैंको पर टूट पड़े, उसे उठाकर पटक दिया, उसकी दाढ़ी नोच ली, उसकी अंतड़ी कुचल दी और उसे इस तरह पीटा कि वह बेहोश होकर ज़मीन पर गिर गया, न वह साँस ही ले सकता था। और न हिल-डुल सकता था। इधर उस दूसरे संन्यासी ने किसी तरह होश सँभाला और फुर्ती से अपने खच्चर पर सवार होकर अपने साथी की तरफ भागा, जो कुछ दूरी पर खड़ा होकर इसकी प्रतीक्षा कर रहा था। इस विचित्र दुर्घटना का कारण जानने को उत्सुक होने पर भी वे उसका अंतिम परिणाम देखने के लिए वहाँ ठहरना उचित न समझकर तेजी से वहाँ से भागे। वे इतनी बार क्रास के चिह्न को

दिखलाते जाते थे कि शैतान से पीछा किए जाने पर भी वे उसका उतना प्रयोग शायद न करते।

जैसा ऊपर लिखा गया है, इस बीच डान क्विग्जोट इस गाड़ी की महिला से बातें करने में व्यस्त था। उसने कहा, 'आप अपनी इच्छानुसार स्वच्छंदतापूर्वक जहाँ चाहें वहाँ जा सकती हैं; क्योंकि जो उत्पाती उद्दंड शैतान आपको कैद करने की कोशिश कर रहे थे उन्हें मेरी इन बलिष्ठ भुजाओं ने ज़मीन पर मार गिराया है और वे धूल चाट रहे हैं। शायद आप अपने उद्धारक का नाम जानने के लिए परेशान हों, इससे मैं बतला देना चाहता हूँ कि मेरा नाम डान क्विग्जोट डेला मांचा है। मैंने वीर योद्धा का पेशा ग्रहण किया है, साहसिक काम करना ही मेरा धर्म है और मैं उस असाधारण सुंदरी डोला डलसीनिया डेल टोबोसो का गुलाम हूँ जिसने मेरे हृदय पर अधिकार कर लिया है। मैंने आपकी जो सेवा की है उसके लिए आपसे मैं कोई अन्य पुरस्कार नहीं चाहता, केवल इतना मात्र कि आप टोबोसो जाकर उस महिला के पास उपस्थित हों और उसे बतलाएँ कि आपके उद्धार के लिए मैंने क्या किया है। इस विचित्र उद्धारक को एक बिस्कायन ने, जिसे आप उस महिला का परिचारक, पथ-प्रदर्शक या आप जो समझें कह सकती हैं, जो गाड़ी के साथ घोड़े पर सवार यात्रा कर रहा था, उसने बड़े गौर से सुना। यह देखकर कि डान क्विग्जोट ने केवल गाड़ी को रोका नहीं, बल्कि उसे टोबोसो जाने का भी आदेश दे रहा है, वह उसके पास झपटकर आया और उसका भाला पकड़कर टूटी-फूटी स्पेन की भाषा में बोला, 'ओ वीर योद्धा हट यहाँ से! तुझे शैतान ले जाए, अगर तू गाड़ी से अलग नहीं होता तो मैं ईश्वर की शपथ खाकर कहता हूँ कि मैं तुझे मार नहीं डालूँ तो मैं बिस्कायन नहीं।'

डान क्विग्जोट को उसकी बात समझने में किसी तरह की दिक्कत नहीं हुई। उसने बड़ी शांति से उत्तर दिया, 'तू तुच्छ जीव है। अगर तू कोई भद्र मनुष्य या वीर योद्धा होता (जो तू नहीं है) तो मैं तेरी इस धृष्टता और उद्दण्डता का मजा चखा देता।'

बिस्कायन बोला—'मैं भद्र पुरुष या वीर योद्धा नहीं हूँ।[1] मैं शपथपूर्वक कहता हूँ कि तू उतना ही बड़ा झूठा है जितना मैं कट्टर ईसाई हूँ। अगर तू अपना भाला फेंक दे और तलवार खींचे तो मैं तेरी वही गति कर दूँगा जो बिल्ली चूहे की करती है। मैं तुझे दिलवा दूँगा कि मैं बिस्कायन हूँ। मैं धरती पर, समुद्र और

---

1. स्पेन की भाषा में कवेलेरी शब्द का अर्थ भद्र पुरुष और वीर योद्धा दोनों होता है।

शैतान के बावजूद भी हर जगह वीर हूँ। और यदि तू इसके प्रतिकूल कुछ कहता है तो तू झूठा है।'

डान क्विग्जोट—'मैं तेरा मुकाबला करूँगा। इतना कहकर उसने अपना भाला फेंक दिया और अपनी तलवार खींच ली। अपनी ढाल को सँभालकर उसने बिस्कायन पर इतना भयानक आक्रमण किया मानो इसे मार ही डालना चाहता हो। बिस्कायन ने उसे उस भयानक रूप से आक्रमण करते देखा। अपने खच्चर से उतर गया होता, क्योंकि उसका खच्चर मरियल था, ठीक वैसा ही जैसा किराये के खच्चर होते हैं, इसलिए वह उसका भरोसा नहीं कर सकता था। लेकिन उसे इतना ही समय मिल सका कि वह अपनी तलवार को म्यान से बाहर कर ले और ढाल की जगह पर काम लेने के लिए गाड़ी से एक गद्दी उठा ले। इसके बाद वे दोनों एक-दूसरे पर टूट पड़े और घातक आक्रमण करने लगे। वहाँ जो लोग थे उन लोगों ने इस लड़ाई को रोकने का भरसक प्रयत्न किया, लेकिन सब व्यर्थ था। बिस्कायन ने कसम खाकर कहा कि जो लोग उसे लड़ने से रोकने का प्रयास करेंगे उन्हें वह मार डालेगा चाहे वह उसकी मालकिन ही क्यों न हो। यह बात सुनकर वह महिला बहुत अधिक भयभीत हो गई। उसने कोचवान को गाड़ी वहाँ से दूर हटाने का आदेश दिया। वह दूर से इस भयानक द्वंद्व-युद्ध को देखती रही। इसी समय उस बिस्कायन ने डान क्विग्जोट के कंधे और ढाल पर ऐसा कसकर प्रहार किया कि यदि उसका कवच तलवार का वार रोकने लायक न होता तो वह कमर तक उसे चीर डालता।

वीर योद्धा ने इस भयानक प्रहार के बोझ का अनुमान करके चिल्लाकर कहा, 'ओ मेरे हृदय की देवी, सौंदर्य की प्रतिमा डलसीनिया! तुम्हारे वीर ने तुम्हारी कीर्ति को प्रतिस्थापित करने के लिए जिस खतरनाक द्वंद्व-युद्ध में प्रवेश किया है, उसकी सफलता की तू कामना कर।' इस अल्प प्रार्थना का उच्चारण करना, तलवार को गौर से पकड़ना, ढाल से अपने को अच्छी तरह ढकना तथा शत्रु पर प्रहार करना क्षण-भर का काम था, क्योंकि डान क्विग्जोट ने एक ही बार में इस द्वंद्व-युद्ध की विजय का निश्चय कर लिया था।

बिस्कायन ने उसका भयानक और गंभीर चेहरा देखकर ही उसका इरादा समझ लिया। उसने उसके ही समान शूरता से उसका मुकाबला करने और गद्दी से अपने को ढककर अपनी तलवार से उसके भीषण प्रहार को रोकने का निश्चय किया; क्योंकि वह अपने खच्चर को सम्हालने में असमर्थ था जो उसकी एड़ की परवाह न करके (क्योंकि वह इस तरह के अंकुश का आदी नहीं था) न तो

दाहिने मुड़ता था, और न बाएँ। जब डान क्विग्जोट अपनी तलवार तानकर उसे टुकड़े-टुकड़े कर देने के इरादे से युद्धमान बिस्कायन पर झपटता था तब सभी दर्शक आश्चर्य और भय से दोनों उन्मत्त योद्धाओं के भीषण प्रहार को देखकर काँप उठते थे। इनके कारण दोनों की जानें खतरे में थीं। गाड़ी की महिला अपने साथ की औरतों के साथ स्पेन के समस्त देवी-देवताओं से प्रार्थना कर रही थी और उनकी मिन्नत मान रही थी कि उनकी कृपा-दृष्टि हो, जिससे इनकी तथा उनके परिचारक की संकट से रक्षा हो जाए, जिसमें ये लागे फँसे थे।

लेकिन खेद के साथ कहना पड़ता है कि इतिहास-लेखक ने इस वर्णन को वहाँ पहुँचकर अचानक समाप्त कर दिया, जब कि उस युद्ध का अंतिम निर्णय होने ही वाला था। उसने लिखा है कि ऊपर जो कुछ वर्णित है उससे ज्यादा डान क्विगजोट की आश्चर्यजनक सफलताओं के वृत्तांत में नहीं लिखा है। लेकिन इस वृत्तांत के द्वितीय लेखक को यह विश्वास नहीं हो सका कि ऐसा विचित्र इतिहास हमेशा के लिए विस्मृति के गर्भ में छिपा पड़ा रह सकता था अथवा ला मांचा के विद्वान लोग अपने देश के गौरव के प्रति इतने लापरवाह थे कि उन्होंने इस वीर योद्धा के वीर कर्मों के वृत्तांतों को अपने संग्रहालय में, आलमारी में अथवा अपने इतिवृत्त में सुरक्षित नहीं रखा। इसलिए वह चुप नहीं बैठा रहा और इस रोचक इतिहास की खोज में लगा रहा। उसे जो वृत्तांत मिला वह इस पुस्तक के दूसरे अध्याय में दिया गया है।

दूसरा अध्याय

1. वीर बिस्कायन तथा बहादुर डान क्विग्जोट के महा विस्मयकारी युद्ध की घटना

इस पुस्तक के पहले अध्याय में हम लोग पराक्रमी बिस्कायन तथा महाप्रख्यात डान क्विग्जोट को तलवार खड़ी किए और एक-दूसरे पर महाभीषण प्रहार करने के लिए उद्यत छोड़ आए थे। यदि बिना किसी रुकावट के वह प्रहार दोनों पर पड़ा होता तो तत्क्षण दोनों के सिर से पैर तक के टुकड़े हो गए होते और दोनों अनार की तरह बिखर गए होते। लेकिन जैसा ऊपर लिखा गया है वह वृत्तांत अधूरा था। लेखक ने यह निर्देश भी नहीं दिया कि इस वृत्तांत का शेष कहाँ से प्राप्त हो सकता था। इससे मुझे बड़ी निराशा हुई और आरंभ के वृत्तांत पढ़ने से जो आनंद प्राप्त हुआ था वह असंतोष और विरक्ति में परिणत हो गया; क्योंकि मुझे विश्वास हो गया था कि इस वृत्तांत के शेष अंश का परिचय नहीं मिल सकेगा।

लेकिन मुझे यह बात असंभव और साथ-ही-साथ असंगत प्रतीत हुई कि किसी भी विद्वान ने इस तरह के पराक्रमी वीर योद्धा के इन असाधारण वृत्तांतों को लिखने का प्रयास नहीं किया है। इस तरह का दुर्भाग्य इसके पहले किसी वीर योद्धा को प्राप्त नहीं हुआ था। मेरे कहने का मतलब यह है कि प्रत्येक वीर योद्धा को सदैव एक या दो विद्वान लेखक उपलब्ध रहते थे, जो केवल उसके असाधारण कारनामों का ही विवरण नहीं लिखते थे बल्कि उनके विचारों और छोटे-से-छोटे कार्यों का भी उल्लेख कर देते थे। इसलिए मुझे सहसा यह विश्वास नहीं हुआ कि जब लारियर[1] के समान साधारण वीर योद्धा उन श्रेणी के अन्य वीर योद्धाओं का इतना विस्तृत विवरण मिलता है तब इस तरह का प्रथम

---

1. इंग्लैंड के पाल्मीरन का द्वितीय श्रेणी का वीर योद्धा।

वीर योद्धा ही ऐसा अभागा नहीं होगा कि इससे वंचित या उपेक्षित रह जाए। मुझे किसी भी तरह यह इतमीनान नहीं हो सका कि इस तरह का सराहनीय इतिहास अधूरा छोड़ दिया होगा अथवा सर्वग्रासी काल ने उसे छिपा या खा लिया होगा। इसके प्रतिकूल जब मैंने यह सोचा कि *दी क्योर ऑफ मेलसी, दी निम्फ एंड शेपर्ड ऑफ हेनारिस*[1]—जैसी अनेक आधुनिक पुस्तकें उनके अध्ययन-कक्ष में मिलीं, तब मुझे सोचने के लिए पर्याप्त था कि हमारे वीर योद्धा का इतिहास भी तो बहुत पुराना नहीं होगा। अगर उसका लिखना जारी न भी रखा गया हो तो भी उसके पड़ोसी और दोस्त उसके जीवन के इस प्रधान अंश को भूल नहीं सकते थे। इस तरह के विचार मन में आने पर मैंने तय किया कि लामांचा के उस दीप्तिमान नक्षत्र और वीर योद्धाओं के प्रकाश-पुंज विख्यात स्पेन-निवासी डान क्विग्जोट के जीवन तथा उसके असाधारण कारनामों का पता लगाया जाए। क्योंकि इस पतित और घृणित युग में वह प्रथम व्यक्ति था जिसने वीर-धर्म के अपेक्षित पदचिह्नों को अपनाया ताकि वह अत्याचारों और अन्यायों को दूर कर सके, विधवाओं की रक्षा कर सके और मर्यादित सुंदरियों की मान-मर्यादा बचा सके। मेरा प्रयोजन उन सुंदरियों से है जो अतीत युग में अपने घोड़ों पर सवार होकर और हाथ में चाबुक लेकर पहाड़ों पर और घाटियों में विचरण किया करती थीं और जिनका सतीत्व हर तरह के संकटों से सुरक्षित रहता था। यदि कोई प्रचंड दुरात्मा या विकराल दैत्य उनके सतीत्व को नष्ट करे तो अस्सी साल का पूर्ण जीवन बिताकर (इतनी आयु तक वे कभी एक रात के लिए भी किसी के नीचे नहीं सोती थीं) वे सती-साध्वी उसी तरह दफ़ना दी जाती थीं, जिस तरह उनकी माताओं ने उन्हें जन्म दिया था। इस कारण तथा अनेक कारणों से मेरा यह निश्चित मत हुआ कि वीर डान क्विग्जोट सार्वजनीन और अमर प्रशंसा के योग्य था। इस रोचक इतिहास के क्रममान इतिहास का पता लगाकर ढूँढ़ निकालने के लिए मैंने जो अथक अविश्रांत और प्रबद्ध परिश्रम किया उसके लिए मैं भी कम प्रशंसा का पात्र नहीं हूँ। और मैं उससे वंचित नहीं होना चाहता यद्यपि मैं यह स्वीकार करता हूँ कि भाग्य या देव ने मेरी सहायता न की होती, जैसा कि आगे के विवरण से प्रकट होगा, तो जगत् को कम-से-कम दो घंटे मनोरंजन और आनंद से वंचित रह जाना पड़ता, जो अब उन लोगों को प्राप्त हो सकेगा। यह कि इस वृत्तांत को ध्यान के साथ पढ़ा जाए।

1. स्पेन की एक नदी, जो अलकला विश्वविद्यालय के पास बहती है।

एक दिन मैं ढौलैडो के अलकाना[1] में था। मैंने एक लड़के को किसी दुकानदार के हाथ हस्तलिखित कागज़ों का एक पुलिंदा बेचते देखा। मेरा स्वभाव है कि सड़क में पड़ा हस्तलिखित या छपा कागज़ का टुकड़ा मिल जाए तो मैं उसे उठा लेता हूँ, इसलिए उन कागज़ों के पुलिंदे को मैं हाथ लगाने से कैसे चूकता? मैंने उलटकर देखा। वे अरबी में लिखे थे। इसलिए मैं पढ़ नहीं सका। मैं किसी मोसिस्को को ढूँढ़ने लगा जो स्पेन की भाषा भी जानता हो ताकि इसे पढ़कर वह मुझे इसका अर्थ समझा सके। वहाँ दुभाषियों का मिलना कठिन नहीं था। यदि मैं किसी सभ्य और प्राचीन भाषा के लिए भी दुभाषिया खोजता तो वहाँ मिल सकता था। सौभाग्य से इस तरह का एक आदमी मुझे मिल गया। मैंने उसे अपना उद्देश्य बतलाया। वह पढ़ने लगा। दो-चार पंक्तियाँ पढ़ते ही वह हँस पड़ा। मैंने उससे हँसने का कारण पूछा। उसने कहा—'इस कागज़ के हाशिए पर कुछ टीका है—उसी को पढ़कर मैं हँसा।' मैंने कहा—'कृपया मुझे इसका मतलब समझाइए।' उसने हँसते हुए जो अर्थ बतलाया वह इस प्रकार था : इस इतिहास में जिस डलसीनिया डेल टोबोसो का बार-बार ज़िक्र आया है, उसके बारे में कहा जाता है कि सूअर के मांस में नमक लगाने का काम वह लामांचा की सभी स्त्रियों की अपेक्षा उत्तमता से करती थी।' डलसीनिया डेल मांचा का नाम सुनकर मैं चौंक उठा और मुझे विश्वास हो गया कि उन कागज़ों में डान क्विग्जोट का वृत्तांत है। मैंने उससे पुस्तक का नाम पढ़ने का आग्रह किया। उसे पढ़कर उसने यों सुना दिया—'अरबी के इतिहास-वृत्त-लेखक सिड हमेत बनेंगली द्वारा लिखित डान क्विग्जोट डेला मांचा का वृत्तांत।' पुस्तक का नाम सुनकर मुझे इतनी ज्यादा खुशी हुई कि मेरे लिए उसका रखना कठिन हो गया। मैंने पुलिंदे को दुकानदार के हाथ से ले लिया और आधे रीयल में उस लड़के से समूचा पुलिंदा खरीद लिया। यदि उस लड़के को मेरे कुतूहल का पता चल सकता तो वह मुझसे बीस गुना मूल्य ले सकता था। मैं पुलिंदा लेकर बड़े गिरजे के एकांत स्थान में चला गया। उस मूर को भी साथ लेता गया। मैंने उससे कहा—'डान क्विग्जोट से संबंधित जितने कागज़ हैं। उनका अक्षरक्षः अर्थ मुझे पढ़कर सुना दो। इसके लिए मैं तुम्हें उचित पारिश्रमिक दूँगा।'

उसने कहा कि मेरी मज़दूरी बत्तीस सेर मुनक्का और एक मन सोलह सेर गेहूँ होगी। मैं यह काम ईमानदारी के साथ यथाशीघ्र पूरा कर दूँगा। सारांश यह

---

1. दूकानों का मुहल्ला, मूरों का, एक फिरका यहूदी जो हिब्रू पढ़ सकते थे।

कि काम जल्द पूरा करने और पुरस्कार-लोभ से मैं उस मूर को अपने घर ले गया; क्योंकि मैं यह नहीं चाहता था कि भाग्य से प्राप्त यह बहुमूल्य सामग्री मेरे हाथ से निकल जाए। इसने छह सप्ताह में हमें उसका पूरा अनुवाद सुना दिया।

बिस्कायन के साथ डान क्विग्जोट के युद्ध का एक सही चित्र भी प्रथम पृष्ठ पर खींचा हुआ था कि किस तरह दोनों तलवारें लाल कर रहे थे, किस तरह एक अपनी ढाल से और दूसरा गद्दी से अपना बचाव कर रहा था। बिस्कायन के खच्चर का ऐसा सजीव चित्रण था कि उसे देखकर कोई भी व्यक्ति कह सकता था कि यह किराये का ही होगा। बिस्कायन के नीचे डान सैंकों डे अस्पेशिया और रोजिनांटे के नीचे डान क्विग्जोट लिखा था। रोजिनांटे को इतना दुबला-पतला, मिरकिट, श्रांत और रीढ़ की हड्डी निकली हुई चित्रित किया गया था कि उसे देखते ही कहना पड़ता है कि यह असाध्य क्षयरोग से पीड़ित है। इसलिए रोजिनांटे का नाम भी उपयुक्त ही था। दूसरा घोड़ा नाम को सार्थक नहीं कर सकता था। थोड़ी दूर पर अपने गदहे की लगाम पकड़े सैंकोपांका[1] का चित्र था। उसमें पैर के नीचे कागज़ को घेरकर सैंको कांकास लिखा था। उस चित्र में वह मोटा और नाटा, तौंदल और लंबी टाँगों वाला प्रतीत होता था। यही कारण है कि इस वृत्तांत में कहीं उसका नाम पंका और कहीं फंका लिखा है।

इस टुकड़े में अन्य भी अनेक सुंदर चीज़ें थीं। लेकिन उसके वास्तविक इतिहास पर उनसे किसी तरह का प्रकाश नहीं पड़ता था, इसलिए उनकी चर्चा महत्त्वपूर्ण नहीं समझी गई। अन्यथा उनकी अपेक्षा नहीं की जाती, क्योंकि किसी भी प्रामाणिक बात को छोड़ना अनुचित था। मैं अपने पाठकों से इस बात की चर्चा कर देना चाहता हूँ कि इसकी सचाई पर किसी तरह का अगर संदेह किया जा सकता है तो केवल इसलिए कि लेखक अरब-निवासी है और वहाँ के निवासी झूठ बोलने के कम आदी नहीं होते। लेकिन यदि हम लोग इस बात को ध्यान में रखें कि वे हमारे शत्रु हैं तो हम लोगों को समझते देर नहीं लगेगी कि लेखक ने हमारे वीर योद्धा के पराक्रम के बारे में अतिशयोक्ति से काम न लेकर सच्चाई को छिपाने का यत्न किया होगा। ऐसा सोचने का एक कारण और है। विवरण से स्पष्ट हो जाता है कि जहाँ उसकी प्रशंसा विस्तार से होनी चाहिए थी, वहाँ लेखक ने कुटिलतावश चुप रहना ही उचित समझा है। इस तरह की हरकतें इतिहास के लेखक के योग्य नहीं, क्योंकि उसे तो ईमानदार, यथातथ्य, पक्षपात-शून्य, वीतराग

1. जाँघ की हड्डियाँ।

होना चाहिए और स्वार्थ, डर, क्रोध या प्रेम के वश में होकर सचाई से मुँह नहीं मोड़ना चाहिए, क्योंकि इतिहास का यही मूल तत्त्व है। इतिहास में बड़े-बड़े कारनामे सुरक्षित रहते हैं, इतिहास विस्मृति का शत्रु है, अतीत का साक्षी है और भविष्य का प्रेरक है। जहाँ तक इस इतिहास का संबंध है मुझे विश्वास है कि अतिशय मनोरंजन के साथ यह आपके समक्ष जितनी आप चाहें उतनी विविधता उपस्थित करेगा। और यदि किसी स्थान पर आपकी अभिलाषा की पूर्ति नहीं हो सके तो इसका कारण पुस्तक का विषय नहीं है, बल्कि यह त्रुटि लेखक की है। इसलिए हम अब द्वितीय अध्याय की कथा आरंभ करते हैं, जो अनुवाद के अनुसार इस तरह आरंभ होती है।

उन दोनों साहसी और क्रोधी योद्धाओं की दृष्टि इतनी भयावनी हो गई थी कि ऊपर उठी हुई बाँहें और संहारक तलवारों से वे लोग स्वर्गलोक, मर्त्यलोक और पाताललोक तीनों को भयभीत-सा करते हुए प्रतीत होते थे और दर्शकगण भय और आश्चर्य में डूब-से गए थे। पहला वार क्रोध से अभिभूत बिस्कायन ने किया। उसका वार इतना जबरदस्त और आवेगपूर्ण था कि यदि उसकी तलवार उसके हाथ में उलट न गई होती तो उस एक ही वार से उस भयानक प्रतिद्वंद्वी और उसके सारे वीर कर्मों का अंत हो गया होता। लेकिन नियति उसे बड़े-बड़े कामों के लिए सुरक्षित रखना चाहती थी, इसलिए उसने ऐसी रचना की कि उसके दुश्मन की तलवार उस तरह उलट गई। यद्यपि उसका प्रहार उसके बाएँ कंधे पर पड़ा तो भी उससे उसकी विशेष क्षति नहीं हो सकी—केवल उसके शिरस्त्राण का वह अंश, उसकी ढाल का अधिकांश भाग और उसके कान का आधा भाग ही क्षत हो सका, जो भयानक ध्वंस की तरह एक साथ ही धरती पर गिर पड़े। त्राहि! त्राहि! भगवन्! लेकिन यह व्यर्थ है; क्योंकि उसके बाद हमारे ला मांचा वीर के हृदय में क्रोध का जो प्रादुर्भाव हुआ उसका वर्णन नहीं किया जा सकता। शब्द तो न्याय कर ही न सकेंगे। उसके अमूर्त क्रोध का धुँधला चित्र या क्षीण विवरण ही शब्दों द्वारा प्रकट किया जा सकता है। अपने समग्र साहस को बटोरकर वह रकाब पर खड़ा हो गया और अपने से ही बड़ा प्रतीत होने लगा। साथ ही उसने तलवार को दोनों हाथों से पकड़ा और बिस्कायन के सिर तथा गद्दी पर ऐसा जबरदस्त और भीषण प्रहार किया कि रक्षा का वैसा उत्तम साधन रहते हुए भी उसके मुँह, नाक और कान से एक साथ ही इस तरह खून की धारा बह चली मानो उसके ऊपर पहाड़ ही ढह पड़ा हो। वह अपनी जीन पर इस तरह लड़खड़ा पड़ा कि यदि उसने खच्चर की गर्दन न पकड़ी होती तो तुरंत ज़मीन पर

आ गिरा होता। वह सुस्त जानवर इतने भीषण प्रहार के कारण चेतन हो उठा और मैदान में दौड़ मारने लगा। बिस्कायन का पैर रकाब से अलग हो गया था, लगाम भी उसके हाथ से छूट गई थी। इसलिए दो या तीन कतरान के बाद ही उसे ज़मीन पर पटक दिया। डान क्विग्जोट ने अपने दुश्मन की यह विपद् बड़ी शांति और उपेक्षा से देखी। उसे ज़मीन पर गिरा देखकर वह धीरे से अपने घोड़े से उतरा और उसके पास आकर अपनी तलवार की नोक उसकी गर्दन से सटाकर बोला—'हार मान लो, नहीं तो तुम्हारी गर्दन अभी उड़ा दूँगा।' बिस्कायन इस तरह स्तब्ध था कि वह उसे कोई उत्तर नहीं दे सका। डान क्विग्जोट इतना क्रुद्ध और उत्तेजित हो गया था कि वह अपनी धमकी को कार्य में परिणत कर देता; लेकिन इस दुर्घटना के डर से घबराकर गाड़ी की महिला बड़ी बेचैनी के साथ दौड़कर डान क्विग्जोट के पास आई और उसके प्राणों की रक्षा के लिए निहोरा करने लगी।

वीर योद्धा ने साभिमान बड़ी गंभीरता से कहा—'सुंदरी महिला, मैं आपकी प्रार्थना एक शर्त पर स्वीकार करने के लिए तैयार हूँ, कि यह वीर योद्धा वचन दे कि वह टोबोसो जाकर मेरे नाम पर बेजोड़ सुंदरी डलसीनिया के पास हाज़िर होगा, फिर वह चाहे जिस तरह इसके साथ पेश आए। वह महिला इतनी ज्यादा घबराई हुई थी और उसके होश-हवास इस तरह लथपथ हो गए थे कि उसने डान क्विग्जोट के आदेश को न तो समझने का प्रयत्न किया और न यह मानने का ही कि कोई अतुलनीय सुंदरी डलसीनिया है। उसने अपने परिचारक की ओर से यह आश्वासन दे दिया कि आपके आदेश का अक्षरक्षः पालन किया जाएगा।

डान क्विग्जोट—'आपके आश्वासन पर मैं इसकी जान बख़्श देता हूँ। आपके बीच-बचाव के कारण मैंने इसे क्षमा कर दिया, नहीं तो इसकी धृष्टता क्षमा के योग्य नहीं थी।'

2. बिस्कायन के साथ आगे की भयानक घटना

संन्यासी के खवास ने सैंकोपांका की गहरी मरम्मत की थी, तो भी वह उपरोक्त घटना से पहले ही उठ खड़ा हुआ था, यद्यपि उसकी हालत अच्छी नहीं थी। अपने स्वामी को द्वंद्व-युद्ध में निरत देखकर वह भक्ति-भाव से प्रार्थना में लग गया कि स्वर्ग के देवता उसके स्वामी को विजयी बनाएँ जिससे वे एकाध टापू हथिया लें और अपने वचन के अनुसार उसे टापू का शासक बना दें। अंत में जब उसने देखा कि खतरा टल गया, युद्ध का अंत हो गया और उसका सार्थी

घोड़े पर सवार होने के लिए उद्यत है तब वह उसकी मदद करने के लिए भरसक तेजी से दौड़ा। वीर योद्धा के रकाब पर पैर रखने के पूर्व सैंकों उसके सामने घुटने टेककर बैठ गया और उसका हाथ चूमकर बोला—'मेरे परम पूज्य उदार स्वामी डान क्विग्जोट, आपने इस भीषण और खूँखार युद्ध में जिस टापू को जीता है उसका शासक मुझे बना दीजिए, क्योंकि यद्यपि यह बहुत बड़ा काम नहीं होगा तथापि मैं इसका शासन-प्रबंध उतनी ही उत्तमता से करूँगा जितनी उत्तमता से संसार के किसी व्यक्ति ने किया होगा जिसे कभी किसी द्वीप के शासन का भार मिला हो।'

डान क्विग्जोट—'भाई सैंको, यह युद्ध कोई टापू जीतने के लिए नहीं हुआ था, यह तो राह चलते की मुठभेड़ है जहाँ सिर टूटने और कान कटने के सिवा कोई लाभ नहीं होता। इसलिए धीरज धरो, कोई-न-कोई संघर्ष आप-ही-आप उपस्थित होगा जिसके फलस्वरूप मैं तुम्हें केवल शासक ही नहीं, बल्कि उससे भी कुछ अधिक बना दूँगा।' सैंकोपांका ने अपने स्वामी को अनेक बार धन्यवाद दिए, उसका हाथ और कवच का निचला भाग चूमा और रोजिनांटे पर सवार करा दिया। इसके बाद वह उछलकर अपने गधे पर सवार हो गया और अपने स्वामी के पीछे चला, जो गाड़ी वाली महिला से बिना कुछ कहे-सुने वहाँ से चलता बना और एक जंगल में जा पहुँचा जो बहुत दूर नहीं था। सैंकोपांका जहाँ तक संभव था अपने गधे को तेज़ चलाता रहा, लेकिन यह देखकर कि उसका गधा रोजिनांटे का मुकाबला चलने में नहीं कर सकता, उसने अपने स्वामी को रुकने के लिए कहा। तदनुसार डान क्विग्जोट ने अपने घोड़े को रोक लिया ताकि सैंको उसके पास पहुँच जाए। उसके पास पहुँचकर सैंकोपांका ने कहा, 'मेरी राय है कि संकट से दूर रहने के लिए हम लोगों को किसी गिरजे में चलना चाहिए, क्योंकि जिस आदमी से आप लड़ रहे थे यदि उसने कोई खोटा काम किया तो निश्चय ही वे लोग पवित्र भ्रातृ संघ[1] से वारंट जारी करवा देंगे और हम लोगों को गिरफ़्तार करवा देंगे। यदि उसने ऐसा किया तो उनके पंजे से छुटकारा पाना हम लोगों के लिए कठिन हो जाएगा।'

डान क्विग्जोट—'चुप रह। तूने कहाँ पढ़ा है कि वीर कर्म करते समय किसी नर-हत्या के लिए भी वीर योद्धा को अदालत में पेश किया गया।'

---

1. स्पेन की एक संस्था, जिसका उद्देश्य डाकुओं का दमन करना और यात्रियों के लिए मार्ग सुरक्षित करना था।

सैंको—'मैं आपका मतलब नहीं समझ सका और मैंने अपनी ज़िंदगी में ऐसा कभी होते भी नहीं देखा। लेकिन मैं इतना मानता हूँ कि जो लोग राह चलते इस तरह आपस में मार-काट करते हैं उन्हें कानून अपनी गिरफ़्त में लाता है। पर आपने वह जो शब्द कहा है (वीर योद्धा) उन लोगों के बारे में मैं कुछ नहीं जानता।'

डान क्विग्जोट—'भले आदमी, इसलिए डरने की कोई बात नहीं है। मैं तुम्हें फाँसी के तख्ते से भी उतार सकता हूँ। भ्रातृ संघ के हाथों से छुटकारा दिलाना तो आसान बात है। मैं तुमसे एक बात पूछना चाहता हूँ, क्या संसार में एक भी ऐसा वीर योद्धा होगा जो पराक्रम में मेरा मुकाबला कर सके? क्या तुम्हें इतिहास में एक भी ऐसा उदाहरण मिला है जहाँ अपने शत्रु को पराजित करने के लिए जूझ पड़ने की घटना, आक्रमण करने का बल, डटे रहने की क्षमता, वार करने का कौशल और फुर्ती, तेजी और तत्परता मुझसे अधिक दिखलाई गई हो?'

सैंको—'हरगिज़ नहीं। आपके समान इतिहास में मुझे दूसरा कोई नहीं मिला; क्योंकि मैं लिखना-पढ़ना जानता नहीं, लेकिन इतना तो मैं दावे के साथ कह सकता हूँ कि आपसे बढ़कर वीर की सेवा मैंने अपनी ज़िंदगी में नहीं की। भगवान करे कि इस वीरता और साहस के कारण हम लोगों पर वह विपत्ति न आए जिसके बारे में मैंने आपको अभी असावधान किया है। संप्रति मुझे यह खयाल आ रहा है कि आपको अपने कान की मरहमपट्टी करवा लेनी चाहिए; क्योंकि उससे बहुत खून बह रहा है। भाग्य से मेरे झोले में मरहमपट्टी का थोड़ा सामान है।'

डान क्विग्जोट—'यदि मैंने अपने साथ फीराब्रास मरहम की एक बोतल ले ली होती तो तुम्हारी दवा बे-मतलब साबित होती। उसकी एक बूँद ही हम लोगों की सारी परेशानी और दवादारू के लिए दौड़-धूप को व्यर्थ कर देती।'

सैंको—'यह कौन-सी दवा है?'

डान क्विग्जोट—'इस दवा का नुस्खा मेरे दिमाग में है। उसकी अल्प मात्रा भी जिसके पास हो वह मृत्यु की अवहेलना और हर तरह के अस्त्रों की उपेक्षा कर सकता है। इसलिए जब मैं इसे तैयार करके तुझे दे दूँगा तब यदि कभी ऐसा अवसर आए कि किसी के मनहूस प्रहार से मेरे शरीर के दो टुकड़े हो जाएँ—जैसा वीर कर्म में बहुधा हुआ करता है, तो तुम मेरे शरीर के दोनों टुकड़ों को ज़मीन पर रखकर खून जमने से पहले ठीक तरह से जोड़ देना और उस दवा की दो बूँदें

मुझे दे दोगे तो तुम देखोगे कि मैं दूसरे ही क्षण सबकी तरह चिकना और सही साबित हो सकता हूँ।'

सैंको—'यदि आपकी बात सच है तो मैं इसी क्षण आपको द्वीप का शासक बनाने वाले वचन से मुक्त कर दूँगा और आपकी मैंने जो सेवा की है और करूँगा उसके बदले में कुछ नहीं लूँगा। मुझे केवल वह दवा दे दीजिए; क्योंकि मुझे पक्का विश्वास है कि मैं जहाँ कहीं भी जाऊँगा, तीन रियल प्रति औंस तो उसे बेच ही लूँगा और इस तरह बात-की-बात में जीविका का सुंदर साधन मेरे पास हो जाएगा। लेकिन मैं एक बात और जान लेना चाहता हूँ, क्या यह दवा श्रम-साध्य और व्यय-साध्य है?'

डान क्विग्जोट—'तीन रियल में तीन क्वार्ट (सवा दो सेर) दवा तैयार होगी।'

सैंको—'वाह! तब आप यह दवाई झटपट तैयार क्यों नहीं करते? मुझे उसका बनाना सिखा दीजिए।''

डान क्विग्जोट—'उसकी चर्चा मत करो। मैं उससे भी बढ़कर गुप्त बातें तुम्हें सिखाना चाहता हूँ। मैं तुम्हें उससे भी उत्तम उपहार देना चाहता हूँ। संप्रति तो मेरे कान की मरहमपट्टी करो; क्योंकि दर्द बहुत अधिक बढ़ रहा है।'

सैंको ने झोले से मरहमपट्टी का सामान निकाला। लेकिन जब डान क्विग्जोट ने देखा कि उसके शिरस्त्राण का मुखावरण टूट गया है तब वह प्रचंड रूप से पागल हो उठा। उसने अपनी तलवार खींच ली और आसमान की तरफ सिर उठाकर बोला—'मैं ईश्वर और धर्मपुस्तक के प्रत्येक शब्द की सौगंध खाकर कहता हूँ जिस तरह मंटुआ के मार्क्विस ने प्रण किया था कि जब तक वह अपने चचेरे भाई बाल्डविन की मृत्यु का बदला नहीं लेगा तब तक वह चौके में न तो भोजन करेगा और न अपनी प्रियतमा पत्नी के साथ एक पर्यंक पर शयन करेगा, तथा अन्य अनेक बातें, जो संप्रति मुझे याद नहीं हैं, उसी तरह मैं भी प्रण करता हूँ कि जब तक मैं, जिसने मुझे क्षति पहुँचाई है उससे, पूरी तरह बदला नहीं ले लूँगा, मैं वही सब बरतूँगा।'

उसे इस तरह का प्रण करते देखकर सैंको घबरा उठा और बोला, 'आप यह क्या प्रतिज्ञा कर रहे हैं? यदि आपके आदेश के अनुसार वह वीर योद्धा आदरणीय डलसीनिया डेल टोबोसा के समक्ष उपस्थित हो गया तब तो आपका और उसका झगड़ा समाप्त हो जाएगा। जब तक वह आपके साथ नई शैतानी न करे उसे सजा देने का मैं कोई कारण नहीं देखता।'

डान क्विग्जोट—'तुमने ठीक कहा है। इसीलिए जहाँ तक बदला लेने का संबंध है मैं अपनी शपथ को रद्द करता हूँ; लेकिन उसके बाकी अंश को पुनः दोहराता हूँ और दृढ़ निश्चय करता हूँ कि जब तक मैं किसी दूसरे वीर योद्धा के मेरे ही समान शिरस्त्राण को मैं अपने हथियारों के बल से नष्ट नहीं कर दूँगा तब तक उसी तरह की ज़िंदगी बिताऊँगा जिसकी चर्चा मैंने ऊपर की है। तुम यह न समझना कि मैं मज़ाक कर रहा हूँ या तिल का ताड़ बना रहा हूँ। मेरे पास इसकी उत्तम नज़ीरें हैं और वह नज़ीर मेरी इस प्रतिज्ञा के समर्थन के लिए पर्याप्त है। ठीक यही बात मैम्ब्रिनो से शिरस्त्राण के साथ हुई थी जो सैक्रिपैंटे[1] के लिए बहुत महँगी पड़ी थी।'

सैंकोपांका—'गोली मारिए इस तरह की शपथ और प्रतिज्ञा को। आपके शारीरिक और मानसिक स्वास्थ्य के लिए इससे बढ़कर दूसरी हानिकर बात नहीं हो सकती। मान लीजिए कि कई दिन तक इस तरह से सुंदर शिरस्त्राण से सामना नहीं हुआ, तब हम लोगों की क्या हालत होगी? जिस तरह अपनी सौगंध के कारण उस पागल मार्क्विस मंटुआ ने अनेक तरह की यातनाएँ सहीं उसी तरह आप भी लगातार महीने-भर बस्ती से अलग इधर-उधर पड़े रहेंगे तथा अन्य तरह की व्यर्थ यातनाएँ सहेंगे! आपको इस बात पर विचार करना चाहिए कि हम लोग इस तरह कई दिन तक चलते चले जाएँ, पर किसी भी वीर योद्धा से मुठभेड़ न हो; क्योंकि इस राह से केवल बोझा ढोने वाले और गाड़ीवान ही जाते हैं जिनके पास शिरस्त्राण नहीं रहता, संभवतः दस में से नौ ने अपनी ज़िंदगी में इस तरह की चीज़ के बारे में सुना भी नहीं होगा।'

डान क्विग्जोट—'मित्र सैंको, तुम गलती पर हो। मैं कहता हूँ कि इस राह पर हम लोग दो घंटे भी नहीं चल पाएँगे कि हम लोगों को उतने हथियारबंद मिलेंगे जितने सुंदरी अंगेलिका[2] का हरण करने के लिए अलब्राका के घेरे में भी नहीं थे।'

सैंको—'तब ऐसा ही हो और ईश्वर करे कि हम लोग विजयी हों और शीघ्र ही हम इस टापू को जीतें, जो मेरे लिए इतना महँगा पड़ा है इसके बाद मुझे इसकी परवाह नहीं रहेगी कि मुझ पर क्या बीतती है।'

---

1. अरिओस्टो के आरलैंडो फूरिआसा की एक कहानी।
2. राजा मार्शिलियो और उसके बत्तीस अधीनस्थ राजा और उनका सैन्य-दल।

डान क्विग्जोट—'मैं तुमसे कह चुका हूँ कि उस प्रश्न को लेकर तुम परेशान मत हो। यदि हम लोग कोई द्वीप प्राप्त नहीं भी कर सके तो डेनमार्क अथवा सोक्रोडिसा[1] का राज्य तो है ही, जो तुम्हारे लिए उतना ही उपयुक्त होगा जितना तुम्हारी अँगुली में अँगूठी और ये तुम्हारे संताप के लिए कम नहीं होंगे; क्योंकि वे दोनों राज्य टेरा फर्मा[2] में हैं। लेकिन इसके बारे में हम लोग उपयुक्त समय पर बातें करेंगे। अभी तो मैं यह जानना चाहता हूँ कि तेरे झोले में भोजन की भी सामग्री है; ताकि बाद को हम लोग किसी किले की तलाश करें जहाँ रात-भर रहकर मैं उस दवा को तैयार करूँ जिसकी चर्चा मैंने तुमसे अभी की है; क्योंकि मेरे कान में भयानक दर्द है।'

सैंको—'मेरे झोले में एक प्याज, पनीर का एक टुकड़ा और सूखी बासी रोटी के कुछ टुकड़े हैं। लेकिन इस तरह का रूखा-सूखा भोजन तो आपके समान वीर योद्धा के उपयुक्त नहीं है।'

डान क्विग्जोट—'मित्र सैंको, तुम बहुत बड़ी भूल कर रहे हो। तुम्हें जानना चाहिए कि महीने-भर तक भूखे रह जाना वीर योद्धा के लिए प्रण की बात है। और जब वे खाते हैं तो जो चीज़ सामने आती है उसी पर टूट पड़ते हैं चाहे वह कैसी भी मामूली क्यों न हो। मैंने जितनी पुस्तकें पढ़ी हैं उतना तुमने भी पढ़ा होता तो तुम्हें पर्याप्त जानकारी होती; क्योंकि वीर कर्म की जितनी पुस्तकें मैंने पढ़ी हैं उतनी पुस्तकें मेरे समय में शायद किसी ने नहीं पढ़ी होंगी। मैंने किसी पुस्तक में यह नहीं पढ़ा कि वीर योद्धा कभी भोजन भी करते हैं, जब तक कि उन्हें किसी बड़ी दावत अथवा भारी जलसे में निमंत्रित न किया जाए या कोई संयोग उपस्थित न हो जाए। वैसे तो वे लोग अपने विचारों में ही निमग्न रहते हैं और अत्यंत साधारण भोजन करते हैं। वे भी मरणशील मनुष्य ही हैं, इसलिए यह नहीं कहा जा सकता कि जीवित रहने के लिए साधनों को मुहैया किए बिना ही वे जीवित रहते हैं। तो भी यह मानना ही पड़ेगा कि चूँकि उन्हें अपने जीवन का अधिक भाग जंगलों और गहन वनों में बिताना पड़ता है और उनके पास रसोइए वगैरह नहीं रहते। बस उनका साधारण भोजन वही रहता था जो अब तुम मुझे देने जा रहे हो। तुम इस बारे में व्यर्थ परेशान मत हो, क्योंकि यह मुझे पसंद भी

---

1. अमाडिस डेगाल का काल्पनिक राज्य।
2. अमाडिस डेगाल में वर्णित एक टापू।

है। साथ ही न तो नया तरीका कायम करने की कोशिश करो, और न वीर-धर्म की पुरानी प्रथा तथा बुनियाद को उलटने का प्रयत्न करो!'

सैंको–'मुझे क्षमा कीजिए। चूँकि मैं विद्वान नहीं हूँ इसलिए वीर-धर्म की प्रथा की मुख्य बातों के बारे में मुझसे भूल हो सकती है; लेकिन आगे मैं अपने झोले में हर तरह के सूखे फलों को भर लिया करूँगा; क्योंकि आप वीर योद्धा हैं और चूँकि मैं कुछ नहीं हूँ इसलिए अपने लिए गोश्त वगैरह अच्छा भोजन रखूँगा।'

डान क्विग्जोट–'मेरे कहने का मतलब यह नहीं था कि वीर योद्धा सदा सूखे फलों पर ही रहते थे। मेरे कहने का तात्पर्य यह है कि कुछ जंगली कंद और मूल के साथ उनका साधारणतः यही भोजन था। इन कंद और मूलों का उन्हें पूरा बोध था और वे उन्हें खेतों में जहाँ-तहाँ मिल जाया करते थे। मुझे भी उनका पूरा ज्ञान है।'

सैंको–'इन कंद-मूलों का ज्ञान होना बहुत अच्छा है; क्योंकि यदि मैं गलती पर नहीं हूँ तो बहुत जल्द हम लोगों को इनकी ज़रूरत पड़ेगी। संप्रति तो ईश्वर की कृपा से जो प्राप्त है वह हाज़िर है।' इतना कहकर उसने भोजन का सामान निकाला और दोनों प्रेम से भोजन करने लगे। लेकिन रात को ठहरने के लिए गाँव की तलाश के लिए वे इतने अधीर हो रहे थे कि उन्हें अपना वह तुच्छ भोजन भी जल्दी समाप्त कर देना पड़ा। वे लोग पुनः घोड़े पर सवार हो गए; क्योंकि रात हो जाने का डर था। इसलिए विश्राम के लिए स्थल खोजने के लिए वे चल पड़े। लेकिन सूर्य और उनकी आशा दोनों ने उन्हें एक साथ ही धोखा दिया। इसलिए वे ऐसी जगह पहुँचे जहाँ भेड़िहारों ने कतिपय छोटी-छोटी झोंपड़ियाँ खड़ी कर रखी थीं। उन लोगों ने रात वहीं बिताने का निश्चय किया। इससे सैंको को बड़ी निराशा हुई; क्योंकि वह किसी अच्छे शहर का स्वप्न देख रहा था। पर इससे उसके मालिक को बड़ी प्रसन्नता हुई; क्योंकि वह मैदान में ही सोने के पक्ष में था, उसकी यह धारणा थी कि इस तरह का आचरण वह जितनी बार करेगा उतनी ही नई बातें उसके मन में आती जाएँगी और ये उसके वीर योद्धा पद के लिए गौरव की बात होगी।

3. डान क्विग्जोट और भेड़िहारों की घटना

भेड़िहारों ने वीर योद्धा का सादर स्वागत किया। सैंको रोजिनांटे और अपने खच्चर को इतमीनान से बाँधकर उस जगह गया जहाँ आग पर डेगची में बकरी

के बच्चे का मुलायम मांस पक रहा था और जिससे भीनी-भीनी महक आ रही थी। सैंको भूखा था; इसलिए वह ज़रूर यह जानने की कोशिश करता कि गोश्त के टुकड़े डेगची से हटाकर पेट में रखने लायक हो गए हैं या नहीं। लेकिन उसे यह परेशानी नहीं उठानी पड़ी; क्योंकि उसी समय भेड़िहारों ने डेगची आग से नीचे उतारी और ज़मीन पर बकरे की खाल फैलाकर देहाती ढंग से भोजन परोसा और उसके स्वामी और उससे कहा कि जो कुछ तैयार है उसे ग्रहण कीजिए। उन लोगों ने देहाती ढंग से डान क्विग्जोट की अभ्यर्थना की और बाल्टी उलटकर उसे बैठने के लिए दी तथा वे लोग ज़मीन पर उसे घेरकर बैठ गए। सैंको सींग के पात्र में अपने मालिक को शराब देने के लिए अड़ा रहा।

अपने आदमी को पीछे खड़ा देखकर डान क्विग्जोट ने कहा, 'सैंको, वीर कर्म का लाभ तुम देख सकते हो कि वीर योद्धाओं के तुच्छ-से-तुच्छ सेवकों की भी दुनिया में कितनी अधिक कद्र होती है। यह तेरा सौभाग्य है कि सज्जनों की संगति में तुझे भी मेरे साथ बैठने का मौका मिला है। तू मेरा परिचारक है और मैं तेरा स्वामी हूँ। हम दोनों के बीच यह स्वाभाविक संबंध होते हुए भी आज से तेरे और मेरे बीच में किसी तरह का भेदभाव नहीं रहेगा। मैं जिस थाली में खाता हूँ और जिस प्याले में पीता हूँ, उसी में तुम भी खा और पी सकते हो। प्रणय के समान वीर-कर्म के बारे में भी यह कहा जा सकता है कि उसके लिए सब समान हैं।'

सैंकोपांका—'मैं इसके लिए आपको अनेक धन्यवाद देता हूँ। पर क्या इसे स्वीकार करना अब आवश्यक है? सच बात तो यह है कि अगर मुझे काफी मात्रा में गोश्त मिल जाए तो मैं किसी सम्राट् की बगल में बैठकर खाने की अपेक्षा अलग बैठकर बल्कि खड़े-खड़े खाना कहीं अधिक पसंद करूँगा। मैं तो आपसे सच-सच कहे देना चाहता हूँ कि एकांत में बैठकर सूखी रोटी और प्याज खाना उस भोजन की अपेक्षा कहीं अधिक प्रिय है जहाँ लोग दूसरों के पीढ़े पर बैठकर घंटे भर गोश्त चूसा करते हैं; जरा-सी चुस्की लेते हैं, रह-रहकर अपनी अंगुलियों और होंठों को पोंछते रहते हैं, हज़म हो या न हो, छींकने और खाँसने का साहस नहीं कर सकते। इस तरह के अनेक काम नहीं कर सकते, जिन्हें अकेले में मनुष्य स्वतंत्रापूर्वक कर सकता है। इसलिए आप कृपापूर्वक अपने इस उपहार को किसी ऐसी बात में बदल दीजिए जिससे मुझे सुभीता हो। इस कृपा के लिए मैं आपके प्रति उतना ही कृतज्ञ हूँ जितना उसे स्वीकार करने पर मैं होता; लेकिन मैं आज से लेकर प्रलय-काल तक के लिए उस अधिकार से वंचित होता हूँ।'

डान क्विग्जोट—'बेकार बहस मत कर! चुपचाप आकर बैठ, क्योंकि जो नीचे गिरे हैं उन्हें उठाना चाहिए।' इतना कहकर उसने सैंको को ज़बरदस्ती अपने पास खींचकर बैठा लिया।

भेड़िहारे वीर-कर्म, वीर-धर्म और परिचारक-संबंधी बातचीत को कुछ समझ न सकने के कारण चुपचाप आनंद से भोजन करते रहे। वे केवल अपने मेहमान को विस्मय के साथ देखते रहे, जो भूखा होने के कारण मुट्ठी-बराबर गोश्त का टुकड़ा पूरा निगलता चला जा रहा था। गोश्त का खाना समाप्त होने पर सूखा फल और पनीर परोसा गया, जो पत्थर से भी कड़ा था। इस बीच में सींग का पात्र स्थिर नहीं रहा, बल्कि उसका फरा कुएँ की दोगल की तरह बराबर चलता रहा, कभी आधा और कभी भरा हुआ; और इस तरह वे लोग एक मशक शराब पी गए।

इस तरह अपनी क्षुधा शांत करके डान क्विग्जोट ने एक मुट्ठी सूखे फल उठा लिए और उन्हें ग़ौर से देखकर कहा, 'ओ सुखद युग, जिसे हम लोगों के पूर्व पुरुष स्वर्णयुग के नाम से पुकारते थे, इसलिए नहीं कि इस लौहयुग में जिसकी इस कद्र पूजा हो रही है, वह उस युग में बड़ी आसानी से खरीदा जा सकता था, बल्कि इसलिए कि उस सौभाग्यशाली युग में लोग मेरे और तेरे का भेदभाव नहीं जानते थे; क्योंकि उस पवित्र युग में सभी चीज़ों पर सबका समान अधिकार था। अपने जीवन-यापन की सामग्री उन्हें केवल अपना हाथ-भर उठाकर वननिष्ठ ओक के पेड़ों से ले लेनी पड़ती थी, जो अपने मीठे फल देने के लिए सदा अपनी डालों को फैलाए रहते थे और निर्मल झरने, स्वच्छ नाले उन्हें पर्याप्त मात्रा में शीतल जल देने के लिए सदा प्रस्तुत रहते थे। पेड़ के खोखलों और चट्टानों की दरारों में परिश्रमी और लगनशील मधुमक्खियाँ अपना छत्ता लगाती थीं, जिसमें सभी लोग खुशी से आसानी के साथ उनके परिश्रम के मधुर फल का उपभोग कर सकें। पुष्ट और विशाल ओक के वृक्ष बिना किसी प्रयास के आप-ही-आप अपनी चौड़ी और हलकी छालों को अपने से अलग कर देते थे जो उन छोटी झोंपड़ियों के आच्छादन के काम में आती थीं, जो लकड़ियों के सहारे खड़ी की जाती थीं, जिन्हें उस आरंभिक युग में लोग हवा की कठोरता से बचाव के लिए खड़ी करते थे। उस समय विश्व में एकता थी, शांति थी, प्रेम था और मैत्री थी। उस समय कोई भी कठोर हल से धरती माता की कुक्षि चीरने के लिए उद्यत नहीं रहता था, क्योंकि धरती माता स्वयं उन चीज़ों को प्रचुर मात्रा में उपस्थित कर देती थी,

जो उसकी लालची संतान चाहती थी। उस युग में सरल और सुंदरी भेड़िहारिन युवतियाँ पहाड़ों और घाटियों में नाचती-कूदती रहती थीं। उनके केश-पाश कभी गुँथे रहते थे और कभी बिखरे। उनके शरीर पर उतना ही वस्त्र रहता था जितने से वे अपनी लज्जा का निवारण कर सकती थीं। लाल वर्ण और समृद्ध चमकीला रेशमी रंग प्रत्येक अंग में अपनी आभा प्रकट करता प्रतीत होता था। जिसे आज उत्तम और महत् कहते हैं, उस सादे सरल युग में अज्ञात था। तो भी कमनीय पत्तों और फूलों से अलंकृत इस युग की भड़कीली पोशाकों से सजी किसी भी गर्वोन्नत महिला से वे सुंदर प्रतीत होती थीं जो इस युग में अत्युत्तम वस्त्रों से तथा विविध प्रकार के अलंकारों से अपने को सजाती हैं, कोई काम-धंधा न होने के कारण जो विलासिता में डूबी रहती हैं, उसे अपने दर्प का बहुत बड़ा साधन समझती हैं। उस युग में प्रेमी स्वाभाविक रूप से अपने दिल का प्यार हृदय की भाषा में प्रकट करते थे। उनमें स्वाभाविकता और सादगी रहती थी। मन में जिस प्रकार के विचार उठते थे उसी तरह प्रकट कर दिए जाते थे। उन्हें ज़ोरदार बनाने के लिए कृत्रिम भाषा का आवरण उन पर नहीं चढ़ाया जाता था। छल, धोखे और द्वेष ने समाज में उस समय तक प्रवेश नहीं किया था और सत्य तथा सादगी के नाम पर किसी पर अपना प्रभुत्व नहीं जमाया जाता था। आजकल न्याय में जो पक्षपात का विष घुसकर उसे गंदा बना रहा है वह उस युग में नहीं था। उस युग में लोगों को बिना पक्षपात और विद्वेष के न्याय मिल जाता था। उस समय न्यायाधीशों का काल्पनिक विधान भी नहीं था; क्योंकि उस समय न तो अभियोग ही था और न न्यायाधीश की ही ज़रूरत रहती थी। साधारण-से-साधारण कुमारियाँ स्वतंत्रतापूर्वक जहाँ चाहें आ-जा सकती थीं। आवारागर्दी और बदमाशों के आक्रमण का उन्हें भय नहीं रहता था।

'लेकिन आज के इस पतित युग में छल, धोखा तथा बुराई के ढेर ने विश्व को दूषित बना दिया है। कोई भी गुण सुरक्षित नहीं रह सकता, कोई भी मर्यादा अविच्छिन्न नहीं रह सकती और लोलुप अभिलाषाएँ मनुष्यों के अंतस्तल में प्रविष्ट होकर कठोर चौकसी के बावजूद भी गुप्त से गुप्त स्थानों में भ्रष्टाचार फैला देती हैं। कोई कितना भी जटिल और अज्ञानी क्यों न हो, ज्वालामुखी का उद्गम-स्थान ही क्यों न हो, पर पवित्रता वहाँ भी कायम नहीं रह सकती। इस तरह उस प्रारंभिक सादगी के ग़ायब हो जाने से और अत्याचार के प्रतिदिन फैलने से इस बात की आवश्यकता प्रतीत हुई कि अत्याचार के वेगों का विरोध किया जाए। इसी उद्देश्य के लिए वीर-धर्म की संस्था कायम की गई कि कुमारियों की

मर्यादा, विधवाओं और अनाथों की रक्षा की जाए तथा हर तरह के उत्पीड़ितों की सहायता की जाए। मैं उसी संप्रदाय का एक व्यक्ति हूँ। प्रकृति के नियम के अनुसार मेरे संप्रदाय के लोगों पर स्त्री को कृपालु होना ही चाहिए, लेकिन आप लोगों ने इस कर्तव्य को बिना जाने ही मेरा जो इस प्रकार आतिथ्य किया है, मुझे आपकी यह कृपा स्वीकार करनी चाहिए और इसके लिए मैं आपको हृदय से धन्यवाद देता हूँ।'

इस तरह की वाक्पटुता की कोई आवश्यकता नहीं थी, लेकिन ओक के सूखे फल ने उस स्वर्ण युग की याद हमारे वीर योद्धा को दिला दी और वह भेड़िहारे को अपने प्रवचन सुनाने लगा। वे लोग ध्यान से उसकी बातें सुनते रहे। यद्यपि वे कुछ समझ नहीं सके, क्योंकि सारा प्रवचन उनकी योग्यता से बाहर था। सैंको और वे सब चुपचाप प्रवचन सुनते रहे। बीच-बीच में से उठकर शराब के सामान के पास चले जाते जिसे शीतलता प्रदान करने के लिए ओक के पेड़ से लटका दिया गया था। डान क्विग्जोट का ध्यान भोजन की अपेक्षा अपने भाषण पर बहुत अधिक था। भाषण समाप्त होने पर एक भेड़िहारे ने उससे कहा, 'महाराज, मैं आपको इतमीनान दिलाना चाहता हूँ कि आपका हम लोग सहर्ष स्वागत करते हैं। हम लोग अपने एक साथी से आपको गाना सुनाने के लिए कहेंगे। वह अभी आता होगा। वह अभी कम उम्र का छोकरा है, पर प्रेम से वह सुदीक्षित है और लिख-पढ़ सकता है और इतनी सुंदर सारंगी बजाता है कि सुनकर मन मुग्ध हो जाता है।' भेड़िहारे ने अपनी बात समाप्त की थी कि सारंगी की मधुर ध्वनि उनके कानों में पड़ी और दूसरे ही क्षण बाईस साल का एक सुंदर युवक वहाँ आ पहुँचा। भेड़िहारों ने उससे भोजन के बारे में पूछा तो उसने उत्तर दिया कि वह खा चुका है। तब पहले वाले भेड़िहारे ने कहा, 'प्यारे अंटोनियो! (यही युवक का नाम था) एक गीत गाओ ताकि हम लोगों के मेहमान इन महाशय को मालूम हो जाए कि हम लोगों के बीच में ऐसे लोग भी हैं जो संगीत जानते हैं, यद्यपि हम लोग पहाड़ों और जंगलों में रहते हैं। हमने तुम्हारा परिचय दे दिया है, इसलिए तुम हम लोगों की बात रखो और वह गाना गाओ जो तुम्हारे चाचा पुरोहित ने तुम्हारे प्रेम-प्रसंग पर रचा है और जिसे गाँव के लोग बहुत पसंद करते हैं। अंटोनियो ने इस प्रस्ताव को हृदय से स्वीकार कर लिया और किसी तरह की अधिक अनुनय-विनय के बिना वह ओक पेड़ की सीट पर बैठ गया, अपनी सारंगी उठा ली और बड़ी मधुरता के साथ वह गाना गाया :

अंटोनियो का प्रणय-विलाप

'यद्यपि प्रेम तुम्हारी आँखों से निरर्थक भाषा नहीं बोलता।
(वे आँखें—प्रेम की मौन जिह्वाएँ)।
तथापि, ओलेलिया, निश्चय ही तुम मेरी हो।
मैं जानता हूँ तुम मात्र मेरे प्रेम को तोला करती हो,
तब भी जबकि मैं भयाक्रांत रहता हूँ कि
तुमने मेरा भाग्य-निर्णय कर दिया है।
इसलिए, हालाँकि मैं पड़ा रहता हूँ शंकाग्रस्त,
किंतु यदा-कदा उदासी को भेदकर आशाएँ कौंध जाती हैं।
एक लौ—इतनी तीव्र, इतनी जाज्वल्यमान, इतनी पवित्र,
कि आक्षेप न तो बुझा सकता है, न कला बढ़ा सकती है:
इस तरह मैं शहीद की नाईं जीवित रहता हूँ,
क्योंकि मेरे प्रेम की प्रतिष्ठा के लिए अभी एक स्वर्ग शेष है।
नृत्य और सज्जा में
मैंने अत्यंत अभिमानी प्रतिद्वंद्वियों को पराजित करने की चेष्टा की है,
सांध्य-गीत में मैंने अपने प्रेम को उच्छ्वसित किया है:
जब सब सो गए थे, मेरा प्रेम जागता था और मैं।
अनावश्यक कथन होगा कि मैं सदा तुम्हारी प्रशंसा किया करता हूँ,
जब तक प्रत्येक अप्सरा ईर्ष्या-विह्वल नहीं हो उठती,
यों मैं नित हजारों शत्रु तैयार करता हूँ,
मुझे प्रीतिकर है उस रूपसी की प्रशंसा करना, जिसे मैं प्यार करता हूँ।
टेरेसा ने एक बार तुम्हारे रूप की अवमानना की,
किंतु मैंने तुरंत ही उसकी रुखाई का प्रतिवाद किया।
व्यर्थ ही मेरा कोपभाजन हुआ उसका मिलन,
जिसे प्यार करता हूँ, मैं तो उसके लिए लड़ा।
हृदयहीन रूपवती प्रियतमे, तुम इतनी लज्जालु क्यों हो?
कैसे प्रतिरोध कर सकती हो तुम इतनी प्रीति का?
आह! मैं अवैध आनंद की कामना नहीं करता,
हृदय के साथ पाणि-ग्रहण के लिए मैं तुम्हें यह हाथ भी अर्पित करूँगा।
मसृण, सहज और दृढ़ है यह प्रीत का बंधन,

ओह! तब इस आनंद को अस्वीकार न करो।
ओह! मुझे वरण करो, नहीं तो मैं शपथ लेता हूँ,
कि मैं मर जाऊँगा या जिऊँगा तो दयनीय और असहाय होकर।'

गीत गाकर अंटोनियो रुक गया। डान क्विग्जोट ने एक और गीत गाने का आग्रह किया, लेकिन सैंकोपांका संसार के सुंदरतम गीत सुनने की अपेक्षा सोना अधिक उत्तम समझता था, इसलिए उसने मालिक से कहा कि अब बहुत हो गया। अच्छा होगा कि आप आराम करें, वे लोग भी दिन-भर कड़ा परिश्रम करने के कारण थक गए हैं और रात-भर बैठकर संगीत सुनने की अपेक्षा सोने जाना अधिक पसंद करेंगे।

डान क्विग्जोट—'मैं तुम्हारी बातें खूब समझता हूँ। मैं जानता था कि रह-रहकर तेरा मशक के पास जाना तुझे संगीत की अपेक्षा नींद की ओर ही अधिक प्रेरित करेगा।'

सैंको—'हम लोगों को अनुगृहीत कीजिए, हम सब लोगों ने शराब को खूब पसंद किया है।'

डान क्विग्जोट—'मैं इससे इनकार नहीं करता। लेकिन तेरी जहाँ इच्छा हो वहाँ जाकर तू सो सकता है और जहाँ तक मेरी बात है, मेरे पेशे के लोगों को सोने की अपेक्षा जागना ही ज्यादा उपयुक्त है। तो भी सोने जाने से पहले मेरे कान पर मरहमपट्टी करता जा; क्योंकि इसमें बहुत अधिक दर्द है।'

सैंको घाव पर पट्टी बाँधने के लिए उद्यत हुआ ही था कि एक भेड़िहारे ने घाव को देखकर कहा—'आप इसकी जरा भी चिंता न करें, मेरे पास एक दवा है जिससे वह शीघ्र अच्छा हो जाएगा।' वह सहदेई की पत्तियाँ तोड़ लाया, जो वहाँ प्रचुर मात्रा में उगी थी। उन्हें पीस डाला और उसमें जरा-सा नमक मिलाकर घाव पर चढ़ा दिया और ऊपर से पट्टी बाँध दी। उसने कहा—'आपको किसी दूसरी दवा की ज़रूरत नहीं है।'

थोड़े समय के बाद उसकी बात सच सिद्ध हुई।

4. एक युवक भेड़िहर की दास्तान

यह सब हो ही रहा था कि एक युवक, जो पास वाले गाँव से इन लोगों के लिए रसद लाता था, वहाँ आया और भेड़िहारों से कहा—'तुम लोगों ने कुछ सुना है?'

भेड़िहर—'कोई नई बात है क्या?'

युवक—'उस गाँव में क्राइसोस्टोम नाम का जो सज्जन और विद्वान गड़रिया रहता था, वह आज सवेरे मर गया। लोग कहते हैं कि उसकी मृत्यु का कारण समृद्ध विलियम की वह शैतान और उद्दण्ड छोकरी मरसेला है, जो गड़ेरिनों की पोशाक में इधर-उधर भटकती रहती है।'

एक भेड़िहर—'क्या कहा? मरसेला के प्रेम में उसने जान दे दी?'

युवक—'हाँ, हाँ, उसी के लिए उसने जान दी। इतना ही नहीं, कहा जाता है कि उसने अपने वसीयतनामे में लिखा है कि मेरी लाश को किसी मूर्तिपूजक या अधार्मिक की तरह कार्क के पेड़ों के पास वाली पहाड़ी के नीचे दफ़नाया जाए। लोग कहते हैं कि वहीं पहले-पहल उस छोकरी पर उसकी नज़र पड़ी थी। उसने इसी तरह के अन्य अनेक विचित्र काम करने को लिखा है, लेकिन गाँव का मुखिया इन बातों की इजाज़त नहीं देगा; क्योंकि वे मूर्ख पूजकों के तरीकों-जैसे प्रतीत होते हैं। लेकिन दूसरा विद्वान अम्ब्रोस—जो गड़रियों के वेश में रहता है—इस बात पर तुला है कि उसके मित्र ने जो इच्छाएँ प्रकट की हैं, उनको उसी तरह पूरा किया जाए। सारे गाँव में जोश उमड़ आया है। लोगों का अनुमान यही है कि अंत में अम्ब्रोस और उसके मित्रों की ही विजय होगी। कल सवेरे बड़ी सजधज के साथ उसकी लाश उसी जगह दफ़नाई जाएगी। चाहे जो कुछ भी हो, वह दृश्य देखने ही लायक़ होगा। मैं तो देखने ज़रूर जाऊँगा। मैं कल वापस नहीं आ सकूँगा। सब लोग चलेंगे। हम लोग आपस में चिट्ठी डालेंगे जिसका नाम निकलेगा उसे भेड़ों की रखवाली के लिए छोड़ दिया जाएगा।'

एक भेड़िहर ने कहा—'पीटर! ठीक ही तो है, लेकिन तुम लोगों को चिट्ठी डालने की ज़रूरत नहीं है। मैं तुम लोगों को उस झंझट से बचा लूँगा; क्योंकि मैं नहीं जाना चाहता। इसका मतलब यह नहीं है कि मैं तुम लोगों पर कोई एहसान कर रहा हूँ या मुझे देखने की उत्सुकता नहीं है, बल्कि इसलिए कि मेरे पाँव में काँटा गड़ गया है, मुझसे चला नहीं जाएगा।'

पीटर—'तो भी हम लोग तुम्हें धन्यवाद देना उचित समझते हैं।'

यह वृत्तांत सुनकर डान क्विग्जोट ने पीटर से कहा, 'कृपया, मुझे यह बतलाइए कि मृत व्यक्ति कौन था और वह गड़ेरिन कौन है?'

पीटर—'मैं केवल इतना ही जानता हूँ कि मृत व्यक्ति धनी पुरुष था, पास ही रहता था। उसने एलमेका विश्वविद्यालय में कई वर्षों तक अध्ययन किया था और सुयोग्य विद्वान बनकर घर वापस आया था। लोग कहते हैं कि नक्षत्रों का

तथा सूर्य और चंद्रमा का उसे विशेष ज्ञान था। वह सूर्य और चंद्रग्रहण के बारे में हम लोगों को पूरी बारीकी से बतला देता था। वह यह भी बतला देता था कि अमुक वर्ष दुखप्रद होगा या सुखप्रद। यहाँ तक कि उसके दोस्त और संबंधी उसकी सलाह पर चलकर अल्पकाल में ही धनी हो गए। वह उन लोगों को बतला देता था कि किस साल कौन फसल अच्छी उपजेगी, किस साल एक बूँद भी पानी नहीं बरसेगा। वह जो कुछ कहता था, सब सही उतरता था।'

डान क्विग्जोट—'उस विज्ञान को ज्योतिषशास्त्र कहते हैं।'

पीटर—'मैं नहीं जानता कि उसे लोग क्या कहते हैं, मैं केवल इतना ही जानता हूँ कि वह वे सब बातें तथा और भी बहुत-सी बातें जानता था। संक्षेप में, थोड़े ही दिन बाद एक दिन सुबह हम लोगों ने देखा कि उसने विश्वविद्यालय का चोंगा उतार दिया और भेड़िहारों की पोशाक पहनकर भेड़ें चराने लगा। इसके साथ उसका दोस्त अम्ब्रोस जो उसके संग ही विश्वविद्यालय में पढ़ता था उसी के समान भेड़िहर बन गया और उसके साथ ही रहने लगा। हम लोगों को इस पर कम आश्चर्य नहीं हुआ।

'एक बात कहना तो मैं भूल ही गया कि जो व्यक्ति मर गया है उसमें काव्य-रचना की अद्‌भुत शक्ति थी, यहाँ तक कि हम लोग बड़े दिन के आगमन के समय जो गीत गाते हैं, उन्हें वह सहज में रचा करता था। कार्पस क्रिस्टी दिवस पर हम लोगों के गाँव के युवकों ने जो नाटक खेला था वह भी उसी का लिखा था। हर एक आदमी की धारणा थी कि उसकी रचनाओं में कोई कलम नहीं लगा सकता। इसके कुछ ही दिन बाद क्राइसोस्टोम के पिता मर गए। वे ज़मीन, रुपया, पशु तथा अन्य रूप में प्रचुर संपत्ति छोड़ गए और यही उसका एकमात्र मालिक बना। वह उसके योग्य भी था; क्योंकि वैसा सज्जन पुरुष देखने में नहीं आया। गरीबों का वह सच्चा मित्र और ईमानदारों का सखा था। उसका चेहरा अत्यंत सौम्य था। पीछे मालूम हुआ कि गड़रिये का बाना धारण करने का एकमात्र कारण यही था ताकि उस गड़ेरिन मरसेला के पीछे लगा रह सके, क्योंकि वह उस पर बेतरह आसक्त था जैसा मेरे साथी ने आपको बतलाया है। अब मैं एक ऐसी बात की चर्चा करूँगा जिसे आपने न कभी सुना होगा और न कभी सुनेंगे; यद्यपि आप सरनाह की तरह दीर्घजीवी हैं।'

डान क्विग्जोट—'सरनाह नहीं, सराह कहिए।' उसे शब्दों का गलत उच्चारण अच्छा नहीं लगता था।

पीटर—'सरना या इच, हम लोगों के लिए दोनों बराबर हैं। दीर्घजीवी होते हैं। लेकिन यदि आप बीच-बीच में इस तरह बाधा देते रहेंगे तब तो बारह महीने में भी अपना यह वृत्तांत हम पूरा नहीं कर सकेंगे।'

डान क्विग्जोट—'मुझे माफ़ करो, दोस्त। मैं तो तुम्हें यह बतलाना चाहता था कि सरना और सराह में बहुत अंतर है, लेकिन तुमने ठीक ही कहा है; क्योंकि सरना अर्थात् इच सराह से अधिक दिन जीवित रहता है। मैं अब बाधा नहीं दूँगा, तुम अपना वृत्तांत जारी रखो।'

पीटर—'हम लोगों के पास में ही विलियम नाम का ताल्लुकेदार रहता था जो क्राइसोस्टोम से कहीं अधिक धनी था। उसे एक पुत्री के सिवा इस दुनिया में कोई दूसरी संतान नहीं थी। उसकी माँ सौरी घर में ही मर गई (भगवान उसे शांति प्रदान करें)। वह बड़ी ही नेक महिला थी। मुझे तो ऐसा प्रतीत होता है कि वह मेरे सामने खड़ी है और उसके सौम्य चेहरे के दोनों तरफ सूर्य तथा चाँद चमक रहे हैं। वह सुदक्ष गृहिणी थी और गरीबों की सदा सहायता किया करती थी। इस पुण्य के लिए उसे अवश्य स्वर्ग मिला है। उसकी मृत्यु से विलियम को गहरा धक्का लगा। वह भी थोड़े ही दिनों के बाद मर गया और अपनी सारी संपत्ति अपनी बेटी मरसेला को छोड़ गया और अपने भाई को उसका अभिभावक बना गया जो इस गाँव का पादरी है।

'यह लड़की भी अपनी माँ की तरह ही सुशीला और सर्व गुण-संपन्न निकली। इसे देखकर हम लोगों को उसकी माँ की याद आ जाती थी। आशा की जाती थी कि वह सुंदर महिला होगी, और ऐसा हुआ भी। बच्चों की चौदह या पंद्रह साल तक उस पर ऐसे किसी भी पुरुष की दृष्टि नहीं पड़ी जिसने ऐसा सुंदर रूप उसे देने के लिए ईश्वर को धन्यवाद न दिया हो। इसका नतीजा यह हुआ कि हर युवक उस पर आसक्त होने लगा, और उसके पीछे पागल। इधर उसका चाचा उसे बहुत सँभालकर रखता था तो उसके धन और रूप की स्थिति चारों ओर फैल गई। यहाँ तक कि यह कहना बहुत कठिन है कि उसके कितने प्रेमी हो गए। हमारे नगर के प्रायः सभी युवक उसके चाचा के पास उसके पाणि-प्रार्थी हो गए। मैं यह नहीं बतला सकता कि हम लोगों के आस-पास के कितने गाँवों से प्रेमियों का दल दौड़ पड़ा—जो देश के सर्वोत्तम युवक थे। वे उसके चाचा से अनुनय-विनय करके उसे तंग करने लगे कि उसकी शादी उसके साथ कर दे।

'विवाह के योग्य होते ही उसका चाचा उसकी शादी करके फुरसत पाना चाहता था। फिर भी उसकी इच्छा के विरुद्ध तो वह कुछ नहीं करना चाहता था।

वह बहुत ही भला आदमी है और सच्चा ईसाई है। उसकी शादी रोककर उसकी संपत्ति से लाभ उठाने को वह घृणा की दृष्टि से देखता है। उसकी प्रशंसा में मैं यह भी कह देना चाहता हूँ कि जब कभी गाँव के लोग जमा होते हैं, सदा उसको प्रशंसा करते हैं। मैं आपको यह भी बतला देना चाहता हूँ कि आस-पास के गाँवों में ऐसी कोई बात नहीं कही जा सकती, जिसकी चर्चा लोग करें और छिद्रान्वेषण हो। लोग चाहे जो कुछ भी कहें, लेकिन वह ज़रूर अच्छा आदमी है। तभी तो उसकी प्रशंसा हर एक व्यक्ति के मुँह पर रहती है।'

डान क्विग्जोट–'तुम्हारा कहना सही है, पीटर! आगे की दास्तान कहो। यह वृत्तांत बड़ा रोचक है और तुम्हारे कहने का ढंग भी बहुत अच्छा है।'

पीटर–'मैं कह चुका हूँ कि हम लोगों का पादरी उसकी शादी नहीं रोकना चाहता था। इसलिए जो लोग उससे शादी का प्रस्ताव करते थे उनके बारे में वह सब कुछ अपनी भतीजी को बतला देता था कि कैसे हैं, उनके पास कितनी संपत्ति है। इसके बाद अपने लिए पति चुनने को वे उसे स्वतंत्र छोड़ देते थे। लेकिन वह सदा एक ही उत्तर देती कि अभी वह विवाह के झंझट में नहीं पड़ना चाहती; क्योंकि वैवाहिक बंधन का बोझ उठाने लायक वह अपने को नहीं समझती। इस तरह की बातों से वह अपने चाचा को बाध्य करती कि वह उससे शादी के बारे में छेड़-छाड़ न करें और उसे शादी करने के लिए स्वतंत्र छोड़ दें। पादरी सदा यही कहा करते कि जहाँ बाल-बच्चों का मन न रमे वहाँ शादी कर देना माँ-बाप के लिए उचित नहीं है। और यह बात वह सच्चे आदमी की तरह कहता था।

'इसका परिणाम जैसा हुआ, उसकी लोग कल्पना तक नहीं कर सकते थे। इस तरह की स्वतंत्रता पाकर वह सुंदर गड़ेरिन बन गई और अपने पशु लेकर अन्य लड़कियों के साथ चराने लगी। गाँव के लोगों ने तथा उसके चाचा ने उसे लाख समझाया; पर उस पर कोई असर नहीं पड़ा। लेकिन इस बात का नतीजा बहुत बुरा हुआ; क्योंकि उसे इस तरह स्वच्छंद घूमते देखकर अनेक धनी और सज्जन युवकों ने इसके निमित्त गड़ेरिये का बाना धारण कर लिया, ताकि उन्हें इस वेश में उसके साथ घूमने का मौका मिले। उन्हीं में से यह क्राइसोस्टोम भी था जिसकी चर्चा ऊपर हमने की है। कहा जाता है कि वह उसे प्यार ही नहीं करता था, बल्कि उसकी उपासना तक करता था।'

चूँकि मरसेला ने गड़ेरिन का बाना धारण कर लिया था इससे यह नहीं समझना चाहिए कि वह अपनी मर्यादा की रक्षा में किसी भी तरह असावधान थी;

क्योंकि उसने बुरे आचरण या हलकेपन की लेश-मात्र भी अभिव्यक्ति नहीं की। वह आज भी उसी तरह सुशील है और अपनी मर्यादा को अक्षुण्ण रखने के लिए इतनी सतर्क और सावधान रहती है कि उसके खिलाफ़ कोई जबान नहीं खोल सकता। उसके प्रणय-प्रार्थियों में एक भी ऐसा नहीं मिल सकता जो इस बात की डींग हाँक सके कि उसने उसे किसी तरह का संग दिया है। उसे गड़रियों की संगति से नफ़रत नहीं है। वह उनके साथ तब तक नम्रता और शिष्टता बरतती है जब तक वे उसी तरह की शिष्टता से पेश आते हैं। लेकिन जहाँ किसी ने उससे विवाह का प्रस्ताव किया कि उसे उसी दम अपने से अलग कर देती है और फिर उसे अपने पास फटकने नहीं देती।'

'इस तरह यह राजकुमारी इस इलाके में प्लेग से भी ज्यादा हानि पहुँचा रही है; क्योंकि उसका सौंदर्य और उसकी शिष्टता प्रत्येक व्यक्ति को अपनी ओर आकृष्ट करती है और वह उसे प्यार करने लगता है। पर उसका विनयशील हठ उनका दिल तोड़ देता है और उन्हें फाँसी पर लटक जाने के लिए बाध्य करता है। वे बेचारे शिकायत करने के सिवा कर ही क्या सकते हैं? वे उसे क्रूर, निर्मम, कृतघ्न तथा इसी तरह की अन्य उपाधियाँ दे डालते हैं और इस तरह वे अपने हृदय का विषाद प्रकट करते हैं। यदि आप कुछ दिन यहाँ रहें तो आप देखेंगे कि यहाँ के पहाड़ और घाटियाँ उन लोगों की कराह से गूँज उठते हैं, जिन्हें उसने अस्वीकार किया है पर जो इतने पर भी उसका पीछा छोड़ नहीं सकते। यहाँ से कुछ ही दूर एक जगह है जहाँ करीब दो दर्जन आड़ू के पेड़ हैं। उनकी छाल में आप मरसेला का नाम अनेक जगह खुदा हुआ पाएँगे। एक में उसके नाम के ऊपर ताज खोदा हुआ है। उसका अभिप्राय यह है कि मरसेला के सिर पर सौंदर्य का ताज है और वह सौंदर्य के भाल के योग्य है। यहाँ एक गड़रिया आहें भर रहा है और दूसरा वहाँ बिलख रहा है, यहाँ एक विरह के गीत गा रहा है, वहाँ दूसरा हाथ मल रहा है और अपनी व्यथा उगल रहा है। किसी को आप रात को चट्टान या ओक के पेड़ के नीचे पड़ा पायेंगे और आँख खोले हुए रोते और बिलखते देखेंगे। इसी तरह विलाप करते हुए यह रात बिता देगा। कोई तपती धरती पर पड़ा है और आसमान की ओर मुँह करके अपनी विरह कथा का बखान कर रहा है। उसे सूर्य की प्रखर किरणों की भी लेश-मात्र परवाह नहीं है। पर संगदिल मरसेला को इन लोगों की लेश-मात्र भी चिंता नहीं है। उसके लिए उसके हृदय में ज़रा भी माया-मोह नहीं है। हम लोगों की समझ में नहीं आता कि

इस गर्व और संयम का अंतिम परिणाम क्या होगा, वह कौन भाग्यशाली पुरुष होगा जो इसे पालतू बनाएगा और अपनी ओर आकृष्ट करेगा।

'चूँकि इससे सत्य दूसरा कुछ नहीं हो सकता, इसलिए मेरे साथी ने क्राइसोस्टोम की मृत्यु के बारे में जो कुछ कहा है उसे मैं सर्वथा सच मानता हूँ। मेरा आग्रह है कि कल आप भी चलें और उसकी अंत्येष्टि क्रिया में शानिल हों। यह काम आपके योग्य होगा। उसके अनेक दोस्त हैं और जिस जगह उसने दफ़नाए जाने की इच्छा प्रकट की है वह जगह यहाँ से बहुत दूर नहीं है—केवल मील, सवा मील के करीब होगी।'

डान क्विग्जोट—'मैं वहाँ जाना चाहता हूँ। अभी तो मैं तुम्हें अनेक धन्यवाद देता हूँ, क्योंकि इस असाधारण वृत्तांत को सुनकर मुझे बड़ी प्रसन्नता हुई है।'

भेड़िहर—'लेकिन इस गर्वीली छोकरी ने इस इलाके को जो क्षति पहुँचाई है, उसकी मैंने आधी चर्चा भी आपसे नहीं की। संभव है कल रास्ते में हमारी मुलाकात किसी ऐसे गड़रिये से हो जाए जो आपको इससे अधिक बतला सके। इस समय आप किसी झोंपड़ी में आराम करें; क्योंकि खुली हवा आपके घाव के लिए हितकर नहीं होगी, यद्यपि जो दवा मैंने लगाई है वह असाधारण गुणकारी है। आपको किसी बात का डर नहीं है। उससे आपका घाव अच्छा हो जाएगा।'

सैंको भेड़िहर की कहानी सुनते-सुनते अधीर हो रहा था और मन-ही-मन उसे गालियाँ दे रहा था। उसने किसी तरह डान क्विग्जोट को पीटर की झोंपड़ी में सोने के लिए राज़ी किया, जहाँ लेटा हुआ डान क्विग्जोट मरसेला के किसी प्रेमी की तरह सारी रात अपनी तथाकथित प्रेयसी डलसीनिया के नाम पर प्रेमालाप करता रहा। सैंको रोजिनांटे और अपने गधे के बीच में पड़ रहा; और बेचैन प्रेमी के समान नहीं, बल्कि उस व्यक्ति के समान सोता रहा, जिसे सवेरे गहरी मार पड़ी है।

5. मरसेला का आगे का वृत्तांत

पूर्व दिशा के क्षितिज पर अरुण सारथी के प्रकट होने से पहले ही पाँचों भेड़िहर उठ खड़े हुए और क्विग्जोट के पास जाकर बोले, 'आपने रात को अंतिम संस्कार के स्थान पर आने का इरादा प्रकट किया था। इरादा पक्का हो तो हम लोग आपका साथ देने के लिए तैयार हैं।' इस पर वीर योद्धा तुरंत उठ पड़ा, क्योंकि वह तो यह चाहता ही था, और सैंको को आदेश दिया कि वह तुरंत रोजिनांटे और अपने खच्चर को कसकर तैयार करे। सैंको ने भी उस काम में

बड़ी फुर्ती दिखाई। इसके बाद वे चल पड़े। वे लोग एक मील भी नहीं गए होंगे कि उन लोगों ने अपनी ओर छः भेड़िहरों को आते देखा। काले रंग की खाल वे पहने थे, उनके सिर पर देवदारु और कँटीले करवीर (rose bay tree) के फूलों की मालाएँ थीं और उनके हाथ में पवित्र लंबा दंड था। उनके बाद ही दो भद्र पुरुष घोड़े पर सवार तीन युवक खेतिहरों के साथ आते दीख पड़े। साधारण शिष्टाचार के बाद उन लोगों ने पूछा कि आप लोग कहाँ जा रहे हैं। यह मालूम होने पर कि दोनों का गंतव्य स्थान एक ही (अर्थात् दफ़नाये जाने का स्थान) है, वे लोग एक साथ ही चले।

एक घुड़सवार ने अपने साक्षी को लक्ष्य करके कहा, 'विवाल्डो महाशय, इस विख्यात अंत्येष्टि संस्कार को देखने के लिए जाना समय का दुरुपयोग करना नहीं होगा। क्योंकि निश्चय ही यह बहुत असाधारण होगा; खासकर इस कारण कि इन सज्जनों ने हम लोगों को मृत गड़रिये और उसकी हत्यारिन प्रेयसी का वह विवरण सुनाया है।'

इसके उत्तर में विवाल्डो ने कहा, 'मैं भी यही समझता हूँ। इस हाथ के वंचित होने की अपेक्षा एक दिन क्या एक हफ़्ते तक भी रुका रहना मैं उचित न समझूँगा।'

उनकी बातचीत से डान क्विग्जोट को मौका मिल गया कि वह उन सज्जनों से पूछे कि उन लोगों ने क्राइसोस्टोम तथा मरसेला के बारे में क्या सुना है। इसके उत्तर में एक घुड़सवार ने कहा, 'प्रातःकाल इन गड़रियों से भेंट हो जाने पर मैंने इनसे पूछा कि आप लोग इस तरह की मानसिक परेशानी में क्यों हैं?' इस पर इनमें से एक ने शोकपूर्ण अवसर का वृत्तांत यों सुनाया, 'मरसेला नाम की एक गड़ेरिन है। वह जितनी सुंदर है उतनी ही क्रूर है। उसके संयम और नियम ने न जाने कितने प्रेमियों के भाग्य को मनहूस बना दिया और वही इस क्राइसोस्टोम की मृत्यु का कारण बनी, जिसके अंत्येष्टि संस्कार में हम लोग जा रहे हैं। सारांश यह कि उन लोगों ने आदि से अंत तक उस दास्तान को दोहरा दिया जिसे रात को पीटर ने डान क्विग्जोट को सुनाया था। इसके बाद विवाल्डो ने डान क्विग्जोट से पूछा, 'इस शांतिमय प्रदेश में आप इस तरह हथियार से लैस होकर यात्रा क्यों कर रहे हैं?'

डान क्विग्जोट—'मेरा पेशा भिन्न प्रकार से यात्रा करने का आदेश मुझे नहीं देता। विलासितापूर्ण भोजन, तड़क-भड़क पोशाक और आराम तो नामर्द दरबारियों के लिए हैं, और परिश्रम, सतर्कता तथा हथियार उनके लिए हैं जिन्हें संसार के

लोग वीर योद्धा कहते हैं। मुझे भी उसी संप्रदाय के होने का गौरव प्राप्त है, यद्यपि मैं सबसे अयोग्य हूँ और उस संप्रदाय का एक तुच्छ व्यक्ति हूँ।' इससे अधिक उसे कहने की ज़रूरत नहीं थी। इतने में ही वे लोग समझ सकते थे कि उसका दिमाग दुरुस्त नहीं है। तो भी उसकी बेवकूफी को अच्छी तरह समझने के लिए विवाल्डो ने उससे पूछा, 'वीर योद्धा से आपका क्या अभिप्राय है?'

डान क्विग्जोट—'मालूम होता है कि आपने ब्रिटेन का वृत्तांत और इतिवृत्त नहीं पढ़ा है जिसमें राजा आर्थर के विख्यात कारनामों का वर्णन है जो उस राज्य की प्राचीन कथा के अनुसार मरा नहीं, बल्कि किसी जादूगर ने उसे कौण बना दिया, जो किसी दिन अपना असली रूप धारण करेगा और अपने राज्य को पुनः प्राप्त करेगा। इसी कारण उसी समय से ग्रेट ब्रिटेन के लोग कौण मारने का साहस नहीं करते। उस उदार राजा के शासन-काल में ही पहले-पहल वीर योद्धा संप्रदाय की स्थापना हुई। उसी वृत्तांत में यह भी प्रकट होता है कि तभी लेस के सर सांसलाट और रानी गुड्नवर के बीच गुप्त परिणय-प्रसंग भी हुआ। यह परिणय गुप्त रीति से क्विंटेनिआना नाम की महिला की सहायता से चलता रहा। उसी के आधार पर वह इतिहास लिखा गया जो स्पेन में बहुत अधिक प्रचलित है:

इस पृथ्वी पर किसी भी युग में
रूपवती स्त्रियों से सेवित ऐसा कोई गायक नहीं हुआ
जैसा किसी युग में महान लानसेलांट महाशय थे,
जब पहली बार वह अपने प्रिय देश को छोड़कर चले।

तथा इस तरह के अन्य वृत्तांत भी हैं जिनमें उसके प्रेम और वीरता का सुंदर वर्णन है। इसी समय से वीर योद्धाओं का यह संप्रदाय क़ायम हुआ, जो धीरे-धीरे संसार के सभी भागों में फैल गया। इसके बाद उस महान अग डिस डेगाल ने अपने पद में उन कारनामों से प्रसिद्धि पायी और उसी तरह की प्रसिद्धि पाँचवीं पीढ़ी में उसके वंशधर ने प्राप्त की। उसके बाद हायरसानिया के वीर केलिक्स मार्ट ने अमर कीर्ति स्थापित की और वह अदम्य वीर योद्धा टिरांट की स्वाइट, जिसकी योग्यता का वर्णन नहीं किया जा सकता। इतना ही नहीं, यदि हम लोग कुछ काल पहले पैदा हुए होते तो हम लोगों को अपने आधुनिक युग में अजेय वीर योद्धा यूनान के डान बोलियानिसे से बातचीत करने का अवसर मिला होता।

मैं उसी वीर-धर्म के संप्रदाय का हूँ। मैं तो पापात्मा हूँ, फिर भी मैं उन नियमों का सम्यक् पालन करता हूँ जिन नियमों का पालन मेरे पूर्व वीर योद्धाओं ने किया था। यही कारण है कि मैं भ्रमण करता हूँ और हर तरह का खतरा झेलने के लिए तैयार रहता हूँ, ताकि अपने हाथों की ताक़त से मैं दुर्बलों और उत्पीड़ितों की रक्षा कर सकूँ।'

इतनी बातें सुनने के बाद उन यात्रियों को पक्का विश्वास हो गया कि डान क्विग्जोट खब्ती है। जिन लोगों ने अंत तक इस मनुष्य में इस तरह की असाधारण चित्तविक्षिप्तता का अनुभव किया था उनसे कम उन लोगों को आश्चर्य नहीं हुआ। लेकिन विवाल्डो विनोदी स्वभाव का था। जब उसे डान क्विग्जोट के खब्त का पता लग गया तब उसने उतना आनंद उससे लेना चाहा जितना निर्दिष्ट स्थान पर पहुँचने तक संभव था।

अपने साथियों को उसके खब्त का पूरा परिचय दिलाने के उद्‌देश्य से उसने कहा, 'वीर योद्धा महोदय, मैं समझता हूँ कि आपने संसार के सबसे कठोर और विकट पेशे को ग्रहण किया है। कार्पूजियन संन्यासी को भी इतना कठोर संयम नहीं करना पड़ा होगा जितना आपको करना पड़ता होगा।'

डान क्विग्जोट–'कार्पूजियन संन्यासी का पेशा कितना ही कठोर भले ही रहा हो, लेकिन मुझे इस बात की शंका है कि हम लोगों का पेशा संसार के लिए जितना हितकर है उतना उसका है या नहीं। सच बात तो यह है कि सेनापति के आदेश का पालन जो सैनिक करता है वह कम-से-कम उतनी प्रशंसा का पात्र है जितना खुद सेनापति। इस तुलना का समझना सहज है। क्योंकि जब कि उन धार्मिक व्यक्तियों को संसार के कल्याण के लिए शांति और सुरक्षा के साथ प्रार्थना करते रहने के अलावा कुछ नहीं करना है, हम वीर योद्धाओं को, सैनिकों की भाँति उस पर अमल करना पड़ता है जिसके निमित्त वे प्रार्थना करते हैं और अपने बाहुबल से अपने को हर तरह के खतरे में डालकर मानव-समाज के लिए उन हितों को प्राप्त करना पड़ता है जिसके लिए वे मात्र प्रार्थना करते हैं। इसके लिए हम लोगों को प्रकृति के हर तरह के उपद्रवों को बर्दाश्त करना पड़ता है। हम लोगों के लिए कोई घर-द्वार नहीं है, आकाश के नीचे खुले मैदानों में हम लोग रहते हैं, सूर्य की चिलचिलाती धूप, जाड़े की हड्डियों को कँपा देने वाली सर्दी और वायु के तीखे वेग को हम लोग ही बर्दाश्त करते हैं। इसलिए हम लोग अपने को स्वर्ग का दूत और इस धरती पर न्याय का साधक कह सकते हैं। अत्युत्कट श्रम और प्रयास के बिना युद्ध का प्रयोजन सिद्ध नहीं हो सकता,

इसलिए धार्मिक संन्यासियों की अपेक्षा धार्मिक सैनिक कहीं अधिक मान्य हैं; क्योंकि धार्मिक संन्यासी तो चुपचाप बैठकर पीड़ित मानवता के लिए प्रार्थना-मात्र करता रहता है। लेकिन मेरे कहने का मतलब यह नहीं है कि वीर योद्धा का पेशा उतना पूर्ण है जितना एकांतवासी संन्यासियों का। मैंने जो कुछ कहा है तथा मुझे जो कुछ सहना पड़ता है उससे मैं इस निष्कर्ष पर पहुँचता हूँ कि निस्संदेह हम लोगों का पेशा बहुत श्रम-साध्य है; तरह-तरह की विपत्तियों, संकटों, भूख और प्यास की यातनाओं से घिरा है। संक्षेप में इस पेशे में दैन्य, दुख और यातनाएँ ही हैं।

'अगर आप किसी वीर योद्धा को अंततोगत्वा किसी सिंहासन पर आरूढ़ या किसी साम्राज्य का उपभोग करते देखते हैं तो आपको यह मानना होगा कि अपना खून और पसीना बहाने के बाद ही उसने उसे प्राप्त किया है। यदि वीर योद्धा उन संतों और जादूगरों की सहायता से वंचित रहते, जिन्होंने संकटकाल में उनकी सहायता की है, तो उनकी आशा कभी पूरी नहीं होती। उन्हें हर तरह से निराश होना पड़ता।'

विवाल्डो—'मेरा भी यही मत है। लेकिन आपके पेशे में एक बात है जिसका समर्थन मैं किसी प्रकार नहीं कर सकता। जब आप लोग किसी ऐसे भयानक युद्ध में प्रवृत्त होते हैं जिसमें आपकी जान के जाने का खतरा रहता है, आप अपने को ईश्वर के हवाले नहीं करते, बल्कि अपनी प्रेयसी के, और वह भी इस श्रद्धा और उत्साह के साथ मानो किसी अन्य देवता की उपासना नहीं करते हों। मेरी समझ में यह मूर्ति-पूजा का द्योतक है।'

डान क्विग्जोट—'लेकिन उस प्रथा को बदला नहीं जा सकता। यदि कोई वीर-योद्धा इसके विपरीत आचरण करे तो वीर-कर्म की प्राचीन परंपरागत प्रथा में उसे बहुत उलट-फेर करना होगा। प्राचीन परंपरा के अनुसार उसे अपनी प्रेयसी का चित्र अपनी आँखों के सामने उस समय रखना ही होगा जब पूर्ण वेग के साथ अपने प्रतिद्वंद्वी पर वार करने के लिए उद्यत होता है। उसे कल्पना करनी होगी कि उसकी प्रेयसी उसके सामने खड़ी है। उसके दिमाग में वह चक्कर काट रही है। उस खतरनाक परिस्थिति में उसे मधुर प्रेम भरे शब्दों में दैन्य भाव से अपनी प्रेयसी से प्रार्थना करनी होगी कि अनुग्रहपूर्वक वह उसकी रक्षा करे। इतना ही नहीं, यदि उसकी बातों को कोई सुन न सके तो उसे धीरे-धीरे, होंठों के भीतर ही कुछ उद्‌गार प्रकट करने पड़ते हैं, जिसके द्वारा वह अपनी प्रेयसी के निकट अपना निवेदन भेजता है। इतिहास में इसके अनेक उदाहरण मिलते हैं। लेकिन

इससे आपको यह नहीं समझ लेना चाहिए कि ईश्वर के प्रति उनका ध्यान रहता ही नहीं। युद्ध के बीच में इसके लिए भी उन्हें काफी अवकाश मिल जाता है।'

विवाल्डो–'इस संबंध में मुझे पूरा संतोष नहीं हो सका; क्योंकि पुस्तकों से मुझे मालूम हुआ है कि दो वीर योद्धा बातचीत करते-करते आपस में लड़ पड़े हैं और इस तरह उत्तेजित हो उठे हैं कि जगह बनाने के लिए उन्होंने अपने घोड़ों का मुँह फेरा और पैंतरा बदलकर उन्होंने जल्दी ही अपने को अपनी प्रेयसी के हवाले किया और प्रबल वेग के साथ एक-दूसरे पर झपट पड़े। इस झपट में साधारणतः जैसा होता है, वैसा ही हुआ कि एक अपने घोड़े के नीचे ज़मीन पर आ गया और उसके प्रतिद्वंद्वी ने उसे अपने भाले से विदीर्ण कर दिया। दूसरे को भी अपने को गिरने से बचाव के लिए घोड़े को अयाल पकड़कर सँभलकर रहना पड़ा। मेरी समझ में यह नहीं आया कि जो वीर योद्धा इस तरह अचानक मारा गया उसे भगवान की याद करने का अवसर कब मिला, इसके अलावा मेरा यह भी अनुमान है कि न तो प्रत्येक वीर योद्धा की प्रेयसी होती है और न प्रत्येक वीर योद्धा किसी महिला के प्रेम में रमता है।'

डान क्विग्जोट–'तुम्हारा अनुमान गलत है। कोई भी वीर योद्धा बिना प्रेयसी के नहीं हो सकता। आकाश में नक्षत्रों का होना उतना आवश्यक नहीं है जितना आवश्यक वीर योद्धा का किसी प्रेयसी के प्रेम में होना। मैं यह बात जोर देकर कह सकता हूँ कि इतिहास में किसी ऐसे वीर योद्धा की चर्चा नहीं है जो प्रेमी न हो। यदि कोई वीर योद्धा प्रेम की उमंग से पागल न हो तो वह जायज वीर योद्धा नहीं माना जा सकता। उसके असभ्य अनधिकारी कह सकते हैं। उसे विधिवत् वीर योद्धा की उपाधि नहीं मिलती, बल्कि चोर और डाकू की तरह वह इस संप्रदाय में घुस आता है।'

विवाल्डो–'यदि मैं गलती पर नहीं हूँ तो मैं कह सकता हूँ कि असडिस के माई गैलोट की ऐसी कोई प्रेयसी नहीं थी जिसके हवाले वह अपने को करता, लेकिन तो भी उसकी कम प्रतिष्ठा नहीं थी।'

डान क्विग्जोट–'एक कोयल से वसंत ऋतु नहीं मानी जाती, इसके अलावा मैं जानता हूँ कि उसका प्रेम गुप्त रूप से गहराई में चलता था। जहाँ कहीं सुंदरियों से उसकी भेंट हो जाती थी वह जिन शब्दों में उन्हें संबोधित करता था वह उसके स्वाभाविक झुकाव का परिणाम था जिसे वह सहज में छिपा नहीं सकता था। यह ध्रुव सत्य है कि उस प्रेयसी को उसने अपने हृदय की देवी बना

रखा था और वह गुप्त रीति से अपने को उसी के हवाले करता था; क्योंकि अपने प्रेम की गोपनीयता और परिणाम-दर्शिता पर उसे कम विश्वास नहीं था।'

विवाल्डो—'आपके कहने के अनुसार वीर योद्धा का किसी रमणी से प्रेम होना अनिवार्य है। चूँकि आप उस पेशे में हैं, इसलिए आप भी बिना प्रेयसी के नहीं होंगे। यदि आप डान गालोर की तरह अपने प्रेम को गुप्त न रखना चाहें तो हम लोगों पर अनुग्रह करके आप अपनी प्रेचसी का शुभनाम और उसके गुणों की चर्चा करें और यह बतलाएँ कि उनका जन्म-स्थान कहाँ है, उनके व्यक्तित्व में कौन-सा आकर्षण है, क्योंकि जिस महिला का प्रेमी आपके समान योद्धा हो उसकी ख्याति संसार में होनी उसकी प्रसन्नता का ही कारण होगा।'

डान क्विग्जोट ने गहरी साँस लेकर कहा—'मैं नहीं कर सकता कि मेरी शांति के इस सुंदर दुश्मन को इस बात की ज़रा भी परवाह है कि नहीं कि दुनिया के लोग इस बात को जानें कि मेरे हृदय पर उसका अधिकार है। मैं केवल इतना ही कह सकता हूँ कि उसका नाम डलसीनिया है, उसका देश ला मांचा है, और उसका निवास-स्थान टोबासो है। वह किसी शहज़ादी से घटकर नहीं है, क्योंकि वह मेरी प्रेयसी और रानी है। वह संसार की सभी सुंदरियों से सुंदर है। कवियों ने अपनी कल्पना में अपनी प्रेयसियों के रूप-वर्णन में जो अतिशयोक्ति की है वह भी उसके रूप के सामने फीकी है। स्वर्ग का सारा सौंदर्य उसमें केंद्रित है। उसकी घुँघराली लटें सुनहली हैं, उसका ललाट स्फटिक मणि-जैसा है, उसकी भौंहें कमान हैं, उसकी आँखें देदीप्यमान दो सूर्य हैं, उसके गाल गुलाब के फूल हैं, उसके अधर बिंब-फल हैं, उसके दाँत मोती हैं, उसकी गर्दन संगमरमर का स्तंभ है, उसके स्तन अमृत-कलश हैं, उसके हाथ हाथी के दाँत हैं, उसकी निर्मलता देखकर बर्फ़ भी शरमा जाएगी और शालीनता के कारण मैं जिन अंगों की कल्पना नहीं कर सकता उनकी मन-ही-मन प्रशंसा की जा सकती है; क्योंकि प्रकृति के पास ऐसा कुछ नहीं है जिससे उनकी तुलना की जा सके।'

विवाल्डो—'उसके माता-पिता और जन्म-स्थान का भी परिचय हम लोगों को देने की कृपा करें, जिससे उसकी जानकारी पूर्ण हो जाए।'

डान क्विग्जोट—'न तो वह रोम के प्राचीन फर्टियस, फ़ेड्यस और सिपियो वंश की है, और न आधुनिक कोलोना, डर्सिकी, मोन्काडा, फैटेलानिया के रिक्वेसित रिबेला, वलेशिया के विलनोवा, पलफाक्स न्यूक्स, रीकबर्टिस, कोरिलस, लूनस, अलगोन्स, यूरीयस, अरागन के फौज या गुड़ियाँ, कर्डास, कस्टापुल के मनारिक्वेज, मैंडोजा और गुसमान अलेन कमस्ट्री, पाला और पुर्तगाल के मेनेजसे

वंश की ही है, बल्कि वह ला मांच की टोबासो जाति से उत्पन्न है। यह जाति भले ही आधुनिक हो, पर आने वाली पीढ़ी के लिए यह उत्तम और उच्च कोटि का समारंभ है। इस संबंध में यदि कोई मेरा विरोध करना चाहे तो मैं उसका ध्यान उन पंक्तियों की ओर आकृष्ट करूँगा जिसे जराबिन न आरलेंडो के कवच के ऊपर अंकित कर दिया था कि,

"जो कोई आरलेंडो के क्रोध का सामना कर सकता है वही इन शस्त्रों को स्थान-च्युत कर सकता है"।'

विवाल्डो–'मैं लारेडो के कचोपाइंस का वंशज हूँ तो भी अपनी तुलना ला मांचा के टोबासो से नहीं कर सकता। लेकिन यदि मैं आपसे सच कहूँ तो इस घड़ी से पहले मुझे उस वंश की जानकारी नहीं थी।'

डान क्विग्जोट–'आश्चर्य है कि आपने उस परिवार के बारे में इससे पहले कभी नहीं सुना।'

बाकी लोग इस बातचीत को बड़ी लगन से सुन रहे थे। अब तो उन भेड़ियों और गड़रियों को भी मालूम हो गया कि डान क्विग्जोट का मस्तिष्क विकृत है। लेकिन सैंकोपांका को अपने मालिक के मुँह से निकले प्रत्येक अक्षर पर पूरा विश्वास था; क्योंकि बचपन से उसे वह सच्चा आदमी जानता था। लेकिन टोबासो की डलसीनिया के वृत्तांत ने उसके विश्वास को भी डावाँडोल कर दिया; क्योंकि उसे पूरा विश्वास था कि इस नाम की राजकुमारी का उसने न तो नाम और न वृत्तांत ही सुना था; यद्यपि वह टोबासो के पास ही रहता था।

वे इस तरह बातचीत करते चले जा रहे थे कि पास की पहाड़ी के दर्रे में उन्होंने बीस और गड़ेरियों को देखा, जो काली खाल की पोशाक पहने थे और सिर पर भाला रखे थे; जो बाद में देखने पर देवदारु के प्रकट हुए। उनमें से छः विविध तीर और धनुषों से आच्छादित अरथी लिए जा रहे थे। उन्हें देखकर एक गडरिये ने कहा, 'ये ही लोग बेचारे क्राइसोस्टोम की लाश को कब्रिस्तान लिए जा रहे हैं। इसी सामने वाली पहाड़ी पर उसने दफ़नाये जाने की इच्छा प्रगट की थी।' इससे उन लोगों ने अपने कदम तेज़ किए ताकि समय पर पहुँच जाएँ। इस तरह वे लोग ठीक उस समय पहुँच गए जब वाहकों ने अरथी को ज़मीन पर रखा और उनमें से चार ने पहाड़ी के नीचे कुदाल से ज़मीन खोदना आरंभ कर दिया था। उन लोगों ने विनीत भाव से परस्पर अभिवादन किया और अपनी असीम क्षति पर खेद प्रकट किया। इसके बाद डान क्विग्जोट अपने साथ आने वालों के संग अरथी देखने गया। उन लोगों ने गड़रिये की पोशाक में मालाओं से ढकी

एक युवक की लाश को देखा। मृत व्यक्ति तीस साल का प्रतीत होता था। मृत होने पर भी उसकी आकृति और चेहरा अतीव सुंदर प्रतीत होता था। अरथी में कुछ किताबें और कागज़-पत्र तथा कलमें लपेटकर रखी हुई थीं। इन शोभाजनक वस्तुओं ने सब लोगों को इस तरह उदास बना दिया कि कब्र खोदने वाले, दर्शक तथा शोकाकुल गड़रिये सभी बहुत समय तक स्तब्ध और मौन रहे। अंत में शव ढोने वालों में से एक ने अपने साथी को लक्ष्य करके कहा, 'अम्ब्रोस, यह वही स्थान है जिसका निर्देश क्राइसोस्टोम ने किया था? क्योंकि उसकी इच्छा की पूर्ति अक्षरक्षः होनी चाहिए।'

अम्ब्रोस—'हाँ, यही वह स्थान है। यही स्थान है जहाँ मेरे अभागे दोस्त ने अनेक बार अपनी क्रूर नियति की मनहूस कहानी मुझसे कही थी। यहीं उसने पहले-पहल मानव-समाज के उस घातक शत्रु को देखा था। यहीं उसे पहले-पहल मालूम हुआ था कि प्रेम का अंकुर उसके हृदय में जम चुका है। वह प्रेम जितना पाक-साफ था, उतना ही तीव्र भी। उसी जगह पर निर्मम मरसेला ने अंतिम बार उसके प्रेम को ठुकराकर उसे उपेक्षा से देखा था। इससे वह इस तरह निराश हो गया कि उसने अपने इस विषादमय और दुखी जीवन का अंत कर डाला और अपने दुर्देव के कारण-स्वरूप इसी स्थान को अपनी अंतिम समाधि के लिए चुना था।'

अंत में डान क्विग्जोट तथा अन्य उपस्थित यात्रियों को लक्ष्य करके उसने कहा, 'सज्जनो! जिस शरीर को आप लोग इस समय यहाँ पडा देख रहे हैं एक समय परम पिता ने उसे अपनी निखिल विभूतियों से समृद्ध बना रखा था। यह उस ब्राइसास्टाप की लाश है जो ज्ञान और विनय में अद्वितीय था, नम्रता और शील में अतुलनीय था, मैत्री में मर-मिटने वाला था, बिना किसी दंभ के उदार और महान था, बिना घमंड के बुद्धिमान और गंभीर था, बिना दिखावे के शालीन था, बिना किसी नीच भाव के प्रसन्न और संतुष्ट था। कहने का मलतब यह है कि सभी उदार गुणों में सर्वप्रथम और दुर्भाग्य में किसी से भी पीछे नहीं। उसने हृदय से प्यार किया था, पर उसने नफ़रत ही पायी। उसने मूर्तिमान क्रूरता से दया की भिक्षा चाही। उसने कठोर संगमरमर को पिघलाने का प्रयास किया, तूफ़ान का पीछा किया, उसने अरण्य-रोदन किया और कृतघ्नता के बावजूद भी अटल रहा और अपनी श्रद्धा-भक्ति का उसे यह पुरस्कार मिला कि जीवन के वसंत-काल में ही उसे मृत्यु का शिकार बनना पड़ा और वह उस गड़ेरिन के कारण, जिसे उसने अपनी कविताओं में अमर बनाने का प्रयास किया। उसके प्रमाण ये कागज़-पत्र हैं, जो यहाँ लपेटकर रखे हुए हैं। उसने मुझे यह आदेश

नहीं दिया कि उसे शव को दफ़नाने के साथ ही इन्हें भी आग के हवाले किया जाए।'

विवाल्डो—'यदि आप ऐसा करते हैं तो आप इसके हताश और विषण्ण रचयिता से भी क्रूर समझे जाएँगे। जरा इस बात पर विचार कीजिए कि जो काम विचार-शक्ति के विरुद्ध है क्या केवल मृत व्यक्ति की इच्छा को हर तरह से पूरा करने के लिए उसे करना विवेक और न्याय के अनुकूल होगा? अगर आगस्टस सीजर ने भी इस तरह का आदेश दिया होता कि महान वर्जिल ने अपने वसीयतनामों में जो आदेश दिया है, उसका पूरी तरह पालन किया जाए तो वे भी बुद्धिमान नहीं समझे जाते। इसलिए अपने मित्र के मृत शरीर को धरती के हवाले करने के साथ उस प्रिय अभागे व्यक्ति की केवल मात्र महान यादगार को भी नष्ट न कीजिए। उन्होंने परिताप के आवेश में इसके नाश का आदेश दे दिया था। बिना विचार के उनका नाशक न बनिए। बल्कि अनंतकाल के लिए इस तरह मौन धारण करने से उन्हें बचा लीजिए ताकि वे जीवित रहें और पीढ़ी-दर-पीढ़ी आपके मित्र की दुखद कहानी और मरसेला की कृतघ्नता संसार को सुनाकर युवकों को सचेत करते रहें कि वे उस तरह के मोहक जाल और आकर्षक विनाश से बचते रहें। क्योंकि केवल मुझे ही नहीं, बल्कि यहाँ उपस्थित सभी लोगों को आपके निराश प्रेमी मित्र का वृत्त मालूम है। हम लोगों को आपकी मैत्री का परिचय है और मरसेला की वीरता का वृत्तांत भी हम जानते हैं, जिसके कारण इनकी मृत्यु हुई है। कल रात को संवाद मिला कि वे आज सवेरे यहाँ दफ़नाए जाएँगे। हम लोगों ने जो दुखद संवाद सुना था उसे देखने के लिए उत्सुकता से नहीं, बल्कि करुणा से दौड़ पड़े। इसलिए यहाँ उपस्थित लोगों के नाम पर जो मेरे ही समान क्राइसोस्टोम की विलक्षण प्रतिभा से प्रभावित थे, और जो उसके दुखद अंत से व्यथित हैं और भविष्य में इस तरह की शोकजनक घटना की पुनरावृत्ति न होने देने के लिए आतुर हैं; मैं आपसे अपील करता हूँ कि इन कागज़-पत्रों में से कुछ तो बचा लेने की मुझे आज्ञा दें। शोक-विह्वल होने के कारण और जो कुछ करना चाहें, करें।'

इतना कहकर उत्तर की प्रतीक्षा किए बिना ही उसने अपना हाथ बढ़ाया और उन कागज़ों को उठा लिया जो उसके हाथ के पास थे।

अम्ब्रोस—'आपने ऐसा उद्‌बोधन किया कि मुझे आपकी बात माननी ही पड़ती है। इसलिए आप इन कागज़ों को अपने पास रख सकते हैं; लेकिन बाकी कागज़ों को जलाने के मेरे मार्ग में कोई बाधा नहीं हो सकती।'

विवाल्डो ने इसका कोई उत्तर नहीं दिया। चूँकि वह यह जानने के लिए अधीर हो रहा था कि जिन कागज़ों को उसने जलने से बचाया है उनमें क्या है। उसने उनमें से एक को तुरंत खोला और शीर्षक पढ़ा, जो इस प्रकार था: 'निराश प्रेमी।'

अम्ब्रोस–'मेरे प्रिय मित्र की वह अंतिम कविता थी। इसलिए आप सभी मान लें कि उसके अभागे प्रेम ने उसे किस दयनीय अवस्था पर पहुँचा दिया था। जब तक कब्र तैयार हो रही है तब तक आप उसे जोर से पढ़ दीजिए।'

विवाल्डो–'मैं हृदय से यह बात स्वीकार करता हूँ।'

यहाँ उपस्थित सभी लोग यही चाहते थे इसलिए वे सब लोग उसके पास जमा हो गए। उसने निम्नलिखित पंक्तियों को पढ़ा:

''मेरे हृदय की निर्दय उत्पीड़क,
आओ, और अपने इस दास की अतुलनीय पीड़ा की कथा सुनो।
व्यर्थ ही में छिपाने का प्रयास करता हूँ
जो मेरी मुखर कराहें व्यक्त करती हैं।
कौन पीड़ित किया जाकर शिकायत न करेगा?

किंतु, ओह! कौन यथावत् अभिव्यक्त कर सकता है,
तुम्हारी निर्दयता और मेरी व्यथा?
न तो कोई मानवीय कला, न कोई मानवीय भाषा।
तब आसुरी शक्तियाँ मेरी सहायता करें और आक्रोश मुझे प्रेरित करे।
तीव्र मुखर आवेश मेरी वीणा हो
और यमपुरी प्रेरित करे निष्प्राण गीत।

उलूक, गृद्ध, रात्रि के अन्य भयोक्लांतक,
स्याल, दैत्य तथा असुर भयावह संसृष्टि के साथ
मेरी मंद कराहों में अपना भयोत्पादक घोष मिला दो।
वात्याचक्रो, तुम अपनी हतोत्साहक ध्वनियाँ मिला दो।
और तुम, झंकृत, झंझावात, तुम भी अपना स्वर मिला दो,
और ओ पागल समुद्र, तुम भी मिला दो अपना भीषण रव, और
यमपुरी, तुम अपनी चीखें।

यद्यपि मैं अब भी निभृत गुफाओं में मंद-मंद कराह रहा हूँ,
किंतु मेरी दीर्घ मुखर उपालंभ
सुदूर पर्वतों और खामोश कब्रों तक भटकेंगे।
वे हवाओं के द्वारा धारण किए जाकर अशेष रहेंगे।
करुणा-विकल प्रतिध्वनियों से संपोषित होकर,
संसार को मेरी व्यथामिश्रित निराशा से भर देंगे।
तीव्र उपेक्षा प्रेम की मरणांतक औषधि है,
विच्छेदजनक भय ही भयानक पीड़ा है
और ईर्ष्या है अतुलनीय मनःक्षोभ,
प्रिय की अनुपस्थिति ही मृत्यु है, फिर भी उसके द्वारा मारे जाने के क्रम में
मैं इन सांसारिक व्याधियों के साथ जीता हूँ—
उपेक्षित, ईर्ष्यालु, अनाकांक्षित एवं अस्तित्व-विहीन।

आशा की एक भी किरण ने मेरे हृदय को प्रमुदित नहीं किया,
किसी भी करुणाविकल रश्मि ने मेरी सुसंस्कृति को सराहना न दी
जीवन का सारा उल्लास बीत गया।
तब आओ निराशा और विक्रांत आक्रोश,
इस प्रत्यक्ष भाग्य से मेरी व्यथा को शामिल करो
और एक मृत्यु से अवांतर हज़ारों मृत्युओं का अंत करो!

किंतु, इस मृत्यु में भी मेरे प्रेम की प्रतिष्ठा हो,
मेरा यह सुंदर अंत निर्दोष रहे,
और न्याय के लिए मैं उपेक्षित समझा जाऊँः
तो, मुझे मरने दो मनःक्षोभ के संपूर्ण बोझ से दबा,
अप्रिय, शुभाशंसा-रिक्त
तथा इतना दयनीय कि लोग मेरे प्रति शोकाभिभूत न हों।

ओ, तुम, जिसकी विनाशक घृणा से
मैं सवेग इस यातनापूर्ण भाग्य तक पहुँचा दिया गया,
जब मैं न रहूँ, अपनी करुणा को सँजोकर रखना!
मुझे तुम्हारे आँसुओं से भय लगता है, ओह! उन्हें सँजोओ, किंतु तब—
ओह! मैं आवेश में बोल रहा हूँ, मैं तो अत्यंत क्षुद्र प्राणी था,

मेरी मृत्यु से कहीं अधिक मूल्यवान है एक बूँद आँसू :
प्रपीड़ित आत्माओ, मैं तुमसे निवेदन करता हूँ
अपने से भी अधिक दयनीय एक प्राणी की विनती सुनो :
द्विगुणित अग्नि-शिखाओं में जलते हुए प्राणियों की तरह
पीड़ा से चीखते, कराहते आओ।

कालरात्रि के दिन मेरे लिए उपस्थित हो जाओ!
अन्य किसी श्राद्धोत्सव या श्राद्ध-गीत की
बेचारा हताश प्रेमी कामना नहीं करता।
और तू, मेरा गीत, मनःक्षोभ का पुत्र,
जब साँस थक जाए और मैं कब्र में सो जाऊँ,
अपने मृत पिता के लिए शोक न करना!
तुम्हारे और साँसों के साहचर्य से मेरे मनःक्षोभ बढ़ जाते हैं,
और यदि वे मेरे मरने से समाप्त न होंगे
तो उनकी तुलना में नरक में भी कोई यातना नहीं है।'

इन कविताओं की सभी लोगों ने हृदय से तारीफ की। परंतु विवाल्डो ने कहा—'जिस ईर्ष्या और आतंक की शिकायत इस गड़रिये ने की है उसका सामंजस्य मरसेल के कलंकहीन शालीनता और संयत स्वभाव से बुरी तरह नहीं स्थापित होता। यह ज़रूर है कि अम्ब्रोस अपने मित्र की गुप्त से भी गुप्त बातों से परिचित था, इसलिए उसने इस आशा से अपनी प्रेयसी से नाता तोड़ लिया था जिससे वह प्रयत्न कर देखे कि उस अन्यमनस्कता से शायद उसे राहत मिले और उसकी वेदना घटे; क्योंकि अन्यमनस्कता को साधारणतः लोग प्रेम-रोग की दवा मानते हैं। चूँकि हर बात अन्यमनस्क प्रेमी को आस देती है इसलिए उसके लिए सबसे स्वाभाविक बात यही होती है कि वह अपने ही मस्तिष्क के काल्पनिक दैत्य द्वारा अपने को कोसता रहे। यही कारण है कि क्राइसोस्टोम भी ईर्ष्या, शंका आदि से अपने को व्याकुल करता रहा। उसके विकृत मस्तिष्क की कल्पना के अतिरिक्त इनका कहीं अस्तित्व नहीं था। इसलिए उस अवस्था में उसने जो कुछ कहा उसकी मरसेला के उज्ज्वल चरित्र पर कोई छाया नहीं पड़ सकती। उसकी क्रूरता और ज़िद को छोड़कर उसके दुश्मन भी उस पर उँगली नहीं उठा सकते।

इससे विवाल्डो को संतोष हो गया। वे लोग दूसरे कागज़ को पढ़ने जा रहे थे कि अचानक उनकी दृष्टि एक स्त्री पर पड़ी और इससे उनका काम रुक गया। वह स्वयं मरसेला थी। जिस पहाड़ी के नीचे वे लोग कब्र खोद रहे थे उसके ऊपर वह दीख पड़ी। वह इतनी सुंदर प्रतीत हुई कि उसके रूप के बारे में जो ख्याति थी वह फीकी लगी। जिन लोगों ने उसे कभी देखा नहीं था वे आश्चर्य और उल्लास के साथ उसे एकटक देखने लगे। जिन लोगों ने उसे अनेक बार देखा था वे भी उसका रूप देखकर मुग्ध हो गए। उसे देखते ही अम्ब्रोस क्रोध और घृणा के आवेश में बोल उठा, 'इन पहाड़ों की क्रूर और भयानक राक्षसी! यहाँ क्यों आई है? क्या तू यह देखने आई है कि तेरी उपस्थिति से इस अभागे मृत के अंग पुनः खून उगलने लगें? जिस तरह रोम को जलता देखकर नीरो उल्लसित हो उठा था उसी तरह तू भी अपनी पशुता के प्रभाव को देखकर आनंद मनाने आई है अथवा जिस तहर टाराक्विन की कृतघ्न पुत्री ने अपने पिता के शव को निर्दयता से पैरों-तले रौंद दिया था उसी तरह तू भी उस अभागे शव को पैरों-तले रौंदने आई है? बोल, जल्दी बोल कि तू क्यों यहाँ आई है और क्या चाहती है? चूँकि मैं जानता हूँ कि क्राइसोस्टोम की सारी विद्या तेरी सेवा करके तुझे प्रसन्न करने के लिए थी इसलिए उसी तरह की आस्था के साथ उसके मर जाने पर भी मैं अपने मित्र का सब कुछ तुझ पर न्योछावर कर देने के लिए तैयार हूँ।'

मरसेला—'अम्ब्रोस, इनमें से एक भी नीच उद्‌देश्य मेरा नहीं है। मैं अपनी निर्दोषिता साबित करने आई हूँ। मैं यह साबित कर देना चाहती हूँ कि जो लोग क्राइसोस्टोम की मृत्यु का दोष मेरे सिर मढ़ते हैं वे मेरे साथ अन्याय कर रहे हैं। इसलिए मैं आप लोगों से प्रार्थना करती हूँ कि धैर्य के साथ मेरी दो बातें सुन लें। मैं आप लोगों का अधिक समय नहीं लूँगी। मैंने जो कुछ कहा है उसकी सचाई प्रमाणित करने के लिए मुझे अधिक कुछ नहीं कहना है। ईश्वर ने मुझे असीम सौंदर्य का वरदान दिया है। मेरा सौंदर्य इतना अद्वितीय है कि लोग बरबस मुझे प्यार करने लगते हैं, यत्न करके भी वे अपने को रोक नहीं पाते और मेरी ओर खिंचे आते हैं। आप लोगों का कहना है कि चूँकि वे मुझे प्यार करते हैं इसलिए मुझे भी उन्हें प्यार करना चाहिए। मैं इस बात को स्वीकार करती हूँ कि जो सुंदर है वह प्यार के योग्य है; लेकिन मेरी समझ में यह नहीं आता कि सुंदर होने के कारण जिसे लोग प्यार करते हैं; उस सुंदर वस्तु को भी क्यों बाध्य किया जाए कि वह भी प्यार करने वालों को महज इसलिए प्यार करे चूँकि उसे प्यार किया जाता है? जो किसी सुंदर चीज़ को प्यार करता है वह बदसूरत भी हो सकता

है, और जो बदसूरत है वह प्यार के योग्य नहीं है। यह कहना तो उपहासास्पद है कि तुम सुंदर हो इसलिए मैं तुम्हें प्यार करता हूँ इसलिए तुम भी मुझे प्यार करो; यद्यपि मैं बदसूरत हूँ। मान लीजिए कि दो स्त्री-पुरुष समान रूप से सुंदर हैं; लेकिन इससे यह परिणाम नहीं निकलता कि दोनों की आकांक्षाएँ भी समान ही होंगी जिनका आपस में मेल खा जाए। सभी सौंदर्य तो प्रेम उद्‌दीप्त नहीं कर सकते। कुछ केवल आँखों को शीतलता प्रदान करते हैं। वे न तो हृदय तक पहुँचते हैं, और न प्रेम जागृत करते हैं। संसार में जो कुछ सुंदर है यदि वह सब प्रेम को जागृत करके मन को गुलाम बना ले तब तो मनुष्य के लिए किसी वस्तु को पसंद करके मन को स्थिर करने की बात ही नहीं रह जाती। मनुष्य की इच्छाएँ सदा गोरखधंधे में ही पड़ी रह जाएँगी और सदा अचल बनी रहेंगी। संसार में सुंदर वस्तुओं की कमी नहीं है, इसलिए आकांक्षाएँ भी अनंत होंगी। और मैंने सुन रखा है कि सच्चा प्रेम एक ही में सीमित रहता है और किसी तरह के ज़ोर-जुल्म के बिना वह आप-से-आप अग्रसर होता है। इस तथ्य को मान लेने पर कोई मेरी प्रवृत्ति को अपनी ओर केवल इस कारण से क्यों झुकाना चाहे कि वह मुझे प्यार करता है? मैं आपसे यह पूछना चाहती हूँ कि यदि ईश्वर ने मुझे कुरूप बनाया होता तो क्या मैं इसकी शिकायत करती कि आप मुझे प्यार नहीं करते? आप इस बात पर भी विचार करें कि यह सौंदर्य मुझे अपनी इच्छा से नहीं प्राप्त हुआ है, वह भगवान का वरदान है। साँप को ज़हर प्रकृति से प्राप्त हुआ है। जिसे काटता है वह मर जाता है। इसके लिए उसे कोई दोषी नहीं ठहराता। इसी कारण मुझे जो सौंदर्य मिला है उसके लिए मेरी निंदा नहीं होनी चाहिए। क्योंकि सदाचारिणी रमणी में सौंदर्य दूरस्थित आग की लपट के समान या तेज धार वाली तलवार के समान है। जो लोग उसके निकट जाएँगे उसे जला देना या घायल कर देना उसका धर्म है। मर्यादा और सदाचार आत्मा के आभूषण हैं। इस सौंदर्य को खोने के खतरे में वह अपने को केवल इसलिए क्यों डाले कि उसके रूप को कोई प्यार करता है? केवल किसी व्यक्ति की कामुकता को तुष्ट करने के लिए जो अपनी स्वार्थमय तृप्ति के लिए हर संभव उपाय को काम में लाता वह अपने उस सौंदर्य को क्यों खो दे? मैं स्वतंत्र उत्पन्न हुई थी। अपनी वह स्वतंत्रता कायम रखने के लिए मैं इन एकांत पहाड़ियों और मैदानों में चली आयी जहाँ पेड़ ही मेरे सहचर हैं और निर्मल निर्झरिणी मेरा दर्पण है। मैं इन पेड़ों और झरनों के साथ अपने विचारों और सौंदर्य का आदान-प्रदान करती हूँ, मैं दूरस्थित लपट और तेज तलवार हूँ। जिन्हें मैंने अपने हृदय से आकृष्ट किया,

उन्हें मैंने अपने शब्दों में सजग कर दिया और यदि आकांक्षा की खुराक आशा है, चूँकि मैंने न तो क्राइसोस्टोम या किसी को उत्साहित किया, इसलिए यह कहा जा सकता है कि अपनी जड़ता से उसने अपने जीवन का अंत किया। आप यह कह सकते हैं कि उसकी नीयत सच्ची थी इसलिए उसे मान्यता दी जानी चाहिए तो मेरा उत्तर यह है कि इसी जगह पर जहाँ उसकी कब्र तैयार की जा रही है, उसके हृदय में प्रेम-अंकुर उगे थे और मैंने उसे स्पष्ट शब्दों में कह दिया था कि मैंने एकाकी ज़िंदा रहने और मरने का निश्चय कर लिया है, और मेरे एकाकीपन का फल केवल धरती को प्राप्त होगा और मेरे सौंदर्य का सुख वहीं लूटेगी। मेरी हर तरह की चेतावनियों के बावजूद यदि वह उन्मत्त हरकतों को जारी रखे रहा और हवा के रुख के प्रतिकूल चलने का प्रयास करता रहा तो यदि वह अपने अविवेक की तरंगों में मर मिटा तो आश्चर्य की कौन-सी बात है? यदि मैंने कभी भी उसे उत्साहित किया होता या द्विअर्थी शब्दों से उसे प्रसन्न करती रहती तो मैं अवश्य धोखेबाज़ कहलाती। यदि मैं उससे इच्छाओं की पूर्ति करती तो मैं अपने संकल्प के विपरीत काम करती। मेरी चेतावनी के बावजूद भी उसने अपना क्रम जारी रखा और उसे निराश होना पड़ा। भले ही मैं उससे घृणा नहीं करती थी।

'इसलिए मैं आप लोगों पर ही छोड़ती हूँ कि आप न्याय करें कि क्या इसकी यातनाओं की जिम्मेदारी मुझ पर है? यदि मैंने किसी को धोखा दिया हो तो उसकी फ़रियाद जायज है, यदि मैंने किसी के साथ वचन-भंग किया हो तो उसकी निराशा उचित है, यदि मैंने किसी को उत्साहित किया हो तो उसका आशान्वित होना सही है, यदि मैंने किसी को प्रश्रय दिया हो तो वह गर्व कर सकता है, लेकिन कोई भी मुझे तब तक क्रूर या खूनी नहीं कह सकता जब तक कि मैं किसी को धोखा न दूँ, वचन-भंग न करूँ, उत्साहित न करूँ या प्रश्रय न दूँ। अभी तक मुझे ऐसी कोई प्रेरणा नहीं मिली है कि भगवान की यह इच्छा है किसी को प्यार करना मेरे अदृष्ट में है, और यह समझना सरासर भूल होगी कि अपनी इच्छा से मैं किसी को प्यार करूँ। इसलिए यह सर्वसाधारण चेतावनी वे सभी समझ लें जो अपनी इच्छा पूर्ति के लिए मेरी ओर अग्रसर होते हैं। इसके बाद यदि कोई मेरे लिए अपनी जान दे देता है तो इसका कारण उनकी ईर्ष्या होगी न कि मेरी घृणा या नफ़रत; क्योंकि जिसने कभी प्रेम का झूठा प्रदर्शन भी नहीं किया वह कभी किसी को ईर्ष्यालु नहीं बना सकती। मैंने जिस दृढ़ संकल्प की ज़ोरदार घोषणा की है उसे घृणा या नफ़रत नहीं माना जाए। कहने का मतलब यह कि जो लोग मुझे राक्षसिनी समझते हैं उन्हें मुझे खतरनाक वस्तु समझकर

दूर ही रहना चाहिए। जो मुझे कृतघ्न समझते हैं उन्हें मुझ से विरत हो जाना चाहिए। मैं उन्हें विश्वास दिलाना चाहती हूँ कि न तो मैं उनका पीछा करूँगी और न चाह। इसलिए किसी को भी मेरी शांति में बाधा का प्रयास नहीं करना चाहिए और जिस शांति का मैं संप्रति उपभोग कर रही हूँ उसे लोगों में खोजने के लिए मुझे बाध्य नहीं करना चाहिए; क्योंकि मुझे पक्का विश्वास है कि उनसे मुझे वह नहीं मिल सकती। मेरे पास काफी संपत्ति है। न मैं किसी को प्यार करती हूँ, और न घृणा। मैं चाहती हूँ कि मेरी ज़िंदगी अपनी पड़ोसिन गड़ेरिनों के साथ वार्तालाप और अपनी भेड़ों की रखवाली में बीते। न मैं किसी पुरुष के साथ प्रणय-प्रतारणा करना चाहती हूँ, और न किसी को अपने प्रणय-जाल में फँसाने की चाल चलना चाहती हूँ। मेरे विचार इन्हीं पहाड़ों तक सीमित हैं। यदि वे आगे नहीं बढ़ते हैं तो केवल प्राकृतिक सौंदर्य की महिमा का गान करने के लिए, ताकि धीरे-धीरे वे अपने भौतिक निवास की ओर उठें।'

इतना कहकर उत्तर की प्रतीक्षा किए बिना वह उन लोगों को जो उसकी बातें सुन रहे थे, अपने विवेक और सौंदर्य से मुग्ध करके घने जंगल में घुस गई।

उसके सौंदर्य का आकर्षण इतना जबरदस्त था और वहाँ उपस्थित लोगों पर उसका इतना प्रभाव पड़ा कि उसने उस वक्त जो गंभीर चेतावनी दी थी उसकी परवाह न करके उसका पीछा करने से कुछ लोग अपने को किसी भी तरह रोक नहीं सके। डान क्विग्जोट ने उनका इरादा समझ लिया। उसने देखा कि अपने वीर-धर्म के प्रदर्शन का यह अच्छा अवसर है। उसने कहा—'उस सुंदरी मारसेला का पीछा करने का कोई प्रयास न करे, चाहे वह कितना भी महान क्यों न हो; नहीं तो उसे मेरे क्रोध का सामना करना पड़ेगा। उसने अपने अकाट्य तर्क से यह सिद्ध कर दिया है कि क्राइसोस्टोम की मृत्यु के लिए वह जिम्मेदार नहीं है। उसने अपना दृढ़ संकल्प प्रकट कर दिया है कि अपने किसी भी प्रशंसक की इच्छा की पूर्ति के लिए वह कभी राजी नहीं हो सकती। इसलिए उसकी निंदा नहीं होनी चाहिए, उसे बदनाम नहीं किया जाना चाहिए बल्कि सभी अच्छे लोगों को उसका आदर करना चाहिए; क्योंकि संसार में वही एक रमणी है जो उत्कर्ष को सुरक्षित रखकर जीना चाहती है।'

यह कहना कठिन है कि डान क्विग्जोट की धमकी के कारण अथवा अम्ब्रोस के आग्रह के कारण वे लोग तब तक वहाँ से नहीं हटे जब तक कब्र खोदकर उसका शव धरती की गोद में सुला नहीं दिया गया और सब कागज़-पत्र जला नहीं दिए गए। रोते-बिलखते उन्होंने कब्र को शिला से तब तक के लिए ढँक

दिया जब तक उसकी यादगार तैयार न हो जाए। अम्ब्रोस ने कहा कि वह वहाँ एक ऐसा स्मारक-स्तंभ खड़ा करेगा जिस पर यह खुदा रहेगा:

'यहाँ एक अकृतज्ञ युवती की तीव्र अवहेलना से मारे गए
एक दयनीय प्रेमी की देह पड़ी हुई है।
यहीं प्रथम उसने अपने प्रेम की शक्ति की परीक्षा की,
यहीं प्रथम उसकी व्यथाएँ अभिव्यक्त हुईं,
यहीं प्रथम उसने चिर-विश्राम किया।
और तुम जो लज्जालु मरसेला की ओर से
उस गड़रिये के लिए शोक मना रहे हो, भागो,
जो क्राइसोस्टोम की उपेक्षा कर सकता है,
वह सम्पूर्ण मानव-जाति का विनाश कर सकता है।'

गड़रियों ने कब्र पर फूल और पेड़ों की टहनियाँ बिछा दीं। कुछ क्षण तक क्राइसोस्टोम के मित्र अम्ब्रोस के साथ शोक प्रकट करके उन लोगों ने उससे छुट्टी ली और विदा हुए। विवाल्डो और उसके साथियों ने भी वही किया, डान क्विग्जोट ने भी वही किया; क्योंकि ऐसे अवसरों पर वह चूकने वाला आदमी नहीं था। जिन भेड़िहरों ने उसका सत्कार किया था उन्हें उसने धन्यवाद दिया तथा उन यात्रियों को भी उसने धन्यवाद दिया जिन्होंने उससे सेवाइला की ओर जाने का आग्रह किया था। उन्होंने कहा कि साहसिक कार्यों के लिए वहाँ से बढ़कर संसार में कोई दूसरी जगह नहीं होगी। वहाँ पग-पग पर साहसिक काम करने का अवसर मिलता है। उन्हें इस कीमती सूचना के लिए धन्यवाद देते हुए उसने कहा—'जब तक मैं इन पहाड़ों को चोरों और डाकुओं से खाली नहीं कर देता तब तक में सेवाइला या अन्यत्र कहीं नहीं जा सकता; क्योंकि मैंने सुना है कि इन पहाड़ों में चोरों और डाकुओं की भरमार है। वे यात्री भी उसे इस सदुद्देश्य से विरत नहीं करना चाहते थे इसलिए उन्होंने इससे विदा ली और अपनी राह पकड़ी। क्राइसोस्टोम, मरसेला और डान क्विग्जोट की बेवकूफ़ियों की कहानी रास्ता काटने के लिए पर्याप्त सामग्री के रूप में उनके पास हो गई थी। डान क्विग्जोट ने तय किया कि वह उस गड़ेरिन मरसेला की खोज करेगा और हर तरह से उसकी रक्षा के लिए अपनी सेवाएँ अर्पित करेगा। लेकिन आगे के वृत्तांत से प्रकट होगा कि उसके इरादे में जबरदस्त बाधा पड़ गई।

तीसरा अध्याय

1. शैतान और खूनी वांग्वेसियन के साथ डान क्विग्जोट की मुठभेड़

क्राइसोस्टोम की अंत्येष्टि क्रिया में जो लोग शामिल थे उनसे विदा लेकर डान क्विग्जोट अपने परिचारक के साथ जंगल की तरफ मरसेला की खोज में चला। वे दोनों दो घंटे तक इधर-उधर जंगल में भटकते रहे; लेकिन उसका कोई सुराग नहीं मिला। अंत में वे एक हरे-भरे मैदान में पहुँचे, जो हरी घास से आच्छादित था और जिनको घेरकर पहाड़ी झरना बहता था। वह स्थान अतिशय रमणीक था। दोपहर का समय भी हो रहा था। इसलिए सूर्य के प्रचंड ताप से बचने के लिए दोनों वहीं उतर पड़े। रोजिनांटे और गधे को तो चरने के लिए छोड़ दिया गया और वे झोले पर टूट पड़े। जो कुछ मिल सका उसी को मालिक और नौकर दोनों ने प्रेम के साथ खाया। सैंको ने रोजिनांटे को बाँधा नहीं था। वह जानता था कि वह अशक्त है और कोई भी घोड़ी उसे अपनी ओर आकृष्ट नहीं कर सकती। लेकिन संयोग की बात या शैतान की करामात कि उसी घाटी में वांग्वेसियन लदवाहों की गोलिशियन घोड़ियाँ चर रही थीं। उनका यही तरीका है कि दोपहर के समय उन्हें जहाँ कहीं घास और पानी की सुविधा मिलती है वहाँ ही वे उतरकर अपने पशुओं को खिलाते-पिलाते और ताजा करते हैं। डान क्विग्जोट जहाँ उतरा था उससे उत्तम स्थान उन्हें नहीं मिल सकता था। रोजिनांटे, जैसा मैंने ऊपर लिखा है, शालीन और पाक साफ होते हुए भी हाड़-मांस का ही बना था, इसलिए ज्यों ही उसे उन घोड़ियों की गंध मिली उसने अपने स्वाभाविक गांभीर्य और संयम का त्याग कर दिया। अपने मालिक से पूछे बिना ही वह उन घोड़ियों को अपनी छोटी-सी आवश्यकता जताने के लिए उनकी ओर दौड़ पड़ा। लेकिन उन घोड़ियों को भोजन की चिंता अधिक थी, मनोरंजन की कम। उन्होंने इस वीर का अपनी टाँगों और दाँतों से ऐसा जबरदस्त स्वागत किया कि उसकी कमर-पेटी तोड़ दी और उसकी जीन तथा अन्य साज-सामान भी जमीन पर गिर

पड़ा। लेकिन इतने से ही उसका पिंड नहीं छूटा। अपनी घोड़ियों पर अत्याचार होता हुआ देखकर लदवाहे बाँस और डंडे लेकर दौड़ पड़े और गरीब रोजिनांटे की ऐसी मरम्मत की कि वह धराशायी हो गया।

डान क्विग्जोट और सैंको ने दूर से रोजिनांटे की दुर्दशा देखी तो वे उसकी रक्षा के लिए दौड़ पड़े। जब वे लोग दम खींचते और हाँफते हुए पास पहुँचे तब डान क्विग्जोट ने कहा, 'दोस्त सैंको, ये सब तो वीर योद्धा नहीं हैं, बल्कि नीच जाति के शैतान हैं। मैं यह इसलिए कह रहा हूँ कि हम लोगों की आँखों के सामने इन लोगों ने रोजिनांटे को जो क्षति पहुँचाई है, उसके प्रतिकार में तुम मेरी मदद कर सकते हो।'

सैंको—'आप प्रतिकार की क्यों व्यर्थ चर्चा करते हैं। यह बदला तो अंत में हमीं लोगों पर घहरा पड़ेगा। आप देखते नहीं कि वे बीस के लगभग हैं और हम लोग केवल दो, बल्कि डेढ़ ही कहना चाहिए।'

डान क्विग्जोट—'मैं अकेले ही एक सौ के बराबर हूँ।' इतना कहकर उसने अपनी तलवार खींच ली और वांग्वेसियनों पर झपट पड़ा। अपने मालिक के उदाहरण से उत्साहित होकर सैंको ने भी वैसा ही किया। डान क्विग्जोट का पहला प्रहार जिस पर पड़ा उसके चमड़े के कोट को काटती हुई तलवार ने उसके कवच को छील दिया। इस तरह के अकारण आक्रमण से उत्तेजित होकर उन सबने अपने चमोटों और डंडों को सँभाला और बहादुर वीर योद्धा तथा उसके परिचारक को घेरकर एक साथ ही अपना क्रोध उतारना शुरू किया। दूसरे ही वार में उन्होंने सैंको को मार गिराया और उसके बाद डान क्विग्जोट को भी। संयोग की बात कि डान क्विग्जोट रोजिनांटे के पैर के पास आ गिरा, जो उस वक्त तक उठकर खड़ा नहीं हो सका था। वीर योद्धा का साहस अथवा बुद्धि इन शैतानों के सामने निष्प्रयोजन सिद्ध हुए। वांग्वेसियन अपने इस कुत्सित व्यवहार के परिणाम से भयभीत होकर वहाँ से तुरंत चलते बने और हमारे वीर योद्धा और उसके परिचारक को उसी दैन्यावस्था में छोड़ते गए।

सबसे पहले सैंकोपांका को होश हुआ। अपने स्वामी के पास ही अपने को पड़ा देखकर उसने इस तरह रोकर धीमी आवाज़ में कहना शुरू किया—'अरे मालिक! मालिक, वीर योद्धा महोदय! क्या बात है?'

डान क्विग्जोट ने उसी तरह की धीमी आवाज में कहा, 'मित्र सैंको!'

सैंको—'आपने जिस दवा की चर्चा की थी, यदि वह हो तो उसकी दो बूँद मुझे देने की कृपा करें, क्योंकि बाहर का घाव अच्छा करने का गुण उसमें है, तो टूटी हड्डी को भी वह जोड़ सकेगी।'

डान क्विग्जोट—'यदि वह दवा पास होती तब तो हम लोगों को किसी दूसरी चीज़ की ज़रूरत ही नहीं पड़ती। लेकिन मैं वीर-धर्म की शपथ खाकर कहता हूँ कि यदि कोई दूसरी बाधा उपस्थित न हुई तो मैं दो दिन के अदर ही उसे तैयार कर लूँगा।'

सैंको—'आप दो दिन की बात करते हैं। लेकिन क्या आपने सोचा है कि हम लोग पैर हिलाने-डुलाने लायक कितने दिन में हो सकेंगे?'

घायल डान क्विग्जोट ने कहा—'जहाँ तक मेरा संबंध है मैं नहीं कह सकता कि मैं कितने दिन में अच्छा हो सकूँगा। लेकिन इन सारे उपद्रवों की जड़ मैं ही हूँ। मुझे इतने आदमियों के मुकाबले एकाएक तलवार नहीं खींच लेनी चाहिए थी। खासकर उनके खिलाफ़, जो वीर योद्धा की उपाधि से विभूषित नहीं थे। मेरा तो यही विश्वास है कि वीर-धर्म के नियमों का उल्लंघन करने के कारण स्वयं भगवान ने मुझे यह दंड दिया है। इसलिए दोस्त सैंको, जो कुछ मैं कहने जा रहा हूँ उस पर पूरा ध्यान देना; क्योंकि हम दोनों के कल्याण के लिए यह आवश्यक है। मैं यह कहना चाहता हूँ कि भविष्य में जब कभी तुम इस तरह के नीच लोगों को हम लोगों पर किसी तरह की ज्यादती करते देखो तब तुम्हें यह आशा नहीं करनी चाहिए कि मैं उनके मुकाबले में अपनी तलवार उठाऊँगा; मैं आगे ऐसा काम कदापि नहीं करूँगा। ऐसी हालत में तुम अपनी तलवार खींच सकते हो और उन्हें उचित दंड दे सकते हो। लेकिन यदि कोई वीर योद्धा उनका पक्ष लेने के लिए सामने आएगा तो मैं उस खतरे और तुम्हारे बीच कूद पड़ूँगा और पूरी शक्ति, साहस और निर्भीकता के साथ उस पर प्रहार करूँगा। तुम्हें मेरी वीरता और मेरे हथियार का सैकड़ों बार सबूत मिल चुका है' (हमारा वीर योद्धा बिस्कायन पर विजय पाने के कारण बहुत अधिक दंभी हो गया था।)।

लेकिन अपने स्वामी की चेतावनी सैंको को बहुत रुचिकर नहीं प्रतीत हुई। उसने कहा—

'आप मानते ही हैं कि मैं शांतिप्रिय, निरीह और नम्र आदमी हूँ। मुझे अपनी पत्नी और बाल-बच्चों की परवरिश करनी है, इसलिए यदि कोई मुझे हानि पहुँचाएगा तो मैं चुपचाप उसे बर्दाश्त कर लूँगा। इसलिए मैं विनीत भाव से यह कह देना चाहता हूँ कि मैं किसी के खिलाफ़ तलवार नहीं उठाऊँगा, चाहे वह

वीर योद्धा हो या विदूषक। मुझसे यह काम नहीं हो सकता। मुझ पर जो भी अत्याचार करता है मैं उसे बिना किसी भेद-भाव के क्षमा कर देता हूँ, चाहे वह उच्च हो या नीच, अमीर हो या गरीब, जमींदार हो या भिखारी।'

यह सुनकर उसके मालिक ने कहा—'सैंको, यदि मुझमें दम होता तो मैं तुम्हारी बातों का ज़ोरदार उत्तर देता। मेरी एक छोटी पसली में भयानक दर्द हो रहा है। वह यदि उतनी देर के लिए मेरा पिंड छोड़ देती तो मैं तुम्हारी भूल को अच्छी तरह तुम्हें समझा देता। पागल कहीं का! तू यह क्यों नहीं सोचता कि आज तक जो भाग्य हम लोगों के विपरीत रहा वह किसी दिन हम लोगों के अनुकूल भी होगा, हम लोगों की इच्छाओं की पूर्ति का साधन बनेगा ताकि बिना किसी झंझट के हम लोग ऐसे किसी टापू को जीतेंगे जिसे मैंने तुम्हें देने का वचन दिया है। ऐसे किसी टापू को जीतकर जब मैं तुम्हें उसका शासक बना दूँगा तब तुम्हारी क्या हालत होगी? निश्चय ही तुम उस पद के योग्य नहीं समझे जाओगे; क्योंकि तुमने हर तरह के वीरत्व, मर्यादा और क्षति पहुँचाने वालों से बदला लेने का सारा विचार छोड़ दिया है, इसलिए तुम अपने राज्य की रक्षा नहीं कर सकोगे। तुम्हें यह बात याद रखनी चाहिए कि जो देश जीत जाते हैं, उनकी प्रजा पूरी तरह पराजित नहीं रहती और नए राजा के प्रति उनकी भक्ति नहीं रहती। इस बात का सदा भय बना रहता है कि वे कोई-न-कोई उपद्रव खड़ा करके अपने भाग्य को एक बार पुनः पलट देना चाहेंगे। इसलिए यह आवश्यक है कि नए शासक में केवल शासन की योग्यता ही नहीं होनी चाहिए बल्कि अपने शत्रु पर आक्रमण करने तथा अपनी रक्षा करने की भी क्षमता होनी चाहिए।'

सैंको—'मैं चाहता हूँ कि मुझ में वह क्षमता और बुद्धि आ जाए जिसकी आपने चर्चा की है, लेकिन संप्रति उपदेश की अपेक्षा मुझे डॉक्टर की ज्यादा ज़रूरत है। कृपा करके उसकी कोशिश कीजिए ताकि हम दोनों मिलकर रोजिनांटे को उठा लें, यद्यपि उसकी मदद नहीं करनी चाहिए; क्योंकि वही सारे उपद्रवों की जड़ है। मैंने कभी सोचा भी नहीं था कि वह ऐसी हरकत करेगा; क्योंकि मैं उसे सदा अपने ही समान पाक और संयत मानता था। यह कहावत सच है कि किसी व्यक्ति से घनिष्ठता कायम करने से पहले उसके साथ नमक ज़रूर खा लेना चाहिए; क्योंकि इस दुनिया में किसी का भरोसा नहीं किया जा सकता। कौन ऐसी कल्पना कर सकता था कि उस वीर के कंधे पर आप ऐसा प्रहार कर सकते हैं और उसके बाद ही हम लोगों पर लाठियों और चमोटों की ऐसी वर्षा होने लगेगी?'

डान क्विग्जोट–'मेरा अनुमान है कि तुम्हारे कंधे तो इसके अभ्यस्त भी हो सकते हैं, लेकिन मेरे कंधों ने तो सदा मखमली गद्दों का ही सुख भोगा है, उन्हें तो यह दुर्भाग्य बहुत दिनों तक याद रहेगा। मेरा तो अनुमान ही क्यों, बल्कि यह निश्चित मत है कि यदि ये असुविधाएँ उस पेशे के अभिन्न अंग न होतीं, जिन्हें मैंने अपनाया है, तो मेरे शोक का पारावार नहीं रहता और मैं निराशा में यहीं मर जाता।'

सैंको–'चूँकि इस तरह की झाड़-पोंछ आपके पेशे के फलस्वरूप है, इसलिए कृपा करके यह बतलाइए कि ये बहुधा होती रहेंगी या नियत समय पर; क्योंकि मेरा दृढ़ विश्वास है कि यदि लगातार इस तरह की दो फसलें हम लोगों को काटनी पड़ीं तो हम लोग तीसरी फसल काटने के लिए ज़िंदा न रह सकेंगे, यदि भगवान अपनी असीम कृपा से हम लोगों को ज़िंदा रहने में मदद न करे।'

डान क्विग्जोट–'दोस्त सैंको, वीर योद्धा का जीवन हज़ारों तरह के संकटों से घिरा रहता है, लेकिन दूसरी तरफ वे अचानक राजा या बादशाह भी बन सकते हैं, जैसा उन अनेक वीर योद्धाओं के लिए हुआ है, जिनके इतिवृत्त की मुझे पूरी जानकारी है। यदि मेरा घाव बाधक न हुआ होता तो मैं तुम्हें इसी वक्त कुछ ऐसे वीर योद्धाओं का इतिवृत्त सुना देता जिन्होंने केवल अपने बाहुबल से अपने को उन ऊँचे पदों पर स्थापित किया। उन वीर योद्धाओं को अपने उत्थान के पहले और बाद में भी अनेक विपत्तियों का सामना करना पड़ा था। स्वयं अमाडिस डेगाल अपने जानी दुश्मन जादूगर आर्चेलस के फंदे में पड़ गया था। उसने उस वीर योद्धा को कैद करके अपने मकान के आँगन में खंभे से बाँध दिया था और अपने घोड़े की लगाम से दो सौ कोड़े मारे थे। एक अज्ञात नाम के प्रसिद्ध लेखक ने लिखा है कि सूर्य का वीर योद्धा किसी किले में कैद कर लिया गया और उसे कालकोठरी में बंद कर दिया गया। वहाँ उसके हाथ-पैर बाँधकर लोगों ने उसे बर्फ और बालू खाने के लिए दिया। यदि उस विपत्ति में उसके खास दोस्त एक जादूगर ने उसकी मदद न की होती तो निश्चय ही उसकी जान जाने का खतरा था। इसलिए मुझे अपनी विपत्ति को धैर्य से भोगना चाहिए; क्योंकि उन महापुरुषों को जो विपत्तियाँ भोगनी पड़ी थीं वे इससे कहीं संगीन थीं। मैं तुम्हें यह भी बतला देना चाहता हूँ कि यदि किसी के हाथ में कोई औजार रहे और वह उस औजार से प्रहार करे तो जिस पर प्रहार होता है उसका अपमान नहीं होता। द्वंद्व-युद्ध के विधान में स्पष्ट लिखा है: 'यदि कोई मोची किसी व्यक्ति को अपने हाथ के जूते के फरमे से मारता है, चाहे वह काठ का बना हुआ गदा

के समान ही क्यों न हो, तो भी जिस पर प्रहार किया जाता है वह गदा से मारा हुआ नहीं माना जाएगा। यह मैं इसलिए कह रहा हूँ कि यद्यपि हम लोगों पर गहरी मार पड़ी है तो भी हम लोगों का लेश-मात्र भी अपमान नहीं हुआ है। जो हथियार उन लोगों के पेशे का औजार था, मुझे अच्छी तरह याद है कि किसी के भी हाथ में तलवार, कटार या हँसिया नहीं था।'

सैंको—'मुझे इतनी सूक्ष्मता से निरीक्षण करने का उन्होंने अवसर ही कहाँ दिया; क्योंकि मैंने ज्यों ही तलवार हाथ में ली त्यों ही मेरे कंधे पर ऐसा भीषण लाठी का प्रहार पड़ा कि मैं धरती पर गिरकर बेहोश हो गया, जहाँ मैं अभी भी पड़ा हूँ। मैं इसके लिए दिमाग नहीं खपाना चाहता कि गदा की मार अपमानजनक है या वंघनी की लकड़ी की। उन लोगों ने चाहे जिस चीज़ से प्रहार किया हो, पर मार इतनी गहरी है कि मेरे दिमाग पर उसका प्रभाव जितना भयंकर है उतना ही गहरा घाव भी है।'

डान क्विग्जोट—'दोस्त सैंको, इस तरह की याद को समय मिटाकर साफ कर देता है और हर तरह की व्यथा को मृत्यु खत्म कर देती है।'

सैंको—'मैं आपको धन्यवाद नहीं देता। मृत्यु की कामना करने से बढ़कर विपत्ति हम लोगों के लिए दूसरी क्या हो सकती है? यदि हम लोगों की चोट एक या दो बार लेप लगाने से सुधरने वाली होती तो संतोष होता, लेकिन मैं तो देखता हूँ कि अस्पताल की समस्त दवाएँ भी हम लोगों को पैरों पर खड़ा नहीं कर सकतीं।'

डान क्विग्जोट—'इस बात की चर्चा अब बंद करो, साहस ग्रहण करो और संप्रति जो आवश्यक हो उसे करो; क्योंकि मुझे यही करना-धरना है। पहले हम लोगों को रोजिनांटे को देखना चाहिए, क्योंकि मेरी धारणा है कि इस अभियान में उसकी कम दुर्दशा नहीं हुई है।'

सैंको—'वह भी तो वीर योद्धा ठहरा। उसकी दुर्दशा का होना कोई आश्चर्य की बात नहीं है। मुझे तो इस बात पर आश्चर्य है कि हम लोगों पर इतनी मार पड़ी तब भी मेरा गधा बाल-बाल कैसे बच गया!'

डान क्विग्जोट—'संकट-काल में भाग्य अवश्य कोई-न-कोई रास्ता उपचार या मदद के लिए खुला रख छोड़ता है। मैं यह इसलिए कह रहा हूँ कि वह छोटा जानवर अब रोजिनांटे की कमी पूरी करेगा और मुझे किसी किले में ले जाएगा जहाँ मेरे घाव अच्छे हो सकें। मैं इस तरह की सवारी को अपमानजनक भी नहीं

मानता; क्योंकि मद्य के देवता के शिक्षक और अभिभावक साइलेनस ने जब सौ द्वार वाले नगर में प्रवेश किया तब वे गधे पर ही सवार थे।'

सैंको–'जिस शान के साथ वे अपने गधे पर सवार थे उसी तरह यदि आप भी सवार हो सकते तब तो अवश्य अच्छी बात होती; लेकिन सवारी करना एक बात है और कूड़े की तरह गधे की पीठ पर लादा जाना दूसरी बात। दोनों में बहुत अंतर है।

डान क्विग्जोट–'इस लड़ाई में हम लोगों को जो ज़ख्म हुए हैं, वे हम लोगों की प्रतिष्ठा को बढ़ाते ही हैं, उसका अपहरण नहीं करते। इसलिए उत्तर-प्रत्युत्तर में मुझे तंग न करो, बल्कि जैसा मैंने कहा है, उठाने की चेष्टा करो और मुझे अपने गधे पर किसी तरह लादने की कोशिश करो ताकि रात आने से पहले ही हम लोग यह स्थान छोड़ दें।'

सैंको–'मैंने आपको यह कहते सुना है कि वीर योद्धा लोग साल का अधिकांश भाग साधारणतः मैदानों और जंगलों में सोकर बिताते हैं और आप लोग इसे बड़ा सुखद जीवन मानते हैं।'

डान क्विग्जोट–'यह तब की बात है जब हम लोगों को इससे उत्तम आवास नहीं मिलता अथवा जब हम लोग प्रेम में दीवाने रहते हैं। यह इतना सच है कि अनेक वीर योद्धा लगातार दो-दो साल तक सूर्य के आतप तथा आकाश की अन्य असुविधाओं को भोगते हुए चट्टानों पर रहे हैं और उनकी प्रेयसी को इसका पता तक नहीं रहा। उनमें से एक तो अमाडिस है। दी लवली अबस्वयार का नाम धारण करने पर वह आठ साल या आठ महीने तक सखड़ी चट्टान पर पड़ा रहा। मैं समय के बारे में ठीक नहीं कह सकता कि दोनों में से कौन सही है; क्योंकि वह अंश मुझे ठीक-ठीक याद नहीं है। केवल इतना ही जान लेना पर्याप्त है कि वह उस चट्टान पर प्रायश्चित करता रहा। मैं यह भी नहीं कह सकता कि उसकी प्रेयसी ओरियाना ने उसके साथ न जाने कौन-सा क्रूर व्यवहार किया था। लेकिन यह सब किस्सा छोड़कर यहाँ से चलने का उपक्रम करो। कहीं ऐसा न हो कि रोजिनांटे की तरह तुम्हारे गधे पर भी कोई विपत्ति आ जाए।'

सैंको–'शैतान ही ऐसा कर सकता है।' इतना कहकर वह तीसों बार कराहता और बिलखता हुआ, साठ बार आह भरता हुआ और सैकड़ों बार उन्हें गालियाँ तथा शाप देता हुआ, जिन्होंने उसकी इस तरह दुर्गति की थी, अंत में किसी तरह उठकर खड़ा हुआ। लेकिन वह सीधा खड़ा नहीं हो सकता था अपने शरीर को धनुष की तरह टेढ़ा किए हुए वह मचकता हुआ आगे बढ़ा। इस

तरह वक्र होकर भी उसने गधे को फुर्ती से कसा जो उस दिन उच्छृंखलता के अपने हिस्से का आनंद लेने से बाज नहीं आया था। इसके बाद उसने रोजिनांटे को किसी तरह खड़ा किया। यदि इसकी जबान होती तो वह सैंको और अपने मालिक से कम विलाप नहीं करता। काफी आह-उफ़ के बाद सैंको अपने स्वामी को अपने गधे पर लाद सका। रोजिनांटे की लगाम उसकी पूँछ में बाँध दी और अपने गधे की रस्सी पकड़कर उसने अंदाज से वह रास्ता पकड़ा जिससे वह जल्दी-से-जल्दी सड़क पर पहुँच जाए। कुछ ही मील चलने के बाद उसे सड़क दिखाई दी और उसे एक सराय मिली। सैंको के बहुत विरोध के बावजूद भी डान क्विग्जोट ने उसे किला ही समझा। सैंको बार-बार कसम खाकर कहता कि वह सराय है, लेकिन उसका स्वामी उनके प्रतिकूल उसे किला मानता। उनका यह विवाद इतनी देर तक चलता रहा कि अंतिम निर्णय पर पहुँचने से पहले ही वे सराय के पास पहुँच गए। इसलिए इसकी चिंता न करके कि वह सराय है या किला, सैंको सारे सामान के साथ सीधा अंदर घुस गया।

2. सराय की घटना

डान क्विग्जोट को गधे पर बेंडा-बेंडी पड़े देखकर सरायवाले ने पूछा, 'इन्हें क्या तकलीफ़ है?'

सैंको—'कोई चिंता की बात नहीं है। मेरे स्वामी पहाड़ी की चोटी से गिरकर नीचे आ गए। इससे उनके दोनों पांतर में हलकी-सी चोट आ गई है। सरायवाले की पत्नी अन्य सराय वालियों से भिन्न थी। उसका स्वभाव बड़ा कोमल था और पड़ोसियों के दुख-दर्द में वह बड़ी सहानुभूति रखती थी। उसने तुरंत डान क्विग्जोट की दवा शुरू की और अपनी बेटी (जो अत्यंत सुंदर थी) को बुलाकर उसकी देख-भाल का भार सौंपा। सराय की एक नौकरानी अस्टूरियन थी। उसका चेहरा चौड़ा, सिर चपटा, नाक चपटी थी और वह एक आँख से कानी थी। दूसरी आँख भी करीब-करीब गायब थी, लेकिन काम करने में वह इतनी चुस्त और दुरुस्त थी कि उसके सभी दोष छिप जाते थे। उसके कंधों पर इतना ज्यादा मांस लदा था कि उसे बाध्य होकर नीचे की ओर झुककर चलना पड़ता था। अपनी मालकिन और उसकी बेटी की मदद के लिए वह आ गई और वीर योद्धा का बिस्तर ठीक करने में उसकी बेटी का हाथ बँटाने लगी। जिस कमरे में उसका बिस्तर लगाया गया वह नितांत दयनीय था। वह छत के बगल की जुआ खेलने की कोठरी थी और अनेक वर्तमान चिह्नों से प्रकट था कि किसी समय वह

अलावन का गोदाम था। इसी कोठरी में थोड़ा हटकर एक हरकारा रहता था। अपने खच्चर के चारजामे को उतारकर उसने अपना बिस्तर बना लिया था तो भी वह डान क्विग्जोट के बिस्तर से अच्छा ही था। चार खंभों पर चार मामूली तख्ते या पट्टी रखकर चारपाई बना दी गई थी। उसके ऊपर भेंड के रोएँ का गद्दा बिछा दिया गया था, जिनमें जगह-जगह गाँठें उखड़ी हुई थीं। ये गाँठें जगह-जगह पर बाहर न निकली होतीं और उनका रोंआ दीख न पड़ता तो उन्हें लोग पत्थर ही समझते। गद्दे पर जो खोल चढ़ा था वह सूत का न होकर चमड़े का प्रतीत होता था और उसके ऊपर जो चादर बिछी थी उसका एक-एक सूत गिना जा सकता था, कहानी में भी एक सूत धोखे से नहीं छूट सकता था।

इस फूहड़ बिस्तर पर वीर योद्धा को लिटा दिया गया। इसके बाद सरायवाली और उसकी बेटी ने उसके शरीर में मरहम पोत दिया। मरहम लगाते समय उसे इतना ज्यादा घायल देखकर उसने कहा—'यह चोट तो गिरने की नहीं, बल्कि मार की प्रतीत होती है।'

सैंको—'मैं आपको इतमीनान दिलाना चाहता हूँ कि वह मार की चोट नहीं है। मैं ध्यान नहीं कर सकता कि उस चट्टान में कितने उभाड़ और नोक थे और सबने मेरे स्वामी के शरीर को क्षत-विक्षत कर दिया। कृपा करके थोड़ा मरहम मेरे लिए भी बचाकर रखिएगा। मैं नहीं कह सकता कि पीठ में क्या हो गया है, लेकिन मुझे भी मरहम लगाने की ज़रूरत है।'

सरायवाली—'मालूम होता है कि तुम भी पहाड़ से गिर पड़े हो।'

सैंको—'जी नहीं, मैं गिरा तो नहीं लेकिन अपने मालिक को पहाड़ी से लुढ़कते-लुढ़कते देखकर मुझे ऐसा सदमा पहुँचा मानो मेरे समस्त शरीर को किसी ने थूर दिया हो।'

सरायवाली की लड़की—'जैसा तुम कह रहे हो वैसा होना संभव है; क्योंकि मैंने कई बार अपने को किसी बुर्ज की ऊँची मीनार से गिरते हुए देखा है, यद्यपि मैं धरती पर कभी नहीं आई। नींद खुलने पर मुझे ऐसा धक्का लगा और मैं ऐसी घायल प्रतीत होने लगी मानो सचमुच गिर गई थी।'

सैंको—'ठीक मेरी वही हालत है। मैं इस वक्त की तरह पूरी तरह जगा था तो भी मुझे प्रतीत होता है कि मुझे उतनी चोट लगी है जितनी चोट मेरे स्वामी डान क्विग्जोट को।'

मेरिटोनिस ने पूछा (यही नौकरानी का नाम था)—'तुमने इनका नाम क्या बतलाया?'

सैंको—'इनका नाम डान क्विग्जोट डेला मांचा है। ये वीर योद्धा हैं। संसार में इनकी बराबरी करने वाला दूसरा नहीं है।'

नौकरानी—'वीर योद्धा? यह क्या है?'

सैंको—'नौकरानी के सामने जो आता है, उससे ज्यादा वह नहीं जान सकती। वीर योद्धा को दो शब्दों में यह कहा जा सकता है कि जो खूब पीटा जाए वह बादशाह बन जाता है। आज इनके समान दयनीय दूसरा कोई नहीं है, लेकिन कल ही अपने परिचारक को देने के लिए इनके पास दो या तीन साम्राज्य हो जाएँगे।'

सरायवाली—'तब क्या कारण है कि इनका खास नौकर होकर भी अभी तक तुम कहीं के रावल भी नहीं हुए?'

सैंको—'आदमी धीरे-धीरे ऊपर उठता है। हम लोगों को कदम उठाए अभी एक मास भी नहीं हुआ है और इस अवधि में नाम लेने लायक एक भी इस तरह का साहसिक काम हाथ नहीं आया। बहुत बार ऐसा हुआ कि हम लोग तलाश करते थे एक चीज़ को और सवार हो गए दूसरी पर। लेकिन यदि हमारे स्वामी डान क्विगजोट फिर अच्छे हो गए और मैं पंगु होने से बच गया तो मैं सर्वोत्तम उपाधि भी स्वीकार नहीं करूँगा जिसका कि मेरे हिस्से में पड़ना निश्चित है।'

डान क्विग्जोट इस बातचीत को बड़े गौर से सुन रहा था। वह बड़े प्रयास से बिस्तर पर उठ बैठा और बड़ी नम्रता के साथ सरायवाली का हाथ अपने हाथ में लेकर बोला—'आपका यह बहुत बड़ा सौभाग्य है कि आपको अपने किले में मेरे समान महान व्यक्ति की सेवा करने का सौभाग्य प्राप्त हुआ। महान व्यक्ति के लिए आप प्रशंसा के योग्य हैं, इसलिए मैं अपने बारे में कुछ नहीं कहूँगा। मेरा परिचारक आपको बतला देगा कि मैं कौन हूँ। मैं केवल इतना ही कहना चाहता हूँ—मैं अपनी याददाश्त के खजाने में आपकी इस कृपा को आजन्म सुरक्षित रखूँगा और कृतज्ञता प्रकट करने के किसी भी अवसर से नहीं चूकूँगा। ऊपर की शक्ति ने मेरे भाग्य का फैसला इस तरह कर दिया है कि यदि मैं प्रेम का अनन्य गुलाम न हुआ होता और उस अतुलनीय सौंदर्य के जादू के वशीभूत न हुआ होता और जिसने मेरी समस्त कोमल प्रवृत्तियों पर अधिकार कर लिया है तो मैं गर्व के साथ इस सुंदरी परी पर अपनी स्वतंत्रता कुरबान कर देता।'

सरायवाली, उसकी बेटी और दयालु मेरिटोनिस इस भाषण को सुनकर एक-दूसरे का मुँह देखने लगीं, क्योंकि इसका अर्थ उनकी समझ में स्पष्ट था। यदि ग्रीक भाषा में भी यह कहा गया होता तो समझने में दिक्कत न होती। तो भी

उन्होंने इसे शिष्टाचार और आदर की बात मानी और उसका इस तरह आदर करने लगीं मानो वह दूसरी दुनिया का आदमी हो। सराय के लोगों से जिस तरह के उत्तर की आशा की जा सकती थी उस तरह का उन लोगों को उत्तर देकर उन्हें आराम करने के लिए छोड़कर माँ-बेटी तो चली गईं, केवल नौकरानी सैंको के शरीर में मलहम का लेप लगाने के लिए रह गई; क्योंकि उसे भी मालिक से कम सहायता की ज़रूरत नहीं थी।

आपको इतना जान लेना चाहिए कि उस नौकरानी ने हर किसी के साथ रात बिताने का वचन दिया था। उसने उसे पक्का वचन दिया था कि सराय के लोग ज्यों ही सोने चले जाएँगे त्यों ही वह उसके पास निश्चित रूप से आ जाएगी, और उसकी सेवा में रहेगी। उसका स्वभाव इतना अच्छा था कि वह जो भी वचन देती थी उसका निर्वाह तत्परता के साथ करती थी, चाहे वह वचन जंगल में ही क्यों न दिया गया हो, जहाँ दूसरा कोई सुनने वाला न हो। वह भले ही सराय में काम करने वाली दासी थी तो भी उसे अपने वचन की मर्यादा का बहुत अधिक ध्यान रहता था। वह बहुधा कहा करती थी कि आवश्यकता और भाग्य के फेर से उसे इतना नीचे उतरना पड़ा है।

उस कमरे में चार बिस्तर थे। उसमें सबसे आगे डान क्विग्जोट का यह कड़ा, तंग, निकम्मा और गरीबाना बिस्तर था। इसके बाद सैंको का बिस्तर था। उसके बिस्तर में नीचे चटाई और ऊपर चादर थी। वह भी टाट की थी। इन दोनों बिस्तरों के बाद हरकारे का बिस्तर था। उसने अपने खच्चरों का चारजामा उतारकर अपने लिए बढ़िया बिस्तर बना लिया था। उसके खच्चर भी अच्छे थे इसलिए उनका चारजामा भी अच्छा था। इसका कारण भी था। इस (कहानी) के मूर लेखक के अनुसार वह अरेवेला का सबसे धनी खच्चरवाला था। लेखक का वह परिचित था, इसलिए उसने इसकी खास तरह से चर्चा की है। इतना ही नहीं, कुछ लोगों का तो यहाँ तक कहना है कि यह उसका सगा-संबंधी था। जो कुछ भी हो, इतना तो स्पष्ट है कि सिड मोहम्मद वनगली खच्चर-इतिहास-लेखक था, क्योंकि उसने ऐसी बातों का विवरण दिया है जो अति तुच्छ प्रतीत होती हैं और जिनका कोई महत्त्व नहीं है। जो इतिहास-लेखक घटनाओं को साधारणतः संक्षेप में देना चाहते हैं उन्हें इस बात का अनुसरण करना चाहिए कि हम लोगों को मुश्किल से घटना का सूत्र मिलता है; क्योंकि वे लोग कथानक के महत्त्वपूर्ण अंश को लापरवाही, या अज्ञान से रोशनाई की दवात में ही छोड़ देते हैं। इस कारण इस विचित्र लेखक को बहुत धन्यवाद दिया जाना चाहिए, जिसने *टेब्रसंट*

ऑफ रिकामंटे लिखा तथा उस अदम्य साहसी संत को जिसने 'काउंट टोमिलस' का वृत्तांत लिखा; क्योंकि उन लोगों ने सूक्ष्म-से-सूक्ष्म घटनाओं का विवरण बड़ी स्पष्टता से दिया है।

अंत में पुनः मूल कथा की ओर आता हूँ। हरकारे ने उठकर अपने खच्चरों को चारा दिया, और बिस्तर पर लेटकर मेरिटोनिस की प्रतीक्षा करने लगा। इस समय तक सैंको को भी वह मलहम लगा चुकी थी; इसलिए वह अपने बिस्तर पर लेटकर नींद की प्रतीक्षा करने लगा। लेकिन पीठ में इतनी भयानक पीड़ा थी कि वह नींद को पास फटकने नहीं देना चाहती थी। वीर योद्धा की हालत भी दयनीय थी। वह भी दोनों आँखें खोले पड़ा था। सराय के सब लोगों ने बिस्तर पकड़ लिए थे। फाटक की टिमटिमाती रोशनी के अतिरिक्त कहीं दूसरी रोशनी नहीं दीखती थी। इस व्यापक शांति ने डान क्विग्जोट के दिमाग को क्रियाशील बना दिया और उसके दिमाग में ऐसी बेवकूफी की बात आई जिसकी कल्पना अत्यंत विकृत मस्तिष्क वाले ही कर सकते हैं। उसके दिमाग में आया कि वह किसी प्रसिद्ध किले में है (जैसा पहले लिखा जा चुका है वह जिस किसी सराय में रहता था उसे किले से कम नहीं समझता था) और सरायवाले की बेटी (अर्थात् किले के शासक की बेटी) ने उसकी सुंदरता और बहादुरी पर अतिशय मुग्ध होकर अपने माता-पिता के सोने पर उसके पास आकर सोने का वचन दिया है। इस काल्पनिक विचार ने उसे इस तरह तंग करना शुरू किया मानो वह ध्रुव सत्य हो। इससे उसने अपनी मर्यादा को बहुत बड़े खतरे में पाया और इस विचार के आते ही वह बेचैन हो उठा। लेकिन अंत में उसके सात्विक गुण ने उसके इस प्रलोभन पर विजय प्राप्त की। उसने निश्चय किया कि यदि स्वयं रानी नेनेवर अपनी विश्वासी दासी क्विंटेनिओना के साथ भी अपने जाल में फँसाने के लिए उसे फुसलाना चाहे तो भी वह अपने दिल की रानी डलसीनिया के साथ बेवफ़ाई नहीं करेगा।

इस तरफ उसके दिमाग में ये सब बातें उठ रही थीं और उधर मेरिटोनिस अपने वचन का निर्वाह करने की फ़िक्र में थी। इसलिए वह केवल अँगिया पहन कर अपने केशों का जूड़ा बाँधकर नंगे और दबे पाँव कमरे में आई और अपने प्रेमी हरकारे के बिस्तर को टटोलने लगी। लेकिन वह दरवाज़े पर ही पहुँची थी कि डान क्विग्जोट को मालूम हुआ कि कोई अंदर आ रहा है; क्योंकि उसके कान एकदम सचेष्ट थे। चोट से उसे पीड़ा हो रही थी और उसके सारे शरीर में मरहम लगा था तो भी वह बिस्तर से उठ बैठा और अपनी काल्पनिक सुंदरी का

स्वागत करने के लिए दोनों हाथ फैला दिए। मेरिटोनिस अँधेरे में हाथ से टटोलती अपने प्रेमी की तरफ जा रही थी कि डान क्विग्जोट के हाथ में उसकी कलाई आ गई। उसने उसे अपनी ओर खींच लिया और अपने बिस्तर पर बैठा लिया। नौकरानी चुप थी; क्योंकि उसे मुँह खोलने का साहस नहीं हो रहा था। चूँकि उसने उसे किले के शासक की बेटी समझा इसलिए उसकी साधारण अँगिया भी उसे मुलायम सिल्क-सी प्रतीत हुई, उसकी कलाई के काँच के दाने मोती प्रतीत हुए, घोड़े की पूँछ से भी कड़े उसके केश उसे अतिशय मसृण लगे और उसकी दुर्गंधपूर्ण साँस उसे अरक के सर्वोत्तम इत्र से भी अधिक सुगंधित प्रतीत हुई। सारांश यह कि उसकी कल्पना ने उसे उन सुंदरियों में परिणत कर दिया जिनके बारे में उसने पुस्तकों में पढ़ा था। उसने समझा कि उसके प्रेम में उन्मत्त होकर उन्हीं में से एक घायल वीर योद्धा से मिलने गुप्त रूप से आई है। मूर्खता ने उसकी बाह्य इंद्रियों को इस प्रकार पागल बना दिया था कि उसकी ज्ञानेंद्रिय और घ्राणेंद्रिय किसी भी तरह उसे वास्तविकता का ज्ञान न करा सकी। उसने यही सोचा कि उसके बाहुपाश में भी कम सुंदरी नहीं है, यद्यपि अंगहीनता की ऐसी मूर्ति उसके पास थी जिसे देखकर उन हरकारों को छोड़कर किसी को भी कै हो सकती थी। इसलिए उसने उसे अपने और पास खींच लिया और कोमल शब्दों में धीरे से कहा, 'ओ आकर्षण की अनोखी प्रतिमा, तुम्हारी अतिशय उदारता मुझ पर भी कृपा करने जा रही है इसके लिए मैं तुम्हारा हृदय से कृतज्ञ हूँ। ओ आकर्षक सुंदरी, तुम्हारे आलिंगन के लिए मैं साम्राज्य तक देने के लिए तैयार हूँ। लेकिन मेरा दुर्भाग्य, मेरे जीवन का वह जालिम दुश्मन, इस योग्य व्यक्ति का नृशंस शत्रु मुझ पर एकाएक टूट पड़ा और मेरी यह गति कर डाली कि मैं इस बिस्तर पर पड़ा हूँ। मैं तुम्हारी इच्छाओं को पूरी करने के लिए उत्सुक हूँ तो भी संप्रति मैं हर तरह से लाचार हूँ। इतना ही नहीं, उस क्रूर नियति ने मेरे रास्ते में एक अकाट्य बाधा उपस्थित कर दी है। मेरा मतलब उस अप्रतिम सुंदरी डलसीनिया से है, डेल टोबासो के प्रति मेरी वफ़ादारी से जो मेरी इच्छाओं की एकमात्र स्वामिनी और मेरे हृदय की साम्राज्ञी है। यदि वह मेरे सुख में बाधक न होती तो मैं आपकी इस कृपा से वंचित न होना चाहता जिसे प्रदान करने का आपने अनुग्रह किया है।'

मेरिटोनिस उस वीर योद्धा के बाहुपाश में अपने को आबद्ध पाकर चिंता और भय से पसीने-पसीने हो रही थी। उसके वाग्जाल को न तो वह समझ ही सकती थी और न समझने की उसे इच्छा ही थी, वह तो किसी तरह उससे

छुटकारा पाना चाहती थी। इसलिए बिना मुँह खोले ही उससे मुक्ति पाने का जो भी उपाय वह कर सकती थी, कर रही थी। उधर हरकारा उसकी प्रतीक्षा में जाग रहा था। उस कमरे में प्रवेश करते समय उसने अपनी प्रेयसी के पैरों की आवाज़ सुनी थी और उसी वक्त से वह वीर योद्धा की बातचीत ग़ौर से सुन रहा था। इससे उसने यह अनुमान किया कि उस स्त्री ने किसी दूसरे से सौदा कर लिया है। इसलिए बिना किसी और झंझट के वह चुपचाप डान क्विग्जोट के बिस्तर के पास रेंग आया। वहाँ रुककर उसने थोड़ी देर तक उसकी बातें सुनकर उनका अभिप्राय जानना चाहा, किंतु उसकी समझ में कुछ नहीं आया। लेकिन मेरिटोनिस को छटपटाता देखकर उसने यह समझ लिया कि इसमें उसका कोई दोष नहीं है, बल्कि यह वीर योद्धा उसे जबरदस्ती रोक रखने का प्रयास कर रहा है। इस उद्दण्डता को वह किसी भी तरह बर्दाश्त नहीं कर सकता। इससे वह क्रोध से अभिभूत हो गया और उसने वीर योद्धा की नाक पर ऐसा तानकर मुक्का मारा कि उसके नाक से खून की धारा बह चली। उसे इतने से ही संतोष नहीं हुआ। वह उसकी छाती पर चढ़ गया और उसे इस तरह अपने पैरों से रौंदने लगा जिस तरह लोग पुआल को रौंदते हैं। चौकी का पाया तो कमज़ोर था ही। हरकारे का अतिरिक्त बोझ वह नहीं सँभाल सकी। इस तरह चरचराकर वह टूटा कि उसकी आवाज़ से सराय वाला जग पड़ा। उसने तुरंत जान लिया कि वह मेरिटोनिस की रात की आवारागर्दी है। उसने उसका नाम लेकर ज़ोर से पुकारा। कोई उत्तर न पाकर उसने रोशनी जलाई और जहाँ से आवाज़ आई थी वहीं चला। नौकरानी को उसके क्रोधी स्वभाव का परिचय था। उसे आता हुआ जानकर उसके प्राण डर से सूख गए और अपने बचाव के लिए वह सैंको के बिस्तर की ओर भागी जहाँ वह नाक बजाकर खर्राटे ले रहा था। वहाँ वह चद्दर के अंदर गुड़मुड़ाकर पड़ गई। सरायवाला गुस्से से भरा अंदर आया और चिल्ला पड़ा—'कहाँ है वह दुष्ट खानगिन? मैं खूब जानता हूँ कि यह उसी की शैतानी है, उसकी चिल्लाहट से सैंको की नींद टूट गई। अपने बिस्तर के असाधारण ऊँचे स्थान पर हाथ पड़ते ही—क्योंकि वह करीब-करीब उस पर लद गई थी—उसने उसे चुड़ैल समझा और उसे मुक्के से पीटना शुरू किया। उसने इस निर्दयता के साथ उसे पीटा कि किसी भी रक्त और मांस के बने शरीर को उतनी मार बर्दाश्त करनी कठिन थी। वह तथा उसकी मर्यादा जिस तरह के खतरे में थी उसे वह भूल गई और अपनी सारी शक्ति बटोरकर उसने भी उसे मारना शुरू किया। इससे इच्छा न रहते हुए भी उस परिचारक को अपना आलस्य त्यागना पड़ा। किसी अज्ञात व्यक्ति के

द्वारा इस तरह से पीटे जाने के कारण वह अपने बिस्तर पर छटपटाने लगा और मेरिटोनिस को पकड़ लिया। फिर तो दोनों में जो गुत्थमगुत्था हुई वह अद्वितीय थी। सरायवाले की लालटेन की रोशनी में हरकारे ने अपनी प्रेयसी की दुर्गति देखी तो वह उसकी मदद के लिए लपका। उसने वीर योद्धा को छोड़ दिया, क्योंकि वह आवश्यकता से अधिक उसे पीट चुका था, और परिचारक पर झपट पड़ा और उसकी पूरी मरम्मत की।

दूसरी तरफ सरायवाले ने इन सारे उपद्रवों की जड़ उस नौकरानी को समझकर उसे खूब उलट-पुलटकर ठोकरें मारीं। इस तरह मार-पीट का वहाँ विचित्र बाज़ार गर्म हो गया। हरकारा सैंको को पीटता था, सैंको उस हरजाई को पीटता था, वह हरजाई सैंकों को पीटती थी और सरायवाला उस हरज़ाई को पीटता था। लोग इस तेज़ी के साथ लात-मुक्के बरसा रहे थे कि देखने वाला यही समझता कि ये क्षण-मात्र भी समय खोना नहीं चाहते। सबसे मज़ेदार बात तो यह हुई कि इस गंडगोल में लालटेन बुझ गई। अब अँधेरे में होने के कारण वे लोग और भी वेग से एक-दूसरे को पीटने लगे। वे मारते थे, विदारते थे। इस निर्दयतापूर्ण मार-पीट और धौल-धप्पे से सभी विदीर्ण हो गए

संयोग की बात कि उस रात उस सराय में टेलोडो के ओल्ड होली ब्रदरहुड का एक अफसर भी टिका हुआ था। इस संस्था का प्रधान उद्देश्य चारों ओर डाकुओं पर नज़र रखना था। उस भयानक शोर-गुल से उसकी नींद टूट गई। वह अपने बिस्तर को छोड़कर उठ खड़ा हुआ और एक हाथ में छोटा डंडा तथा दूसरे में अपनी संस्था का प्रमाण-पत्र टिन का बाक्स लेकर वह अँधेरे में उधर ही चला। अँधेरे में ही कमरे में पहुँचकर उसने कहा, 'मैं होली ब्रदरहुड का एक अफसर हूँ। मेरा आदेश है कि तुम लोग मार-पीट बंद करो।' उसने हाथ जो बढ़ाया तो उसका हाथ सबसे पहले उस गरीब वीर योद्धा पर पड़ा जो अपने अस्त-व्यस्त बिस्तर पर बेदम लंबा पड़ा था। वीर योद्धा की दाढ़ी उस अफसर के हाथ में आ गई। उसने दाढ़ी हाथ में पकड़कर कहा, 'मेरा आदेश है कि तुम मेरी मदद करो।' उसने उसकी दाढ़ी कसकर खींची तो भी वह हिला-डुला नहीं, इसलिए उसने समझा कि कमरे में उपस्थित लोगों ने उसे मार डाला है। मन में यह विचार आते ही उसने चिल्लाकर कहा, 'सराय का फाटक बंद करो। यहाँ एक आदमी मार डाला गया है। चौकसी रखो, जिससे कोई भागकर न जाने पाए।'

इन शब्दों से वे लोग इतने आतंकित हो गए कि कान में इन शब्दों के पड़ते ही वे शांत हो गए और बिना अंतिम परिणाम पर पहुँचे ही झगड़े को बंद कर

दिया। सरायवाला चुपचाप अपने कमरे में सरक गया, हरकारा अपने बिस्तर पर चला गया, नौकरानी अपने दड़बे में चली गई। केवल वह अभागा वीर योद्धा और उसका अभागा नौकर जहाँ पड़े थे वहीं रह गए, क्योंकि वे हिल-डुल नहीं सकते थे। अफसर ने डान क्विग्जोट की दाढ़ी छोड़ दी और रोशनी के लिए बाहर निकला ताकि वह तथाकथित हत्यारों को गिरफ़्तार करे। कमरे से बाहर होते समय सरायवाले ने होशियारी से फाटक की रोशनी बुझा दी थी। इसलिए अफसर को मजबूर होकर रसोईघर में जाना पड़ा। बड़ी कठिनाई के साथ धुएँ में बैठकर किसी तरह फूँक पर फूँक मारकर वह आग सुलगाकर रोशनी कर पाया।

3. सराय में डान क्विग्जोट की दुर्दशा का आगे का हाल

डान क्विग्जोट को होश आ गया और पहले दिन की तरह रोनी आवाज़ से सैंको को पुकारने लगा, 'सैंको, सैंको, दोस्त सैंको, क्या तुम नींद में हो? अरे, सो गए हो क्या?'

सैंकों ने रोष प्रकट करते हुए कहा, 'शैतान मेरा पालना झुलावे। जब तक सारे शैतान आज रात मुझे तंग करते रहेंगे तब तक भला मैं कैसे सो सकता हूँ?'

डान क्विग्जोट—'तुम ठीक ही कह रहे हो। मैं तो यही कह सकता हूँ कि या तो इन बातों की मुझे जानकारी नहीं है या यह जादू का किला है। मैं तुमसे कुछ बात करना चाहता हूँ, लेकिन तुम्हें वचन देना होगा कि मेरी मृत्यु से पहले तुम इस भेद को प्रकट न करोगे।'

सैंको—'मैं कसम खाता हूँ।'

डान क्विग्जोट—'मैं इतना सावधान इसलिए हूँ कि मैं किसी की मर्यादा नहीं नष्ट करना चाहता।'

सैंको—'मैं फिर शपथपूर्वक कहता हूँ कि आपके मरने तक मैं इसका एक शब्द भी किसी से नहीं कहूँगा, यद्यपि मैं चाहता हूँ कि इसकी कल ही चर्चा करने की स्वतंत्रता मिल जाए।'

डान क्विग्जोट—'क्यों? क्या मैंने तुम्हें इतनी क्षति पहुँचाई है कि तुम कल ही मेरी मृत्यु चाहते हो?'

सैंको—'नहीं, नहीं, यह बात नहीं है। बात यह है कि कहीं बातें पेट में बढ़कर जंगल न बन जाएँ, इसलिए मैं किसी बात को ज्यादा दिन तक पेट में नहीं रख सकता।'

डान क्विग्जोट—'जैसी तुम्हारी मर्ज़ी वैसा करना, मैं तुम्हारे स्नेह और सौजन्य पर ज्यादा भरोसा करता हूँ। बात यह है कि आज रात को ऐसी विचित्र घटना घटी है जिसकी कल्पना भी सहज में नहीं की जा सकती। आज रात को किले के शासक की बेटी मेरे पास आई थी। उसके समान सुंदर युवती तो सृष्टि की रचना में कहीं देखने को नहीं मिल सकती। मुझमें तो सामर्थ्य नहीं है कि मैं उसके रूप, गुण और पूर्णता का वर्णन कर सकूँ। उसमें और जो छिपे सौंदर्य हैं, उनका भी वर्णन मैं नहीं कर सकता। नहीं तो मैं अपनी प्रेयसी डलसीनिया डेल टोबासो के प्रति बेवफ़ा समझा जाऊँगा। मैं तुमसे सिर्फ़ इतना ही कहना चाहता हूँ कि भाग्य ने मुझे जो सुख प्रदान किया था वह स्वर्ग के देवताओं को सह्य नहीं हुआ। वे डाह से अभिभूत हो गए, अथवा इस किले में भूतों का निवास है। हम लोग मधुर प्रलाप कर ही रहे थे कि एक भयानक दैत्य न जाने कहाँ से आ धमका, जिसे न तो मैं देख ही सका और न उसकी कल्पना ही कर सकता हूँ। उसने मेरी नाक पर ऐसा घूँसा जमाया कि वह अभी तक खून से लथपथ है। उसके बाद मुझे कमज़ोर जानकर उस दुष्ट ने मुझे इस निर्दयता से पीटा कि कल से भी बुरी हालत मेरी हो गई है जबकि रोजिनांटे के व्यभिचार के कारण उन लदवाहों ने मुझे पीटा था। इससे मैं इस निष्कर्ष पर पहुँचता हूँ कि इस सुंदरी के रूप पर किसी भूत ने जादू कर दिया है और यह मेरे लिए नहीं है।'

सैंको—'मेरे लिए भी नहीं, क्योंकि चार सौ से अधिक भूतों ने मेरा भुरता बनाया है। उन लोगों ने मेरी हड्डी-पसली को इस तरह चूरा है कि मैं यह कह सकता हूँ कि उन लदवाहों के डंडों की मार इसके सामने बूँद के समान थी लेकिन मैं यह जानना चाहता हूँ कि इस तरह की मरम्मत के बाद भी आप इसे सुखद अभियान कैसे कहते हैं? आप पर जो मार पड़ी है उसकी तो सार्थकता भी हो सकती है, क्योंकि वह सुंदरी आपके बाहु-पाश में थी; लेकिन मेरे हाथ में क्या था जो मुझ पर यह भयंकर मार पड़ी? मेरा नाश हो, और जिस माँ ने मुझे पैदा किया है उसका भी नाश हो, यदि मैंने कभी स्वप्न में भी वीर योद्धा बनने का इरादा किया हो। इस पर भी जो विपत्तियाँ आती हैं, उनका अधिक भाग मुझे ही भोगना पड़ता है।'

डान क्विग्जोट—'क्या तुम पर भी इतनी ही मार पड़ी है जितनी मुझ पर?'

सैंको—'वाह! क्या इतनी देर से मैं आपसे यही नहीं कह रहा हूँ?'

डान क्विग्जोट—'इसके लिए परेशान न हों। मैं तुरंत ही मरहम तैयार करूँगा और पलक मारते तुम चंगे हो जाओगे।'

तब तक रोशनी करके वह अफसर कमरे में यह देखने के लिए आ गया था कि किसकी हत्या हुई है। सैंको ने उसे कमरे में आता हुआ देखा। उसके शरीर पर केवल मात्र कमीज़ थी और सिर पर उसने अंगोछा लपेट रखा था, देखने में वह नितांत बदसूरत था। उसके हाथ में लैंप देखकर सैंको ने अपने स्वामी से कहा, 'देखिए यही तो वह भूत नहीं है, जो फिर मुझसे लड़ने आया है? वह शायद जान लेना चाहता है कि चूरने से यदि कोई जगह बाकी रह गई तो उसको पुनः चूर डाले।'

डान क्विग्जोट—'यह भूत नहीं हो सकता, क्योंकि जिन पर जादू चढ़ा रहता है उन्हें कोई देख नहीं सकता।'

सैंको—'लेकिन उनका अनुभव तो किया जा सकता है, यदि वे प्रकट नहीं होना चाहते, और इसका सबसे बड़ा सबूत मेरा शरीर है।'

डान क्विग्जोट—'इस तरह का सबूत तो मेरा भी शरीर दे सकता है। तो भी यह इस बात को सिद्ध करने के लिए काफी नहीं है कि हम लोग जिसे देख रहे हैं वह जादूगर मूर है।'

वे इस तरह बातचीत कर ही रहे थे कि अफसर आगे बढ़ गया। दो आदमियों को इस तरह निश्िंचत होकर बातें करते देखकर उसे महान आश्चर्य हुआ। तो भी उसने देखा कि वह अभागा वीर योद्धा उसी दयनीय हालत में पड़ा है जिस दयनीय हालत में वह उसे छोड़ गया था, अर्थात् वह मुर्दे की तरह लंबा पड़ा था। घायल था, खून से उसका चेहरा रँगा हुआ था, देह भर में मरहम पुता हुआ और हिल-डुल नहीं सकता था। उसने वीर योद्धा से पूछा—'क्या बात है दोस्त, तुम्हारी क्या हालत है?'

डान क्विग्जोट—'यदि मैं तुम्हारा साथी होता तो भी तुमसे कुछ उत्तम तौर-तरीका मेरा होता, तुम तो निरे उजड्ड हो। क्या इस देश में वीर योद्धाओं से बातचीत करने का यही तरीका है?'

ऐसे तुच्छ आदमी की इस तरह की कड़ी बातें वह अफसर बर्दाश्त नहीं कर सकता था। उसने तेल सहित लैंप को तानकर डान क्विग्जोट के सिर पर ऐसा भीषण प्रहार किया कि उसने समझा कि उसका माथा फट गया। इसलिए रात के अंधकार में चुपचाप अपने कमरे में चला गया।

सैंको—'कहिए मालिक, अब भी आपको विश्वास हुआ या नहीं कि वह वही जादूगर मूर था। जिस संपत्ति की आपने अभी चर्चा की है उसे वह दूसरों के लिए

सुरक्षित रखता है और आपके लिए तथा मेरे लिए केवल लात और घूँसा है, ऐसा मेरा विचार है।'

डान क्विग्जोट–'अब तो मुझे पूरा विश्वास हो गया, इसलिए हम लोगों को इन प्रहारों पर जो क्रोध आता है उसे भूल जाना चाहिए। हम लोगों को यह स्मरण रखना चाहिए कि ये जादूगर जब चाहें तब अपने को अदृश्य बना सकते हैं। इसलिए बदला लेने की बात सोचना व्यर्थ है। यदि संभव हो तो तुम उठने की कोशिश करो और किले के शासक से थोड़ा तेल, नमक, शराब और सरदेई माँगो ताकि मैं वह दवा तैयार कर सकूँ। उस दवा की मुझे नितांत आवश्यकता है, क्योंकि उस दैत्य ने जो प्रहार किया है उससे बहुत अधिक खून बह रहा है।'

उन चुटैल हड्डियों में जितनी फुर्ती संभव थी उतनी फुर्ती से सैंको उठा और सरायवाले की खोज में चुपचाप कमरे से बाहर हो गया। उस अफसर ने जो शरारत की थी उसका परिणाम जानने के लिए वह एक कोने में चुपचाप खड़ा था। अँधेरे में सैंको उससे टकरा गया। सैंको ने उससे कहा, 'ईश्वर के नाम पर थोड़ा तेल, नमक, शराब और सरदेई का प्रबंध कर दीजिए जिससे उस वीर योद्धा के लिए दवा तैयार की जा सके, जिसके समान वीर योद्धा आज तक संसार में पैदा ही नहीं हुआ और जो इस सराय के जादूगर मूर से घायल होकर पड़ा है।'

इस तरह की बातें सुनकर अफसर ने उसे पागल समझा। सबेरा हो रहा था, इसलिए सराय का दरवाज़ा खोलकर उसने सरायवाले से सैंको की माँग दोहरा दी। सरायवाले ने तुरंत वह सामग्री जुटा दी। सैंको उन चीज़ों को लेकर अपने मालिक के पास गया। उसने देखा कि उसका मालिक सिर पकड़कर दर्द से कराह रहा है, यद्यपि लैंप से उसे इतनी ही चोट आई थी कि उसका सिर दो जगह से फूल गया था। उसने जिसे लहू समझा था वह केवल तेल था जो उसके बालों और चेहरे पर बह आया था।

वीर योद्धा ने उन सब चीज़ों को एक में मिलाकर आग पर चढ़ा दिया और देर तक उन्हें उबालता रहा। इसके बाद उस कीमती दवा को रखने के लिए उसने शीशी माँगी। सराय में शीशी उपलब्ध नहीं थी, इससे सरायवाते ने उसे मिट्टी की एक पुरानी मटकी दी। डान क्विग्जोट को उस पर ही संतोष करना पड़ा। इसके बाद वह पेटर नास्टर एवन्मेरिया, सैल्वरेजिया और क्रेडो के मंत्र पढ़-पढ़कर बतौर स्वस्ति के वचन देकर शब्दों पर क्रॉस फेरने लगा। इस समारोह में सैंको, सरायवाला और वह अफसर तीनों उपस्थित थे। हरकारा अपने खच्चरों की खोज में चला गया था। उस संस्कार के देखने की उसे लेशमात्र भी उत्सुकता नहीं थी।

इस रामबाण दवा के तैयार हो जाने के बाद डान क्विग्जोट ने सबसे पहले इसका प्रयोग अपने ही ऊपर करना चाहा। मटके में जो दवा नहीं समा सकी उस सब दवा को वह पी गया। लेकिन दवा पूरी तरह से गले के नीचे उतरने भी नहीं पाई थी कि उसे इतने ज़ोरों से कै होने लगी कि प्रतीत हुआ कि उसका कलेजा, दिल और अँतड़ियाँ बाहर निकल आएँगी! बार-बार कै करने में उसे इतना ज़ोर लगाना पड़ा और वह पसीने से इस तरह लथपथ हो गया कि उसने कहा कि उसे कपड़ा ओढ़ाकर आराम करने दो। इतना करने के बाद वे लोग वहाँ से चले गए। वह पूरे तीन घंटे तक सोता रहा। सोकर उठने के बाद उसका शरीर हलका हो गया। उसे पक्का विश्वास हो गया कि फारा ब्रास की असली दवा मिल गई और इसलिए वह संसार के सबसे बड़े खतरनाक अभियान के लिए पैर आगे बढ़ा सकता है और उसे किसी तरह की क्षति नहीं पहुँच सकती।

अपने मालिक पर दवा का ऐसा आश्चर्यजनक प्रभाव देखकर सैंको ने कहा, 'मटकी में जो दवा बची है उसे पी जाने की मुझे आज्ञा दीजिए।' मटकी में कम दवा नहीं थी। डान क्विग्जोट के राजी हो जाने पर उसने मटकी को दोनों हाथों से उठा लिया और आत्म-विश्वास के साथ कलेजा कड़ा करके वह सारी दवा पी गया। लेकिन उसका पेट उसके मालिक के समान कोमल नहीं था। इसलिए दवा पीने के बाद उसे उसकी तरह कै तो शुरू नहीं हुई, लेकिन उसके पेट में ऐसी मरोड़, ऐसी व्यथा, ऐसी कोंच, ऐसी गड़गड़ाहट और ऐसा दर्द शुरू हुआ और ऐसा पसीना आने लगा कि उसने समझा कि उसका अंत समय आ गया। पीड़ा की उस व्याकुलता में वह उस दवा तथा उनके बनाने वाले दोनों को भला-बुरा कहने लगा।

उसे उस हालत में देखकर डान क्विग्जोट ने कहा, 'मित्र सैंको, मुझे ऐसा प्रतीत हो रहा है कि इस दवा से तुम्हें इस तरह की व्यथा होने का कारण यह है कि तुम्हें वीर योद्धा की पदवी नहीं मिली है। मेरा खयाल है कि जो वीर योद्धा नहीं है, उसे इस दवा का प्रयोग नहीं करना चाहिए।'

सैंको—'तब आप मुझे क्या क्षति पहुँचाना चाहते थे जो यह दवा पीने को दी? मेरे और मेरे समस्त परिवार के लिए यह ज़हर, आपने पहले मुझे क्यों नहीं बतला दिया?' अंत में दवा ने अपना प्रभाव दिखलाना शुरू किया और उसका मुँह और पैर दोनों इस प्रकार चले कि उसकी चटाई और चद्दर दोनों बेकाम हो गए। उसे इतना कै और दस्त हुआ कि वहाँ उपस्थित सभी लोगों ने समझा कि वह मर जाएगा। यह भयानक तूफान दो घंटे तक जारी रहा। उसके बाद भी अपने

मालिक की तरह उसका दर्द दूर नहीं हुआ, बल्कि वह इतना सुस्त और कमज़ोर हो गया कि हिल-डुल तक नहीं सकता था।

जैसा लिखा मिला है डान क्विग्जोट की हालत एकदम अच्छी हो गई थी। चूँकि वह चंचल मन चुपचाप बैठने के लिए तैयार नहीं था, इसलिए वहाँ से प्रस्थान करके अपने पेशे के अभियान-संबंधी कर्तव्य का पालन करने के लिए अधीर हो उठा, क्योंकि जो क्षण मनोरंजन अथवा अन्य कामों में गँवा दिए जाते हैं उन्हें वह जीवन का मूल्य अंश और संसार के पीड़ित मनुष्य की तथा सर्वसाधारण के लिए उसकी वांछित सहायता में बाधक मानता था। दवा में उसके अतुल विश्वास से भी यथासंभव उसके संकल्प को प्रश्रय मिला। अपनी उत्कंठा से इस तरह प्रभावित होकर उसने रोजिनांटे पर अपने हाथ से जीन कसी, उसके खच्चर पर चारजामा रखा, परिचारक को कपड़े पहनाकर खच्चर पर उसे सवार कराया। यह सब पूरा करके वह अपने घोड़े पर सवार हुआ। एक कोने में उसने एक बल्लम रखा देखा। उसे उठाकर उसने अपने कब्जे में किया ताकि उसके भाले का काम करे। सराय में करीब बीस आदमी थे। वह यह सब हरकत खड़े होकर देखने लगे। उन लोगों में सरायवाली की बेटी भी थी जिस पर से डान क्विग्जोट अपनी आँख नहीं हटा सका और हर कटाक्ष में वह गहरी उसाँसें लेता रहा। जिन लोगों ने कल उसे इतनी बुरी तरह पिटते देखा था उन्होंने समझा कि चोट के कारण वह उसाँसें ले रहा है।

और जब प्रस्थान करने के लिए तैयार होने पर उसने मकान के मालिक को बुलाया और बड़ी ओजस्विनी भाषा में बोला–'शासक महोदय, आपके किले में मेरा जो आतिथ्य हुआ है वह इतना बहुमूल्य और असाधारण है कि मेरा हृदय हमेशा के लिए आपके प्रति कृतज्ञ हो गया। उस कृतज्ञता को आंशिक रूप में, प्रतिदान के लिए, मैं यह मानता हूँ कि क्या इस दुनिया में ऐसा भी कोई घमंडो जीव है जिससे आप किसी झगड़े या चोट के समय में बदला लेना चाहते हैं? आप कृपा करके उसका नाम मुझे बतलाएँ। वीर धर्म के अनुसार मेरा धर्म ही दुर्बलों की रक्षा, उत्पीड़ितों की सहायता और दुष्टों का दमन करना है। मैं आपको पूरा विश्वास दिलाना चाहता हूँ कि मैं पूर्ण तत्परता से काम लूँगा और आपकी इच्छा संतोषजनक रीति से पूरी होगी।'

'वीर योद्धा महोदय', सरायवाले ने बड़ी गंभीरता से कहा. ''मुझे यदि किसी ने क्षति भी पहुँचाई है तो उससे बदला लेने के लिए मैं आपकी सहायता नहीं चाहूँगा। मैं आपको बतला देना चाहता हूँ कि मुझमें इतनी क्षमता है कि मैं स्वयं

अपना प्रतिकार लूँगा। इसलिए आपसे केवल इतनी ही प्रार्थना है कि आप सराय में रहने तथा अपने और अपने पशुओं के भोजन का खर्च अदा कर दें।'

डान क्विग्जोट–'क्या कहा? यह सराय है?'

सरायवाला–'जी हाँ और इस मार्ग में यह सबसे विख्यात सराय है।'

डान क्विग्जोट–'तब तो मुझे बहुत बड़ा भ्रम हुआ। मैं आपसे सच कहता हूँ कि मैंने इसे किला समझा था और बहुत बड़ा किला। और यदि यह किला न होकर कोई सराय है तब तो आप मुझे क्षमा करेंगे कि मैं एक पैसा भी नहीं देना चाहता; क्योंकि मैं उन नियमों को तोड़ना नहीं चाहता जिनका पालन करना वीर योद्धाओं के लिए अनिवार्य है। ऐसा कहीं भी नहीं लिखा है कि सरायों में रहने का वे किराया देते थे; क्योंकि भूख और प्यास से सताये हुए वे पैदल या घोड़े की पीठ पर संसार की सारी असुविधाओं का सामना करते हुए रात-दिन जो अथक परिश्रम करते थे, उसका यही बड़ा मुआवजा है।'

सरायवाला–'मुझे इन बातों से कोई प्रयोजन नहीं। अपनी इन बेहूदा कहानियों से मेरा समय नष्ट न कीजिए। सराय का किराया अदा कर दीजिए उसके बिना मैं सराय नहीं चला सकता।'

डान क्विग्जोट–'तुम मूर्ख और धूर्त दोनों हो।' इतना कहकर उसने रोजिनांटे को एक एड़ दी और अपना बल्लम माँजता हुआ बिना किसी विरोध के सराय से बाहर हो गया और वहाँ से बहुत दूर निकल गया। उसने पीछे घूमकर देखा भी नहीं कि उसका परिचारक आ रहा है या नहीं।

वीर योद्धा साहब तो चले गए। सराय में बच गया उनका परिचारक। सराय वाले ने उसे किराये के लिए रोका। उसने भी कहा कि मैं एक पैसा भी देने के लिए तैयार नहीं हूँ, क्योंकि वीर योद्धा पर जो नियम लागू हैं वही नियम उनके परिचारक पर भी लागू हैं। उसकी इस बात से सरायवाले को क्रोध हो आया। उसने सैंको को धमकाते हुए कहा कि अगर तुमने इसी दम मेरी पाई-पाई नहीं चुकाई तो मैं तुम्हें उठाकर पटक दूँगा। उसने अपने स्वामी के वीर-धर्म की सौगंध खाकर कहा कि इस मद में रुपया देने की अपेक्षा मैं प्राण गँवा देना अच्छा समझूँगा। लेकिन दुर्भाग्य से उस दिन सराय में सैगोविया के चार कपड़े के व्यापारी, फार्डमा के तीन खलासी और दो फेरी वाले भी थे। वे सभी तेज-तर्रार, शैतान और विनोदी थे। उन सबने एकमत होकर सैंको को गधे की पीठ पर से नीचे खींच लिया। उनमें से एक जाकर कंबल ले आया। उस गरीब परिचारक को उसमें लपेटकर वे लोग पीछे के आँगन में ले गए, क्योंकि वे जो हरकत करना

चाहते थे उसके लिए कमरे की छत नीची थी। वह स्थान एकदम खुला था। वहाँ से जाकर उन लोगों ने कंबल में उसे लपेटकर उसकी गठरी बना ली और लगे उसे ऊपर-नीचे उछालने। बेचारा सैंको मार से इतना चिल्लाया कि उसकी दर्दभरी आवाज़ उसके स्वामी के कान में जा पड़ी। उसने सोचा कि कहीं किसी पर अत्याचार हो रहा है और उसे अपना साहस दिखाने का अवसर है। अंत में सैंको की आवाज़ पहचानकर उसने सराय की ओर घोड़े को दौड़ाया। सराय का फाटक बंद था इसलिए वह सराय का चक्कर लगाकर देखने लगा कि भीतर जाने का कोई दूसरा रास्ता भी है। जब वह पिछवाड़े की ओर आया तब उसने अपनी आँखों से अपने परिचारक की दुर्दशा को देखा; क्योंकि उधर की दीवार ऊँची नहीं थी। वहाँ वह खुले मैदान में इस फुर्ती के साथ ढनमनिया खा रहा था और उछलता जा रहा था कि यदि वीर योद्धा उतना क्रुद्ध न होता तो देखकर वह भी हँसे बिना नहीं रह सकता था। उसने दीवार लाँघने की पूरी कोशिश की; लेकिन उसे इतनी गहरी चोट लगी थी कि वह अपने घोड़े से भी नहीं उतर सकता था। इससे वह क्रोध से फनफनाने लगा और अपने क्रोध को इस तरह के शब्दों में व्यक्त करने लगा कि उनकी चर्चा भी यहाँ नहीं की जा सकती। लेकिन वह जितना अधिक क्रोध प्रकट करता था उतना ही ज्यादा वे सैंको को उछालते थे और हँसते थे। सैंको भी कभी निहोरा करता और कभी अपने स्वामी की तरह धमकाता; लेकिन इसका उन पर कोई प्रभाव नहीं पड़ा। केवल धमकाने के बाद ही वे उसका पिंड छोड़ सकते थे।

अंत में लोगों ने उसका उछालना बंद किया और उसे अच्छी तरह कपड़े पहनाकर गधे पर पुनः बैठा दिया। मेरिटोनिस का दयालु चित्त उस पुरुष की उस तरह की दुर्दशा देखकर पिघल गया। उसने सोचा कि उसे इतना उछाला गया है कि उसका गला अवश्य सूख गया होगा, इसलिए उसने उसे पानी पिला देने की उदारता दिखलानी चाही। उसी उद्देश्य से वह कुएँ पर पानी खींचने गई ताकि उसे ठंडा पानी पीने के लिए दे सके। सैंको ने पानी का पात्र मुँह में लगाया ही था कि उसके स्वामी ने उसे रोका। उसने वहीं से चिल्लाकर कहा, 'बेटा सैंको, पानी नहीं पीना, नहीं तो प्राण-पखेरू उड़ जाएँगे। यह देखो मेरे पास अति उत्तम दवा है। इसकी दो बूँदें ही तुम्हें पूरी तरह चंगा कर देंगी।' अपना सिर हिलाते हुए तथा चेहरा एक तरफ करके वीर योद्धा की ओर गुस्से से देखते हुए सैंको ने कहा, 'आह! आप फिर भूल गए कि मैं वीर योद्धा नहीं हूँ। रात की हरकत के बाद जो कुछ थोड़ी बहुत शक्ति मुझमें बाकी है उसे भी आप खत्म कर देना

चाहते हैं क्या? शैतान के नाम पर आप अपनी दवा अपने ही लिए रखिए और मुझ पर दया कीजिए।'

इतना कहकर वह बरतन को नाक के पास ले गया और उसे महज पानी जानकर उसने जो थोड़ा पिया तो उसे भी उगल दिया और उस नौकरानी से थोड़ी शराब लाने के लिए कहा। प्रायश्चितस्वरूप वह जाकर शराब ले आई और अपनी जेब से उसकी कीमत चुका दी। शैतान भी यदि अच्छा काम करे तो उसके लिए उसकी प्रशंसा करनी उचित है। उस नौकरानी के बारे में यह कहा जा सकता है कि यद्यपि वह पुँश्चली थी, फिर भी उसमें धार्मिक भावना थोड़ी-बहुत तो थी ही। शराब पी चुकने के बाद सैंको ने गधे की पसली को दो-तीन बार अपने पैर से ठोका और जब उसे प्राण बचे मालूम पड़े वह मन-ही-मन प्रसन्न हुआ। वहाँ से चलता बना। वह वहाँ से बेदाग़ निकल आया। यह सच है कि सरायवाले ने किराये के बदले उसका झोला रख लिया था, लेकिन वह बेचारा परिचारक इतना क्षुब्ध था और उसे आने की इतनी जल्दी थी कि वह उसे वहीं भूल गया। कहीं और कोई उपद्रव न खड़ा हो जाए, इस डर से सरायवाला उसके बाहर होते ही फाटक बंद कर लेना चाहता था। लेकिन सैंको के उछालने वालों ने उसे ऐसा नहीं करने दिया। वे उस तरह के जीव थे कि वे डान क्विग्जोट की परवाह नहीं कर रहे थे, भले ही वह वास्तविक वीर योद्धा ही क्यों न रहा हो।

4. वीर योद्धा तथा उसके परिचारक के बीच बातचीत

सैंको अपने मालिक के पास पहुँच तो गया, लेकिन वह इतना पीला पड़ गया था, उसका दिल इतना मुर्दा हो गया था और वह इतना कमज़ोर हो गया था कि अपने गधे पर ठीक तरह से बैठ भी नहीं सकता था।

उसे उस हालत में देखकर डान क्विग्जोट ने कहा, 'भाई सैंको, मेरी दृढ़ धारणा है कि इस किले या सराय में भूतों का निवास है। सिवा भूत-प्रेतों के तुम्हारे साथ इस तरह की असभ्यतापूर्ण खिलवाड़ दूसरा कोई नहीं कर सकता था। मेरे इस विश्वास का प्रबल कारण यह है कि जब मैंने दीवार के ऊपर से झाँककर तुम्हारी यह दुर्गति होते देखी तो लाख चेष्टा करने पर भी न तो मैं दीवार पर चढ़ सका और न रोजिनांटे पर से उतर सका। यदि मैं घोड़े से उतर सका होता और किसी तरह दीवार पर चढ़ सका होता तो उन शैतानों से तुम पर किए गए अत्याचारों का ऐसा भरपूर बदला लेता कि वे जन्म-भर याद करते, चाहे इसके लिए कम-से-कम एक बार मुझे वीर धर्म के नियम का उल्लंघन करना

पड़ता। मैं तुमसे कई बार कह चुका हूँ कि वीर धर्म के अनुसार किसी वीर योद्धा को ऐसे किसी व्यक्ति पर हमला नहीं करना चाहिए जो स्वयं वीर योद्धा न हो। अत्यंत आवश्यक होने पर केवल अपनी रक्षा के लिए ही वह वैसा कर सकता है।'

सैंको–'मैं लाचार था, नहीं तो मैं उन्हें खुद सबक सिखा देता चाहे वे वीर योद्धा हों या नहीं। लेकिन मैं निश्चयपूर्वक कहता हूँ कि जो मेरी उस तरह की दुर्गति करके अपना मनोरंजन कर रहे थे वे आपके कथनानुसार भूत-प्रेत नहीं थे, बल्कि हम लोगों की ही तरह हाड़-माँस के बने पुतले थे। जब वे मुझे उछाल रहे थे तब वे लोग एक-दूसरे का नाम और उपनाम लेकर पुकारते थे। एक का नाम पेड्रो मार्टिनेज, दूसरे का टेनरियो हरनांडेज है और उस कुत्ते सरायवाले को वे सब बंदहत्था जुआन पलोमेक के नाम से पुकार रहे थे। इस भ्रम में आप न रहिए कि आप इस कारण दीवार पर नहीं चढ़ सके या घोड़े की पीठ से नहीं उतर सके कि वह किसी जादूगर की करामात थी। बेमतलब की बातें करना मूर्खता है। यह बात उतनी ही प्रत्यक्ष है जितनी प्रत्यक्ष चेहरे पर नाक है कि जिस साहसी काम के लिए हम लोग इधर-उधर भटक रहे हैं, वह हम लोगों पर इस तरह की अनेक विपत्तियों की वर्षा करेगा और ऐसे-ऐसे झंझटों में डालेगा कि हम लोग एक पैर भी साथ आगे नहीं बढ़ा सकेंगे। मेरे कहने का अभिप्राय यह है कि सबसे बुद्धिमानी की बात यह होगी कि हम लोग इस तरह बेमतलब मारे-मारे न फिर कर घर लौट चलें और अपनी खेती-बाड़ी सँभालें। यानी यदि हम लोग एक विपत्ति से दूसरी विपत्ति में, शीतल छाया से कड़ी धूप में, पड़ना नहीं चाहते तो।'

डान क्विग्जोट–'सैंको! खेद है कि वीर धर्म के बारे में हम हर तरह से अनभिज्ञ हैं। इस तरह की बातें मुँह पर न लाओ और धैर्य धारण करो! एक दिन आएगा जब तुम्हें मानना पड़ेगा कि इस काम में लगना कितने बड़े सम्मान की बात है। तुम्हीं बतलाओ कि इस संसार में अपने दुश्मन को हराकर उस पर विजय प्राप्त करने में जो संतोष होता है उसकी बराबरी कौन कर सकता है? निश्चय ही कोई नहीं।'

सैंको–'मैं इस बारे में कुछ नहीं जानता, इसलिए मान लेता हूँ कि यह सही होगा। लेकिन मुझे यह कहने के लिए क्षमा किया जाए कि जिस दिन से हम लोगों ने, मेरा मतलब आप महानुभावों से है, क्योंकि मेरे-जैसा तुच्छ व्यक्ति इस योग्य नहीं है कि वैसे महान व्यक्ति के साथ उसकी भी गणना की जाए; जब से इस वीर-कर्म की ओर कदम बढ़ाया है तब से क्या किसी एक भी युद्ध

में आपको विजय मिली है!' बिस्कायन पर आपने अवश्य विजय प्राप्त की थी, लेकिन उस युद्ध में भी आपको अपने काल और ढाल का अगला भाग खोकर विजय मिली थी। उसके बाद से सिवा मार खाने और चोट सहने के हम लोगों को क्या मिला है, ऊपर से मुझे उस कंबल में लपेटकर उछाला गया। उसका बदला नहीं लिया जा सकता था, क्योंकि वह भूत-प्रेतों की करामात थी। मैं उन्हीं के साथ रहना चाहता था ताकि मैं उस आनंद का अनुभव करता जो आपके कथनानुसार शत्रु के ऊपर विजय प्राप्त करने में मिलता है।'

डान क्विग्जोट–'मैं देखता हूँ कि हम दोनों एक ही व्याधि से ग्रस्त हैं। लेकिन मैं शीघ्र ही ऐसी तलवार अपने लिए बनवाने की कोशिश करूँगा कि जो कोई भी उसे धारण करेगा उसे किसी तरह का भी जादू-मंत्र क्षति नहीं पहुँचा सकेगा। यदि भाग्य मेरे अनुकूल हुआ तो मुझे वह तलवार भी हाथ लग सकती है जिसे अमाडिस डेगाल ने धारण किया था जब उसने अपने को 'दी नाटक ऑफ़ दी बर्निंग सोर्ड' (अंगार उगलने वाली तलवार वाला वीर योद्धा) कहा था। वीर योद्धाओं के हाथ में आज तक जितनी तलवारें आईं उनमें वह सबसे उत्तम थी। मैंने ऊपर जिस विशेषता का वर्णन किया है उसके अलावा उसकी धार भी बड़ी पैनी थी, और अभिसिंचित या मजबूत-से-मजबूत कवच को भी वह छेदकर भीतर घुस जाती थी।'

सैंको–'मैं बाजी लगाकर कह सकता हूँ कि यदि उस तरह की तलवार आप प्राप्त भी कर लें तो मेरे लिए वह उसी तरह सहायक सिद्ध होगी जिस तरह आपकी वह दवा। मेरे कहने का मतलब यह है कि वह आपके समान उपाधि-भूषित वीर योद्धाओं के अतिरिक्त किसी दूसरे के लिए लाभकर नहीं हो सकती चाहे बेचारे परिचारक कोई भी उपाय क्यों न करें, वीर योद्धा का स्थान ही क्यों न ग्रहण कर लें।'

डान क्विग्जोट–'इस तरह का कोई डर मन में न लाओ। तुम जैसा सोचते हो उससे कहीं अधिक कृपालु तुम पर भगवान होंगे।'

इसी तरह वे बातचीत करते चले जा रहे थे कि डान क्विग्जोट ने आगे धूल का गुब्बारा उठता देखा। उसने घूमकर परिचारक से कहा, 'सैंको, वह दिन आ गया है, वह दिन आ गया है जब मुझे उस सुख की प्राप्ति होगी जिसे भाग्य ने मेरे लिए सुरक्षित रखा है। आज मेरे बाहु-बल की ताकत वह अद्‌भुत करामात कर दिखाएगी जिसकी चर्चा अनंत युगों तक होती रहेगी। तुम धूल के उस गुब्बारे

को देख रहे हो? यह प्रकांड सेना द्वारा उड़ी हुई धूल है, जिसमें अनेक देशों के लोग हैं, और जो इधर ही आ रही है।'

सैंको—'आपके कहने के अनुसार तो यहाँ दो सेनाएँ होनी चाहिए। क्योंकि जैसी गर्द, उस तरफ उठ रही है उसी तरह की गर्द दूसरी तरफ भी उठ रही है।'

इतना सुनकर डान क्विग्जोट ने उधर देखा और वह इस दृश्य से प्रसन्न होकर खिल उठा; क्योंकि उसे पक्का विश्वास हो गया था कि दो सेनाएँ उस मैदान में लड़ने के लिए एकत्रित हो रही हैं। उसकी कल्पना उस तरह के युद्धों, जादू-टोनों, अचानक आक्रमण, प्रेम-प्रसंग तथा अन्य तरह के खयालों से जिन्हें उसने उन रोमांचक पुस्तकों में पढ़ा था—इस तरह हो रही थी कि उसके दृष्टि-पथ में जो कुछ आता था उसे उसकी कल्पना उस रूप में परिवर्तित कर देती थी जिस रूप में वह उन्हें देखना चाहता था। उसके मन में यह विचार ही नहीं आ सकता था कि धूल का अंबार भेड़ों के उन दो झुंडों के कारण उठ रहा था, जो उसी सड़क पर दो दिशाओं में जा रही थीं और जो अत्यंत निकट आने से पहले दोख नहीं सकती थीं। दो सेनाओं के होने के बारे में उसका विश्वास इतना दृढ़ था कि अंत में सैंको को भी उसकी बात माननी पड़ी। सैंको ने पूछा—'अब यह बतलाइए कि हम लोगों को क्या करना होगा?'

डान क्विग्जोट—'हम लोगों को करना क्या होगा, जो दल कमज़ोर होगा और जिस पर मार पड़ेगी उसकी मदद करेंगे। जो सेना हम लोगों की तरफ आ रही है उसका सेनापति है प्रोबाना द्वीप का सम्राट् अली फैनफरन, और जो सेना हम लोगों के पीछे की तरफ से आ रही है वह उसके शत्रु जर्मेटियन्स, पेंटापोलिन की सेना है। उसे नंगी बाँह वाला इसलिए कहते हैं, क्योंकि वह जब कभी युद्ध में प्रवृत्त होता है वह अपने दाहिने हाथ को खुला रखता है।'

सैंको—'पर इन दोनों में आपस में इतनी दुश्मनी क्यों है?'

डान क्विग्जोट—'इनके झगड़े का कारण यह है कि अली फैनफरन ज़बरदस्त मूर्ति-पूजक होते हुए भी ईसाई पेंटापोलिन की पुत्री पर आसक्त है, जो अत्यंत सुंदरी युवती है। इस युवती का पिता अपनी पुत्री का विवाह मूर्ति-पूजक सम्राट् से तब तक नहीं करना चाहता जब तक वह मूर्ति-पूजा के अपने ढोंग का त्याग करके ईसाई धर्म न कबूल कर ले।'

सैंको ने कहा—'उस संबंध में अगर पेंटापोलिन हर तरह से सही न हो तो मेरी दाढ़ी जला दीजिएगा। मैं उसका पक्ष लूँगा और यथासाध्य उसकी मदद करूँगा।'

डान क्विग्जोट—'मैं तुम्हारे निर्णय की प्रशंसा करता हूँ। यह न्यायपूर्ण ही नहीं बल्कि उचित भी है। क्योंकि इस तरह के युद्ध में भाग लेने के लिए वीर योद्धा होने की ज़रूरत नहीं है।'

सैंको—'मैं भी यही समझता हूँ। लेकिन उस घड़ी तक के लिए मैं अपने गधे को कहाँ रखूँ कि लड़ाई के बाद वह मुझे मिल जाए? ऐसे जानवर पर सवार होकर कभी किसी ने युद्ध में भाग नहीं लिया होगा।'

डान क्विग्जोट—'तुम्हारा कहना सही है। मेरी राय है कि तुम उसे यों ही छोड़ दो, भले ही लड़ाई के बाद वह तुम्हें न मिल सके। लड़ाई जीत लेने के बाद हम लोगों के हाथ इतने घोड़े आ जाएँगे कि दूसरे घोड़े से बदले जाने का खतरा रोजिनांटे पर भी आ जाएगा।' इसके बाद वे दोनों एक पहाड़ी पर चढ़ गए और धूल की दिशा से हट न गए होते तो वहाँ से वे दोनों झुंडों को देख लेते।

डान क्विग्जोट ने कहा—'सैंको! सामने की ओर देखो। तुम उस वीर योद्धा को देख रहे हो जिसके हथियार चमक रहे हैं और जिसकी ढाल पर एक महिला के पैरों पर झुका हुआ सिंह का चिह्न अंकित है, यही सिल्वर ब्रिज का शासक वीर लौरील्को है। और वह दूसरा, जिसके कवच में सुनहले फूल चमक रहे हैं और नील वर्ण की ज़मीन पर तीन धवल वर्ण के काग अंकित हैं, क्यूरेसिया का महान ड्यूक भयकंर माइकोकोलेंबो है। वह दूसरी भीमाकृति जो उसकी बगल में चल रही है, वह तीन अरोबिया का अधिपति वोलिचे का अदम्य ब्रांडाबाखरन है। वह साँप का चमड़ा लपेटे हुए है और ढाल की जगह विशाल फाटक ही लिए हुए है। लोग कहते हैं कि वह फाटक उस मंदिर का है जिसे सैंपसन ने अपनी मृत्यु के समय ढलवाया था, जब उसने अपने दुश्मनों से बदला लिया था। ज़रा अब तुम इस तरफ अपनी दृष्टि डालो। दूसरी सेना के आगे तुम न्यू बिस्के के राजा विजयी सरसेइओना के टिमोनोल को देखो। उसका कवच नीला, हरा, पीला और सफेद है और जिसकी ढाल की लाल धारीदार ज़मीन पर सुनहले रंग की बिल्ली अंकित है और अलगर्वा के ड्यूक अलफनिक्वेन की बेटी मौलिना उसकी प्रेयसी है। उसी के नाम का प्रथम अक्षर 'मो.' अपनी ढाल पर उसने आदर्श वाक्य के रूप में खुदवाकर रखा है। और पीछे तुम जिस घोड़े पर दैत्याकृति को देख रहे हो, जिसके कवच बर्फ की तरह चमक रहे हैं और जिसकी ढाल बिना किसी परिचय-चिह्न के है, वह उदिमका वरैन पीरो पैपिन है। यह फ्रांस का रहने वाला है और हाल ही में यह इस संप्रदाय में अभिषिक्त हुआ है। तुम जिसे अपनी एड़ी की कील से अपने थके घोड़े की पंजरी को कोंचते देखते हो वह

निर्विया का ड्यूक इष्पार्टा फिलाडों है। इसकी ढाल की ज़मीन नील वर्ण है और उस पर जंगली फूल अंकित है और उसने कस्टीलिया की भाषा में जो आदर्श वाक्य अंकित कर रखा है उसका अर्थ होता है, 'मेरा भाग्य इसी तरह चलता है।' इसी तरह वह दोनों सैन्य दलों में अन्य अनेक लोगों का नाम गिना गया और उसके मस्तिष्क की कल्पना धूल को हथियार और आदर्श वाक्य इस फुर्ती के साथ प्रदान करती गई मानो उस क्षण वे लोग उसकी आँखों के सामने खड़े हों। इसके बाद बिना किसी संशय के वह कहता गया कि हम लोगों के पीछे की तरफ जो विशाल सेना आ रही है उसमें अनेक राष्ट्र के लोग शामिल हैं। इसमें तुम उन लोगों को देख सकते हो जो प्रसिद्ध जेंथस के झरनों का पानी पीते हैं। इसमें वे पहाड़ी हैं जो मेरे मसिलियन के खेतों को जोतते हैं और वे लोग हैं जो अरेबिया के लिक्स के सोने को शुद्ध करके अलग रखते हैं। वे हंगो थर्मोदूत के मनोहर और विख्यात किनारे पर बसते हैं। इसके पीछे वे हैं जो अनेक तरीकों से उसके बहुमूल्य बालू-कणों के लिए सुनहले पैस्टोलम को भिगोकर छानते हैं। इनमें न्यूभीडयन हैं जिन्हें अपने वचन को निबाहने की ज़रा भी चिंता नहीं रहती और जो कभी स्थिर नहीं रहते। फारस वाले हैं जो तीरंदाजी के लिए विख्यात हैं। मेडिस और पार्थियन हैं जो उड़ते हुए लड़ते हैं, अरब के लोग हैं जिनका कहीं स्थायी निवास नहीं है, सीडियन हैं जो सुंदर होते हुए भी बड़े ही क्रूर और जंगली हैं, काले इथियोपियन हैं, जो अपने होंठ को चीरकर रखते हैं तथा अन्य हज़ारों जाति के लोग हैं, जिनका चेहरा मैं पहचानता हूँ, लेकिन जिनका नाम मैं भूल गया हूँ!

'दूसरी तरफ वे लोग हैं जिनका देश जैतून के पेड़ों की सघन छाया से आच्छादित वोर्टस नदी के निर्मल जल से सींचा जाता है। ये वे लोग हैं जो टेगस के सुनहले जल में अपने शरीर को धोते हैं। वे हैं जिनके महल स्वर्गीय मेंटतूल की धारा से प्लावित होते हैं। वे हैं जो रोटोंसियन के हरे-भरे मैदान में बसते हैं, वे हैं जो जेरेक्स की सुंदर सुभूमि में अपनी विलासी प्रकृति का आनंद लेते हैं। वे मोचा के सुसंपन्न निवासी हैं जिनके सिरों पर अनाज के सुनहरे बाल हैं। कवच से आवृत गोथ के प्राचीन निवासी हैं। ये विसवर्गा की मंदगति धारा में स्नान करने वाले हैं। इनमें वे लोग हैं जो उस विस्तृत मैदान में अनेक पीढ़ियों से बसते आए हैं, जहाँ प्रसिद्ध प्रच्छन्न सलिला गुआडियाना का संगम है। वे हैं जो पिरेनियन पहाड़ी के अति शीतल जंगली प्रदेश या अपेनाइन की सर्दीली चोटियों पर रहते हैं। सारांश यह कि यूरोप देश जहाँ तक फैला हुआ है वहाँ तक के सभी

लोग अर्थात् आधा विश्व उस सेना में शामिल है। यह कहना अत्यंत कठिन है कि कितने देशों का वह नाम ले गया, कितनी जातियों को वह गिन गया, प्रत्येक की जो विशेषताएँ थीं। उनका विशद वर्णन स्पष्टता के साथ उसने किया और सबका आधार वे पुस्तकें थीं जिन्हें उसने पढ़ा था।

सैंको गूँगे मदारी की भाँति विस्मय के साथ उसके इस विशद् और विचित्र वर्णन को चुपचाप सुनता रहा। बीच-बीच में वह अपने सिर को कभी इधर और कभी उधर उन वीर योद्धाओं को देखने की नियत से घुमाता रहा जिनकी चर्चा उसका स्वामी कर रहा था। जब उसे एक भी दिखाई नहीं दिया तब उसने अंत में कहा—'तब आप यह भी क्यों नहीं कहते कि वे बर्फ से ढँके हैं। आपने जिन दैत्याकार, विशाल वीरों की चर्चा की है, क्या मैं उनमें से एक को भी देख पाता हूँ? कौन कह सकता है, कहीं ये कल रात की तरह भूत, प्रेत और जादूगर ही न हों?'

डान क्विग्जोट—'क्या तुम्हें उनके घोड़ों की हिनहिनाहट, उनके बाजों की गड़गड़ाहट और उनकी ढालों की सड़सड़ाहट नहीं सुनाई देती?'

सैंको—'सेम के खेतों में सूअर की तरह मैं अपने कान ऊपर करता हूँ तो भी मुझे भेड़ों के मिमियाने के अलावा और कुछ सुनाई नहीं देता।'

सैंको यह बात सही कह रहा था, क्योंकि भेड़ों के दोनों झुण्ड उनके एकदम पास आ गए थे।

डान क्विग्जोट—'डर से तेरी इंद्रियाँ शिथिल हो गई हैं और देखने या सुनने में बाधा दे रही हैं। कोई हर्ज़ नहीं है। तुम किसी सुरक्षित स्थान में चले जाओ, तुम डर गए हो; क्योंकि जो दल मेरी सहायता लेना चाहेगा उस दल को विजय दिलाने में मैं अकेला समर्थ हूँ।'

इतना कहकर उसने अपना भाला सँभाला, रोजिनांटे को एड़ से ठोका और पहाड़ी से जिस तरह वज्र गिरता हो उसी तरह मैदान की ओर झपटा।

सैंको ने अपनी ताकत-भर चिल्लाकर कहा—'रुक जाइये और कृपा करके वापस आइए। आप क्या करने जा रहे हैं? मैं निश्चयपूर्वक कहता हूँ कि आप जिन पर वार करने जा रहे हैं वे निरीह भेड़ें हैं। मैं कहता हूँ कि वापस आइए। क्या आप पागल हो गए हैं? वहाँ कोई वीर, दैत्य, बिल्ली, अस्परगस बाग, या सुनहला स्थान अथवा जो कुछ आप कहते हैं, वह एक भी नहीं है। क्या आप पर भूत सवार है? आप सीढ़ी पर चढ़े बिना ही चहारदीवारी पर कूदने जा रहे हैं।

आप एकदम गलत काम कर रहे हैं। क्या मैं यही दिन देखने के लिए पैदा हुआ था।'

लेकिन डान क्विग्जोट ने अपने परिचारक की नेक सलाह पर कान तक नहीं दिया, बल्कि वह अपनी गर्जन से उसकी चिल्लाहट को दबाता हुआ, आगे घोड़ा बढ़ाता ही चला। उसने चिल्लाकर कहा, 'बहादुर वीरो, जो लोग अपने हथियारों को बाहस्कर पेंटापोलिन की तरह से नहीं लड़ सकते वे सब लोग साहस के साथ आगे बढ़ें और दुश्मन पर टूट पड़ें। सब मेरे पीछे-पीछे चले आएँ और देखें कि कितनी सरलता से मैं उस मूर्ति-पूजक प्रोबाना के अली फैनफरन से बदला लेता हूँ।'

इतना कहकर उसने ऐसी वीरता और दृढ़ता के साथ भेड़ के झुंड पर वार किया कि कई को घायल कर दिया। बाकी देखते-देखते भाग निकलीं। वह उन पर बार-बार प्रहार करता रहा। उसने अपने अनेक जानी दुश्मनों को मार डाला और धराशायी कर दिया। वे खून से लथपथ धरती पर छटपटाने और में-में करने लगीं।

भेड़िहारों ने इस तरह अपनी भेड़ों का नाश होते देखकर चिल्लाना शुरू किया। लेकिन अपने अनुनय-विनय का कोई असर होते न देखकर उन लोगों ने अपनी ढेल बांस को सँभाला और उस पर मुट्ठी भर-भरकर रोड़े बरसाने लगे। लेकिन इस दूरस्थ प्रहार की अवज्ञा करके उनके उस तरह रोड़ों को बरसाने के बावजूद भी वह तितर-बितर भेड़ों की तरफ दौड़ने लगा और सेनापति का मुकाबला करने के लिए अधीर वह मृत तथा ज़िंदी भेड़ों को भयानक रूप से रौंदने लगा। युद्ध तुरंत समाप्त हो गया।

उसने गरज-गरजकर कहना शुरू किया—'अरे घमंडी अली फैनफरन, तू कहाँ है? आ, सामने आ, और देख कि यह अकेला वीर योद्धा, जो हर एक की तलाश में रहता है, द्वंद्व-युद्ध में तेरी अतुल शक्ति का सामना करने के लिए तैयार है। तूने पेंटापोलिन से युद्ध छेड़कर बहुत बड़ा अन्याय किया है। तेरी इस उद्दंडता की सजा यह वीर योद्धा तुझे देना चाहता है।'

पत्थरों की वर्षा उसके कान के आस-पास हो रही थी। वह यह कह ही रहा था कि एक पत्थर आकर उसकी पसलियों में लगा और दो पसली उसके शरीर में सिकुड़ गईं। वीर योद्धा ने अपने को मृत या बुरी तरह घायल समझा। उसी समय उसे अपनी अमोघ औषधि की याद आ गई। उसने मटकी को बाहर किया और उसे मुँह में लगाया। लेकिन वह मुश्किल से दवा का एक घूँट ही पीने पाया था

कि पत्थर का एक टुकड़ा सनसनाता हुआ आया और उसने उसकी दवा को नष्ट कर दिया। उसके मटके, हाथ और दाँत को ऐसी चोट लगी कि मटका तो टूट ही गया, साथ ही उसका हाथ भी गया और चार दाँत बाहर निकल आए।

वे दोनों प्रहार इतने तीखे थे कि वीर योद्धा अपने घोड़े से गिरकर धरती सूँघने लगा और इस तरह मुर्दा प्रतीत हुआ मानो मार ही डाला गया हो। उसे मरा हुआ समझकर भेड़िहर बुरी तरह डर गए। उन्होंने अपनी भेड़ों को बटोरा, तो सात भेड़ें मरी थीं उन्हें लाद लिया और तेजी से वहाँ से दूर भागे। उन्होंने उस तरफ घूमकर देखा तक नहीं।

सैंको पहाड़ी पर खड़ा व्यथित हृदय से भेड़ों का यह संहार और अपने स्वामी का पागलपन देखता रहा। वहाँ खड़ा-खड़ा वह अपने पैर पटक रहा था और स्वामी को बुरी से बुरी गालियाँ दे रहा था। वह पागलों की तरह अपनी दाढ़ी नोचता रहा और उस घड़ी को कोसता रहा जब उससे उसका परिचय हुआ था। लेकिन उसे ज़मीन पर गिरा और बेहोश देखकर तथा भेड़िहरों को भागते देखकर उसे नीचे उतरने का साहस हुआ। उसने देखा उसका स्वामी बेहोश नहीं है। पर है बड़ी बुरी हालत में।

'मालिक, मेरी बात न मानने का यह फल है। मैंने आपसे कहा था कि यह सेना नहीं है, बल्कि भेड़ों का झुंड है।'

डान क्विग्जोट—'दोस्त सैंको, एक चीज़ को दूसरी चीज़ में बदल देना जादूगरों के बाएँ हाथ का खेल है। उस तरह उस शैतान जादूगर ने, जो मेरा जानी दुश्मन है, मुझे इस विषय में वंचित करने के लिए समूची सेना को भेड़ों में बदल दिया; जब उसने देखा कि विजय मेरे हाथ लगने वाली है। अगर तुम्हें विश्वास नहीं है तो तुम मेरी खातिर एक काम करो। मैं दावे के साथ कहता हूँ कि तुम देखोगे तो यह अपना पहला रूप धारण कर लेते हैं और तुम्हें वैसे ही प्रतीत होंगे जैसा मैंने कहा है। लेकिन ठहरो, तुरंत मत जाओ क्योंकि मुझे तुम्हारी मदद की ज़रूरत है। मेरे पास आकर देखो कि मेरे कितने दाँत कम हो गए हैं; क्योंकि मेरे जबड़ों और मसूढ़ों में जिस तरह का दर्द हो रहा है उससे मैं अनुमान करता हूँ कि मेरा पूरा मुँह ही भुरता हो गया है।'

इतना कहकर वीर योद्धा ने अपना मुँह पूरी तरह खोल दिया और परिचारक उसके गाल से अपनी नाक सटाकर उसके दाँतों को गिनने लगा; लेकिन उसी क्षण दवा का जो अंश डान क्विग्जोट के पेट में ऊधम मचा रहा था, हिचकी के साथ इतनी तेजी से बाहर आया कि जितनी तेजी से बंदूक की बारूद उड़ती है।

उसके पेट में जो कुछ था सब बाहर निकलकर गरीब परिचारक की दाढ़ी, चेहरे, आँख और मुँह में आ पड़ा।

सैंको ने चिल्लाकर कहा—'सांटामेरि! अब मेरा क्या होगा? मेरे स्वामी तो मर रहे हैं! वे खून उगल रहे हैं।' लेकिन उसने इतना कहा ही था कि मुँह से बाहर निकले पदार्थ के रंग, स्वाद और महक ने उसका भ्रम दूर कर दिया। उसे यह ज्ञात होते ही कि यह उसके स्वामी की घृणित कै है, उसे जोरों की उबकाई आई। वह अपना सिर घुमा ही रहा था कि उसके पेट में जो कुछ था उसे उसने अपने मालिक के चेहरे पर डाल दिया और जिस हालत में वह खुद था उसी हालत में अपने मालिक को कर दिया। जिस हालत में वह स्वयं था उसी हालत में अपने मालिक को बनाकर सैंको, आधे अंधे की हालत में अपने गधे की तरफ दौड़ा ताकि कोई चीज़ लाकर वह अपना और अपने मालिक का शरीर पोंछकर साफ करे। लेकिन जब वह अपने झोले की तलाश करने लगा तो उसे लापता पाया उस समय तक उसे यह याद नहीं था कि झोला वह सराय में ही छोड़ आया है। वह क्रोध से पागल हो गया। उसने तूफान खड़ा कर दिया, अपने पैर पीटने लगा और अपने मालिक को पहले से अधिक गालियाँ देने लगा। अपने मालिक को जहन्नुम में जाने के लिए अकेले छोड़कर घर वापस जाने की बात भी सोचने लगा, यद्यपि उसे तनख़्वाह से हाथ धोने का डर था और किसी टापू का शासक होने की आशा पर पानी फिर जाने का भी डर था।

इस पर डान क्विग्जोट बड़ी कठिनाई से उठा और इस डर से कि कहीं उसके शेष ढीले पड़े दाँत निकलकर न गिर पड़ें उसने अपने बाएँ हाथ से मुँह को बंद किया और दाहिना हाथ रोजिनांटे की रास पर रखा (क्योंकि वह जानवर बेचारा इतना सुशील था कि वह अपने मालिक के पास से एक इंच भी नहीं हटा था) तब वह रेंगकर अपने परिचारक सैंको के पास गया जो हथेली से मुँह बंद करके बड़ी उदासी की हालत में अपने गधे के चारजामे पर झुका हुआ खड़ा था। उसे उस तरह विपण्ण देखकर उसने कहा, 'मित्र सैंको, मेरी बात सुनो, अगर कोई आदमी वही सब करता है जो साधारण जन करते हैं तो वह दूसरों से किसी तरह बढ़कर नहीं है। ये सब उपद्रव और तूफान आने वाली शांति के अग्रदूत हैं। हम लोगों ने अब तक जो झेला है उसके बाद अच्छी सफलता हम लोगों को मिलेगी। सौभाग्य और दुर्भाग्य की अपनी-अपनी दशाएँ होती हैं और यह स्थिर सिद्धांत है कि घोर-से-घोर विपत्ति भी अंतकाल तक नहीं रहती। इसलिए अपने भाग्य में त्वरित परिवर्तन की हम लोगों को शीघ्र आशा करनी चाहिए। क्योंकि हम लोगों

के दुर्भाग्य अपनी सीमा की परिधि लाँघ गए हैं। तुम्हें खासकर अपने दुर्भाग्य के लिए नहीं रोना चाहिए; क्योंकि दुर्भाग्य तो तुम्हारे पल्ले पड़ा नहीं, तुम्हें तो दोस्ती और मानवता के नाते कुछ कष्ट भोगना पड़ा।'

सैंको–'आप यह कैसे कह सकते हैं कि उनमें मेरा कोई हिस्सा नहीं रहा है? क्या आज सवेरे अपने ही बाप के बेटे को मुझे ही कंबल में लपेटकर नहीं उछाला गया? और क्या वह झोला और उसमें जो सब चीज़ें थीं वे मेरी ही माँ के पुत्र की, मेरी, नहीं थीं?'

डान क्विग्जोट–'तुम्हारा झोला किस तरह गायब हो गया?'

सैंको–'मैं नहीं जानता कि वह खो गया या नहीं, लेकिन इतना तो निश्चय है कि मैं नहीं कह सकता कि उसका क्या हुआ?'

डान क्विग्जोट–'तब तो आज हम लोगों को उपवास करना पड़ेगा।'

सैंको–'भूखे तो रहना ही पड़ेगा यदि आप उन कंद-मूलों को नहीं बटोरते जिनकी जानकारी आपको है, जिनकी चर्चा आप किया करते हैं और जो संकट के काल में आपके समान अभागे वीर योद्धाओं के प्राणों की रक्षा के साधन होते हैं।'

डान क्विग्जोट–'इस समय तो डायस्कोराइड की वनस्पतियों और डॉक्टर लगुना के निघंटु की जड़ी-बूटियों की अपेक्षा मुझे रोटी और मछली की दो मूडियों की ज्यादा ज़रूरत है। इसलिए दोस्त सैंको, तुम अपने गधे पर सवार होकर एक बार पुनः मेरे साथ चलो। संसार के सभी जीवों पर दया दिखने वाला दयामय भगवान इस बार हम लोगों को धोखा नहीं देगा–खासकर इसलिए कि हम लोगों का उद्देश्य उसी की सेवा है। वह हवा में उड़ने वाले कीट-पतंगों, धरती के नीचे के नन्हे कीड़ों और पानी में तैरने वाले जीवों को भोजन देता है। वह इतना दयालु है कि उसके सूर्य पापी और पुण्यात्मा को समान रूप से धूप और प्रकाश देते हैं तथा बादल सज्जन और दुष्ट को पानी देते हैं।'

सैंको ने बाधा देते हुए कहा–'बहुत शब्दों से मटका नहीं भर सकता। मैं अपनी सौगंध खाकर कहता हूँ कि आप वीर योद्धा की अपेक्षा उपदेशक अच्छे हो सकते थे।'

डान क्विग्जोट–'वीर योद्धाओं को सभी चीज़ों की जानकारी होनी चाहिए। पुराने जमाने में ऐसे अनेक वीर योद्धा हुए हैं जो सेना का संचालन करते हुए ऐसी ओजस्वी भाषा में उपदेश दे गए मानो उन्होंने पेरिस विश्वविद्यालय से

उपाधि ग्रहण की हो। इससे हम लोग इस निष्कर्ष पर पहुँच सकते हैं कि न तो भाले ने कभी कमल को कुंठित किया, न कमल ने भाले को।'

सैंको ने कहा—'अच्छी बात है, और एक बार आपके कहने के अनुसार काम करें। हम लोगों को यह मनहूस स्थान छोड़कर कहीं ऐसी जगह चलना चाहिए जहाँ केवल कंबल उछालने वाले, भूत-प्रेत, जादूगर मूर नहीं हों। क्योंकि पहले की तरह इस बार भी मेरी दुर्दशा हुई तो मैं धर्म की शपथ खाकर कहता हूँ कि मैं इस पेशे को जहन्नुम के हवाले कर दूँगा।'

डान क्विग्जोट—'सब कुछ भगवान के भरोसे छोड़ दो और जो राह तुम्हें पसंद हो वह पकड़ो; क्योंकि इस बार कहाँ ठहरा जाएगा, यह मैं तुम पर ही छोड़े देता हूँ लेकिन जरा मेरे ऊपर के जबड़े को देखो कि वहाँ से कितने दाँत गायब हो गए हैं। उस जगह पर भयानक दर्द है।'

उसकी बात पर सैंको ने उसके मुँह में अँगुली डालकर टटोला और कहा, 'यह तो बताइए कि उस तरफ आपके कितने चबाने के दाँत थे?'

डान क्विग्जोट—'आँख-दंत को छोड़कर चार और थे, पाँचों पुष्ट और मजबूत थे। सैंको, मगर उधर पाँच तो नहीं चार अवश्य ही थे, पर न तो मैंने कभी दाँत ही उखड़वाए हैं, न टूटकर गिरे हैं, न कीड़ों ने ही खाये हैं; और न किसी रोग के शिकार हुए हैं।'

सैंको—'लेकिन आपके इस तरफ के ऊपर के जबड़े में तो केवल दो चबाने के दाँत और एक ठूँठ-मात्र है, और इस तरफ के ऊपर के जबड़े में न तो कोई चबाने का दाँत है और न ठूँठ। वहाँ तो हथेली की तरह सब कुछ चिकना और सपाट है।'

वीर योद्धा ने कहा—'हतभाग्य डान क्विग्जोट! तलवार वाला हाथ न होता तो मैं एक हाथ खो देना पसंद करता; क्योंकि बिना दाँत मुँह तो बिना चक्की के मिल के समान है। हर एक दाँत की कीमत हीरे से भी अधिक। पर हाँ, जो वीर-कर्म का पेशा अपनाते हैं उन पर इस तरह की विपत्तियाँ आती ही हैं। चूँकि इस क्षति की पूर्ति नहीं हो सकती इसलिए तुम गधे पर सवार होकर कोई रास्ता पकड़ो और मैं तुम्हारा अनुसरण करूँगा।' सैंको ने उसके आदेश का पालन किया और उसी सड़क से आगे बढ़ा। वह सड़क चलने योग्य थी। इससे शीघ्र ही ठहरने की जगह मिल जाने की संभावना थी। इस तरह वे लोग धीरे-धीरे आगे बढ़े; क्योंकि डान क्विग्जोट का दाँतों और पसलियों का दर्द तेजी से चलने में बाधक

हो रहा था। उसके चंचल विचारों को भुलाने के लिए सैंको ने इधर-उधर की बातों से उसका मन बहलाने का निश्चय किया।

5. अपने मालिक के साथ सैंको की बातचीत: लाश तथा अन्य घटनाएँ

सैंको ने कहा—'मेरी समझ में आता है कि इधर हम लोगों पर जो आफ़त आई, उसका एकमात्र कारण यही है कि वीर-धर्म के संप्रदाय के प्रति आपने पाप किया है, क्योंकि आपने जो सौगंध खायी थी उसका आपने पालन नहीं किया। आपने सौगंध खायी थी कि जब तक आपको उस भूत मेलाण्ड्रिनो की ढाल नहीं मिल जाएगी तब तक आप किसी मकान में भोजन नहीं करेंगे, अपनी रानी के साथ मनोरंजन नहीं करेंगे तथा इसी तरह के अन्य अनेक कार्यों को न करने की सौगंध खायी थी।'

डान क्विग्जोट—'तुम ठीक कह रहे हो, सैंको। सच बात तो यह है कि उस प्रतिज्ञा को मैं एकदम भूल गया। तुमने भी मुझे याद नहीं कराया, उसी का फल था कि तुम्हें कंबल में लपेटकर उछाला गया। अब मैं उसका उचित प्रायश्चित्त करूँगा, क्योंकि वीर-धर्म में इसके अनेक उपाय हैं।'

सैंको—'मैंने तो कभी नहीं कहा था कि मैं आपको सौगंध की याद दिलाऊँगा।'

डान क्विग्जोट—'तुमने वचन दिया था या नहीं, यह कोई महत्त्वपूर्ण बात नहीं है। इतना तो पर्याप्त है कि मेरे वचन-भंग के मामले में तुम्हारा हाथ साफ नहीं है। इसलिए और उपद्रव को रोकने के लिए उपचार कर डालना बुरा नहीं होगा।'

सैंको—'जिस तरह आप अपनी सौगंध को भूल गए, उसी तरह इस प्रायश्चित की बात भी न भूल जाइएगा; नहीं तो वे भूत-प्रेत आकर मुझे पुनः पटकनियाँ देने लगेंगे और घोर पापी होने के कारण आपकी भी दुर्दशा होगी।'

उन लोगों को पता भी नहीं चला कि किसी विश्राम के स्थान तक पहुँचने के पहले ही अँधेरा हो गया। यह और भी खराब हुआ; क्योंकि दुर्भाग्यवश सैंको का झोला सराय में ही छूट गया था। इससे दोनों भूख और प्यास से व्याकुल थे। उनकी इस विपत्ति को घनीभूत करने के लिए एक घटना भी हो गई या ऐसी बात हो गई जिसे दुर्घटना कह सकते हैं।

रात के अंधकार से आवृत्त हमारे दोनों यात्री उदास मन से आगे बढ़ रहे थे। वीर योद्धा भूख से व्याकुल और परिचारक क्रोध से गरम। उन दोनों ने देखा कि अनेक मशालें उनकी तरफ बढ़ती चली आ रही हैं जो कतिपय भ्रमणशील नक्षत्रों

की तरह प्रतीत होती थीं। इस विचित्र अवस्था को देखकर सैंको का दिल बैठ गया और डान क्विग्जोट को भी कम अचंभा नहीं हुआ। तुरंत ही एक ने अपने गधे की रस्सी और दूसरे ने अपने घोड़े की लगाम खींची। दोनों रुक गए। उन लोगों ने देखा कि वे मशालें उन्हीं की तरफ आ रही थीं। वे जितनी पास आती जाती थीं उतनी ही बड़ी दीखती थीं। इस भोषण आश्चर्यजनक चीज़ को देखकर सैंको का दिल दहल गया और उसका हर एक जोड़ इस तरह काँपने लगा मानो उसे मिरगी रोग हो गया हो। डान क्विग्जोट के भी रोएँ खड़े हो गए। तो भी उसके दिल पर जो असर पड़ रहा था उसे बड़ी बहादुरी से झटकाकर उसने सैंको से कहा, 'यह बहुत बड़ा खतरनाक साहसिक काम मालूम होता है। इसमें मुझे अपनी शक्ति और साहस लगा देना होगा।'

सैंको—'मुझे तो आशंका हो रही है कि यदि कहीं यह भी भूतों का ही आक्रमण हुआ तो इसे बर्दाश्त करने के लिए मेरे पास पसलियाँ कहाँ हैं?'

डान क्विग्जोट—'डरो नहीं, यदि नरक के सभी शैतान जुटकर आक्रमण करें तो भी मैं तुम्हारा एक भी बाल बाँका नहीं होने दूँगा। उस बार उन लोगों ने तुम्हें जो तंग किया उसका कारण हमारे और तुम्हारे बीच में दीवार का व्यवधान था, जिस पर मैं नहीं चढ़ सका। लेकिन अब हम लोग खुले मैदान में हैं। यहाँ मैं अपनी तलवार का उपयोग स्वतंत्रतापूर्वक कर सकूँगा।'

सैंको—'आप ये सब बातें कह भले ही लें, लेकिन पहले की भाँति यदि उन सबने आप पर जादू कर दिया तो खुले मैदान में रहने पर भी क्या लाभ होगा?'

डान क्विग्जोट—'इस तरह भयभीत मत हो। यह घटना मेरी शक्ति की महत्ता तुम पर प्रकट कर देगी।'

सैंको—'भगवान ऐसा ही करे। मुझसे जो कुछ हो सकेगा, करूँगा।'

इतना कहकर वे लोग रास्ते से थोड़ा हट गए और रोशनी की ओर गौर से देखने पर उन लोगों को सफेद पोशाक में अनेक व्यक्ति जान पड़े। इस भयानक दृश्य से गरीब सैंको का रहा-सहा साहस भी जाता रहा और उसके दाँत इस तरह कटकटाने लगे मानो उसमें भय से पीड़ा हो रही हो और वह दृश्य ज्यों-ज्यों पास आने लगा त्यों-त्यों उसके दाँतों की कटकटाहट बढ़ती गई।

अब वे स्पष्ट देख सके कि सफेद पोशाक में हाथ में मशाल लिए आगे-आगे बीस घुड़सवार हैं, उनके पीछे काले कपड़े से ढँका हुआ ताबूत और छः आदमी हैं, जो मातम में हैं। उनके खच्चर भी अपादमस्तक काले कपड़े से ढँके थे। सफेद पोशाक वाले मंद गति से आगे बढ़ रहे थे और करुणामिश्रित वाणी में कुछ धीरे-

धीरे पढ़ रहे थे। रात के इस प्रहर में ऐसे एकांत स्थान में इस तरह के भयानक हाल को देखकर सैंको-जैसे परिचारक के साहस के जहाज के टुकड़े-टुकड़े हो जाना स्वाभाविक था और यदि डान क्विग्जोट के अतिरिक्त कोई दूसरा वीर योद्धा होता तो वह भी साहस खो बैठता। लेकिन वीर-कर्म की पुस्तकों में उसने जैसा पढ़ा था उसके अनुसार उसे साहसिक कर्म करने का उत्तम अवसर मिल गया; क्योंकि उसकी कल्पना ने ताबूत को ऐसी टिकटी में बदल दिया जिसमें कोई सख्त घायल या मृत सैनिक ले जाया जा रहा हो और जिसके दुर्भाग्य का बदला लेने का भार इसके मजबूत कंधों पर आ पड़ा हो। बिना किसी संकोच के उसने अपना भाला कसकर पकड़ा और घोड़े की पीठ पर मज़बूती से बैठकर बीच सड़क में जा खड़ा हुआ; जहाँ से वे लोग गुज़रने वाले थे। ज्यों ही वे लोग निकट आए उसने दंभ-भरे स्वर में कहा, 'तुम लोग चाहे जो भी हो, मुझे बतलाना पड़ेगा कि तुम लोग कौन हो, कहाँ से आ रहे हो, कहाँ जाओगे और उस टिकटी में क्या है? क्योंकि यह मनन के लिए पर्याप्त कारण है कि या तो तुम लोगों ने किसी को क्षति पहुँचाई है या किसी ने तुम्हें क्षति पहुँचाई है। मुझसे सही बातें कह देना आवश्यक है। यदि तुम लोगों ने किसी को क्षति पहुँचाई है तो मैं तुम लोगों को सजा दूँगा और यदि किसी ने तुम लोगों को क्षति पहुँचाई तो उससे बदला लूँगा।'

सफेद पोशाक वालों में से एक ने कहा—'महाशय, हम लोग जल्दी में हैं। यहाँ से सराय दूर है और इतने प्रश्नों का उत्तर देने के लिए हम लोग रुक नहीं सकते।'

इतना कहकर उन लोगों ने अपने खच्चरों को तेज किया और आगे बढ़े। लेकिन डान क्विग्जोट को इस उत्तर से घोर असंतोष हुआ। उसने खच्चर की डोरी पकड़ ली और उसे रोककर कहा, 'दंभी और असभ्य वीर योद्धा, रुको, अपने व्यवहार के लिए क्षमा माँगो और मैंने जो सवाल किए हैं, उनका तुरंत उत्तर दो, अन्यथा मेरे साथ तुम लोगों को द्वंद्व-युद्ध करना होगा।'

वह खच्चर अड़ियल और भड़कने वाला था। इस तरह अचानक लगाम थाम लिए जाने के कारण वह भड़का और पिछले दोनों पैरों के बल खड़ा हो गया। उसका परिणाम यह हुआ कि उसका सवार धरती पर गिर गया। यह देखकर उस जमात का एक नौकर डान क्विग्जोट को गालियाँ देने लगा। इससे उसे क्रोध हो आया। उन सबसे बदला लेने का पक्का इरादा करके वह उस दूसरे पर झपटा, जो उसके सामने पड़ा। यह बेचारा शोक करने वालों में था। इसे उसने घायल करके ज़मीन पर पटक दिया। इसके बाद वह बाकी सब पर इतनी फुर्ती के साथ

झपटा कि सब-के-सब भाग गए। रोजिनांटे की उस समय की तेजी देखकर यही कहा जा सकता था कि उसके पर निकल आए हैं।

निशस्त्र लोगों का ऐसे शत्रु के मुकाबले ठहर सकना संभव नहीं था। इसलिए यदि सफेद पोशाक वाले लोग भाग गए तो कोई अचरज की बात नहीं। मशाल हाथ में लिए मैदान छोड़कर कोई इधर भागा और कोई उधर। उस समय उन्हें देखकर यही कहा जा सकता था कि वे खिलाड़ी वेशधारी हैं जो इस आनंद की रात में कौतुक-क्रीड़ा कर रहे थे और वे शोक करने वाले, वे बेचारे अपने लंबे लबादों में इस तरह ओकरा गए थे कि न तो वे अपने दल को ही सँभाल सकते थे और न ही अपनी रक्षा कर सकते थे। वे भी आक्रमण होने पर भाग गए, क्योंकि उन्होंने समझा कि यह आदमी का काम नहीं हो सकता। यह अवश्य ही शैतान होगा जो इस लाश को लेने आया है, जिसे वे लोग कब्र में लिए जा रहे थे।

इधर सैंको अपने मालिक की वीरता को देखकर विस्मय और आश्चर्य के साथ उसकी प्रशंसा में पग रहा था। उसके मन में इस बात का पक्का विश्वास हो गया कि सचमुच उसका मालिक असाधारण वीर है, जैसा कि वह अपने को कहा करता था।

इसके बाद वीर योद्धा महाशय ने उस मशाल को उठा लिया, जो धरती पर पड़ी जल रही थी और उस आदमी को देखा, जो अपने खच्चर से गिरकर कहीं पास ही पड़ा था। वे उसके पास अपना घोड़ा ले गए और उसकी गर्दन पर अपने भाले की नोंक सटाकर बोले, 'आत्म-समर्पण करो और जीवन की भिक्षा माँगो, नहीं तो तुम्हें मरना होगा।'

वह—'मुझे आत्म-समर्पण के लिए क्या कहते हैं। मैं तो हिल-डुल भी नहीं सकता; क्योंकि मेरा एक पैर टूट गया है। मैं आपसे निवेदन करता हूँ कि अगर आप ईसाई हैं तो मुझे जान से न मारें। मैं कलाधिपति (एम.ए.) हूँ और पादरी-संप्रदाय में हूँ। मेरे जीवन का अंत करना बहुत घृणित पाप होगा।'

डान क्विग्जोट—'अगर तुम पादरी हो तो इस राह से तुम क्यों आए?'

प्रार्थी ने कहा—'दुर्भाग्य के सिवा और क्या कह सकता हूँ?'

डान क्विग्जोट—'अगर तुम इसी क्षण मेरे सभी प्रश्नों का विस्तृत उत्तर नहीं देते हो तो इससे भी बड़ी दुर्गति तुम्हारी प्रतीक्षा कर रही है।'

प्रार्थी—'जी, मैं सभी प्रश्नों का उत्तर दूँगा। सबसे पहले तो मैं आपसे इसलिए क्षमा चाहता हूँ कि मैं कलाधिपति हूँ। मैंने केवल कला-स्नातक की उपाधि अभी

तक प्राप्त की है। मेरा नाम अलोंस्ते लोवेज है, मैं अल्कोतेंडस का रहने वाला हूँ। संप्रति मैं उन अन्य ग्यारह पादरियों के साथ, जो मशाल के साथ भाग गए हैं, बीसा नगर से आया हूँ। हम लोग बीसा के एक सज्जन को दफ़नाने लेगोविया जा रहे थे, जो बीसा में मरे थे, और जिनकी लाश सामने ताबूत में पड़ी है।'

डान क्विग्जोट—'उसे किसने मार डाला?'

प्रार्थी ने कहा—'भगवान ने संक्रामक बीमारी भेजकर मार डाला।'

डान क्विग्जोट—'अगर ऐसी बात है तो उसकी मृत्यु का बदला लेने की जिम्मेदारी से मैं बरी हो गया। जब भगवान ने ही यह काम किया, तब कुछ नहीं कहना है, अगर उनकी खुशी होती तो वह मुझे भी उठा लेते। मुझे भी उनकी आज्ञा माननी पड़ती। आदरणीय महोदय, मैं आपको बतला देना चाहता हूँ कि मैं ला मांचा का वीर योद्धा हूँ। मेरा नाम डान क्विग्जोट है। साहसिक कामों के लिए संसार-भर में घूमना ही मेरा पेशा है, ताकि मैं निर्बल व्यक्तियों की रक्षा करूँ और ज़ालिमों को सज़ा दूँ।'

पादरी—'जी हाँ, ठीक है। लेकिन मेरी समझ में नहीं आता कि निरीह व्यक्तियों का पैर तोड़कर आप इसे उनकी रक्षा करना कैसे कह सकते हैं! जो पहले सीधा और ठीक था उसे आपने टेढ़ा बना दिया और भगवान ही जानता है कि इस ज़िंदगी में वह ठीक हो सकेगा या नहीं, उत्पीड़ितों की सहायता करने के बदले आपने मुझे ऐसा उत्पीड़ित किया है जिसकी पूर्ति नहीं हो सकती। साहसिक कामों की खोज में आपने मुझे बहुत बड़ी असाहसकिता का शिकार बनाया है।'

डान क्विग्जोट—'स्नातक महोदय, हर चीज़ का परिणाम सदा अच्छा ही नहीं होता। आपको ऐसी सुनसान रात में इस निर्जन प्रदेश में सफेद कपड़ा पहनकर काली पोशाक से शरीर ढँककर और हाथ में मशाल लेकर उन भूत-प्रेतों की तरह जलूस बनाकर नहीं चलना चाहिए था, जो लोगों को डराकर खुश होने के लिए इधर-उधर चक्कर लगाया करते हैं। क्योंकि मैं तो अपने पेशे के कर्तव्य-पालन से विमुख नहीं हो सकता था, और यद्यपि तुम लोग लूसिफर की नारकीय जमात हो तो भी मैं तुम पर आक्रमण करने से बाज नहीं आ सकता था; क्योंकि मैंने तुम लोगों को वही समझा और इस समय तक तुम लोगों के बारे में मेरा कोई अच्छा ख़याल नहीं है।'

स्नातक ने कहा—'चूँकि मेरे दुर्भाग्य का यह फल है, आप वीर योद्धा हैं, आपने मेरी इतनी बुरी हालत कर दी है, इसलिए मैं आपसे प्रार्थना करता हूँ कि

मुझे खच्चर के नीचे से निकाल लें, वह मेरे ऊपर इस तरह से लदा पड़ा है कि मैं रकाब से अपना पैर तक नहीं निकाल सकता।'

डान क्विग्जोट—'तुमने अपने कष्ट की बात पहले ही मुझसे क्यों नहीं कही? बिना इसके यदि मैं रात-भर तुमसे बातें करता रहता तो भी मेरा ध्यान उधर न जाता।'

इतना कहकर उसने सैंको को पुकारा। सैंको ने आने में किसी तरह की जल्दी या उत्सुकता नहीं प्रकट की; क्योंकि पादरी लोग लदुआ खच्चर पर भोजन की भरी सामग्री लादकर ले जा रहे थे और उनमें से अच्छे-अच्छे पदार्थों की ढूँढ़कर हस्तगत करने के काम में वह व्यस्त था। उसने अपना कोट ज़मीन पर फैला दिया था और जितनी सामग्री उसमें अँट सकती थी, उतनी सामग्री रखकर उसने उसे थैले की तरह बाँधा और उस गट्ठर को अपने गधे पर रख दिया। इतना कर चुकने के बाद वह अपने स्वामी के पास दौड़कर गया और दोनों ने मिलकर उस स्नातक को खच्चर पर चढ़ाया। उसके हाथ में नशाल थमाकर डान क्विग्जोट ने कहा—'अब तुम अपने साथियों के पास जा सकते हो। मेरी ग़लती माफ करना। यद्यपि सभी बातों के विचारने पर मैं इस नतीजे पर पहुँचा हूँ कि मैंने जो कुछ किया है उसे मैं रोक नहीं सकता था।'

सैंको—'यदि वे लोग पूछें कि जिसने आप लोगों की इस तरह की फज़ीहत की, वह कौन था तो आप उनसे कह सकते हैं कि वह प्रसिद्ध डान क्विग्जोट डेला मांचा थे, जिन्हें मनहूस आकृति का वीर योद्धा भी कहते हैं।'

स्नातक के चले जाने के बाद डान क्विग्जोट ने सैंको से पूछा—'तुमने मुझे मनहूस आकृति का वीर योद्धा क्यों कहा है?'

सैंको—'मैं इसका कारण आपको बतलाता हूँ। उस अभागे पादरी की मशाल की रोशनी में मैं आपको देर से ग़ौर से देख रहा था। मैं ज़ोर देकर कह सकता हूँ कि अपनी ज़िंदगी में मैंने इससे बढ़कर मनहूस सूरत नहीं देखी। मैं इसका कारण नहीं बतला सकता। संभव है इस संघर्ष की थकान से अथवा दाँतों के न रहने के कारण आपकी आकृति वैसी प्रतीत हुई हो।'

डान क्विग्जोट—'इनमें से एक भी कारण नहीं है। मैं अनुमान करता हूँ कि जिस संत को मेरी सफलताओं के लिखने का काम भगवान ने सौंपा है, उसकी इच्छा है कि पुराने युग के वीर योद्धाओं की तरह मैं भी नया उपनाम ग्रहण करूँ; क्योंकि एक का नाम था आग उगलने वाली तलवार का वीर योद्धा, दूसरे का नाम था मौत का वीर योद्धा। इन्हीं उपनामों की विशेषता से वे भूमंडल में

विख्यात थे। निश्चय ही मेरे इतिवृत्तों के लेखक, उसी संत ने तुम्हें प्रेरित किया है कि तुम मुझे 'मनहूस आकृति वाले वीर योद्धा' की अतिरिक्त उपाधि से विभूषित करो। इसलिए मैं इस उपाधि को धारण करता हूँ और आज से मैं इसी उपनाम से सरनाम होऊँगा। यह भी उपयुक्त ही होगा कि प्रथम अवसर मिलते ही मैं अपनी ढाल पर अत्यंत मनहूस सूरत अंकित करवा लूँ।'

सैंको—'आप मनहूस आकृति अंकित कराने के लिए रुपया खर्च करेंगे। अपना ही चेहरा प्रकट कराने के अतिरिक्त आपको कुछ नहीं करना होगा। लोग कह सकते हैं कि मैं मज़ाक़ करता हूँ, पर चाहे दाँतों के अभाव के कारण हो अथवा भूख के कारण हो, आप इतने विचित्र और मनहूस दिखाई देते हैं कोई भी चित्रकार आपकी आकृति के सिवाय कोई अन्य आकृति आपके उद्‌देश्य की पूर्ति के लिए अंकित नहीं करेगा।'

सैंको की इस विनोदपूर्ण उक्ति से उसके मालिक के गंभीर चेहरे पर हँसी दौड़ आई। फिर भी उस नाम को ग्रहण करके ढाल पर अपनी आकृति अंकित कराने के इरादे पर वह दृढ़ रहा। उसकी अंतर-चेतना ने उसके विचारों को इस तरह चंचल कर दिया कि क्षण-भर चुप रहने के बाद ही वह बोल उठा—'सैंको, पादरी-संप्रदाय के एक व्यक्ति पर हाथ छोड़ने के अपराध में मैं संप्रदाय से निकाला जा सकता हूँ। लेकिन मैं अच्छी तरह विचार करके देखता हूँ तो कह सकता हूँ कि मैंने उसे हाथ से नहीं भाले से छुआ था। इसके अलावा मेरे मन में लेश-मात्र भी यह संदेह नहीं था कि मैं किसी पादरी का सामना कर रहा हूँ। क्योंकि सच्चे ईसाई की भाँति मैं उन्हें आदर और श्रद्धा से देखता हूँ, मैंने तो उन्हें दुष्ट जन या भूत-प्रेत समझा था। खैर, जो होना हो हो; क्योंकि मुझे याद है कि जब पोप के सामने ही लिड रूई-डायस ने किसी राजा के राजदूत की कुर्सी को टुकड़े-टुकड़े कर दिया था तब उस पर क्या-क्या बीती थी। वह संप्रदाय से निकाल दिया गया था; तो भी उस दिन उसने जिस वीरता और आत्माभिमान का परिचय दिया उसमें यह बात बाधक नहीं सिद्ध हो सकी।'

इतना कहकर डान क्विग्जोट ताबूत के पास आकर यह देखना चाहता था कि क्या उसमें केवल मृत शरीर ही है? लेकिन सैंको ने उसे ऐसा नहीं करने दिया। उसने कहा—'आपने संप्रति असीम वीरता का परिचय दिया है और बिलकुल विजयी हुए हैं, कहीं ऐसा न हो कि वे लोग जो दूर भाग गए हैं, यह सोचने लगें कि कितने शर्म की बात है कि एक आदमी ने इतने लोगों को अकेले मार भगाया और साहस ग्रहण करके लौट आएँ, और अचानक हम लोगों पर टूट

पड़ें। तब तो हम लोग भारी झंझट में पड़ जाएँगे। गधे की हालत अच्छी है, यहाँ से थोड़ी दूर पर पहाड़ी है, और हम लोगों के पेट धँसकर कठौता हो गए हैं। इसलिए हम लोगों को संकट से दूर हट जाना चाहिए; ताकि हम लोगों की परछाईं भी कोई न पा सके और हम लोग उस कहावत को चरितार्थ समझें कि मुर्दों को कब्र में और ज़िंदों को रोटी पर जाना चाहिए।'

इतना कहकर उसने अपने गधे को रेंगा दिया। उसके मालिक ने भी उसकी बात को उचित समझकर बिना उत्तर दिए उसका अनुसरण किया।

थोड़ी दूर चलने के बाद वे एक घाटी में पहुँचे, जो दो पहाड़ों के बीच में थी। वे लोग वहाँ उतर पड़े। सैंको ने घास पर अपना कोट फैला दिया जिसमें उसने भोजन सामग्री बाँध रखी थी। हमारे दोनों यात्री उस पर टूट पड़े। भूख की ज्वाला से उनका पेट जल रहा था; इसलिए उन लोगों ने सुबह के जलपान से लेकर रात के भोज तक की पूर्ति एक ही बार कर डाली। पादरियों ने अपने भोजन के लिए जो विविध प्रकार का गोश्त साथ रख लिया था उसका उन्होंने खूब भोग लगाया। उससे उत्तम भोजन वहाँ उन्हें उपलब्ध भी नहीं हो सकता था। अपने संप्रदाय के अन्य लोगों की भाँति ये पादरी भी पेटू थे, उन्हें अपने पेट की सबसे अधिक चिंता थी और वे यह अच्छी तरह जानते थे कि उनके लिए किस तरह का पदार्थ रुचिकर होगा।

लेकिन इसके साथ ही उन्होंने बहुत बड़ी विपत्ति का अनुभव किया। ऐसी विपत्ति शायद उन पर कभी नहीं पड़ी थी। उन्होंने देखा कि न तो उनके पास एक बूँद पानी है, और न शराब; जिससे वे गोश्त को गले से नीचे उतारें और अपनी प्यास बुझाएँ। भूख से उन्हें इतनी व्यथा नहीं हुई थी, उससे अधिक उन्हें इस कारण होने लगी। सैंको के मन में यह बात आई कि वे लोग जिस जगह पर हैं वहाँ की घास ताजी और हरी है। इसलिए उसने अपने मालिक से जो कुछ कहा वह अगले प्रकरण में है।

6. डान क्विग्जोट का असाधारण अभियान

सैंको का गला प्यास से घुट रहा था, बोला—'यहाँ की घास इतनी ज़्यादा हरी है कि आसपास कहीं सोता या झरना अवश्य हम लोगों को मिलेगा। इसलिए हम लोगों को खोजना चाहिए और प्यास बुझानी चाहिए। भूख से पेट जितना जल रहा था उससे दस गुना वह गले को जला रही है।'

इस पर डान क्विग्जोट ने रोजिनांटे की रास पकड़ी, और जो भोजन की सामग्री बची रह गई थी उसे ठिकाने से रखकर सैंको ने अपने गधे का पट्टा पकड़ा और अनुमान से इधर-उधर खोज करने लगे। अँधेरा इतना घना था कि हाथ को हाथ नहीं दिखाई देता था। वे थोड़ी दूर गए होंगे कि उन्हें जल-प्रपात की आवाज़ सुनाई दी। यह आवाज़ उनके लिए सबसे अधिक सुखद चीज़ थी। वे लोग कान लगाकर सुनने लगे कि किस दिशा से यह सुखद आवाज़ आ रही है। उसी समय उनके कान में एक और आवाज़ आई। इसने प्यास बुझाने के सारे सुख पर पानी फेर दिया—खासकर सैंको के लिए; क्योंकि वह अत्यंत डरपोक और साहसहीन था। उन्हें किसी चीज़ के अनवरत खूब जोर से पीटे जाने और लोहे तथा ज़ंजीरों की भयानक कड़कड़ाहट की आवाज़ सुनाई दी। यह कोलाहल पानी के गरजन में मिलकर डान क्विग्जोट के अतिरिक्त किसी के भी दिल को दहला सकता था। इसमें रात का अंधकार और निर्जन तथा अपरिचित स्थान की नीरवता को, और उन विशाल पेड़ों की पत्तियों की खड़खड़ाहट को जोड़ दीजिए, जिसके नीचे नियति इस मनहूस समय में उनको ले आई थी। हवा का तीव्र वेग, जिसकी ध्वनि के वे आदी हो गए थे, पानी का गिरना और जंजीरों की कड़कड़ाहट—सभी मिलकर भय उत्पन्न कर रही थीं। सबसे बुरी बात यह थी कि पिटाई की आवाज़ अनवरत बढ़ती जाती थी, हवा तेज़ होती जाती थी, और दिन का अभी आगमन दूर था।

डान क्विग्जोट अपने साहस के कारण (जो उसका अभिन्न संगी था) निर्भीक होकर रोजिनांटे पर सवार हो गया, अपनी ढाल को सामने कर लिया और भाले को माँजते हुए प्रकट किया कि वह उसको कुछ नहीं समझता और खतरा तथा नियति से भी परे हैं। उसने कहा—'सैंको, तुम्हें जानना चाहिए कि मैं इस लौह-युग में इसलिए पैदा हुआ हूँ कि मैं बीते स्वर्ण-युग को फिर स्थापित करूँ। मैं वह आदमी हूँ जिसके लिए सबसे अधिक खतरनाक और भयानक काम, सबसे अधिक यशस्वी और अद्‌भुत अभियान, और अस्त्र-शस्त्रों की अद्‌भुत वीरता के प्रदर्शन का काम नियति से सुरक्षित रखा है। मुझे ही राउंड टेबुल, फ्रांस के बारह रत्न तथा नव योग्यों के संप्रदाय को पुनः जीवित करना होगा और प्लैटिय से, टैम्बलेटेस ओलिवांटे से और टायरांटेस की स्मृति को मटियामेट कर देना होगा। सुयु के वे वीर योद्धा, बोलियानिस तथा प्राचीन युग के वे अन्य अनेक प्रसिद्ध वीर और योद्धा-समुदाय देखे कि मेरे कारनामों से उनका यश धूसरित हो रहा है। तुम देख रहो हो कि किस तरह संकटों और खतरों से भरे पहाड़ ने हम लोगों

को घेर लिया है। भयानक निशा, निर्मम निस्तब्धता, पत्तों की मनहूस खड़खड़ाहट, ज़ंजीरों की भयंकर कड़कड़ाहट, हवा की सनसनाहट, प्रपात का भीषण गर्जन, जो चंद्रमा के ढालू पहाड़ से भीषण वेग के साथ गिर रहा है, पिटाई की घनीभूत आवाज़ जो बिजली की कड़क से भी कर्कश कानों को प्रतीत हो रही है। ऐसे घोर खतरे में मंगल ग्रह तक भय से काँपने लग सकते थे; लेकिन इन भीषण खतरों के बीच मैं निडर और अडिग खड़ा हूँ। ये तो मेरे साहस को बढ़ाने की चीज़ें और मेरे हृदय को और अधिक साहस प्रदान कर रही हैं। मेरा हृदय इतना ज्यादा फूल उठा है कि मेरी छाती उसे सँभाल नहीं सकती। इस खतरनाक साहसिक काम की याद पर दिल उछल रहा है। तुम रोजिनांटे की पेटी का खूब कड़ा कर दो। इसके बाद भगवान तुम्हारी रक्षा करें। तुम यहाँ मेरी प्रतीक्षा करना और यदि तीन दिन के भीतर मैं न लौटूँ तो तुम वापिस चले जाना और गाँव से होकर मेरी ख़ातिर होबोस्को जाना तथा मेरी अतुलनीय प्रेयसी डलसीनिया से कहना कि उसका वफादार वीर योद्धा प्रेम और मर्यादा के नाम पर बलि हो गया, उन्होंने ऐसे साहसिक काम में हाथ डाला था कि जिसमें सफलता प्राप्त करने के बाद वे तुम्हारी उपासना के योग्य नहीं हो सकते थे।' अपने स्वामी के मुँह से इस तरह की बातें सुनकर सैंको बिलख-बिलखकर रोने लगा। बोला—'आप अपने को इस तरह खतरे में क्यों डालें? इस तरह दुःखांतक खतरे में आपको पड़ने की आवश्यकता ही क्या है? चारों ओर घुप अँधेरा है, चिड़ियों का एक पूत भी यहाँ दिखाई नहीं देता। हम लोगों को यहाँ से हटकर खतरे से दूर हो जाना चाहिए, भले ही हम लोगों को तीन दिन तक पीने के लिए एक बूँद भी न मिले। यहाँ कौन है जिसे हम लोगों के इस पलायन का पता लगेगा? मैंने पादरी को कहते सुना है—जिसे आप भी भली-भाँति जानते हैं—कि जो खतरा मोल लेता है उसका नाश हो जाता है। इसलिए हम लोगों को ऐसे काम में हाथ डालकर नियति को ललकारना नहीं चाहिए। उसे तो किसी अलौकिक घटना से ही हम लोग जीत सकते हैं। क्या इतना काफी नहीं है कि उसने मेरी तरह आपको कंबल में गठरी की तरह उछाले जाने से बचाया, उस मुर्दे के साथ जो भूत जा रहे थे उन पर विजयी बनाकर आपकी रक्षा की? यदि इन बातों का प्रभाव आपके संगदिल पर नहीं पड़ सकता तो जरा मेरा खयाल तो कीजिए। मैं स्पष्ट कह देना चाहता हूँ कि आपके यहाँ से हटते ही मारे डर के मेरे प्राण-पखेरू उड़ जाएँगे। मैंने अपना घर-द्वार, पत्नी, बाल-बच्चे सब आपके साथ चलने के लिए छोड़े हैं। मैंने सोचा था कि आपके साथ अच्छी तरह रहूँगा, अब इससे बदतर मेरी हालत नहीं होगी।

लेकिन जिस तरह लोभ बारे को फाड़ देता है उसी तरह उसने मुझे और मेरी आशाओं को चूर-चूर कर दिया। कहाँ तो मैं उस हतभाग्य और अभिशप्त टापू की बातें सोच रहा था, जिसे प्रदान करने का आपने मुझे आश्वासन दिया था और कहाँ आप मुझे इस अजनबी स्थान में अकेला छोड़कर चले जाने की बात कर रहे हैं! मेरे स्वामी, ऐसे क्रूर न बनिए। यदि आप इस निर्मम अभियान से बाज नहीं आना चाहते तो कृपा करके सुबह तक इसे टालने की कृपा कीजिए। भेड़िहर की हालत में मुझे जो ज्ञान प्राप्त है, उसके अनुसार मैं कह सकता हूँ कि तीन घंटे से ज्यादा रात बाकी नहीं है, क्योंकि सप्तर्षि मंडल का थूथन हम लोगों के सिर के ऊपर आ गया है और जब वे बाएँ हाथ की रेखा में रहते हैं तब आधी रात होती है।'

डान क्विग्जोट–'आकाश में एक तारा भी दिखाई नहीं दे रहा है, फिर तुम सप्तर्षि मंडल का थूथन कैसे देखते हो?'

सैंको–'आपका कहना सही है, लेकिन भय की दृष्टि तीक्ष्ण होती है। यह धरती के नीचे तक की चीज़ें देख सकती है, आकाश की चीज़ों को देखना तो बहुत आसान है।'

डान क्विग्जोट–'दिन निकले या न निकले मेरे लिए दोनों बराबर हैं। मैं इस अपकीर्ति का भागी नहीं बनना चाहता कि डर या विनाश के कारण डान क्विग्जोट ने वीर धर्म के कर्तव्य का पालन नहीं किया। सैंको, और कुछ मत कहो। जिस भाग्य ने इस भयानक साहसिक काम में प्रवृत्त होने के लिए मुझे प्रेरित किया है वही मेरी और तुम्हारी रक्षा करेगा। जल्दी करो, घोड़े की पेटी कस दो और यहीं मेरी प्रतीक्षा करो। तुम्हें मेरी खबर जल्द मिल जाएगी; चाहे मैं ज़िंदा रहूँ या मारा जाऊँ।'

सैंको ने अपने मालिक को अटल पाया। उस पर उसके आँसू और सलाह का कोई असर नहीं हुआ। तब उसने सुबह तक उसे वहाँ रोके रखने के लिए एक चाल चलने का इरादा किया। तदनुसार उसने पेटी कसने की शरारत से रोजिनांटे का पिछला पैर अपने गधे की जंघा में बाँध दिया। उसने यह काम इतनी सफाई से किया कि किसी को भी संदेह नहीं हो सकता था। जब डान क्विग्जोट ने आगे बढ़ने का इरादा किया तो उसने देखा कि एड़ पर एड़ मारने पर भी उसका घोड़ा आगे नहीं बढ़ रहा था। अपनी चाल की सफलता को देखकर सैंको ने कहा–'भाग्य हमारे पक्ष में है। वह रोजिनांटे को एक कदम भी आगे बढ़ने नहीं देता है। यदि आप उसे एड़ देते ही रहेंगे तो इसका मतलब यह

होगा कि आप धारा के प्रतिकूल चलना चाहते हैं अथवा काँटे को ठोकर मारना चाहते हैं।'

डान क्विग्जोट अपने घोड़े को इस तरह अड़ा हुआ देखकर बहुत उछला-कूदा, बिगड़ा और क्रोध से पागल हो गया।

लेकिन जब उसने देखा कि जितना अधिक वह उसे एड़ देता है उतना ही अधिक वह उछलता है, तब लाचार होकर सवेरे तक के लिए रुक जाने का उसने निश्चय किया। उसने कहा—'चूँकि रोजिनांटे यह जगह नहीं छोड़ना चाहता इसलिए मुझे सुबह तक रुक ही जाना पड़ेगा, यद्यपि इसका मुझे बड़ा संताप होगा।'

सैंको—'न आपको संताप होगा, और न दुखी होना पड़ेगा। यदि आप घोड़े की पीठ छोड़कर हरी घास पर एक नींद सो लेना नहीं चाहते, जैसा कि वीर योद्धा किया करते थे, और जो भीषण साहसिक काम आपकी प्रतीक्षा कर रहा है उसका सामना करने के लिए अपने को सवेरे तक ताजा नहीं बना लेना चाहते तो मैं सवेरे तक आपको कहानियाँ सुनाता रहूँगा।'

डान क्विग्जोट—'घोड़े से उतरने और सोने से तुम्हारा क्या अभिप्राय है? तुम क्या मुझे उन मख़मली सेज वाले वीर योद्धाओं में समझते हो जो ख़तरा सिर पर आया हुआ देखकर भी आलस्य और नींद में गाफ़िल रहते हैं? नहीं, तुम सो जाओ। तुम सोने के लिए पैदा हुए हो या जो तुम्हारी खुशी में आए, सो करो। जहाँ तक मेरा सवाल है मैं जानता हूँ कि मुझे क्या करना चाहिए।'

सैंको—'आप नाहक नाराज न हों। मेरा इस तरह का कोई उद्देश्य नहीं है।'

इतना कहकर उसने अपना एक हाथ रोजिनांटे के डील पर रखा और दूसरा हाथ उसके पुच्छल पर। इस तरह वह अपने मालिक की दाहिनी जाँघ पकड़कर खड़ा रहा। पिटाई की जो आवाज़ उसके कान में पड़ रही थी उसके डर से अभिभूत होकर वह एक इंच भी वहाँ से हटने के लिए तैयार नहीं था। तब डान क्विग्जोट ने सैंको को उसके वायदे की याद दिलाना उपयुक्त समझा, ताकि समय काटने के लिए वह कोई कहानी सुना दे।

सैंको—'श्रीमान् मैं इतना ज्यादा भयभीत हूँ कि मुझे कहानी कहने का साहस नहीं है, तो भी मैं पूरी कोशिश करूँगा। मुझे एक कहानी याद आ गई। यदि मैं उसे ठीक-ठीक कह सका और किसी बाधा के उपस्थित हो जाने के कारण मुझे बीच में ही न रुक जाना पड़ा तो यह बड़ी रोचक होगी। ऐसी कहानी आपने न सुनी होगी। आप ध्यान से सुनिए। मैं कहानी शुरू करने जा रहा हूँ।

उस प्राचीन युग की बात है जब कुछ वैसा ही समय था। हम लोगों का भला हो, और जो बुराई की खोज में रहते हैं, उनका बुरा हो। यहाँ आपको याद रखना चाहिए कि पुराने जमाने के लोग अपनी कहानी साधारण रीति से आरंभ नहीं करते थे, क्योंकि यह उस बुद्धिमान आदमी का कहा हुआ है जिसे लोग फैटा दी रोमन सेंसर कहा करते थे। उसने कहा है कि जो लोग बुराई खोजते हों आपके उद्देश्य के लिए उतने ही उपयुक्त हैं जितनी अँगुली के लिए अँगूठी। आप संप्रति न तो बुराई की खोज करें और न उसमें हस्तक्षेप करें, बल्कि अति दूर रहें; क्योंकि हम लोगों को कोई बाध्य नहीं करता कि जो संकट हम लोगों की प्रतीक्षा कर रहा हो उसके मुँह में हम लोग खामखा कूद पड़ें।'

डान क्विग्जोट—'तुम अपनी कहानी कहो और बाकी बात मेरे विवेक पर छोड़ दो।'

सैंको—'ईस्ट्रे मैंडुरा के किसी गाँव में एक भेड़िहर रहता था, मुझे गड़रिया कहना चाहिए था। कहानी के अनुसार उस गड़रिये का नाम लोब रुइज था और वह गड़ेरिन पर आशिक था, जिसका नाम टोराल्वा था। यह गड़ेरिन एक धनी चरवाहे की बेटी थी और यह धनी चरवाहा...'

डान क्विग्जोट—'यदि तुम इस तरह कहानी कहोगे और बेमतलब की बातें दुहराओगे तो तुम अपनी कहानी दो दिन में भी समाप्त नहीं कर सकोगे। इसे संक्षेप में समझदार आदमी की तरह कहो, नहीं तो छोड़ दो।'

सैंको—'हम लोगों के देश में जिस तरह कहानियाँ कही जाती हैं, उसी तरह मैं आपसे कह रहा हूँ। मैं अपनी जान गँवाकर भी दूसरी तरह से नहीं कह सकता। मुझे पुराना तरीका नहीं बदलना चाहिए।'

डान क्विग्जोट—'खैर, ठीक है, जैसा दिल में आए करो, क्योंकि यह मेरा दुर्भाग्य ही होगा कि मैं यहाँ रुका रहूँ और तुम्हारी कहानी सुनता रहूँ।'

सैंको—'ठीक है, मैं कह रहा था कि वह भेड़िहर, मुझे गड़रिया कहना चाहिए था, उस भेड़िहारिन टोराल्वा के प्रेम में बुरी तरह घायल था। टोराल्वा खूब गोल-मटोल, गठीली, कोमल, लंबी, विनीत और आडंबरप्रिय युवती थी। उसका रूप कुछ मर्दाना भी था; क्योंकि उसके ऊपर वाले होंठ पर कुछ बाल भी थे। मुझे ऐसा प्रतीत होता है जैसे वह मेरे सामने खड़ी हो।'

डान क्विग्जोट—'तब तो मालूम होता है कि तुम उसे जानते हो।'

सैंको—'जी नहीं, मैंने उस पर कभी दृष्टि नहीं डाली। लेकिन जिसने यह कहानी मुझे सुनाई थी उसने कहा था कि यह वृत्तांत एकदम सही है और तुम

खुद उसे देख लो। अस्तु, जैसा कि आप जानते हैं, दिन आते हैं और चले जाते हैं और समय तथा तिनके सेब के फल को पका देते हैं, इसलिए ऐसा हुआ कि कुछ दिनों के बीतने के बाद शैतान ने जो किसी खाई में चुपचाप दुबका पड़ा रहता है, फिर भी हर काम में कुछ-न-कुछ दखल देता है—ऐसा किया कि वह गड़रिया अपनी प्रेयसी से लड़ पड़ा, यहाँ तक कि उसके लिए उसके हृदय में जो घना प्रेम था वह घृणा और द्वेष में परिणत हो गया। इसका कारण किसी ऐसे दुष्ट आदमी की शिकायत थी जो मन-ही-मन दोनों से जलता था। इस कारण उस गड़रिये ने उसे हरजाई और पुंश्चली मान लिया। इससे उस गड़रिये को गहरा सदमा पहुँचा और वह उससे दिली नफ़रत करने लगा। उसकी नज़रों से ओझल होने के लिए उसने उस देश को छोड़ देने का फैसला किया। आप जानते ही हैं कि कुत्तों का भी अपना दिन होता है। जब उस गड़ेरिन ने देखा कि अभिसार के लिए वह अब उसके पास नहीं आता, बल्कि उसे देखकर नाक-भौं सिकोड़ने लगता है और उससे घृणा करता है तब वह उसे दिल से प्यार करने लगी और उस पर बुरी तरह मरने लगी।'

डान क्विग्जोट—'औरतों का यही स्वभाव है। हम जब उन्हें प्यार करते हैं तब वे प्यार नहीं करेंगी और तब प्यार करेंगी जब हम लोग प्यार नहीं करेंगे।'

सैंको—'तब गड़रिये ने उसे बुत्ता दिया और उसके सामने से अपनी भेड़ों को हाँकता हुआ इस्ट्रेमुंडुरा से निकलकर पुर्तगाल की ओर चला। लेकिन टोराल्वा को उसके इस उद्देश्य का पता लग गया। आप अनुमान कर सकते हैं कि उसने क्या किया होगा—वह नंगे पेट हाथ में यात्रियों का डंडा और पीठ पर झोला लटकाए हुए उसके पीछे चली। लोग कहते हैं कि उसने उस झोले में आईने का टुकड़ा, एक टूटी कंघी और पेंट का एक टूटा बर्तन और न जाने क्या-क्या अपने सजाने के लिए रख लिया था। अपने झोले में जो कुछ भी रख लिया हो, उसमें मक्खन तथा रोटी तो न थी। लोग कहते हैं कि गड़रिया अपनी भेड़ों के साथ ग्वाडिवाना नदी तक पहुँच गया। उस समय नदी में भयंकर बाड़ आई थी। सबसे दुर्भाग्य की बात तो यह थी कि उसे पार उतारने के लिए नाव भी नहीं थी। इससे वह बहुत ज़्यादा घबरा गया; क्योंकि उसने टोराल्वा को पीछा करते देख लिया था और उसे भय था कि वह रो-धोकर उसे बहुत तंग करेगी।

अंत में उसकी नज़र एक मल्लाह पर पड़ी। पर उसकी नाव इतनी छोटी थी कि उसमें एक बार में वह और एक भेड़ से ज्यादा नहीं चढ़ सकते थे। फिर भी उसने उस मल्लाह को बुलाया और उससे अपनी तीन सौ भेड़ों को पार उतारने

का सौदा किया। सौदा हो जाने पर मल्लाह अपनी नाव लेकर आया और एक भेड़ को पार ले गया, वह फिर आया और दूसरी को ले गया, वह तीसरी बार आया और तीसरी को ले गया।'

इतना कहने के बाद सैंको ने डान क्विग्जोट से कहा—'कृपा करके जिन भेड़ों को मल्लाह उस पार ले जाता है उसका हिसाब पूरा रखिएगा; क्यों एक भी भेड़ जहाँ गड़बड़ाई वहीं मेरी कहानी का अंत हो जाएगा। खैर, मैं क्या कह रहा था? —ठीक है, मुझे याद आ गया—उस पार उतरने की जगह पर बहुत कीचड़ था और फिसलन भी थी। इससे मल्लाह को आने-जाने में बहुत देर हो जाती थी तो भी उसने धैर्य से काम लिया।'

डान क्विग्जोट—'हम लोगों को मान लेना चाहिए कि उसने सभी भेड़ों को उस पार ले जाकर उतार दिया, क्योंकि यदि तुम एक-एक भेड़ के चढ़ाने और उतारने का विवरण देते रहोगे तब तो इसी में बारह महीने लग जाएँगे और कहानी का अंत नहीं होगा।'

सैंको—'मुझे अपने ही तरीक़े से कहानी कहने दीजिए। हाँ, कितनी भेड़ें उस पार चली गईं?'

डान क्विग्जोट—'मैं कैसे बतला सकता हूँ?'

सैंको—'यह लीजिए! मैंने आपको हिसाब रखने के लिए कहा था न? मेरे कहने के अनुसार कहानी का अंत हो गया। बाकी के लिए आप सीटी बजाइए।'

डान क्विग्जोट—'कैसी वाहियात बात है! क्या जब तक मैं यह नहीं बतलाऊँ कि कितनी भेड़ें पार उतरीं तब तक तुम आगे का वृत्तांत नहीं कह सकते?'

सैंको—'निश्चय ही मैं आगे नहीं बढ़ सकता, क्योंकि ज्यों ही आपने यह कहा कि आप भेड़ों की संख्या नहीं बतला सकते, त्यों ही कहानी का शेष अंश मेरे दिमाग से उतर गया। इसका मुझे सख़्त अफसोस है, वह असाधारण कहानी थी।'

डान क्विग्जोट—'इसका मतलब यह हुआ कि तुम्हारी कहानी का अंत हो गया?'

सैंको—'जी हाँ, जिस तरह मेरी मृत माता को जिलाया नहीं जा सकता उसी तरह कहानी को भी ज़िंदा नहीं किया जा सकता।'

डान क्विग्जोट—'जिस तरह यह असाधारण कहानी थी, उसी असाधारण रीति से वह कही भी गई और उसका अंत भी हुआ। मैं तुम्हें विश्वास दिलाता हूँ कि यह कोई ऐसी-वैसी कहानी नहीं थी और न तुम्हारे-जैसे बुद्धिमान आदमी से मैं

इससे कम की आशा भी करता था। लेकिन सैंको, इस भयानक आवाज़ ने मेरा दिमाग खराब कर दिया है।'

सैंको–'यह संभव है, लेकिन जहाँ तक मेरी कहानी का संबंध है, मैं निश्चयपूर्वक कहता हूँ कि कुछ कहने को शेष नहीं रह गया है; क्योंकि भेड़ों का हिसाब जहाँ अड़ गया वहीं कहानी का अंत भी हो गया।'

डान क्विग्जोट–'अच्छी बात है। अब हम लोगों को यह देखना चाहिए कि रोजिनांटे चलने के लिए तैयार है या नहीं।' इतना कहकर उसने रोजिनांटे को एड़ लगाई। उस जोशीले घोड़े ने फड़फड़ाहट की और अगले पैरों पर खड़ा हो गया। पिछले पैरों पर उसका काबू नहीं था।

रात की ठंड के कारण हो या अधिक खा लेने के कारण हो, अथवा स्वाभाविक प्रेरणा के कारण हो, ठीक इसी समय प्रकृति ने सैंको को सूचना दी कि वह अपना काम करना चाहती है। कहने का मतलब यह है कि सैंको को वह करने की हाजत हुई जिसे उसके लिए कोई दूसरा नहीं कर सकता था। लेकिन उसे इतना अधिक डर लग रहा था कि वह किसी भी हालत में अपने मालिक के पास से एक कदम भी हट नहीं सकता था। इसके साथ ही वह उस बोझ के भार को भी वहन नहीं कर सकता था जो उसे बुरी तरह दबा रहा था। इस घबराहट की अवस्था में (यह कहा जा सकता है) उसके लिए दूसरा कोई उपाय नहीं था कि वह अपना दाहिना हाथ घोड़े की तीन के डील पर से हटाए और धीरे से अपने-आप जामे को खोलकर नीचे सरका दे। इतना करके उसने अपनी कमीज़ को धीरे से ऊपर उठाया और अपने पिछले अंग को खोल दिया। लेकिन उसके सामने सबसे विकट प्रश्न यह था कि धड़ाके का शब्द किए बिना वह इस बोझ को किस तरह दूर करे। इसके लिए उसने अपने दाँतों को जोर से उठाया, अपने चेहरे को सिकोड़ा, अपने कच्छे को झुकाया और जितना संभव था उतना अपनी साँस को रोका। लेकिन बहुधा देखा गया है कि बहुत सोच-समझकर काम करने पर भी दुर्घटना हो ही जाती है। सारी व्यवस्था कर चुकने के बाद भी वह धड़ाके के शब्द को नहीं रोक सका। बहुत कोशिश की थी कि मंद पड़ जाए, लेकिन डान क्विग्जोट को यह धड़ाके की आवाज़ सुनाई पड़ ही गई। उसने कहा–'सैंको, यह कैसी आवाज़ है?'

सैंको–'यह कोई नई आफ़त आई मालूम होती है; क्योंकि विपत्तियाँ कभी अकेले नहीं आतीं।' उस बोझ को उस तरह हटाकर उसने दुबारा तैयारी की और

इस बार उसने बिना किसी तरह शोर-गुल के अपना काम इस तरह संपन्न किया कि उसका शरीर और दिमाग दोनों हलके हो गए।

लेकिन डान क्विग्जोट की घ्राण-शक्ति भी उतनी ही तीव्र थी जितनी तीव्र उसकी श्रवण-शक्ति थी और सैंको उसके पास ही खड़ा था, बल्कि उससे लिपटा हुआ था, इसलिए कुछ भाप जो सीधी रेखा में ऊपर उठी वह उसकी नासिका को प्रभावित करने लगी। उसकी महक अंबर के समान सुखद नहीं थी। उस अप्रीतिकर गंध ने ज्यों ही उसकी नाक को आधान पहुँचाया त्यों ही उसने अपनी नाक बंद कर ली, जैसा कि ऐसी अवस्था में साधारणतः लोग करते हैं। तब उसने नकियाकर कहा—'सैंको, तुम बहुत डरे-से प्रतीत होते हो!'

सैंको—'जी हाँ, लेकिन इस वक्त आपने इसकी चर्चा क्यों की?'

डान क्विग्जोट—'पहले की अपेक्षा इस वक्त तुम्हारे शरीर से बहुत अधिक बदबू आ रही है।'

सैंको—'हो सकता है। लेकिन इसके लिए कौन ज़िम्मेदार है? इसकी सारी ज़िम्मेदारी आप पर है। आप मुझे इस तरह क्यों दौड़ाते रहते हैं और ऐसे ख़तरनाक स्थान में ऐसे कुसमय में क्यों लाते हैं? आप जानते हैं कि मैं इनका अभ्यस्त नहीं हूँ।'

डान क्विग्जोट नाक उसी तरह बंद किए हुए बोला—'तुम मुझसे दो-तीन कदम दूर सरक जाओ और भविष्य के लिए सावधान हो जाओ और इतना दूर रहने का ध्यान रखो। मैं देखता हूँ कि तुम्हारे साथ हेल-मेल बढ़ाने से मेरे भीतर घृणा उत्पन्न हो रही है।'

सैंको—'क्या आप समझते हैं कि मैंने ऐसा कोई काम किया है जिसे मुझे नहीं करना चाहिए?'

डान क्विग्जोट—'और कुछ मत बोलो, तुम जितना ही हिलो-डुलोगे उतना ही बुरा होगा।'

इस तरह की बातचीत से उनकी रात कट गई। सैंकों ने सवेरा होता देखकर रोजिनांटे का पैर खोल देना और अपना पाजामा ऊपर खींचकर बाँध लेना उचित समझा। उसने दोनों कामों को इतनी सावधानी से किया कि उसके मालिक को पता नहीं लग सका। बंधन खुलते ही रोजिनांटे ने अकेले पैरों से मिट्टी को हटाने की इच्छा प्रकट की; क्योंकि वह उछलना-कूदना नहीं जानता था। डान क्विग्जोट ने भी उसे शुभ सगुन समझा। उसने समझा कि भाग्य उसे प्रेरणा दे रहा है कि वह आने वाले साहसिक काम की ओर अग्रसर हो।

उत्तर की ज्योति आसमान में फैलने लगी थी, रात के अंधकार ने अपनी काली चादर समेट ली थी और सारी चीज़ें दृष्टिपथ पर आने लगी थीं। डान क्विग्जोट ने यह नहीं देखा कि वह विशालकाय अखरोट के वृक्षों के नीचे खड़ा था जिसकी फैली हुई शाखाएँ उस स्थान के इर्द-गिर्द मनहूसियत फैला रही थीं। उसे अभी तक यह भी पता नहीं लग सका कि वह अनवरत मनहूस आवाज़ कहाँ से आ रही थी। इसलिए उसका पता लगाने के लिए कटिबद्ध होकर उसने उन्हीं शब्दों को पुनः दुहराकर सैंको से विदा ली। उसने इतना और कहा कि तुम्हें अपने वेतन की चिंता नहीं करनी होगी; क्योंकि घर से विदा होने से पहले मैंने जो वसीयतनामा लिखा है, उसमें उसकी व्यवस्था कर दी है। लेकिन यदि मैं इस अभियान में विजयी होकर लौटा तो तुम्हें उस टापू की आशा करनी चाहिए जिसका वचन मैंने तुम्हें दे रखा है।'

अपने मालिक की इस तरह की बातें सुनकर सैंको रो पड़ा। उसने निश्चय कर लिया कि इस अभियान के पूरा करने तक वह अपने मालिक का साथ नहीं छोड़ेगा। अपने मालिक का साथ देने के उसके इस महान संकल्प से इस इतिवृत्त का लेखक इस परिणाम पर पहुँचा है कि परिचारक उत्तम कुल का है या कम-से-कम सच्चे ईसाई का वंशज है। उसके इस मृदुल स्वभाव ने उसके मालिक का हृदय इतना पिघल गया जितना कि वह प्रकट नहीं करना चाहता था; क्योंकि ऐसे अवसर पर उसे हर तरह की कोमल वृत्तियों को अपने से दूर रखना था। अब वह उस जगह के लिए चला जहाँ से यह आवाज़ आ रही थी और पानी का प्रपात मिलने की संभावना थी। सैंको भी अपने बुरे और भले दिन के उस साथी का पगड़ा पकड़कर उसके पीछे चला।

अखरोट के पेड़ों की शीतल छाया में बहुत दूर तक चले जाने के बाद वे पहाड़ी के अंचल की हरित भूमि में जा पहुँचे, जिसकी चोटी पर बहुत बड़ा प्रपात था। उस पहाड़ी की तलहटी में अनेक पुरानी बेढंगी इमारतें थीं। उन्हें देखने से ऐसा प्रतीत होता था कि वे खंडहर हैं, उनमें किसी का वास नहीं है। उन लोगों ने यह भी देखा कि पिटाई का वह भयानक शब्द उसी जगह से उठ रहा था। नज़दीक पहुँचने पर धीर और गंभीर रोजिनांटे भी उस भयानक आवाज़ से चौंक उठा; लेकिन अपने मालिक द्वारा शांत किए जाने पर वह धीरे-धीरे उसके पास गया। हमारा वीर योद्धा लगातार बुदबुदाकर अपनी डलसीनिया और भगवान को याद करता रहा और सैंको अपने मालिक से सटा रहा और जिस वस्तु से वह इतना अधिक आतंकित था उसकी झलक पाने के लिए वह रह-रहकर रोजिनांटे

के पैरों के बीच से झाँक लेता था। जब वे लोग वहाँ पहुँच गए जहाँ पहाड़ मुड़ता था तब उन लोगों ने ऊन को पीटकर साफ करने वाले छः मूँगरों को देखा जो लगातार ऊनी कपड़ों को पीट रहे थे। उन्हीं से वह आवाज़ आ रही थी जो डान क्विग्जोट की चिंता और सैंको के डर का कारण रात में बनी थी।

इस तरह का असंभावित दृश्य देखकर डान क्विग्जोट स्तब्ध रह गया और शर्म तथा घबराहट से घोड़े पर से गिरते-गिरते बचा। सैंको ने उसकी ओर घूरकर देखा। डान क्विग्जोट का चेहरा शर्म और निराशा से झुक गया था। डान क्विग्जोट ने भी सैंको को देखा। हँसी से उसका चेहरा खिल उठा था। इस दयनीय स्थिति में डान क्विग्जोट अपनी हँसी नहीं रोक सका। अपने मालिक को इस तरह हँसते देखकर सैंको इस तरह खिलकर हँस पड़ा कि उसे डर हो गया कि कहीं उसका पेट न फट जाए। उसने अपने दोनों पाँगरों को कसकर दबा लिया। वह चार बार रुका और फिर चार बार उसने अट्टहास छेड़ा। उसकी इस प्रगल्भता पर डान क्विग्जोट बुरी तरह भन्ना उठा। जब सैंको ने व्यंग्य के तौर पर उसकी ही बातों को दुहराना शुरू किया जिसे उसने उन शब्दों को सुनकर कहा था—'सैंको मैं इस लौह-युग में स्वर्णयुग लाने के लिए पैदा हुआ हूँ। भगवान ने सबसे खतरनाक और यशस्वी अभियान मेरे लिए सुरक्षित रखा है।' उसका क्रोध और भी उमड़ आया। वह उसी तरह बकता रहा। अंत में डान क्विग्जोट उसकी धृष्टता से इतना चिढ़ गया कि उसने उसके कंधे पर भाले से दो बार प्रहार किया। यदि वह प्रहार उसके सिर पर पड़ा होता तो डान क्विग्जोट उसे वेतन देने से निश्चय ही बच गया होता, उसके परिवार वालों के लिए फिर उसने चाहे जो कुछ भी किया होता।

जब सैंको ने देखा कि उसके मज़ाक को वास्तविक अर्थ में लिया गया है तब उसने अत्यंत विनय के साथ क्षमा-याचना करते हुए कहा—'मैं करबद्ध प्रार्थना करता हूँ कि मेरी जान बख्श दीजिए। मैंने आपको चिढ़ाने की गरज से नहीं कहा था। मैंने केवल मज़ाक किया था।'

डान क्विग्जोट—'चूँकि तुमने मज़ाक किया था इसमें मैं तुम्हारा प्राण नहीं लूँगा। तुम मज़ाक करते हो, लेकिन यह तो बतलाओ कि यदि यह ग़लत विभीषिका न होकर खतरनाक अभियान होता तो क्या मैं उसमें कूद पड़ने और इसके अंत कर देने का संकल्प नहीं प्रकट करता? मैं वीर योद्धा हूँ। क्या मुझसे यह आशा की जा सकती है कि मैं प्रत्येक यांत्रिक क्रिया को पहचान सकूँ? और एक आवाज़ से दूसरी आवाज़ का भेद समझ सकूँ? इसके अलावा यह भी संभव

है कि मैंने आज तक ऊन साफ करने के यंत्र को देखा ही न हो। तेरे समान नीच और कमीने तो इसी तरह के तुच्छ कामों के बीच पैदा ही होते हैं। अगर ऊन के ये मूँगरे दैत्य में परिणत हो जाएँ और ये एकाकी या सभी मिलकर मुझसे भिड़ जाएँ और यदि मैं इन्हें अपने पैरों खड़ा न कर दूँ तो तू जितना चाहे उतना व्यंग्य मुझ पर कस सकता है।'

सैंको–'मान्यवर, अब उस विषय की चर्चा न कीजिए, मैं स्वीकार करता हूँ कि मैंने मज़ाक में अति कर दी, लेकिन अब जब सारी बातों का अंत हो गया तब मैं आपसे यह पूछना चाहता हूँ और मुझे आशा है कि आप सोच-विचार कर ही उत्तर देंगे। आप सभी साहसिक कामों में हाथ डालने की कामना करते हैं, और सभी में विजय-लाभ भी करेंगे। तब क्या आप इसे उचित नहीं समझते कि जिस युद्ध में संप्रति हम लोग संलग्न थे, मेरे कहने का मतलब यह है कि जिसमें मैं संलग्न था–वह लोगों के मनोरंजन की अच्छी सामग्री न होगी?'

डान क्विग्जोट–'मैं मानता हूँ। लेकिन मैं इसकी चर्चा नहीं होने देना चाहता, क्योंकि सभी लोग इतने समझदार नहीं है कि वस्तुस्थिति को ठीक परिस्थिति में रखने या समझने की कोशिश करें।'

सैंको–'लेकिन आपके बारे में तो मैं कह सकता हूँ कि आप वस्तुस्थिति को ठीक-ठीक तरह से पहचानना जानते हैं; क्योंकि मेरे सिर को निशाना बनाते समय आपने मेरे कंधे पर प्रहार किया। यदि मैं एक तरफ ज़रा-सा झुक नहीं गया होता तो मैं सुंदर स्थिति में होता? खैर, इन बातों को जाने दीजिए। समय के प्रवाह में वे सब बह जाएँगी। मेरी दादी कहा करती थीं कि वही आदमी तुम्हें सच्चा प्यार करता है जो तुम्हें सबसे अधिक रुलाता है। अच्छे मालिक कभी-कभी अपने नौकरों के साथ जल्दबाज़ी कर डालते हैं, लेकिन डाँट-डपट के बाद वे लोग अपने नौकरों को पुराना-धुराना पाजामा भी दे देते हैं। डंडे से पीटने के बाद वे क्या देते सो तो ईश्वर ही जाने। मैं तो इतना ही कह सकता हूँ कि अच्छी तरह मरम्मत करने के बाद वीर योद्धा लोग अपने नौकरों को कोई त्यक्त टापू या छोटा-मोटा पुराना राज्य ज़रूर दिया करते थे।'

डान क्विग्जोट–'भाग्य में होगा तो सभी बातें, जो तुमने कही हैं, सच उतरेंगी। इसलिए तुम मेरी कठोरता की चर्चा मत करो। तुम जानते हो कि मनुष्य अपने आवेश के प्रथम वेग को सँभाल नहीं सकता। पर साथ ही मैं तुमसे यह भी कह देना चाहता हूँ कि भविष्य में इस तरह प्रगल्भ न होना और इतनी घनिष्ठता प्रकट न करना, जो सेवक के लिए सर्वथा अनुचित है। मैंने वीर-धर्म की जितनी

भी पुस्तकें पढ़ी हैं, उनमें मैंने किसी एक पुस्तक में भी ऐसा नहीं पाया कि वीर योद्धा ने अपने परिचारक को इतनी स्वतंत्रता दी हो जितनी तुम्हें मुझसे प्राप्त है। लेकिन यह बहुत बड़ा दोष हम दोनों में है अर्थात् तू मेरा अनादर करता है और मैं आदर के लिए आग्रह नहीं करता। अमाडिस डे गाल का परिचारक गैंडालिन कर्म द्वीप का अर्ल था तो भी वह टोपी हाथ में लेकर, सिर झुकाकर और तुर्कों की तरह शरीर को आधा झुकाकर ही—उससे बातें करता था। और डान ग़लोर के परिचारक गैस वल की बात क्या कही जाए। वह इतना अधिक मौन रहता था कि अपनी मौत का उसे इतना अधिक खयाल था कि उसके इतिवृत्त के लेखक को उसकी चर्चा करने का केवल एक ही प्रसंग मिल सका। इन सब बातों से मैं तुम्हें यह समझा देना चाहता हूँ कि मालिक और नौकर, वीर योद्धा और परिचारक, के बीच में थोड़ी दूरी रहनी चाहिए। इसलिए मैं तुम्हें एक बार पुनः सचेत कर देना चाहता हूँ कि भविष्य में हम लोगों को इन नियमों के अनुसार ही चलना चाहिए ताकि इसे लेकर हम लोगों में से किसी को भी परेशानी में न पड़ना पड़े। क्योंकि जिन अवसरों पर हम लोग सहमत नहीं होंगे वहाँ घाटे में तुम्हीं रहोगे। जहाँ तक उस पुरस्कार का संबंध है, जिसका वचन मैंने तुम्हें दिया है, वह समय पर प्राप्त होगा ही। यदि उस तरफ से तुम्हें निराश होना पड़ा तो तुम्हें वेतन तो मिलेगा ही, जैसा मैंने तुमसे कहा है।'

सैंको—'आपका कहना सही है, लेकिन मान लीजिए कि कोई पुरस्कार मेरे हाथ नहीं लगा और मुझे बाध्य होकर वेतन पर ही रहना पड़ा तो मैं यह जानना चाहूँगा कि पुराने ज़माने में वीर योद्धाओं के परिचारकों को कितना वेतन मिलता था? उन लोगों को मासिक वेतन मिलता था या हम लोगों के मज़दूरों की तरह दैनिक मज़दूरी मिलती थी?'

डान क्विग्जोट—'मैं नहीं समझता कि उन्हें मज़दूरी मिलती थी। उन्हें अपने मालिकों की उदारता का पूरा भरोसा रहता था। अगर मैंने अपने वसीयतनामे में तेरे लिए वेतन की चर्चा कर दी है, जिसे मैं मुहरबंद करके घर पर रख आया हूँ तो इसका कारण यह था कि इस पतित युग में मुझे इस बात का पक्का भरोसा था कि मुझे किस तरह की सफलता प्राप्त होगी। मैं नहीं चाहता था कि इस तुच्छ बात के लिए परलोक में मेरी आत्मा को संताप प्राप्त हो; क्योंकि वीर-धर्म से अधिक खतरा मनुष्य की जान को कहीं नहीं है।'

सैंको—'बहुत अधिक; तब जब कि केवल ऊन साफ करने के मूँगरे का शब्द आप-जैसे योद्धा के हृदय को बेचैन और परेशान कर सकता है। लेकिन मैं

आपको विश्वास दिलाता हूँ कि इसके बाद में आपकी हरकतों पर न तो व्यंग्य करूँगा और न मज़ाक उड़ाऊँगा। मैं आपसे सदा डरता रहूँगा और मालिक की तरह आपका आदर करूँगा।'

डान क्विग्जोट—'इससे धरती पर तेरी आयु बढ़ जाएगी; क्योंकि माता-पिता के बाद स्वामी का ही आदर करना चाहिए, मानो वे पिता ही हों।'

7. मैम्ब्रिनो के शिरस्त्राण का जीतना तथा अन्य साहसिक कार्य

इसी समय अचानक पानी बरसने लगा। सैंको ऊन साफ करने के कारखाने में शरण ले लेता, लेकिन वहाँ जो शर्मिंदगी उठानी पड़ती उसका खयाल करके डान क्विग्जोट वहाँ जाने के लिए किसी भी तरह राजी न हो सका। वह दाहिने हाथ मुड़ पड़ा और राजपथ पर आ गया। थोड़ी दूर जाने के बाद ही उसे एक घुड़सवार दिखाई दिया। उसके सिर पर कोई ऐसी पोशाक थी जो सोने की तरह चमक रही थी। उस पर दृष्टि पड़ते ही वीर योद्धा अपने परिचारक की तरफ घूम पड़ा और बोला—'सैंको, मेरा विश्वास है कि कोई भी कहावत ऐसी नहीं है जो सच न हो। अनुभव के आधार पर ही वे वाक्य और कहावतें बनी हैं। अनुभव ही सारे विज्ञान की जड़ हैं। उदाहरण के लिए उस कहावत को ले लो जिसके अनुसार एक दरवाज़ा बंद होता है वहाँ दूसरा खुल जाता है। इस तरह नियति ने जहाँ कल रात को काल्पनिक साहसिक काम का प्रलोभन देकर हम लोगों को ठगा, वहाँ उसने आज प्रातःकाल ही हम लोगों के समक्ष दूसरा अवसर उपस्थित कर दिया ताकि हम लोग उसका प्रतिशोध कर लें। यह ऐसा साहसिक काम है कि यदि इसमें मुझे सफलता नहीं मिली तो मुझे अँधेरे या अज्ञात आवाज़ की आड़ में अपनी निराशा को ढँकने का कोई बहाना नहीं रह जाएगा। सारांश यह कि सामने से एक घुड़सवार आ रहा है जो संभवतः मैम्ब्रिनो का शिरस्त्राण पहने हुए है। तुझे मेरी प्रतिज्ञा तो याद होगी?'

सैंको—'आपको जो कुछ कहना हो सोच-समझकर कहिए और जो कुछ करना हो, सोच-समझकर कीजिए; क्योंकि मैं अपने शरीर और खोपड़ी को ऊन साफ करने वाले मूँगरे से तोड़े और कूटे जाने से साफ बचा लेना चाहता हूँ।'

डान क्विग्जोट—'तुझे शैतान उठा ले जाए। क्या शिरस्त्राण और मूँगरे में कोई अंतर नहीं है?'

सैंको—'मैं नहीं जानता, लेकिन यदि पहले की तरह मुझे कहने की स्वतंत्रता हो तो मैं कह सकता हूँ कि आप ग़ौर करके देखें कि आप वास्तविकता से बहुत दूर हैं।'

डान क्विग्जोट—'तू तो सदा का शक्की है। मुझसे ग़लती कैसे हो सकती है? क्या तू उस वीर योद्धा को नहीं देख रहा है जो सिर पर सोने का शिरस्त्राण रखे भूरे रंग के चितकबरे घोड़े पर सवार होकर हम लोगों की तरफ आ रहा है?'

सैंको—'जो देखना चाहिए वह मैं देख रहा हूँ कि एक आदमी मेरे खच्चर के समान खच्चर पर चला आ रहा है और उसके सिर पर कोई चीज़ है, जो चमक रही है।'

डान क्विग्जोट—'मैं कह रहा हूँ कि वही मैम्ब्रिनो का शिरस्त्राण है। तब तू हटकर दूर खड़ा हो और मुझे उससे निपट लेने दे। तू देखेगा कि व्यर्थ की बातों में एक क्षण भी न गँवाकर मैं यह साहसिक काम संपन्न करूँगा और अपने लिए वह वांछित शिरस्त्राण हासिल कर लूँगा।'

सैंको—'इतना तो आप इतमीनान रखें कि मैं दूर खड़ा होऊँगा, लेकिन मुझे आशंका है कि कहीं यह भी धोखे की टट्टी न साबित हो और ऊन साफ करने वाली मिल से भी उपहासास्पद साबित हो।'

डान क्विग्जोट—'मैं तुझे चेतावनी दे चुका हूँ कि ऊन साफ करने वाली मिल की चर्चा मत कर। यदि तूने एक बार भी पुनः उस बात को मुँह से बाहर निकाला—बल्कि उसकी याद भी की—तो मैं सौगंध खाकर कहता हूँ कि बिना कुछ कहे-सुने मैं तेरा भुर्ता बना दूँगा।'

यह धमकी सैंको का मुँह बंद करने के लिए काफी थी, क्योंकि वह अपनी जान गँवाकर अपने मालिक की प्रतिज्ञा पूरी नहीं होने देना चाहता था।

सही बात यह है: उस इलाके में दो गाँव थे। उनमें से एक इतना छोटा था कि न तो उसमें कोई दुकान थी और न एक हज्जाम। इसलिए बड़े गाँव का हज्जाम छोटे गाँव को भी कमाता था। ऐसा हुआ कि एक आदमी को फूस खुलवाना था और दूसरे को हजामत बनवानी थी, हज्जाम अपना पीतल का बर्तन लेकर जा रहा था। उसका टोप नया था। उसे भीगने से बचाने के लिए उसने बर्तन को टोप के ऊपर रख लिया था। बर्तन पर नई कलई की गई थी, इसलिए वह दूर तक चमकता था। सैंको ने ठीक ही देखा था कि वह भूरे रंग के गधे पर सवार था, जिसे डान क्विग्जोट ने भूरा-चितकबतरा घोड़ा समझा था। उसी तरह उसने हज्जाम को वीर योद्धा और उसके पीतल के बर्तन को शिरस्त्राण

समझ लिया। उसका विकृत मस्तिष्क सहज में सभी वस्तुओं को उसके रोमांचक विचारों के अनुकूल बदल देता था। इसलिए जब उसने उस गरीब काल्पनिक वीर योद्धा को निकट आते देखा तो उसने अपने भाले या बल्लम को अपनी जाँघ पर टिकाया और रुककर उससे बातचीत किए बिना ही उस पर इतनी तेजी से झपटा जितनी तेजी से उसका रोजिनांटे कूद सकता था। उसने उसके शरीर को आर-पार छेद देने का निश्चय कर लिया था। डान क्विग्जोट ने चिल्लाकर कहा—'पाजी, शैतान, अपना बचाव कर या चुपचाप उस चीज़ को फौरन मेरे हवाले कर, जिसका मैं एकमात्र अधिकारी हूँ।' बेचारा हज्जाम इतमीनान से चुपचाप चला जा रहा था। उसने इस आकृति को उस तरह गरजकर अपनी ओर अचानक आते देखा। उसके भाले से अपनी रक्षा करने का उसे एक ही उपाय दीख पड़ा। वह अपने गधे पर से कूदकर धरती पर आ गया और अपना गधा और बर्तन वहीं छोड़कर इस तेजी के साथ मैदान में भागा मानो वह हवा से बातें कर रहा हो। डान क्विग्जोट अपने को मैदाने जंग और शिरस्त्राण का इस तरह मालिक पाकर बोला—'उस दुराचारी ने अपना शिरस्त्राण इस तरह छोड़कर अपने को सेतूद्र जानवर की तरह बुद्धिमान प्रमाणित किया है जो शिकारियों द्वारा तेज़ी से पीछा किए जाने पर अपनी जान बचाने के लिए बालों को अपने दाँतों से काट और चीथकर फेंक देता है; क्योंकि उसे स्वाभाविक प्रेरणा होती है कि उसी के लिए उसका पीछा किया जा रहा है।' उसने सैंको को शिरस्त्राण उठाने का आदेश दिया।

सैंको ने उसे उठाकर कहा, 'मैं सच कहता हूँ कि यह विशेष प्रकार का बर्तन है, और पकड़े जाने पर चोर के गले में फंदा पड़ना जितना ध्रुव है, उतना ही ध्रुव इसका मूल्य आठ सिक्का है।' इतना कहकर उसने उसे अपने मालिक को थमा दिया। उसने तुरंत उसे अपने सिर पर ओढ़ लिया और उसे घुमा-फिराकर सामने का हिस्सा खोजने लगा। जब उसने देखा कि सामने का हिस्सा उसमें नहीं है तब उसने कहा—'जिस मूर्ति-पूजक के लिए यह शिरस्त्राण पहले-पहल तैयार किया गया था कि उसका सिर अति विशाल था, लेकिन सबसे बुरी बात तो यह है कि इसका आधा भाग गायब है।'

अपने स्वामी को हज्जाम के उस बर्तन को शिरस्त्राण कहते हुए सुनकर सैंको अपनी मुस्कराहट न रोक सका। यदि भय का आतंक उसकी खुशी पर न छाया होता तो वह ठहाके के साथ हँसे बिना न रहता।

डान क्विग्जोट—'अरे मूर्ख, तू इस तरह मुस्करा क्यों रहा है?'

सैंको–'मैं यह सोचकर मुस्करा पड़ा कि जिसका यह शिरस्त्राण था उसका सिर कितना विशाल और शून्य रहा होगा, क्योंकि यह तो किसी हज्जाम के पात्र की तरह लगता है।'

डान क्विग्जोट–'मेरा अनुमान है कि यह शिरस्त्राण किसी विचित्र संयोग से किसी ऐसे आदमी के हाथ में पड़ गया जो इसका वास्तविक मूल्य नहीं जानता था और इसे खालिस सोने का देखकर रुपये के लोभ में उसने इसका आगे का आधा हिस्सा तो गला दिया और आधे से सिर ढँकने का काम लेने लगा। यही कारण है कि यह हज्जाम के पात्र के समान दीखता है। लेकिन मैं इसका वास्तविक मूल्य जानता हूँ। इसलिए साम्य का कोई असर मुझपर नहीं पड़ सकता; क्योंकि ज्यों ही मैं किसी ऐसे नगर में पहुँचूँगा जहाँ हथियार बनाने वाले होंगे वहाँ मैं इसका सुधार इतनी उत्तमता से करा लूँगा कि युद्ध के देवता के लिए कारीगर देवता (विश्वकर्मा) ने जो शिरस्त्राण बनाया था वह भी इसके मुकाबले नहीं ठहर सकेगा। संप्रति यह जैसा है वैसा ही मैं पहनूँगा; क्योंकि नहीं की अपेक्षा तो कुछ का होना गनीमत है। कम-से-कम पत्थरों की मार से वह मेरे सिर की रक्षा तो कर ही सकेगा।'

सैंको–'यह काम उससे बखूबी होगा अगर ढेलवाँस से पत्थर न फेंके जाएँ, जैसा कि उन दोनों सेनाओं के समय हुआ था जब उन्होंने आप पर प्रहार किया जिससे आपके जबड़े पर भयानक आघात पहुँचा, जिसने आपके गालों पर बैठकर आपके दाँतों को तोड़ दिया और आपके कान के पास की उस मटकी को तोड़ दिया जिसमें आपने वह अमूल्य दवा रखी थी जिसने मेरी अंतड़ी छू ली थी।'

डान क्विग्जोट–'सच बात है। वह मेरी अमूल्य दवा है। वह अमूल्य दवा नष्ट हो गई, लेकिन उसका कुछ लेश-मात्र भी पछतावा नहीं है; क्योंकि उसका नुस्खा मेरे दिमाग में है।'

सैंको–'मुझे वह याद है और जब तक ज़िंदा रहूँगा तब तक उसे न भूल सकूँगा। लेकिन यदि पुनः कभी उसे बनाना या चखना पड़े तो मेरी मृत्यु ही हो जाएगी। इसके अलावा मैं ऐसा कोई काम करना भी नहीं चाहता कि मुझे इसके प्रयोग की आवश्यकता पड़े। अपनी पाँचों इंद्रियों के साथ मेरा यह पक्का इरादा है कि न तो मैं किसी को क्षति पहुँचाऊँगा और न अपने को किसी से क्षति पहुँचने दूँगा। जहाँ तक कंबल में लपेटकर उछाले जाने की बात है, मैं कुछ नहीं कह सकता; क्योंकि दुर्घटनाओं को धैर्य के साथ सहन करने के अलावा और कोई दवा नहीं है। यदि मेरे भाग्य में फिर कभी उस तरह उछाला जाना लिखा हो

तो मैं अपने कंधों को सिकोड़ लूँगा, साँस रोक लूँगा, आँखें बंद कर लूँगा और इतमीनान के साथ कंबल और नियति को अंत तक मुझे उछालने के लिए छोड़ दूँगा।'

डान क्विग्जोट—'ठीक है, पर मुझे ऐसा प्रतीत नहीं होता कि तुम सच्चे ईसाई हो; क्योंकि तुम अपकार को भूल नहीं पाते। मैं तुम्हें बतला देना चाहता हूँ कि उदार और महाभाग्य के लोग मामूली बातों की उपेक्षा करते हैं। क्या तुम लँगड़े हो गए हो? तुम्हारी कोई पसली टूट गई है? या तुम्हारे मस्तिष्क के किसी हिस्से में खरौंच लगी है कि तुम उस मज़ाक की चर्चा बिना विषाद के नहीं कर सकते? मज़ाक के सिवा वह था ही क्या? मनोरंजन का निरापद साधन। यदि मैं उसे दूसरी दृष्टि से देखता तो इस समय से पहले मैं वहाँ पहुँच गया होता और उस अपकार के बदले में ऐसी शैतानी करता कि उस तरह की शैतानी ट्राय में ग्रेशियन लोगों ने भी नहीं की होगी जब ट्राय वालों ने उनकी सुंदरी हेलेना को कैद कर लिया था। हेलेना उस प्राचीन युग की सुविख्यात सुंदरी थी। यदि यह इस युग में पैदा होती और मेरी डलसीनिया शृंगार से सुसज्जित होकर उसका सामना करती तो मेरी प्रेयसी का सौंदर्य उसके सौंदर्य को दबा देता।'

इतना कहकर उसने गहरी साँस ली। तब सैंको ने कहा—'अच्छी बात है अब मैं पुराने घाव को नहीं कुरेदूँगा, चूँकि उसका बदला लेने का प्रश्न ही नहीं। इसलिए उसे मज़ाक ही मान लेना चाहिए। लेकिन इस भूरे चितकबरे टट्टू का क्या होगा जो भूरे रंग के गधे की तरह प्रतीत होता है? वह जंगली शैतान अपने बदले में इसे छोड़ गया है। उसे भागने की जल्दी जो पड़ी थी। मैं नहीं समझता कि इसे लेने वह वापस भी आएगा। मैं सौगंध खाकर कहता हूँ कि यह ख़ास तरह का जानवर है।'

डान क्विग्जोट—'जिन्हें में जीतता हूँ उन्हें लूटने की मेरी आदत नहीं है और वीर योद्धाओं में भी ऐसा चलन नहीं है कि वे हारे हुए प्रतिद्वंद्वी का घोड़ा छीन लें और उसे पैदल जाने के लिए छोड़ दें; बशर्ते कि विजयी योद्धा का घोड़ा द्वंद्व-युद्ध में मारा न गया हो या घायल न हुआ हो। इसलिए उस घोड़े या गधे को—जैसा तुम कहते हो—यहीं छोड़ दो। हम लोगों के चले जाने के बाद इसका मालिक इसे लेने अवश्य आएगा।'

सैंको—'लेकिन मेरी तो सोलहों आने इच्छा है कि इसे साथ लेता चलूँ या अपने गधे से बदल लूँ; क्योंकि मेरा गधा उतना अच्छा नहीं है। क्या वीर धर्म का

कानून इतना कठोर है कि एक आदमी एक चीज़ से दूसरी चीज़ को बदल नहीं सकता? कम-से-कम मुझे इतनी छूट तो देंगे कि मैं साज से साज बदल लूँ!'

डान क्विग्जोट—'मैं इस अंतिम बात के बारे में निश्चयपूर्वक कुछ नहीं कह सकता कि इस संबंध में जब तक मुझे पूरी जानकारी न हो जाए मैं तुम्हें इस बात की छूट देता हूँ कि यदि नितांत आवश्यक हो तो तुम अपने गधे का साज उसके घोड़े के साज से बदल सकते हो।'

सैंको—'मुझे नितांत आवश्यकता है। इससे अधिक आवश्यकता की तो संभावना नहीं की जा सकती। यह मेरी निजी आवश्यकता है।'

अपने स्वामी की आज्ञा पाकर और बिना किसी और झंझट-बखेड़े के उसने अपने गधे का साज बदलकर कम-से-कम चार भाग में से उसका तीन भाग तो सुंदर बना ही दिया। इसके बाद रात के भोजन के सामान में से जो कुछ बचा था उसका नाश्ता किया और ऊन साफ करने वाली मिल को चलाने वाली धार से प्यास बुझाई। लेकिन मिल की ओर उन लोगों ने आँख उठाकर देखा तक नहीं; क्योंकि उससे उन्हें दिली नफ़रत थी। इस तरह अपने चित्त को शांत करके और अपने मानसिक विषाद को दूर करके वे दोनों पुनः उठ खड़े हुए और कोई निर्दिष्ट मार्ग न पकड़कर रोजिनांटे की मर्जी पर चले, जो अपने स्वामी और गधे की इच्छाओं को हृदयंगम किए हुए था। यह पथ-प्रदर्शन शीघ्र ही उन्हें राजपथ पर ले आया। वे लोग बिना किसी निश्चित उद्देश्य के धीरे-धीरे आगे बढ़ते चले।

वे लोग इसी तरह चले जा रहे थे कि सैंको ने अपने मालिक से कहा—'यदि आप आज्ञा दें तो आपसे थोड़ी बातें करूँ। आपने जब से मुझे जबान बंद रखने का आदेश दिया है तब से मेरे दिमाग में चार-पाँच बातें उथल-पुथल मचा रही हैं। अभी एक बात मेरी जबान पर आई है, उसे तो मैं किसी तरह पचा ही नहीं सकता।'

डान क्विग्जोट—'जो कहना हो संक्षेप में कहो; क्योंकि लंबी-चौड़ी बातों में मजा नहीं आता।'

सैंको—'मैं कुछ देर से यह सोच रहा था कि इन ऊसर जंगलों और बेगाने इलाकों में घूमने से क्या फायदा है। आप वीर कर्म का ऐसा खतरनाक और अद्भुत काम करते हैं तो भी यहाँ उन्हें कोई देखने या सुनने वाला नहीं है। इसलिए आपके इन प्रयासों की कोई कद्र यहाँ नहीं है। यदि आप सहमत हों (क्योंकि आप मुझसे अच्छा सोच सकते हैं) तो हम लोग किसी ऐसे बादशाह या राजा की सहायता के लिए चलें जो युद्ध में संलग्न हो; क्योंकि वहाँ आपको

अपनी शक्ति और बुद्धि दोनों के प्रदर्शन का सुंदर सुयोग मिल जाएगा। जिस बादशाह की हम मदद करेंगे वह आपकी अद्‌भुत योग्यता को देखकर अपनी क्षमता के अनुसार हम लोगों को पुरस्कृत करेगा और वहाँ आपके इन अद्‌भुत कारनामों को लिखने के लिए विद्वानों की कमी नहीं रहेगी। इस तरह ये कभी भी विस्मृति के गर्भ में नहीं जाएँगे। जहाँ तक मेरा संबंध है, मैं कुछ नहीं कह सकता, क्योंकि आपके बड़े-बड़े कारनामों के समक्ष मेरी क्या तुलना हो सकती है। लेकिन यदि वीर योद्धाओं के वीर कर्म के साथ उनके परिचारकों के उल्लेख की भी व्यवस्था हो तो मेरा भी निश्चित रूप से उल्लेख रहेगा।'

डान क्विग्जोट—'तुम जो कुछ कह रहे हो, उसमें बहुत कुछ तथ्य है; लेकिन सबसे पहले यही उचित है कि वीर योद्धा साहसिक कामों के लिए उम्मीदवार की तरह कुछ दिनों तक दुनिया का चक्कर लगाए, इस तरह का अद्‌भुत वीर-कर्म करे कि उसकी ख्याति देश-देशांतर में फैल जाए और इसके बाद जब वह किसी राजा या बादशाह के दरबार में उपस्थित हो तब उसका बड़ी धूमधाम से स्वागत हो, क्योंकि उसकी ख्याति की चर्चा पहले से ही वहाँ पहुँच चुकी होगी। ऐसा योद्धा राजधानी के फाटक पर भी न पहुँचने पाए कि जन-समुदाय उसके स्वागत के लिए दौड़ पड़े और लोग चिल्ला-चिल्लाकर कहने लगें—वह जा रहा है सूर्य का वीर योद्धा या साँप का वीर योद्धा, अथवा जो कोई उपाधि उस वीर योद्धा ने ग्रहण की हो। वे कहते हैं—यही वह वीर योद्धा है जिसने द्वंद्व-युद्ध में अजेय ब्रोकाब्रूनो के समान विशाल दैत्य को परास्त किया है। यही है वह वीर योद्धा जिसने ईरान के मामलूको का उद्धार उस जादूगर से किया जिसने नौ सौ वर्ष तक उसे अपने क़ाबू में रखा था। इस तरह से वे उसके अमानवीय कारनामों को घोषित करते हैं, फिर यह बात बादशाह के कानों तक पहुँचती है। बादशाह ऐसे वीर योद्धा को अपनी आँखों से देखना चाहता है इसलिए वह अपने महल की खिड़की से झाँकता है। वह वीर योद्धा को देखते ही उसके हथियारों या ढाल के चिह्न ने उसे पहचान लेता है। तब वह अपने दरबारियों से कहने के लिए बाध्य होता है कि तुम लोगों में से कोई आगे बढ़कर उस अद्‌भुत पराक्रमी का स्वागत करो, जो मेरे दरबार में आ रहा है। राजा की आज्ञा पाकर वे लोग अपना परिचय देने के लिए दौड़ पड़ते हैं। राजा सीढ़ी पर उसकी प्रतीक्षा में खड़ा रहता है और अपने वीर मेहमान को छाती से लगा लेता है और उसका चुंबन करता है। उनका हाथ अपने हाथ में ले लेता है और उसे सीधे अपनी रानी के पास कक्ष में ले जाता है। वहाँ जाकर वीर योद्धा देखता है कि रानी अपनी विश्वविख्यात सुंदरी

बेटी के साथ उसकी अगवानी के लिए प्रस्तुत है। साथ-ही-साथ नियति का कुछ ऐसा चक्र चलता है कि शहजादी एकटक उस वीर योद्धा को देखने लगती है और वीर योद्धा भी उसी तरह शहजादी को देखता है, और दोनों एक-दूसरे को साधारण मनुष्य नहीं, बल्कि देवदूत समझने लगते हैं। किसी अवर्णनीय आकर्षण के कारण दोनों एक-दूसरे के प्रगाढ़ प्रेम के जाल में फँसकर अपना-अपना प्रगाढ़ प्रेम प्रकट करने का उपयुक्त अवसर न पाकर बेचैनी और घबराहट का अनुभव करने लगते हैं। इसके बाद बादशाह वीर योद्धा को महल के सर्वश्रेष्ठ कक्ष में ले ही जाएगा। वहाँ वीर योद्धा अपना कवच उतार देगा और बादशाह उसे मुलायम रंगीन रोयेंदार पोशाक देगा। जो व्यक्ति कवच में इतना सुंदर जँचता है वह सुंदर-से-सुंदर दरबारी पोशक पहनकर कितना सुंदर जँचेगा, इसका अनुमान तुम नहीं कर सकते। रात को वह बादशाह, रानी तथा शहजादी के साथ भोजन करेगा, पर वह अपनी आँखों से उस जादूगरनी (शहज़ादी) के रूप-सुधा का पान करता रहेगा, फिर भी यह काम वह इतनी सफाई से करेगा कि कोई लक्ष्य नहीं कर सकेगा। वह शहजादी भी उसी चातुरी के साथ उसे प्रतिदान देगी, क्योंकि मैंने ऊपर बतलाया है कि शहजादी सर्वगुण-संपन्न होगी।'

'भोजन कर चुकने के बाद अचानक एक विचित्र दृश्य उपस्थित होता है। सबसे पहले मलिन और गंदे वस्त्रों में एक बौना आता है और उसके पीछे दो दैत्यों से घिरी एक सुंदरी परी। साहस और वीरता का प्रदर्शन करने के लिए यह विन्यास किसी प्राचीन जादूगर ने किया होगा। इसे संपन्न करना इतना कठिन काम है कि जो इसे संपन्न करने का साहस करे और इसे पूरा कर दे वह संसार का सबसे बड़ा वीर योद्धा समझा जाएगा। राजा इच्छा प्रकट करता है; कि उसके सभी दरबारी प्रयत्न करें। लेकिन सभी असफल होते हैं। क्योंकि इसे संपन्न करने का श्रेय उस वीर अजनबी के लिए सुरक्षित है। जिस काम को पूरा करने में सभी लोग अपनी पूरी शक्ति लगाकर भी असफल रहे उसे वह सहज में कर देता है। इससे शहज़ादी को अतिशय प्रसन्नता होती है और वह संसार में अपने को सबसे ज्यादा सुखी समझती है; क्योंकि उसने ऐसे योग्य व्यक्ति को आत्म-समर्पण किया है।

'संयोग की बात कि वह राजा या बादशाह अपने पड़ोसी राजा या बादशाह के साथ युद्ध में फँसा हुआ है जो उसी के समान शक्तिशाली है। कई दिनों तक युद्ध में रहने के बाद इस वीर योद्धा को इस लड़ाई का समाचार मिलता है और वह अपनी सेवाएँ बादशाह को अर्पित करता है। राजा सहर्ष इसे स्वीकार करता

है। राजा की इस कृपा के लिए वीर योद्धा उसका हाथ चूम लेता है। शहजादी की एक परिचारिका के माध्यम से रात को वीर योद्धा कई बार शहजादी से उसके कक्ष की बाग वाली खिड़की की जाफरी के पास मिला करता था। उसमें रात को वह वहीं शहजादी से विदा लेता है। वीर योद्धा उसाँसें लेता है और शहजादी बेहोश हो जाती है। परिचारिका उसे होश में लाने के लिए ठंडा पानी लाने जाती है। वह अत्यंत घबराई हुई है, क्योंकि भोर का प्रकाश आने ही वाला है और वह नहीं चाहती कि कोई उन्हें उस हालत में देखे; क्योंकि इससे शहजादी का चरित्र कलंकित होगा। अंत में शहजादी को होश आता है और लोहे की जाफरी के भीतर से वह अपना सुंदर हाथ चूमने के लिए वीर योद्धा की ओर बढ़ा देती है। वह हज़ारों बार उसे चूमता है और अपने आँसुओं से उसे तर कर देता है। उसके बाद दोनों यह तय करते हैं कि इस सांघातिक अनुपस्थिति में गुप्त पत्र-व्यवहार द्वारा दोनों अपने हृदय के भावों को एक-दूसरे तक पहुँचाते रहेंगे। शहजादी उससे प्रार्थना करती है कि सच्चे प्रेमी के नाते वह जल्द-से-जल्द वापस आए। वीर योद्धा सैकड़ों सौगंध खाकर अपना वचन पूरा करने का वायदा करता है। अंत में वह क्षण भी आ उपस्थित होता है जब उसे अपनी प्रियतमा से अलग होना है, बल्कि शायद अपने अस्तित्व से ही अलग होना है। वह एक बार पुनः उन कोमल कमनीय हाथों का चुंबन करता है। वह चुंबन क्या करता है अपनी आत्मा को उड़ेल देता है, जो उसके होंठों पर आ गई थी। वह अपनी आत्मा को वहीं रहने के लिए छोड़ जाना चाहता है। इसके बाद वह भयभीत परिचारिका उसे वहाँ से हटा ले जाती है। इस भीषण बिछोह के बाद वह अपने कमरे में जाता है, अपने बिस्तर पर धड़ाम से गिर पड़ता है और इस तरह शोक-विह्वल हो जाता है कि उसकी आँखें बन्द नहीं होतीं।

'सुबह होते ही वह तैयार होकर राजा और रानी के पास विदा लेने जाता है। वह शहजादी से मिलकर विदाई लेना चाहता है कि उसे सूचना मिलती है कि शहजादी की तबीयत खराब है। वह तुरंत समझ जाता है कि उसकी जुदाई ही उसकी बीमारी का कारण है। इससे उसे अतिशय व्यथा होती है और वह अपने हृदय के गुप्त भेद को प्रकट कर देना चाहता है। इसे लक्ष्य करते ही परिचारिका शहजादी के पास जाती है और उसे सारा हाल कह सुनाती है। शहजादी आँखों में आँसू भरकर कहती है कि सबसे बड़ा संकट यह है कि वह यह नहीं जानती कि यह वीर योद्धा किसी राजवंश का है या नहीं। परिचारिका उसे यह कहकर

सांत्वना देती है कि ऐसा शौर्य और ऐसे श्रेष्ठ गुण राजवंश की संतान में ही पाए जाते हैं।'

इससे उस दुखिया सुंदरी को सांत्वना मिलती है और वह हर तरह से अपने चेहरे के भाव को छिपाने की कोशिश करती है; अन्यथा राजा और रानी को उसके इस परिवर्तन के कारण पर संदेह होने लगता।

वीर योद्धा कुछ काल के लिए महल से गायब हो जाता है। वह राजा के दुश्मन को ललकारता है और उससे भिड़कर उसे परास्त कर देता है। मैं ठीक-ठीक नहीं बतला सकता कि वह कितने नगरों पर दख़ल कर लेता है, और कितनी लड़ाइयों में विजय पाता है। वह राज-दरबार में वापस आता है और विजय की माला से सुशोभित अपनी प्रेयसी के सामने उपस्थित होता है। वे दोनों गुप्त रूप से मिलते हैं और दोनों तय करते हैं कि इस वीर योद्धा ने राजा का जो उपकार किया है उसके बदले वह शहजादी को अपनी पत्नी रूप में माँगे। लेकिन वीर योद्धा के कुल और शील का पता न होने के कारण राजा सहमत नहीं होता। फिर भी राजकुमारी का विवाह उसके साथ हो जाता है; चाहे शहजादी की रजामंदी से वह उसे भगा ले गया या कोई दूसरा तरीका काम में लाया हो। इसके बाद राजा को मालूम होता है कि वीर योद्धा किसी बहुत बड़े शक्तिशाली राजा का पुत्र है। इससे वह इस विवाह से बहुत खुश होता है। मैं तुम्हें उस राजा के देश का नाम नहीं बतला सकता, शायद वह देश नक्शे में नहीं है। कुछ दिन के बाद शहजादी का पिता मर जाता है और वह राज्य की मालकिन बन जाती है और इस तरह चुटकी बजाते ही हमारा वीर योद्धा राजा बन जाता है। अपने को इस तरह सुखी और संपन्न बनाने के बाद उसका ध्यान अपने परिचारक तथा उन लोगों को संतुष्ट करने की ओर जाता है जो उसे इस पद तक पहुँचाने में सहायक हुए थे। इस तरह वह अपने परिचारक की शादी शहजादी की किसी दासी से करवा देता है—संभवतः उसी से जो उसे गुप्त रूप से शहजादी से मिलाया करती थी। वह राज्य के किसी प्रतिष्ठित सामंत की बेटी भी थी।'

सैंको—'मैं इतने दिनों से उसी की तलाश करता रहा हूँ। आप मेरे लिए उतना कर दीजिए तो कुछ भी हो, मैं उस पद पर अटल रहूँगा। आपने जो कुछ कहा है ये सारी बातें एक-एक करके उसी तरह निश्चित रूप से संपन्न होंगी जिस तरह बंदूक का वार खाली नहीं जाता। बस आप मनहूस आकृति का वीर योद्धा की उपाधि ग्रहण कर लें।'

डान क्विग्जोट—'निश्चय ही; क्योंकि इसी उपाय से और इसी तरीके से वीर योद्धा राजगद्‌दी का मालिक बन सकता है। अब हम लोगों का सबसे पहला काम किसी ऐसे राज्य को ढूँढ़ना है—चाहे मूर्ति-पूजक हो या ईसाई—जिसका अपने पड़ोसी राजाओं के साथ झगड़ा चल रहा हो और जिसके सुंदर पुत्री हो। इसका पता लगाने के लिए हम लोगों के पास बहुत समय है, क्योंकि पहले तो हम लोगों को संसार में अपनी कीर्ति को फैलाना है। फिर हम लोग किसी दरबार में चलेंगे। एक दूसरी बात मुझे और परेशान किए हुए है। मान लो कि हम लोगों ने ऐसे राजा और शहजादी का पता लगाया और अपने बाहु-बल से संसार में अपनी ख्याति भी स्थापित कर ली, लेकिन मेरी समझ में यह नहीं आता कि मैं यह कैसे साबित कर सकूँगा, कि मैं राजवंश का हूँ। किसी बादशाह का सुदूर का गोत्रज ही क्यों न हो और मेरी सेवाओं के उपयुक्त पारितोषिक होते हुए भी जब तक राजा के समक्ष मैं सच्चा सबूत पेश न कर दूँ तब तक वह आशा नहीं की जा सकती कि वह अपनी बेटी की शादी मेरे साथ करने के लिए कभी राजी होगी। इस तरह इस एक प्रमाण की कमी के कारण मुझे उस चीज़ की आशंका है जिसे मैं अपने पुरुषार्थ से प्राप्त करूँगा। यह सही है कि मैं प्राचीन कुलीन वंश का हूँ, सभ्य और सुसंस्कृत हूँ और मेरी ज़मींदारी से मुझे प्रतिवर्ष एक सौ बीस क्राउन की आमदनी भी है। नहीं, यह भी तो हो सकता है कि जो इतिहास-लेखक मेरा इतिवृत्त लिखने वाला है वह मेरे वंश-वृक्ष को इस तरह सुधारकर ऊँचा बना देगा कि वह किसी राजवंश की पाँचवीं या छठी पीढ़ी में मुझे बिठा दे। सैंको, संसार में दो तरह के वंशज हैं। एक वे हैं जो किसी बहुत बड़े राजा या बादशाह के वंशज हैं, पर पीढ़ी-दर-पीढ़ी वे इस तरह नीचे उतरते गए हैं और नगण्य हो गए हैं कि अगली पीढ़ियों की ज़मींदारी और उपाधि उनके लिए नगण्य हो गई और अंत में वे पिरामिड की नोक की तरह संकुचित होकर सिकुड़ गए। दूसरे वे हैं जिनका आरंभ अति तुच्छ वंश से हुआ; लेकिन वे धीरे-धीरे ऊपर उठते गए और अंत में वे मानव-समाज की उच्च श्रेणी में आ गए। इन दोनों में इतना विशाल अंतर पड़ गया कि जो किसी समय बहुत कुछ थे वे आज नगण्य हैं, और जो किसी समय नगण्य थे वे ही आज सब कुछ हैं। इसलिए कौन कह सकता है कि मैं भी उन्हीं का वंशज होऊँ जो किसी समय महान थे? इसे भी ठीक-ठीक जाँच करके यदि तरीके से उपस्थित किया जाए तो निश्चय ही राजा को इससे संतोष हो जाएगा जो मेरे भावी श्वसुर होंगे।

'यदि इतने पर भी वे प्रतिक्रियावादी ही बने रहे तो शहजादी मेरे प्रेम में पागल होने के कारण उनकी अनुमति बिना ही मुझसे विवाह कर लेगी चाहे मैं तुच्छ भिश्ती का ही लड़का क्यों न होऊँ और यदि उसका कोमल हृदय अपने पिता की इच्छा के प्रतिकूल मुझे वरण करने के लिए तैयार है तो बल-प्रयोग से उसके पिता की पहुँच से शहजादी को दूर हटाकर उस पर अधिकार जमा लेने में भी कोई बुराई न होगी; क्योंकि काल या मृत्यु राजा के रोष का एक दिन अंत कर ही देंगे।'

सैंको—'आवारों के बीच में एक कहावत प्रचलित है कि जो आपके उद्देश्य के सर्वथा अनुकूल है, जिस वस्तु को तुम बल से प्राप्त कर सकते हो उसके लिए दीनता क्यों प्रकट करो? इसी बात को दूसरी भाषा में उचित रीति से कहा गया है: भले आदमी बनकर प्रार्थना करने की बजाय झाड़ी से छलाँग मारना कहीं अच्छा है। इस संबंध में और कुछ करना नहीं है। यदि आपके श्वसुर वह राजा आपके साथ अपनी बेटी की शादी करने के लिए तैयार न हों तो मैं क्षण-भर की भी प्रतीक्षा नहीं करूँगा—क्यों करूँ? बल्कि सीधे उसे लेकर चंपत हो जाऊँगा। लेकिन मुझे एक ही बात का डर है कि जब तक आप उसे राजी करने के प्रयास में रहेंगे और कहावत के अनुसार उस खबीस के पीछे पड़े रहेंगे तब तक आपका यह तुच्छ सेवक यों ही लटका रहेगा और आप उसका जो भी उपकार करना चाहेंगे उसके बावजूद भी उसे अंत में आत्महत्या ही करनी पड़ेगी, यदि दूती का काम करने वाली वह दासी—जिसके साथ आपके इस परिचारक की शादी होने वाली हो—शहजादी के साथ ही भागने के लिए उद्यत न हो, ताकि अनुकूल अवसर आने के समय तक वह आपके इस परिचारक की सांत्वना का साधन बन सके। यह संभव प्रतीत होता है कि वीर योद्धा बिना किसी और झंझट के हम लोगों को भी विवाह के बंधन में जकड़ देंगे।'

डान क्विग्जोट—'निश्चय ही, यह तो होगा ही।'

सैंको—'तब हम लोगों को प्रयास करना चाहिए, चाहे इसके लिए जो कुछ भी मुसीबत उठानी पड़े।'

डान क्विग्जोट—'भगवान करे, हम लोगों की अभिलाषा पूरी हो और जो अपने को हत्‌भाग्य समझते हों, वे हत्‌भाग्य बने रहें।'

सैंको—'शुभ हो। क्योंकि मैं ख़ानदानी ईसाई हूँ, और सामंत बनने के लिए इतनी योग्यता पर्याप्त है।'

डान क्विग्जोट–'आवश्यकता से अधिक, क्योंकि यद्यपि तुम उतने कुलीन वंश के नहीं हो तो भी राजा होने पर मैं तुम्हें सामंत की उपाधि से विभूषित कर दूँगा। न तो तुम्हें उसके लिए किसी तरह की परेशानी उठानी पड़ेगी और न मेरी कोई असाधारण सेवा ही करनी पड़ेगी। तुम्हें सामंत बना देने पर लोगों को तुम्हारी अभ्यर्थना करनी पड़ेगी, यद्यपि इससे उन्हें बहुत ज्यादा संताप होगा।'

सैंको ने कहा–'क्या आप समझते हैं कि मैं उस पद के अयोग्य नहीं बन जाऊँगा।'

डान क्विग्जोट–'अयोग्य नहीं, योग्य कहो।'

सैंको–'आप जो कहें वही सही। मैं यह कह रहा था कि मैं असाधारण सामंत प्रतीत होऊँगा। एक बार मैं एक भ्रातृ-संघ का परिचारक था। परिचारक का लबादा मेरे सिर पर इतना अधिक फबता था कि हरेक आदमी यही कहता था कि मैं प्रधान कर्मचारी के समान प्रतीत होता हूँ। तब आप यह बात क्यों सोचते हैं कि सामंत का सुनहला और मोतियों का झालरदार चोगा पहनने के बाद मैं विदेशी ज़मींदार की तरह प्रतीत होऊँगा? मेरा तो अनुभव है कि सैकड़ों कोस के लोग हम लोगों के दर्शन करने के लिए आएँगे।'

डान क्विग्जोट–'तुम जरूर सुंदर प्रतीत होगे, लेकिन तब तुम्हें अपनी इस झाड़ की तरह बड़ी हुई दाढ़ी को हर दूसरे दिन काटना पड़ेगा, नहीं तो तुम्हें देखते ही लोग तुम्हारे वंश का अनुमान करने लगेंगे।'

सैंको–'यह काम तो केवल घर में एक हज्जाम रख लेने से ही हो जाएगा और आवश्यकता होने पर वह रईसों के अश्व-निरीक्षकों की तरह मेरे पीछे हर जगह घोड़े पर दौड़ता रहेगा।'

डान क्विग्जोट–'तू कैसे जानता है कि रईस लोग अश्व-निरीक्षक रखते हैं जो उनके पीछे घोड़े पर दौड़ते रहते हैं?'

सैंको–'मैं आपको अभी बतलाए देता हूँ। कई साल की बात है मैं एक महीने तक आपके ही समान रईसों के साथ था। वहाँ मैंने एक छोटे लड़के को इधर-उधर दौड़ते हुए देखा। लोगों से मालूम हुआ कि वह बहुत बड़ा रईस है। उसके साथ एक घुड़सवार था। वह जहाँ जाता घुड़सवार उसके पीछे-पीछे जाता था। वह जहाँ मुड़ता या रुकता था, वहीं वह भी मुड़ या रुक जाता था। ऐसा प्रतीत होता था कि मानो वह उसके घोड़े की पूँछ से बँधा हुआ हो। यह देखकर मैंने पूछा कि पीछे वाला घुड़सवार उसके पीछे-पीछे क्यों चलता है, बगल में क्यों नहीं चलता? लोगों ने बतलाया कि वह उसके घोड़ों का निरीक्षक है और रईस

लोग हमेशा अपने पीछे इस तरह का आदमी रखते हैं। मैंने उसे इतनी ग़ौर से देखा कि मैं आज तक उसे भूल नहीं सका हूँ।'

डान क्विग्जोट—'तुम ठीक कहते हो और तुम इसी तरह अपने हज्जाम को अपने साथ रख सकते हो। रीति-रिवाजों का उदय एकाएक नहीं हुआ, बल्कि वे चालू हुए और धीरे-धीरे उन्नति हुई। इसलिए तू प्रथम सामंत होगा जिसके पीछे हज्जाम घोड़े पर चलेगा, और तेरे इस आचरण के समर्थन में कहा जा सकता है कि घोड़े को कसने की अपेक्षा किसी आदमी की दाढ़ी मूँड़ने का काम कहीं अधिक महत्त्वपूर्ण है।'

सैंको—'दाढ़ी मुँड़वाने का काम मेरे ऊपर छोड़ दीजिए। खुद राजा बनने और मुझको सामंत बनाने की फ़िक्र आप कीजिए।'

डान क्विग्जोट—'इसमें संदेह करने की गुंजायश नहीं है।'

इतना कहकर उसने घूमकर देखा और उसे जो कुछ दिखाई पड़ा उसका वर्णन अगले परिच्छेद में है।

8. डान क्विग्जोट द्वारा ग़ुलामों का उद्धार

सुविख्यात डान क्विग्जोट और उसके परिचारक सैंकोपांका के बीच इस तरह की वार्तालाप के बाद—जिसकी चर्चा सातवें परिच्छेद में की गई है—वीर योद्धा ने आँखें उठाकर देखा तो उसे बारह आदमी पैर घसीटते हुए सड़क पर चलते दिखाई दिए। जिस तरह माला में दाने गुँथे रहते हैं उसी तरह वे एक के पीछे एक कतार में चल रहे थे। उनकी गर्दन मोटी जंजीर से बँधी हुई थी और हाथों में हथकड़ियाँ पड़ी थीं। उनके साथ चार रक्षक थे। दो हाथ में बंदूक लिए घोड़े पर सवार थे और दो पैदल थे जिनके हाथ में तलवार और बल्लम थे। उन्हें देखते ही सैंको ने चिल्लाकर कहा—'वह देखिए, राजा की नाव में गुलामी करने के लिए इन अभागों को सैनिक पकड़कर लिए जा रहे हैं।'

डान क्विग्जोट—'राजा जबरदस्ती किसी से कैसे काम ले सकता है?'

सैंको—'मेरे कहने का मतलब यह नहीं है। मेरे कहने का मतलब यह है कि इन बदमाशों को अपने कुकृत्य के लिए सज़ा दी जा रही है कि वे राजा की नाव में गुलामी करें।'

डान क्विग्जोट—'जो भी हो, उन पर बलात्कार हो रहा है, क्योंकि वे अपनी इच्छा से नहीं जा रहे हैं।'

सैंको—'निःसंदेह।'

डान क्विग्जोट—'इसका मतलब तो यह हुआ कि वे मेरे पेशे के अंदर आ जाते हैं; क्योंकि अत्याचार और जुल्म को रोकना और पीड़ितों का उद्धार करना ही मेरा काम है।'

सैंको—'लेकिन ऐसे लोगों पर न तो राजा और न कानून किसी तरह की ज़्यादती करता है। वे तो अपने किए का फल पा रहे हैं।'

इतने में जंजीरों से जकड़े वे आदमी पास आ गए। डान क्विग्जोट ने बड़ी नर्मी से रक्षकों से पूछा कि उन बेचारों को इस तरह क्यों ले जाया जा रहा है?

एक घुड़सवार ने कहा—'महोदय, वे अपराधी हैं और राजा की नाव में काम करने का इन्हें दंड मिला है। बस मुझे आपसे इतना ही कहना है और आपको इससे अधिक पूछने की ज़रूरत नहीं है।'

डान क्विग्जोट—'तो भी संक्षेप में इनकी बदकिस्मती का कारण जानना चाहता हूँ और यदि आप मुझसे बतला दें तो इसे मैं आपकी बड़ी कृपा समझूँगा।'

दूसरे घुड़सवार ने कहा—'इनकी अनेक सज़ाओं का हम लोगों के पास बाजाब्ता फैसला है। लेकिन हम लोग उन्हें निकालने और पढ़कर आपको सुनाने के लिए नहीं रुक सकते। आप स्वयं निकट आकर इनकी जाँच कर सकते हैं। मैं समझता हूँ कि ये स्वयं आपको बतला देंगे कि उन्हें क्या सज़ाएँ दी गई हैं। वे इस तरह के ईमानदार हैं कि अपनी शैतानियत का बखान करने में इन्हें ज़रा भी शर्म नहीं आती।' अगर उन लोगों ने इस बात की इजाजत न भी दी होती तो भी डान क्विग्जोट इतने अधिकार का प्रयोग स्वयं कर लेता। आदेश पाकर वह उनके पास गया और पहले से पूछा—'किस अपराध के लिए तुम इस दुर्गति में पड़े हो?'

उस कैदी ने उत्तर दिया—'मेरा अपराध प्रेम है।'

डान क्विग्जोट—'क्या केवल प्रेम करने के कारण? क्या जो लोग किसी से प्रेम करते हैं उन्हें इस तरह की सज़ा दी जाती है? तब तो मुझे बहुत पहले ही गुलामी के बंधन में जकड़ देना चाहिए था।'

गुलाम—'लेकिन मेरा प्रेम उस तरह का नहीं था जिसकी कल्पना आप करते होंगे। कपड़े के एक संदूक के साथ मुझे इतना अगाढ़ प्रेम हो गया था कि यदि जज ने उसे ज़बरदस्ती मुझसे छीन न लिया होता तो मैं कभी भी अपनी इच्छा से उसे अलग नहीं करता। संक्षेप में मैं रंगे हाथों पकड़ा गया और मेरे विरुद्ध वह इतना सबल प्रमाण था कि कबूलवाने के लिए मुझे यंत्रणा देने की ज़रूरत नहीं पड़ी। मेरा चालान कर दिया गया, मुझ पर हलकी बेंत की मार पड़ी और तीन साल के लिए नाव ढकेलने की सजा मिली। बस, यही मेरी दास्तान है।'

डान क्विग्जोट—'नाव ढकेलने की सज़ा से तुम्हारा क्या मतलब है?'

कैदी—'नाव खेने वाला गुलाम।'

यह चौबीस साल का युवक था। उसने बतलाया कि उसकी पैदाइश पीड्राहिटा में हुई थी।

तब डान क्विग्जोट ने दूसरे से पूछताछ शुरू की, लेकिन वह इतना खिन्न और उदास था कि उसने कोई भी उत्तर नहीं दिया। पर पहले बदमाश ने वीर योद्धा को उसके बारे में कह सुनाया। उसने कहा—'महोदय, यह कनेरी चिड़िया हम लोगों के साथ इसलिए है कि इसने बहुत अधिक गाया।'

डान क्विग्जोट—'क्या यह भी संभव है? क्या गाने के कारण आदमी सजा पाते हैं?'

पहले बदमाश ने कहा—'लेकिन इन्हें तो निश्चय ही सजा मिली है, क्योंकि शोक में गाने से बढ़कर बुरी बात और कुछ नहीं होती।'

डान क्विग्जोट—'यह कैसे? यह तो उस कहावत के विरुद्ध पड़ता है कि गाकर शोक को हलका और चिंता को दूर करो।'

गुलाम—'लेकिन हम लोगों के साथ बिलकुल उल्टी है। जो संकटकाल में हँसता है उसे उसके बाद ज़िंदगी-भर रोना पड़ता है।'

डान क्विग्जोट—'यह ऐसी पहेली है जो मैं साफ नहीं समझ सकता।'

रक्षकों में से एक ने इस पर कहा—'इन कैदियों की भाषा में शोक में गाने का अर्थ होता है, यंत्रणा पाने पर अपराध को कबूल लेना। इसे यंत्रणा दी गई तो इसने अपना अपराध कबूल लिया कि उसने माल-वाल चुराया था और चूँकि इसने क़बूल दिया अथवा इनकी भाषा में गाया इसलिए कि इसे छह साल की कैद और नौ सटाके वाले कोड़े से सौ कोड़ों की सजा हुई। कोड़ों की मार ने इसके कन्धों को चिथड़ा कर दिया है और उसके इस तरह खिन्न और उदास रहने का कारण यह है कि इसके साथी इस पर हँसते हैं और ताना कसते हैं कि उसमें इनकार कर जाने का साहस नहीं था। मानो जिस तरह उसने 'हाँ' कहा था उसी तरह वह 'ना' नहीं कह सकता था। मानो महज शक पर पकड़ा हुआ बदमाश भाग्यशाली नहीं था, जबकि उसकी अपनी जबान के अतिरिक्त उसके ख़िलाफ़ कोई भी प्रत्यक्ष सबूत नहीं था। मेरे विचार से इनका कहना अंशतः सही है।'

डान क्विग्जोट—'मेरा भी यही मत है।'

तब उसने तीसरे से पूछा कि तुमने क्या अपराध किया था?

तीसरे ने हँसकर तुरंत उत्तर दिया—'दो पाँच डकेट (नौ शिलिंग के बराबर का एक सिक्का) के अभाव में मुझे पाँच साल उस विशाल पानी को चीरना होगा।'

डान क्विग्जोट—'उस मुसीबत से तुम्हारा उद्धार करने के लिए मैं खुशी से बीस डकेट दे सकता हूँ।'

गुलाम—'बिना किसी कारण के मैं आपको धन्यवाद देता हूँ। आप तो वह कहावत चरितार्थ कर रहे हैं कि गोश्त के बाद सरसों, अथवा समुद्र में भूख से छटपटाते हुए को रुपया, जहाँ खरीदने के लिए भोजन की कोई सामग्री ही उपलब्ध नहीं है। जो बीस डकेट आप मुझे देना चाहते हैं वे यदि मुकदमा चलाए जाने से पहले मेरे पास होते और मैं मुहर्रिर का हाथ गर्म कर सकता या अपने वकील की बुद्धि में स्फूर्ति ला सकता तो आज इस तरह जंजीर में बँधा कुत्तों की तरह नहीं घसीटा जाता, बल्कि मैं इस समय टोलोडो में जोकोडोवर के बाजार में होता। लेकिन नियति सर्वशक्तिमान है। इतना काफी है। इससे अधिक मुझे कुछ नहीं कहना है।'

इसके बाद वह चौथे के पास गया। वह संभ्रांत बूढ़ा आदमी प्राप्त होता था। उसकी सफेद दाढ़ी छाती पर लटक रही थी। उसने उससे भी यही प्रश्न किया। वह गरीब इस तरह रोने लगा कि उत्तर तक नहीं दे सका। उसके पीछे वाला उसकी ज़बान बनकर बोला—'राज्य के नगर में घुमाए जाने और अड्डों पर खड़ा किए जाने के बाद इस ईमानदार आदमी को चार साल के लिए नाव खेने के लिए भेजा जा रहा है।'

सैंको—'अर्थात् जब यह सड़कों पर लोगों के सामने पूरी तरह शर्मिंदा किया जा चुका है।'

गुलाम—'जी हाँ, और इसका एकमात्र अपराध यह है कि वह मनुष्य के शरीर का दलाल है। सच बात यह है कि यह रंडियों का दलाल है। इसके अलावा यह जादू-टोना करना भी जानता है।'

डान क्विग्जोट—'यदि जादू-टोना करने के अतिरिक्त कोई अपराध नहीं रहता तो केवल दलाली के अपराध में इसे जेल नहीं भेजा जा सकता था, यदि इसे गुलामों के सरदार का पद नहीं देना होता। क्योंकि दलाल भड़ुआ या प्रेम में इसका पद साधारण नौकरी के समान नहीं है, बल्कि इस पद के लिए बुद्धिमानी और चतुराई की ज़रूरत होती है। यह विश्वास का पद है और सुसंचालित राज्य में इस तरह के पदों की नितांत आवश्यकता है। इस पद के काम को कोई

साधारण व्यक्ति नहीं पूरा कर सकता; बल्कि उसे संभ्रांत कुल का होना चाहिए और उच्च शिक्षा प्राप्त भी होना चाहिए। जिस तरह अन्य पेशों के नियंत्रक और निरीक्षक हैं उसी तरह इस पेशे के भी नियंत्रक और निरीक्षक होने चाहिए। जिस तरह कंपनी के हिस्सों के दलालों की संख्या नियत है उसी तरह इस पेशे के दलालों की संख्या भी नियत होनी चाहिए। इससे प्रतिदिन होने वाले अनेक दुराचार रोके जा सकेंगे। जिसका कारण यह है कि इस पेशे में मूर्ख लोग, जाहिल औरतें, अनपढ़ नौकर-चाकर, कूढ़मग्ज साईस तथा इसी तरह के कच्चे और अनुभवहीन लोग हैं जो जहाँ-तहाँ चौराहों पर मुँह में उँगली डालकर खड़े रहते हैं; जिन्हें दाहिना और बायाँ हाथ पहचानने की तमीज नहीं है। वे अचानक पकड़े जाते हैं और सारा मामला चौपट कर देते हैं; क्योंकि उन्हें इतनी अकल नहीं है कि वे झटपट कोई बात गढ़ लें और असली बात को छिपा लें। यदि मेरे पास समय होता तो मैं बतला देता कि राष्ट्र में इस पद पर किस योग्यता के आदमियों को नियुक्त करना चाहिए। तो भी जो लोग इस बुराई को दूर करना चाहें उन्हें मैं किसी उपयुक्त समय पर इस संबंध में बतला दूँगा। संप्रति मुझे इतना ही कहना है कि दलाली के आम पेशे में रहने के कारण इस बूढ़े को सजा मिलने से मुझे जो तकलीफ़ हुई थी वह यह जानकर गायब हो गई कि यह जादू-टोने का भी काम करता है। यद्यपि मेरा यह दृढ़ विश्वास है कि जादू-टोने से किसी का मन नहीं फेरा जा सकता, जैसा कुछ मूर्ख लोग समझते हैं; क्योंकि मन स्वतंत्र है और दवा या जादू का उस पर असर नहीं हो सकता। कुछ मूर्ख औरतें और धूर्त लोग मोहन रस या इस तरह की दवा बनाने का प्रचार करते हैं। ये नशीली या जहरीली दवाओं के अतिरिक्त और कुछ नहीं है। जो इन्हें पी लेते हैं वे नशे में धुत्त हो जाते हैं। ये धोखेबाज लोगों को विश्वास दिलाना चाहते हैं कि वे एक व्यक्ति को दूसरे का प्रेमी बना सकते हैं, लेकिन जैसा मैंने कहा, वह असंभव बात है।'

इस पर बूढ़े दलाल ने कहा—'आप ठीक ही कहते हैं और मैं सौगंध खाकर कहता हूँ कि जहाँ तक जादू-टोने की बात है, मैं एकदम निर्दोष हूँ; लेकिन दलाली के पेशे से मैं इनकार नहीं कर सकता। मैंने इस काम को कभी अपराध नहीं माना क्योंकि मेरी नीयत थी कि सभी लोग प्रेम का मीठा स्वाद लें और आपस के मिलन का सुख लूटें और मनुष्य का संहार करने वाली चिंता और विषाद से मुक्त रहकर शांतिपूर्ण मैत्री का जीवन बिताएँ। लेकिन मेरा निरीह उद्देश्य इतना सुखद प्रतीत नहीं हुआ कि वह मुझे उस जगह जाने से रोके जहाँ से मैं पुनः वापस

नहीं आ सकता; क्योंकि बुढ़ौती के बोझ के नीचे मैं बुरी तरह दबा हुआ हूँ। मैं कृच्छ्रमूत्र रोग से भी पीड़ित हूँ। इतना भीषण दर्द उसके कारण होता है कि मुझे क्षण-भर के लिए चैन नहीं मिलता।' इतना कहकर बूढ़ा भड़ुआ पुनः बिलख-बिलखकर रोने लगा। इससे सैंकों का दिल इतना पसीज गया कि उसने भीतर की जेब से एक सिक्का निकाला और उसे दे दिया।

इसके बाद डान क्विग्जोट पाँचवें की ओर मुड़ा, जिसे लेशमात्र भी चिंता नहीं प्रतीत होती थी। उसने कहा—'मैं महाराज की सेवा में इसलिए भेजा जा रहा हूँ कि अपनी दो चचेरी जर्मन बहनों तथा अन्य दो दयालु कुमारी बहनों से मेरी घनिष्ठता थी। मैंने अपने परिवार को इस तरह बढ़ा लिया था और सजातीयों की ऐसी विचित्र और जटिल खिचड़ी पका ली थी कि उनकी सगोत्रता की मात्रा का पता लगाना वंश-विद्या-विशारदों के संप्रदाय के लिए भी कठिन था। यह सब मुझ पर सिद्ध हो गया। न तो कोई मेरा साथ देने वाला था और न मेरे पास रुपया ही था। उसके लिए तो मैं फाँसी पर लटकाया जाने वाला था, लेकिन किसी तरह मुझे केवल छः साल की गुलामी की सज़ा मिती और मैंने चुपचाप उसे स्वीकार कर लिया। मेरे लिए संतोष की बात यही है कि मैं अभी अपने को जवान समझता हूँ और यदि मेरी ज़िंदगी कायम रही तो समय पर सब ठीक हो जाएगा। यदि आप हम गरीबों पर कृपा करके कुछ देना चाहें तो भगवान उसका बदला आपको देंगे और हम लोग सदा आपके लिए प्रार्थना करेंगे कि आप दीर्घजीवो और समृद्ध हों; क्योंकि आप सज्जन और सदाशयी प्रतीत होते हैं।' यह तेज-तर्रार और हँसमुख व्यक्ति पढ़ा-लिखा प्रतीत हो रहा था। रक्षकों ने बतलाया कि यह अच्छा वक्ता और लैटिन भाषा का अच्छा जानकार है।

इसके बाद वाले व्यक्ति की उम्र सैंतीस साल की रही होगी। वह चतुर, सजा-धजा और सुडौल था। वह बुरी तरह अपनी एक आँख दबाता रहता था। ज़ंजीरों से बुरी तरह जकड़ा हुआ था। उसके पैर में भारी बेड़ी पड़ी थी। वह इतनी लंबी थी कि उसने उसे करधनी की तरह अपनी कमर में लपेट लिया था। गर्दन में उसके नौक का जोड़ा था, जिससे एक से वह दूसरों के साथ बँधा हुआ था और दूसरा लोहे का वह पट्टा था जिसे लोग हँसली कहते हैं, जहाँ से लोहे के दो छड़ उसकी कमर तक चले गए थे। इन दोनों छड़ों में एक जोड़ा कड़ी जड़ी हुई थी, जो उसकी कलाई में पहनाई हुई थी। इसमें बहुत बड़ा ताला लगा हुआ था। इसमें न तो वह अपना हाथ अपने मुँह तक ला सकता था और न सिर को

झटका देकर हाथों तक ले जा सकता था। अर्थात् उसे खड़ी डंडा-बेढ़ी पहनाई गई थी।

डान क्विग्जोट ने पूछा—'दूसरों की अपेक्षा इसे लोहों से इस तरह अधिक क्यों जकड़ दिया गया है?'

रक्षक—'क्योंकि इसने उन लोगों से कहीं अधिक शैतानी की है। यह इतना बड़ा शैतान और बदमाश आदमी है कि जेल और हथकड़ी इसके लिए कुछ नहीं है। यह इतना बड़ा चालबाज है कि हम लोगों को इस पर भरोसा नहीं है। इसीलिए हम लोगों ने उसे इस तरह जकड़ रखा है।'

डान क्विग्जोट—'इसका अपराध क्या था कि इसे यह गुलामी करने के लिए भेजा जा रहा है?'

रक्षक—'इसे दस साल की कड़ी मशक्कत की सजा मिली है। यह तो नागरिक मृत्यु के समान है। इसके बारे में मैं आपको केवल इतना ही बतला देना चाहता हूँ कि यह कुख्यात बदमाश जाइनेस डे पैसेमांडे उपनाम जाइनेसिलो डे पैरापिला है।'

इस पर गुलाम ने नर्मी से स्पष्ट भाषा में कहा—'किसी भद्र पुरुष का जो नाम है उससे अधिक नाम उसे आप किस अधिकार से देते हैं? जाइनेस मेरा ईसाई नाम है और पैसेमांडे मेरी उपाधि है। मेरा नाम जाइनेसिलो या पेंडिलाटे नहीं है, जो आपने कहा है। जिसे जो कहना हो वह समझ-बूझकर कहे; नहीं तो उसका नतीजा उसके लिए बुरा होगा।'

अफसर ने उससे कहा—'रस्सी तोड़कर भागने वाले, अपनी जबान को इतना तेज मत कर; नहीं तो मुझे तेरी दवा करनी पड़ेगी, ताकि तेरी ज़बान दुरुस्त रहे।'

जाइनेस—'यह तो प्रत्यक्ष सबूत है कि एक आदमी को बाँधकर रखा गया है और उसे पीटा जाता है। लेकिन एक दिन लोगों को मालूम हो जाएगा कि मेरा नाम पाराविला है कि नहीं।'

अफसर—'फंदे से सरककर भागने वाला, क्या लोग तुझे इस उपनाम से नहीं पुकारते?'

जाइनेस—'ज़रूर पुकारते हैं, लेकिन मैं उन्हें सिखा दूँगा कि वे मुझे ठीक तरह से पुकारें; नहीं तो मैं उन पर ऐसी चोट करूँगा जिसकी चर्चा मैं इस समय नहीं करना चाहता।'

इसके बाद वह डान क्विग्जोट की ओर मुड़ा और बोला, 'महाशय! आप जो इतने उत्सुक दिखाई देते हैं, यदि आप हम लोगों को कुछ देना चाहते हैं तो

झटपट देकर अपना रास्ता लीजिए, क्योंकि मैं यहाँ खड़ा होकर सवालों का जवाब देना नहीं पसंद करता। मैं जाइनेस डे पैसेमांडे हूँ। मुझे अपने नाम के लिए लज्जा नहीं है। मैंने अपनी जीवनी अपने इन्हीं हाथों से लिखकर रख दी है।'

अफसर–'इतना उसने सच ही कहा है। उसने अपना इतिवृत्त स्वयं लिखा है। उसने अपनी शैतानी का एक भी वृत्तांत नहीं छिपाया है। उसने उस पांडुलिपि को जेल में दो सौ रीयल में गिरवी रख दिया है।'

जाइनेस–'अगर दो सौ डकेट में गिरवी रखा हो तो भी मैं उसे छुड़ा लूँगा।'

डान क्विग्जोट–'तो वह असाधारण वस्तु होगी।'

जाइनेस–'इतनी असाधारण कि वह केवल लजारिलो डे टारमस से ही नहीं, बल्कि उस तरह की जो भी चीज़ें लिखी गई हैं, सबसे बढ़-चढ़कर है, क्योंकि मेरा कथन अक्षरशः सत्य है और कोई भी मनगढ़ंत कहानी उसका मुकाबला नहीं कर सकती; चाहे कितनी ही चालाकियाँ और दुर्घटनाएँ उसमें भर दी जाएँ।'

डान क्विग्जोट–'उस किताब का नाम क्या है?'

जाइनेस–'जाइनेस डे पैसेमांडे का जीवन-चरित।'

डान क्विग्जोट–'क्या वह पूरी हो गई है?'

जाइनेस–'जब तक मैं ज़िन्दा हूँ तब तक वह पूरी कैसे हो सकती है? मेरे बचपन से लेकर वर्तमान जेल-यात्रा तक का वृत्तांत उसमें है।'

डान क्विंग्जोट–'इससे विदित होता है कि तुम पहले भी जेल में रह चुके हो?'

जाइनेस–'ईश्वर और राजा की सेवा के लिए मैं इससे पहले एक बार चार साल के लिए वहाँ रह आया हूँ। मैं भली-भाँति जानता हूँ कि जेल का भोजन मेरे शरीर के लिए कितना अनुकूल है। इसलिए वहाँ दुबारा जाने का मुझे दुख नहीं है। वहाँ मुझे अपनी पुस्तक को दोहराने का समय मिल जाएगा। केवल शैतान ही जानता है कि उसमें मुझे क्या जोड़ना है। स्पेन की जेलों में काफी फालतू समय रहता ही है। मुझे जो कुछ जोड़ना है उसके लिए बहुत समय की आवश्यकता भी नहीं है, क्योंकि सब कुछ जबानी याद है।'

डान क्विग्जोट–'तुम तो रसिक और बुद्धिमान दोनों मालूम होते हो।'

जाइनेस–'आपको अभागा शब्द भी जोड़ देना चाहिए था; क्योंकि भाग्य अभी भी बुद्धिमानों से असंतुष्ट ही रहता है।'

अफसर–'तुम्हारे कहने का अभिप्राय यह है कि तुम्हारे-जैसे दुष्टात्मा से असंतुष्ट रहता है।'

जाइनेस—'मैं आपसे कहता हूँ कि आप सभ्य भाषा का व्यवहार करें। अदालत ने आपके हवाले हम लोगों को इसलिए नहीं किया कि आप मुझे गालियाँ दें, बल्कि वहाँ पहुँचा देने के लिए जहाँ राजा को हम लोगों के उपयोग की ज़रूरत है। हर एक आदमी अपने-अपने कर्तव्य का निर्वाह करे, नर्मी से बातें करे या चुप रहे। मैं सौगंध खाकर कहता हूँ कि अब मैं नहीं बोलूँगा, लेकिन खून छिपाये नहीं छिपता। एक दिन ऐसा आएगा जब कुछ लोगों की बदमाशियों का भंडाफोड़ होगा और अन्य दूसरे लोगों का भी भंडा फूटेगा।'

उस गुलाम की बातों से अफसर को क्रोध आ गया और उसे पीटने के लिए उसने अपना डंडा उठाया। लेकिन डान क्विग्जोट दोनों के बीच में आ गया और उसने उसे वैसा करने से रोका और कहा—'अपनी वाचालता के लिए यह और भी क्षमा के योग्य है; क्योंकि ज़बान को छोड़कर उसका कोई दूसरा अंग स्वतंत्र नहीं है।'

इसके बाद उसने सभी कैदियों को संबोधित करते हुए कहा—'प्यारे भाइयो, आपके ही शापों से मैं इस परिणाम पर पहुँचा हूँ कि आप लोगों को जिन भिन्न-भिन्न अपराधों के लिए सजाएँ मिली हैं वे यद्यपि उचित हैं, तो भी आप लोग मजबूरी के कारण इसे भोगने के लिए तैयार हैं, क्योंकि आप लोगों के लिए कोई दूसरा चारा नहीं है। आप लोगों की विपत्तियों का कारण यह भी हो सकता है कि इस आदमी में यंत्रणा के मुकाबले दृढ़ बने रहने का साहस नहीं था। इसके पास रुपया नहीं था। तीसरे उसका न कोई दोस्त था और न दया दिखलाने वाला। और साथ ही जजों ने भी कानून को तोड़-मरोड़ अथवा खींच-खाँचकर आपके प्रतिकूल अर्थ में प्रयुक्त किया होगा। भगवान ने मुझे संसार में पीड़ितों के उद्धार के लिए और जालिमों के जुल्म से दुर्बलों की रक्षा के लिए भेजा है; क्योंकि वीर-कर्म के पेशे का यही कर्तव्य है। इसलिए मुझे बाध्य होकर तुम लोगों को अपनी शरण में लेना पड़ता है। चूँकि बुद्धिमान लोग ऐसी जगहों पर बल-प्रयोग नहीं करना चाहते जहाँ काम सौम्य तरीके से सधता है, इसलिए रक्षक महोदयगण, आप लोगों से यही प्रार्थना है कि आप इन गरीबों को रिहा कर दें। राजा की सेवा के लिए आदमियों की कमी नहीं है। भगवान और प्रकृति ने मनुष्य को स्वतंत्र बनाया है। तब क्या उन्हें ग़ुलाम बनाना कठोर कर्म नहीं है? उन्होंने आप लोगों का तो कभी कोई अपकार नहीं किया, इसलिए कोई कारण नहीं है कि कम-से-कम आप लोग इनके साथ कड़ाई से पेश आएँ। ये लोग अपने कुकर्मों का फल परलोक में भोगेंगे। ईश्वर न्यायी है और वह पापियों को

दंड और पुण्यात्माओं को पुरस्कार अवश्य देगा। ज़रा इस बात पर भी आप लोग विचार करें कि क्या एक आदमी के लिए किसी भी हालत मे उचित है कि वह दूसरे आदमी को सताए या उस पर जुल्म करे, जब उससे किसी तरह का लाभ भी उसे होने वाला नहीं है? मैं ये बातें आपसे बड़ी नर्मी से और इस शांतिपूर्ण तरीके से कह रहा हूँ कि यदि आप मेरी बात को स्वीकार कर लेंगे तो मैं आपको अनेक धन्यवाद दूँगा। लेकिन यदि आपने मेरी प्रार्थना अस्वीकार करके मुझे गुस्सा दिलाया तो मैं साफ-साफ कह देना चाहता हूँ कि मेरा यह भाला, यह तलवार और यह बाहु-बल आपको वह करने के लिए बाध्य करेगा जिसे आप मेरी प्रार्थना पर करना नहीं चाहते।'

अफसर—'यह तो अच्छा मज़ाक रहा! इस तरह की बेवकूफ़ी की बातें आप क्यों कर रहे हैं? हम लोग राजा के इन कैदियों को मुक्त कर दें मानो ऐसा करने का हम लोगों को अधिकार है और आपको वैसा हुक्म देने का। वीर योद्धा महाशय, अपने काम पर जाइए और अपना बरतन अपने सिर पर ठीक तरह से रख लीजिए। जिस बात से आपका कोई मतलब न हो उसमें हस्तक्षेप करने की धृष्टता भी न कीजिएगा; क्योंकि जो बिल्ली से छेड़छाड़ करेगा उसे खरौंच लगे बिना नहीं रहेगी।'

डान क्विग्जोट ने कहा—'तू बिल्ली है, चूहा है, और जुल्म करने वाला कायर।' इस तरह का क्रोध प्रकट करके वह अचानक उस पर ऐसे वेग से टूट पड़ा कि वह पूरी तरह से सँभलने भी नहीं पाया और उसने उस पर भयानक प्रहार करके उसे घायल कर दिया। संयोग की बात कि यह घुड़सवार था और उसके पास बंदूक थी। इस तरह के साहस का काम देखकर पहले तो वे सब घबरा गए, लेकिन दूसरे ही क्षण वे तलवार और बर्छी के साथ वीर योद्धा पर टूट पड़े। वह वीर योद्धा के लिए बहुत ही घातक सिद्ध होता यदि इस अवसर से लाभ उठाकर गुलामों ने अपनी स्वतंत्रता पुनः प्राप्त करने के लिए अपना बंधन तोड़ने का उपक्रम न किया होता। जब रक्षकों ने उन्हें इस तरह का प्रयास करते देखा तो इस पागल से लड़ने की अपेक्षा उन्हें रोकना उन लोगों ने ज्यादा आवश्यक समझा। लेकिन चूँकि वह उन्हें एक तरफ से ज़ोरों के साथ दबा रहा था और दूसरी तरफ से गुलाम अपने को बंधनमुक्त करके इन पर हमला करने वाले थे, इससे ऐसा गोलमाल उपस्थित हो गया कि रक्षक घबरा गए और वे रोकने के लिए कुछ नहीं कर सके। उधर सैंको जाइनेस डे पैसेनांडे का बेड़ी-डंडा खोलने में उसकी मदद में लगा था और उसने यह काम इतनी जल्दी कर डाला

कि उसकी कल्पना नहीं की जा सकती। इसके बाद उस मुस्तैद आवारा घायल अफसर की तलवार और बंदूक ले ली और डान क्विग्जोट की मदद में जुट गया। वह कभी इसे निशाना बनाता और कभी ऐसा लगता मानो वह उन्हें गोली मारने के लिए तैयार हो। लेकिन उसने एक बार भी बंदूक नहीं दागी। दूसरे गुलामों ने रक्षकों पर ईंटें और रोड़े बरसाने शुरू किए तो वे डान क्विग्जोट और क़ैदियों के हाथ में मैदान छोड़कर भाग गए।

सैंको, जो हमेशा अवसर से लाभ उठाने के प्रयास में रहता था, इस विजय से खुश नहीं हुआ; क्योंकि उसने अनुमान किया था कि जो रक्षक भाग गए हैं वे अवश्य ही हो-हल्ला मचाएँगे और पवित्र भ्रातृ-संघ की जमात के साथ इनका पीछा करेंगे और विद्रोह करने तथा कैदियों को छुड़ाने के अपराध में इन्हें गिरफ़्तार कर लेंगे। उसने अपने मालिक से कहा कि हम लोगों को तुरंत यहाँ से भागकर पास के पहाड़ों में छिप जाना चाहिए।

अपने परिचारक का इशारा समझकर डान क्विग्जोट ने कहा—'मैं तेरी बातें समझता हूँ और यह भी जानता हूँ कि मुझे क्या करना चाहिए।' उसने सभी गुलामों को अपने पास बुलाया। इस समय तक उन लोगों ने घायल रक्षक का वस्त्र-मोचन कर लिया था। वे उसके पास आए कि देखें वह क्या कहना चाहता है। उसने यों कहना शुरू किया—'उदार व्यक्तियों का सबसे बड़ा कर्तव्य है कि वे उपकार के लिए कृतज्ञता प्रकट करें। कृतघ्नता से बढ़कर दूसरा जघन्य अपराध कोई नहीं है। आप लोगों के लिए मैंने जो कुछ किया वह तो आप देख ही रहे हैं। आप लोग अवश्य इसके लिए मेरे कृतज्ञ होंगे। इसके लिए मैं आप लोगों से केवल इतना ही मुआवज़ा चाहता हूँ कि आप लोग जिस ज़ंजीर से बँधे हुए थे और जिससे मैंने आपको मुक्ति प्रदान की है, उसे लेकर आप लोग यहाँ से सीधे टोबोसा नगर जाएँ और वहाँ डलसीनिया डेल टोबोसो के समक्ष उपस्थित हों और उससे कहें कि आपके प्रणयी उपासक मनहूस आकृति वाले वीर योद्धा ने आदेश दिया है कि हम लोग आपकी सेवा में उपस्थित हों और आपके प्रति उनकी प्रगाढ़ भक्ति का प्रमाण दें। इसके बाद आप उन्हें इस सफलता का पूरा विवरण सुना दें, जिसके कारण आपको पुनः आज़ादी प्राप्त हुई है। फिर आप लोग जहाँ चाहें वहाँ स्वतंत्रतापूर्वक अपने भाग्य की आज़माइश करें।'

इसके उत्तर में उन सबकी ओर से उनके नेता जाइनेस डे पैसेमांडे ने कहा—'हम लोगों के उदार उद्धारक, आप हम लोगों को जो आदेश दे रहे हैं उसका पालन करना अव्यावहारिक और असंभव है, क्योंकि हम लोग एक साथ तो किसी

की नज़र के सामने जा ही नहीं सकते। हम लोगों को यहीं से अलग होकर किसी को इधर और किसी को उधर भागना होगा और कहीं-न-कहीं छिपकर रहना होगा; क्योंकि आदमियों का शिकार करने वाले वे चांडाल सरगर्मी के साथ हम लोगों की खोज करेंगे। इसलिए हम लोग जो कुछ कर सकते हैं और जो कुछ इस मामले में हम लोगों को करना चाहिए वह यह है कि आप श्रीमती डलसीनिया डेल टोबोसो के पास हम लोगों के द्वारा जो अभ्यर्थना पहुँचाना चाहते हैं उसके बदले में हम लोग आपके कल्याण के लिए भगवान से प्रार्थना करें और यह काम हम लोग चलते-फिरते, सोते-जागते, लड़ते-भिड़ते या चुप बैठे रहकर किसी भी हालत में कर सकते हैं। यह सोचना कि हम लोग मृत्यु के मुख से वापस आएँगे अर्थात् इस ज़ंजीर को लेकर कहीं जाएँ, उतना ही असंभव है जितना इस दस बजे दिन को रात समझना। यह तो मृत्यु होगी। हम लोगों से इसकी आशा करना उतना ही असंभव है जितना साधारण लकड़ी के पेड़ से नाशपाती की आशा करना।'

डान क्विग्जोट–'मैं अपनी तलवार की सौगंध खाकर कहता हूँ कि तुम वेश्या के पुत्र गाइनेसिलो डे पैरापिला महोदय, या जो कुछ भी तुम्हारा नाम हो, कुत्ते की तरह दुम दबाकर तुम्हें इस ज़ंजीर को गर्दन पर लादकर अकेले टोबोसो जाना होगा।'

जाइनेस स्वभावतः बड़ा गुस्सैल था। डान क्विग्जोट ने उन सबकी मुक्ति के लिए मूर्खता से काम लिया था। उससे जाइनेस ने समझ लिया कि यह आदमी बहुत बुद्धिमान नहीं है। उसने अपने साथियों को इशारा किया। उसका अभिप्राय समझकर वे सब दाएँ-बाएँ हो गए और डान क्विग्जोट पर इस तरह रोड़े बरसाने लगे कि ढाल से अपने को ढँकने की उसकी सारी चतुराई बेकार हो गई और गरीब रोजिनांटे उसकी एड़ की परवाह न करके इस तरह डट गया मानो वह कोई मूरत हो। सैंको अपने गधे के पीछे छिप गया और इस तरह उन पत्थरों की मार से अपनी हड्डियों को टूटने से बचा सका। लेकिन उसके मालिक पर इतने रोड़े पड़े कि थोड़ी ही देर के बाद वह घोड़े की पीठ से गिरकर ज़मीन पर आ गया। उसके गिरते ही जाइनेस उस पर झपटा, और उसने उसके सिर से उस बरतन को उतार लिया। उसके कंधे पर उससे दो-तीन बार चोट पहुँचाई और उसे पत्थर पर इतना अधिक पटका कि करीब-करीब उसके दो टुकड़े हो गए।

उसके बाद उन लोगों ने उसका कोट उतार लिया। उसका मोजा भी उन लोगों ने उतार लिया होता, लेकिन जंघात्राण के कारण मोजा वे नहीं उतार सके।

उन्होंने सैंको का भी कोट उतार लिया। मात्र गंजी उसके शरीर पर रहने दी। लूट का माल आपस में बाँटकर उन लोगों ने शीघ्रता से अपना रास्ता लिया। ज़ंजीर को लादकर पैर घसीटते हुए श्रीमती डलसीनिया डेल टोबोसो के पास जाने की अपेक्षा उन्होंने अपने बचाव का यही उपाय सोचा, ताकि पकड़े जाकर वे पुनः उसी में न बाँधे जाएँ। इस तरह गधा, रोजिनांटे, सैंको और डान क्विग्जोट ही पूरी दुर्गति के साथ उस मैदान में रह गए। गधा अपना सिर झुकाकर विषण्ण खड़ा था और कभी-कभी अपने कान को इस तरह हिला देता था मानो रोड़ों की वर्षा अभी भी उसके कानों के आस-पास गूँज रही हो। रोजिनांटे निराश पड़ा था। अपने मालिक की तरह वह भी ज़मीन पर मरा पड़ा था। सैंको गंजी के साथ प्रायः नंगा था। पवित्र भ्रातृ-संघ के डर से वह थर-थर काँप रहा था और जिन लोगों के ऊपर उसने एहसान का इतना बड़ा बोझ लादा था उनके ही द्वारा इस तरह का असभ्यतापूर्ण व्यवहार किए जाने के कारण डान क्विग्जोट पश्चाताप से विषण्ण था।

9. सीरा मोरेना पहाड़ की घटना

इस तरह के दुर्व्यवहार से क्षुब्ध होकर डान क्विग्जोट ने अपने परिचारक से कहा—'सैंको, मैंने लोगों को यह कहते सुना है कि असभ्य लोगों पर उपकार करना समुद्र में पानी डालने के समान है। यदि मैंने तेरी सलाह पर कान दिया होता तो इस विपत्ति से बच गया होता। लेकिन जो होने वाला था वह होकर रहा; अब तो पश्चाताप करना व्यर्थ है। भविष्य के लिए यह चेतावनी का काम करेगा।'

सैंको—'अर्थात् जब शैतान को सूझेगा, तब। लेकिन जब आप यह मानते हैं कि यदि आपने मेरी सलाह मानी होती तो इस विपत्ति से आप बच जाते, तब साथ ही आप मेरी बात मानिए, आप इससे भी बड़ी विपत्ति से बच जाएँगे। मैं आपसे स्पष्ट कह देना चाहता हूँ कि वे पवित्र भ्रातृ संघ वाले न तो आपकी वीरता से भयभीत होंगे और न संसार के वीर कर्म की उन्हें रत्ती-भर भी परवाह है। उनके तीरों की आवाज़ मेरे कान में गूँजती प्रतीत होती है।'

डान क्विग्जोट—'सैंको, तू स्वभावतः कायर है। तो भी मैं यह नहीं चाहता कि तू मुझे जिद्दी समझे, जो तेरी सलाह की कभी परवाह नहीं करता। इसलिए मैं तेरी सलाह मान लेता हूँ और इस बार तू मुझे पवित्र भ्रातृसंघ के चंगुल से दूर हटा ले चल, जिसका तुझे इतना डर समाया हुआ है। लेकिन तुझे यह शर्त माननी

होगी कि मेरी ज़िंदगी में या मेरे मरने के बाद भी तू किसी से यह नहीं कहेगा कि डर से मैं इस खतरे से भाग गया; बल्कि केवल तेरा अनुनय-विनय मानकर ही मैंने ऐसा किया; क्योंकि यदि तूने इसके विपरीत कभी कुछ कहा तो तू मेरे साथ विश्वासघात करेगा और इस समय से लेकर उस समय तक तथा उस समय से लेकर सृष्टि के अंत तक मैं तुझे विश्वासघाती समझूँगा और तू जितनी बार यह बात कहेगा या कहने का विचार करेगा उतनी ही बार तू विश्वासघाती समझा जाएगा। इसलिए उत्तर देने की कोशिश न कर; क्योंकि यदि तूने यह उपदेश देना शुरू किया कि मुझे खतरे से बचना चाहिए—खासकर इससे जिसमें संकट की थोड़ी बहुत संभावना दिखाई देती है, तो मैं निश्चित रूप से यहाँ सदा रहूँगा, चाहे मुझे बिना परिचारक के अकेले ही क्यों न रहना पड़े और केवल पवित्र भ्रातृसंघ का ही नहीं, जिसका तुझे इतना अधिक डर समाया हुआ है, बल्कि यहूदी जाति के उन बारह वीरों के समुदाय का, सातों मेकावी, कास्टर और पोलुक्स तथा संसार के सभी समुदायों और भ्रातृसंघों का सामना करूँगा।'

सैंको—'अलग हो जाना या पीछे हट जाना भागना नहीं है, और जब संकट की अधिक आशंका हो तब अड़े रहना भी बुद्धिमानी नहीं है। कल के लिए आज अपने को बचाकर रखना बुद्धिमानी में ही शामिल है। एक ही बार के जल-पान में सभी अंडों को खा जाना उचित नहीं है। मुझे आप गँवार, असभ्य या जो जी में आए सो समझें, लेकिन मैं आपको यह बतला देना चाहता हूँ कि मैं वक्त-बेवक्त को अच्छी तरह समझता हूँ और सुयोग से लाभ उठाने के लिए सदा सावधान रहता हूँ। इसलिए आपको इस बात की शर्म नहीं होनी चाहिए कि मैं आप पर हुकूमत कर रहा हूँ, बल्कि यदि आपसे हो सके तो घोड़े पर सवार हो जाइए। आइए, मैं आपकी मदद करता हूँ और तब मेरा अनुसरण कीजिए। क्योंकि मेरा मन बार-बार यही कह रहा है कि इस घड़ी हाथों की अपेक्षा पैर हम लोगों के लिए अधिक सहायक होंगे।'

डान क्विग्जोट जल्दी से रोजिनांटे पर सवार हो गया और सैंको अपने गधे पर सवार होकर उसे पड़ोस के सीरा मोरे नामक पहाड़ी जंगल में ले चला। इस धूर्त परिचारक की मंशा उसे लाँघकर उसकी दूसरी ओर विसो या अल्माडोकर डैल कैंपों पहुँच जाने की थी और इस बीच में पवित्र भ्रातृसंघ के हाथों पड़ने के खतरे से बचने के लिए उस विशाल पहाड़ के ऊबड़-खाबड़ और अगम्य गुप्त स्थानों में चुपचाप छिपे रहने की। इस रास्ते से आगे बढ़ना उसने इसलिए भी पसंद किया कि भोजन की जो सामग्री उसने अपने गधे की पीठ पर लादी थी वह लूटे जाने

से बच गई थी, यद्यपि उन चोरों ने कोना-कोना ढूँढ़ डाला था। यह कम आश्चर्य की बात नहीं थी। रात होते-होते हमारे ये दोनों यात्री उस पहाड़ी जंगल के बीच के सघन भाग में पहुँचे। सैंको ने अपने मालिक को सलाह दी कि वह यहाँ कुछ दिन रुक जाए—कम-से-कम तब तक जब तक साथ का भोजन चुक न जाए। तदनुसार उस रात को उन लोगों ने कार्क के अनेक पेड़ों के बीच दो चट्टानों के मध्य में डेरा डाला। जिन लोगों को नियति पर अटूट विश्वास है, वे कहते हैं कि वह जिस तरह चाहती है उस तरह हर एक काम का संचालन करती है। तो नियति ने जाइनेस डे पैसेमांडे को भी (बदमाशों का वह सरदार जो डान क्विग्जोट की मूर्खता से छुटकारा पाकर उसी का अनिष्ट करने लायक हो गया था) तब तक के लिए जब तक कि खोज-ढूँढ़ की सरगर्मी जारी रहे, इसी पहाड़ी इलाके में छिपने की प्रेरणा दी। उसने इन लोगों को गहरी नींद में सोते पाया। चूँकि दुष्ट आदमी हमेशा कृतघ्न होते हैं, और अनिवार्य आवश्यकता भी बहुतों को ऐसा काम करने के लिए बाध्य करती है जिसका नाम सुनकर भी वे साधारण अवस्था में चौंक उठेंगे और जाइनेस का कृतज्ञता एवं मनुष्यता, दोनों से कोई नाता भी नहीं था, इसलिए उसने सैंको के गधे को उड़ा ले जाने का इरादा किया; क्योंकि रोजिनांटे को ग़ौर से देखने के बाद वह इस परिणाम पर पहुँचा कि न तो वह बेचा ही जा सकता है और न बंधक ही रखा जा सकता है। इसलिए जब बेचारा सैंको गहरी नींद में खर्राटे भर रहा था वह उस प्यारे जानवर को उड़ा ले गया। उसने इतनी जल्दबाजी से काम लिया कि सवेरा होते-होते वह गधे के मालिक से इतना दूर निकल गया कि वह उसका पीछा ही नहीं कर सकता था।

प्रभात-सूर्य की रक्तिम किरणें वसुंधरा को आह्लादित और प्रफुल्लित करने के लिए धरा-धाम पर अवतीर्ण हुईं। सैंको पर उसका उलटा ही असर पड़ा, क्योंकि किरणों के प्रकाश में उसने जो कुछ देखा वह विषाद देने के लिए पर्याप्त था। आँख खुलते ही उसने देखा कि उसका गधा गायब है। अपने सुख-दुख के प्यारे साथी और अनेक यात्राओं के एकमात्र आश्रय को इस तरह गायब होते देखकर वह बिलख-बिलखकर रोने लगा। वह इतना रोया कि उसकी रुलाई सुनकर डान क्विग्जोट की नींद टूट गई। वह कह रहा था—'ओ मेरे बच्चे, तू मेरे ही घर में जन्मा और वहीं पाला-पोसा गया था, मेरे बच्चों का तू सहचर था, और मेरी पत्नी का तू उल्लास था, मेरे पड़ोसियों का तू दुश्मन था, मेरे बोझ का तू सहारा था, मेरे जीवन का आधार-स्तंभ था, एक शब्द में मेरा आधा जीवन-निर्वाह तुझसे ही होता था। तेरी बदौलत मैं प्रतिदिन छब्बीस मरवोर्ड (स्पेन का ताँबे का

अत्यंत तुच्छ सिक्का) कमाता था। मैं आधे परिवार का पालन-पोषण उससे करता था।'

डान क्विग्जोट को उसके विलाप का कारण समझने में देर नहीं लगी। उसने मानव-जीवन के सुखों की अनित्यता पर विद्वत्तापूर्ण उपदेश देकर और सांत्वना के मीठे शब्दों से उसे शांत करने की कोशिश की। लेकिन इन उपदेशों से उसे उतनी तसल्ली नहीं मिली, जितनी तसल्ली उसे अपने मालिक के इस आश्वासन पर मिली कि मेरी भतीजी के पास जो पाँच गधे हैं, उनमें से तीन के लिए तुझे हुंडी लिख दूँगा कि वे दे दिए जाएँ या जिसे तू आदेश दे। इस आश्वासन से उसके आँसू तुरंत सूख गए, उसका रोना-धोना बंद हो गया। उसने अपने मालिक की इस आशातीत उदारता के लिए उसे धन्यवाद दिया।

इस पहाड़ी इलाके में आगे बढ़ने पर डान क्विग्जोट को इस आशा से बहुत अधिक प्रसन्नता हुई कि वह ऐसी जगह पहुँच गया है जहाँ उसे अपनी वीरता प्रदर्शित करने के अनेक अवसर मिलेंगे। इस विशाल जंगल को देखकर उसे उस पुराने युग की याद आ गई; क्योंकि उस युग के वीरों को अपने असाधारण कारनामों के लिए ऐसे ही निर्जन स्थानों में अवसर मिलता था। इन हवाई विचारों के सामने उसके मन में कोई दूसरा विचार नहीं उठा, लेकिन सैंको का ध्यान भोजन पर अधिक था। जब उसने यह बात अच्छी तरह समझ ली कि पवित्र भ्रातृसंघ की पहुँच से वह बाहर है, उसका सारा ध्यान पादरियों से लूटे हुए उस भोजन से अपना पेट भरने की ओर गया। अपने गद्दे पर बैठा हुआ वह भोजन का एक-एक टुकड़ा निकालता और अपने मुँह में डालकर चबाता। इस क्रिया में वह अपने मुँह को अपने पैरों की अपेक्षा तेजी से चलाता था। इस मंथर गति से आगे बढ़ते हुए वह जल्दबाजी नहीं करना चाहता था ताकि कोई असाधारण घटना न घट जाए।

अपने काम में इस तरह संलग्न उसने देखा कि उसके मालिक ने अपने भाले की नोक से किसी चीज़ को डराने की कोशिश की, जो ज़मीन पर पड़ी थी। इससे वह उसे उठाने के लिए दौड़ पड़ा। वह चमड़े की पेटी और जीन का हिस्सा था जो इस तरह खुले में पड़े रहने के कारण एकदम नष्ट हो गए थे। पेटी कुछ भारी थी। डान क्विग्जोट ने सैंको से कहा—'देख उसमें क्या है?'

पेटी ज़ंजीर से बँधी थी और उसमें ताला जड़ा हुआ था, तो भी उसने छेद में से भीतर की चीज़ देखी और उसमें हाथ डालकर हालैंड की बनी चार सुंदर कमीज़ तथा अन्य फैशनेबुल सूती कपड़े बाहर निकाले। इसके अलावा रूमाल में

काफी सोना बँधा हुआ था। यह देखकर सैंको ने कहा–'भगवान! तुझे अनेक धन्यवाद है। भला ज़िंदगी में ऐसा एक अवसर तो आया कि हम लोगों को इस अभियान से लाभ हुआ।' वह और भीतर हाथ डालकर टटोलने लगा तो उसके हाथ में सुंदर जिल्द बँधी नोट-बुक पड़ी।

डान क्विग्जोट–'सोना तू अपने पास रख और वह किताब मुझे दे।'

सैंको–'मालिक, भगवान आपका भला करें।' इतना कहकर उसने उसका हाथ चूम लिया और कपड़े तथा अन्य सामान को लपेटकर उसने वहीं रख दिया जहाँ भोजन की सामग्री उसने रखी थी।

डान क्विग्जोट–'मेरा अनुमान है कि कोई यात्री इन पहाड़ों में अपना रास्ता भूल गया और डाकुओं से उसकी मुठभेड़ हो गई। उन्होंने उसे मारकर कहीं यहीं गाड़ दिया होगा।'

सैंको–'आपका अनुमान गलत है। यदि वे डाकू होते तो लूट का इतना कीमती सामान न छोड़ जाते।'

डान क्विग्जोट–'तेरा कहना सही है। मैं नहीं सोच सकता कि यहाँ क्या हुआ होगा। लेकिन ठहर, मैं इस नोट-बुक की जाँच करता हूँ, शायद इसमें कुछ लिखा हो और इससे हम लोगों को कुछ जानकारी हो जाए।'

इतना कहकर नोट-बुक को उसने खोला। पहली चीज़ जो उसकी नज़र के सामने आई वह निम्नलिखित कविता थी। वह स्पष्ट और सुंदर अक्षरों में लिखी हुई थी जिसे सहज में पढ़ा जा सकता था। इसलिए उसने ज़ोर से पढ़ना शुरू किया ताकि सैंको और वह दोनों उसे सुन और समझ सकें।

मीमांसा–एक गीत

प्रेम वह देवता है जो हमारी पीड़ा नहीं जानता,
या निर्दयता उसकी प्रिय उपाधि है।
अन्यथा वह उपालंभ के लिए मुझे बाध्य नहीं करता,
और फिर आक्रोश से भरकर मुझे भीषण पीड़ा नहीं देता।
किंतु अवश्य ही यदि प्रेम देवता है,
वह अपनी शक्ति की तुलना में प्राप्त होगाः
और किसी देवता की अन्यायी के रूप में कल्पना करना
निश्चय ही अपराध हैः
तब ये विदारक पीड़ाएँ कहाँ से मेरे हृदय को खा रही हैं?

फिलिस से? नहीं: मैं सहम क्यों गया?
ऐसी नृशंस व्याधियाँ कभी मधुमती नहीं होतीं।
और न देवताओं से मिली ये तीव्र पीड़ाएँ हम सह सकते हैं
तब मृत्यु शीघ्र ही मेरी औषधि हो।
जब हम यों अज्ञात व्याधियाँ सहते हैं,
तब सहज ही हमारी जिजीविषा का अंत हो जाता है।

सैंको—'जब तक आप यह नहीं बतलाएँगे कि वह फिल कौन था तब तक मेरी समझ में खाक-पत्थर नहीं आ सकता।'

डान क्विग्जोट—'मैंने 'फिल' नहीं, 'फिलिस' पढ़ा है।'

सैंको—'ओह, तब हो सकता है कि यह आदमी अपना बछेरा या बछेरी भूत गया है।'

डान क्विग्जोट—'फिलिस एक महिला का नाम है। इस गीत का लेखक उसे प्यार करता था। यदि मुझमें थोड़ी भी समझ है तो मैं कह सकता हूँ कि यह साधारणतः अच्छा कवि था।'

सैंको—'तब आप कविता करना भी जानते हैं?'

डान क्विग्जोट—'तू जितना समझता है उससे ज्यादा इसका परिचय तुझे तब मिलेगा जब मैं कीमती डलसीनिया डेल टोबोसो के पास कविता में ही खत लिखकर तुझे ले जाने के लिए दूँगा। मित्र सैंको, मैं तुझे बतला देना चाहता हूँ कि उस युग के प्रायः सभी नहीं तो अधिकांश भ्रमणशील वीर योद्धा कवि और अच्छे संगीतज्ञ होते थे। वे दोनों गुण या यों कहना चाहिए कि वे दोनों वरदान प्रणयशील अभियान के अभिन्न अंग थे, यद्यपि उस युग के वीर योद्धाओं की कविताओं में कोमल पदावली की अपेक्षा विचार और भावनाएँ अधिक रहती थीं।'

सैंको—'उस पुस्तक को आगे पढ़िए, शायद आपके जानने योग्य कुछ और भी बातें उसमें हों।'

डान क्विग्जोट ने कुछ पन्ने उलटकर कहा—'कुछ पंक्तियाँ गद्य में भी लिखी हैं। मैं समझता हूँ कि यह प्रेम-पत्र का खाका है।'

सैंको—'कृपया इसे अवश्य पढ़िए, क्योंकि प्रणय की कहानियाँ सुनने में मुझे बड़ा आनंद आता है।'

डान क्विग्जोट ने जोर से निम्नलिखित पंक्तियाँ पढ़ीं:

'तुम्हारे वादों की झुठाई और मेरी निराशा ने मुझे सदा के लिए तुमसे दूर कर दिया। अब तुम्हें मेरी शिकायतें नहीं, मेरी मृत्यु का समाचार ही शीघ्र मिलेगा। कृतघ्न सुंदरी, तुमने दूसरों के लिए मेरा परित्याग किया। वह धनी अवश्य है, लेकिन तुम्हारे लिए मुझसे बढ़कर योग्य नहीं। यदि विचारहीन नारी गुणों का समुचित आदर करती और मुझे उचित स्थान प्रदान करती तो मुझे दूसरों के धन से डाह करने का कोई कारण न होता और अपने अभाग्य पर रोने का भी अवसर न आता। तुम्हारे सौंदर्य ने तुम्हें जो ऊँचा स्थान प्रदान किया था, उसे तुम्हारे व्यवहार ने नष्ट कर दिया। तुम्हारे सौंदर्य को देखकर मैंने तुम्हें देवी समझा था, लेकिन तुम्हारे व्यवहार ने यह साबित कर दिया कि तुम एक साधारण नारी हो। जो भी हो, ओ मेरी शांति को भंग करने वाली सौंदर्य की प्रतिमा, भगवान तुम्हें अनंत सुख और शांति प्रदान करें और भगवान तुम्हारे पति के विश्वासघात को छिपाकर रखें, अन्यथा तुमने इस वफ़ादार प्रेमी के प्रति जो अन्याय किया है उसके लिए तुम्हें पछताना पड़ेगा। इसका परिणाम यह होगा कि मुझमें बदला लेने की प्रवृत्ति जाग्रत होगी, जो मैं नहीं चाहता। विदा!'

डान क्विग्जोट—'हम लोग जो कुछ जानना चाहते हैं, उस संबंध में इस पत्र से कोई खास प्रकाश नहीं पड़ता। इससे मैं केवल इतना जान सकता हूँ कि इस पत्र का लेखक प्रताड़ित प्रेमी था।' वह उस पुस्तक के पन्ने उलटता गया। उसके भीतर अनेक पत्र और कविताएँ थीं। कुछ की लिखावट स्पष्ट थी और कुछ की ऐसी अस्पष्ट कि कुछ भी पढ़ा नहीं जाता था। जिन पन्नों को उसने पढ़ा उनमें भी शिकवा-शिकायत, फ़रियाद, झिड़की, प्रतिवाद, अविश्वास, डाह, खुशी और असंतोष, दया तथा उपेक्षा के अलावा और कुछ नहीं था। अगर एक खत में बढ़-बढ़कर तारीफ थी तो दूसरे में लंबी-लंबी शिकायतें।

इधर डान क्विग्जोट डायरी के पन्ने उलट रहा था और उधर सैंको जीन और चमड़े की पेटी को बड़ी तत्परता से उलट-पलट रहा था। उसने उसका कोना-अंतरा टटोल डाला, सीवनों को उधेड़ डाला, जीन के रोओं को उलट-पलट डाला। उसे जो सोना मिला, उसने उसके लोभ को बहुत बढ़ा दिया था। लेकिन उससे अधिक उसे और कुछ नहीं मिला तो भी जो कठिन परिश्रम उसने किया था उसकी पर्याप्त मजूरी उसे मिल गई थी। और अब उसे कंबल में लपेटकर उछाले जाने के लिए, उस दवा के प्रयोग के दुःसह फल के लिए, लदवाहों तथा हरकारों द्वारा पीटे जाने के लिए, अपना कपड़ा, झोला तथा गधे के खो जाने के लिए तथा अपने मालिक की सेवा में उसे भूख, प्यास, थकान का जो कष्ट उठाना पड़ा

था उस सबके लिए कोई दुख या शिकायत नहीं थी। उधर मनहूस आकृति वाले वीर योद्धा की उत्सुकता यह जानने के लिए अति तीव्र हो उठी कि उस पेटी का मालिक कौन था। गीत, पत्र, कपड़ा-लत्ता तथा सोने से इतना तो प्रकट होता था कि वह योग्य पुरुष था और अपनी प्रेयसी की क्रूरता तथा उपेक्षा से वह निराश हो गया था। लेकिन उस बीहड़ जंगल में कोई पता न लग सकने के कारण वह उसको भूल गया और रोजिनांटे की मर्जी के अनुसार आगे बढ़ा। रोजिनांटे ऐसा समझदार जानवर था कि वह सदा सुगम रास्ता ही खोजा करता था। उसके मालिक के दिल में सदा यह धारणा बनी रही कि उस विशाल विस्तृत जंगल में कोई असाधारण काम कर डालने का उसे अवश्य अवसर प्राप्त होगा।

और उसकी इस अभिलाषा की पूर्ति का साधन भी उसे दिखाई देता-सा प्रतीत हुआ। उसने देखा कि सामने वाली पहाड़ी की चोटी पर एक आदमी विचित्र फुर्ती के साथ कँटीली झाड़ियों को लाँघता हुआ एक चट्टान से दूसरी चट्टान पर छलाँग मार रहा है। कमर से ऊपर वह एकदम नंगा प्रतीत होता था। उसके लंबी काली दाढ़ी थी। उसके सिर के बाल लंबे थे, जो जटा-से बन गए थे। उसका सिर हाथ और पाँव खुले थे। भूरे रंग का वह पाजामा पहने था, जो इतना ज्यादा फट गया था कि कई जगह से उसका कपड़ा दिखाई देता था। चलते-चलते डान क्विग्जोट ने यह सब देखा। उसे पकड़ने के उद्देश्य से उसने उसका पीछा किया; क्योंकि उसे विश्वास हो गया था कि यही उस पेटी का मालिक है। लेकिन रोजिनांटे, जो स्वभाव से ही सुस्त और मंद गति वाला था, थकान से इस तरह चूर था कि उस तरह तेज चलने वाली मूर्ति के साथ वह होड़ नहीं ले सकता था। लेकिन मनहूस आकृति वाला वीर योद्धा उस अभागे व्यक्ति का पता लगाने के लिए कटिबद्ध था; चाहे उस काम में पूरा एक साल ही क्यों न लग जाए। इस इरादे से उसने सैंको से कहा कि तुम पहाड़ के एक तरफ से खोज करो और मैं दूसरी तरफ से।

इस पर सैंको ने कहा—'इसके लिए तो आप मुझे क्षमा ही करेंगे। क्योंकि आपके पास से एक इंच भी हटने पर मेरी सातों इंद्रियाँ काँप उठती हैं। आपको यह स्मरण रखना होगा, मुझे आप अपने से एक इंच भी दूर नहीं रख सकेंगे।'

डान क्विग्जोट—'मैं इस बात को ध्यान में रखूँगा। लेकिन तू मेरे पुरुषार्थ पर इतना अधिक निर्भर है, यह बात मुझे अच्छी नहीं लगती। पर हाँ, मैं यह विश्वास दिलाता हूँ कि मैं तेरी तरफ से कभी भी असावधान नहीं रहूँगा, चाहे डर से तेरी आत्मा कूच ही क्यों न करने वाली हो। तू मेरे पीछे-पीछे जितनी तेजी से

चल सके उतनी तेजी से तू चला चल! अपनी निगाह को हर तरफ दौड़ाते रहना; क्योंकि इस बात की बहुत कुछ संभावना है कि हम लोग उस आदमी को पा जाएँगे जो इस पेटी का मालिक जान पड़ता है।'

सैंको—'वह न जाने कौन है। मुझे तो उससे दूर रहना चाहिए, क्योंकि यदि उससे भेंट हो गई और उसने पेटी पर दावा किया तो हमें सोना दे देना पड़ेगा। इसलिए मेरा कहना यह है कि बिना किसी झंझट-बखेड़े के तब तक यह बतौर थाती के मेरे पास रहे जब तक किसी सहज उपाय से और इस तरह दौड़-धूप किए बिना उसके असली मालिक से भेंट न हो जाए। संभव है तब तक हम लोग सारी रकम खर्च भी कर डालें, ऐसी हालत में हम लोग कानून से बच जाएँगे और बेदाग़ रहेंगे।'

डान क्विग्जोट—'सैंको, तुम गलती पर हो। कुछ ऐसे प्रत्यक्ष कारण उपस्थित हो गए हैं जिनसे हमें मालूम हो गया है कि इस धन का मालिक कौन है। इसलिए उसका पता लगाना और उसका माल उसके हवाले कर देना हम लोगों का कर्तव्य है। खोज के लिए घबराना नहीं चाहिए, क्योंकि उसके मिल जाने से मेरा मन बहुत हलका हो जाएगा।'

इतना कहकर उसने रोजिनांटे को आगे बढ़ाया और सैंको मन-ही-मन असंतोष से भरा पीछे-पीछे चला। वह अपने मन को यह कहकर तसल्ली देता जा रहा था कि उसके मालिक ने उसे तीन गधे देने का वचन दिया है। इस तरह पहाड़ का बहुत अधिक भाग पार करने के बाद वे लोग एक सोला पर पहुँचे। वहाँ उन्हें एक खच्चर मरा पड़ा मिला। उसकी जीन और रास पास ही पड़ी थी। खच्चर का आधा शरीर जंगली जानवर खा गए थे। इससे उनका विश्वास और भी दृढ़ हो गया कि जो आदमी इतनी फुर्ती के साथ उन लोगों के पास से भागा वही इस खच्चर और पेटी का मालिक था। वे लोग रुककर इसी बात पर विचार कर रहे थे कि उन्हें भेड़ों की रखवाली करने वाले किसी भेड़िहर की सीटी सुनाई पड़ी और दूसरे क्षण उन लोगों ने बाएँ हाथ वाले पहाड़ की चोटी पर एक बूढ़े गड़रिये को बकरों के झुंड के साथ देखा।

डान क्विग्जोट ने उसे पुकारा और नीचे बुलाया। गड़रिये ने उनसे चिल्लाकर पूछा कि तुम लोग इस अथाह जंगल में कैसे आ गए जहाँ बकरों, भेड़ियों और अन्य जंगली जानवरों के अतिरिक्त दूसरे जीवित प्राणी नहीं विचरते?

सैंको—'यदि तुम हम लोगों के पास आओ तो हम तुम्हें सारी बातें बतला देंगे।'

इस पर गड़रिया उतरकर उनके पास आ गया। उन लोगों को उस खच्चर की लाश को गौर से देखते हुए देखकर उसने कहा–'यह लाश यहाँ छः मास से पड़ी है। मैं आप लोगों से यह जानना चाहता हूँ कि क्या कहीं रास्ते में इसके मालिक से आपकी भेंट तो नहीं हुई?'

डान क्विग्जोट–'हम लोगों को कोई नहीं मिला। लेकिन इस जगह से थोड़ी दूर पर हम लोगों को जीन का आसन और एक पेटी मिली है।'

गड़रिया–'मैंने भी उन चीज़ो को देखा था, लेकिन मैंने छूना या पास जाना उचित नहीं समझा। मुझे संकट की आशंका हो गई कि कहीं उसमें से सामान चोरी करने का जुर्म मुझ पर न लग जाए। यह कोई नहीं कह सकता कि कब क्या हो जाएगा। शैतान बड़ा ही धूर्त होता है। वह हम लोगों को फाँसने के लिए अकसर इस तरह का प्रलोभन या रोड़ा हम लोगों के रास्ते में डाल देता है कि उसके फेर में पड़कर या तो हम लोग फँस जाएँ या ठोकर खाकर गिर पड़ें।'

सैंको–'मेरे साथ भी यही बात हुई। मैंने भी पेटी देखी। शैतान मुझे उसके पास ले जाना चाहता था, लेकिन नहीं, मैंने भी उसे जहाँ देखा वहीं छोड़ दिया। वह अभी भी वहीं पड़ी होगी। क्योंकि जो घंटी वाली भेड़ को चुराएगा वह उसी घंटी से पकड़ा जाएगा।'

डान क्विग्जोट–'मैं तुमसे यह जानना चाहता हूँ कि क्या तुम उन चीज़ों के मालिक को जानते हो?'

गड़रिया–'मैं सिर्फ़ इतना ही जानता हूँ कि आज से करीब छः मास पहले सुंदर वस्त्रों से सुसज्जित एक सज्जन पुरुष भेड़ों से कुछ ही दूर पर दिखाई पड़ा वह इसी मृत खच्चर पर सवार था। उसके पास वह पेटी थी जिसे आप लोगों ने देखा लेकिन छुआ नहीं। उसने हम लोगों से पूछा कि इस पहाड़ी प्रदेश में जनशून्य और एकांत स्थान किधर है जहाँ कोई आता-जाता न हो? हम लोगों ने कहा जिस तरह के स्थान के बारे में आप पूछताछ कर रहे हैं वैसा स्थान यही है जहाँ इस वक्त हम लोग हैं। हम लोगों ने सच-सच बात बतलाई थी, क्योंकि यदि यहाँ से थोड़ी दूर भी आगे बढ़ने का साहस करेंगे तो आप जल्दी में वापस आना चाहें तो नहीं आ सकेंगे। मुझे तो विश्वास नहीं है कि कोई वहाँ तक जा भी सकता है; क्योंकि उधर न तो कोई रास्ता है और न पगडंडी; जिसका अनुसरण कोई कर सके। हम लोगों का उत्तर सुनकर उस सज्जन ने अपने खच्चर का मुँह फेरा और जो जगह हम लोगों ने बतलाई थी उधर ही चला गया। हम लोग खड़े-खड़े उसके सुडौल शरीर, उसकी विचित्र जिज्ञासा और बीच पहाड़ की ओर

जाने की उसकी जल्दी पर विस्मय करते रहे। इसके बाद बहुत दिन तक हम लोगों को उसका पता नहीं लगा। एक दिन की बात है जब एक गड़रिया उधर से आ रहा था वह उस पर टूट पड़ा और बिना कुछ कहे-सुने उसे पूरी निर्दयता के साथ पीटा। इसके बाद वह गधे के पास गया, जिस पर हम लोगों के भोजन की सामग्री लादकर वह ला रहा था। सारा सामान लूट लिया और उसी फुर्ती के साथ पहाड़ों में चला गया। हम लोगों ने उसे ढूँढ़ने का इरादा किया। दो दिन तक लगातार खोज-ढूँढ़ करते रहे। अंत में हम लोगों ने उसे सबसे घने जंगल में कार्क के पेड़ के खोपर में पाया। हम लोगों को देखकर वह चुपचाप बाहर निकल आया। वह हर तरह से विनीत और नम्र था। उसमें बहुत अधिक परिवर्तन हो गया था। उसका चेहरा स्याह पड़ गया था, उसका शरीर सूखकर काँटा हो गया था। उसके कपड़े चीथड़े हो गए थे। यदि वे कपड़े उसके शरीर पर न होते तो उसे पहचानना कठिन था। उसने आदर से हम लोगों का अभिवादन किया। उसने बड़े विनीत भाव से कहा कि उस हालत में उसे देखकर हम लोगों को आश्चर्य नहीं करना चाहिए, क्योंकि यही उसके उपयुक्त है। उसने कोई बहुत बड़ा पाप किया था, उसी का वह प्रायश्चित कर रहा था।

हम लोगों ने उसके बारे में पूछताछ की, लेकिन उसने कुछ नहीं बतलाया। हम लोगों ने उससे कहा—'आप हम लोगों को अपना ठीक-ठीक पता बतला दें ताकि हम लोग आपको आवश्यक भोजन-सामग्री पहुँचा दिया करें; क्योंकि यह आवश्यक है, अन्यथा आप इस ऊजड़ प्रान्त में भूखों मर जाएँगे। यदि आप इतना भी बतलाना नहीं चाहते तो इस तरह जबरदस्ती सामान छीन लेने की अपेक्षा आप हम लोगों के पास आकर माँग लिया करें।'

उसने इसके लिए हम लोगों को धन्यवाद दिया और हम लोगों को जो क्षति पहुँची थी उसके लिए क्षमा माँगते हुए कहा कि भविष्य में किसी के ऊपर चढ़ाई न करके बतौर भीख के वह सामान माँग लिया करेगा। इसके बाद उसने कहा—'मेरे रहने का कोई नियत स्थान नहीं है। जहाँ रात हो जाती है मैं वहीं पड़ रहता हूँ।'

इतना कहकर वह इस तरह बिलखकर रोने लगा कि पत्थर का कलेजा भी पिघल जाता। हम लोगों को उसकी हालत पर दया आ गई और हम लोग उसके पास वहीं रुक गए। खासकर यह सोचकर कि हम लोगों ने पहले-पहल उसे जिस हालत में देखा था उससे कितना अधिक वह बदल गया था। जैसा मैंने कहा है वह बड़ा ही सुंदर और सुडौल जवान था और उसकी बातों और व्यवहार से

हम लोगों ने उसे किसी कुलीन वंश का दरबारी समझा था। हम लोग असभ्य गँवार हैं, पर उसका व्यवहार इतना सौम्य था कि हम लोग उससे प्रभावित हुए बिना नहीं रह सके। बातचीत करते-करते वह एकाएक इस तरह चुप हो गया मानो उसकी जबान मारी गई हो। वह आँखें गड़ाकर धरती को देखने लगा। हम लोग आश्चर्यचकित चुपचाप खड़े रहे। बहुत देर तक उसी तरह देखते रहने के बाद उसने अपनी आँखें बंद कर लीं, फिर खोलीं, अपने होंठ काटे और भौंह सिकोड़ीं, मुट्ठी बाँधी और जमीन पर से, जहाँ वह थोड़ी देर पहले बैठ गया था, झटके के साथ उठा और उसके पास जो आदमी खड़ा था उस पर इस क्रोध के साथ झपटा कि यदि हम लोगों ने जोर लगाकर उसे खींच न लिया होता तो वह दाँतों से उसका शरीर फाड़ देता और उसे मार डालता। वह कहता जाता था—'विश्वासघाती फर्डिनंड! तूने मेरा जो अपकार किया था उसका मूल्य तुझे चुकाना पड़ेगा। मैं तेरे उस कपटी हृदय को अवश्य चीर डालूँगा।' इसके बाद बिना कुछ कहने-सुने वह झाड़ियों को लाँघता हुआ इतनी तेजी से भागा कि हम लोगों को उसके पास तक पहुँचना असंभव था। उससे हम लोग इस नतीजे पर पहुँचे कि उस पर पागलपन का दौरा रह-रहकर होता है और फर्डिनंड नाम्क किसी व्यक्ति ने उसके साथ बुरा व्यवहार किया होगा, जिससे उसकी यह हालत हो गई है। उसके बाद अनेक अवसरों पर इसकी पुष्टि भी हो गई; क्योंकि अब उसका होश-हवास दुरुस्त रहता है, वह भोजन माँगने हम लोगों के पास आता है और आँखों में आँसू भरकर धन्यवाद देता है। लेकिन जब पागलपन का दौरा होता है तब हम लोगों को पीट देता है, यद्यपि हम लोग बड़े विनीत भाव से भोजन देते हैं। कल मैंने अपने दो नौकरों और दो दोस्तों के साथ फैसला किया है कि हम लोग खोज-ढूँढ़कर उसका पता लगाएँ और रजामंदी से या जबरदस्ती उसे पकड़कर अल्मोडोवर नगर ले चलें। वह स्थान यहाँ से आठ-दस मील है। वहाँ उसकी चिकित्सा कराकर उसे अच्छा किया जाए या जब वह अपने में हो तब उसके बारे में जाना जाए कि यदि उसका कोई अपना हो तो उसके पास उसे भेज दिया जाए।

हम लोग इस संबंध में इतना ही जानते हैं और मैं आपको विश्वास दिलाता हूँ कि रास्ते में आपने जिन चीज़ों को देखा था उसका मालिक वही है जिसे आपने तेजी से भागते हुए देखा था।'

डान क्विग्जोट ने उस गड़रिये को बतला दिया था कि उसने पहाड़ पर छलाँग मारते हुए एक आदमी को देखा है।

गड़रिये की कहानी सुनकर वीर योद्धा की दिलचस्पी और भी तीव्र हो उठी और उसने पक्का इरादा कर लिया कि चाहे जो भी कष्ट उठाना पड़े वह उस अभागे आदमी का पता लगाकर ही रहेगा। लेकिन उसने जितनी आशा की थी उससे कहीं अधिक उसकी इच्छा के अनुकूल भाग्य प्रतीत हुआ; क्योंकि वे लोग बातें कर ही रहे थे कि उन लोगों ने उसे अपनी दाहिनी तरफ देखा। वह पहाड़ की चोटी से उतरकर उन लोगों की तरफ ही आ रहा था। वह कुछ बुदबुदा रहा था जिसे पास रहने पर भी वे नहीं समझ सकते थे, उतनी दूर से समझ सकना तो असंभव ही था। उसकी पोशाक चिथड़े-चिथड़े हो गई थी; जैसा ऊपर कहा गया है। उसके निकट आने पर डान क्विग्जोट को केवल यह मालूम हो सका कि वह कस्तूरी मृग के चमड़े की जाकेट पहने हुए था जिसमें से इस वक्त भी अंबर की सुगंध आ रही थी। उसकी पोशाक तथा अन्य साधनों से उसने उसे योग्य पुरुष समझा। उनके पास पहुँचने पर उसने विनीत भाव से अभिवादन किया, लेकिन उसकी आवाज़ में घरघराहट थी। उसके अभिवादन का उत्तर देकर डान क्विग्जोट रोजिनांटे पर से उतर पड़ा और शिष्टता के साथ संभाषण करके उसने उसे इस तरह अपनी भुजाओं में जकड़ लिया मानो वह उसका अति प्रिय परिचित व्यक्ति हो। इस नवागंतुक को हम विकृत आकृति वाला वीर योद्धा कह सकते हैं; जिस तरह डान क्विग्जोट मनहूस आकृति वाला वीर योद्धा था। उस आलिंगन से मुक्ति-लाभ पाने के बाद वह दो कदम पीछे हो गया और अपने साथी के कंधे पर हाथ रखकर उसे इस तरह देखने लगा मानो वह यह याद करने की कोशिश करता हो कि उसे कब और कहाँ देखा है। साथ ही वह डान क्विग्जोट की आकृति, कवच और विचित्र रूप को देखकर उतना ही चकित था जितना कि डान क्विग्जोट उसकी फटी पोशाक से। लेकिन मौन को पहले-पहल भंग किया उसी चीथड़े वाले वीर योद्धा ने, जिसकी चर्चा अगले परिच्छेद में है।

10. सीरा मोरेना का अभियान

पहाड़ के उस अभागे वीर योद्धा की बातें डान क्विग्जोट ने बड़े ग़ौर से सुनीं। उसने इन शब्दों में अपनी बात कही :

'महोदय, आप कोई भी हों (क्योंकि आपको जानने का सौभाग्य मुझे प्राप्त नहीं है) आपने जिस सौजन्य और मैत्री का व्यवहार मेरे साथ किया है उसके लिए मैं आपका कृतज्ञ हूँ। यदि मैं ठीक दशा में होता तो केवल शब्दों द्वारा ही नहीं, बल्कि व्यवहार से यह प्रकट करता कि मुझ पर कितना गहरा असर पड़ा है।

लेकिन मेरे दुर्भाग्य ने सिवा तत्त्वहीन सदिच्छा ने मेरे पास कुछ नहीं रहने दिया जिससे मैं आपकी कृपा का प्रतिदान करूँ।'

डान क्विग्जोट—'मेरी आंतरिक इच्छा आपकी सेवा करने की है। मैंने संकल्प कर लिया था कि जब तक मैं आपको ढूँढ़ नहीं निकालूँ और आपसे यह जान नहीं लूँ कि जिस असंतोष से क्षुब्ध होकर आपने इस तरह के असाधारण जीवन को अपनाया है, उसका प्रतिकार हो सकता है या नहीं तब तक मैं यह पहाड़ी प्रदेश नहीं छोड़ूँगा। यदि कुछ कर सकता हूँ तो मैं आपको विश्वास दिलाता हूँ कि मैं तब तक चैन नहीं लूँगा जब तक मैं आपको वह सुख नहीं प्रदान कर सकूँ जिसे मैं हृदय से चाहता हूँ। और यदि आपकी विपत्ति इस तरह की है कि आपको सुख नसीब हो ही नहीं सकता तो मैं आपके शोक का साझीदार बनूँगा ताकि आप अपने शोक के इस भार को वहन कर सकें; क्योंकि अभागों के लिए एकमात्र संतोष का विषय यही है कि उन्हें विपत्तियों में साथी मिल जाएँ। यदि मेरी सदिच्छा का प्रभाव आप पर पड़ा हो तो आप अपनी उस सहज उदारता का परिचय देकर, जो दुर्भाग्य के आवरण से ढँका हुआ है—मुझे यह बतलाएँ कि आप कौन हैं, किस दुर्भाग्य के कारण अपने मनुष्य-समाज से अलग होकर इस निर्जन स्थान में चले आए हैं; जहाँ आप यों दिन काट रहे हैं। न यहाँ आपको किसी तरह का सुख है, और न मनुष्य का संपर्क है; और आप अपने तईं भी अजनबी हो रहे हैं। मैं वीर धर्म के उस संप्रदाय की, जिसका मैं एक तुच्छ सदस्य हूँ, सौगंध खाकर कहता हूँ कि यदि आप मेरी उत्सुकता का शमन कर सकें तो मैं अपनी पूरी शक्ति लगाकर आपकी मदद करूँगा और आपके कष्टों को दूर करूँगा और यदि उनका उपचार असंभव हो तब तो कम-से-कम मैं आपकी विपत्ति का संगी बनकर आपकी व्यथा बाँट लेने की कोशिश करूँगा और आपका विषाद हलका कर दूँगा।'

मनहूस आकृति वाले वीर योद्धा के मुँह से इस तरह की बातें सुनकर जंगल का वीर योद्धा बहुत देर तक स्थिर दृष्टि से उसकी ओर देखता रहा। उसने उसे बार-बार सिर से पैर तक निहारा। इस तरह देर तक उसे देखते रहने के बाद उसने कहा—'यदि आपके पास भोजन की सामग्री हो तो कृपा करके मुझे दीजिए। अपनी क्षुधा शांत कर लेने के बाद मैं आपकी इच्छा पूरी करने लायक हो जाऊँगा; क्योंकि आपकी नम्रता और अयाचित कृपा ने मुझे बाध्य कर दिया है।'

उसकी बातें सुनकर सैंको ने अपने थैले में से और गड़रिये ने अपनी झोली में से भोजन की सामग्री निकालकर उस फटीचर वीर को दी, जिससे वह अपनी क्षुधा शांत कर ले। खाने की सामग्री पर वह इस बेहरमी के साथ टूट पड़ा कि वह उसे खा नहीं, बल्कि निगलता चला जा रहा था; क्योंकि बिना किसी व्यवधान के वह टुकड़ों को अनायास मुँह में डालता चला जा रहा था। इस बीच उसने तथा जो लोग वहाँ उपस्थित थे उनमें से किसी ने भी एक शब्द मुँह से नहीं निकाला। भोजन समाप्त कर चुकने के बाद उसने डान क्विग्जोट तथा उन अन्य लोगों को अपने साथ चलने का इशारा किया। उन्हें पास के हरे मैदान में लाकर वह इतमीनान से घास पर बैठ गया। वे लोग भी चुपचाप उसके पास ही बैठ गए। वह पुनः खाने लगा। इससे किसी ने मुँह नहीं खोला। अंत में उसने यों कहना शुरू किया :

'महोदयो, यदि आप लोग मेरे दुर्भाग्य की कहानी सुनना चाहते हैं तो मुझे वचन दीजिए कि प्रश्न अथवा किसी तरह की बाधा से आप मेरी करुण कहानी के वर्णन में बाधक नहीं होंगे। यदि बीच में किसी तरह की बाधा डाली गई तो मैं एकाएक छोड़ दूँगा और बाद की कहानी को जारी नहीं करूँगा।' इस प्रारंभिकी ने डान क्विग्जोट को सैंको की उस भद्दी कहानी की याद दिला दी जो बीच में इसलिए बंद हो गई थी कि डान क्विग्जोट बकरों की तादाद याद नहीं रख सका था। उस चीथेड़े वाले वीर ने कहा—'मैंने यह शर्त इसलिए रखी है कि मैं अपनी कहानी जल्द समाप्त करना चाहता हूँ, क्योंकि पहले दुर्भाग्य की याद मात्र किसी नए दुर्भाग्य का कारण बन जाती है। तो भी मैं यह वचन देता हूँ, कि मैं उसके मुख्य अंश छोड़ने की कोशिश नहीं करूँगा, क्योंकि मैं आप लोगों की उत्सुकता को भली-भाँति समझता हूँ।' डान क्विग्जोट ने अपने तथा उपस्थित अन्य लोगों की तरफ से वचन दिया कि वे बिना किसी तरह की बाधा पहुँचाए एकाग्रचित्त से उसकी कहानी सुनेंगे। तब उसने अपनी कहानी यों शुरू की :

'मेरा नाम कार्डेनियो है। मेरा जन्म ऐंडालूसिया के सर्वोत्तम नगर में हुआ है। मैं कुलीन वंश का हूँ। मेरे माता-पिता समृद्ध हैं। लेकिन मेरा दुर्भाग्य इतना भयंकर है कि उसने मेरे सभी सगे-संबंधियों को शोक-सागर में निमग्न कर दिया है। मेरे दुर्भाग्य को धन से दूर नहीं किया जा सकता। उसी नगर में लुसिंडा नाम की सुंदरी रहती थी। प्रकृति के प्रांगण में ऐसी सुंदरी देखने को नहीं मिल सकती। वह भी मेरे समान ही कुलीन और समृद्ध परिवार की थी, लेकिन वह मुझसे अधिक सुखी थी, पर कम स्थिर थी। मैं बचपन से ही उसे प्यार, नहीं-नहीं,

उसकी पूजा करता था। कमसिनी से वह मुझे इस तरह का प्रतिदान देती रही जा उस उम्र के स्वच्छंद पवित्र जीवन के अनुकूल था। हम दोनों के माता-पिता को हम लोगों के बचपन के इस प्रेम की पूरी जानकारी थी। उन लोगों ने इस बढ़ते प्रेम में किसी तरह की बाधा नहीं उपस्थित की; क्योंकि वे लोग अच्छी तरह समझते थे कि इसके परिणामस्वरूप वैवाहिक संबंध दोनों परिवारों के लिए बहुत सुखद होगा। हम दोनों कुलीन और समृद्ध परिवार के थे, इसलिए यह उपयुक्त ही था। उम्र के साथ-साथ हम लोगों का प्रेम प्रगाढ़ होता गया। एक दिन न जाने क्यों लुसिंडा के पिता ने हम लोगों की घनिष्ठता को अपनी पुत्री की मर्यादा के लिए अशोभन मानकर अथवा दूसरे कारणवश मुझे कहला दिया कि मैं उनके घर न आया-जाया करूँ। उनका यह प्रतिरोध ठीक उसी तरह साबित हुआ जिस तरह कवियों के वर्णन के अनुसार थिस्से के माता-पिता का प्रतिरोध साबित हुआ था अर्थात् इससे आग धधकती गई और अधीरता में इच्छाएँ बढ़ती गईं। चूँकि हम लोग मिलकर बातें नहीं कर सकते थे, इससे हम लोगों ने कलम का आश्रय लिया। पत्रों में हम लोग अपने दिलों की बातें और भी खुलकर लिखने लगे। प्रेयसी के समक्ष प्रेमी का हृदय आशंका और हया से भर जाता है और प्रगाढ़ प्रेमी भी घबराहट में मौन रह जाता है। न जाने कितने खत मैंने उसे लिखे। न जाने कितनी सरस कविताएँ मैंने उसके पास भेजीं और कितने ही पवित्र पत्र उसने मुझे उत्तर में लिखे। इन पत्रों में हम दोनों के गुप्त प्रेम की कविताएँ और प्रगाढ़ प्रेम के लिए निर्दोष तसल्ली रहती थी। अंत में हृदय की शांति से वंचित रहने के कारण और उत्कट अभिलाषा से व्याकुल होकर मैंने उसके पिता के समक्ष विवाह का प्रस्ताव रखकर उस प्रतिबंध को तोड़ डालना चाहा जो उसके पिता की सावधानी और सतर्कता के कारण मेरे सुख में बाधक हो रहा था। मेरे प्रस्ताव के उत्तर में उसने बड़े विनीत भाव से मुझसे कहा :

'आपने मुझे जो गौरव प्रदान किया है उसके लिए मैं आपका कृतज्ञ हूँ, लेकिन अभी आपके पिता जीवित हैं। इसलिए उनकी और मेरी सम्मति इस संबंध के लिए आवश्यक है और इस तरह का प्रस्ताव उनकी ओर से आना ही उपयुक्त है।' इस शालीन उत्तर के लिए मैंने उन्हें धन्यवाद दिया और उसे ठीक ही माना। मुझे पूरा विश्वास था कि मेरे पिता इस संबंध के लिए तुरंत राजी हो जाएँगे। इसलिए मैं उसी समय उनके पास गया कि वे राजी होकर मेरी मदद करें। वे अपने कमरे में थे। उनके सामने एक खत खुला पड़ा था। मुझे देखते ही उन्होंने खत मेरी ओर बढ़ा दिया। इससे पहले कि मैं अपनी गरज उनसे कहूँ,

उन्होंने कहा—'कार्डेनियो, इस खत से तुम्हें प्रकट होगा कि ड्यूक रिकाडों के दिल में तुम्हारे लिए कितना अधिक सम्मान है।' आप लोगों को यह बतलाना आवश्यक नहीं है कि वह ड्यूक रिकाडों स्पेन का एक बहुत संभ्रांत सामंत है। उसकी जमींदारी अंडालूसिया के उत्तम इलाके में पड़ती है।" मैं उस खत को पढ़ गया। उस पत्र में उसने जिस उच्च पद का प्रस्ताव मेरे सामने रखा था उसे मेरे पिता कृतज्ञता के साथ स्वीकार करते। वे मुझे अपने सबसे बड़े लड़के का सहचर बनाना चाहते थे। उन्होंने मुझे तत्काल बुलाया था और आश्वासन दिया था कि वह शीघ्र ही मेरे पद की व्यवस्था कर देंगे; क्योंकि मेरे बारे में उनकी धारणा बहुत अच्छी थी। इस संवाद से मेरी वाणी अवरुद्ध हो गई, लेकिन मेरा विषाद और मेरी निराशा तब और भी बढ़ गई जब मेरे पिताजी ने मुझसे कहा कि तुम्हें दो दिन में प्रस्थान करने के लिए तैयार हो जाना चाहिए। इस बीच प्रभु को धन्यवाद दो कि उसने तुम्हारी योग्यता के अनुरूप तुम्हारे लिए पथ बना दिया। इसके बाद पिता तथा अनुभवी व्यक्ति के नाते उन्होंने मुझे अनेक नसीहतें देकर अलग किया। मेरी यात्रा के लिए नियत दिन शीघ्र आ गया। उससे पहली रात को मैंने किसी तरह खिड़की से लुसिंडा से भेंट की और सारी बातें उसे बतला दीं। मैं उसके पिता के पास भी गया और यह संवाद सुनाकर उनसे प्रार्थना की कि अपनी सद्भावना वे उसी तरह बनाए रखें और जब तक मैं ड्यूक के रिकाडों के यहाँ हो न आऊँ तब तक विवाह स्थगित रखें। उन्होंने इसे सहर्ष स्वीकार कर लिया। इसके बाद अपने अटल अनुराग की सौगंध खाकर हम और लुसिंडा एक-दूसरे से अलग हुए। हम लोगों के दिलों में उसी तरह का विषाद भरा था, जिस तरह का विषाद इस तरह के दो प्रेमियों को हो सकता है।

मैं शहर छोड़कर ड्यूक के वहाँ चला गया। उन्होंने मेरा इतने उत्साह और सौजन्य से स्वागत किया कि उनके कृपा-पात्र मुझसे जलने लगे। लेकिन मुझे सबसे अधिक स्नेह से अपनाया उनके द्वितीय पुत्र डान फर्डिनैंड ने। वह बड़ा ही सुंदर युवक था। हृदय का उदार और प्रगाढ़ प्रेमी। ऐसा प्रतीत हुआ कि मेरे आने से सबसे अधिक खुशी उसी को हुई और उसने बड़ी आजिजी से कहा कि मैं तुम्हें अपना सबसे प्रिय दोस्त समझता हूँ। उसने अपने प्रेम का ऐसा परिचय दिया कि यद्यपि उसका बड़ा भाई मुझे कम नहीं मानता था तो भी दोनों के प्रेम के अंतर को समझने में मुझे देर नहीं लगी। घनिष्ठ मित्र अपनी कोई बात एक-दूसरे से गुप्त नहीं रखते, डान फर्डिनैंड को मुझ पर उतना ही विश्वास था जितना मुझे उस पर था। उसने अपना गुप्त-से-गुप्त भेद मुझे बतला दिया। बातों से पता

लगा कि उसका किसी धनी किसान की बेटी से प्रेम भी था। वह किसान उसके पिता का आसामी था। उस देहाती लड़की के सौंदर्य, उसके गुण, उसका विवेक तथा उसकी अन्य मानसिक योग्यताएँ उन लोगों को अतिशय प्रभावित करती जो उसके संसर्ग में आते और उसकी उस असाधारण योग्यता ने डान फर्डिनेंड को अपनी ओर इतना अधिक आकृष्ट किया कि जब उसने देखा कि वह अन्य किसी उपाय से उसको नहीं पा सकता—क्योंकि उसकी प्रेयसी बनकर रहना उसने अस्वीकार कर दिया था—तब उसने उससे विवाह करने का इरादा किया। मैं उसका अंतरंग मित्र था इसलिए मैंने अपना कर्तव्य समझा कि उस तरह की अनुचित शादी से उसे विरत करूँ। मैंने उसके सामने ऐसे-ऐसे तर्क पेश किए कि उसके समान अंध प्रेमी के अलावा कोई भी उधर से मुँह मोड़ सकता था। हर तरह से विफल होने के बाद मैंने अपना कर्तव्य समझा कि उसके इरादे की सूचना उसके पिता ड्यूक को दे दूँ।

'फर्डिनेंड इतना चालाक था कि उसकी कामना को पसंद न करने के कारण वह मेरा आशय समझ गया। उसे डर हो गया कि मैं उसके पिता से यह बात कह दूँगा; क्योंकि उनके प्रति मेरे कर्तव्य का यह तकाजा था। मैं फर्डिनेंड का घनिष्ठ मित्र होते हुए भी इस विवाह को दोनों के लिए अहितकर समझता था। उसने मुझे हर तरह से रोकने की चेष्टा की कि उसके पिता के कानों तक उसके प्रणय की बात मैं न पहुँचाऊँ। उसने मुझे विश्वास दिलाया कि उनसे कहने की आवश्यकता नहीं पड़ेगी। मेरी आँखों में धूल झोंकने के लिए उसने मुझसे यहाँ तक कहा कि इस दुखद प्रेम-प्रसंग को भूल जाने के लिए वह वहाँ से कहीं बाहर चला जाना चाहता है, क्योंकि प्रेम की यही एक दवा है। उसने कहा कि तुम्हारे नगर में घोड़ा खरीदने के बहाने तुम्हारे साथ चलकर मैं तुम्हारे पिता के यहाँ कुछ दिन रहूँगा। मेरा नगर घोड़ों के लिए प्रसिद्ध है। उसके इस प्रस्ताव से मैं सहमत हो गया।

'इसमें मेरा भी स्वार्थ था; क्योंकि मुझे अपनी प्रियतमा लुसिंडा से मिलने का मौका मिल जाता। बाद को मुझे मालूम हुआ कि विवाह का आश्वासन पाकर उसकी प्रेयसी ने आत्म-समर्पण कर दिया था और प्रेम-जनित सारा व्यापार दोनों के बीच हो चुका था। फर्डिनेंड अपने पिता के आक्रोश से डरकर विवाह को संपन्न करने का उपयुक्त अवसर-मात्र ढूँढ़ रहा था। लेकिन नवयुवकों का प्रेम प्रायः वासना और उत्कट आकांक्षा-मात्र रहता है और उसका एकमात्र उद्देश्य काम-केलि रहता है। उसकी प्राप्ति के बाद ही उसका लोप हो जाता है लेकिन

सच्चा प्रेम मन की पूर्णता पर अवलंबित होने के कारण स्थायी होता है और दिन-दिन बढ़ता है। अपनी अनुचित इच्छाओं की पूर्ति के बाद ही उसका प्रगाढ़ प्रेम धीरे-धीरे शिथिल होकर ठंडा होने लगा; इसलिए जहाँ पहले वह अपने प्रणय को भूल जाने के लिए वहाँ से पलायन करना चाहता था अब वह इसलिए वहाँ से हट जाने के लिए आतुर हो गया ताकि उसे अपना वचन पूरा न करना पड़े। इसलिए अपने पिता ड्यूक से आज्ञा लेकर वह मेरे घर पर जा डटा जहाँ उसकी हैसियत के अनुसार उसका आतिथ्य होने लगा। मैं अपनी प्रियतमा लुसिंडा से मिलने गया। उसने हज़ारों तरह की कसमें खाकर मुझे इस बात का इतमीनान दिलाया कि मेरी अनुपस्थिति से उसके प्रेम में शिथिलता आने की अपेक्षा वह बहुत अधिक प्रगाढ़ हो गया है। चूँकि मेरे मित्र ने अपने प्रणय की गुप्त बात मुझे बतला दी थी इसलिए घनिष्ठ मित्र के नाते मैंने भी अपना कर्तव्य समझा कि अपने प्रणय की बात उससे छिपाकर न रखूँ। मैंने वह अप्रिय कार्य करके अपना सर्वनाश निमंत्रित किया। मैंने लुसिंडा की सुंदरता, मृदुल स्वभाव और गुणों की प्रशंसा सच्चे प्रेमी की भाँति की। बार-बार उसकी प्रशंसा करके मैंने उसके हृदय में ऐसी सुंदरी को देखने की लालसा जागृत कर दी। उसकी उत्सुकता को मिटाने के लिए एक दिन मैंने उसे रात को रोशनी की सहायता से उस नीची खिड़की पर उसे दिखला दिया जहाँ हम लोगों की मुलाकात हुआ करती थी। डान फर्डिनैंड पर उसके सौंदर्य का बहुत अधिक प्रभाव पड़ा और वह विचलित हो गया। उसके मनोहर रूप से वह इतना अधिक प्रभावित हुआ कि उसके सामने वह उन सभी रूपों को भूल गया जिनमें अब तक उसका चंचल मन उलझा रहता था। उस मनोहर रूप को देखकर वह अवाक् और स्तंभित रह गया। कहने का तात्पर्य यह है कि देखना और प्यार करने लगना उसके लिए दोनों समान बातें थीं। और जब मैं उसे प्यार करने की बात कहता हूँ तो 'चरम सीमा' शब्द जोड़ने की आवश्यकता मैं नहीं समझता; क्योंकि जो उसे प्यार करेगा वह चरम सीमा तक पहुँच ही जाएगा। उसके रूप ने जहाँ उसके हृदय में प्रेम की अग्नि सुलगाई वहाँ उसकी कुशलता ने उसे प्रज्वलित भी कर दिया। वह बार-बार मुझसे अनुनय-विनय करने लगा कि उसके एकाध प्रेम-पत्र को मैं दिखलाऊँ। लेकिन मैं उन्हें किसी को दिखलाना उचित नहीं समझता था। दुर्भाग्यवश एक दिन उसके हाथ में उसका एक पत्र पढ़ गया जिसमें उसने लिखा था कि मैं उसके पिता से शीघ्र विवाह संपन्न कर देने का आग्रह करूँ। उस पत्र में ऐसी कोमल भावनाएँ और विवेकयुक्त बातें लिखी थीं कि उसे पढ़कर उसने कहा कि सौंदर्य में जो रूप

इधर-उधर बिखरे दीखते हैं वे सभी लुसिंडा में पुंजीभूत हैं। क्या मैं इस शर्मनाक सचाई को प्रकट करूँ? लुसिंडा इस प्रशंसा के सर्वथा योग्य थी तो भी डान फर्डिनैंड के मुँह से उसकी यह प्रशंसा मुझे रुचिकर नहीं प्रतीत हुई। मेरे हृदय में किसी अज्ञात आशंका और अविश्वास ने घर करना शुरू किया क्योंकि वह उसकी चर्चा करने का बराबर अवसर ढूँढ़ने लगा और दूसरे विषयों पर वार्तालाप में भी वह उसकी चर्चा छेड़ देता। हम लोगों की निरंतर बातचीत में उसका प्रसंग आ ही जाता था। मेरे कहने का मतलब यह नहीं है कि मुझे लुसिंडा की निष्ठा पर लेश-मात्र भी संदेह न था; क्योंकि वह प्रतिदिन अपने अनन्य प्रेम का परिचय देती रहती थी। लेकिन मुझे अपने दुर्भाग्य से डर लगा रहता था और प्रेमी खामखाह अपने को बेचैन बनाने की कोशिश करते ही रहते हैं।

लुसिंडा को वीर कर्म की पुस्तकों के पढ़ने का बड़ा चाव था। एक दिन उसने मुझसे अमाडिस डे गाल का इतिवृत्त माँगा।'

कार्डेनियो ने ज्यों ही वीर कर्म की चर्चा की त्यों ही डान क्विग्जोट ने बाधा देते हुए कहा—'जिस समय आपने श्रीमती लुसिंडा की चर्चा की यदि उसी समय आपने यह कह दिया होता कि उन्हें वीर कर्म की पुस्तकों से प्रेम था तो उन्हें असाधारण योग्यता संपन्न महिला प्रकट करने के लिए आपको इतने विशेषणों के प्रयोग की आवश्यकता नहीं पड़ती। मैं उतने ही से समझ जाता कि वे असाधारण महिला हैं। तो भी यदि उन्होंने महान ग्रंथों से सहायता न ली होती, जो बुद्धि के सच्चे प्रवर्त्तक हैं, तो उनकी योग्यता आपके समान गुणज्ञ व्यक्ति के प्रेम को प्राप्त कर सकती, इसका मुझे संदेह है; यद्यपि प्रकृति ने उन्हें अपने असीम सौंदर्य का प्रदान किया था। इसलिए उनके सौंदर्य, उनकी योग्यता की उत्कृष्टता, उनकी बुद्धि की गहराई के वर्णन में आप अपनी योग्यता का उपयोग न करें; क्योंकि वीर-कर्म की पुस्तकों में उनकी रुचि का वृत्तांत सुनकर ही मैं यह कहने के लिए तैयार हूँ कि वे असाधारण सुंदरी नहीं, संसार में सबसे पूर्ण महिला हैं। यदि आपने अमाडिस डे गाल के साथ यूनान का डान रूमला भी भेज दिया होता तो मुझे अतिशय प्रसन्नता होती। मुझे पूरा विश्वास है कि श्रीमती लुसिंडा डेरेयडा और गैराया तथा विचक्षण गरेडिया डैरिशनल और व्यूसोलिक्स की उन मनोरम कविताओं को पढ़कर अत्यंत प्रसन्न होतीं जिन्हें वह सुंदर लय के साथ गाया करता था। यदि आप कृपा करके मेरे घर पधारें तो उन उत्कृष्ट पुस्तकों के पढ़ने का संतोष उन्हें प्रदान किया जा सकता है। मैं आपको तीन सौ के लगभग पुस्तकें दे सकता हूँ जिन्हें पढ़कर मेरी आत्मा तृप्त होती है और जो मेरे जीवन

को सबसे अधिक सुख प्रदान करती हैं। ओफ! मुझे अब याद आ रहा है कि मेरे अध्ययन-कक्ष में उनमें से एक भी नहीं है। उस बदमाश जादूगर ने डाह से उन सबको नष्ट कर दिया है। वचन के विरुद्ध मैंने आपको बाधा दी, इसके लिए मैं आपसे क्षमा चाहता हूँ। वीर-कर्म की चर्चा सुनते ही मैं अपने को बोलने से उसी तरह नहीं रोक पाता जिस तरह सूर्य अपनी किरणों से तपाने या चंद्रमा अपनी स्वाभाविक आर्द्रता प्रदान करने से बाज नहीं आ सकता। इसलिए आपसे मेरी विनीत प्रार्थना है कि आप अपना वृत्तांत जारी रखें।'

उधर डान क्विग्जोट अपनी बेहूदी हरकतों से बकबक कर रहा था और इधर कार्डेनियो शोक से विकल अपनी गर्दन नीची किए चुपचाप बैठा था। डान क्विग्जोट की अनवरत प्रार्थना पर भी न तो उसने अपना सिर उठाया और न कोई उत्तर ही दिया। बहुत देर तक उसी हालत में रहने के बाद उसने अपना सिर उठाया और मौन भंग करते हुए कहा—'मुझे इस बात का पक्का विश्वास है और संसार का कोई व्यक्ति इसके प्रतिकूल विश्वास करने के लिए मुझे बाध्य नहीं कर सकता तथा वह सबसे बड़ा कूढ़मग्ज है जो यह कहता है कि वह शैतान एलिसवट रानी मैडेसिया के साथ सोया नहीं था।'

इतना सुनते ही डान क्विग्जोट तमककर बोल उठा—'सब कुछ झूठा है। रानी मैडेसिया के बारे में इस तरह की बातें करना कमीनापन और नीचता है। वह पुनीत और कुलीन महिला थी। वह मानने की बात भी नहीं है कि ऐसी महीयसी राजकुमारी इस तरह के आवारा प्रेम-जाल में फँसेगी। जो इस तरह की बातें करता है वह पक्का शैतान है, चाहे पैदल या घोड़े पर, हथियार से या बिना हथियार के, रात को या दिन को, वह जिस तरह भी चाहे मैं उसका मुकाबला करने के लिए तैयार हूँ।' जिस समय रानी मैडेसिया का पक्ष लेकर डान क्विग्जोट उसे अपमानित कर रहा था, मानो वह उसकी ही जायज पत्नी हो, तब कार्डेनियो स्थिर दृष्टि से उसे देख रहा था। इस तरह से अपमानित होने के कारण उसका पागलपन उमड़ आया और पास से पत्थर का बड़ा टुकड़ा उठाकर उसने डान क्विग्जोट की छाती पर इतने जोर से मारा कि वह उलटा होकर ज़मीन पर गिर पड़ा। अपने मालिक के साथ इस तरह का दुर्व्यवहार देखकर सैंको मुट्ठी बाँधकर उस पागल की ओर झपटा, लेकिन उसने प्रथम आक्रमण में ही उसे मार गिराया और एक ही मुक्के में उसे भी ज़मीन पर लिटा दिया और तब उसके पेट में इस तरह मुक्का मारने लगा मानो कोई आटा गूँथ रहा हो। इतना ही नहीं, सैंको का पक्ष लेने के कारण उस गड़रिये की भी उसने वही दुर्गति की। उस चीथड़े वाले

वीर ने उन तीनों को खूब पीटा और इसके बाद उन्हें वहीं छोड़कर बिना किसी विरोध-बाधा के जंगल में भाग गया।

उसके चले जाने पर सैंको उठकर खड़ा हुआ और बिना किसी कारण के इस तरह पीटे जाने से उसे क्रोध आ गया और वह गड़रिये से लड़ने लगा कि उसने उसके पागलपन के बारे में पहले ही सावधान क्यों नहीं कर दिया ताकि वे लोग सतर्क, चौकन्ने रहते। इस पर उस गड़रिये ने कहा—'मैंने तो पहले ही सावधान कर दिया था, यदि आप लोगों ने नहीं सुना तो इसमें मेरा क्या दोष है?' सैंको ने इसका उत्तर और गड़रिये ने प्रत्युत्तर दिया। बातों-ही-बातों में दोनों गरम हो गए और झगड़े का दूसरा तरीका अख्तियार कर लिया। मुक्का-मुक्की से शुरू करके दोनों ने एक-दूसरे की दाढ़ी पकड़ ली और आपस में इस तरह खींचा-खींची और झटका-झटकी होने लगी कि यदि डान क्विग्जोट ने दोनों को अलग न किया होता तो दोनों एक-दूसरे की टुकड़ी तक नोच लेते। क्रोध से पागल सैंको उसी तरह उसकी दाढ़ी पकड़े चिल्ला रहा था—'मनहूस आकृति वाले वीर योद्धा, इससे मुझे अकेले निपट लेने दीजिए। यह दीक्षित वीर योद्धा नहीं है, बल्कि मेरी ही तरह साधारण व्यक्ति है। इसने मुझे जो क्षति पहुँचाई है उसका बदला मैं ले लेना चाहता हूँ। मैं अकेला इसके साथ मुक्कों तथा घूसों से लड़कर निपट लेना चाहता हूँ।'

डान क्विग्जोट—'वह तुम्हारी बराबरी का है इसलिए तुम उससे लड़कर निपट सकते हो, लेकिन तुम्हें उससे लड़ना नहीं चाहिए; क्योंकि उसने हम लोगों का कुछ नहीं बिगाड़ा है।' इस तरह उसने इन दोनों को शांत किया और तब उसने गड़रिये से पूछा—'क्या उससे फिर भेंट हो सकना संभव है ताकि मैं उसका पूरा वृत्तांत सुन सकूँ?'

गड़रिये ने कहा—'मैं पहले ही कह चुका हूँ कि उसका कोई नियत स्थान नहीं है। यदि आप इस इलाके में रहेंगे तो कहीं-न-कहीं शांत या पागलपन की हालत में उससे अवश्य भेंट हो जाएगी।'

11. काले पहाड़ की विचित्र घटना

गड़रिये से विदा होकर डान क्विग्जोट रोजिनांटे पर सवार होकर आगे बढ़ा और सैंको को अपने पीछे आने के लिए कहा। सैंको ने बे-मन से अपने मालिक के आदेश को मान लिया; क्योंकि वह उसे पहाड़ के सबसे दुरुह प्रांतर में लिए जा रहा था। वे दोनों कुछ दूर तक चुपचाप चलते रहे। बिना बातकही के सैंको

मरा जा रहा था और उसका दम घुट रहा था। चूँकि उसे चुप रहने का आदेश था इसलिए उसे मुँह खोलने का साहस नहीं होता था। वह अधीर होकर इस प्रतीक्षा में था कि उसका मालिक मौन भंग करे। लेकिन जब उससे नहीं रहा गया तब लाचार होकर उसने मुँह खोला। उसने कहा, 'मालिक, मुझे आशीर्वाद देकर वापस जाने की छुट्टी दीजिए ताकि मैं घर अपने बाल-बच्चों के साथ बैठकर तब तक बातें करूँ जब तक मैं थक नहीं जाऊँ; क्योंकि वहाँ मुझे कोई बाधा देने वाला नहीं रहेगा। मैं आपसे स्पष्ट कर देना चाहता हूँ कि आप मुझे झाड़ियों, खाइयों, पहाड़ों और घाटियों से होकर रात-दिन ले चलना चाहते हैं और मेरा मुँह बन्द रखना चाहते हैं। इसका अर्थ यह है कि आप मुझे ज़िंदा ही गाड़ देना चाहते हैं। ईसप के समय के मुताबिक यदि आज जानवर बोल-बतिया सकते तो मेरी हालत इतनी खराब न होती; क्योंकि तब मैं अपने गधे के साथ बोलकर अपना दुर्भाग्य भूल जाता। लेकिन साहसिक काम की खोज में ज़िंदगी-भर इस तरह भटकते रहना और लात, घूँसे, कंबल में लपेटकर उछाले जाने के अतिरिक्त और कुछ नसीब होना और ऊपर से उसका मुँह सीं देना कि वह अपने मन की बात भी न कह सके, इसे तो कोई भी ज़िंदा आदमी बर्दाश्त नहीं कर सकता।'

डान क्विग्जोट—'मैं खूब समझता हूँ। तू जबान चलाने के लिए अधीर हो रहा है। तुझे तकलीफ हो रही है इसलिए मैं इस शर्त पर तेरी जबान पर से रोक का नियंत्रण हटा लेना चाहता हूँ कि वह स्वतंत्रता तुझे तब तक ही रहेगी जब तक हम लोग इस पहाड़ी प्रदेश में हैं।'

सैंको—'आपकी शर्त मुझे मंजूर है। ''जब तक सूर्य चमकता है तब तक इसके प्रकाश का सुख लूट लो'' के अनुसार जब तक मुझे स्वतंत्रता है तब तक तो मैं बातें कर ही लूँ; पीछे क्या होगा, यह भगवान जाने। इसलिए आपकी कृपा से प्राप्त स्वतंत्रता का उपभोग करते हुए मैं सबसे पहले आपसे यह पूछना चाहता हूँ कि रानी मैगिमासा का, या जो कुछ भी उसका नाम हो—उस सरगर्मी के साथ पक्ष लेने का क्या अवसर था? वह अबट साहब उसके साथ अपनी दोस्ती घर के कोने में निबाहता था या कहीं अन्यत्र, इससे आपको क्या लेना-देना था? जो कुछ उसने कहा था उस पर आपने ध्यान न दिया होता, जैसा कि आपको करना उचित था; क्योंकि उन बातों से आपका कोई संबंध नहीं था। तब वह पागल अपना पूरा वृत्तांत सुना देता, आपकी छाती पर पत्थर की मार न पड़ती और मैं छः-सात घूँसे खाने और रौंदे जाने से बच जाता।'

डान क्विग्जोट—'यदि तू मेरे ही समान यह जानता होता कि रानी मैडेसिया कितनी सच्चरित्र महिला थीं तो तू यही कहता कि जिस मुँह से इस तरह की निंदा निकली थी उस मुँह पर थप्पड़ न मारकर मैंने बहुत बड़े धैर्य का परिचय दिया है। यह कहना कि रानी का अनुचित संबंध उस हज्जाम सर्जन से था, बहुत बड़ा अपवाद था। सच बात यह है कि यह एलिसवट महोदय, जिसकी चर्चा उस पागल ने की, असाधारण प्रतिभाशाली और बुद्धिमान था और उस रानी का डॉक्टर था। रानी महत्त्वपूर्ण विषयों में उसकी सलाह लिया करती थी, लेकिन यह कहना कि उसने अपनी मर्यादा का उल्लंघन और उस नीच कुल में उत्पन्न व्यक्ति के साथ व्यभिचार किया, इतनी बड़ी धृष्टता और निराधार तथा निंदापूर्ण दोषारोपण है कि उसके लिए सख्त-से-सख्त सजा मिलनी चाहिए थी। मेरी तो यह भी धारणा है कि पागलपन से उसका दिमाग विकृत हो जाने के कारण उसको खुद इसका पता नहीं रहा कि रानी पर वह इस तरह का दोषारोपण जान-बूझकर कर रहा है।'

सैंको—'तब तो यही कहना पड़ेगा कि पागल की बातों पर ध्यान देने वाला भी पागल ही होगा। जो पत्थर आपकी छाती पर पड़ा यदि उसकी चोट आपके मस्तिष्क पर पड़ती तो क्या होता? हम लोग उस रानी का पक्ष लेने के कारण भारी झंझट में पड़ गए। इतना ही नहीं, यदि उस कार्डेनियो ने आपका सिर भी तोड़ दिया होता तो भी उसका कुछ नहीं होता; क्योंकि कानून पागल को अपराधी नहीं मानता।'

डान क्विग्जोट—'हम वीर योद्धाओं को पागलों तथा दुरुस्त दिमाग वालों, दोनों से उस तरह की मर्यादा की महिलाओं की इज्जत की रक्षा करनी पड़ती है। रानी मैडेसिया के समान असाधारण योग्यता की रानी के लिए तो और भी, क्योंकि उसके असाधारण गुणों के लिए मेरे हृदय में असीम श्रद्धा है। वह असीम सुंदरी, बुद्धिमती, विवेकयुक्त महिला थी और अपने दुर्भाग्य का उसने बेहद साहस और धैर्य के साथ सामना किया था। वह सब प्रशंसा के योग्य हैं। ऐसे ही अवसर पर एलिसवेट महोदय का परिचय उससे हुआ और उनकी सहायता तथा सलाह से उसकी परेशानियों का भार बहुत कुछ हलका हुआ। इन्हीं कारणों से मूर्खों और नामसझ व्यक्तियों ने उन पर संदेह किया और यह अफ़वाह फैलाना शुरू किया कि उसके साथ रानी का नाजायज संबंध था। लेकिन मैं यह बात जोर देकर कहता हूँ कि जो इस तरह की बातें सोचते या कहते हैं, वे झूठे हैं।'

सैंको–'मैं पक्ष में न तो कुछ सोचता हूँ और न कहता ही हूँ। जो लोग इस तरह का झूठा प्रचार करते हैं वे करें, यदि वे दोनों साथ सोए थे तो परवाह क्या? मुझे दूसरों के काम में हस्तक्षेप करने से क्या लाभ, जब उससे मेरा कोई मतलब सिद्ध नहीं होता? मेरा तो मत यही है कि प्रत्येक व्यक्ति अपनी सुध ले। भगवान सबकी सुध लेते ही हैं। जो जैसा करता है उसे वैसा फल मिलता है। अपनी गाय को हम चाहे कान पकड़कर ले जाएँ या पूँछ पकड़कर। मैं इस संसार में नंगा जन्मा और नंगे ही जाना है। बहुत-से लोग उत्तम वस्तुओं के लिए ही प्रयास करते हैं; लेकिन उन्हें चीथड़ा भी नसीब नहीं होता। छोटी बातों का सुधार जल्दी हो सकता है। शैतान को भी ठगना पाप है। भ्रम के कारण झूठी बातों का प्रचार होता है, और लोगों के मुँह में ताला लगाने का कोई उपाय भी नहीं है; क्योंकि न मुँह खुलेगा और न उससे कोई बात निकलेगी।'

डान क्विग्जोट–'तुमने तो भद्दी कहावतों की विचित्र तालिका उपस्थित कर दी। तुमने बे-मतलब की बातों का एक सिलसिला छेड़ दिया है, जो प्रसंग से कहीं दूर है। तुम अपनी बात का अंत करो और आगे से अपनी बुद्धि का पूरा उपयोग गधों को हाँकने में ही लगाया करना और उन बातों में अपनी टाँग न अड़ाना, जो तुम्हारे दायरे से बाहर हैं। तुम्हें सजग होकर यह बात याद रखनी चाहिए कि मैंने जो कुछ किया है, करता हूँ या भविष्य में करूँगा, वह सब कुछ गहरी समझ का ही परिणाम है और वीर धर्म के नियमों के अनुकूल है, जिसे मैं सभी वीर योद्धाओं की अपेक्षा अच्छी तरह समझता हूँ।'

सैंको–'क्या यह वीर धर्म की कोई बढ़िया विधि है कि हम लोग इस जंगल में झाड़-झंखाड़ों को लाँघते फिरें, जहाँ न तो पगडंडी है और न घोड़े के जाने का रास्ता ही; और एक पागल के पीछे दौड़ते फिरें, यदि संयोग से वह मिल जाए तो जो कुछ उसने आरंभ किया था, उसे पूरा कर दें? मेरा मतलब उसके वृत्तांत से नहीं है बल्कि आपको और मुझे पीटने और मेरे दोनों पांजरों को गूँधने से है।'

डान क्विग्जोट–'मेरी प्रार्थना है कि इस किस्से को खत्म कर! उस पागल आदमी को ढूँढ़ने की अपेक्षा मुझे बहुत महत्त्वपूर्ण काम करना है। उस आदमी को ढूँढ़ने के लिए मैं इस ऊसर और उजाड़ जंगल में नहीं भटक रहा हूँ, बल्कि मैं वीरता का कोई काम करना चाहता हूँ जो मेरे यश को अमर बना देगा और जो संसार के कोने-कोने में फैल जाएगा। इतना ही नहीं, इससे मैं संसार का सबसे योग्य भ्रमणशील वीर योद्धा माना जाऊँगा।'

सैंको–'लेकिन क्या यह साहसिक काम व्यर्थ के खतरों से भरा नहीं है?'

डान क्विग्जोट—‘लेशमात्र भी नहीं, लेकिन दुर्भाग्य की बात कौन जान सकता है। दुर्घटना उपस्थित करके वह हम लोगों के सारे प्रयासों को व्यर्थ कर सकता है? बात तेरे अध्यवसाय पर निर्भर है।’

सैंको—‘मेरे?’

डान क्विग्जोट—‘मेरे कहने का मतलब है कि तुझे जहाँ भेजना चाहता हूँ वहाँ जाकर यदि तू फुर्ती से वापस आ जाए तो मेरी सारी तक्लीफ तुरंत दूर हो जाएगी और मेरे भाग्य का उदय हो जाएगा। मुझे भरोसा है कि तू अपने मालिक के उद्देश्य की पूर्ति में पूरा उत्साह दिखाएगा, इसलिए अब मैं अपना उद्देश्य तुझसे छिपाना नहीं चाहता। तुझे यह बतला देना चाहता हूँ कि अमाडिस डे गाल योग्यतम भ्रमणशील वीर योद्धाओं में से एक था, बल्कि मुझे यह नहीं कहना चाहिए था कि वह उनमें से एक था; क्योंकि वह सबसे अधिक पूर्ण, मुख्य और उन सबका सरदार था। वेलियानिसेस या और कोई उसे आगे स्थान पाने का अधिकारी नहीं हो सकता। मेरी समझ में यदि उनमें से कोई इस तरह का प्रयास करे तो यह उसकी बहुत बड़ी भूल होगी। मैं तुझ यह भी बतला देना चाहता हूँ कि जब कोई कलाकार चित्रकारी में निपुण होकर प्रसिद्धि प्राप्त कर लेता है तब वह सर्वोत्तम मौलिक की नकल करने का ही प्रयास करता है। यही नियम उन सभी कलाओं और विज्ञानों के लिए लागू होना चाहिए जो सुव्यवस्थित जनराष्ट्र को सँवारने का काम करते हैं। इस तरह जो लोग बुद्धिमान और धीर व्यक्ति की ख्याति प्राप्त करने के आकांक्षी हों उन्हें यूलीसेस की नकल करनी चाहिए, जिसके जीवन-चरित्र में होमर ने बुद्धि और साहसिक धीरता का मूर्तिमान चित्रण किया है। उसी तरह वर्जिल ने एनियस में संतानोचित देशानुराग तथा बुद्धिमान और अनुभवी सेनापति का अद्वितीय उदाहरण उपस्थित किया है। यूनान और रोम दोनों देशों के कवियों ने अपने नायकों का वास्तविक चित्र नहीं उपस्थित किया है, बल्कि उन्हें कैसा होना चाहिए वैसा प्रस्तुत किया है, आने वाले युग के लिए वे उदाहरणस्वरूप रहें। इसी तरह अमाडिस ध्रुव नक्षत्र था, पराक्रमी तथा शस्त्रधारी योद्धाओं में अग्रणी था, इसलिए उसे ही हम लोगों को अपना आदर्श मानना चाहिए, जो प्रेम और वीर धर्म के झंडे के नीचे लड़ते हैं। जो कोई साहसी वीर उसका सबसे अच्छा अनुकरण करेगा वह भ्रमणशील वीर योद्धा पद की पूर्णता के उतने ही निकट पहुँचेगा।’

‘मैं देखता हूँ कि जिन बातों ने उसकी बुद्धिमत्ता और दृढ़ता को सबसे अधिक व्यक्त किया वह थी उसकी स्थिरता और उसका प्रेम। घृणा के योग्य

अपनी ओरियाना से अलग होकर और वेल्टेनेब्रस या दो लावली अवस्कयोर अपना नाम रखकर—उस समय वह जिस तरह का जीवन व्यतीत करना चाहता था उसके सर्वथा उपयुक्त और अनुकूल वह नाम था—उस छोटी पहाड़ी पर तपस्या करने के लिए जाकर उसने भी असाधारण काम किया; जिसका मुकाबला उसका एक भी साहसिक काम नहीं कर सकता। इसलिए मैं उसके इसी चरित्र का अनुकरण करना चाहता हूँ; क्योंकि उसके अन्य कारनामों—जैसे दैत्यों का शरीर छेदन करना, ड्रेगनों का सिर काट डालना, भयानक जंतुओं को मार डालना, समस्त सेना को तहस-नहस कर डालना, नौसेना को भगा देना, जादू के प्रभाव को नष्ट कर देना—आदि का अनुकरण करने की अपेक्षा इसका अनुकरण कहीं सहज है। ये पहाड़ी जंगल मुझे उत्तम अवसर प्रदान करते हैं इसलिए उपेक्षा करने का मैं कोई कारण नहीं देखता। मैं तुरंत उस कार्य को कर डालना चाहता हूँ।"

सैंको—'अच्छी बात है, लेकिन मैं जानना चाहता हूँ कि धरती के इस सुदूर छोर पर आप क्या करना चाहते हैं?'

डान क्विग्जोट—'क्या मैंने तुझे बतलाया नहीं कि मैं अमाडिस के पागलपन, निराशा और क्रोध का अनुसरण करना चाहता हूँ। इसके साथ ही मैं वीर आरलैंडो के अमिताचार का अनुकरण करना चाहता हूँ। वह फव्वारे के पास मेडोरो के साथ सुंदरी अग्रेलिका के अमर्यादित व्यापार का दुखद सबूत पाकर पागल हो गया था! उस समय निराशा के उन्माद में उसने पेड़ों को जड़ से उखाड़ डाला, निर्मल जल के सोतों में हलचल मचा दी, गड़रियों को मार डाला, उनकी भेड़ें नष्ट कर दीं, उनकी झोंपड़ियों में आग लगा दी, उनके घरों को ढहा दिया, उनके घोड़ों को भगा दिया तथा इसी तरह के सैकड़ों अमिताचार किए जिनका उल्लेख यश के अमर रजिस्टर में होना चाहिए।

'मैं रोलन, आरलैंडो या रोटोलैंड का (ये सब नाम उसी के थे) अनुकरण हर बात में नहीं करना चाहता। प्रेम-जनित निराशा के आवेश में उसने जो पागलपन के काम किए उनमें से मैं उन्हें चुन लूँगा जो अनुकरण करने के सर्वथा उपयुक्त होंगे। नहीं, मैं केवल अमाडिस का अनुकरण करूँगा; क्योंकि उसने उन लोगों की तरह कोई विनाशकारी हरकत नहीं की और अपने हृदय की वेदना को केवल शोक और विषाद द्वारा प्रकट करके उसने जो ख्याति प्राप्त की वह बड़े-से-बड़े वीर की ख्याति के बराबर थी।'

सैंको—'जिन वीर योद्धाओं ने इस तरह की कठोर तपस्या की, उनके विक्षोभ का कुछ तो कारण था, लेकिन आपको पागल होने की क्या ज़रूरत है? किस

महिला ने आपको निकाल दिया या आपका अपमान किया? आपके पास क्या प्रमाण है कि मेरी मालकिन डलसीनिया डेल टोबोसो ने कोई ऐसा विपरीत आचरण किया जिसे अशोभन कहा जा सकता है?'

डान क्विग्जोट–'तत्त्व की बात यह है कि इसी में मेरे वीर कर्म की पूर्णता है। अगर कोई समुचित कारण उपस्थित हो जाने पर कोई भ्रमणशील वीर योद्धा पागलपन प्रकट करता है तो उसमें न कोई विचित्रता है और न प्रशंसा की बात है। विशेषता तो अकारण, बिना किसी तरह की विपन्नावस्था या आवश्यकता के पागलपन प्रकट करने में है। सैंको, इस तरह के पागलपन की बारीकी और उपयुक्तता को जरा तू समझ! इस तरह मेरी प्रेयसी को मेरे प्रगाढ़ प्रेम का पूरा परिचय मिल जाएगा और वह यह सोच सकती है कि जो व्यक्ति बिना किसी आशा के इतना कर सकता है वह आशान्वित होने पर क्या नहीं कर सकेगा? मैं अपनी प्रेयसी डलसीनिया डेल टोबोसो की सेवा से बहुत दिनों तक गैरहाज़िर रहा, इससे भी मुझे यह पागलपन प्रकट करने के लिए उचित कारण है, क्योंकि मैटथियस अम्ब्राशियो में लिखा है:

''अपनी सुंदरी प्रेयसी से अलग होकर बेचारा प्रेमी केवल अनिष्ट की आशंका से भयभीत नहीं रहता, बल्कि उसे चुपचाप बर्दाश्त भी करता है।''

'इसलिए इस तरह के दुर्लभ, सुखद और अद्वितीय अनुकरण से मुझे विरत करने के प्रयास में रंच-मात्र भी समय बर्बाद न करो। मैं पागल हूँ और तब तक पागल बना रहूँगा जब तक डलसीनिया के पास जो खत लेकर तू जाएगा उसका उत्तर लेकर वापस नहीं आएगा। अगर उत्तर अनुकूल हुआ तो मेरी अटल स्थिरता के अनुकूल रहा। फिर मेरी तपस्या और मेरे पागलपन का अंत हो जाएगा। लेकिन यदि उसने मेरी प्रतिज्ञा और मेरी सेवाओं को उपेक्षा से देखा तो मैं घोर पागल बन जाऊँगा और अपने को इतना अधिक हत्‌बुद्धि बना दूँगा कि अपनी क्रूर सुंदरी की क्रूरताओं का मुझे ज्ञान भी नहीं रहेगा। इस तरह वह मेरे प्रेम का जो भी उत्तर दे मैं अपने उन उद्विग्न विचारों से छुटकारा पा जाऊँगा जो संप्रति मुझे चंचल और अस्थिर बना रहे हैं। अगर उसने मुझ पर दया दिखलाई तो मैं होश में आकर उस सुखद समाचार का स्वागत करूँगा अन्यथा उसकी क्रूरताओं के कारण और भी हत्‌बुद्धि होकर उनका अनुभव ही नहीं करूँगा। हाँ, एक बात बतला! तूने मैम्ब्रिनो में उस शिरस्त्राण को सुरक्षित रखा है? कृतघ्नता के उस शैतान ने उस दिन जब उसे तोड़ डालने का वृथा प्रयास करके अपना क्रोध उस

पर उतारा था उसके बाद मैंने तुझे उसे उठाकर रखते देखा था। उससे सिद्ध होता है कि वह अति उत्तम धातु का बना है।'

सैंको—'मैं सौगंध खाकर कहता हूँ कि आपको इस तरह बकवाद नहीं करने दूँगा। इतना ही लोगों को समझने के लिए काफी होगी कि वीर कर्म के बारे में आपकी लंबी-चौड़ी डींग, राज्य हासिल करने की बड़ी-बड़ी बातें और मुझे टापू देने की चर्चा तथा इस तरह की अन्य बातें केवल गपोड़बाजी हैं और झूठ तथा कपोल-कल्पना के अतिरिक्त कुछ नहीं है; क्योंकि हज्जाम के उस बर्तन को शिरस्त्राण कहने वाले की बात कौन सुन सकता है? जो इस तरह की बातें करता है और इस तरह के भ्रम में पड़ा रहता है। वह पागल नहीं तो और क्या समझा जाएगा? वह मेरे गधे के झोले में सुरक्षित रखा है और यदि भाग्य से मैं अपने बाल-बच्चो में पुनः वापस पहुँच सका और मुझे मेरा गधा मिल सका तो मैं उसकी मरम्मत कराकर अपने काम में लाऊँगा।'

डान क्विग्जोट—'मैं अपने अस्त्रों की कसम खाकर कहता हूँ कि तेरे समान ओछा, सिड़ी और मूर्ख परिचारक न तो मैंने कहीं देखा, न सुना और न पढ़ा है। तू इतना बड़ा बुद्धिहीन है कि इतने दिन तक मेरी सेवा में रहकर भी तू यह नहीं समझ सका कि हम भ्रमणशील वीर योद्धाओं के सारे कारनामे मूर्खतापूर्ण, मिथ्या कल्पना और प्रगल्भ प्रतीत होते हैं। लेकिन वास्तव में बात ऐसी नहीं है, बल्कि अति अनुग्रहशील सावधानी या उन जादूगरों की डाह और घृणा के कारा, जो प्रच्छन्न रूप में हम लोगों सदा सताते रहते हैं, वे अपनी मोहिनी शक्ति के प्रभाव से हम लोगों के कारनामों को अपने प्रेम या घृणा के अनुसार जैसा चाहते हैं, वैसा बदल देते हैं। यही कारण है कि जो मेरी दृष्टि में मैम्ब्रिनो का शिरस्त्राण है वह तुझे हज्जाम का बर्तन-मात्र प्रतीत होता है। कोई दूसरा व्यक्ति उसे और कुछ भी समझ सकता है। और इस मामले में मैं अपने हितों की रक्षा करने वाले उस संत की बुद्धि की प्रशंसा करता हूँ जो उस अमूल्य शिरस्त्राण को मामूली बर्तन के रूप में प्रकट करता है; क्योंकि यदि वह अपने असली रूप में दीख पड़े तो उस अमूल्य वस्तु के लिए लोग इतने लालायित हो जाएँगे कि संसार-भर के लोग मेरे दुश्मन हो जाएँगे। सभी उस अमूल्य वस्तु को मुझसे छीन लेना चाहेंगे। लेकिन जब तक वह हज्जाम का साधारण बर्तन प्रतीत होगा कोई भी उसकी कद्र नहीं करेगा। जैसा कि उस आदमी के व्यवहार से प्रकट होता है, जो उसे फेंककर चला गया। यदि उसे उसका वास्तविक मूल्य मालूम होता तो उसे प्राप्त करने के लिए वह अपनी जान भी दे देता। इसलिए तू उसे सुरक्षित रखना; क्योंकि संप्रति

मुझे उसकी ज़रूरत नहीं है। इतना ही क्यों संप्रति तो मैं अपने कवच आदि को उतारकर बिलकुल नंगा हो जाना चाहता हूँ। यदि मैं अमाडिस की तपस्या का अनुकरण न करके आर्लेंडो के क्रोध का अनुकरण करने की बात तय करूँ।'

बातचीत करते-करते वे लोग एक बड़े पहाड़ की तली में पहुँचे, जो इस तरह खड़ा जान पड़ता था मानो दूसरों से काटकर अलग कर दिया गया हो। उसकी बगल में एक झरना बह रहा था, जो मंद गति से पास के हरे मैदान के चारों ओर चक्कर लगा रहा था। वहाँ की घास की हरी ताज़गी, जंगली पेड़ों, पौधों और फूलों के बाहुल्य ने ऐसा मनोरम और शांत दृश्य उपस्थित कर रखा था कि मनहूस आकृति वाले वीर योद्धा का मन ललच गया और अपनी प्रणय-जनित तपस्या को वहीं आरंभ कर देने के लिए उस स्थान ने उसे आकृष्ट किया। उस रमणीक और मनोहर दृश्य पर इधर-उधर अपनी दृष्टि दौड़ाने के बाद उसने इस तरह कहना शुरू किया मानो जो कुछ थोड़ी समझ उसमें थी उसे भी उसने खो दिया हो। उसने कहा—'ओ स्वर्ग के देवता, देखो जिस जगह को इस हतभाग्य प्रेमी ने अपनी दयनीय अवस्था का रोना रोने के लिए पसंद किया है, जिस अवस्था में तुमने उसे डाल दिया है उसी जगह मेरे आँसुओं की धारा इस निर्मल झरने में बाढ़ ला देगी और मेरे व्यथित हृदय की गहरी आहें इन छायादार पेड़ों की पंक्तियों को झकझोरती रहेंगी। जो इस दुर्गम जंगल में वास करने वाली वनदेवी, इस अभागे प्रेमी के भी उलाहने सुनो, जिसे दीर्घकालीन प्रवास और ईर्ष्यायुक्त भ्रांत धारणा ने इस सुनसान वीरान में भागने के लिए विवश किया है कि वह अपने कठोर दुर्भाग्य पर आठ-आठ आँसू रोए और विश्व की उस अतुलनीय सुंदरी की कृतघ्नता और क्रूरता के लिए विलाप करे। जो जंगल के मूल निवासी नेवियन परी और ड्रामडेस, मेरी हालत पर तरस खाकर अपने दुर्भाग्य पर विलाप करने में मेरी मदद करो अथवा मेरी विपदा की दर्दभरी कहानी के साक्षी बनो! इसलिए तुम्हारी घृणा के पात्र कुचक्री शैतान नर-पशु तुम्हारी शांति को कभी भंग करने की शक्ति न रखें। ओ डलसीनिया डेल टोबोसा! तू मेरी अंधकारमयी ज़िंदगी को प्रकाश देने वाली है। मेरी यात्राओं को कीर्ति-लता, मेरी यात्रा का ध्रुव और मेरे हृदय पर अधिकार रखने वाला नक्षत्र! मैं निहोरा करता हूँ कि तुम्हारा अंध प्रेमी जिस अतुलनीय दयनीय दशा को प्राप्त है उस पर रहम कर और जिस प्रतिदान की वह तुझसे भीख माँगता है वह उसे प्रदान कर! इसलिए मेरा उदार भाग्य तेरे ऊपर उन आशीर्वादों की वर्षा करे जिसकी तू कामना कर सकती है अथवा भगवान से तुझे प्राप्त हो सकते हैं—जो एकांतवासी तरुगण,

जिनकी सघन डालियों के नीचे मैंने इस विषण्ण और भार-सदृश शरीर को आश्रय दिया है, तुम्हारे पत्तों की कोमल मर-मर ध्वनि और तुम्हारी शाखाओं की उदार टहनियाँ मुझे आश्वासन दें कि अपनी छाया में तुम मेरा स्वागत करते हो। ओ मेरे विश्वसनीय परिचारक, मेरे अभियान के अनन्य सहचर, इस निर्जन स्थान में मैं जो कुछ करता हूँ उसे ग़ौर से देख; ताकि तू मेरी बर्बादी के कारणों को विस्तार से कह सके।'

इतना कहकर वह घोड़े से उतर पड़ा और अपने घोड़े की जीन और लगाम हटाकर घोड़े को चूतड़ से ठेलता हुआ बोला—'रोजिनांटे, तू जा! अपनी स्वतंत्रता खोकर भी मैं तुझे स्वतंत्र करता हूँ। तू मेरे असाधारण कारनामों के लिए जितना प्रसिद्ध है उतना ही अपने दुर्भाग्य के लिए भी। जहाँ तेरी भयानक आँखें ले जाएँ वहाँ तू जा। न तो अस्टोल्फोका हिपोग्राइफन और न विख्यात फ्रंटिनो, जिसे ब्रैडामांटे ने बहुत अधिक दाम देकर खरीदा था, कभी भी तेरी समता कर सकेंगे।'

सैंको—'उसका भला हो जिसने मुझे अपने गधे को स्वतंत्र करने के झंझट से बचा लिया। यदि वह होता तो न चूतड़ पर दो-चार थपकी मारने की ज़रूरत पड़ती और न प्रशंसा में सुंदर भाषण करना पड़ता जबकि मैं उसकी पीठ से साज़ उतारता। लेकिन यदि वह होता तो उसका बंधन वगैरह हटाने की ज़रूरत ही न पड़ती; क्योंकि प्रेम के इन कौतुकों से मेरे ही समान जो भगवान की जब तक इच्छा थी, उसका स्वामी था—उसे भी कोई रुचि नहीं थी। लेकिन मेरी समझ में यह आ रहा है कि यदि आप मुझे सचमुच संदेश लेकर भेजना चाहते हैं तो रोजिनांटे को पुनः कसना होगा; क्योंकि मैं इतना धीमा पैदल चलता हूँ कि यदि सवारी न मिली तो मैं नहीं कह सकता कि कब लौट सकूँगा।'

डान क्विग्जोट—'उसके लिए जो तू उचित समझता है सो कर! मेरी व्यवस्था के अनुसार आज से तीसरे दिन तुझे यहाँ से रवाना हो जाना होगा। इस बीच में मैं अपनी प्रियतमा के निमित्त जो कुछ करूँगा उसका तू साक्षी रहेगा ताकि तू उसका विवरण उसे सुना सके।'

सैंको—'भगवान मेरी आँखें सलामत रखे। मैंने अब तक जो कुछ देखा है उससे बढ़कर और क्या देखूँगा।'

डान क्विग्जोट—'अभी तक तूने कुछ भी नहीं देखा है। तू देखेगा कि मैं कवच उतारकर फेंक दूँगा, अपनी पोशाक फाड़-चीर दूँगा, चट्टान पर सिर दे मारूँगा और इसी तरह के हज़ारों पागलपन के काम करूँगा, जिन्हें देखकर तू आश्चर्यचकित हो जाएगा।

सैंको—'इन कठोर हृदय पहाड़ों से लड़ते समय सावधान रहिएगा, नहीं तो पहले धक्के में ही वे आपकी खोपड़ी चूर कर देंगे और आपकी सारी तपस्या में विघ्न पड़ जाएगा। मुझे किसी भी हालत में वह तरीका पसंद नहीं है। यदि इस वाहियात काम के लिए आप अपना सिर तोड़कर पट्टी बँधवाना चाहते हैं, और देखने में यह बनावटी खेल या तमाशा मालूम होता है, आप अपना खेल किसी ऐसी चीज़ के साथ क्यों नहीं करते जो इन पत्थरों से नरम हो।' आप अपने सिर को पानी, छपास या रोजिनांटे की जीन पर पटकें और बाकी बातें मेरे ऊपर छोड़ दें। मैं अपनी स्वामिनी श्रीमती डलसीनिया से कह दूँगा कि आपने अपना सिर ऐसी नुकीली चट्टान पर पटक दिया, जो हीरे से भी कठोर थी।'

डान क्विग्जोट—'तेरी सद्भावना के लिए मैं तुझे अनेक धन्यवाद देता हूँ। लेकिन मैं तुझे यह बतला देना चाहता हूँ कि मैं जो कुछ असाधारण हरकतें करने जा रहा हूँ वे देखने में भले ही अविवेकपूर्ण मानी जाएँ; लेकिन ये मज़ाक नहीं हैं। इसके प्रतिकूल संजीदगी और गंभीरता के साथ इनका पालन करना होगा। वैसा न कर सके तो हम लोग वीर धर्म के नियमों का उल्लंघन करेंगे। उसमें झूठ बोलना मना है और पदच्युति का दंड है। काम एक तरह से करना और उसे दूसरा रूप देना धोखा है जो झूठ से भी बुरा है। इसलिए मेरे सिर पर का प्रहार सचमुच संगीन और गहरा होना चाहिए। यहाँ कपट और धोखा नहीं होना चाहिए इसलिए तू मुझे थोड़ा मरहम पट्टी दे दे; क्योंकि भाग्य ने मुझे उस रामबाण दवा से वंचित कर दिया। वह तो हाथ से चली गई।'

सैंको—'उससे भी बड़ी हानि गधे को खो देना है; क्योंकि उसके साथ ही सारा सामान, मरहम और पट्टी सब कुछ चला गया। लेकिन यदि आपको मुझ पर जरा भी स्नेह है तो आप अपनी उस रोचक दवा का नाम न लीजिए; क्योंकि उसके नाम मात्र से मेरा पेट ही नहीं; बल्कि मेरी आत्मा व्याकुल हो उठती है। जहाँ तक यहाँ तीन रोज़ टिककर आपके पागलपन की हरकतों को देखने का संबंध है आप समझ लीजिए कि वह पूरा हो गया; क्योंकि बिना देखे ही मैंने उन्हें पूरी तरह संपन्न मान लिया और मैं अपनी स्वामिनी से उसका विशद वर्णन कर दूँगा। इसलिए आप अपना खत लिखिए और मुझे जल्द-से-जल्द रवाना कीजिए; क्योंकि मैं जल्द-से-जल्द वापस आकर आपको इस प्रेम-लोक से हटाना चाहता हूँ जिसमें आपको छोड़कर मैं जा रहा हूँ।'

डान क्विग्जोट—'इसे प्रेम-लोक क्या, इसे तो नरक कहो। दयनीय अवस्था को प्रकट करने के लिए प्रकृति के काम में नरक से बुरा कोई शब्द हो तो उसका प्रयोग इसके लिए होना चाहिए।'

सैंको—'जी नहीं, मैं इसे नरक नहीं कह सकता; क्योंकि मैंने एक आदमी को यह कहते सुना है कि नरक से उद्धार नहीं होता। लेकिन आपकी परीक्षा में ऐसी बात नहीं हो सकती। यदि मैं अपनी एड़ी को ठीक-ठीक चला सका और रोजिनांटे को उसे पाकर आगे बढ़ाता गया और मैं स्वामिनी डलसीनिया के पास पहुँच गया तो मैं आपकी धूर्तता, बेवकूफी और पागलपन को, क्योंकि यह पागलपन के सिवा और है ही क्या—ऐसा चित्रित करूँगा कि उनके दिल को मोम की तरह पिघला दूँगा; चाहे वह संगमरमर की तरह ही कठोर क्यों न हो। और मधु के समान मधुर उनका उत्तर लेकर मैं हवा से बातें करता यहाँ आ पहुँचूँगा और आपको इस प्रेत-लोक से मुक्त करूँगा। इसीलिए मैं इसे नरक न कहकर प्रेतलोक कहूँगा और मेरी इस कल्पना का आप विरोध न करेंगे; क्योंकि इस स्थान से आपके उद्धार की कुछ आशा है।'

मनहूस आकृति वाले वीर योद्धा ने कहा—'लेकिन मैं खत किस तरह लिखूँ?'

सैंको—'और उन तीन गधों के लिए आदेश-पत्र?'

डान क्विग्जोट—'उसे मैं भूला नहीं हूँ। लेकिन यहाँ कागज़ उपलब्ध नहीं है। इसलिए मुझे बाध्य होकर, पत्ते, पेड़ की छाल या मोम पर लिखना पड़ेगा, जैसा पुराने जमाने के लोग किया करते थे। लकिन यहाँ तो जिस तरह कागज़ का अभाव है उसी तरह मोम का भी। पर ठहरो, मुझे अभी याद आ गया कि मेरे पास कार्डेनियो की पॉकेट-बुक है। इस आवश्यकता के समय वह कागज़ की कमी को पूरा करेगा और इसके बाद जो पहला गाँव मिलेगा वहाँ तू किसी स्कूल के शिक्षक से स्पष्ट अक्षरों में खत लिखवा लेना और यदि शिक्षक उपलब्ध न हो तो तू गिरजे के मुहर्रिर से यह काम करवा लेना। लेकिन किसी नकलनवीस से यह काम हरगिज न कराना; क्योंकि वे लोग ऐसी घसीट लिख मारते हैं कि शैतान खुद उसे नहीं पढ़ सकता।'

सैंको—'लेकिन उस पर आपके हस्ताक्षर के लिए मैं क्या उपाय करूँ?'

डान क्विग्जोट—'क्यों? अमाडिस अपना पत्र स्वयं नहीं लिखा करता था क्या?'

सैंको–'लेकिन तीन गधों के आदेश-पत्र पर तो आपका हस्ताक्षर होना ही चाहिए, नहीं तो वे लोग कहेंगे कि आपका आदेश-पत्र नहीं है और मुझे गधे नहीं मिलेंगे।'

डान क्विग्जोट–'मैं इसी नोट-बुक में उस आदेश-पत्र को लिखकर हस्ताक्षर कर दूँगा। मेरा हस्ताक्षर देखकर मेरी भतीजी तुम्हें गधे देने में लेश-मात्र भी आना-कानी नही करेगी। और खत लिखे जाने के बाद उसके नीचे तुम लिखवा देना: "मृत्यु-पर्यंत तुम्हारा, मनहूस आकृति वाला वीर योद्धा।" पत्र का मजमून और उसके नीचे की इबारत एक ही लिखावट में है या भिन्न-भिन्न, यह महत्त्व की बात नहीं है; क्योंकि जहाँ तक मुझे याद है डलसीनिया न तो पढ़ना जानती है, और न लिखना। उसने मेरा कोई खत भी नहीं देखा है, बल्कि यों कहना चाहिए कि ज़िंदगी में उसने मेरी लिखावट तक नहीं देखी है; क्योंकि मेरा और उसका प्रेम सदा सात्विक रहा है। शालीनता के साथ हम लोग एक-दूसरे को देख मात्र लिया करते थे और वह भी कभी-कभी। वह मुझे हृदय से भी प्यारी और मेरी आँखों की रोशनी रही है तो भी मैंने उसे इन बारह वर्षों में चार बार से अधिक नहीं देखा है। मैंने इतनी कम दफा उसे देखा है तो भी उसे मुश्किल से मालूम हो सका है कि मेरी नज़र उस पर पड़ी है। उसके पिता लोरेंजो कारचुएतो और उसकी माता अल्डोंजो नोगलेस ने उस पर इतनी कड़ी और सतर्क नज़र रखी है कि क्या कहूँ।'

सैंको–'ऐसी बात भी कभी किसी ने सुनी है! ओह, तो मेरी स्वामिनी डलसीनिया डेल टोबोसा लोरेंजो कारचुएलो की ही बेटी है। जिसका असली नाम अल्डोंजो लोरेंजो है।'

डान क्विग्जोट–'हाँ, वही। वही है, जो संसार-भर की स्त्रियों की सिरमौर है।'

सैंको–'मैं उसे अच्छी तरह जानता हूँ। वह तो बड़ी तेज तर्रार युवती है, जो गाँव के किसी भ्रामक युवक के साथ शराबखाने में जमी रहती है। वह खूब गठीली, तगड़ी, लंबी और जवाँमर्द लड़की है। वह कभी दलदल में नहीं फँस सकती। मैं यह दावे के साथ कह सकता हूँ कि बड़े-से-बड़े वीर योद्धा भी यदि उसके साथ दुस्साहस करें तो वह उसका सामना कर सकती है। उसके फेफड़े इतने मजबूत हैं कि जब वह मुँह खोलती है तब वह बोलती नहीं, बल्कि चिंघाड़ती है। एक दिन मैंने उसे गिरजे के बुर्ज पर चढ़कर हलवाहों को पुकारते सुना था, जो एक परती खेत को जोत रहे थे। वे करीब आधा मील की दूरी पर थे तो भी

उन लोगों ने उसकी आवाज़ इतनी स्पष्ट सुनी मानो वे गिरजे के अहाते में हों। उसमें सबसे बड़ा गुण यह है कि न तो वह लज्जालु है और न बदमिज़ाज। व नम्र छोकरी है। वह किसी दरबारी के योग्य है, क्योंकि वह बिल्ली के बच्चे की तरह खेल करेगी और सबके साथ हँसी-मज़ाक करेगी। और अब मैं आपसे स्पष्ट कह देना चाहता हूँ कि आप जितना चाहें उतना उछलें-कूदें, आप पागल हो जाएँ, उसके लिए आप फाँसी पर लटक जाएँ, एक भी आदमी ऐसा नहीं मानेगा कि जो यह कहे कि आपने बुद्धिमानी का काम किया है; चाहे शैतान ही आपको पीठ पर लादकर क्यों न उठाता फिरे। अब तो मैं जाने के लिए और भी अधीर हो उठा हूँ यद्यपि उसे देखने के अलावा और कोई दूसरा उद्‌देश्य नहीं है; क्योंकि मैंने बहुत दिन से उसे नहीं देखा। शायद मैं उसे पहचान भी न सकूँ; क्योंकि खुले मैदान में रहने और खेतों में काम करते रहने से औरतों के चेहरे में विचित्र परिवर्तन हो जाता है। मैं तो इतने समय तक भारी भ्रम में रहा, क्योंकि मैं यही समझता था कि यह डलसीनिया कोई राजकुमारी है जिससे आपको प्रेम है, और जिन गुणों में आप सदा चर्चा करते हैं सचमुच वे उनके योग्य हैं, नहीं तो मैं यह जान लेना चाहता कि बिस्कायन चरवाहों तथा अन्य लोगों को जिन्हें मेरे परिचारक बनने से पहले उसके यहाँ भेजना चाहा होता, आप उसके पास किस उद्‌देश्य से भेज रहे हैं। मुझे यह सोचकर हँसी आती है कि जिन लोगों को आप अल्डोंजो लोरेंजो के पास भेज रहे थे या भेजने वाले थे वे लोग यदि उसके पास पहुँचकर विनयान्वत हुए होते तो अल्डोंजो लोरेंजो (मुझे अपनी स्वामिनी डलसीनिया डेल टोबोसा कहना चाहिए था) की क्या हालत हुई होती? क्योंकि इतना तो निश्चय है कि वे लोग उसे पाट उधेड़ते या खलिहान बुराहते पाते और तब उन्हें कैसी निराशा होती। वे निश्चय ही शर्म से गड़ जाते। वह भी उन्हें फटकार देती या बिगड़ खड़ी होती।'

डान क्विग्जोट—'मैंने तुझे अनेक बार समझाया और फिर समझाए देता हूँ कि तू अपनी चंचल जबान पर लगाम रखा कर! तू निपट मूर्ख है तो भी तेरे भद्‌दे मज़ाक कभी-कभी बड़े ही तीखे होते हैं। तेरी बेवकूफी को दूर करने तथा अपने विवेक की सार्थकता के लिए मैं तुझे एक वृत्तांत सुनाना चाहता हूँ। एक सुंदरी, चपल, धनी, युवती विधवा, जो प्रगल्भ नहीं थी, गिरजे के किसी कामुक सेशोमन युवक से प्रेम करने लगी। उस नौकर के मालिक को यह बात मालूम हुई। वह उस महिला के पास गया और नसीहत के तौर पर उससे बोला—'मुझे बहुत आश्चर्य है कि आपके समान सुयोग्य, रूप-गुण-संपन्न, विचारशील, साथ-

ही-साथ समृद्ध महिला की ऐसी पसंद क्यों? आप ऐसे तुच्छ, सिड़ी और घृणा के योग्य व्यक्ति के लिए पागल हैं जबकि हमारी संस्था में एक से एक बढ़कर धुरंधर विद्वान और योग्य पुरुष हैं जिनमें से आप अपने मन लायक व्यक्ति को छान-बीनकर चुन सकती थीं।' उसने तुरंत ही उस पूज्य बूढ़े व्यक्ति से कहा—"आप गलती पर हैं। आप पुराने विचारों के आदमी हैं और उसी दक़ियानूसी तरीके से सोचते हैं। यदि आपका यह खयाल है कि मेरा चुनाव गलत हुआ है, यद्यपि आप उसे मूर्ख समझते हैं पर मैं तो उसे अरस्तू के समान ही, बल्कि उससे बढ़कर दार्शनिक विद्वान मानती हूँ।" इसी तरह से मेरी दृष्टि में डलसीनिया संसार की सबसे सुंदरी युवती है। मैं तुझसे यह पूछना चाहता हूँ कि कवियों ने जिन सुंदरी प्रेयसियों के रूप, शील और गुण का गान किया है क्या वे वास्तव में ऐसी ही थीं? क्या तू समझता है कि समेरिलिस, फिलिस, सिल्विया, डायना गलाशिया, अलिडा तथा अन्य जितनी स्त्रियों की चर्चा अनेक काव्य-ग्रंथों, उपन्यासों तथा लोक-गीतों में है, जिनका अभिनय मंचों पर होता है अथवा जिनकी चर्चा हज्जामों की दुकानों में होती है, वे हाड़-मांस के पुतले थे अथवा उन लोगों की प्रेयसियाँ थीं जो इनका यशगान करते हैं? भूल से भी ऐसी बात मन में न लाना। मैं तुझे विश्वास दिलाता हूँ कि उनमें से अधिकांश उन कवियों की कल्पना-मात्र है जिन्होंने अपनी विचक्षणता का परिचय देने तथा संसार को यह दिखलाने के लिए कि वे प्रणयी और वीर प्रकृति के थे, उन्हें पृष्ठभूमि बना लिया। इसलिए मुझे इतना मात्र मान लेना पर्याप्त है कि अल्डोंजो लोरेंजो सुंदरी है, पाक-साफ है। उसके कुल और गोत्र से मुझे कोई मतलब नहीं, जिस तरह सम्मान, प्रदान करते समय पुरुष के कुल-शील की पूछताछ की ज़रूरत नहीं पड़ती उसी तरह स्त्रियों के कुल-गोत्र जानने की जरूरत नहीं है। वह तो मेरी दृष्टि में संसार की सबसे सुंदरी महिला है। अगर तू नहीं जानता है तो जान ले कि हम वीर योद्धाओं को दो ही चीज़ें प्रेम करने के लिए प्रोत्साहित करती हैं—एक तो स्त्री का आकर्षक सौंदर्य और दूसरा उसका कलंक-रहित यश। भाग्य से ये दोनों गुण डलसीनिया में वर्तमान हैं; क्योंकि उन दोनों गुणों में उनकी समता करने वाला कोई नहीं है। सभी एतराजों का साथ ही अंत कर देने के लिए मेरी समझ में, और उसके बारे में जो कुछ सोचता हूँ, बिना किसी घटाव-बढ़ाव के वह सब कुछ उसमें मौजूद है। मेरी कल्पना में वह सौंदर्य और गुणों की प्रतिमा है। हेलन उसके मुकाबले में नहीं ठहर सकती, लूकोश उसकी प्रतिद्वंद्विता नहीं कर सकती और प्राचीन युग

की यूनान, रोम तथा बारबेरिया की सभी ख्यातिनामा महिलाएँ उसकी पूर्णता के सामने हेय हैं।

'इसलिए लोग जो चाहे कहें, यदि मूर्ख लोग अपनी मूर्खता से मेरी निंदा करें तो मेरे समान संसार के बड़े-बड़े आचरण वालों और उत्तमोत्तम विचारकों के प्रमाण मेरे संतोष के लिए हैं।'

सैंको—'मैं हार मानता हूँ। आपने जो कुछ कहा है उससे स्पष्ट है कि तर्क आपके पक्ष में है और मैं मूर्ख प्रमाणित हुआ। मैं गधा हूँ, इसलिए गधे की तरह बातें करता हूँ; क्योंकि जो फाँसी पर चढ़ा दिया गया उसके घर में फाँसी के फंदे की बातें करना सर्वथा अनुचित है। अब वह पत्र दीजिए जिसे लेकर मुझे प्रस्थान करना है!'

डान क्विग्जोट ने नोट-बुक से एक पन्ना फाड़ा और जरा दूर हटकर बड़ी गंभीरता के साथ पत्र लिखने लगा। पत्र समाप्त करके उसने सैंको को बुलाया और कहा—'मैं पत्र पढ़ रहा हूँ तू इसे ध्यान से सुन ताकि यदि दुर्भाग्यवश पत्र रास्ते में खो जाए तो ये बातें तुझे उसी तरह याद रहें मानो पॉकेट-बुक में लिखी हों; क्योंकि भाग्य मेरे इतना प्रतिकूल है कि मुझे सदा दुर्घटना का भय बना रहता है।'

सैंको—'आप नोट-बुक में दो-तीन जगह लिख दें और उसे मुझे दे दें। मैं आपको विश्वास दिलाता हूँ कि मैं संवाद सही-सलामत पहुँचा दूँगा। यह सोचना गलत होगा कि सारी बातें मुझे जबानी याद रहेंगी। मेरी स्मृति इतनी खराब है कि कभी-कभी मैं अपना नाम तक भूल जाता हूँ। तो भी प्रार्थना है कि आप पढ़कर मुझे सुना दें; क्योंकि मैं सुनने के लिए अत्यंत उत्सुक हूँ। इसकी लिखावट तो इतनी सुंदर है मानो छपी हुई हो।'

डान क्विग्जोट—'अच्छी बात है। तब सुनो!'

डान क्विग्जोट डेलामांचा

से

डलसीनिया डेल टोबोसो के प्रति

महीयसी महिला,

वह जो वियोग की व्यथा से अतिशय पीड़ित है और प्रेम के तीखे बाणों से जिसका हृदय बिंधा हुआ है तुम्हारे स्वास्थ्य की उसी तरह कामना करता है जिस तरह अपने लिए। प्रियतमे डलसीनिया डेल टोबोसो, यदि तुम्हारा सौंदर्य मुझे अस्वीकार करता है, यदि तुम्हारी उत्कृष्टता मेरी क्षीण आशा को जीवन-दान देने

के लिए तैयार नहीं है, यदि तुम्हारी घृणा मुझे शांति प्रदान करने से इनकार करती है, तो अंत में मुझे अपने शोक के नीचे दब जाना पड़ेगा। यद्यपि यातना का मैं अत्यंत अभ्यस्त हूँ; क्योंकि मेरी पीड़ा तीव्र ही नहीं है, बल्कि अनंत है। तुमने और तुम्हारे प्रेम ने मेरी जो दशा कर रखी है उसका सही हाल तुम्हें मेरे परिचारक सैंको से मिलेगा। ऐ बेवफ़ा सुंदरी, यदि तू अंत में सँभले और मेरी हालत पर तरस खाए तब तो मेरे जीवन की कुछ आशा है और तुझे अपना धन जीवित मिल जाएगा। लेकिन यदि तू निराशा के गढ़े में मुझे धकेल देगी तो मैं उसे भी चुपचाप स्वीकार करूँगा और अनंत निद्रा की गोद में सोकर तेरी क्रूरता और अपने अनन्य प्रेम का परिचय दूँगा।

मृत्यु-पर्यंत तुम्हारा,
मनहूस आकृति वाला वीर योद्धा'

सैंको—'मैं अपने बाप की सौगंध खाकर कहता हूँ कि अपनी ज़िंदगी में मैंने इससे सुंदर बात सुनी ही नहीं। किस सफाई के साथ आपने अपने दिल की बात उस पर प्रकट की है और किस तरह समाप्त किया है। मैं सच कहता हूँ कि आप हर बात में असाधारण हैं। इस संसार में ऐसा कोई विषय नहीं है जिस पर आप हाथ नहीं लगा सकते।'

डान क्विग्जोट—'मनुष्य को सभी बातों का थोड़ा-बहुत ज्ञान होना चाहिए यदि वह सचमुच इस पेशे में मेरे ही समान योग्यता प्राप्त कर चुका है तो।'

सैंको—'तब कृपा करके इसी कागज़ की पीठ पर उन तीन गधों के लिए आदेश भी लिख दीजिए। खूब साफ लिखिएगा ताकि वे लोग देखते ही पहचान लें कि यह आपकी ही लिखावट है।'

डान क्विग्जोट—'मैं अभी लिखे देता हूँ।'

इतना कहकर वह आदेश-पत्र लिखने बैठ गया जो इस प्रकार था :

'मेरी प्यारी भतीजी,

इस आदेश-पत्र के पाने पर सैंकोपांका को उन पाँच गधों में से तीन दे देने की कृपा करना जिन्हें मैं तुम्हारी देखरेख में छोड़ आया हूँ। यहाँ उतने ही गधे मैंने उससे लिए हैं। सबूत के लिए उससे रसीद लेना। यह पत्र वर्तमान साल की 22 अगस्त को मैं सीरा मोरेना के बीच जंगल से लिख रहा हूँ।'

सैंको—'आदेश-पत्र-जैसा होना चाहिए वैसा ही आपने लिखा है, केवल नीचे आपका हस्ताक्षर होना बाकी रह गया है।'

डान क्विग्जोट—'मेरा पूरा नाम लिखने की ज़रूरत नहीं है। मैं अपने नाम के प्रथम दो अक्षर लिखे देता हूँ। वह मेरे पूरे नाम के ही बराबर समझे जाएँगे, भले ही आदेश-पत्र तीन नहीं तीन सौ गधों के लिए हो।'

सैंको—'मैं आपकी बात कबूल करता हूँ। मैं रोजिनांटे को कसने जा रहा हूँ। इसके बाद आप मुझे आशीर्वाद दें; क्योंकि आपके पागलपन की कोई हरकत देखे बिना ही मैं यहाँ से तुरंत रवाना हो जाना चाहता हूँ। मैं उससे आपके पागलपन की इतनी तरह की हरकतों का बयान करूँगा कि वह सुनते-सुनते थक जाएगी।'

डान क्विग्जोट—'नहीं, तुम्हें कम-से-कम मुझे नंगा देख लेना होगा और मेरे पागलपन की दस-बीस हरकतों को भी। मैं आधे घंटे में यह सब पूरा कर दूँगा। यह नितांत आवश्यक है। कम-से-कम इतनी हरकतों के प्रत्यक्षदर्शी होने के कारण तू इतमीनान से कह सकेगा कि तूने हज़ारों तरह की हरकतें करते मुझे देखा है; क्योंकि तेरे आश्वासन के लिए मैं इतना निश्चयपूर्वक कह देना चाहता हूँ कि मैं पागलपन की जितनी हरकतें करूँगा उनका तू बयान भी नहीं कर सकेगा।'

सैंको—'आप मुझे मानते हैं इसलिए मैं आपको नंगा देखने के लिए नहीं रुका रहना चाहता। इससे मेरे दिल को गहरा सदमा पहुँचेगा। इससे रोते-रोते मेरी आँखें फूट जाएँगी। मैं कल रात से ही अपने गधे के खो जाने के लिए रोता रहा हूँ। उससे मैं इतना दुखी हूँ कि मैं और रोना नहीं चाहता। यदि आप चाहते हैं कि मैं आपके पागलपन की कुछ हरकतों को देखूँ तो पोशाक पहने हुए ही उन्हें कीजिए और वे आपके उद्देश्य के अनुकूल भी हों; क्योंकि मैं जितनी जल्दी यहाँ से प्रस्थान करूँगा उतनी ही जल्दी मैं वापस आऊँगा और प्रस्थान करने का मतलब यहाँ ठहरना नहीं है। मैं आपके लिए पूरा संतोषजनक उत्तर लाना चाहता हूँ और मैं निश्चय ही यह काम संपन्न करूँगा या कीमती डलसीनिया इसको सम्पन्न करें, क्योंकि यदि उन्होंने उचित उत्तर नहीं दिया तो मैं घूँसों और ठोकरों से अनुकूल उत्तर ले लूँगा; क्योंकि वह बर्दाश्त के बाहर की बात है कि आपके समान योग्य वीर योद्धा ऐसी बेवफ़ा के लिए अकारण इस तरह के पागलपन का आचरण करे। मैं सब कुछ जानता हूँ। वह मुझे सब कुछ उगल देने के लिए न उकसाए; क्योंकि मैं ईश्वर की सौगंध खाकर कहता हूँ कि मैं सब कुछ पूरा-का-पूरा उगल दूँगा चाहे इसका जो भी परिणाम हो।'

डान क्विग्जोट—'मैं इसका विरोध करता हूँ। मैं तो देखता हूँ कि तू मेरे ही समान पागल है।'

सैंको—'जी नहीं, मैं आपके समान पागल नहीं हूँ। हाँ, कुछ-कुछ अवश्य हूँ। लेकिन उसकी चर्चा छोड़िए। मैं यह सोच रहा हूँ कि मेरे चले जाने के बाद आप के भोजन की क्या व्यवस्था होगी। क्या आप भी उसी पागल की तरह व्यवहार करना चाहते हैं, लोगों को लूटना चाहते हैं और उन गड़रियों से भोजन जबरदस्ती छीन लेना चाहते हैं।'

डान क्विग्जोट—'उसकी तू लेश-मात्र भी चिंता न कर। यद्यपि मुझे सदा विलासितापूर्ण और स्वादिष्ट भोजन मिलता रहा है, लेकिन मैं इस जंगल के कंद, मूल और फलों के अतिरिक्त कुछ नहीं खाऊँगा; क्योंकि मेरे वर्तमान कार्य की विशेषता इसी में है कि मैं उपवास करूँ और आधा पेट खाऊँ और तपस्या के अन्य साधनों में लगा रहूँ।'

सैंको—'मेरे दिमाग में एक दूसरी बात आई है। यह स्थान रास्ते से इतना हटकर है कि यहाँ वापस किस तरह आ सकूँगा?'

डान क्विग्जोट—'जाने से पहले इस स्थान को अच्छी तरह याद कर ले और तेरी वापसी तक मैं यहीं आस-पास ही रहने की कोशिश करूँगा। इसके अलावा तेरी वापसी के दिन का अंदाज लगाकर मैं सामने वाले पहाड़ की चोटी पर चढ़ जाऊँगा। लेकिन मुझे उससे भी उत्तम एक उपाय सूझा है। तू पेड़ों की शाखाएँ काटकर रास्ते में मैदान तक बिछाते जाना। इससे वापस आने पर यहाँ तक पहुँचने में तुझे किसी तरह की दिक्कत नहीं होगी। क्रीट में गोरखधंधे के लिए परसीयस ने ही किया था।'

सैंको—'मैं ऐसा ही करूँगा।'

इतना कहकर वह चला गया और पेड़ की शाखाएँ काट लाया। वापस आने के बाद उसने अपने स्वामी का आशीर्वाद माँगा। थोड़ी देर तक दोनों रोते रहे। इसके बाद सैंको रोजिनांटे पर सवार हुआ, जिसे उसके स्वामी ने उसके हवाले कर दिया था। उसने कहा कि तू इसके प्रति उतना ही सावधान रहना जितना तू अपने प्रति सावधान रहता है। इसके बाद वह मैदान की तरफ चला। अपने मालिक के आदेश के अनुसार वह रास्ते में पेड़ की शाखाएँ बिछाता गया। उसके स्वामी ने उससे बहुत आग्रह किया कि वह रुककर उसके पागलपन की दो-चार हरकतें तो देख ले; लेकिन वह उसे राज़ी नहीं कर सकता। जो भी हो, आँख से ओझल होने से पहले उसने उस पर विचार किया और वापस आकर बोला—'मैंने आपकी बातों पर विचार किया और उसे ठीक ही समझा कि आपकी कुछ हरकतों को अपनी आँखों से देख लूँ, ताकि कसम खाकर कह सकूँ कि मैंने आपको

पागलपन की हरकतें करते देखा है। इसलिए कम-से-कम मैं आपकी एक हरकत देख लेना चाहता हूँ यद्यपि मैं आपको बहुत बड़ी हरकत करते देख चुका हूँ। मेरा मतलब इस जंगल में आपके अकेले रहने से है।'

डान क्विग्जोट–'मैंने तुझसे ठीक ही कहा था। इसलिए तू रुककर मेरी हरकतें देख। मैं तुझे ऐसी हरकतें दिखाऊँगा जो तुझे देखनी चाहिए।' इतना कहकर उसने अपना पाजामा खोलकर कमर के नीचे सरका दिया और दो या तीन बार कलैया मारकर वह धरती पर अपने हाथों को टेककर दो बार पैरों को सिर के ऊपर ले गया और जब वह दोनों पैरों को छितराए हुए लड़खड़ाकर ज़मीन पर गिरा तब तो उसने ऐसा अनोखा दृश्य उपस्थित किया कि सैंको ने तेजी से घोड़े का मुँह फेर दिया, ताकि वह उन हरकतों को अधिक न देख सके। उसे पूरा संतोष हो गया कि वह इतमीनान से कह सकेगा कि उसका मालिक पागल हो गया है। इसलिए हम लोग उसे इतमीनान से जाने और वापस आने के लिए संप्रति छोड़ देते हैं। वह इतनी जल्दी वापस आया कि उसकी कल्पना भी नहीं की जा सकती।

12. सीरा मोरेना की घटनाएँ

अपनी प्रणयजनित तपस्या की भूमिका में इस तरह उछल-कूदकर नंगा हो जाने के बाद अपने को अकेला पाकर मनहूस आकृति वाला वीर योद्धा पहाड़ की ऊँची चोटी पर चढ़ा और इस बात की गहरी चिंता में पड़ गया कि जिस उलझन ने उसका दिमाग खराब कर रखा था, उसके बारे में वह क्या निर्णय करे, अर्थात् वह आर्लेंडो के अदम्य और भीषण क्रोध का अनुकरण करे, अथवा अमाडिस के विषाद का। इस प्रश्न पर सोचने-विचारने के बाद उसने सोचा–अगर आर्लेंडो इतना निर्भीक है तो कोई आश्चर्य की बात नहीं; क्योंकि उस पर इस तरह से जादू कर दिया गया था कि जब तक उसके तलवों में लंबी सुई नहीं चुभाई जाए, तब तक वह मारा नहीं जा सकता था। अपने तलवे की रक्षा में वह इतना सतर्क था कि वह अपने जूते में लोहे का सात सुपतल्ला पहनता था। तो भी बरनार्डो डेल कार्पियो के समक्ष उसकी एक भी न चली। बरनार्डो डेल कार्पियो आर्लेंडो के इस भेद को जानता था। इसलिए रान्सेस्वलेस के मैदान में उसने उसे अपनी दोनों भुजाओं के बीच पीसकर मार डाला। लेकिन उसकी वीरता की बात अलग करके उसके पागलपन की जाँच करनी चाहिए। यह ध्रुव सत्य है कि वह पागल था और यह भी निश्चित है कि उसके पागलपन का कारण अंगेलिका का मेडर के साथ

नाजायज प्रेम-प्रसंग था। घुँघराले बालों वाला वह युवक मूर अग्रामेंट का परिचारक था। अपनी प्रेयसी की बेवफ़ाई का सच्चा सबूत मिल जाने पर भी उसका इस तरह पागल हो जाना कोई प्रशंसा की बात नहीं कही जा सकती। यदि उस अवसर का अनुकरण नहीं हो सकता तो केवल क्रोध में मैं उसका अनुकरण कैसे कर सकता हूँ; क्योंकि मैं दावे से कह सकता हूँ कि पैदा न होने के बाद से डलसीनिया ने किसी मूर पर दृष्टि नहीं डाली है और वह अपनी जननी की तरह ही पाक-साफ है। इसलिए उसके चरित्र के बारे में मन में किसी तरह का संदिग्ध विचार लाकर यदि मैं आर्लेंडो फूरिआसो के पागलपन का अनुकरण करने लगूँ तो मैं उसके साथ घोर अन्याय करूँगा। उधर दूसरी तरफ मैं पाता हूँ कि अमाडिस डे गाल उस तरह के पागलपन द्वारा अपने को दंडित किए बिना अथवा उसी तरह के प्रचंड और उग्र तरीके से अपनी नाराजगी प्रकट किए बिना ही बहुत बड़ा प्रेमी होने की ख्याति पा गया था। उसके शोक और संताप के विषय में इतिहास में मुझे जो कुछ मिला है वह इतना मात्र है: उसकी प्रेयसी प्रोरियाना ने उसे अपने यहाँ से चले जाने और उसकी आज्ञा बिना उसके समक्ष उपस्थित न होने का आदेश दिया। इससे उसने समझा कि वह उससे घृणा करती है। यही असली कारण था कि वह संन्यासियों के साथ पहाड़ी प्रदेश में चला गया। वहाँ वह शोक-संतप्त होकर रात-दिन विलाप करता रहा। उसकी इस दयनीय दशा पर भगवान को दया आ गई और उन्होंने उसके संताप को दूर करने का रास्ता निकाल दिया।

चूँकि यह घटना सही है और मैं इसे सही मानता हूँ; तब इसकी क्या आवश्यकता है कि मैं अपनी पोशाक को फाड़ डालूँ? इन निरीह पेड़ों को उखाड़कर फेंक दूँ? और इन झरनों के निर्मल जल को तहस-नहस कर दूँ, जो प्यास लगने पर मुझे पीने के लिए पानी देंगे? इसलिए अमाडिस डे गाल की याद चिरजीवी हो और वही उत्तम आदर्श हो, जिसका अनुकरण डान क्विग्जोट ला मांचा को करना चाहिए; क्योंकि दोनों की दशा में समता है; ताकि इस जीवित अनुकरणशील व्यक्ति के बारे में वही कहा जाए जो उस असली मृत व्यक्ति के बारे में कहा जाता है; अर्थात् यदि उसने असाधारण काम नहीं किया तो भी साहसिक कामों को हाथ में लेने के लिए उसके समान उत्सुक दूसरा कोई नहीं है। यद्यपि डलसीनिया ने तो मेरा तिरस्कार किया है और न वह मुझसे घृणा करती है, तो भी उसकी जुदाई ही मेरी तपस्या के लिए पर्याप्त कारण है। इसलिए अंतिम फैसला हो गया और अब महान अमाडिस के प्रसिद्ध कारनामे मुझे याद

आएँ और वे उनका अनुकरण करने के लिए मेरा विश्वस्त पथ-प्रदर्शक बनें।' उसे याद आ गया कि एकांतवास में उस वीर योद्धा का प्रधान काम प्रार्थना था। इसके लिए हमारे वर्तमान अमाडिस डे मतिया या गुटिका के बजाय पत्थर या ओक के बीज की माला बना डाली। लेकिन उसके सामने सबसे बड़ी दिक्कत संन्यासी का अभाव था, जो उसके विलाप को सुनता और शोक में उसे सांत्वना प्रदान करता। जो भी हो, हरे-भरे मैदान में टहलकर तथा चिकनी बालू या पेड़ों की छाल में कुछ तुकबंदियाँ लिखकर जिनका विषय उसका शोक-संताप और डलसीनिया की स्तुति था, वह अपनी प्रेमजनित तपस्या में लीन हो गया। लेकिन दुर्भाग्यवश नीचे लिखे पद्यों के अतिरिक्त कोई और पद पूरा या स्पष्ट पढ़े जाने लायक नहीं मिल सका :

ओ समतल भूमि के संरक्षक तथा गौरव
विस्तीर्ण बाहुओं वाले विशाल वृक्ष,
यहाँ कि वासंतिक गरिमा में प्रभामान,
ओ निरभिमान लता-गुल्मो एवं पुष्पाकृत सौंदर्यो,
यदि मेरे उपालंभ तुम्हारी करुणा को प्रसारित कर सकें,
तो मेरे प्रेम की दुखानभूत कथा सुनो!
मेरे साहचर्य से यदि तुम मेरी दुश्चिंताओं से निष्प्रभ हो जाओगे
तो मैं तुम्हें नई पोषक फुहारों का उपहार दूँगा,
तुम मेरे आँसुओं से सिंचित होओगे।
सुदूरवासिनी, किंतु, चिंतन में निरंतर वर्तमान,
मैं अपनी अनुपस्थित डलसीनिया का शोक मना रहा हूँ।

डेल टोबोसो

प्रेम के इस सर्वाधिक अनुरागी दास ने हताश होकर
अपनी यातनाओं के, जिसे उसे निरपराध होते हुए भी सहना है,
मौन साक्षी के रूप में इस निभृत वन, इस मरुभूमि को चुना।
जाने बिना कि वह क्यों ये यातनाएँ सहता है,
वह कराहता है, आवेश में बोलता है और हताश हो जाता है।
प्रेम अपनी लपलपाती अग्निमुखी जिह्वाओं से मेरी आत्मा को
विदीर्ण करता है,

व्यर्थ ही मैं कराहता हूँ, व्यर्थ ही मैं दुखाभिव्यक्ति करता हूँ।
प्रपीड़ित असुरो की तरह मैं रोता हूँ, विलाप करता हूँ
और जलता हूँ, फिर भी पश्चाताप नहीं कर सकता।
सुदूरवासिनी, किंतु चिंतन में निरंतर वर्तमान
मैं अपनी अनुपस्थित डलसीनिया का शोक मना रहा हूँ।

डेल टोबोसो

जबकि मैं प्रतिष्ठा की कँटीली राहों पर,
असंभाव्य गौरव की खोज में भटक रहा हूँ,
विद्वेषी भाग्य इस श्रम के प्रतिदान में
मुझे अंतहीन यातनाएँ और हताश प्रेम देता है।
इस तरह मैं बंध्या पर्वत-शिलाओं पर हताश पड़ जाता हूँ।
अपने ग्रहों को कोसता हूँ, फिर भी अपनी प्रियतमा के लिए
शुभाकांक्षाएँ करता हूँ।
सर्वसज्जित प्रेम अपना विष-वंश छोड़ गया है
और अब तीव्र आवेश में फूत्कार छोड़ते हुए
प्रत्येक अंग को पीड़ित, दंशित कर रहा है।
और अपने दास को पागल बना रहा है।
सुदूरवासी, किंतु चिंतन में निरंतर वर्तमान
मैं अपनी अनुपस्थित डलसीनिया के ग़म में चूर हूँ—

डेल टोबोसो

जिन लोगों को वे पद मिले, वे लोग डलसीनिया के नाम के साथ डेल टोबोसो शब्द जुड़ा देखकर खूब हँसे। उन लोगों ने सोचा कि इन पदों की रचना करते समय डान क्विग्जोट के मन में इस तरह का डर था कि जो लोग इन पदों को पढ़ेंगे वे यह नहीं समझ सकेंगे कि कैसे लक्ष्य करके ये कविताएँ रची गई हैं; क्योंकि वह अपनी प्रेयसी के जन्म-स्थान और निवास का नाम छोड़ देता है। और सचमुच यही असली कारण था जैसा कि बाद को उसने कबूल किया। हम लोगों का शोक-निमग्न वीर योद्धा इस काम में लगा रहकर अपने दुखद समय को काटने लगा। कभी-कभी वह अपने शोकोद्गार को गद्य में भी प्रकट करता, हवा में आहें भरता और सिल्वियन देवता, फान्स, नायडेस, आस-पास के कुंज-वन की परियों तथा शोक-सूचक प्रतिध्वनि से प्रार्थना करता और बार-बार विनयावन

होकर उनका ध्यान आकृष्ट करता और सहानुभूति की भीख माँगता; फिर वह अपनी क्षुधा की शांति के लिए जड़ियों के बटोरने में लग जाता। उसका शरीर इतनी तेजी से क्षीण होता जा रहा था कि यदि सैंको तीन सप्ताह तक उससे अलग रह गया होता तो इस अल्प आहार, अनवरत चिंता तथा रात-दिन सोचने के कारण मनहूस आकृति वाले वीर योद्धा का शरीर इतना विकृत हो गया होता कि उसकी माता भी अपने गर्भ के इस शिशु को नहीं पहचान पाती। लेकिन सौभाग्यवश वह केवल तीन दिन ही अनुपस्थित रहा।

अब यह आवश्यक है कि हम कुछ देर के लिए उसे आहें भरने, सिसकने और प्रेम-प्रलाप करने के लिए छोड़ दें और देखें कि सैंकोपांका ने अपने दौत्य के काम को किस तरह निभाया। जितना संभव हो सकता उतनी जल्दी करके वह पहाड़ी प्रदेश से बाहर निकला और टोबोसो का रास्ता पकड़ा। दूसरे दिन वह उस सराय के पास पहुँचा, जहाँ वह कंबल में लपेटकर उछाला गया था। सराय की दीवारों को देखते ही उसकी हड्डी तक काँप उठी। उसे ऐसा प्रतीत हुआ कि वह पुनः हवा में उड़ रहा है। इसलिए प्रलोभन में फँसने से पहले वह सड़क से दूर हट जाना चाहता था; क्योंकि भोजन का समय हो गया था और गर्म गोश्त की याद से उसके मुँह में पानी आने लगा था। इसका मुख्य कारण यह भी था कि कई दिन तक से ठंडे भोजन पर रहना पड़ा था। यह उत्कट अभिलाषा उसे सराय के पास खींच ले गई। यद्यपि उसे उस स्थान से घृणा थी; लेकिन फाटक पर पहुँचने के बाद भी भीतर घुसने का उसका साहस नहीं हुआ। वह वहीं रुककर सोचने लगा कि उसे भीतर जाना चाहिए या नहीं। वह यही सोच रहा था कि दो आदमी बाहर निकले और उन्हें परिचित व्यक्ति समझकर उनमें से एक अपने दूसरे साथी से बोला—'डॉक्टर साहब, देखिए, यह वही सैंकोपांका तो नहीं है; जिसके बारे में गृह-प्रबंधक ने कहा था कि उसे उसके मालिक बहकाकर अपने साथ ले गए हैं।'

दूसरे ने कहा—'वही तो है, इससे भी अधिक, वह डान क्विग्जोट के घोड़े पर ही सवार है।'

ये दोनों वही पादरी और डॉक्टर थे, जिन्होंने डान क्विग्जोट की पुस्तकों को जाँचकर फैसला दिया था। इसलिए इतना कहने के साथ ही वे सैंको के पास पहुँच गए और उससे पूछा—'तूने अपने मालिक को कहाँ छोड़ा?'

वह विश्वसनीय परिचारक भी उन्हें पहचान गया। लेकिन वह यह नहीं बतलाना चाहता था कि उसने अपने मालिक को कहाँ और किस दिशा में छोड़ा

है। इसलिए उसने कहा—'वे एक खास जगह पर किसी अत्यंत महत्त्वपूर्ण काम नें फँस गए हैं। मैं मरकर भी उस जगह का पता नहीं बतला सकता।'

हज्जाम—'सैंको, यह क्या बात है? तुम लोगों को धूर्तता से बहकावा नहीं दे सकते। यदि तुम उनका सही-सही पता नहीं बतलाते तो हम लोग यही समझेंगे कि तुमने उन्हें मार डाला है और उनका घोड़ा हड़प लिया है। इसलिए तुम हम लोगों को उनका सही-सही पता दो, नहीं तो हम लोग तुम्हें गिरफ़्तार करा देंगे।'

सैंको—'सुनो पड़ोसियो, मैं इन धमकियों से डरने वाला नहीं हूँ। न मैं चोर हूँ और न हत्यारा। मैं किसी को मारता नहीं, इससे मुझे कोई नहीं मारता। मैं प्रत्येक आदमी को उसके भाग्य पर छोड़ देता हूँ या उसके हाथ में, जिसने उसका निर्माण किया है। जहाँ तक मेरे मालिक का संबंध है, मैंने उन्हें उन पहाड़ों में छोड़ा है, जहाँ वे अपनी पूरी शक्ति-भर उछल-कूद और तपस्या कर रहे हैं।'

इसके बाद बिना किसी ननु न च के उसने सारी दुर्घटनाओं और व्यापारों का विस्तृत विवरण उन्हें सुना दिया कि किस तरह वह अपने मालिक के यहाँ से लोरेंजा कोचुएला की बेटी, 'मेरी मालकिन', डलसीनिया डेल टोबोसो के पास पत्र लेकर जा रहा था, जिसके प्रेम में वे कान तक डूबे हुए हैं। इन वृत्तांतों को सुनकर पादरी और हज्जाम दोनों ठगे-से रह गए। यद्यपि वे लोग डान क्विग्जोट के पागलपन से भली-भाँति परिचित थे; तो भी उन्हें इस बात से और भी आश्चर्य हुआ कि अनेक तरह के रूपों में उसका पागलपन बढ़ती पर ही था। तब उन्होंने सैंको से वह पत्र दिखलाने के लिए कहा।

सैंको ने कहा—'यह पत्र एक पाकेट-बुक में लिखा हुआ है। जो गाँव पहले मिले वहाँ साफ कागज़ पर इसकी बढ़िया नकल करवाने का मेरे मालिक का आदेश है।'

पादरी ने कहा कि मैं ही बढ़िया नकल कर दूँगा। तब सैंको ने पाकेट-बुक निकालकर उसे देने के लिए छाती के भीतर हाथ डाला। वह देर तक उसकी खोज-ढूँढ़ करता रहा, लेकिन उसका पता न चला। वह बार-बार खोजता रहा और इसी तरह प्रलय के दिन तक व्यर्थ खोजता रहता तो भी न मिलती; क्योंकि उसके बिना ही वह डान क्विग्जोट के यहाँ से चला आया था। इससे उसके हाथ-पाँव फूल गए और उसका चेहरा पीला पड़ गया। वह अपने सभी कपड़ों की तलाशी लेने लगा, जेबों को उलट-पुलटकर देखा, अपनी छाती पर हाथ डालकर पुनः टटोला और यह विश्वास हो जाने पर कि पाकेट-बुक उसके पास नहीं है, वह पागलों की तरह बड़बड़ाने, पैर पटकने और अपने को कोसने लगा। दोनों हाथों

से अपनी दाढ़ी पकड़कर नोचने लगा, अपनी विस्मृतिशील खोपड़ी तथा अपने फूले हुए गालों को पीटने लगा। उसने क्षण-भर में अपनी नाक को लहू-लुहान कर दिया। पादरी और हज्जाम ने पूछा कि बात क्या है, और उसने उस विचित्र तरीके से अपने को क्यों सजा दी?

सैंको—'मेरे समान जड़ उसी के योग्य है। एक दाँव में मैंने तीन गधों को खो दिया, जिनमें से सबसे छोटा भी एक किले के बराबर होता।'

हज्जाम—'कैसे?'

सैंको—'मैंने उस पाकेट बुक को खो दिया, जिसमें उन्होंने डलसीनिया के लिए पत्र और उनके घर जो पाँच गधे हैं उनमें से तीन के लिए अपनी भतीजी के नाम आदेश-पत्र लिखा था।' इसके साथ ही उसने यह भी बतलाया कि किस तरह उसका अपना गधा खो गया था। इस पर पादरी ने उसे आश्वासन देते हुए वचन दिया कि मैं तुम्हारे मालिक से उन गधों के लिए कागज़ पर आदेश-पत्र लिखवा दूँगा; क्योंकि पाकेट-बुक में लिखा आदेश-पत्र रीतिवत् न होने के कारण मान्य नहीं होता। इससे सैंको को बड़ा संतोष हुआ और उसने उन लोगों से कहा—'अगर ऐसी बात है तो मुझे डलसीनिया के पत्र की लेश-मात्र भी चिंता नहीं है; क्योंकि उसकी प्रायः समूची बात मुझे जुबानी याद है।'

हज्जाम—'तब उसे हम लोगों को भी सुना दो। हम लोग उसे सुनकर लिख देंगे।'

इसके लिए सैंको चुप हो गया और शब्द खोजने लगा। दूसरे ही क्षण उसने अपने सिर को खुजलाया। कभी एक पैर पर खड़ा हुआ, कभी दूसरे पर, कभी मुँह फाड़कर आकाश की ओर देखा, फिर ज़मीन की ओर देखा। अंत में अपने अँगूठे की नोक को चबाया और पादरी तथा हज्जाम के धैर्य को पूरी तरह थकाकर उसने कहा—'डॉक्टर महोदय, जार्ज की सौगंध खाकर कहता हूँ कि मेरा विश्वास है उसमें शैतान बैठा है, क्योंकि मैं उस उलझनदार पत्र का एक शब्द भी याद करता हूँ तो गला घुटने लगता है, लेकिन सिर्फ़ इतना ही कह सकता हूँ कि उस पत्र के आरंभ में लिखा था—'महीयसी और भूगर्भस्थ महिला...'

हज्जाम—'तुम्हारा मतलब प्रबल प्रतापी या अतिमानव से है।'

सैंको—'जी हाँ, आपका कहना सही है, जरा ठहरिए मुझे ऐसा प्रतीत होता है कि उसके बाद कतिपय शब्द मुझे याद आ रहे हैं। हाँ, मुझे याद आ गए, मुझे याद आ गए! वह जो घायल है और जो सो जाना चाहता है, तुम्हारे पास कटार भेज रहा है—जिसकी उसे खुद ज़रूरत है—जिसने उसके कलेजे को पार कर दिया

और घायल व्यक्ति श्रीमती का हाथ चूमता है—और अंत में, एक सौ आह ऊह के बाद, ''प्रियतमे डलसीनिया डेल टोबोसो''—और इस तरह वह बहुत देर तक अंड-बंड बकते रहा। उसाँसें लेते रहे, डूबते रहे, जो मुझे है याद नहीं। और अंत में उन्होंने इस तरह समाप्त किया—मृत्यु-पर्यंत तुम्हारा, मनहूस आकृति वाला वीर योद्धा।'

सैंको की उत्तम याददाश्त से पादरी और हज्जाम दोनों बहुत खुश हुए। यहाँ तक कि उसे दो-तीन बार दोहराने का आग्रह किया ताकि उन लोगों को भी याद हो जाए और लिख डालें। सैंको ने धड़ल्ले से वह कह डाला; लेकिन हर बार उसने विचित्र जोड़ और घटाव किया, जो पहले के समान ही रोचक था। इसके बाद उसने अपने स्वामी के बारे में बहुत-सी बातें बतलाईं; लेकिन सराय में कंबल की गठरी बनाकर उछाले जाने की अपनी बात की चर्चा नहीं की। उसने उन लोगों से यह भी कहा कि यदि वह श्रीमती डलसीनिया से उदार उत्तर ला सका तो उसके स्वामी सम्राट् या कम-से-कम राजा बनने के लिए प्रस्थान कर देंगे, यही हम लोगों के बीच में तय हुआ है। उनका पराक्रम और उनकी भुजाओं की शक्ति इतनी अतुल है कि उनके लिए यह सब एकदम सहज है। यह संपन्न राजा होने के बाद मेरे स्वामी मेरा विवाह साम्राज्ञी की किसी कुमारी सहेली से करा देंगे, जो किसी बड़े ताल्लुके की वारिस होगी, किसी टापू या टापुओं की नहीं, क्योंकि मुझे टापुओं से नफ़रत है।'

बेचारे सैंको ने अपनी दाढ़ी को सहलाते हुए और अपनी नाक को पोंछते हुए इन बातों को इस गंभीरता और मार्मिकता से कहा कि पादरी और हज्जाम इस मूर्ख और सीधे-सादे व्यक्ति पर डान क्विग्जोट की बेवकूफ़ियों के व्यापक प्रभाव को सोचकर पहले से कहीं अधिक आश्चर्यचकित हुए। जो भी हो, इन लोगों ने तत्काल उनका भ्रम-निवारण करना उचित नहीं समझा; क्योंकि उन लोगों ने देखा कि वह गोरखधंधा हानिहीन है और उससे कुछ क्षण तक उनका मनोविनोद हो सकता है। उन लोगों ने उससे कहा—'तुम अपने स्वामी के स्वास्थ्य और दीर्घ जीवन की कामना करो; क्योंकि यह कोई असंभव बात नहीं है। जैसा उन्होंने कहा है, वे एक दिन सम्राट् या कम-से-कम सर्वप्रधान पादरी अथवा उसके बराबर कुछ तो हो जाएँगे।'

सैंको ने डॉक्टर (हज्जाम) से पूछा—'यदि मेरे स्वामी के मन में सम्राट् बनने की बात नहीं आई और सर्वप्रधान पादरी बनने की ही रुचि हुई, तो मैं यह

जानना चाहूँगा कि भ्रमणशील सर्वप्रधान पादरी लोग अपने परिचारकों को क्या देते हैं?'

पादरी—'क्यों, वे उन्हें किसी गाँव की पुरोहिताई या आराम की कोई पदवी या इसी तरह की कोई और वृत्ति दे सकते हैं। वेदी की आमदनी तथा अन्य शुल्क मिलाकर इससे उन्हें खासी आमदनी हो जाती है।'

सैंको—'लेकिन इस तरह के पद के लिए तो आदमी को अकेला होना चाहिए और कम-से-कम उसे गिरजे में काम करने का तरीका जानना चाहिए और सामूहिक प्रार्थना में सहायता करने लायक होना चाहिए। पर मैं तो यह सब कैसे कर सकता हूँ; क्योंकि दुर्भाग्यवश मैं विवाहित हूँ। इतना ही नहीं, इसके अलावा मैं बाइबिल का एक अक्षर भी नहीं जानता। यदि बादशाह बनने की अपेक्षा मेरे मालिक के दिमाग में सर्वप्रधान पादरी बनने की बात आई, जैसा कि भ्रमणशील वीर योद्धाओं की आदत है, तो मेरा क्या होगा?'

हज्जाम ने कहा—'मित्र सैंको, इस बात को लेकर परेशान होने की ज़रूरत नहीं है। हम लोग इसके बारे में उनसे बातें करेंगे, उन्हें समझाएँगे, बल्कि जोर देंगे कि उन्हें बादशाह ही होना उचित है, सर्वप्रधान पादरी नहीं; क्योंकि वे विद्वान और साहसी होने के कारण बादशाह के पद के लिए अधिक उपयुक्त हैं।'

सैंको—'मैं भी आपके ही विचार का हूँ, लेकिन वे इतने बुद्धिमान हैं कि अपने को किसी भी काम में लगा सकते हैं। तो भी मैं अपनी प्रार्थना का यह प्रधान अंग बना लेता हूँ कि प्रभु उनको इसी तरफ प्रेरित करे और जो उनके लिए सर्वोत्तम हो और जिससे वे मुझे अधिक-से-अधिक पुरस्कार दे सकें।'

पादरी—'तुम्हारी बातें तो बुद्धिमान और सच्चे ईसाई की तरह हैं, संप्रति हम लोगों को जो कुछ करना है वह यह है कि हम लोग ऐसा क्या उपाय करें जिससे तुम्हारे मालिक उस कठोर, लाभहीन तपस्या से विरत हो जाएँ, जिसमें वे लगे हुए हैं। इसलिए चलो, अंदर चलकर इस विषय पर विचार करें और भोजन भी करें; क्योंकि अब भोजन तैयार हो गया होगा।'

सैंको—'आप दोनों आदमी यदि चाहें तो जा सकते हैं, लेकिन जहाँ तक मेरा संबंध है मैं बाहर ही रहना उचित समझता हूँ। मैं अभी आपको बतला दूँगा कि मैं भीतर जाना क्यों नहीं पसंद करता। कृपा करके मेरे खाने के लिए गोश्त के गरम टुकड़े और रोजिनांटे के लिए चारा यहीं भेज दीजिए।'

वे दोनों अंदर चले गए और कुछ देर बाद हज्जाम सैंको के लिए गोश्त ले आया। वापस आने के बाद वह पादरी के साथ बैठकर परामर्श करने लगा कि

उद्देश्य की पूर्ति किस तरह हो। अंत में पादरी ने एक उपाय सोचा, जो डान क्विग्जोट की मनोवृत्ति के अनुकूल हो सकता था। उपाय यह था कि पादरी भ्रमणशील महिला की पोशाक पहन ले और हज्जाम भी अपना वेश बदलकर उस (छद्मवेशी) महिला का परिचारक का अंगरक्षक बने। इस वेश में वे दोनों डान क्विग्जोट के यहाँ पहुँचें। मैं यह बहाना बनाऊँगा कि मैं एक पीड़ित महिला हूँ। मैं उससे एक भीख माँगूँगा और पराक्रमी भ्रमणशील योद्धा होने के नाते वह कभी इनकार नहीं कर सकते। इस उपाय से मैं उन्हें अपने साथ उस अन्याय का प्रतिकार करने के लिए ले चलूँगा, जो मेरे साथ किसी नकली और अशिष्ट वीर योद्धा द्वारा किया गया है। मैं उनसे प्रार्थना करूँगा कि जब तक आप उस दुष्ट वीर योद्धा को दंड न दे लें तब तक न तो मेरा चेहरा देखें, और न मेरी परिस्थिति के बारे में कुछ पूछें। मुझे पक्का विश्वास है कि यह चाल कारगर होगी और इस उपाय से हम लोग उसे बहकाकर उसके घर लाएँगे। वहाँ हम लोग उसके इस रोमांचक पागलपन को दूर करने का यत्न करेंगे।' पादरी ने कहा।

13. पुरोहित और हज्जाम की चाल

पुरोहित की युक्ति हज्जाम को पसंद आई और दोनों उसके अनुसार काम करने के लिए तैयार हो गए। सबसे पहले उन्होंने सराय वाली से जनानी पोशाक उधार ली। अमानत के लिए उन्होंने वहाँ पादरी का नया चोगा रख दिया और हज्जाम ने बैल की पूँछ से भूरे बालों की दाढ़ी लगा ली, जिससे सरायवाला अपनी कंघी लटकाकर रखा करता था। सरायवाली द्वारा यह पूछने पर कि वे लोग इन चीज़ों को लेकर क्या करेंगे, पादरी ने उससे डान क्विग्जोट के विकृत मस्तिष्क और अपनी युक्ति का वर्णन संक्षेप में कर दिया। इससे सरायवाली और उसके पति ने अनुमान किया कि वही उनका वह विचित्र योद्धा है जिसने वह बहुमूल्य दवा बनाई थी। तदनुसार उन्होंने उन लोगों को सारा किस्सा सुना दिया कि किस तरह डान क्विग्जोट उस सराय में ठहरा था और सैंको को कंबल में लपेटकर किस तरह उछाला गया था। यह सब हो जाने के बाद सराय वाली ने तुरंत पादरी को इस तरह सजा-सँवार दिया कि उसे देखकर कोई भी रीझ जाता। उसने उसे ऐसा सूती घाघरा पहनाया, जिसमें काली मखमल का बालिश्त-भर चौड़ा किनारा लगा था। और बेल-बूटों से भरा था और हरे मखमल का बौडिसर झूला था,

जिसकी आस्तीन उसी रंग की थी और जिसमें सामने की ओर सफेद साटन लगी थी। पुराने राजा बम्बा[1] के युग में संभवतः इसी तरह की पोशाक का चलन था। लेकिन पादरी ने जनाना टोप पहनना स्वीकार नहीं किया। उसने अपने सिर पर वह रुईदार टोपी पहन ली, जिसे वह रात को पहना करता था। उसने अपने माथे में काले ताफा का अपना मोजा बाँधने का एक फीता मफलर की तरह लपेट लिया और दूसरे से अपना चेहरा ढँक लिया। उसने अपनी टोपी को कान तक इस तरह खींच लिया कि उसका आधा सिर उसके भीतर हो गया। टोपी का चौड़ा किनारा उसके कान के पास इस तरह फहराता था मानो छाता हो। उसने अपनी पोशाक को अच्छी तरह अपने चारों ओर लपेट लिया और अपने एक तरफ दोनों टाँगें करके औरतों की तरह अपने खच्चर पर जा बैठा। तब हज्जाम ने अपनी आधी लाल और आधी भूरी बैल की पूँछ वाली दाढ़ी को लगा लिया, जो ठोड़ी से कमर तक लटक रही थी। अपने खच्चर पर हज्जाम के सवार हो जाने के बाद उन लोगों ने मेजबान, उसकी पत्नी तथा उदार स्वभाव वाली मोरिटोनिस से विदा ली। पापिन होने पर भी जिसने कहा कि वह माला फेरेगी और इस तरह के उत्तम काम की सफलता के लिए जप करेगी। लेकिन सराय से बाहर होते ही जनानी पोशाक पहनने के कारण पादरी की अंतरात्मा उसे कटोचने लगी कि इस तरह वेश बदलना पुरोहित के पद के अनुकूल नहीं कहा जा सकता, यद्यपि जिस शुभ उद्देश्य से यह काम किया जा रहा था उसे देखते हुए यह विरुद्ध व्यवहार क्षम्य माना जा सकता था। इसलिए उसने हज्जाम से आपस में वेश बदल लेने का प्रस्ताव किया, क्योंकि परिचारक के रूप में उसकी पद-मर्यादा उतनी ज्यादा दूषित नहीं हो सकती थी, क्योंकि डान क्विग्जोट की अपेक्षा उसे अपने पद की मर्यादा का ध्यान रखना आवश्यक था। उसने हज्जाम से कहा—'यदि तुम अपना वेश मुझसे बदलने के लिए तैयार नहीं हो तो मैं एक कदम भी आगे बढ़ने के लिए तैयार नहीं हूँ, चाहे डान क्विग्जोट की आत्मा का नरक से ही उद्धार करना क्यों न हो।' सैंको उनके पास उसी वक्त आया, जब वे लोग आपस में इस तरह ननुनच कर रहे थे और इन विचित्र छद्म-वेशधारियों को देख-देखकर हँसते-हँसते अपनी अंतड़ी उलट देना चाहते थे। सारांश यह कि हज्जाम महिला बनने और पादरी को परिचारक का पद देने के लिए तैयार हो गया। जिस समय ये लोग इस तरह अपनी पोशाक बदल रहे थे, पादरी ने हज्जाम को समझाया

---

1. स्पेन का प्राचीन युग का राजा। यह नाम स्पेन में प्राचीनता का द्योतक हो गया है।

कि जनाने वेश में उसका व्यवहार किस तरह का होना चाहिए जिससे वे लोग डान क्विग्जोट को उस तपस्या से अलग कर सकें। इस पर हज्जाम ने कहा कि उस संबंध में लेश-मात्र भी चिंता नहीं करनी चाहिए, क्योंकि औरतों के मामले में मैं बहुत प्रवीण हूँ और बिना किसी हिदायत के जनाना अभिनय पूर्णता से कर सकता हूँ। लेकिन यहाँ रुककर पिन को ठीक कर, सजने-सँवरने की ज़रूरत नहीं है, क्योंकि डान क्विग्जोट की कुटी के पास पहुँचकर यह सब करने के लिए पर्याप्त समय मिलेगा। इसलिए उन लोगों ने अपने कपड़ों और दाढ़ी को समेट लिया और आगे बढ़े। सैंको चीथड़े वाले उस भद्रपुरुष की कहानी सुनाकर—जिससे पहाड़ में भेंट हुई थी—उनका मनोरंजन करता रहा। लेकिन उसने चमड़े के बक्स और सोने की चर्चा नहीं की। बहुत बड़ा बेवकूफ होने पर भी वह धन का लोभी थी और धन मिल जाने पर उसकी हिफाजत करना जानता था तथा इस मामले में अपनी ही बुद्धि के अनुसार काम करना वह उचित समझता था।

दूसरे दिन वे लोग उस जगह पहुँचे जहाँ डान क्विग्जोट तक पहुँचने के लिए सैंको ने डालियाँ बिछाई थीं। सैंको ने कहा—'जैसा आप लोगों ने कहा कि आपका उद्‌देश्य मेरे स्वामी को उस तरह के वाहियात जीवन से विरत करके बादशाह बनने की प्रेरणा देना है, तब आप लोग अपनी पोशाक पहन लें। उस पर उन लोगों ने उसे मार डालने की धमकी देकर कहा कि वह इस बात की ज़रा भी चर्चा न करे कि हम लोग कौन हैं और डलसीनिया के पत्र के बारे में डान क्विग्जोट पूछे तो कह दे कि तुमने उसे खत दे दिया, चूँकि वह लिखना-पढ़ना नहीं जानती इसलिए उसने जबानी यह संदेश भेजा है कि मेरे विषाद का खयाल करके तुम अपनी कठोर तपस्या का तुरंत अंत कर दो और मेरे सामने हाज़िर हो जाओ। हम लोग जो कुछ कहना चाहते हैं वह तथा यह, बस यही तरीका है कि हम लोग तुम्हारे मालिक को जंगल छोड़ने के लिए बाध्य कर सकें, ताकि बादशाह बनने के अपने उद्‌देश्य की सिद्धि में वे लग जाएँ। उन लोगों ने उसे विश्वास दिलाया कि ऐसा यत्न करेंगे कि सर्वप्रधान पादरी बनने की ओर उनका लेश-मात्र भी ध्यान नहीं जाएगा।

सैंको ने इन हिदायतों को बड़े ध्यान से सुना और अपने दिमाग में बैठा लिया। उसने पुरोहित और हज्जाम को धन्यवाद दिया कि वे लोग उसके स्वामी को सर्वप्रधान पादरी न बनकर बादशाह बनने की सलाह देंगे। उसने कहा कि मेरी तुच्छ बुद्धि में सर्वप्रधान पादरी की अपेक्षा बादशाह बनना दस गुना उत्तम है, क्योंकि वह अपने परिचारक को कहीं उत्तम पुरस्कार दे सकता है।

उसने यह भी कहा–'मैं सोचता हूँ कि मुझे आप लोगों से पहले अपने मालिक के पास जाकर उनकी प्रेयसी का शुभ संवाद देना चाहिए; क्योंकि संभवतः केवल उतने से ही वे उस स्थान से हट जाएँगे और आप लोगों को अतिरिक्त कष्ट नहीं उठाना पड़ेगा। उन लोगों ने उसके प्रस्ताव को बहुत अधिक पसंद किया और वे उसे जाने देने के लिए राजी हो गए और उसकी सफलता का समाचार जानने के लिए वहीं रुक गए। इसके बाद सैंको वहाँ से आगे बढ़ा और अपने मालिक को ढूँढ़ निकालने के लिए पहाड़ की घाटी में घुसा। पुरोहित तथा हज्जाम को एक झरने के किनारे छोड़ दिया, जहाँ पास की पहाड़ी तथा झरने के किनारे पर उगने वाले पेड़ों की शीतल और सुखद छाया थी। सूर्य की झुलसा देने वाली धूप से बचने के लिए वे लोग वहीं बैठ गए। उस समय दिन के तीन बजे थे, अगस्त का महीना था। इस मौसम में सूर्य की धूप वहाँ बड़ी तेज होती थी। सैंको के वापस आने तक उन्होंने जहाँ विश्राम लेने का निश्चय किया था उस जगह पर वे लोग आराम के साथ ताजा हो रहे थे कि उन्हें कोई शब्द सुनाई पड़ा। आवाज़ के साथ कोई बाजा नहीं बज रहा था, तो भी उसके मधुर सुर से उनके कान आह्लादित हो गए। उनके विस्मय और प्रशंसा का सबसे बड़ा कारण यह था कि उन्हें ऐसे बीहड़ और जनशून्य स्थान में ऐसा मधुर सुर, ऐसा कोमल संगीत सुनाई पड़ा, जहाँ कठिनाई से देहातियों का आना-ताना ही हो सकता था; इस तरह के सुदक्ष संगीतज्ञ की तो कल्पना भी नहीं की जा सकती थी, क्योंकि जिस आदमी की आवाज़ वे सुन रहे थे वह निश्चय ही दक्ष संगीतज्ञ था। यद्यपि कवियों ने मैदानों और जंगलों को प्रेमियों और गड़ेरिनों से भरा चित्रित किया है, जो अतिशय मधुर और सुकोमल तान छेड़ती रहती हैं, तो भी यह सर्वविदित है कि वे कविगण वास्तविकता से कम और कल्पना से अधिक काम लेते हैं और अपने वर्णन में ऐसी बातों का समावेश पसंद करते हैं जिनका उनके मस्तिष्क को छोड़कर कहीं अन्यत्र अस्तित्व ही नहीं। हमारे ये दोनों श्रोता उसे किसी देहाती की आवाज़ नहीं मान सकते थे; जब उन्होंने गीत के शब्दों पर विचार करना शुरू किया, क्योंकि वह देहाती रचना न होकर दरबार की शैली से ओत-प्रोत थी।

मुझे क्या हताश करती है और वाध्य करती है उपालंभ देने को?
आह! वह अवहेलना है।
किंतु, फिर भी, तुझे और तीव्रता से क्या पीड़ित करती है?
आह! यह ईर्ष्या है।

मैंने अपना धैर्य खो दिया?
उसकी अनुपस्थिति से।
तब विदा हो जाओ आशाओ! अब कोई उपाय शेष नहीं है।
मैं निष्ठुर शोक में डूब रहा हूँ।
कोई हतभाग्य भी भीषण नैराश्य की स्थिति के बिना
तिरस्कार, ईर्ष्या एवं अनुपस्थिति नहीं सह सकता।
मेरे हृदय में इस मनःताप ने क्या उत्पन्न किया?
अनायास प्रीति,
कौन ऐसी भीषण विपत्तियों को सृजन कर सकती है?
सौभाग्य की निष्ठुर घृणा।
मेरे भाग्य ने किन निर्मम शक्तियों को स्वीकृति दी?
स्वर्ग की शक्तियो,
तब मुझे सहने दो और संताप-विरत होने दो,
इस तरह का अवसान कीर्तनीय होता है।
इनके आक्रमणों का कौन प्रतिरोध कर सकता है?
स्वर्गिक शक्तियाँ, प्रीति एवं सौभाग्य मेरे शत्रु हैं।
कहाँ मुझे त्वरित आरोग्यलाभ होगा?
निश्चय ही मृत्यु में,
मुझे मुक्त करने में समर्थ अन्य सुकुमार माध्यम!
असंगति?
मेरी व्यथाओं को कुछ भी शमित नहीं कर सकती?
व्याकुल आविष्टि।
मैं मर जाऊँ या बदल जाऊँ? लुसिंडा को खो दूँ?
ओ तब मुझे पागलपन को चुन लेने दो,
किंतु ओ प्रभु, जब मृत्यु का पागलपन ही औषध है।
जो हम सहते हैं, देखना।

समय, घड़ी, स्थान की जनशून्यता, ध्वनि तथा उस अदृश संगीतज्ञ के गाने के रोचक तरीके आदि ने सुनने वालों के मन को इस तरह के आश्चर्य और आनंद से भर दिया कि वे ध्यान देकर सुनने लगे। उस आवाज़ के बंद हो जाने पर भी मूक प्रशंसा से अपना अतिशय संताप प्रकट करते हुए वे उसे पुनः सुनने

की आशा से बहुत देर तक कान लगाकर चुप बैठे रहे। अंत में यह मानकर कि वह अब नहीं गाएगा, उन दोनों ने उस मनोहर गाने वाले को ढूँढ़ निकालने का निश्चय किया, लेकिन ज्यों ही वे लोग इसके लिए उठकर तैयार हुए कि उनके कान में वह आकांक्षित ध्वनि पुनः पड़ी। उसने दूसरा गीत छेड़ दिया था। वे लोग वहीं रुककर उसका यह गीत सुनने लगे :

गीत

ओ मैत्री! तू स्वर्ग-सुख है,
मानव-मन की चंचलता से उद्विग्न हो,
भागकर तूने स्वर्ग की शरण ली
अपनी छाया तक समेटकर तू साथ लेती गई।

जो कुछ भी शिव है इस संसार में,
तेरी ही दया की देन है,
हमारे सारे सुख फल हैं तेरी ही कृपा के
किंतु कपट बहुधा स्वाँग रचकर हमें छलने आता है।
ओ स्वर्ग की अप्सरि, पृथ्वी पर पुनः लौटो,
कपट का और छद्‌म का नाश करो
जो तुम्हारी वेशभूषा धारण करके
धरती पर आज विचरते हैं।

सत्य और शांति का संगीत गूँजे फिर जग में,
सच और झूठ का नीर-क्षीर-भेद खुल जाए सब पर
नहीं तो सृष्टि का संहार ध्रुव है।

इस गीत की समाप्ति ऐसी गहरी आह और विषादपूर्ण उसाँसों के साथ हुई कि पुरोहित और हज्जाम पहले वाली उत्सुकता और करुणा के कारण यह पता लगाने के लिए सन्नद्ध हो गए कि यह विषण्ण गवैया कौन है। थोड़ी दूर आगे बढ़ने पर ही उन्हें पहाड़ी की बगल में एक आदमी दिखाई पड़ा जिसकी आकृति और वेश उसी तरह का प्रतीत हुआ जैसा विवरण कार्डेनियो का सैंको ने दिया था। उन लोगों ने लक्ष्य किया कि उन्हें देखते ही वह बिना किसी डर या भय के

रुक गया। केवल उसने अपना सिर नीचे झुका लिया, मानो वह घोर विषाद में हो। यह देखने के लिए कि वे लोग क्या कर रहे हैं उसने आँख तक नहीं उठाई। पुरोहित शिष्ट और सभ्य था। उसने अनुमान किया कि यह वही आदमी है जिसकी चर्चा सैंको ने की थी। वह उसकी तरफ चला गया और बड़ी नम्रता और विनय के साथ प्रार्थना की कि आप इस जंगल तथा इस तरह के विषण्ण और एकांत जीवन का परित्याग कर दें। यह आपके उत्तम जीवन के लिए खतरनाक है; क्योंकि इस तरह का दुखद जीवन आपको अनंत विषाद में झोंक सकता है।

कार्डेनियो उस वक्त उस पागलपन से मुक्त था जो उसकी चेतना को उद्भ्रांत कर देता था तो भी दोनों आदमियों को ऐसी पोशाक में देखकर जो उस प्रांत में आने-जाने वाले देहातियों से सर्वथा भिन्न थी तथा उन लोगों को इस तरह से बातें करते देखकर मानो वे उसकी दशा से सर्वथा अपरिचित नहीं थे, उसे पहले कुछ आश्चर्य हुआ, लेकिन कुछ देर तक उन्हें ग़ौर से देखने के बाद उसने कहा :

'महाभाग, आप लोग जो कोई भी हों, मैं देखता हूँ कि मेरे दुर्भाग्य पर दया करके भगवान ने आप लोगों को इस जनशून्य स्थान में भेजा है कि आप लोग इस दयनीय दशा से मेरा उद्धार करें और मुझे मानव-समाज में पुनः मिला दें। लेकिन आप लोग मेरे दुर्भाग्य को नहीं जानते और यह कि एक विपत्ति से मेरा छुटकारा होने नहीं पाता कि दूसरी विपत्ति मुझे आ घेरती है। आप लोगों ने मुझे साधारण समझ का आदमी मान लिया है अथवा ऐसा आदमी जो अपना विवेक पूरी तरह खो बैठा है। जो लोग मेरे बारे में इस तरह की धारणा बना लेते हैं उन्हें मैं दोष भी नहीं दे सकता; क्योंकि मुझे स्वयं अनुभव है कि अपनी विपत्ति की याद-मात्र से कभी-कभी मैं इतना उद्भ्रांत हो जाता हूँ कि मैं ज्ञान और विचारशून्य होकर कुछ काल के लिए मनुष्यता को खो बैठता हूँ और ऐसा असाधारण आचरण करने लगता हूँ कि पूर्ण उद्भ्रांत और पागल के अतिरिक्त दूसरा उस तरह का आचरण नहीं कर सकता और जब लोग मुझसे यह कहने लगे हैं कि उस तरह के उन्माद की अवस्था में मैंने क्या कर डाला है और उसका सबूत पेश करते हैं तब मुझे अपनी उस बदमिजाजी के लिए स्वयं अतिशय संताप होने लगता है।

'अपने दुर्भाग्य के सिवा मैं इसका दूसरा कारण नहीं बतला सकता जिसके कारण मैं उस तरह क्रोध से पागल हो उठता हूँ। इसलिए मुझे अपने दुर्भाग्य की कहानी उन सभी लोगों से कहनी पड़ती है जो धैर्य से सुनना चाहते हैं। जिन्हें

समझ है वे इसका कारण समझकर उसके परिणाम पर आश्चर्य नहीं करेंगे, यद्यपि वे मुझे शांति प्रदान नहीं कर सकते तो भी वे मेरी निंदा करना बंद कर देंगे; क्योंकि मेरे दुर्भाग्य को कारणों को जानने पर मेरे उन्माद के परिणाम के कारण जो दुर्भावाना उनमें उत्पन्न होती है, वह करुणा में बदल जाती है इसलिए यदि आप उस उद्देश्य से आए हैं तो मुझे उपदेश देने या तिरस्कृत करने से पहले मेरी विपत्ति की कथा सुन लें। सुनने के बाद संभवतः आप मेरा रोग असाध्य समझेंगे और आप अपने को परेशानी से बचा लेंगे।'

पुरोहित और हज्जाम दोनों उसका वृत्तांत उसकी जबानी सुनना चाहते थे, इससे उसके प्रस्ताव से सहमत हो गए। उन लोगों ने कहा कि आपके दुर्भाग्य के प्रतिकार करने का बहाना करके हम लोग उसे और भी संगीन नहीं बनाना चाहते और न हम लोग आपकी प्रवृत्ति में बाधक होना चाहते हैं, इसलिए आप अपनी कथा आरंभ कर दें।

अभागे कार्डेनियो ने तब अपनी कथा आरंभ की और उसका प्रथम अंश जहाँ तक संभव था उन्हीं शब्दों में कह गया जिन शब्दों में उसने डान क्विग्जोट और गड़रियों को सुनाया था जब कि वीर योद्धा ने वीर-धर्म की मर्यादा के पालन की भ्रमपूर्ण तत्परता की कथा में, जैसा कि हम लोग जानते हैं, एलिसबेथ के बारे में लड़कर, बाधा डाली थी। इसके बाद उस पत्र का वृत्तांत शुरू किया जिसे लुसिंडा ने भेजा था और जो दुर्भाग्य से फर्डिनंड के हाथ में पड़ गया था जब कि उसने संयोगवश अमाडिस डे गाल पुस्तक की बावत सबसे पहले कहा, जिसे लुसिंडा ने कार्डेनियो के पास वापस भेजा था और उसी के पत्रों में वह पत्र रख दिया था। कार्डेनियो ने उन्हें बतलाया कि पत्र निम्न प्रकार से था :

लुसिंडा का पत्र कार्डेनियो के नाम

''मैं तुममे नित नए गुणों को देखती हूँ कि मेरा अनुराग तुम्हारे प्रति दिन-पर-दिन बढ़ता जाता है। यदि मेरी यह स्वीकृति तुम्हारे अनुकूल हो तुम अपनी और मेरी मर्यादा का ध्यान रखते हुए इसका समुचित उपयोग कर सकते हो। मेरे पिता तुम्हें जानते हैं। मेरे पिता इतने दयालु हैं कि मेरे उद्देश्य में बाधक नहीं होंगे यदि उन्हें इस बात का संतोष हो जाए कि वह उचित और सम्मानित है। इसलिए यह भार तुम्हारे ऊपर है कि तुम यह प्रमाणित करो कि जैसा तुम कहते हो और जैसा मुझे विश्वास है, तुम मुझे उतना ही प्यार करते हो।''

यह पत्र पाकर मैंने पुनः एक बार इरादा किया कि लुसिंडा के पिता से शादी के बारे में कहूँ। उस पत्र में लुसिंडा ने जिस विवेक और सुबुद्धि का परिचय दिया था उसी ने डान फर्डिनंड की आँखों में उसका मान बढ़ा दिया। इससे उसके दिल में इस तरह की आग धधक उठी कि उसी क्षण से वह गुप्त रूप से मेरी आशाओं पर पानी फेर देने के यत्न में लग गया ताकि सफल मनोरथ होकर मैं सुखी न बन सकूँ। पहली बार जब मैं विवाह का प्रस्ताव लेकर लुसिंडा के पिता के पास गया था उस समय उन्होंने मुझसे जो कुछ करने के लिए कहा था, वह मैंने उस विश्वासघाती दोस्त को सुना दिया और यह भी कि मुझे इस बात को अपने पिता से कहने का साहस नहीं होता। संभव है कि वे राजी न हों और मुझे संप्रति विवाह की अनुमति न दें। इसका कारण यह नहीं था कि वे यह नहीं जानते कि अपने रूप, शील, गुण और उत्कर्ष के कारण लुसिंडा स्पेन के बड़े-से-बड़े वंश की शोभा बढ़ाने योग्य थी, बल्कि मेरे डर का कारण यह था कि जब तक स्वयं ड्यूक उसके लिए तैयार न होंगे, वे मेरा विवाह नहीं करेंगे। बनावटी तत्परता दिखाते हुए डान फर्डिनंड ने मुझसे कहा कि मैं तुम्हारे पिता से बातें करके उन्हें लुसिंडा के पिता से बातें करने के लिए तैयार करूँगा। कृतघ्न मनुष्य! धोखेबाज दोस्त! अभिलाषी मैरिअस! क्रूर कैटिलाइन! शैतान सीला! विश्वासघाती गैलालन! नमकहराम वेलिडो! द्वेषपरायण जूलियन![1] विश्वासघाती और लोभी जूडस! बेईमान फर्डिनंड! ये सब इतने हैं और तू अकेला है! उस प्रेमी विश्वासी अभागे ने तेरा क्या बिगाड़ा था जिसने अपने दिल की सारी चिंताएँ, सारा आह्लाद तथा सारा भेद तुझ पर प्रकट कर दिया था? मैंने तेरा क्या नुकसान किया था, तुझे कब मैंने ऐसी कोई सलाह दी जो तेरी मर्यादा को बढ़ाने के लिए नहीं थी? लेकिन आह! यह मेरा प्रलाप है! मुझे अपने क्रूर भाग्य को दोष देना चाहिए जिसका दुष्प्रभाव मुझ पर विपत्तियाँ ढाता है जिन्हें कोई माननीय शक्ति या दुनियावी ताकत नहीं रोक सकती। कौन सोच सकता था कि डान फर्डिनंड जो अपनी योग्यता और अपने गुणों के कारण उच्च कोटि के सौंदर्य का जायज अधिकारी था, जिसकी मैंने अनेक तरह की सेवाएँ करके मैत्री का पालन किया था, अपनी मर्यादा और ईमानदारी को इस तरह गँवा देगा और मेरे जीवन के

1. जूलियन! काउंट जूलियन मरों को स्पने मे ले आया; क्योंकि राजा रोड्रिगो ने उसकी पुत्री का सतीत्व नष्ट किया था।

सुख के अपहरण के लिए इस तरह का छलपूर्ण जाल फैलाएगा। लेकिन अपना वृत्तांत समाप्त करने के लिए मुझे इस तरह भर्त्सना करना बंद कर देना चाहिए।

'विश्वासघाती फर्डिनंड ने देखा कि जब तक मैं लुसिंडा के निकट रहूँगा तब तक उसकी योजना सफल नहीं हो सकेगी, उसने जिस दिन मेरे पिताजी से बातचीत करने की बात कही, उसी दिन उसने छः उत्तम घोड़ों का सौदा किया और मुझसे कहा कि मैं उसके भाई के पास जाऊँ और इनका मूल्य चुकाने के लिए रुपए ले आऊँ! अफसोस! मैं उसकी चालबाजी को समझ नहीं सका और उसकी इतनी सेवा करने के लिए मैं सहर्ष तैयार हो गया। मैं उसी दिन शाम को लुसिंडा से विदा लेने और यह कहने गया कि डान फर्डिनंड ने बातचीत चलाने का किस तरह वचन दिया है। उसने मुझसे कहा कि प्रत्याशी प्रेमी की भाँति मुझे जल्द वापस आ जाना चाहिए; क्योंकि इसमें किसी तरह का संदेह नहीं था कि उसके साथ मेरे पिता की बातचीत हो जाने के बाद हम लोगों की जायज इच्छा पूरी होगी।'

इतना कहते-कहते उसकी आँखों में आँसू भर आए और शोक के वेग से उसका गला बुरी तरह रुँध गया। उसने मुझसे और कुछ कहने की कोशिश की लेकिन वह मुँह से बात नहीं निकाल सकी। विषाद के इस असाधारण दृश्य से मैं विस्मित और व्याकुल हो गया तो मुझे आशा त्यागने का कोई कारण नहीं था इसलिए मैंने समझा कि कोमल भावनाओं तथा मेरे प्रवास के वियोग से कातर होने के कारण उसकी यह हालत हो गई है। सारांश यह कि गहन शोक में निमग्न मैं चला गया। मेरे मन में अनेक तरह की चिंताएँ और कल्पनाएँ उठती रहीं; जिनका मैं कोई कारण नहीं जान सका। मैंने फर्डिनंड का खत उसके भाई को दिया। उसने मेरी बड़ी आवभगत की, लेकिन जैसी आशा की जाती थी वैसी जल्दी उसने मुझे वापस नहीं किया। मुझे इस बात से व्यथा हुई कि उसने मुझे सप्ताह भर रोक लिया और कहा कि मेरे आने की बात ड्यूक को न मालूम हो; क्योंकि फर्डिनंड ने अपने पिता की अजानकारी में रुपए मँगाए थे। लेकिन विश्वासघाती फर्डिनंड की यह चाल थी; क्योंकि उसके भाई को रुपयों की कमी नहीं थी और यदि उसने मुझे रोक रखने की गुप्त रूप से इच्छा न प्रकट की होती तो यह मुझे दूसरे ही दिन वापस कर सकता था।

'यह आदेश इतना अप्रिय था कि बिना रुपए के मैं दूसरे ही दिन वापस हो जाता; क्योंकि मैं अपनी लुसिंडा से उतने दिन के लिए अलग नहीं रह सकता था, खासकर उस अवस्था की याद करके जिसमें मैं उसे छोड़ आया था। लेकिन अंत

में मैंने रुक जाने के लिए अपने को बाध्य किया, अपने दोस्त के लिए आदर के भाव ने मेरी अधीरता पर विजय पायी। लेकिन पहाड़ के समान चार दिन मुश्किल से कटे थे कि एक व्यक्ति एक खत लेकर मेरे पास आया, जिसे लुसिंडा ने लिखा था। मैंने काँपते हाथों और विषण्ण हृदय से उसे खोला। मैंने सोचा कि किसी साधारण कारण से वह इस तरह यहाँ खत भेजने के लिए बाध्य नहीं हुई होगी। खत पढ़ने से पहले मैंने इस आदमी से पूछा कि यह खत तुम्हें किसने दिया?'

उसने कहा—'मैं अचानक दोपहर के वक्त घर से निकल पड़ा था। सड़क पर जा रहा था कि एक अति सुंदर युवती ने आँखों में आँसू भरकर मुझे अपनी खिड़की के पास बुलाया और बड़े अनुनय-विनय के साथ कहा—"आप सच्चे ईसाई प्रतीत होते हैं। आप कृपा करके यह पत्र जल्द-से-जल्द उस आदमी के पास पहुँचा दें जिसका पता इस पर लिखा है। यह बहुत बड़े उपकार का काम होगा। यह काम संपन्न करने के लिए आपको साधनों की कमी न रहे, इसके लिए आप इस लपेटी हुई चीज़ को ले लीजिए।" इतना कहकर उसने रूमाल फेंक दिया। उसमें एक सौ रील, यह सोने की अँगूठी (जिसे आप देख रहे हैं) और यह खत (जिसे मैं आपके पास ले आया हूँ) था। इसके बाद मैंने संकेत से उसे बतला दिया कि उसकी इच्छा के अनुसार मैं उसका काम कर दूँगा। इसके बाद उत्तर की प्रतीक्षा किए बिना ही वह जंगले से हट गई। इस पुरस्कार और इससे भी अधिक उस महिला के आँसू और अनुनय-विनय ने मुझे उसी क्षण प्रस्थान कर देने के लिए बाध्य किया और सोलह घंटे में मैं करीब चौबीस मील चलकर आया हूँ।' वह बोल रहा था और मैं मन-ही-मन किसी दारुण संवाद की आशंका कर रहा था। मैं इस तरह काँपने लगा कि अपने बेहोश होते हुए शरीर को सँभालना कठिन हो गया। किसी तरह साहस बटोरकर मैंने खत को पढ़ा। जो इस प्रकार था:

"डान फर्डिनंड ने वचन दिया था कि वह मेरे पिता से तुम्हारे बारे में बातचीत करने के लिए तुम्हारे पिता से कहेगा। तुमने उसे अपने लिए नियुक्त किया था, लेकिन उसने अपने लिए उनसे कहा। उसने मुझसे विवाह करने का आग्रह किया है। इस संबंध में जो लाभ होगा उसके प्रलोभन में पड़कर पिताजी यहाँ तक राजी हो गए हैं कि दो दिन में ही यह विवाह संपन्न हो जाए। यह काम इतना गुप्त रूप से संपन्न होगा कि भगवान तथा परिवार के कतिपय लोगों के अतिरिक्त किसी को मालूम भी नहीं हो सकेगा। इससे मेरे दिल को कितना आघात पहुँचा है इसकी कल्पना तुम स्वयं कर सकते हो, क्योंकि तुम्हारी भी वही

हालत होगी; इसलिए मेरे प्यारे कार्डेनियो! तुरंत मेरे पास आ जाओ! इस खत को भेजना ही प्रकट करेगा कि मैं तुम्हें कितना अधिक प्यार करती हूँ और दयामय भगवान की कृपा हो कि यह खत तुम्हारे हाथ में उससे पहले पहुँच जाए जब मेरा हाथ किसी ऐसे आदमी के हाथ के साथ जुड़ने के खतरे में है जो अपने वचन का निर्वाह इस कुटिल तरीके से करता है।''

'खत पढ़ते ही मैं वहाँ से भागा। मैं रुपये के लिए ठहरा भी नहीं, क्योंकि तब तो मुझे डान फर्डिनंड की चाल का स्पष्ट पता चल गया कि मेरी अनुपस्थिति से लाभ उठाने के लिए ही उसने मुझे अपने भाई के पास भेजा था। प्रतिशोध, प्रेम और अधीरता ने मुझे पंख दे दिए। इससे मैं दूसरे ही दिन गुप्त रूप से शाम के वक्त लुसिंडा से मिलने के उपयुक्त समय पर घर पहुँच गया। मैंने अपने खच्चर को उसी सज्जन के यहाँ रख दिया जो खत लेकर मेरे पास आया था और अपनी प्रेयसी से मिलने गया, जो उसी खिड़की पर मौजूद थी जो हम लोगों के प्रणय की एकमात्र साक्षी थी। उसने मुझे पहचान लिया और मैंने उसे। लेकिन उसने मेरा स्वागत उस तरह नहीं किया जिसकी कि मैं आशा करता था और न मैंने उसे उस तरह की पोशाक में पाया जो उस समय और परिस्थिति के अनुकूल होती। पुरुष के पास इसके सिवा कौन पर्याप्त आश्वासन है कि वह इस बात का झूठा दावा करता रहे कि वह नारी के चित्त की पहेली को समझता है और ऐसा कौन है जो उसके चंचल चित्त को स्थिर कर सके? लुसिंडा ने मुझसे कहा—'मैं वैवाहिक वस्त्र पहने हुए हूँ और विश्वासघाती फर्डिनंड मेरे लोभी पिता तथा अन्य लोगों के साथ विवाह-संस्कार संपन्न करने के लिए कक्ष में मेरी प्रतीक्षा कर रहा है। लेकिन उन्हें शीघ्र ही मेरे विवाह की अपेक्षा मेरी मृत्यु का साक्षी बनना पड़ेगा। प्यारे कार्डेनियो, विकल न हो, बल्कि उस बलिदान के अवसर पर उपस्थित रहो। मैं तुम्हें वचन देती हूँ कि यदि मेरी विनती इस शादी को नहीं रोक सकी तो मेरे पास कटार है जो मेरा न्याय करेगी और मेरी मृत्यु मेरे अटल प्रेम और स्थिरता का अकाट्य प्रमाण देगी।'

इसके उत्तर में बिना सोचे-समझे और घबराहट में मैं खुद नहीं समझ सका कि मैंने क्या कह दिया। मैंने कहा—'ऐसा ही कीजिए, श्रीमतीजी! आपका कार्य-कलाप आपके शब्दों को सार्थक करे। जिससे हम दोनों का मतलब सिद्ध होता हो उसे अछूता नहीं छोड़ना चाहिए। मैं आपको विश्वास दिलाता हूँ कि यदि मेरी तलवार आपको न बचा सकी तो उसे अपनी ही छाती में घुसेड़ लूँगा, न कि निराशा की ज़िंदगी बिताने के लिए ज़िंदा रहूँगा।' मैं नहीं कह सकता कि लुसिंडा

ने मेरी अंतिम बात सुनी या नहीं, क्योंकि दूल्हा अधीरता से प्रतीक्षा कर रहा था। इसलिए उसे जल्दी से ले जाया गया।

उसके हटते ही मेरे साहस ने मेरा साथ छोड़ दिया। मैं अपने शोक और विह्वलता का वर्णन नहीं कर सकता। मैंने समझा कि मेरा सूर्य हमेशा के लिए अस्त हो गया। मेरे चित्त-विक्षेप से मेरी आँखें और बुद्धि काम करने में इस तरह असमर्थ थीं कि मुझे घर के अंदर जाने के दरवाज़े का भी पता नहीं चल सका। मुझे ऐसा प्रतीत हुआ कि जहाँ मैं खड़ा था वहीं गड़ गया। लेकिन अंत में मेरे प्रेम के गुरुत्व ने मुझे इस विपन्न परिस्थिति से सचेत किया और मैं अलक्षित रूप से घर में प्रवेश कर गया; क्योंकि वहाँ बड़ी हलचल थी। मैं कक्ष में पहुँचकर परदे के पीछे छिप गया। मैं दो परदों के बीच में था इससे मैं सब कुछ देख सकता था, लेकिन मुझे कोई नहीं देख सकता था। जिस समय मैं वहाँ खड़ा प्रतीक्षा कर रहा था उस समय के अनेक तरह के विचारों, शंकाओं, भय तथा वेदना का, जो मेरे चित्त को व्याकुल और चंचल कर रही थीं, वर्णन कौन कर सकता है?'

'डान फर्डिनंड कक्ष में आया। वह दूल्हे की पोशाक में नहीं था, बल्कि अपनी साधारण पोशाक में था। लुसिंडा के एक जर्मन चचेरे भाई के अलावा बाकी लोग घर के ही प्राणी थे। थोड़ी देर बाद लुसिंडा अपनी माँ तथा दो दासियों के साथ आई। अपने सौंदर्य तथा उस संस्कार के अनुरूप वह सुसज्जित थी। लेकिन अपनी विकलता के कारण मैं उसके वस्त्रों को भली-भाँति नहीं देख सका। मैं केवल उसके वस्त्रों के रंग को देख सका जो गुलाबी और सफेद थे तथा उसके अलंकारों की दमक को, जो जगह-जगह पर उसके वस्त्रों को समृद्ध बना रहे थे; लेकिन उनके सौंदर्य की दीप्ति का मुकाबला इनमें से कोई नहीं कर सकते थे जो इन आभूषणों की अपेक्षा उसके शरीर की शोभा को कहीं अधिक बढ़ा रही थी। मेरी शांति के घातक शत्रु या मेरी स्मृति! तू लुसिंडा के सौंदर्य को मेरे मानसपटल में इस पूर्णता के साथ क्यों प्रत्यक्ष करती है? तू मेरे सामने वह चित्र क्यों नहीं उपस्थित करती जिसका अभिनय उसने उस समय किया ताकि उस तरह के अत्याचार से उत्तेजित होकर मैं बदला लेने या मर जाने की कोशिश करता? मूल प्रसंग से हट जाने के लिए आप लोग मुझे क्षमा करेंगे। अफसोस! मेरी विपत्ति ऐसी नहीं है कि जिसका वर्णन संक्षेप में हो सके या किया जा सके, क्योंकि मेरे लिए प्रत्येक प्रसंग ऐसा है जिसका वर्णन विस्तार से ही होना चाहिए।'

पुरोहित ने कहा—'हम लोग ध्यान के साथ बड़ी उत्सुकता से और व्यग्रता से आपका वृत्तांत सुन रहे हैं और हम लोग छोटी-से-छोटी बात भी सुनने के इच्छुक हैं।'

इतना सुनकर कार्डेनियो ने फिर कहना शुरू किया—'सब लोगों के आ जाने पर पुरोहित आया। उसने दोनों का हाथ अपने हाथ में लेकर लुसिंडा से पूछा—क्या तुम डान फर्डिनंड को पति के रूप में स्वीकार करने के लिए राजी हो? इतना सुनते ही मैंने दोनों परदों के बीच से अपना सिर बाहर किया और धड़कते हृदय से उसका उत्तर सुनने के लिए कान लगाया; क्योंकि इसी पर मेरा सारा सुख निर्भर था। मैंने अपने को महामूर्ख, हृदयहीन व हतभाग्य प्रमाणित किया। मैंने उसी वक्त अपने को प्रकट क्यों नहीं कर दिया? मैं ज़ोर से उसे पुकार क्यों नहीं उठा कि लुसिंडा! तुम जो कुछ कहने जा रही हो उस पर विचार करो, तुम मेरी हो, तुम दूसरे की नहीं हो सकतीं और भगवान को, स्वयं अपने को तथा मुझे क्षति पहुँचाए बिना और अपने कार्डेनियो की हत्या किए बिना तुम 'हाँ' नहीं कह सकतीं। और तू विश्वासघाती फर्डिनंड! तू दैवी और मानवीय सभी सद्गुणों की अवहेलना करके मेरी संपत्ति को मुझसे छीन लेना चाहता है। क्या तू सोचता है कि इस तरह मेरे जीवन की शांति का अपहरण कर लेगा और इसके लिए तुझे दंड नहीं मिलेगा? अथवा तू यह सोचता है कि कोई भी विचार मेरी इस घृणा का दमन कर सकेगा जबकि मेरी प्रतिष्ठा और मेरा प्रेम दाव पर है? मैं बहुत बड़ा मूर्ख हूँ। उस अवसर को मैंने खो दिया और खतरा बहुत दूर चला गया है तब मैं यह बात कह रहा हूँ जो मुझे उस समय कहनी चाहिए थी, न कि मैंने उस समय जो कुछ किया। अपने हृदय की संपत्ति को चोरी कर लेने की स्वच्छंदता प्रदान करने के बाद मैं चोर को गालियाँ दे रहा हूँ जिसे मैं उसी वक्त उस नीच प्रयास के लिए दंड दे सकता था, यदि उस समय बदला लेने की उतनी प्रवृत्ति मुझमें होती जितनी आज शिकायत के लिए है। इसलिए मुझे अपने दुर्बल हृदय को ही कोसना चाहिए जो मेरे साथ न्याय नहीं करता और मुझे इस विपन्न अवस्था में अमर्यादित, अज्ञात, समाज तथा प्रकृति से तिरस्कृत करने देता है।' पुरोहित को बहुत देर तक प्रतीक्षा करनी पड़ी। तब उसने कहा, 'मुझे आशा थी कि या तो वह अपनी कटार निकाल लेगी या मेरे साथ अपने प्रणय की बात कहकर विनती करेगी। लेकिन शोक! मेरी अनंत निराशा के लिए मैंने उसे धीमी आवाज़ में उस घातक 'हाँ' शब्द को कहते सुना। इसके बाद डान फर्डिनंड ने भी वही कहा और उसे अँगूठी प्रदान की। दोनों पवित्र बंधन में बँध गए, जिसे मृत्यु ही काट सकती है। तब बेईमान दूल्हा अपनी दुलहिन को गले लगाने के लिए आगे बढ़ा, लेकिन

उसी क्षण वह अपने हृदय पर अपना हाथ रखकर अपनी माँ की गोद में बेहोश हो गई। लुसिंडा के वायदे की झुठाई देखकर मैं हत्बुद्धि हो गया, मेरे हृदय में असीम वेदना और यंत्रणा उठी। मेरी सारी आशाओं पर तुषारापात हुआ और मेरे जीवन का आधार सदा के लिए छिन गया। व्याकुल और निराश मैंने देखा कि भाग्य ने मुझे तिरस्कृत करके नियति के क्रूर हाथों में छोड़ दिया है। मेरे शोक की तीव्रता से मेरा गला घुटने लगा और मेरे आँसू सूख गए। मैं मरणांतक वेदना तथा ईर्ष्याजनित क्रोध और बदला लेने की भावना से जलने लगा। उधर लुसिंडा की बेहोशी के कारण सभी लोग घबरा उठे और उसे हवा करने के लिए ज्यों ही उसकी माँ ने उसका लबादा उठाया, उसकी छाती से कागज़ का एक टुकड़ा गरा जिसे डान फर्डिनंड ने लपककर उठा लिया और दो कदम अलग हटकर उसने फानूस की रोशनी में उसे पढ़ा। उस खत के पढ़ते ही उसने कुर्सी पर गिरने का अभिनय किया और गाल पर हाथ रखकर वह इस तरह शोक और असंतोष प्रकट करके बैठा रहा मानो उसकी दुलहिन के साथ कोई दुर्घटना हुई है।

'वहाँ के सभी लोगों को इस तरह हंगामा करते देख मैंने उस घृणित स्थान से हट जाने का इरादा किया। मुझे इस बात की परवाह नहीं थी कि मुझे कोई देख लेता है या नहीं और किसी की नज़र मुझ पर पड़ जाने पर उस विश्वासघाती फर्डिनंड को दंड देने के लिए मैंने ऐसे घातक काम के करने का इरादा किया कि सब लोग उसके विश्वासघात और मेरे क्रोध के औचित्य को जान लें। लेकिन मेरे भाग्य ने, जो मुझे और भी अधिक विपत्ति से बचाकर रखना चाहता था, उस समय मुझे अपनी रही-सही बुद्धि से काम लेने की प्रेरणा दी, जिसने बाद को एकदम मेरा साथ छोड़ दिया। इससे अपने दुश्मनों से बदला लिए बिना ही मैंने घर छोड़ दिया। उस अप्रत्याशित गोल-माल में मैं आसानी से उन्हें अपने क्रोध का शिकार बना सकता था। जो सजा उनके विश्वासघात के योग्य थी, उसे अपनी विश्वासशीलता के कारण मैंने अपने सिर पर डाल लिया। मैं उस सज्जन के यहाँ गया जहाँ मैंने अपना खच्चर छोड़ा था और उससे कुछ कहे बिना ही अपने खच्चर पर सवार होकर दूसरे लौट की तरह नगर को छोड़ चला। मैंने घूमकर उसकी ओर एक नज़र देखा तक नहीं। अंधकार और निस्तब्धता से घिरा मैं मैदानों से होकर चला तो धोखेबाज़ फर्डिनंड के खिलाफ मैं अपने क्रोध को उगलने लगा और लुसिंडा के वचन-भंग तथा कृतघ्नता की ज़ोरों से निंदा करने लगा। मैंने उसे क्रूर, कृतघ्न और बेवफ़ा कहा और इससे भी अधिक लोभी और स्वार्थी; क्योंकि मेरे दुश्मन की संपत्ति ने ही मेरे साथ की गई प्रतिज्ञा को भंग करने के लिए प्रेरित किया था। लेकिन फिर मैंने अपने मन में सोचा कि जिस

युवती की शिक्षा-दीक्षा इतनी कड़ाई से हुई है वह यदि अपने माता-पिता के सुझाव के सामने झुक जाती है तो इसमें आश्चर्य की क्या बात है; क्योंकि उन लोगों ने उसके लिए सुयोग्य और सुसंपन्न पति प्राप्त किया है। लेकिन सचाई और न्याय के नाम पर उसे यह तो कहना चाहिए था कि वह पहले से ही मेरी हो चुकी है। अंत में मैं इसी नतीजे पर पहुँचा कि प्रेम की अपेक्षा उसकी आकांक्षा प्रबल थी और उसी के वशीभूत होकर वह कार्डेनियो के प्रति अपनी प्रतिज्ञा को भूल गई।'

इस तरह के विचारों के बवंडर में उलझा हुआ मैं रात-भर चलता रहा और सवेरे उस रास्ते पर पहुँचा जो इन पहाड़ों की ओर आता है। वहाँ मैं रास्ते पर न रहकर तीन दिन तक इधर-उधर घूमता रहा। अंत में मैं यहीं आस-पास की किसी घाटी में पहुँचा। यहाँ मेरी भेंट कतिपय गड़रिये से हुई। मैंने उनसे ऐसे स्थान का पता पूछा जो नितांत ऊबड़-खाबड़ हो और जहाँ लोग आते-जाते न हों। उन्होंने मुझे इशारे से बतला दिया और मैं तेजी के साथ उस ओर चला। मैंने निश्चय किया था कि दगाबाज़ और कृतघ्न मानव-समाज के संपर्क से दूर रहकर मैं अपने इस घृणित जीवन को जारी रखूँगा। जब मैं इन जंगलों में पहुँचा तो मेरा खच्चर थकान और भूख के कारण अथवा मेरे समान निकम्मे भार से फुरसत पाने के लिए गिरकर मर गया। मैं भी कमज़ोर, श्रांत और निराश होने के कारण, भोजन के अभाव से सान्त्वना के रहित होने के कारण ज़मीन पर पड़ गया या बेहोश हो गया; जहाँ मैं मृतक की तरह न जाने कितने समय तक पड़ा रहा। होश आने पर जब मैं उठकर खड़ा हुआ तब मैंने देखा कि मुझे भोजन की ज़रा भी इच्छा नहीं है। मेरे पास कुछ गड़रिये थे। उन्होंने मुझे कुछ भोजन दिया यद्यपि उनकी सहायता का मुझे कोई भी ज्ञान नहीं था। उन्होंने बतलाया कि उन लोगों ने मुझे बड़ी बुरी दशा में पाया था। मैं आँखें फाड़कर चारों ओर इस तरह देख रहा था और इस तरह अंड-बंड बक रहा था कि उन्होंने मुझे पागल समझा। तब से कई अवसर ऐसे आए हैं जिनसे प्रकट होता है कि कभी-कभी मेरा विवेक मेरा साथ छोड़ देता है और मैं इस तरह का असाधारण काम कर बैठता हूँ जो विवेक-रहित क्रोध और उन्माद के ही परिणाम हैं। मैं अपने कपड़ों को फाड़ देता हूँ, चिल्लाने लगता हूँ, विलाप और गलियों से जंगल को गुंजायमान कर देता हूँ और बेमतलब लुसिंडा का नाम लेने लगता हूँ। उस समय मेरी एकमात्र इच्छा यही होती है कि इस प्यारे शब्द को कहते-कहते मेरे प्राण-पखेरू उड़ जाएँ। जब मैं अपने-आप में आ जाता हूँ उस समय साधारणतः मैं इतना कमज़ोर और थका प्रतीत होता हूँ कि मैं मुश्किल से हिल-डुल सकता हूँ। मेरा निवास-स्थान कार्क का खोढर है,

जिसमें मैं रात को समा जाता हूँ। कुछ गड़रिये ऐसे हैं जिनकी भेड़ें आस-पास के पहाड़ों पर चरती हैं, जो दया करके और उदारतापूर्वक मेरे इस दयनीय जीवन के सहारे के लिए कभी-कभी भोजन की कुछ सामग्री दे देते हैं। जब मैं अपने होश में नहीं रहता तब मेरी प्रकृति अपना काम करती ही है और उसे संतुष्ट करने की प्रेरणा भी मुझे मिल जाती है। मेरी मानसिक स्थिति सही रहने के समय जब कभी इनसे भेंट हो जाती है तब ये मुझे झिड़कते हैं कि जो चीज़ वे लोग मुझे राज़ी-खुशी देने के लिए तैयार रहते हैं उसे मैं जबरदस्ती झपटकर क्यों छीनता हूँ। इस ज़्यादती का मेरे पास अपनी विकृति का और कोई बहाना नहीं है। इस तरह मैं तब तक अपना दैत्य जीवन घसीटता रहूँगा जब तक भगवान मेरी दुर्दशा पर दया करके मुझे उठा नहीं लेंगे अथवा मेरी स्मृति से लुसिंडा का सौंदर्य और कृतघ्नता तथा फर्डिनंड का विश्वासघात मिटा नहीं देंगे। यदि मर जाने से पहले मैं कभी सुखी हो सका तो मुझे आशा है कि मैं अपने इन उद्भ्रांत विचारों को शांत कर सकूँगा, लेकिन यदि इस तरह का अवसर नहीं आया तो अपने को ईश्वर की दया पर छोड़ देने के अलावा मेरे पास कोई दूसरा चारा नहीं है; क्योंकि दुर्भाग्यवश मैंने अपने को जिस विपत्ति में डाल दिया है उस विपत्ति से अपने शरीर या मन को निकालकर बाहर करने में मैं सर्वथा असमर्थ हूँ।

'अपने दुर्भाग्य का सही-सही विवरण मैंने आपको सुना दिया है। अब आप ही बतलाइए कि क्या इससे कम व्यथा के साथ मैं इसका वर्णन कर सकता था? लेकिन कृपा करके इस रोगी को उपचार बतलाने में अपना समय नष्ट न कीजिए; क्योंकि यह किसी उपचार से लाभ नहीं उठा सकता। लुसिंडा के बिना मेरी हालत में सुधार नहीं हो सकता, और न मैं उसे सुधारूँगा ही। चूँकि उसने मेरा त्याग कर दिया है इससे मुझे मरना ही होगा। अपनी कृतघ्नता से उसने साबित कर दिया है कि वह मेरा सर्वनाश चाहती है और अंत तक अपनी अनन्य यातना से मैं उसे यह विश्वास दिलाने की कोशिश करूँगा कि मैं इससे समीचीन व्यवहार के योग्य था। इसलिए मुझे कष्ट भोगने दीजिए। भगवान करे कि मैं ही ऐसा व्यक्ति होऊँ जिसका पल्ला निराशा न छोड़े, जब कि सांत्वना प्राप्त करने की असंभावना भी अन्य अनेक उत्पीड़ितों को आराम देती है।'

यहाँ पहुँचकर कार्डेनियो ने अपनी कहानी समाप्त की। पुरोहित तसल्ली का कुछ शब्द कहने जा रहा था कि दूसरा करुण विलाप उन्हें सुनाई दिया और उनका ध्यान उस तरफ चला गया। उसका विवरण चौथे अध्याय में मिलेगा।

चौथा अध्याय

1. सीरा मोरेना में पुरोहित तथा हज्जाम का नया उपक्रम

वह युग बहुत ही सुखद और भाग्यशाली था जिस युग ने डान क्विग्जोट डे ला मांचा के समान साहसिक वीर योद्धा को पैदा किया; क्योंकि जो भ्रमणशील वीर-कर्म केवल उपेक्षित ही नहीं, बल्कि मृत और लुप्त हो चुका था, उसे पुनः जीवित और संस्थापित करने के उनके पवित्र संकल्प से हमारा युग—जो रोचक मनोरंजन के लिए ऊसर-सा हो गया था—उसके सच्चे इतिवृत्त से संबंधित अनेक वृत्तांत और घटनाओं से, जो कतिपय अंशों में उस इतिवृत्त से कम कलापूर्ण, सत्य और रोचक नहीं है, महान आनंद प्राप्त करता है।

पीछे लिखा गया है कि जिस वक्त पुरोहित कार्डेनियो को समयोचित सान्त्वना प्रदान करने का उपक्रम कर रहा था, उसी समय उनके कानों में किसी का करुण विलाप सुनाई पड़ा और वह कुछ कहने से रुक गया। यह अदृश्य कातर व्यक्ति कह रहा था—'हे भगवान! क्या यह संभव है कि अंत में मुझे वह स्थान मिल जाए जहाँ यह विपन्न व्यक्ति इस शरीर को समाधि प्रदान कर सकेगा, जिसका दुःसह भार ढोने में यह असमर्थ है? हाँ, यदि इस जंगल की निस्तब्धता और जनशून्यता मुझे धोखा नहीं देतीं तो यहाँ मनुष्य की आँखों से ओट में मर सकता है। ओह! मैं कैसा अभागा हूँ! वेदना ने मुझे किस अधोगति को पहुँचा दिया है कि इस घृणित जंगल और पहाड़ को मैंने सुखद निलय मान लिया है? यह वास्तव में वैसा है। यहाँ मैं स्वतंत्रतापूर्वक भगवान से शिकायत कर सकता हूँ और वह शांति माँग सकता हूँ, जिसे बेईमान मानव-समाज से माँगना व्यर्थ होगा; क्योंकि धरती पर परामर्श, शांति या उपचार किसी भी बात की आशा करना व्यर्थ है।' पुरोहित तथा उसके जिन साथियों ने इसे सुना, स्पष्ट अनुमान किया कि इस तरह अपने शोक को प्रकट करने वाला व्यक्ति कहीं आस-पास ही है, इसलिए वे लोग उसे ढूँढ़ने के लिए खड़े हुए। वे लोग मुश्किल से बीस कदम

गए होंगे कि उन्होंने देहाती पोशाक में एक युवक को देखा जो एक पहाड़ी की तलहटी में भोजपत्र के पेड़ के नीचे बैठा था। उस पेड़ के पास से एक नाला बह रहा था। वह करीब-करीब घुटने तक झुककर उसी में अपना पैर धो रहा था, इससे वे लोग उसका चेहरा अच्छी तरह नहीं देख सके।

ये लोग इस तरह दबे पाँव उसके पास गए कि वह इन्हें नहीं देख सका। वह निर्मल जल में धीरे-धीरे पैर हिला रहा था। इससे उन्हें यह देखने का अवसर मिल सका कि उसके पैर स्फटिक के समान सफेद हैं और इतने सुडौल और सुंदर हैं कि वैसा दूसरा कोई पैर नहीं हो सकता। यह देखकर इन दर्शकों को अतिशय विस्मय हुआ। उन लोगों ने अनुमान किया कि इस तरह के पैर न तो ऊबड़-खाबड़ ज़मीन पर और न हल-बैलों के पीछे चलने योग्य हैं, क्योंकि इस तरह की पोशाक के लोगों का यही साधारण पेशा होता है। इसलिए पुरोहित ने, जो सबसे आगे था और जिसकी उत्सुकता इस दृश्य से और भी बढ़ गई थी, अपने साथियों से अलग हटकर उसके पास की चट्टानों के पीछे छिप जाने के लिए कहा। उन लोगों ने वैसा ही किया और वहाँ से ग़ौर से देखकर उन लोगों ने देखा कि वह दोहरे सीने की फतुही पहने था, जिसे उसने सूती तौलिए से अपने शरीर में कस रखा था। उसने पाजामा (ब्रीचेज़) और भूरे रंग का मोजा पहन रखा था और उसके सिर पर भूरे रंग की शिकारी टोपी थी। उसने मोजे को पैर के मध्य भाग तक खींच लिया था, जो बर्फ के समान सफेद था। अपने सुंदर पैरों को धो चुकने पर उसने उन्हें तुरंत रूमाल से पोंछ डाला, जिसे उसने टोपी के भीतर से निकाला था। इसके बाद उसने अपना चेहरा ऊपर उठाया। उसका चेहरा इतना सुंदर और आकर्षक था कि उसे देखकर कार्डेनियो ने पुरोहित से कहा—'चूँकि यह लुसिंडा नहीं है; इसलिए यह मनुष्य की आकृति नहीं हो सकती। यह कोई देवदूत है। इसी समय उस युवक ने अपनी टोपी उतार ली और सिर को हिलाया तो सुंदर बालों के अनेक गुच्छे उसके कंधों पर लटककर फैल गए जिनसे उसकी गर्दन ही नहीं बल्कि सारा शरीर ढँक गया। अब उन्होंने देखा कि जिसे उन्होंने कोई देहाती युवक समझा था, वह वास्तव में कोई युवती थी, जो संसार की सर्वोत्तम सुंदरियों में गिनी जा सकती थी। उन लोगों को अतिशय आश्चर्य हुआ। कार्डेनियो बोल उठा कि लुसिंडा के अलावा दूसरा कोई उसके रूप की तुलना में नहीं ठहर सकता।

अपने बिखरे बालों को उसने अपनी कमनीय अँगुलियों से अलग किया। उसके हाथ और बाजू इतने सुंदर और सुरम्य प्रतीत हुए कि ये चकित दर्शक यह

जानने के लिए अधीर हो उठे कि वह कौन है, उससे बातचीत करने के लिए वे लोग बढ़ गए। उनके पैरों की आहट पाकर वह चौंकी और उसने दोनों हाथों से अपनी आँखों के सामने के केशों को जल्दी से हटाकर उनके बीच से झाँका। तीन आदमियों को अपनी ओर आते देखकर वह बहुत भयभीत हो गई और अपने पास की छोटी गठरी उठाकर वह तेजी से भागी। यहाँ तक कि वह अपने केशों को सम्हालने या जूता पहनने के लिए भी नहीं रुकी। लेकिन अफसोस! वह मुश्किल से छह कदम ही आगे बढ़ी होगी कि उसके पैर उन रुखड़े पत्थरों का मुकाबला नहीं कर सके और वह भयभीत सुंदरी कठोर भूमि पर गिर पड़ी। जिनसे डरकर वह भाग रही थी वे ही उसकी मदद के लिए दौड़ पड़े। पुरोहित ने कहा—'महाभागे, आप जो कोई भी हों, रुक जाइए, भागने का कोई कारण नहीं है। हम लोग आपकी मदद ही करना चाहते हैं, दूसरा कोई उद्‌देश्य हम लोगों का नहीं है।'

इतना कहकर वह उसके पास पहुँच गया और उसे हाथ का सहारा दिया। वह इतनी डरी और घबराई हुई थी कि उसके मुँह से एक शब्द भी नहीं निकल सका। यह देखकर पुरोहित मृदुता के साथ उसे सांत्वना देकर शांत करने लगा। उसने कहा—'आप डरें नहीं, आपके छद्‌म वेश ने हम लोगों से छिपाकर जिसे रखा था उसे आपके केशों ने प्रकट कर दिया। इससे हम लोग आपकी सेवा और सहायता करने के लिए और भी अधिक तत्पर हैं। कृपा करके यह बतलाएँ कि हम लोग आपकी अधिकाधिक सेवा किस तरह कर सकते हैं। मेरा अनुमान है कि किसी गुरुतर कारण से ही आपने इस अनुपम सौंदर्य को ऐसे तुच्छ आवरण के भीतर छिपाया और इस जंगल में आने का साहस किया है; जहाँ संयोगवश ही हम लोगों की आपसे भेंट हो गई। जो भी हो, हम लोग आशा करते हैं कि आपके दुर्भाग्य का उपचार असंभव नहीं होगा; क्योंकि ऐसी कोई विपत्ति नहीं है, जिसे अंत में काल और विचार-शक्ति जीत न ले। इसलिए यदि आपने समस्त मानवीय सुख-सुविधाओं का पूर्णतः त्याग नहीं कर दिया हो तो मेरी साग्रह प्रार्थना है कि आप अपनी व्यथा का कारण हम लोगों को बतलाएँ। हम लोग आपको विश्वास दिलाना चाहते हैं कि हम लोग केवल उत्सुकतावश यह नहीं जानना चाहते, बल्कि हम लोगों की आंतरिक इच्छा आपकी सहायता करके आपके संताप को कम करना या आपसे सहानुभूति प्रकट करना है।'

इस तरह पुरोहित उस कातर सुंदरी का आतंक दूर करने के प्रयास में था, लेकिन वह आश्चर्यचकित मूढ़ हो कभी एक को और कभी दूसरे को इस तरह

घूरकर देख रही थी जैसे कोई आदमी चौंककर जाग पड़ता हो या किसी देहाती को विचित्र दृश्य देखने को मिल गया हो। लेकिन कुछ देर के बाद अपने को पूरी तरह सँभालकर तथा पुरोहित की नम्र प्रार्थना सुनकर उसने गहरी साँस ली और अपने होंठों को खोलकर इन शब्दों में मौन भंग किया :

'चूँकि यह जंगल मुझे छिपा नहीं सका और मेरे केशों ने मुझे प्रकट कर दिया, इसलिए अब आप लोगों से अपने को छिपाना व्यर्थ होगा। और आप लोग मेरे दुर्भाग्य की कहानी सुनना चाहते हैं; इसलिए शिष्टाचार के नाते मैं इनकार भी नहीं कर सकती, खासकर जब आप लोगों ने मेरी सहायता का आश्वासन दिया है। मेरी कहानी सुनकर आपको लेश-मात्र भी संतोष नहीं होगा, बल्कि आप लोग दुखी होंगे; क्योंकि इसका उपचार संभव नहीं है। मुझे एक बात अभी भी परेशान कर रही है। मुझे यह सोचकर चोट लगती है कि मुझे बाध्य होकर कुछ गुप्त भेदों को प्रकट करना होगा, जिन्हें मैं अपने साथ कब्र में ले जाना चाहती हूँ, लेकिन इस जगह और इस पोशाक का विचार करके मैं सोचती हूँ कि आप लोगों से सब कुछ कह देना ही उचित होगा ताकि कोई बात छिपाए रखने के कारण मेरे अतीत के व्यवहार और वर्तमान आचरण पर किसी तरह का संदेह न हो।'

उस छद्मवेशी महिला ने थोड़ी शर्म और असाधारण विवेक के साथ जब ये बातें कहीं तब तो पुरोहित और उसके साथी, उसकी विचार-बुद्धि की अत्यधिक प्रशंसा करते हुए अपनी सहानुभूति और सहायता की बार-बार चर्चा करने लगे। उन लोगों ने उसे जरा हट जाने दिया ताकि वह अपने कपड़ों को सम्हाल ले। इसके बाद वह लौटकर आई और सब लोग घास पर बैठ गए और गुरुतर प्रयास से अपने आँसुओं को रोकने के बाद उसने अपनी रामकहानी यों शुरू की :

'मेरा जन्म अंडालूजिया के किसी नगर में हुआ था, जिसके नाम पर एक ड्यूक अपनी उपाधि ग्रहण करता है और उससे वह स्पेन का संभ्रान्त व्यक्ति बना है। इस ड्यूक के दो पुत्र हैं। बड़ा लड़का जो उसके राज्य का अधिकारी है, अपने पिता के समान ही गुण-शील संपन्न है और छोटा लड़का किसी चीज़ का उत्तराधिकारी नहीं है, लेकिन जहाँ तक मैं जानती हूँ उसमें वेलिडो[1] का विश्वासघात और गैललन[2] का छल-कपट भरा है। मेरे पिता उसकी प्रजा हैं, छोटे कुल के हैं, पर हैं धनी। यदि उनका वंश भी उनकी समृद्धि के अनुरूप होता तो

1. जमोरा के घेरे में पाखाना करते समय इसने कैस्टाइल के राजा सैंचों को मार डाला था।
2. इसने रान्सेसबैले के मैदान में फ्रांस की सेना के साथ विश्वासघात किया था।

उन्हें किसी बात की कमी न रहती और मैं भी इस तरह विपन्न न होती; क्योंकि यह मेरी पक्की धारणा है कि मेरे सर्वनाश का मुख्य कारण मेरा कुलीन वंश में न होना है। इतना तो सच है कि मेरे पिता ऐसे नीच वंश के नहीं हैं कि उन्हें अपने कुल के लिए शरमाना पड़े, पर साथ ही इतने ऊँचे वंश के भी नहीं हैं कि मुझे अपना यह मत बदलना पड़े कि मेरे सर्वनाश का कारण उनका नीच वंश ही है। वे लोग पुश्त-दर-पुश्त से किसानी करते आ रहे हैं, लेकिन उनके रक्त में न कभी संकरता आई और न कलंक लगा है। वे लोग पुराने ईसाई हैं, जैसा कि हम लोग स्पेन के आदिवासियों को कहते हैं। उनका प्राचीन वंश, उनकी अतुल संपत्ति तथा जिस बंदरगाह में वे रहते थे, उसने उन्हें किसानी के पेशे से ऊँचा उठा दिया था और धीरे-धीरे उन्हें संभ्रांत व्यक्ति की श्रेणी में ला दिया था और वे लोग मर्यादा के पद पर पहुँच गए थे। मैं उनकी एकमात्र संतान थी; इसलिए माता-पिता का एकांत प्रेम मुझे प्राप्त था और अपनी पुत्री के प्रेम में वे इतना आनंदविभोर रहते थे कि अपनी संपत्ति से भी उतना सुख नहीं मानते थे। मुझे केवल उनका प्रेम ही प्राप्त नहीं था, बल्कि उनकी सारी संपत्ति मेरे अधिकार में थी। गृहस्थी और जमींदारी सबका प्रबंध मेरे हाथ में था। मैं इतनी सावधानी से देख-भाल करती कि मैंने उनके विश्वास का कभी दुरुपयोग नहीं किया और न उन्होंने मेरे निर्णय पर कभी अविश्वास किया। परिवार के काम-काज से अवकाश मिलने पर मैं अपना समय उन्हीं कामों में लगाती, जिन्हें प्रायः युवती स्त्रियाँ किया करती हैं अर्थात् कसीदा काढ़ती, सुई का काम करती, किताबें पढ़ती या चिकारा बजाती; क्योंकि मुझे यह अनुभव हुआ कि थकान मिटाने के लिए संगीत बहुत उत्तम मनोरंजन है। इसी तरह का निर्दोष जीवन मैं बिताती थी।

'मैंने यह विवरण अपना दंभ प्रकट करने के लिए नहीं दिया है, मैं यह दिखलाना चाहती हूँ कि मेरे दुर्भाग्य का कारण वे सब बातें नहीं हैं। जबकि मैं अपने परिवारवालों के अलावा अन्य लोगों से दूर रहकर संन्यासिन का जीवन बिता रही थी, यहाँ तक कि रविवार की सुबह को गिरजाघर को छोड़कर कभी कहीं जाती भी नहीं थी और वहाँ भी अपनी माँ के साथ, ऐसा गाढ़ा बुर्का ओढ़े कि मुझे रास्ता भी मुश्किल से सूझता था। इन सब सावधानियों के बावजूद भी, जो मुझे लोगों की नज़रों से ओझल रखने के लिए की जाती थी, बाहर यह समाचार दुर्भाग्यवश फैलने लगा कि मैं सुंदर हूँ और मेरी अनंत अशांति के लिए मेरे शांत एकांत जीवन पर प्रेम ने हमला कर दिया। ड्यूक के द्वितीय पुत्र डान फर्डिनंड की—जिसकी चर्चा मैंने ऊपर की है—दृष्टि मुझ पर पड़ी।'

डान फर्डिनंड का नाम सुनते ही कर्डेनियो के चेहरे का रंग बदल गया और शरीर तथा मस्तिष्क में ऐसी विकृति प्रकट हुई कि पुरोहित और हज्जाम दोनों को शंका हो गई कि जिस उन्माद का वह बहुधा शिकार हुआ करता था, उसका दौरा हो आया, लेकिन भाग्यवश नौबत वहाँ तक नहीं आई, केवल वह उस देहाती महिला को आँखें फाड़कर देखने लगा; क्योंकि उसके दिमाग़ में खटक गया कि वह महिला कौन हो सकती थी, पर वह महिला उसके चेहरे के इस परिवर्तन को लक्ष्य किए बिना ही अपनी कथा कहती गई :

'बाद को डान फर्डिनंड ने मुझसे कहा कि मुझे देखते ही उसके हृदय में प्रेम का भीषण बवंडर उठ खड़ा हुआ, जिसके अनेक प्रमाण उसने मुझे आगे चलकर दिए। मुझ पर अपना प्रेम प्रकट करने के लिए उसने जिन विविध उपायों से काम लिया उनका विशद वर्णन करके मैं आपको थकाना नहीं चाहती, इसलिए उस प्रसंग को मैं छोड़ देती हूँ। उसने घूस देकर मेरे सभी नौकर-चाकरों की सद्भावना खरीद ली, उसने हज़ारों तरह की मदद का प्रलोभन मेरे पिता को दिया, हमारे पड़ोस में नित-नूतन उत्सव होने लगे, हर शाम को कोई-न-कोई नया प्रणय-संगीत होने लगा और संगीत के निरंतर प्रवाह से रात में भी बाधा उपस्थित होने लगी। उसने मेरे पास न जाने किस उपाय से अगणित प्रेम-पत्र भिजवाए, जो कोमल भावनाओं, वायदों, सौगंधों और शिकायतों से भरे रहते थे। लेकिन इन सब अनवरत प्रेम-प्रार्थनाओं से मेरा दिल उसकी तरफ नहीं झुका, बल्कि इनसे मुझे घृणा उत्पन्न हुई और डान फर्डिनंड को मैंने अपना सबसे बड़ा दुश्मन समझा, जो मेरे सर्वनाश के लिए उद्यत था। लेकिन मैं उसकी इस आसक्ति से केवल खुश भी नहीं थी, बल्कि भीतर ही भीतर मुझे इस बात का उल्लास भी था कि उसके समान व्यक्ति मेरा प्रणयी था। प्रणय का इस तरह का प्रदर्शन किसी स्त्री के लिए कष्टकर नहीं होता और अपनी लज्जा, शीलता के बावजूद अत्युत्कट मानिनी भी अपने प्रशंसक के लिए हृदय में किंचित् कोमल भावना रखती है। लेकिन हम दोनों के पद में इतना अधिक अंतर था कि मैं किसी तरह की सुखद आशा नहीं कर सकती थी, और उसकी आसक्ति ऐसी अनोखी थी कि मैं बुरा भी नहीं मान सकती थी। इसके अलावा मेरे पिता ने डान फर्डिनंड के कृत्रिम बाह्यभाव का वास्तविक अभिप्राय समझकर मुझे अपनी नेक सलाह से उचित चेतावनी दी और अपनी मर्यादा का ख़याल करके मैंने उसे शिरोधार्य कर उसके पत्रों के प्रति अपनी सहानुभूति को दिल से निकाल दिया। लेकिन इससे मुझे उदास देखकर वत्सलता के वशीभूत होकर और यह समझकर कि ऐसे लाभजनक विवाह की

सुखद संभावना से मुझे अत्यधिक प्रसन्नता होगी, उन्होंने एक दिन मुझसे कहा—तुम्हारे नैतिक उत्कर्ष में मेरा अटल विश्वास है, उसे सबसे बड़ी बाधा समझकर मैं डान फर्डिनंड के गर्हित उद्‌देश्य का विरोध कर सका, लेकिन यदि उसके असंगत अध्यवसाय से पीछा छुड़ाने और अपनी प्रतिष्ठा को बर्बाद होने से बचाने के लिए तुम विवाह करना चाहती हो तो तुम्हें इस बात की स्वतन्त्रता है कि तुम इस नगर में या पास-पड़ोस के नगरों में अपने लिए उपयुक्त वर का चुनाव कर लो और वात्सल्यपूर्ण पिता के लिए जो कुछ संभव है, वह सब करने के लिए मैं तैयार हूँ। उनकी कृपा के लिए मैंने हार्दिक कृतज्ञता प्रकट की और कहा—अभी तक मैंने विवाह के प्रश्न पर विचार नहीं किया है। मैं दूसरे उपाय से डान फर्डिनंड से पीछा छुड़ाने का प्रयत्न करूँगी। तदनुसार मैंने इस सावधानी के साथ उसका परिहार करने का निश्चय किया कि उसे मुझसे बातचीत करने का कभी अवसर ही न मिले। लेकिन मेरा सब संयम उसके अनुराग को घटाने के बजाय और बढ़ाता गया। संक्षेप में किसी से सुनकर अथवा अनुमान करके कि मेरा विवाह होने वाला है, डान फर्डिनंड ने उस विधान को व्यर्थ कर देने की अनोखी युक्ति निकाली, क्योंकि वह उसकी सारी आशाओं पर पानी फेर देने वाला था। एक रात की बात है। मैं अपनी एक दासी के साथ अपने कमरे में बैठी थी। डान फर्डिनंड के प्रयासों से बचने के लिए दरवाज़ा बंद करके दोहरा ताला लगा दिया था; क्योंकि अपने उद्‌देश्य की पूर्ति के लिए वह सब कुछ कर सकता था। मैंने उसे अचानक अपने सामने खड़ा देखा। इस विचित्र दृश्य से मैं इस तरह स्तंभित हो गई कि मेरे मुँह से आवाज़ नहीं निकली और भय से मैं बेहोश हो गई। मुझमें यह सामर्थ्य नहीं रह गई थी कि मैं सहायता के लिए किसी को पुकारूँ और मेरा अनुमान है कि वह उसके लिए मुझे अवसर भी नहीं देता; क्योंकि वह मेरी ओर दौड़ पड़ा और जब मैं भय से बेहोश हो रही थी उसने मुझे अपनी भुजाओं में जकड़ लिया और इस तरह प्रेमपूर्ण बातें करने लगा, ऐसे-ऐसे मधुर शब्दों का प्रयोग करने लगा और ऐसा बनावटी प्रेम प्रकट करने लगा कि होश में आने पर भी मुझे चिल्लाने का साहस नहीं हुआ। उसकी आहें और उससे भी अधिक उसके आँसू, उसके सच्चे प्रेम के अकाट्य प्रमाण मुझे प्रतीत हुए। मैं कमसिन थी, अपने धर्मशील माता-पिता के अतिरिक्त मुझे कभी किसी के संपर्क में आने का अवसर नहीं मिला था और उन मामलों से सर्वथा अनभिज्ञ थी जिनमें प्रवीण लोग भी धोखा खा जाते हैं। मेरी वितृष्णा अंशतः क्षीण हुई और मेरे दिल में अनुकंपा का उदय होने लगा। लेकिन उतना ही जितना मेरी मर्यादा के अनुरूप था। तो भी आतंक

के प्रथम आक्रमण से स्वस्थ होते ही मेरा पुराना संकल्प जाग उठा। मैंने असीम साहस का परिचय देते हुए कहा—अपने प्रेम का प्रदान तथा उसका अनेक तरह से प्रदर्शन करने के साथ-साथ यदि आप मुझे ज़हर भी देते और मुझे दोनों में चुनाव का अवसर देते तो मैं तत्काल यह निर्णय कर लेती कि मुझे दोनों में कौन चुनना चाहिए और अपनी मृत्यु से आपको इतमीनान दिला देती कि मेरी मर्यादा ज़िंदगी से कहीं अधिक मुझे प्रिय है। स्पष्ट बात यह है कि जिस प्रगल्भता से मेरी प्रतिष्ठा खतरे में पड़ने वाली हो उसके प्रति मेरी धारणा कभी भी अच्छी नहीं हो सकती। यदि आप यहाँ से तुरंत चले नहीं जाते तो मैं आपको अच्छी तरह बतला दूँगी कि आपको मेरे बारे में कितना भारी भ्रम है। यदि आपको मर्यादा का लेश-मात्र भी ध्यान है, तो उस चरम संकट में डालने के लिए आपको ज़िंदगी-भर पछताना पड़ेगा। मैं जन्मना आपकी रिआया हूँ, पर आपकी गुलाम नहीं। ऊँचे कुल में उत्पन्न होने के कारण आपको यह अधिकार नहीं है कि आप अपने से छोटों को हानि पहुँचाएँ। रिआया का जो कर्तव्य है, उससे अधिक माँगने का आपको कोई हक नहीं है। मैं साधारण वंश में उत्पन्न होकर भी अपने को हेठी नहीं समझती, जैसाकि आपको अपने ऊँचे कुल का अभिमान होना स्वाभाविक है। इसलिए आप अपनी विभूति से मुझे भयभीत करने या चकाचौंध में डालने का विचार न कीजिए और न ही मुझे डराकर अपनी नीच अभिलाषा की पूर्ति के लिए बाध्य करने का प्रयास कीजिए। उपाधि, आडंबर या साज-सरंजाम के प्रलोभन में पड़ने वाली मैं नहीं हूँ और न इतनी दुर्बल ही हूँ कि व्यर्थ की आहों और दिखावटी आँसुओं से पिघल जाऊँ। संक्षेप में मेरी इच्छा पूर्णतया मेरे पिता के हाथ में है और उनकी अनुमति के बिना मैं किसी को प्रेमी के रूप में स्वीकार नहीं कर सकती। इसलिए, महामान्य, यदि आप यह चाहते हैं कि मैं आपको अपना सच्चा प्रेमी समझूँ तो आप अपनी बेहूदा और हानिकर हरकतों से बाज़ आइए। आप कृपा करके अपनी मर्यादा को स्वतंत्र रूप से अक्षुण्ण रखकर मुझे जीवन का सुख भोगने दीजिए, क्योंकि मर्यादा का नाश जीवन की मधुरता को कड़ुवा बना देता है। और चूँकि आप मेरे पति नहीं बन सकते, इसलिए मुझ से इस तरह के स्नेह की आशा न कीजिए जो मैं किसी अन्य को प्रदान नहीं कर सकती। इस पर उस धूर्त लार्ड ने कहा—डोरोथिया, तुम्हारे कहने का अभिप्राय क्या है? क्या पति के पवित्र बंधन में मैं तुम्हारा नहीं हो सकता? यदि तुम उन शर्तों पर मुझ पर कृपा करने के लिए राज़ी हो तो मेरा रास्ता कौन रोक सकता है? यदि मुझे और बाधा पार नहीं करनी है तो मैं अतिशय प्रसन्न हूँ। सुंदरी डोरोथिया, इसी क्षण

से मैं तुम्हारा हूँ और मैं हमेशा के लिए अपना हाथ तुम्हें सौंपता हूँ और सर्वदर्शी भगवान तथा तुम्हारे उपासना-गृह की यह पूत प्रतिमा इस पवित्र सत्य के साक्षी रहें।'

उसका नाम डोरोथिया जानकर कार्डेनियो को पूरा इतमीनान हो गया कि वह ठीक वही युवती है, जिसका अनुमान उसने किया था। चूँकि वह उसकी पूरी दास्तान सुनाने के लिए अधीर हो रहा था; इसलिए उसने बीच में बाधा देना उचित नहीं समझा। उसने सिर्फ़ इतना ही कहा—'श्रीमती जी, अब आपका नाम डोरोथिया है? मैंने किसी महिला का यही नाम सुना है जिसका दुर्भाग्य आपसे बहुत कुछ मिलता-जुलता है। मेरी प्रार्थना है कि आप अपनी दास्तान समाप्त कर लें, उसके बाद संभव है कि इसी तरह की दास्तान से मैं आपको चकित कर दूँ।' यह सुनकर डोरोथिया चुप होकर कार्डेनियो का चेहरा और उसकी हीन पोशाक देखने लगी और तब आज़िज़ी से बोली—'यदि आप मेरे बारे में कुछ जानते हों तो अभी कह डालिए। सारे सुखों का त्याग कर देने से मुझमें इतना साहस है कि मुझ पर जो भी विपत्ति आएगी, उसे मैं उदासीन भाव से बर्दाश्त कर लूँगी। मैं आपको विश्वास दिलाती हूँ कि इस समय मुझ पर जो विपत्ति है, उससे बढ़कर दूसरी नहीं हो सकती।'

कार्डेनियो—'आपका कहना सही है। यदि अपने अनुमान की सत्यता पर मुझे पूरा भरोसा होता तो मैं जो कुछ जानता हूँ, कह देता, लेकिन अब तक मैंने जो कुछ सुना है उस पर विचार करने पर मैं अभी कुछ कहना आवश्यक नहीं समझता। उपयुक्त अवसर आने पर मैं कह दूँगा।'

इसके बाद डोरोथिया ने अपना वृत्तांत पुनः आरंभ किया। उसने कहा—फर्डिनंड ने विवाह करने की प्रतिज्ञा बड़ी संजीदगी से की और अपना हाथ देकर उसने बड़ी-बड़ी बातों तथा पवित्र सौगंधों से मुझे विश्वास दिलाया। लेकिन इस तरह बँध जाने से पहले मैंने उन्हें सलाह दी कि आप इस बात पर ग़ौर से विचार कर लें कि आप विवेक के ऊपर उच्छृंखल प्रेम को हावी न होने देंगे और इस तरह अपने भविष्य के सुख को खतरे में न डालेंगे। मैंने उनसे कहा—'महामान्य, अस्थायी और काल्पनिक सौंदर्य के फेर में पड़कर—जहाँ इस प्रेमाधिक्य के लिए कोई स्थान नहीं है—आप अपने सर्वनाश को निमंत्रण न दें। अपने कुल से कहीं अधिक हीन कुल में विवाह करने के लिए उद्यत देखकर आपके माता-पिता को जो असंतोष और लज्जा होगी, उससे उन्हें बचाइए और जल्दी में ऐसा कोई काम न कर डालिए जिसके लिए आपको पछताना पड़े और मेरा सुख भी छीना

जाए।' उस आतुर विवाह से उसे विरत करने के लिए और भी अनेक कारण मैंने उपस्थित किए; लेकिन उसने सबकी उपेक्षा की। डान फर्डिनंड केवल अपनी वासना छोड़कर बाकी सब बातों के लिए बहरा बन गया और उस अविवेकी प्रेमी की तरह, जो प्रेम के लिए अपना सब कुछ निछावर कर देता है अथवा उस धूर्त की तरह जिसे वचन-भंग करने में लेश-मात्र भी संकोच नहीं होता, डान फर्डिनंड ने अपने को बाँध डाला। उसे इस तरह हठी पाकर मैं सोचने लगी कि मुझे क्या करना चाहिए। मैं सोचने लगी कि मैं ही प्रथम युवती नहीं हूँ जिस की मर्यादा विवाह के कारण आशातीत ऊँची उठ गई है। और केवल सौंदर्य के कारण जिन्हें ऊँचा वंश और आदर मिला। डान फर्डिनंड के अतिरिक्त भी अन्य हज़ारों ने केवल प्रेम के लिए अपमान, कुल और धन का विचार न करके विवाह किया है। वह सुयोग्य, सुंदर और आकर्षक था। भाग्य सदा अनुकूल नहीं होता, इसलिए मैंने उसे हाथ से निकल जाने देना उचित नहीं समझा। मैंने अपने मन में सोचा कि भाग्य मुझे ऐसा पति दे रहा है जो हर तरह से मेरे अनुकूल रहने का वचन देता है, तब मैं अनुचित अस्वीकृति से ऐसा मित्र क्यों खोऊँ? एक दूसरी बात भी थी। ऐसे कुअवसर पर अस्वीकृति द्वारा उसे निराश करके खतरा मोल लेना मैंने उचित नहीं समझा। एक एकाकी अवस्था में मैंने उसके हाथ में अपने को सुरक्षित नहीं समझा; क्योंकि वह बलात्कार से अपनी वासना तृप्त कर सकता था और तब अपने इन वचनों का पालन न करने के लिए वह अपने को मुक्त समझ सकता था; क्योंकि मैंने उन्हें स्वीकार नहीं किया था। तब मेरी मर्यादा भी नष्ट हो जाएगी और मेरे पास कोई बहाना नहीं रह जाएगा, क्योंकि न तो मेरे पिता ही और न यह निंदक समाज ही स्वीकार करने के लिए तैयार होगा कि मेरी अनुमति के बिना ही वह मेरे कमरे में घुस आया था। ये सब बातें एकाएक मेरे मन में उठीं और उन्होंने मेरे संकल्प को हिला दिया। डान फर्डिनंड की आहें, आँसू, सौंगध वे देवता, जिनके नाम पर उसने सौगंधें खायी थीं, तथा उसकी आकर्षक बाह्याकृति, उसकी असाधारण योग्यता और उसका प्रेम जो उसके प्रत्येक व्यवहार से व्यक्त हो रहा था, ये सब मेरे सर्वनाश के सहायक हुए। मेरी धारणा है कि मेरे समान स्वच्छंद और सुरक्षित किसी भी महिला के हृदय को वे प्रभावित कर सकते थे। तब मैंने अपनी दासी से डान फर्डिनंड की प्रतिज्ञा और पवित्र संबंध का साक्षी रहने के लिए कहा। उसने उन्हें पुनः दोहराया और बार-बार सौगंध खाकर तथा वचन देकर पुष्ट किया। पुनः उसने भगवान तथा अन्य अनेक संतों को अपनी सचाई और ईमानदारी के लिए साक्षी देकर कहा कि यदि वह अपनी

प्रतिज्ञा तोड़े तो उसे घोर यातना का शिकार होना पड़े। फिर उसने आहें भरीं, फिर रोया और अपने प्रेम का नया-नया परिचय देकर मुझे विचलित कर दिया।

'वह धूर्त दासी कमरे से हट गई और उस विश्वासघाती लार्ड ने मेरी दुर्बलता से लाभ उठाकर अपना उद्देश्य पूरा किया। उस मनहूस रात के बाद जो दिन आने वाला था उसके आगमन के पूर्व ही डान फर्डिनंड जाने के लिए अधीर होकर, मुझसे अलग होने के लिए हर तरह की जल्दबाज़ी करने लगा, क्योंकि पाशविक भूख के मिट जाने के बाद सबसे अधिक सुख उस वस्तु के त्यागने में मिलता है जिसने क्षुधा को शांत किया हो। उसने मुझसे कहा कि मुझे इसकी प्रतिष्ठा और वचनों तथा प्रतिज्ञाओं की सचाई का पूरा भरोसा करना चाहिए यद्यपि उसकी बातों में पहले का-सा स्नेह और तत्परता नहीं थी। अपने वचन को पुष्ट करने के लिए उसने अपनी अँगुली से एक कीमती अँगूठी निकालकर मुझे पहना दी। सारांश यह है कि वह चला गया और जैसा कि मेरी दासी ने बाद को मुझसे क़बूल किया, जिस तरह गुप्त रीति से उसे ले आई थी उसी तरह सवेरे सड़क पर पहुँचा दिया। मैं स्तब्ध उन बीती बातों की चिंता में डूब गई। मैं यह नहीं कह सकती कि मैं दुखी थी या खुश। मैं एक तरह से हत्‌बुद्धि थी तथा तब तक मैं यह नहीं समझ सकी कि मेरी दासी ने मेरा उपकार किया या अपकार, इसलिए उसके विश्वासघात के लिए उसे डाँटने-फटकारने का मुझे साहस नहीं हुआ अथवा मैं भूल गई।

'जाने से पहले मैंने डान फर्डिनंड से कहा था कि अब मैं तुम्हारी हूँ इसलिए जब तक मुझे पत्नी के रूप में खुले आम ग्रहण करने की सुविधा न मिल जाए तब तक तुम इसी तरह आकर मुझसे मिल सकते हो। लेकिन वह केवल दूसरी रात ही मेरे पास आया। उसके बाद वह मुझे न तो गिरजे में और न सड़क पर ही दिखाई दिया, यद्यपि मैं पूरे महीने-भर उसका पता लगाने का प्रयास करती रही। मुझे मालूम हुआ कि वह वहीं था और प्रतिदिन शिकार खेलने जाता था। आप लोग स्वयं समझ सकते हैं कि उसकी इस तरह की लापरवाही से मेरे दिन किस बेचैनी के साथ बीतने लगे होंगे और उसके विश्वासघात की शंका मन में उठना स्वाभाविक था। इस तरह की अप्रत्याशित उपेक्षा से जो मेरे लिए सबसे बढ़कर अभिशाप थी, मैं व्याकुल हो उठी। तब मैंने समझा कि मेरी दासी ने मुझे धोखा दिया और उसकी उस प्रगल्भता के लिए मैं उसे डाँटने-फटकारने लगी, जिसे मैंने अब तक दबाकर रखा था। मैं डान फर्डिनंड को धिक्कारने लगी रो-धोकर अपने को थका डाला; लेकिन इससे मेरा विषाद जरा भी कम नहीं हुआ।

'सबसे कठिन समस्या मेरे सामने अपनी मनोदशा को छिपाकर रखने की थी, ताकि मेरे माता-पिता को मेरा चेहरा देखकर किसी तरह की शंका उत्पन्न न हो और मेरी उद्विनता का कारण पूछने पर अपनी शर्म को छिपाने के लिए मुझे झूठी बातें गढ़कर और भी शर्म और विपत्ति में न पड़ना पड़े। लेकिन अंत में मैंने देखा कि छिपाकर रखना व्यर्थ था और मैंने अपने क्रोध को प्रकट कर दिया; क्योंकि जब मैंने सुना कि डान फर्डिनंड ने पड़ोस के ही नगर की लुसिंडा नाम की किसी अत्यंत सुंदरी, संपन्न और कुलीन युवती से विवाह कर लिया है तब मैं अपने को किसी तरह नहीं रोक सकी।'

लुसिंडा का नाम सुनते ही कार्डेनियो की पुरानी बीमारी पुनः उभर आई; लेकिन भाग्यवश उसका वेग पहले की तरह तीव्र नहीं था। वह केवल अपनी गर्दन हिलाने, होंठ काटने और भौंह तानने लगा और कुछ क्षण बाद आँसू बहाने लगा; लेकिन उससे डोरोथिया की बात में कोई बाधा नहीं पहुँची। उसने कहा कि 'इस संवाद के कारण शोक और विस्मय से मैं मुर्दा नहीं हुई बल्कि क्रोध से मैं जल उठी। निराशा ने मुझे घेर लिया और क्रोध के आवेश से मैं अपनी मर्यादा को खोकर भी आम सड़क पर डान फर्डिनंड का विश्वासघात प्रकट कर देना चाहती थी। मैं नहीं कह सकती कि विवेक ने मुझे वह प्रचंड काम करने से रोका; लेकिन उसी क्षण मेरे मन में एक विचार आया और उस निर्णय पर पहुँचते ही मेरा मन हलका हो गया। मैंने अपना विषाद अपने पिता के एक देहाती नौकर से खोलकर कह दिया और उससे मर्दानी पोशाक माँगी और कहा कि तुम मेरे साथ उस शहर में चलो जहाँ फर्डिनंड के होने का पता मुझे लगा था। उसने इस ख़तरनाक काम से विरत होने के लिए मुझे बहुत समझाया, लेकिन मुझे अपने संकल्प पर अटल पाकर वह मेरी मदद करने के लिए तैयार हो गया। तब मैंने यह पोशाक पहनी जिसे आप लोग मेरे शरीर पर देख रहे हैं। अपने कुछ कपड़े, सोना और जवाहरात यह सोचकर मैंने अपने साथ ले लिए कि शायद मुझे इनकी ज़रूरत पड़े और उसी रात को अपने उस नौकर तथा चिंतन विचारों के साथ घर से निकल पड़ी। अपने विचार को मैंने अपनी दासी पर भी प्रकट नहीं किया। सच बात तो यह है कि मैं खुद नहीं जानती थी कि मैं क्या करने जा रही हूँ, क्योंकि उसके विवाह कर लेने के बाद तो कोई चारा ही नहीं रह गया था। इसलिए उससे मिलने से कोई लाभ नहीं था, केवल उसके विश्वासघात के लिए उसे दुतकारने का तुच्छ संतोष-मात्र हो सकता था। ढाई दिन के बाद हम लोग उस नगर में पहुँचे। वहाँ पहुँचकर मैंने सबसे पहले लुसिंडा के पिता के घर का

पता पूछा। इस एक प्रश्न से मुझे आवश्यकता से अधिक जानकारी मिल गई। जिस प्रथम आदमी से मैंने पूछताछ की उसने मुझे उनका घर दिखलाते हुए वे सब बातें बतला दीं जो लुसिंडा के विवाह के समय घटित हुई थीं। वह घटना शहर भर मैं फैली हुई थी और प्रत्येक व्यक्ति की जबान पर थी। उसने बतलाया कि पुरोहित के प्रश्न का यह उत्तर देते ही कि मैं डान फर्डिनंड की पत्नी होने को राजी हूँ, लुसिंडा किस तरह बेहोश हो गई और किस तरह उसे साँस लेने के लिए खुशामद करने की गरज से उसका लबादा होने पर फर्डिनंड को लुसिंडा का लिखा पत्र मिला जिसमें उसने लिखा था कि वह डान फर्डिनंड की पत्नी नहीं हो सकती! क्योंकि वह उसी नगर में कार्डेनियो नामक संभ्रांत परिवार के युवक की वाग्दत्ता हो चुकी है, अपने पिता की आज्ञा मानकर ही वह इस विवाह के लिए राजी हुई है। उस आदमी ने यह भी कहा कि उस पत्र से तथा उसके पास से जो कटार निकली उससे प्रकट होता था कि विवाह-संस्कार संपन्न हो जाने के बाद वह आत्महत्या कर डालना चाहती थी और यह कि यदि वहाँ उपस्थित लोगों ने रोका न होता तो उसी कटार से खुद डान फर्डिनंड उसे मार डालता। उसने कहा कि सुना जाता है कि इसके बाद ही फर्डिनंड ने वह नगर छोड़ दिया और लुसिंडा दूसरे दिन होश में आ सकी। तब उसने अपने पिता से कहा कि वह कार्डेनियो की पत्नी है, क्योंकि डान फर्डिनंड को देखने से पहले ही हम दोनों वचनबद्ध हो चुके थे।

'मैंने यह भी सुना कि विवाह के समय यह कार्डेनियो वहाँ उपस्थित था और ज्यों ही उसने लुसिंडा का विवाह होते देखा, जिसकी कल्पना भी वह नहीं कर सकता था, उसने निराश होकर नगर छोड़ दिया। अपने पीछे वह लुसिंडा के विश्वासघात की शिकायतों का एक पत्र छोड़ता गया और अपने मित्रों को यह सूचना देता गया कि उसने किसी ऐसी जगह जाने का संकल्प किया है जहाँ उसका पता किसी को न लग सके। जिस समय मैं वहाँ पहुँची नगर-भर में इसी बात की चर्चा थी। उसके बाद ही हम लोगों को यह भी मालूम हुआ कि लुसिंडा भी लापता हो गई और उसका कोई समाचार न पाने के कारण उसके माता-पिता शोक से विह्वल हैं।

'इस समाचार से मेरी आशा जागृत हो उठी; क्योंकि डान फर्डिनंड को अविवाहित जानकर मेरा प्रसन्न होना स्वाभाविक था। मैं मन-ही-मन प्रसन्न हुई कि भगवान ने उसका दूसरा विवाह इसलिए रोक दिया ताकि वह समझे कि वह पहला विवाह-बंधन तोड़ रहा था। वे उसकी अंतरात्मा को सचेत कर रहे थे कि

प्रतिष्ठित मनुष्य और सच्चे ईसाई की तरह वह अपने कर्तव्य का पालन करे इसलिए अपने भाग्य में बहुत बड़े परिवर्तन की काल्पनिक आशा से मैं अपनी चिंताओं को ठगने की कोशिश करती रही। मेरे हृदय में इस बात की व्यर्थ की आशा उठने लगी कि पीड़ा के बोझ से दबकर मेरा अंत नहीं होगा, बल्कि मेरे भाग्य में जीना बदा है। यद्यपि इससे मेरे शोक में वृद्धि ही हुई, क्योंकि अब तो मैं और भी गुरुतर कारणों से चाह रही हूँ कि ज़िंदा रहने के कष्ट से मेरा छुटकारा हो जाए। मैं उस नगर में रुक गई, क्योंकि डान फर्डिनंड को वहाँ न पाकर मेरी समझ में नहीं आ रहा था कि मुझे क्या करना चाहिए। मैंने बाज़ार में मुनादी सुनी। मेरी हुलिया, मेरी पोशाक और मेरी उम्र बतलाकर मुनादी हो रही थी कि जो कोई डोरोथिया का पता देगा उसे बहुत बड़ा इनाम दिया जाएगा। मैंने ऐसी चर्चा भी सुनी कि मेरे साथ जो नौकर था, उसको लेकर मैं भाग गई थी। इस सवांद से मुझे उतनी ही चोट लगी, जितनी चोट डान फर्डिनंड के विश्वासघात से लगी थी। मैंने देखा कि मेरी प्रतिष्ठा मिट्टी में मिल गई और ऐसे विषय को लेकर, जो मेरे विचारों के सर्वथा अयोग्य और हेय था। इस पर मैं अपने नौकर के साथ तुरंत उस नगर से बाहर हो गई। मेरा ऐसा अनुमान है कि किसी लोभ में पड़कर उसी समय से वह अपनी निष्ठा में कमी दिखलाने लगा जिसका उसने पूरा आश्वासन दिया था। पकड़े जाने के भय से हम लोग उसी रात को इस पहाड़ी प्रदेश के गहन वन में पहुँच गए। कहावत है कि विपत्ति कभी अकेली नहीं आती और एक विपत्ति का आना उससे बड़ी विपत्ति का आरंभ है। मैं जिस स्थान को अपने लिए सुरक्षित समझती थी, वहाँ पहुँचते ही मेरा नौकर, जिसे मैंने अब तक संकोची और शीलवान माना था, मेरी सुंदरता से नहीं, बल्कि अपनी दुष्टता से तथा अन्य बातों की अपेक्षा वह स्थान सुंदर सुयोग प्रदान कर रहा था, इन दोनों कारणों से प्रेरित होकर मुझसे प्रणय की बातें करने की धृष्टता करने लगा। मुझे क्रोध और घृणा से उत्तर देते देखकर वह रिझाकर मुझे राज़ी करने में समय नष्ट न करके अपनी नीच इच्छा को पूरा करने के लिए बलात्कार पर उतर आया। भगवान सदा सत्य की रक्षा करता है, उस समय उसने मेरी मदद की। उसकी पाशविक वासना ने उसे इस तरह अंधा कर दिया था कि उसने यह भी नहीं देखा कि वह अतिशय ढालू चट्टान के किनारे पर खड़ा था। मैंने उसे सीधे नीचे ढकेल दिया। इसके बाद मैंने यह भी नहीं देखा कि उसकी क्या गति हुई, बल्कि थकान और विपत्तियों से चूर रहने पर भी मैं वहाँ से बड़ी तेज़ी से भागकर अपने बचाव के लिए सघन वन में चली गई।

'दूसरे दिन एक देहाती से भेंट हुई जो मुझे अपने घर ले गया जो इन्हीं पहाड़ों में है और मुझे भेड़ों को चराने के लिए रख लिया। वहाँ मैं कई महीने रही और अपना असली रूप छिपाकर रखने के लिए मैं ज़्यादातर मैदानों में ही रहा करती थी। लेकिन हर तरह की सावधानी के बावजूद भी उसे मालूम हो गया कि मैं औरत हूँ। तब वह भी अपनी पाशविक प्रवृत्ति से मुझे तंग करने लगा। अपने को मुक्त करने का मुझे पहले जो अवसर मिला था उस तरह का अवसर न प्राप्त होने के कारण मैंने उसका घर छोड़ दिया और इन पहाड़ों और जंगलों में डेरा डालना पसंद किया जहाँ रो-धोकर तथा आहें भरकर भगवान से दया की प्रार्थना करूँ कि इस निःसहाय दशा में मुझे रास्ता दिखाकर मेरा उद्धार करे या कम-से-कम मेरे इस दयनीय जीवन का अंत कर दे और इस शोक-संतप्त प्राणी के अस्तित्व को ही इस जगल में दफ़ना दे जिसने बदनीयती से नहीं बल्कि दुर्भाग्य से इस निकम्मे संसार को उनकी चर्चा करने में व्यस्त रहने का अवसर प्रदान किया है।'

2. डोरोथियो के विवेक का विवरण

'मेरी दुर्भाग्यपूर्ण दुस्साहसिता का यही वृत्तांत है। अब आप ही लोग विचार करें कि मेरे विलाप के लिए पर्याप्त कारण थे अथवा मेरे समान भाग्यहीन और निराश व्यक्ति सुख से रहने की दशा में हैं। मैं आपसे केवल एक कृपा की भीख चाहती हूँ। मुझे कोई ऐसी जगह बतला दें जहाँ मैं अपने माता-पिता की खोज से बाहर अपना शेष जीवन बिता सकूँ। मेरे अतीत आचरण पर उनकी आस्था का विचार करके यदि मैं वापस चली जाऊँ तो मुझे विश्वास है कि मैं उनका स्नेह पूर्ववत् प्राप्त कर सकूँगी, लेकिन जब मैं यह सोचती हूँ कि वे अवश्य मुझे अपराधी सोचते होंगे और मेरी बातों के अतिरिक्त अपनी निर्दोषिता प्रमाणित करने के लिए मेरे पास कोई दूसरा सबूत नहीं है, तो मैं उनका सामना नहीं कर सकती।'

इतना कहकर डोरोथिया चुप हो गई। उसका चेहरा शर्म से लाल हो गया था जिससे प्रकट होता था कि इन विचारों से वह विचलित हो उठी है और उसका हृदय वास्तविक शालीनता से ओत-प्रोत है। उसकी कहानी सुनकर उसके निदारुण भाग्य पर उन लोगों को करुणा उमड़ आई और पुरोहित उसे सांत्वना और उचित परामर्श देने के लिए उद्यत हो गया। लेकिन उसने मुँह खोला ही था कि कार्डेनियो ने उसे बाधा देते हुए उस महिला का हाथ अपने हाथ में लेकर पूछा—'श्रीमती,

तब तुम्हीं उस समृद्ध क्लियोनाडों की एकमात्र संतान सुंदरी डोरोथिया हो?' उस तरह चीथड़ा लपेटे हुए आदमी के मुँह से अपने पिता का नाम सुनकर डोरोथिया को महान आश्चर्य हुआ। उसने कहा—'मित्र, आप कौन हैं, जो मेरे पिता को इतनी अच्छी तरह जानते हैं? मुझे अच्छी तरह स्मरण है कि अपने दुखद वृत्तांत में मैंने एक बार भी उनका नाम नहीं लिया है।' उसने कहा—'मैं वही अभागा कार्डेनियो हूँ जिसे आपके ही कथनानुसार लुसिंडा ने अपना पति कहा था। मैं वही अभागा कार्डेनियो हूँ जिसे उस आदमी के विश्वासघात ने इस अधम अवस्था में, चीथड़ों में, नंगी हालत में, निराशा में, बल्कि पागलपन की दशा में तथा विपत्ति और मानवी सुखों के अभाव में पहुँचा दिया है, और जो आपकी भो इस दयनीय दशा का कारण है। मैं कभी-कभी प्रकृत अवस्था में रहता हूँ जबकि मेरी व्यथा और भी तीव्र हो उठती है और मैं और अधिक विलाप करने लगता हूँ। सुंदरी डोरोथिया, मैं ही वह आदमी हूँ जिसने डान फर्डिनंड के अन्यायपूर्ण विवाह को अपनी आँखों से देखा और अपनी लुसिंडा को उसकी पत्नी होने की स्वीकृति देते सुना और वही हृदयहीन अभागा इस तरह असंभावित निराशा को बर्दाश्त करने में असमर्थ होकर, विस्मय और व्यथा से अभिभूत घर से भागा और यह देखने के लिए भी नहीं रुका कि उसकी बेहोशी का क्या परिणाम हुआ और जो कागज़ उसके पास से निकला था उसमें क्या लिखा था। मैं निराश हो गया और लुसिंडा के पास पहुँचाने के लिए एक खत देकर मैं दुनिया से अपने को छिपाने के लिए इस जंगल में भाग आया और यहीं अपने जीवन का अंत कर देने का निश्चय किया, जिसे उसी क्षण से अपना सबसे बड़ा शत्रु मानकर घृणा करने लगा हूँ। लेकिन भाग्य ने मुझे बचा लिया है ताकि मैं इसका उपयोग किसी अच्छे काम के लिए करूँ; क्योंकि अभी आपने जो कुछ कहा है उस पर शंका करने का कोई कारण नहीं है। मुझे प्रतीत होता है कि भगवान ने हम लोगों के भाग्य में उससे अच्छी बातें लिखी हैं जिनकी हम लोग आशा करते थे। भगवान आपको डान फर्डिनंड से मिला देगा जो लुसिंडा का नहीं हो सकता और मुझे लुसिंडा प्राप्त होगी जो डान फर्डिनंड की नहीं हो सकती। जहाँ तक मेरी बात है, यद्यपि मेरा स्वार्थ आपके स्वार्थ के साथ जुड़ा नहीं है, तो भी आपके दुर्भाग्य से मैं इतना ज्यादा क्षुब्ध हूँ कि डान फर्डिनंड द्वारा उसके प्रतिकार के लिए मैं हर तरह का खतरा उठाने के लिए तैयार हूँ। सच्चे ईसाई और भले आदमी के नाते मैं वचन देता हूँ कि जब तक वह आपके साथ न्याय नहीं करेगा तब तक मैं आपका साथ नहीं छोड़ूँगा। यदि विवेक और उदारता आपके न्याय कराने के लिए प्रभावहीन

साबित हुए तो मैं अपने जीवन को संकट में डालकर उसे उसके लिए बाध्य करूँगा।' डोरोथिया खुशी से पागल हो गई। उसकी समझ में नहीं आया कि वह कार्डेनियो के उपकारी प्रस्ताव के प्रति किस तरह कृतज्ञता प्रकट करे। यदि कार्डेनियो ने उसे रोका न होता तो वह उसके पैरों पर गिर पड़ती। पुरोहित ने दोनों के साथ सहानुभूति प्रकट करते हुए कार्डेनियो के उदार निश्चय की प्रशंसा की और डोरोथिया को सांत्वना प्रदान की। उसने उन दोनों को अपने घर सहर्ष स्वागत किया जहाँ उनकी आवश्यकता की सारी चीज़ें उपलब्ध हो सकेंगी और जहाँ से सब मिलकर डान फर्डिनंड का पता लगाने तथा डोरोथिया को उसके पिता के घर पहुँचाने के प्रश्न पर विचार करेंगे। उन दोनों ने प्रस्ताव को सहर्ष स्वीकार किया।

हज्जाम अभी तक खामोश था। उसने भी उन लोगों को विश्वास दिलाया कि वह अपनी शक्ति-भर उन दोनों की मदद करेगा। इस शिष्टाचार के बाद उसने उन लोगों को बतलाया कि किस उद्देश्य से पुरोहित के साथ वह उस जंगल में आया था। उसने उन लोगों को डान क्विग्जोट के विचित्र पागलपन की कहानी सुनाकर कहा कि वे लोग डान क्विग्जोट के परिचारक की प्रतीक्षा में वहाँ ठहरे हुए थे। इस चर्चा से कार्डेनियो को स्वप्न की तरह उस झगड़े की याद आ गई जो उन दोनों के साथ हुआ था। उसने उसका ज़िक्र तो किया, लेकिन झगड़े का कारण वह नहीं बतला सका। इसी समय उन्होंने किसी की आवाज़ सुनी। बोली से उन्होंने सैंकोपांका को पहचान लिया। जहाँ उन लोगों को छोड़ गया था वहाँ उन्हें न पाकर वह गला फाड़-फाड़कर चिल्ला रहा था। वे सब लोग उसके पास गए। उन लोगों ने उससे डान क्विग्जोट का हाल-चाल पूछा। सैंको ने कहा—'अफसोस! मैं उन्हें वहाँ बड़ी बुरी हालत में छोड़ आया हूँ। उनके शरीर पर एक कमीज़-मात्र है, उनका शरीर क्षीण और पीला पड़ गया है, वे भोजन के अभाव में बेदम हैं और अपनी प्रेयसी डलसीनिया के लिए आहें भरते और विलाप करते हैं। मैंने उनसे कहा कि उसने तुरंत आपको अपने पास टोबोसो बुलाया है जहाँ वह खुद उनकी देख-भाल करेगी। इन सब बातों के बावजूद भी वे एक इंच भी हिलने-डुलने के लिए तैयार नहीं हैं। उन्होंने मुझसे यहाँ तक कहा कि उन्होंने फैसला कर लिया है कि जब तक वे कोई ऐसा साहसिक काम नहीं कर लेंगे जिससे वे उसकी कृपा के योग्य बन सकें तब तक वे उसका सुंदर चेहरा न देखेंगे। यदि वे इस तरह की ज़िंदगी एक दिन भी बिताएँगे तो मुझे आशंका है कि मेरे मालिक बादशाह नहीं बन सकेंगे, जिस पद को उन्हें प्राप्त करना चाहिए,

बल्कि वे सर्वप्रधान पादरी भी बन सकेंगे, जो उसके लिए सबसे छोटी बात होगी। इसलिए मेरी प्रार्थना है कि हर उपाय से आप लोग उन्हें विरत करें।'

पुरोहित ने कहा—'तुम धैर्य धारण करो। वे चाहें या नहीं, लेकिन हम लोग तो उन्हें वहाँ से हटाएँगे ही।' इसके बाद उसने कार्डेनियो और डोरोथिया को अपनी युक्ति बतलाई जिसे काम में लाकर वह हज्जाम के साथ उसे अच्छा करने अथवा उसके घर तक ले जाने का प्रयत्न करेगा। सुखद भविष्य की कल्पना से डोरोथिया का दिल बहुत कुछ हलका हो गया था, इसलिए वह उस पीड़ित महिला का अभिनय करने के लिए राजी हो गई। उसने कहा—'मेरे पास उस तरह की पोशाक है, इसलिए हज्जाम की अपेक्षा वह काम उचित रीति से संपन्न कर सकूँगी। इसके अतिरिक्त मैंने वीर-कर्म के अनेक ग्रंथ पढ़े हैं। इसलिए यह जानती हूँ कि किसी भ्रमणशील वीर योद्धा के पास सहायता के लिए जाने पर किस ढंग से बातें करनी चाहिए।' पुरोहित ने कहा—'यह आपकी बहुत बड़ी कृपा है। इससे अधिक हम लोग कुछ नहीं चाहते। इसलिए हम लोगों को जितना हो सके उतनी शीघ्रता से काम करना चाहिए। आप हम लोगों की युक्ति में सहायक हो रही हैं इसे हम लोग सफलता की आशा करते हैं।'

इसके बाद डोरोथिया ने अपनी गठरी से बहुत ही कीमती छोटा कोट और कीमती हरा रेशमी लबादा निकाला; संदूक़ में से हरे तथा अन्य अनेक जड़ाऊ गहने भी। इन कपड़ों और आभूषणों के पहनने के बाद उसका सौंदर्य इतना खिल उठा कि वे लोग चकित रह गए और मन-ही-मन सोचने लगे कि ऐसे सौंदर्य की उपेक्षा करके डान फर्डिनंड ने अपनी जड़ता प्रकट की है। लेकिन उसका सबसे बड़ा प्रशंसक सैंकोपांका था। उसने कहा कि अपनी ज़िंदगी में उसने ऐसी सुंदरी नहीं देखी थी, और उसका कहना सच ही था। इसलिए उसने पुरोहित से पूछा कि यह सुंदरी युवती कौन है और किस विपत्ति में पड़कर वह इस गहन वन में आई है? इसके उत्तर में पुरोहित ने कहा कि यह सुंदरी महिला मिकामिकन राज्य की एकमात्र उत्तराधिकारिणी महिला है। तुम्हारे स्वामी की ख्याति सुनकर, जो समस्त गुइना-भर में फैल गई है, यह उन्हें खोज निकालने और एक प्रार्थना करने आई है। वह यह है कि एक दुष्ट दैत्य ने इन्हें सताया है, उसी का प्रतिकार यह चाहती है।'

सैंको—'वाह! यह तो बहुत अच्छा रहा। जो यह चाहती है, वही वे भी चाहते हैं। यदि मेरे स्वामी जिस दैत्य की आप चर्चा कर रहे हैं, उसे मारकर उस अपराध का प्रतिकार कर सकें तो मुझे सब कुछ मिल जाएगा। यदि वे इस काम के लिए

आ सकें और यदि वह प्रेत योनि का न हुआ तो मेरे स्वामी निश्चय ही उसे मार डालेंगे। प्रेत-योनि पर उनका वश नहीं चलता। लेकिन मुझे आपसे एक प्रार्थना करनी है। आप कृपा करके उन्हें सर्वप्रधान पादरी होने से रोकिएगा, क्योंकि मुझे उसी का डर लगा रहता है। इसलिए आप उन्हें यह सुझाइए कि वे उसी शहज़ादी से शादी कर लें। इस उपाय से सर्वप्रधान पादरी बनना उनकी शक्ति से बाहर हो जाएगा, वे बादशाह हो जाएँगे और तब निश्चित रूप से मैं भी बड़ा आदमी हो जाऊँगा। मैंने उस विषय पर बहुत सोचा है। मैं देखता हूँ कि मेरी भलाई के लिए सर्वप्रधान पादरी का पद प्राप्त करना उन्हें शोभा नहीं देता; क्योंकि उससे मुझे क्या लाभ? मैं गिरजे की पद-मर्यादा के योग्य नहीं हूँ। मैं विवाहित हूँ, मेरे लिए यह बहुत बड़े झंझट का काम होगा कि मैं अब गिरजे में सेवा करने के लिए लाइसेंस लेता फिरूँ। इसलिए इस शहज़ादी से ब्याह कर लेना ही उनके लिए उत्तम होगा, जिसका नाम मैं नहीं जानता।'

पादरी—'इन्हें लोग शहज़ादी मिकोमिकोना के नाम से पुकारते हैं। चूँकि उनके राज्य का नाम मिकोमिकन है इसलिए उनका यही नाम होना चाहिए।'

सैंको—'ठीक है। हम लोगों की तरफ भी बहुत लोगों का नाम उनके जन्म-स्थान के नाम पर है, जैसे पैड्रो ड़े अलकला, जुआन डे उबेडा, डीगे डे वैले डोलिड। संभवतः गुइना में भी यही होता होगा और रानियों का नाम राज्य के नाम पर होता हो।'

पुरोहित—'तुमने ठीक ही समझा है। इस विवाह-संबंध के लिए मैं अपनी शक्ति-भर प्रयास करूँगा।'

इस आश्वासन से सैंको को बड़ी खुशी हुई, लेकिन दूसरी तरफ पुरोहित को इस बात पर अत्यंत आश्चर्य हो रहा था कि डान क्विग्जोट के पागलपन का प्रभाव सैंको पर इतना गहरा पड़ा है कि वह सचमुच इस बात पर विश्वास करता था कि उसका स्वामी बादशाह बन जाएगा।

इस बीच डोरोथिया पुरोहित के खच्चर पर सवार हो गई और हज्जाम बैल की पूँछ वाली दाढ़ी लगाकर तैयार हो गया तब पुरोहित ने सैंको से रास्ता दिखलाने के लिए कहा। उन्होंने एक बार पुनः उसे सचेत कर दिया कि यदि तुमने यह प्रकट किया कि ये लोग परिचित हैं तो सारी युक्ति बेकार हो जाएगी और इससे तुम्हारा और तुम्हारे मालिक दोनों का विनाश हो जाएगा। कार्डेनियो ने अनावश्यक समझकर उन लोगों के साथ जाना उचित नहीं समझा। उसे इस बात की भी आशंका थी कि संभवतः डान क्विग्जोट को पिछले झगड़े की बात

याद हो। पुरोहित ने भी अपनी उपस्थिति आवश्यक नहीं समझी, इसलिए उसने भी कार्डेनियो के साथ ही हट जाने का निश्चय किया। पुरोहित ने एक बार पुनः डोरोथिया को समझा दिया कि उसे क्या करना होगा, तब वह और हज्जाम सैंको के साथ आगे बढ़े और ये दोनों थोड़ी दूर पर पीछे-पीछे पैदल चले।

इसी तरह करीब पौन मील जाने के बाद उन लोगों ने पहाड़ियों के बीच में डान क्विग्जोट को देखा जिसने उस समय तक अपनी पोशाक पहन ली थी, लेकिन कवच नहीं पहना था। यह मालूम होने पर कि यही वह वीर योद्धा है, डोरोथिया ने अपने खच्चर को तेजी से आगे बढ़ाया। डान क्विग्जोट के पास पहुँचते ही परिचारक उतर पड़ा और उसने उसे सहारा देकर नीचे उतारा। डोरोथिया बड़ी मर्यादा के साथ वीर योद्धा की तरफ बढ़ी और उसके निषेध के सारे प्रयत्नों के बावजदू भी वह अपने परिचारक के साथ उसके सामने घुटने के बल बैठ गई और बोली—'अतिशय पराक्रमी और अजेय वीर योद्धा, मैं तब तक नहीं उठूँगी, जब तक कि आप मुझे एक वरदान नहीं देंगे, जो आपकी कीर्ति के विस्तार में सहायक होगा और इस धरती पर सबसे अधिक उत्पीड़ित और व्याकुल महिला का उद्धार करने में सहायक होगा। यदि आपका पराक्रम और आपके भीषण बाहुबल की शक्ति आपकी अमर कीर्ति के समान ही है, तब तो आपने जिस वीर कर्म को अपनाया है उसके नियमों के अनुसार आप बँधे हैं कि इस पीड़ित राजकुमारी का उद्धार करें, जो आपके अद्भुत और दुर्धर्ष बाहुबल की कीर्ति सुनकर सुदूर देश से आपकी शरण में आई है।'

डान क्विग्जोट—'अति सुंदरी महिला, जब तक आप उठकर खड़ी नहीं होतीं तब तक मैं आपकी बात सुनने और उत्तर देने के लिए तैयार नहीं हूँ।'

प्रार्थी महिला—महान वीर योद्धा, मुझे क्षमा करेंगे, मेरे घुटने तब तक इसी तरह धरती पर जमे रहेंगे जब तक आप मेरी प्रार्थना स्वीकार नहीं कर लेते।'

डान क्विग्जोट—'तब मैं स्वीकार करता हूँ, यदि आपकी प्रार्थना मेरे बादशाह, मेरे देश और जिस सुंदरी के पास मेरे हृदय और मेरी स्वतंत्रता की कुंजी है, उनके ख़िलाफ़ नहीं है।'

महिला—'मेरी प्रार्थना किसी भी तरह इन तीनों के ख़िलाफ़ या हानि करने वाली नहीं होगी।'

तब तक सैंको अपने मालिक के पास पहुँच गया और कान में कहने लगा—'मैं कहता हूँ कि आप स्वीकार कर लीजिए, किसी मूर्ख दैत्य को मार डालना कौन

बड़ी बात है। आपसे जो प्रार्थना करने आई हैं इथिदापिया के मिकामिकन के समान विशाल राज्य की शक्तिशालिनी रानी मिकोमिकोना हैं।'

डान क्विग्जोट—'वे जो कोई भी हों, मैं अपने कर्तव्य का पालन करूँगा और अपने पेशे के नियमों के अनुसार अपनी अंतरात्मा की प्रेरणा को मानूँगा।'

इतना कहकर वह उस महिला की तरफ मुड़ा और बोला—'मेरा साग्रह अनुरोध है कि आप उठ खड़ी हों, मैं आपकी प्रार्थना स्वीकार करता हूँ।'

महिला—'आपके समान विशाल पराक्रमी वीर से मैं यही प्रार्थना करने आई हूँ कि आपको जहाँ मैं ले चलूँ वहाँ मेरे साथ आप तुरंत चलें और मुझे वचन दें कि जिस विश्वासघाती ने समस्त मानवीय और दैवी नियमों की अवहेलना करके मेरे राज्य को हड़प लिया है उसे जब तक सजा न दे दें तब तक दूसरे साहसिक काम में हाथ न डालेंगे।'

डान क्विग्जोट—'मैं इसे स्वीकार करता हूँ। इसलिए अब से निराशा के उन सभी विचारों को त्याग दीजिए जो आपके मन पर बोझ होकर बैठे हैं और आशा का पुनः संचार कीजिए; क्योंकि भगवान और सबल बाहु की सहायता से आप अपने राज्य को पुनः प्राप्त करेंगी और उन विश्वासघातियों के विरोध के बावजूद भी आप अपने पूर्वजों के सिंहासन पर बैठेंगी। इसलिए हम लोगों को जल्द काम में लग जाना चाहिए, क्योंकि दीर्घसूत्रता हमेशा संकट पैदा करती है। किसी भी महान उद्‌देश्य में विलंब करना उसे नष्ट करना है।'

उसकी उदारता के लिए अपनी कृतज्ञता प्रकट करने के विचार से उस कृतज्ञ महिला ने वीर योद्धा का हाथ चूम लेने का प्रयास किया। लेकिन डान क्विग्जोट, जो हर बात में सभी वीर योद्धाओं की तरह साहसी और विनयशील था, यह अनुरोध किसी भी हालत में मानने के लिए तैयार नहीं हुआ। उसने उसे धीरे से ऊपर उठाया और अतिशय सौम्यता तथा नम्रता से उसे गले लगाया। तब उसने सैंको से हथियार लाने के लिए कहा। सैंको तुरत उस पेड़ से उन्हें उतार लाया जहाँ वे तोहफे की तरह लटकाए हुए थे और क्षण-भर में अपने स्वामी को सुसज्जित कर दिया। शस्त्रों से सुसज्जित हो जाने के बाद वीर योद्धा ने कहा—'अब हम लोगों को इस अधिकार-च्युत महिला के अधिकार को प्रतिष्ठापित करने के लिए प्रस्थान करना चाहिए।'

हज्जाम अब तक उसी तरह घुटनों के बल बैठा रहा। उसे अपनी हँसी रोकने तथा दाढ़ी को गिरने से बचाने के लिए महान प्रयास करना पड़ रहा था, क्योंकि जैसी संभावना प्रतीत होती थी, यदि दाढ़ी गिर पड़ती तो उसका चेहरा

प्रकट हो जाता और उसकी सारी युक्ति का परदा हट जाता। लेकिन हथियार धारण करने की डान क्विग्जोट की जल्दी से उसे राहत मिली. वह अपनी जगह से उठा, शहज़ादी का हाथ पकड़कर उन दोनों ने उसे खच्चर पर चढ़ाया। वीर योद्धा रोजिनांटे पर सवार हो गया और हज्जाम अपने जानवर पर। केवल बेचारे सैंको को पैदल चलना पड़ा। इससे वह अपने गधे के खो जाने के कारण आहें भरने लगा। तो भी अपने स्वामी को बादशाह बनने की देहरी पर देखकर उसने अपनी विपत्ति को धैर्य के साथ बर्दाश्त किया। उसे इस बात का पूरा विश्वास था कि उसका स्वामी उस शाहजादी से विवाह करके मिकामिकन का बादशाह बन जाएगा। लेकिन उसे इस बात का दुख अवश्य था कि उसके मालिक का राज्य हब्शियों के देश में पड़ता था। इसका परिणाम यह होगा कि जिन लोगों पर उसे राज्य करना था वे सब-के-सब काले रंग के हों। लेकिन उसके लिए उसे तुरंत सुंदर उपचार सूझ गया। उसने अपने मन में कहा—वे काले ही हों तो मुझे क्या चिंता? यह तो सबसे उत्तम होगा! उन्हें जहाजों में भरकर स्पेन लाया जाएगा जहाँ व्यापारी उन्हें मुझसे खरीद लेंगे और उनके बदले मुझे नकद रुपया देंगे और इस तरह मैं खूब धन बटोरकर अपने लिए कोई उपाधि या पद खरीद लूँगा और ज़िंदगी-भर आनंद से रहूँगा। जिसे अपना रास्ता बदलने की बुद्धि न हो वह भाड़ में जाए। वह गृहिणी आयोग्य है जो अपने घर की सुंदर व्यवस्था नहीं कर सकती। मैं दूसरे लोगों की तरह पढ़ा-लिखा भले ही नहीं हूँ, लेकिन मैं चुटकी बजाते, तीस हों या दस हजार हों, गुलामों को बेचना जानता हूँ। चाहे वे छोटे या बड़े क्यों न हों, वे नरक के शैतान के समान ही काले क्यों न हों, केवल मुझे उन्हें सफेद या पीले लड़कों में बदल लेने की क्रिया मालूम हो जाए। मैं अपनी अँगुली चाटना जानता हूँ।" इन कल्पनाओं में भूला हुआ सैंको इतना प्रसन्नचित्त चला जा रहा था कि वह पैदल चलने के कष्ट को एकदम भूल गया। कार्डेनियो और पुरोहित ने झाड़ी की आड़ से ये सुंदर दृश्य देखे। उनकी समझ में नहीं आया कि किस उपाय से वे उनके साथ चलें। लेकिन पुरोहित को युक्ति बहुत जल्दी सूझती थी। इसलिए उसने तुरत एक रास्ता निकाला। उसने अपनी जेब से कैंची निकाली, जिसे वह हमेशा अपने साथ रखता था और फौरन कार्डेनियो की दाढ़ी काट दी और अपना काला लबादा तथा सवारी का बदरंग कोट उतारकर कार्डेनियो को पहना दिया और वह केवल पाजामा (ब्रीचेज़) और चुस्त कोट पहने रहा। इस नई पोशाक में कार्डेनियो इस कद्र बदल गया कि आईने में देखने पर वह खुद अपने को नहीं पहचान सकता था। इतना करने के बाद उन लोगों ने

राजपथ का रास्ता लिया और वहाँ पहुँचकर डान क्विग्जोट के दल की प्रतीक्षा करने लगे, क्योंकि पहाड़ी ऊबड़-खाबड़ रास्ते पर घुड़सवार उतनी तेज़ी से आगे नहीं बढ़ सकते थे जितनी तेज़ी से पैदल चलने वाले।

उन लोगों के नज़दीक आने पर पुरोहित ने बड़े ग़ौर से डान क्विग्जोट की ओर देखा, मानो वह यह जानना चाहता हो कि वह कोई परिचित व्यक्ति है या नहीं। और तब वह वीर योद्धा की तरफ दोनों हाथ फैलाकर इस तरह दौड़ा मानो उसने कोई नई बात का पता लगाया हो। उसने कहा—'वीर धर्म के प्रकाश, मेरे संभ्रांत देशवासी डान क्विग्जोट डेला मांचा। कुलीन वंश के अनुपम शृंगार, उत्पीड़ितों के त्राता और शरणागत और भ्रमणशील वीर धर्म के सारभाग! आपको पाकर मुझे कितनी अधिक प्रसन्नता हुई।' साथ ही उसने उसका बायाँ पैर छाती से लगा लिया। अपने पराक्रम की योग्यता के इस प्रशंसक की मन-ही-मन सराहना करता हुआ डान क्विग्जोट उसे पहचानने के लिए उसकी ओर ग़ौर से देखने लगा और अंत में उसे पहचानकर, उस जगह उससे भेंट हो जाने पर अत्यधिक विस्मय प्रकट करता हुआ, उसके सम्मान के लिए घोड़े पर से उतर गया होता लेकिन पुरोहित ने उसे ऐसा करने से रोका। तब डान क्विग्जोट ने कहा :

'पूज्य महाशय, मेरी यह बहुत बड़ी उद्दंडता होगी कि आपके समान योग्य और आदरणीय व्यक्ति पैदल चलें और मैं घोड़े पर रहूँ।'

पुरोहित—'आप घोड़े पर ही रहें, क्योंकि इसी तरह घोड़े पर सवार प्रतिदिन शस्त्रों के प्रणेता के भीषण काम और असाधारण साहसिक कार्य संपन्न होते हैं जिसका हम लोगों के युग में दर्शन भी असंभव था। मेरे समान तुच्छ पुरोहित का इतना ही सम्मान बहुत होगा कि आपके दल के पीछे के कोई व्यक्ति मुझे सवारी पर चढ़ा लें। मैं उसी को अपना बहुत बड़ा सौभाग्य मानूँगा। मानो मैं पंख वाले घोड़े या जेप्रा या उस प्रसिद्ध मूर मुसारा की तेज घोड़ी पर सवार हूँ जो कंपलूटो से बहुत दूर नहीं, गुलेमा की मनहूस गुफा में आज तक जादू के प्रभाव से पड़ा हुआ है।'

डान क्विग्जोट—'मेरे ध्यान में यह बात नहीं आई थी। मुझे यह आशा है कि शाहजादी साहिबा अपने परिचारक को आदेश देंगी कि वह अपनी सवारी आपको दे दे और यदि उसका खच्चर दो का बोझ सँभाल सके तो वह पीछे सवार हो जाएँ।'

शाहजादी—'मैं समझती हूँ कि वह दो को ढो सकती है। मेरा अनुमान है कि मेरा परिचारक मेरे आदेश की प्रतीक्षा नहीं करेगा। वह इतना विनयशील और उत्तम वंश का है कि वह किसी मंदिर के पुजारी को पैदल नहीं चलने दे सकता। वह उसके लिए सवारी की व्यवस्था कर सकता है।'

हज्जाम—'निश्चय ही।' इतना कहकर वह उतर पड़ा और पुरोहित को अपना खच्चर दे दिया और पुरोहित ने भी बिना किसी ननुनच के ग्रहण कर लिया। दुर्भाग्यवश खच्चर किराए का था और परिणामतः अमतन था। इससे हज्जाम पुरोहित के पीछे ज्यों ही सवार होने लगा त्यों ही उस छनगने जानवर ने अपने पिछले पैरों से दो-तीन बार ऐसी दुलत्ती चलाई कि यदि निकोलस की खोपड़ी या पसली की भेंट उससे हो गई होती तो वह डान क्विग्जोट के पीछे-पीछे घूमना शैतान के हवाले कर देता। जो भी हो वह धीरे से फेंका गया। उसे चोट उतनी नहीं लगी थी जितना वह डर गया था। लेकिन जिस समय वह गिरा उसकी दाढ़ी अलग हो गई। इस दुर्घटना को समझते ही उसे इसके सिवाय दूसरा उपाय नहीं सूझा कि उसने दोनों हाथों से अपने गालों को ढँक लिया और जोर से चिल्ला उठा कि मेरा जबड़ा टूट गया! डान क्विग्जोट को यह देखकर महान आश्चर्य हुआ कि यह कितने आश्चर्य की बात है! वह दाढ़ी इतनी सफाई से अलग हो गई है मानो हज्जाम ने उसे मूँडा हो! पुरोहित ने देखा कि वे लोग पहचाने जाने के संकट में हैं। उसने झट दाढ़ी को उठा लिया और कुछ मंत्र पढ़ा और यह कहकर कि गिरी हुई दाढ़ी को जोड़ने के ये मंत्र हैं, उसने इस खूबी के साथ दाढ़ी को चिपका दिया कि हज्जाम फिर पहले की तरह हो गया। इससे डान क्विग्जोट बड़ा प्रभावित हुआ। उसने पुरोहित से कहा कि अवकाश होने पर यह मंत्र आप सिखला दीजिएगा।' उसे जरा भी संदेह नहीं था कि चिपकने के अलावा अन्य बातों पर भी इसका प्रभाव पड़ेगा, क्योंकि यह असंभव था कि बिना माँस हटाए दाढ़ी अलग हो जाए, इसलिए इतनी उपयोगी औषध अनेक अवसरों पर भी उपयोगी हो सकती है।

सारी बातें ठीक हो जाने पर यह तय पाया कि पहले पुरोहित सवारी पर चले और उसके बाद दोनों बारी-बारी से अदल-बदलकर कभी खच्चर पर और कभी पैदल जब तक कि वे सराय न पहुँच जाएँ जो वहाँ से तीन मील थी। इस तरह डान क्विग्जोट, शाहजादी और पुरोहित सवार होकर और कार्डेनियो, हज्जाम और सैंको पैदल चलने के लिए तैयार हुए तब डान क्विग्जोट ने उस पीड़ित महिला से कहा :

'कृपा करके यह बतलाइए कि आपकी सेवा के लिए हम लोग किस मार्ग से चलें?'

उस महिला के उत्तर देने से पहले ही पुरोहित ने उससे एक सवाल पूछ लेना चाहा जिससे वह सही-सही उत्तर दे सके। उसने पूछा—'श्रीमती जी, आप किस देश की ओर चलना चाहती हैं? क्या आप मिकोमिकन राज्य की ओर तो नहीं जाना चाहतीं? यदि मैं गलती पर नहीं हूँ तो आपका गंतव्य स्थान वही देश होगा।' इससे महिला को इशारा मिल गया। उसने पुरोहित का अभिप्राय समझकर कहा कि आपका अनुमान सही है। इस पर पुरोहित ने कहा कि आपका रास्ता मेरे गाँव से होकर है। वहाँ से कार्थगेना को सीधी सड़क गई है। वहाँ जहाज सुविधा से मिल सकता है और यदि मौसम और हवा अनुकूल रही तो नौ साल से कम अवधि में ही आप वहाँ मिओना झील पहुँच जाएँगी, मेरा मतलब पेलस मिआर्टस से है, जहाँ से आपके राज्य की यात्रा सौ दिन से अधिक की है।

महिला—'आप गलती पर हैं, क्योंकि मुझे अपना देश छोड़े दो साल से कम ही हुए हैं। इसके अलावा उन दिनों मौसम भी अनुकूल नहीं रहा तो भी मैं यहाँ तक आ गई और अपने उद्देश्य की सिद्धि में यहाँ तक सफलता प्राप्त की कि मुझे सुविख्यात डान क्विग्जोट डेला मांचा का दर्शन प्राप्त हुआ, जिनकी सफलताओं की ख्याति स्पेन में कदम रखते ही मेरे कानों में पड़ी। उनसे प्रभावित होकर मैं उन्हें ढूँढ़ने निकली कि उनकी शरण में जाऊँ और उनके अजेय पराक्रम के हवाले अपना न्यायपूर्ण उद्देश्य कर दूँ।'

डान क्विग्जोट—'और नहीं श्रीमती जी, मेरी प्रार्थना है कि मेरी प्रशंसा का कष्ट न उठाएँ, क्योंकि मुझे ऐसी बातों से नफरत है जो चाटुकारी की तरह प्रतीत हों। गो कि आपकी प्रशंसा को इससे अच्छा नाम दिया जा सकता है, मेरे कान इस तरह की बातें सुनने के अभ्यस्त नहीं हैं। मेरा सिद्धान्त है कि प्रशंसा का पात्र होते हुए भी उससे दूर रहो। मैं सिर्फ़ इतना ही कह सकता हूँ कि मुझ में पराक्रम हो या न हो, मैं अपने रक्त की अंतिम बूँद देकर भी आपकी सेवा के लिए प्रस्तुत हूँ। इसलिए इन बातों को उपयुक्त अवसर के लिए छोड़कर मैं इन पूज्य पादरी महोदय से यह जानना चाहूँगा कि इस तरह बिना नौकर-चाकर के और इस तरह हीन वस्त्रों में ये यहाँ अकेले किस उद्देश्य से आए क्योंकि यहाँ इस अवस्था में उन्हें पाकर मुझे कम आश्चर्य नहीं हुआ।'

पादरी—'इसका कारण चंद शब्दों में आप यों जान लीजिए कि मेरे दोस्त निकोलस हज्जाम मेरे साथ सेवाई रुपया लेने गए, जिसे मेरे किसी संबंधी ने

इंडीज से भेजा था, जहाँ वे वर्षों से बस गए हैं। वह रकम छोटी भी नहीं थी क्योंकि सत्तर हजार एट[1] थे और सभी ठीक वज़न के। यह साधारण बात नहीं थी, इसे आप स्वयं समझ सकते हैं। लेकिन यहीं आस-पास सड़क पर चार डाकुओं से सामना हो गया। उन्होंने हम लोगों का सब कुछ लूट लिया, यहाँ तक कि हम लोगों की दाढ़ी भी। और गरीब हज्जाम को नकली दाढ़ी लगानी पड़ी और इस भद्र पुरुष के, जिन्हें आप मेरे साथ देख रहे हैं (कार्डेनिया को तरफ इशारा करके), सारे कपड़े उतरवा लिए और इस रूप में बदल दिया—जैसा कि आप इन्हें देख रहे हैं। आस-पास के सभी लोग कहते हैं कि जिन्होंने हम लोगों को लूटा वे सजा पाए कैदी गुलाम थे। वे लोग सजा भुगतने के लिए ले जाए जा रहे थे कि यहीं आस-पास किसी अकेले व्यक्ति ने उन्हें छुड़ा लिया। उस आदमी ने ऐसे असाधारण साहस का परिचय दिया कि राजा के अफसरों और रक्षकों के बावजूद भी उन्हें स्वतंत्र कर दिया। निश्चय ही वह आदमी या तो पागल था या उन्हीं की तरह बहुत बड़ा बदमाश, क्योंकि जिस आदमी में ज़रा भी अक्ल या ईमानदारी होती वह भेड़-बकरियों के बीच में भेड़िए को, निरीह पालतू मुर्गी आदि चिड़ियों के बीच में लोमड़ी को और मधु के पात्र में हड्डों को नहीं छोड़ता। उसने न्याय के रास्ते में बाधा उपस्थित की, उनकी नौका-वहन-शक्ति को कमज़ोर किया, उनके प्रति विद्रोह किया, कानून की अवज्ञा करके उनके अफसरों का विरोध किया, पवित्र भ्रातृ-संघ को सचल कर दिया है जो अब तक शांत बैठे थे। इतना ही नहीं इससे भी बुरा उसने यह किया कि अपनी जान को उसने इहलोक में खतरे में डाल दिया है और मरने पर मुक्ति के मार्ग में बाधा उपस्थित कर दी है।' सैंको ने नाव के खेने के लिए जाने वाले गुलामों के साथ की घटना का विवरण पुरोहित को सुना दिया था। उसी को इस प्रसंग में उसने खूब रंग चढ़ाकर यह देखने के लिए कहा कि इसका डान क्विग्जोट पर कैसा प्रभाव पड़ता है। पुरोहित के प्रत्येक शब्द पर वीर योद्धा के चेहरे का रंग बदलता रहा, लेकिन उन्हें यह कबूल करने का साहस नहीं हुआ कि ये ही वे वीर योद्धा थे जिन्होंने उन योग्य पुरुषों (?) को बंधन से मुक्त किया था। अंत में पादरी ने कहा—'उन्हीं लोगों ने हम लोगों को इस गति में पहुँचाया और जिसने उन्हें न्यायपूर्ण दंड से छुटकारा दिया भगवान उसे क्षमा करें।'

---

1. स्पेन का आठ रील का सिक्का।

3. वीर योद्धा को उस कठोर तपस्या से विरत करने की मनोरंजक युक्ति

पुरोहित ने अपनी बात समाप्त की ही थी कि सैंको बोल उठा—'पुरोहित जी, मैं ईमान से कहता हूँ कि उस असाधारण काम को करने वाले स्वयं मेरे स्वामी थे और वह भी समुचित चेतावनी के अभाव में नहीं, क्योंकि मैंने उनसे बार-बार कहा था कि जो कुछ आप करने जा रहे हैं उसके परिणाम को सोच लीजिए। ऐसे शैतान बदमाशों को क़ैद से बाहर करना बहुत बड़ा पाप होगा। वे सब अपने बुरे कामों के लिए ग़ुलाम बनाए गए हैं।'

डान क्विग्जोट—'जड़ गँवार! वीर योद्धा जब किसी को बेड़ी-हथकड़ी से जकड़ा और उत्पीड़ित देखता है तब वह यह जानने की फ़िक्र नहीं करता कि वह अपने अपराध या दुर्भाग्य के कारण इस तरह की मुसीबत में फँस गया है। हम लोगों का काम केवल उत्पीड़ितों का उद्धार करना, उनकी मुसीबत का ख़याल करना है, न कि उनके अपराध का। मुझे अभागे बदमाशों की एक जमात मिली। वे सब-के-सब माला की मणियों की तरह एक-दूसरे से गुँथे थे और दीन-हीन दशा में मन मारे चले जा रहे थे। उस पर मैंने वही किया जो मेरे पेशे के अनुकूल था और जिसकी प्रेरणा मुझे अंतरात्मा से मिली, इसके ख़िलाफ किसी को क्या कहना है? यदि पवित्र पुरोहित जी को छोड़कर इसके ख़िलाफ किसी को कुछ कहना है तो मैं यही कहूँगा कि वह धर्म के बारे में कुछ नहीं जानता और दोगलों तथा कमीनों की तरह झूठ बोलता है। अपनी तलवार की तेज धार से उसे मैं यह बात और भी अच्छी तरह समझा दूँगा।

इतना कहकर उसने आँखें तरेरीं, रकाब पर पैर सँभाला, अपनी ढाल सामने कर ली, क्योंकि जिस बर्तन को वह मैम्ब्रिनो की ढाल समझता था उसे उसने ज़ीन के अगले आड़े भाग में इसलिए लटकाकर रख लिया था कि उन क़ैदी गुलामों ने उसे जो क्षति पहुँचाई थी उसकी वह मरम्मत करा ले। इस समय तक डोरोथिया को उसके स्वभाव का काफी परिचय मिल गया था। उसे इस तरह उत्तेजित देखकर तथा सैंको के अतिरिक्त और किसी को उसकी हँसी उड़ाते न पाकर उसने मनोरंजन को जारी रखने के ख़याल से अपनी सहज प्रकृति और स्वभाव के अनुसार कहा—"मैं आपको अपने वचन का स्मरण दिलाना चाहती हूँ। जिस काम के लिए आप मेरे साथ जा रहे हैं उसे पूरा किए बिना आप दूसरा कोई साहसिक काम नहीं कर सकते। इसलिए आप अपने क्रोध को शांत कीजिए, क्योंकि यदि पुरोहित जी को यह मालूम होता कि उन ग़ुलाम कैदियों का उद्धार आपके अजेय

शस्त्रों से हुआ है तो मुझे पूरा विश्वास है कि आपको नाराज़ करने के लिए एक शब्द भी कहने की अपेक्षा वे अपना होंठ सीं लेते या जीभ काट देते।'

पादरी–'मेरा विश्वास करिए, इसके प्रायश्चित स्वरूप मैं अपनी एक तरफ की मूँछें मुड़वा लूँगा।'

डान क्विग्जोट–'मुझे संतोष हो गया। और श्रीमती जी, आपकी बात से मेरा क्रोध भी शांत हो गया। मैंने आपको जो वचन दिया है उसे जब तक पूरा नहीं कर लूँगा तब तक मैं किसी तरह के झगड़े में नहीं पड़ूँगा। यदि आपको बहुत कष्ट न हो तो मेरी सदिच्छा का ख़याल करके आप अपनी विपत्ति की कहानी मुझे सुना दें। मैं यह जानना चाहूँगा कि जिनसे आपको प्रतिकार कराना है, वे कौन हैं, क्या हैं और कितने हैं?'

डोरोथिया–'मैं इसके लिए तैयार हूँ, लेकिन मुझे यह भय है कि मेरी विपत्ति और मुसीबत की कहानी नीरस और बोझ-सा प्रतीत होगी।'

डान क्विग्जोट–'आप उसकी चिंता न करें।'

डोरोथिया–'जैसी आपकी इच्छा। तब आप ध्यान से मेरी कहानी सुनें।'

यह सुनकर कार्डेनियो और हज्जाम उसके पास सरक आए कि इतनी जल्दी उसने कौन-सी कहानी गढ़ ली। सैंको भी अपने मालिक की तरह उसके बारे में धोखे में था इसलिए उसने भी उसकी ज़ीन की बगल में अपना कान लगा दिया और वह महिला अपने खच्चर पर सजग होकर बैठ गई तथा दो-तीन बार खाँसकर तथा अन्य तरह की तैयारियों के बाद स्वाभाविक ढंग से उसने अपनी कहानी शुरू की :

'सबसे पहले आप लोगों को मेरा नाम जान लेना चाहिए।' इतना कहकर वह रुक गई। पुरोहित ने उसका जो नाम रखा था उसे वह स्मरण नहीं कर सकी। पादरी उसे इस तरह संकटापन्न देखकर उसकी सहायता के लिए बोल उठा– 'आप अपनी विपत्ति से इस तरह व्याकुल हो उठी हैं कि यह कोई आश्चर्य की बात नहीं है कि अपनी जो कहानी आप हम लोगों को सुनाने जा रही हैं उसके आरंभ में ही लड़खड़ाने लगीं। अत्यधिक व्यथा चित्त को उस हद तक विचलित कर देती है और स्मृति का यहाँ तक लोप हो जाता है कि कभी-कभी लोगों को अपना नाम तक याद नहीं आता। इसलिए यह कोई आश्चर्य की बात नहीं है कि मिकोमिकन ऐसे विशाल साम्राज्य की जायज उत्तराधिकारिणी राजकुमारी मिकोमिकोना, इतने दुर्भाग्यों से पीड़ित और अपने राजमुकुट की प्राप्ति के लिए अनेक चिंताओं से व्याकुल होने के कारण अपनी स्मृति और कल्पना को इस

तरह खो बैठीं। लेकिन मुझे आशा है कि अब आप अपने को शांत करके अपनी कथा आरंभ कर सकेंगी।'

राजकुमारी—'मुझे भी ऐसी ही आशा है। मैं अपनी कहानी कह डालने की कोशिश करूँगी। आप लोगों को मालूम होना चाहिए कि मेरे पिता का नाम संत टिनाक्रियो था। जादू में उनकी बहुत पहुँच थी। उस विद्या के प्रभाव से उन्हें यह मालूम हो गया कि मेरी माता रानी जरामिल उनसे पहले ही मर जाएँगी, उनके मरने के बाद वे भी बहुत काल तक जीवित नहीं रहेंगे और मैं अनाथ हो जाऊँगी। लेकिन वे बहुधा कहते थे कि उन्हें इसकी उतनी चिंता नहीं है जितनी चिंता उन्हें गणना के अनुसार इस बात की है कि एक शैतान दैत्य के कारण मुझे बहुत बड़ी विपत्ति में पड़ना पड़ेगा। उस दैत्य का नाम पैंडाफिलैंडो, उपनाम भयानक आकृति का था। वह हमारे राज्य की सीमा के पास एक बड़े टापू का मालिक था। उसका उपनाम भयानक आकृति का इसलिए था कि यद्यपि उसकी आँख की पुतलियाँ आँख के खोढर में ठीक स्थान पर थीं तो भी जिनकी तरफ वह देखता था उन्हें भयभीत करने के लिए वह पुतलियों को दबाकर टेढ़ी करके देखता था। मेरे पिता को यह मालूम था कि उसकी मृत्यु का समाचार पाकर किसी दिन वह विशाल सेना लेकर मेरे राज्य पर चढ़ाई कर देगा, मुझे राज्य से निकाल बाहर करेगा और मेरे रहने के लिए एक गाँव भी नहीं छोड़ेगा। वे यह भी जानते थे कि यदि मैं उससे विवाह करने के लिए राज़ी हो जाऊँ तो मैं यह विपत्ति टाल सकती हूँ, लेकिन अपने मंत्र-बल से उन्हें यह भी मालूम हो गया था कि मैं उससे विवाह करने के लिए राज़ी नहीं हो सकती। यह बात सच है कि मैंने उससे तथा अन्य किसी दैत्य से विवाह करने की बात कभी सोची नहीं; चाहे वह कितनी ही क्रूर क्यों न हो। इसलिए मेरे पिता ने मुझे समझाया कि मैं अपने दुर्भाग्य को चुपचाप सह लूँ और कुछ समय के लिए अपना राज्य पैंडाफिलैंडो के लिए छोड़ दूँ तथा सैन्य-बल से राज्य की रक्षा का यत्न न करूँ; क्योंकि उस दैत्य की शैतानी शक्ति के मुकाबले अपनी मृत्यु और अपनी प्रजा की बर्बादी रोकने का यही एकमात्र उपाय था। उसके साथ उन्होंने मुझे स्पेन चले जाने की सलाह दी। वहाँ मेरी भेंट भ्रमणशील वीर योद्धा के रूप में किसी शक्तिशाली वीर पुरुष से होगी जिसकी कीर्ति उस समय राज्य-भर में फैली होगी। यदि मैं भूल नहीं करती हूँ तो मेरे पिताजी ने उस वीर का नाम डान अजोटे या डान जिगोटे बतलाया था।'

सैंको बोल उठा—'आपको कृपा करके डान क्विग्जोट अथवा मनहूस आकृति वाला वीर योद्धा कहना चाहिए।'

डोरोथिया—'तुम ठीक कह रहे हो। मेरे पिता ने बतलाया था कि वह वीर लंबे और चपटे चेहरे वाला होगा, उसके बाएँ कंधे पर या उसके आस-पास छोटा-सा मस्सा होगा जिस पर बहुत बाल उठे होंगे जो घोड़े की अयाल से बहुत भिन्न नहीं होगा।'

इतना सुनकर डान क्विग्जोट ने अपने परिचारक को पास बुलाकर कहा—'सैंको, कपड़ा उतारने में मेरी मदद करो, क्योंकि मैं यह जान लेना चाहता हूँ कि जिस वीर योद्धा के बारे में उस जादूगर राजा ने भविष्यवाणी की थी, वह मैं हो हूँ न।'

डोरोथिया—'आप पोशाक क्यों उतारना चाहते हैं?

डान क्विग्जोट—'मैं यह देखना चाहता हूँ कि आपके पिता के कथन के अनुसार मेरे शरीर में वैसा मस्सा है या नहीं।'

सैंको—'उसके लिए आपको पोशाक उतारने की ज़रूरत नहीं है क्योंकि जहाँ तक मुझे याद है आपकी पीठ के बीच में वैसा मस्सा है जैसा श्रीमती जी कह रही हैं, जो प्रकट करता है कि आप बलिष्ठ पुरुष हैं।'

डोरोथिया—'इतना ही पर्याप्त है। मित्रों को बिना इतनी कड़ी जाँच के ही एक-दूसरे का विश्वास करना चाहिए। यह कोई महत्त्व की बात नहीं है कि वह मस्सा कंधे में है या पीठ में। मैं देखती हूँ कि मेरे पिता की भविष्यवाणी एकदम सही थी और मैं भी डान क्विग्जोट के हवाले अपने को करने में उसे सही मानती हूँ; क्योंकि उनका कद और रूप मेरे पिता के विवरण से पूरी तरह मिलता है और जिनका यश चारों ओर केवल स्पेन में ही नहीं, बल्कि समग्र ला मांचा में फैला है। मैं ज्यों ही ओसुना में जहाज से उतरी थी त्यों ही उनकी कीर्ति मेरे कानों में पड़ी। इससे मुझे इतमीनान हो गया कि जिस वीर की आवाज़ में मैं घर से निकली थी वह निश्चय ही यही होंगे।'

डान क्विग्जोट—'ओसुना तो बंदरगाह नहीं है, तब आप वहाँ किस तरह उतरीं?'

डोरोथिया के कुछ कहने से पहले ही पुरोहित बोल उठा—'राजकुमारी को कहना चाहिए कि मलागा में जहाज से उतरने के बाद पहले-पहल उन्होंने आपके बाहुबल की कीर्ति ओसुना में सुनी।'

डोरोथिया—'मैंने यहीं कहा होता।'

पुरोहित—'यह सहज में समझा जा सकता है। आप कृपा करके आगे का वृत्तांत कहें।'

डोरोथिया—'मुझे सिवा इसके और कुछ नहीं कहना कि अंत में भाग्य ने मेरा यहाँ तक साथ दिया कि मैं वीर योद्धा डान क्विग्जोट के पास तक पहुँच सकी, जिनके पराक्रम के कारण मुझे ऐसा प्रतीत हो रहा है कि मुझे अपने पूर्वजों का राजसिंहासन प्राप्त हो गया; चूँकि उन्होंने उदारता और आग्रहपूर्वक मेरी माँग स्वीकार कर ली कि मैं इन्हें जहाँ ले जाऊँगी वहाँ ये जाएँगे। अब मुझे केवल डरावनी आकृति वाले पैंडाफिलैंडो को दिखला देना-मात्र है कि वे उसका क़त्ल करके मुझे वह राज्य पुनः प्रदान करें जिसे उसने ज़बरदस्ती मुझसे छीन लिया है। यह सारा काम सहज में हो जाएगा। क्योंकि मेरे सुयोग्य पिता बादशाह और संत टिनाक्रियो की भविष्यवाणी थी जिसे वे चैलियन या यूनानी भाषा में (क्योंकि मैं उसे पढ़ नहीं सकती) लिखकर छोड़ गए हैं, जिससे प्रकट होता है भविष्यवाणी वाला वह वीर योद्धा जब दैत्य का सिर काट ले और मेरे राज्य पर मुझे बिठला दे तब यदि वह मुझसे शादी करना चाहे तो मुझे किसी भी हालत में इनकार करना नहीं चाहिए, बल्कि तुरंत अपना शरीर और राज्य उसे अर्पित कर देना चाहिए। इतना सुनते ही डान क्विग्जोट ने सैंको की ओर घूरकर कहा—'क्यों मित्र सैंको, तू अब क्या सोचता है? क्या तू नहीं सुन रहा है कि क्या होने जा रहा है? क्या मैंने पहले ही तुझसे नहीं कहा था? अब देख कि शासन करने के लिए हम लोगों को राज्य और विवाह करने के लिए रानी मिल रही है।'

सैंको—'आह! निश्चय ही। मैं कसम खाकर कहता हूँ कि पैंडाफिलैंडो की गर्दन कट जाने के बाद इस कमनीय राजकुमारी से शादी करने वाला और बिस्तर पर सोने वाला वह नहीं होगा। देखिए न, इनके अंग-प्रत्यंग कितने सुकोमल हैं। ओह! मुझे कैसी बदजात पत्नी मिली है।'

इतना कहकर अपनी प्रसन्नता प्रकट करने के लिए उसने दो-तीन कलैयाँ लगाईं और डोरोथिया के पास पहुँचकर उसके खच्चर की लगाम पकड़ ली और घुटने के बल बैठकर उससे प्रार्थना की कि मेरी साम्राज्ञी होने के नाते आप कृपा करके अपना हाथ मुझे चूमने दें।' उसके मालिक के पागलपन और उसकी सिधाई देखकर उस जमात में ऐसा कोई नहीं था जो खिलखिलाकर हँस पड़ना न चाहता था। सारांश यह कि डोरोथिया ने उसकी प्रार्थना कबूल कर ली और कहा कि यदि भाग्य अनुकूल हुआ और मेरा राज्य वापस मिल गया तो मैं तुम्हें अवश्य सामंत बना दूँगी। इस पर सैंको ने उसे इस तरह धन्यवाद दिया कि सभी लोग

हँस पड़े। तब डोरोथिया ने अपनी दास्तान पुनः शुरू की, ''महानुभावो, यही मेरी कहानी है। मेरे दुर्भाग्य की कहानी में सिर्फ़ इतना कहने के लिए बाकी रह गया है कि अपने राज्य से मैं जितने नौकरों को साथ लेकर चली थी, भाग्य के फेर से उनमें से केवल एक यही लंबा दाढ़ी वाला बचा रह गया है, बाकी सब भयानक तूफान के शिकार हो गए जिससे हमारा जहाज बंदरगाह के पास पहुँच कर टुकड़े-टुकड़े हो गया और हम लोगों की भी वही गति हुई होती यदि हम लोगों की पकड़ में दो तख्ते नहीं आ गए होते जिनकी सहायता से हम लोग किनारे लगे; जिसे हर तरह से दैवी घटना कह सकते हैं। मेरे जीवन के साथ जो घटनाएँ घटो हैं, उनके अनुरूप ही यह घटना भी है; क्योंकि वे आदि से अंत तक अलौकिक हैं। यदि मेरी कहानी का कोई भी अंश नीरस और जैसा वर्णन होना चाहिए वैसा नहीं हुआ तो इसका कारण वही है जिसकी चर्चा मेरी कहानी के आरंभ में पुरोहित जी ने की थी कि अनवरत परेशानी से दिमाग ठिकाने नहीं रहता और स्मृति क्षीण हो जाती है।'

डान क्विग्जोट—'आपका संकट और पीड़ा कितनी भी कठिन और संगीन क्यों न हो, मुझे आपकी सेवा से विरत नहीं कर सकती। मैं हर तरह के संकटों का सामना करने के लिए तैयार हूँ। और इसलिए मैंने आपको जो आश्वासन दिया है उसे पुनः दोहराता हूँ कि आपके इस अदम्य शत्रु की खोज में दुनिया के कोने-कोने तक मैं तब तक आपका साथ दूँगा जब तक मैं उसे पा नहीं जाऊँगा। मैंने प्रण कर लिया है कि भगवान की कृपा और अपने इस अजेय बाहुबल से मैं अपनी इस तलवार (जिसे मैं बुढ़िया नहीं कह सकता) की धार से उसका गर्वीला सिर अवश्य काटूँगा। बुरा हो उस पाजी गाइनेस डे पैसेमांडे का जो मेरी अपनी तलवार उठा ले गया।' इस वाक्य को मन-ही-मन बुदबुदाकर उसने फिर इस तरह कहना शुरू किया—'और उसका सिर धड़ से अलग कर देने के बाद तथा आपका राज्य आपको वापस दिलाने के बाद यह आपकी इच्छा पर ही निर्भर करेगा कि आप अपने इस शरीर का उपयोग किस तरह करती हैं, क्योंकि जब तक मेरी स्मृति में उसका चित्र व्याप्त रहेगा और इच्छाएँ उसके वशवर्ती रहेंगी, मेरा समग्र ध्यान उसी पर केंद्रित रहेगा। उसका नाम मैं नहीं लेना चाहता, तब तक मेरे लिए यह असंभव है कि मैं अपने अनुराग में जरा भी कमी आने दूँ, और किसी से शादी करने के लिए राज़ी होऊँ चाहे वह सौंदर्य की प्रतिमा ही क्यों न हो।'

डान क्विग्जोट की अंतिम बात, जिसमें उसने शादी न करने की बाबत कहा, सैंको को इस तरह चुभ गई कि वह अपना असंतोष प्रकट किए बिना नहीं

रह सका। उसने कहा—'डान क्विग्जोट महाशय, मैं कसम खाकर कहता हूँ कि आपका दिमाग खराब हो गया है, नहीं तो आप ऐसी महीयसी महिला के साथ मोल-भाव करने पर उतारू न होते। क्या आप समझते हैं कि हर वक्त भाग्य इसी तरह आपके अनुकूल रहा करेगा? क्या आप समझते हैं कि मेरी स्वामिनी श्रीमती डलसीनिया इनसे बढ़कर सुंदर हैं? इनका आधा सौंदर्य भी उनकी गाँठ में नहीं है। मैं तो यहाँ तक कहने का साहस करता हूँ कि वह इनके जूते का फीता बाँधने योग्य भी नहीं है। यदि आप इस तरह अगाध जल में पोटिया मछली पकड़ने की धुन में रहेंगे तब तो मैं सामंत हो चुका, जिसकी मैं आशा लगाए हूँ। निश्चय ही जो सामने आया है उससे शादी कर लीजिए, या शैतान मेरे लिए आपको ले जाए! अपने आप जो राज्य आपके हाथ में आ रहा है उसे ग्रहण कीजिए और राजा बनकर मुझे मारक्विस या पीयर बना दीजिए और उसके बाद सारी बातों को यों ही छोड़ दीजिए। उन्हें सम्हालना सैंको का काम होगा।'

उसकी प्रेयसी डलसीनिया के खिलाफ जो निरादरपूर्ण बातें कही गई थीं, उससे डान क्विग्जोट का धैर्य एकदम जाता रहा। वे बातें उसे इस तरह असह्य हो उठीं कि अपनी नाराज़गी को प्रकट करने के लिए एक शब्द कहे बिना ही उसने अपने भाले से सैंको पर दो बार ऐसा जबरदस्त प्रहार किया कि वह ज़मीन पर चारों खाने चित्त जा पड़ा और यदि डोरोथिया के अनुनय-विनय से वीर योद्धा ने अपना हाथ न रोका होता तो निश्चय ही वहीं अंतिम साँस लेता। उसने (कुछ देर तक चुप रहने के बाद) कहा—'बदजात कहीं का! तू समझता है कि मेरा मिज़ाज हर वक्त ऐसा हलका रहेगा कि मैं अपमान बर्दाश्त करता रहूँगा। और तेरा एकमात्र काम होगा नई-नई खुराफात ढूँढ़ते रहना और मेरा काम होगा सदा तुझे क्षमा करते रहना! विश्वासघाती निकलुआ! (क्योंकि अद्वितीय डलसीनिया की इस तरह निंदा करने के बाद मेरे लिए कम-से-कम निर्वासन की सजा ही हो सकती है) क्या तू यह नहीं जानता है, अरे कमीने ग़ुलाम, बदनाम, आवारा, और क्या मैंने तुझसे बार-बार नहीं कहा है कि यदि उसकी प्रेरणा से मेरी धमनियों को शक्ति न मिले, मेरी नसों को ताकत न प्राप्त हो तो मैं एक मक्खी भी नहीं मार सकता? तू शैतान है और तुझे साँप की जीभ मिली है। बोल, तू क्या समझता है कि किसने रानी का राज्य वापिस दिलाया है और उस दैत्य का सिर काट डाला है और तुझे मारक्विस बनाया है? (क्योंकि मैं इन सब कामों को संपन्न ही मानता हूँ) यह सब डलसीनिया के प्रभाव का फल है। वही सब कुछ करती-कराती है, मैं और मेरा बाहुबल उसका साधनमात्र हैं। मेरे हृदय में प्रवेश करके वही लड़ती है

और परास्त करती है। मैं तो उसी को लेकर ज़िंदा हूँ और साँस लेता हूँ। उसी से मेरी यह ज़िंदगी है। नीच, कमीना, तू कितना बड़ा कृतघ्न है कि जिसकी बदौलत तू धूल से उठकर इतने बड़े मर्यादित पद पर पहुँचा, उसी अपने उपकारी के ख़िलाफ़ तू इस तरह का ज़हर उगलता है!'

सैंको को गहरी चोट नहीं आई थी, लेकिन उसके स्वामी ने जो कुछ कहा उसे वह अच्छी तरह सुन सका, इसलिए वह तेजी से उठकर खड़ा हुआ और डोरोथिया के खच्चर के पीछे जाकर छिप गया। वहाँ पहुँचकर उसने कहा—'श्रीमान्, मेरी बात सुनिए। यदि आपका विचार इस महिला से विवाह करने का नहीं है तब यह स्पष्ट है कि राज्य आपको नहीं मिलेगा और जब आपको राज्य न मिला तब आप मेरी क्या भलाई कर सकते हैं? ऐसी हालत में मुझे कोई भी बतला दे कि मेरी शिकायत जायज है कि नहीं? इसलिए महामान्य, आप इनसे विवाह कर लें मानो भगवान ने हम लोगों के लिए यह खास वरदान भेजा है और इसके बाद आप मेरी स्वामिनी श्रीमती डलसीनिया को साथ रख सकते हैं; क्योंकि विश्व में आप ही एक ऐसे राजा न होंगे जिसने एक या दो प्रेयसी किसी कोने में न रखी हों। जहाँ तक सौंदर्य का संबंध है मैं हस्तक्षेप नहीं करना चाहता। सच बात तो यह है कि दोनों महिलाएँ मुझे प्रिय हैं, यद्यपि जब मैं उस पर विचार करता हूँ तब सोचता हूँ कि मैंने श्रीमती डलसीनिया को देखा तक नहीं है।'

डान क्विग्जोट—'विश्वासघाती निंदक! तूने कैसे उसे नहीं देखा है, तब तू अभी उसके पास से संवाद लाया है?'

सैंको—'मेरे कहने का मतलब यह है कि मैंने उन्हें इतने इत्मीनान से नहीं देखा है कि मैं उनके अंग-प्रत्यंग के सौंदर्य का वर्णन कर सकूँ, तो भी शरमाते हुए एक नज़र देखने पर भी मुझे उनमें कहीं कोई कमी नहीं प्रतीत हुई।'

डान क्विग्जोट—'अब मैं तुझे क्षमा करता हूँ और मैंने तेरे साथ जो व्यवहार किया है उसे तू भी भूल जा; क्योंकि प्रथम उद्वेग पर किसी का काबू नहीं रहता।'

सैंको—'मैं इसे खूब समझता हूँ और यही कारण है कि मेरा प्रथम उद्वेग मेरी जबान पर ही आता है। मेरी जबान पर जो आ जाता है उसे कह देने के लिए मैं किसी तरह भी अपने को रोक नहीं पाता।'

डान क्विग्जोट—'मित्र सैंको, जो भी हो, कुछ कहने से पहले तुझे अच्छी तरह सोच-समझ लेना चाहिए; क्योंकि घड़ा कुएँ के पास बहुत बार नहीं जाता—मैं इससे ज्यादा कहने की आवश्यकता नहीं समझता।'

सैंको—'जो होने वाला है वह होगा ही। ऊपर भी एक है जो सब कुछ देखता है। एक दिन वही फैसला करेगा कि उत्तरदायी कौन है, गलत बात कहने के लिए मैं, या वैसा करने के लिए आप।'

डोरोथिया—'सैंको, अब इस तरह की चर्चा न करो, जाकर अपने स्वामी का हाथ चूमो और उनसे माफी माँगो और भविष्य में किसी की प्रशंसा या निंदा करते समय विशेष सावधानी और समझ से काम लिया करो—खासकर तुम्हें टोबोसो की उस महिला के ख़िलाफ़ कुछ नहीं कहना चाहिए जिसे मैं यद्यपि जानती नहीं तो भी उसकी हर तरह की सेवा करने के लिए तैयार हूँ। जहाँ तक तुम्हारा संबंध है, भगवान पर भरोसा रखो; क्योंकि लार्ड तो तुम निश्चय ही बन जाओगे। फिर तुम राजा की तरह रह सकोगे।'

सैंको ने अपना कंधा सिकोड़ा और मन मारे हुए अपने मालिक के पास जाकर उसका हाथ माँगा। उसने गंभीर चेहरा बनाकर हाथ बढ़ा दिया। सैंको ने जब हथेली का पिछला भाग चूम लिया तब डान क्विग्जोट ने उसे आशीष दिया और कहा कि तुझसे मुझे दो-एक बातें करनी हैं। उसने उसे अपने पास बुला लिया ताकि वह सुविधा से बातें कर सके। अपने मालिक की आज्ञा मानकर सैंको लोगों से अलग होकर अपने मालिक के पास चला गया। उसे लक्ष्य करके डान क्विग्जोट ने कहा—'तेरे वापस आने के बाद से मुझे ऐसा समय और अवसर नहीं मिला कि तेरे दूत-कर्म का विवरण पूँछूँ और जो तू उत्तर लाया था उसके बारे में जानूँ। चूँकि भाग्य से इस वक्त हम लोगों मे मेल हो गया है और मुझे समय तथा सुविधा भी है, इसलिए उसके दोहराने से मुझे जो सुख प्राप्त होगा उससे तू मुझे वंचित मत करना।'

सैंको—'आप जो कुछ भी पूछना चाहेंगे उसका उत्तर आपको अवश्य मिलेगा, लेकिन मेरी प्रार्थना है कि संप्रति आप इतनी जल्दबाजी न करें।'

डान क्विग्जोट—'तेरे इस तरह प्रार्थना करने का क्या कारण है?'

सैंको—'कारण तो गुरुतर है। आपने मुझ पर जो प्रहार किया उसका कारण मेरे-आपके बीच का रात का झगड़ा था, न कि मेरी स्वामिनी डलसीनिया के ख़िलाफ़ कही गई मेरी बातों के कारण आपकी नाराज़गी।'

डान क्विग्जोट—'मैं तुम्हें सचेत कर देना चाहता हूँ कि उस तरह की अनर्गल बातों को सोच-समझकर कहो; क्योंकि उस तरह की बातें भारी अपराध हैं और वे मेरे क्रोध को भड़काती हैं। अपराधी समझकर भी मैंने इस बार तुम्हें क्षमा कर

दिया, लेकिन तुम्हें याद रखना चाहिए कि नये अपराध के लिए नया दंड मिला करता है।'

वे दोनों इस तरह की बातें कर ही रहे थे कि उन लोगों ने कुछ दूरी पर एक आदमी को गधे पर सवार देखा। नज़दीक आने पर उसकी पोशाक से वह उन्हें खानाबदोश (जिप्सी) जान पड़ा। लेकिन सैंकोपांका की नज़र जब किसी गधे पर पड़ती वह उसे इतनी ग़ौर से देखता मानो उसकी नज़र अपने गधे पर पड़ी हो। उसे देखते ही उसने पहचान लिया कि वह गाइनेस डे पैसेमांडे था और जिप्सी पर नज़र पड़ते ही उसकी नज़र अपने गधे के चेहरे पर पड़ी और उसने पहचान लिया कि गाइनेस उसी के गधे पर सवार है, जिसने लोगों की नज़रों से अपने को छिपाने के लिए जिप्सी की पोशाक पहन ली थी ताकि वह गधे को सुभीते के साथ बेच सके। इस तरह के लोगों की बोली तथा अन्य देशों की भाषा का अभ्यास उन्हें अपनी मातृभाषा की तरह रहता था। सैंको ने उसे देखते ही मानो पहचान लिया और उसे पहचानते ही वह अपने पूरे ज़ोर के साथ चिल्ला उठा—'अरे चोर गेनेसिलो, मेरी संपत्ति को अपने पीछे छोड़ दे, मेरी प्यारी ज़िंदगी की पीठ से उतर जा, मेरे गरीब जानवर से तेरा कोई संबंध नहीं है जिसके बिना मुझे क्षण-भर भी चैन नहीं, मेरे गधे से दूर हो, मेरे आराम की चीज़ से दूर हट। पाजी, भाग यहाँ से! चोर कहीं का! जो तेरा नहीं है उसे छोड़!' उसे यह सब कहने की ज़रूरत नहीं थी; क्योंकि उसकी बोली सुनते ही गाइनेस गधे से कूद पड़ा और भागकर क्षण-भर में अलक्षित हो गया।

सैंको दौड़कर अपने गधे के पास गया और उससे लिपटकर बोला—'मेरे प्यारे! मेरी संपत्ति! मेरे प्यारे गधे, मेरी आँखों की ज्योति, मेरे प्यारे साथी, अंतिम बार तुझे देखने के बाद तुझ पर क्या गुज़री?' उसने उसे फिर पुचकारा, सहलाया और उसको इस तरह चूमा; मानो वह ज्ञानवान प्राणी हो। गधा चुपचाप खड़ा रहा और सैंको को चूमने का पूरा अवसर प्राप्त हुआ। उसने जितने सवाल किए थे गधा मौन होकर सुनता रहा। यह देखकर साथ के सभी लोग उसके पास चले गए और गधे की पुनः प्राप्ति पर उसे बधाइयाँ देने लेगे। डान क्विग्जोट ने विशेष रूप से बधाई देते हुए कहा कि तुम्हारा गधा मिल गया तो भी मैं उस आदेश-पत्र को रद्द नहीं करूँगा जिसे मैंने तीन गधों के लिए तुम्हें दिया है।' सैंको ने इसके लिए उसे अनेक धन्यवाद दिए।

जब वे लोग आपस में इस तरह बातें करते चले जा रहे थे, पुरोहित ने डोरोथिया से कहा कि 'जो काम आपने अपने जिम्मे लिया था उसका निर्वाह

आपने समीचीन ढंग से किया और अपनी अल्पभाषिता तथा वीर कर्म की पुस्तकों में उल्लिखित शब्दों तथा शैली का प्रयोग करके आपने इस इतिवृत्त को सही-सही सँभाले रखा।' उत्तर में डोरोथिया ने कहा—'इस तरह की रोमांचक कथाएँ मैंने बहुत पढ़ी हैं; लेकिन मुझे इस प्रांत तथा बंदरगाहों की जानकारी न होने के कारण मैंने जो सुना था बंदरगाह पर उतरने की ग़लत बात कह डाली।'

पादरी—'यह बात सुनते ही मैंने वे बातें कहीं। बात सँभल गई। लेकिन क्या यह अचरज की बात नहीं है कि यह अभागा भला आदमी इन काल्पनिक बातों को सही मानने के लिए तैयार है, चूँकि वीर कर्म की पुस्तकों की अतिशयोक्तिपूर्ण कथाओं से ये मिलती-जुलती हैं।'

कार्डेनियो—'यह पागलपन इतना विचित्र है कि मुझे विश्वास नहीं होता कि यह आदमी इतनी विचित्र बुद्धि का कैसे है कि इस तरह की बातों की वह कल्पना कर लेता है।'

पुरोहित—'जिस तरह इसका पागलपन असाधारण है उसी तरह उसमें कुछ योग्यता भी है जो पागल व्यक्ति में असाधारण ही है। इन रोमांचक बातों से अलग कर इससे किसी अन्य विषय पर बातें कीजिए, आप देखिएगा कि उसकी बातें तर्कसंगत होती हैं। वह अपनी बातों से यह प्रमाणित कर देगा कि इसे इस विषय का स्पष्ट ज्ञान है। यहाँ तक कि अगर उसकी बातों का संबंध वीर कर्म से न हो तो हरएक आदमी उसकी बुद्धि की सजीवता और विचारों की गहराई से तारीफ़ किए बिना नहीं रहेगा।'

वे लोग इस तरह की बातें कह ही रहे थे कि डान क्विग्जोट सैंको से बोला—'हम लोगों को इस तरह की अदावत को दूर कर देना चाहिए और क्षति को भूल जाना चाहिए और माफ कर देना चाहिए। बिना किसी नाराज़गी के भाव के तुम जल्द-से-जल्द मुझे यह बतलाओ कि मेरी प्रेयसी डलसीनिया से तुम्हारी भेंट किस तरह, कब और कहाँ हुई? जब तुम उसकी सेवा में उपस्थित हुए तब वह क्या कर रही थी? तुमने उससे किस तरह बातें कीं? उसने तुम्हें क्या उत्तर दिया? मेरा पत्र पढ़कर उसके चेहरे पर क्या भाव उदय हुआ? वह ख़त तेरे लिए किसने नकल किया तथा इससे संबंध रखने वाली अन्य बातें बिना किसी काट-छाँट, खुशामद और झूठ के कहो; लेकिन इस बात का भी ध्यान रखना कि संक्षेप करने में तू मुख्य बात ही को न छोड़ दे और मैं जो आनंद प्राप्त करना चाहता हूँ उससे तू मुझे वंचित कर दे।'

सैंको–'मैं जो कुछ कहूँगा सच-सच कहूँगा। मेरे लिए ख़त की नक़ल किसी से नहीं की, क्योंकि मैं साथ ख़त ले ही नहीं गया था।'

डान क्विग्जोट–'यह बात सही है क्योंकि तेरे जाने के दो दिन बाद मुझे वह पॉकेट बुक मिली जिसमें मैंने ख़त लिखा था। इससे मुझे बड़ा दुख हुआ, क्योंकि मेरी समझ में नहीं आया कि जब तू देखेगा कि तेरे पास ख़त नहीं है तब तू क्या करेगा। मेरा ख़याल था कि तू वापस आकर ख़त ले जाएगा।'

सैंको–आपके पढ़कर सुनाने के बाद ही यदि सारी बातें मेरे दिमाग़ में बैठ न गई होतीं तो मैं अवश्य वापस आता। अपने दिमाग़ की मदद से मैंने गिरजे के एक मुहर्रिर को अक्षरक्षः सुना दिया और उसने एक-एक शब्द साफ-साफ लिख दिया। उसने कहा कि अपनी ज़िंदगी में मैंने अनेक ख़त लिखे हैं, लेकिन ऐसा सुंदर खत कभी किसी ने नहीं लिखाया।'

डान क्विग्जोट–'क्या अभी भी तुझे वह सब याद है?'

सैंको–'जी नहीं, क्योंकि ख़त उसे देने के बाद आपका काम पूरा हो गया, तब मैंने उसे भूल जाना ही उचित समझा। लेकिन सिरे पर जो कुछ लिखा था वह मुझे याद है। वह इस प्रकार था: ''महीयसी और भूगर्भस्था, मेरा मतलब महा महिमामयी महिला से है'', और अंत में: ''तुम्हारा मृत्यु-पर्यंत मनहूस आकृति वाला वीर योद्धा''। और मैंने इन दोनों वाक्यों के बीच में तीन सौ आत्माएँ, जानें और आँखें रख दीं।'

4. डान क्विग्जोट और उसके परिचारक की बातचीत

डान क्विग्जोट–'यह सब तो बहुत ठीक है, लेकिन यह तो बतलाओ कि जिस समय तुम पहुँचे वह सौंदर्य की रानी क्या कर रही थी? मेरा अनुमान है कि अपने प्रेमी योद्धा के लिए वह सुनहले काम का कोई कसीदा काढ़ रही होगी या पूर्व की मोतियों की माला गूँथ रही होगी। मेरा अनुमान सही है न, सैंको?'

सैंको–'ईमानदारी से कहता हूँ कि एकदम नहीं। वह पीछे के आँगन में गेहूँ के ढेर साफ कर रही थी।'

डान क्विग्जोट–'तुम्हें इतमीनान रखना चाहिए कि गेहूँ का वह एक-एक दाना मोती के एक-एक दाने के समान था, चूँकि वह अपने खुशक़िस्मत हाथों से उन्हें छूने का गौरव प्रदान कर रही थी। तूने गेहूँ को तो ग़ौर से देखा ही होगा, वह बहुत ही उत्तम जाति का था न?'

परिचारक–'इससे एकदम भिन्न।'

डान क्विग्जोट—'इतना तो तुम्हें मानना ही होगा कि उसके निर्मल हाथों से साफ किए जाने के कारण उसकी रोटियाँ बहुत ही अच्छी बनी होंगी। ख़ैर, आगे कहो! जब तुमने उसे मेरा ख़त दिया तब उसने उसे चूमा? उसे अपनी छाती से उसने लगा लिया? उस पत्र के अनुरूप उसने और क्या किया? उसके हृदय का भाव कैसा रहा?'

सैंको—'जिस समय मैंने उसे आपका ख़त दिया वह सूप चलाने में व्यस्त थी। उसने मुझसे कहा कि मेरे शुभचिंतक मित्र, इस ख़त को उस बोरे पर रख दो। मेरे हाथ में जो गेहूँ हैं उसे साफ किए बिना मैं उसे पढ़ नहीं सकती।'

डान क्विग्जोट—'बे-मिसाल दूरदर्शिता! वह जानती थी कि उस ख़त को पढ़ने के लिए पूरा इतमीनान चाहिए, इसलिए उसने उस समय पढ़ने के लिए रख दिया जब उसे काफी फुरसत हो। लेकिन उस समय तुमसे क्या बातें हुईं? उसने अपने वीर योद्धा के बारे में क्या पूछा और तुमने क्या उत्तर दिया? सारी बातें कह डाल, मेरे प्यारे सैंको, सारी बातें कह डाल। छोटी-मोटी बातें भी कहने से मत चूकना। उन सारी बातों को कह डाल, जो दिमाग में सोची या कलम से लिखी जा सकती हैं।'

सैंको—'उसके प्रश्न का उत्तर तो सहज में दिया गया था, क्योंकि उसने मुझसे कुछ पूछा ही नहीं। मैंने उससे अवश्य कहा कि तुम्हारे कारण मैं अपने स्वामी को किस दयनीय दशा में छोड़ आया हूँ, वे कमर तक एकदम नंगे हैं, वे जंगली जानवरों की तरह खाते और सोते हैं; वे अपना गला उतनी ही आसानी से काट सकते हैं जिस तरह अपनी दाढ़ी; वे चिल्ला रहे थे, विलाप कर रहे थे, प्रलाप कर रहे थे और अपने भाग्य को कोस रहे थे।'

डान क्विग्जोट—'तुमने यही भूल की। मैं अपने भाग्य को सराहता हूँ और जब तक दम में दम है तब तक सराहता रहूँगा। क्योंकि मैं डलसीनिया डेल टोबोसो के समान महीयसी महिला का उपासक समझा जाता हूँ।'

सैंको—'यह बात आपने बिलकुल सही कही। वह अवश्य महीयसी है, क्योंकि वह मुझसे भी डेढ़ फुट लंबी है।'

वीर योद्धा—'तुमने, सैंको, अपने साथ उसे नापा कैसे?'

सैंको—'मैंने निश्चय ही नाप लिया। आपको मालूम होना चाहिए कि गधे पर गेहूँ का बोरा लादने के लिए उसने मुझे हाथ लगाने के लिए कहा। इस तरह हम लोग इस काम में लगे और मैं उसके इतना निकट आ गया कि मैंने उसे अपने से कम-से-कम बालिश्त भर बड़ा पाया।'

डान क्विग्जोट—'ठीक है, लेकिन तुझे यह भी मालूम है कि उसमें असाधारण कद के साथ-साथ अनेक गुण और योग्यताएँ भी हैं। जब तुम उस सुंदरी के निकट गए तब तुम्हें किसी इत्र की सुखद और मधुर सुगंध अवश्य मिली होगी। वह सुगंध ऐसी प्रसन्न कर रही होगी कि मैं उसकी तुलना किस सुगंध से करूँ? वैसी अच्छी, जैसी—तुमने मेरा मतलब समझ लिया होगा। ऐसी सुगंध जैसे गंधियों के सुगंध-भंडारों में फैली रहती है, इतना तो तू अवश्य स्वीकार करेगा।'

सैंको—'मुझे महक तो ज़रूर मिली मगर वह बड़ी अप्रीतिकर थी। बड़ी ही तीव्र। मैं समझता हूँ कि उसने बड़ी मेहनत की थी, इससे गहरा पसीना आया हुआ था।'

डान क्विग्जोट—'यह ग़लत है। या तो अपनी ही दुर्गंध से तेरी नाक भरी थी या तेरी नाक में घाव था। अगर तुझे विकसित गुलाब, सुगंधपूर्ण कमलिनी या उत्तम अंबर की सुगंधि का ज्ञान होता तो तू उसकी सुगंध को पहचान सकता था।'

सैंको—'ऐसा होना संभव है, क्योंकि श्रीमती डलसीनिया के शरीर में उस समय जैसी महक आ रही थी वैसी महक मेरे शरीर से बहुधा आया करती है। यदि उसके शरीर से मेरे समान महक आ रही थी तो कोई आश्चर्य की बात नहीं थी, क्योंकि हम लोगों के काम में कोई अंतर नहीं है।'

वीर योद्धा—'अच्छा, गेहूँ साफ करके मिल में भेजने के बाद मेरा पत्र पढ़कर उसने क्या किया?'

सैंको—'आपका पत्र श्रीमान्, आपका पत्र तो पढ़ा ही नहीं गया। उसने कहा कि न तो मैं पढ़ सकती हूँ और न लिख सकती हूँ और किसी दूसरे का विश्वास नहीं कर सकती, क्योंकि वे लोग बदनामी करने लगेंगे। इसलिए उसने होशियारी से पत्र फाड़ डाला। उसने कहा—'उनके प्रेम और तपस्या के बारे में तुमने ज़बानी जो कुछ कहा है वह काफी है।' संक्षेप में उसने अपनी सेवाएँ आपको अर्पित कीं और कहा कि उन्होंने यदि केवल देखकर मुझे प्यार किया है तो उन्हें अपने पागलपन को वहीं झाड़ियों में छोड़ देना चाहिए और (यदि फुरसत न हो तो) फौरन होवासा चले आएँ, क्योंकि मुझे उनसे कुछ कहना है। वह आपको देखने के लिए आतुर है। मैंने जब आपको मनहूस आकृति वाला वीर योद्धा कहा तो वह खिलखिलाकर हँस पड़ी। उसने मुझे बतलाया कि जिस बिस्कायन को आपने सर किया था वह वहाँ गया था और वह ईमानदार आदमी था, लेकिन उन गुलाम कैदियों का उसे कोई पता नहीं था।'

डान क्विग्जोट–'यहाँ तक तो सारी बातें ठीक रहीं। तुम उसके यहाँ जो समाचार लेकर गए इसके लिए विदाई के वक़्त उसने तुम्हें क्या रत्न उपहार में दिया? वीर योद्धाओं में पुराने समय से यह रिवाज चला आता है कि जो परिचारक या परिचारिका उनकी प्रेयसी का संवाद लाते हैं उन्हें इस सुसंवाद के लिए उपहार में कोई कीमती रतन दिया जाता है।'

सैंको–'श्रीमान्, पुराने जमाने में यह रिवाज था और मैं मानता हूँ कि यह बहुत अच्छा था। लेकिन मुझे तो रतन के रूप में रोटी और पनीर का टुकड़ा मिला। जब मैं विदा हो रहा था तब उसने दीवार से मुझे थमा दिया और उसी तरह समझ लीजिए कि (मैं समझता हूँ कि यह कहने में कोई बुराई नहीं है) पनीर मेंढ़की के दूध का था।'

डान क्विग्जोट–'यह अचरज की बात है, क्योंकि वह बहुत अधिक उदार है। तुम्हें पुरस्कार में रत्न न देने का कारण यह होगा कि उस समय उसके पास कोई रत्न नहीं रहा होगा, लेकिन जो स्थगित रहा उसे खोया नहीं समझना चाहिए क्योंकि ''देर आयद दुरुस्त आयद''। जब मैं उससे मिलूँगा तक सारी बातें ठीक हो जाएँगी। लेकिन तू जानता है कि मुझे सबसे अधिक आश्चर्य किस बात का है? तेरे इतनी जल्दी वापस आ जाने का। टोबोसो यहाँ से चालीस-पचास मील से कम नहीं होगा। जब मैं इस दूरी और तेरी अनुपस्थिति की अल्प अवधि का विचार करता हूँ तो मुझे यही प्रतीत होता है कि तू हवा पर सवार होकर गया होगा। निश्चय ही वह दूरदर्शी जो मेरा अभिभावक और दोस्त है (क्योंकि निस्संदेह इस तरह का एक है और होना चाहिए, नहीं तो मैं असली भ्रमणशील वीर योद्धा नहीं हो सकता) मैं निश्चयपूर्वक कहता हूँ कि उसी बुद्धिमान जादूगर ने तुझे तेज़ चला दिया, लेकिन तुझे पता नहीं लगा। इस तरह की असाधारण शक्ति के संत हैं जो किसी सोते हुए वीर योद्धा को बिस्तर से उठाकर हज़ारों मील दूर रख आते हैं। इस शक्ति की बदौलत भ्रमणशील योद्धा जहाँ चाहते हैं वहीं भीषण-से-भीषण संकटों में एक-दूसरे की सहायता करते हैं। उदाहरण के लिए मान लो कि मैं आर्मेनिया के पहाड़ों में हूँ। किसी भयानक दैत्य, भीषण शैतान या विशालकाय बलवान वीर योद्धा से लड़ रहा हूँ और (प्रायः ऐसा होता है) उस युद्ध में मेरे हार जाने की संभावना है। ऐसे जी नाज़ुक समय में मैं बादलों के ऊपर या लपटों के रथ पर सवार अपने दोस्त दूसरे वीर योद्धा को देखता हूँ–जिसकी कल्पना तक मैंने नहीं की थी–जो एक क्षण पहले संभवतः इंग्लैंड में था। वह मुझे सहारा देता है और मृत्यु के मुँह से बचा लेता है तथा दो-तीन हज़ार

मील की दूरी की यात्रा के बाद उसी रात अपने निवास पर पहुँचाकर आनंद से भोजन कराता है। यह सब उन्हीं सर्वज्ञ जादूगरों की बुद्धि और परिश्रम से संपन्न होता है जिनका एकमात्र काम और ज़िम्मेदारी चमत्कारपूर्ण वीर कर्म है। मेरा अनुमान है कि इसी तरह की किसी छिपी शक्ति ने तुम्हारी यात्रा में सफलता प्रदान की।'

सैंको—'मेरा भी अनुमान है कि यह क़िसी जादू का प्रभाव था, क्योंकि रोजिनांटे को रास्ते-भर में कहीं एड़ नहीं देनी पड़ी, और जिप्सी के गधे की तरह ऐसा तेज चला मानो कान में पारा हो।'

वीर योद्धा—'पारा! और उसके ऊपर शैतानों की टोली! तुझे जानना चाहिए कि प्रकृति में वे सबसे उत्तम घुड़सवार माने जाते हैं; क्योंकि जिसे शैतान चलाएगा उसे जाना ही होगा। लेकिन इन बातों को छोड़ो।'

'मेरी प्रेयसी से मिलने के लिए उसके आदेश के बारे में तुम्हारा क्या विचार है? मैं जानता हूँ कि मेरी इच्छाएँ उसके अधीन हैं, लेकिन मेरी प्रतिष्ठा, सैंको! मेरे साथ जो शाहज़ादी चल रही है उसकी सेवा के लिए मैं वचनबद्ध हूँ और वीर-धर्म के नियम के अनुसार मैं अपने वचन से बँधा हुआ हूँ। प्रेम मुझे एक तरफ खींचता है और यश दूसरी तरफ। एक तरफ डलसीनिया का आदेश है और दूसरी तरफ मेरा वचन। लेकिन यह तय है मैं रात-दिन चलता रहूँगा, इस दैत्य का सिर काटूँगा और इस शाहजादी को उसकी राजगद्दी पर बिठाकर तुरंत अपनी देवी के दर्शन के लिए वापस आऊँगा जिससे मुझे प्रकाश मिलता है जब मैं उसे समझा दूँगा कि मेरी गैरहाजिरी उसी के यश और प्रतिष्ठा के लिए थी तो वह मुझे सहज में क्षमा कर देगी; चूँकि मेरे विजयी हथियारों की भूत, वर्तमान और भावी सफलता उसकी कृपा के प्रभाव पर है, मेरा वीर योद्धा होने का सौभाग्य भी उसी पर निर्भर करता है।'

सैंको—'अफसोस, सख्त अफसोस! मुझे संदेह हो रहा है कि आपका दिमाग खराब हो गया है। आप पागल हो गए हैं कि निष्प्रयोजन आप इतनी लंबी यात्रा करेंगे? आपको जो मिल रहा है उसे आप क्यों नहीं पसंद करते? लोग कहते हैं कि इसके राज्य का विस्तार तीन हज़ार मील है। नहीं-नहीं, पुर्तगाल और कैस्टाइल दोनों को मिलाकर भी बड़ा है। आप व्यर्थ ही चर्चा न कीजिए। आपको शर्म नहीं आ रही है—एक बार तो इस बेवकूफ की सलाह मान लीजिए, जो पहला पुरोहित मिले उसी से विवाह करवा लीजिए। पुरोहित तो साथ में हैं ही, ये भी वह संस्कार संपन्न कर सकते हैं। मेरी उम्र भी सलाह देने योग्य है।

मेरी सलाह आपके लिए उतनी ही दुरुस्त है, जितना दुरुस्त आपके पैरों में जूता। कहावत है—नौ नकद न तेरह उधार।

यो ध्रुवाणि परित्यज्य अध्रुवाणि निसेवते।
ध्रुवाणि तस्य नश्यन्ति अध्रुवं नष्टमेव हि॥'

डान क्विग्जोट—'तू मुझे इस तरह की सलाह इसलिए दे रहा है ताकि अपने वचन के अनुसार मैं तेरी तरक़्क़ी कर दूँ। लेकिन यह काम तो मैं इस महिला से विवाह किए बिना ही कर सकता हूँ। युद्ध में प्रवृत्त होने से पहले मैं यह शर्त कर लूँगा कि विजय-लाभ किए बिना ही, उससे विवाह किए बिना ही, मैं उसके राज्य के एक हिस्से का मालिक होऊँगा और जिसे चाहूँगा उसे दे दूँगा। और तेरे सिवा दूसरा इस तरह के उपहार का दावेदार हो ही कौन सकता है?'

सैंको—'यह तो स्पष्ट है। लेकिन एक बात का ध्यान रखिएगा कि मेरे लिए समुद्र के किनारे का इलाक़ा लीजिएगा। क्योंकि यदि वहाँ की जलवायु अनुकूल नहीं हुई तो मैं गुलामों को वहाँ से लाकर बेचूँगा और उससे नफ़ा कमाकर कहीं दूसरी जगह आराम से रहूँगा। इसलिए मेरी राय है कि आप तुरंत यहाँ पक्का कर लीजिए, श्रीमती डलसीनिया का विचार संप्रति छोड़ दीजिए और जाकर उस दैत्य को मारिए इससे निश्चय ही आपको बहुत लाभ होगा।'

डान क्विग्जोट—'मैं तेरी राय से एकदम सहमत हूँ। इस बात का ध्यान रखना कि हम लोगों की बातचीत की गंध भी किसी को न मिल सके। चूँकि डलसीनिया अत्यंत सावधान और सतर्क है, इसलिए मुझे और मेरे आदमी को भी उसी का अनुकरण करना चाहिए।'

सैंको—'तब आप जिस किसी को परास्त करते हैं उसे श्रीमती डलसीनिया के पास क्यों भेजते हैं कि वह जाकर उसके पैरों पर गिरे और उससे कहे कि उसकी आज्ञा का उसी तरह अनुसरण करने के लिए उन लोगों को आपने भेजा है जिस तरह वे आपकी आज्ञा मानते? इससे संसार-भर में प्रकट हो जाता है कि वह आपकी प्रेयसी है।'

डान क्विग्जोट—'तू कितना बुद्धिहीन और मूर्ख है! क्या तुझे इतना समझने की भी बुद्धि नहीं है कि इससे उसका यश कितना अधिक फैलता है। तुझे यह जानना चाहिए कि वीर कर्म के कार्यक्रम में किसी महिला कीं प्रतिष्ठा उसके नौकरों की संख्या से कूती जाती है, जिन्हें सेवा के लिए किसी तरह का पारिश्रमिक नहीं देना पड़ता, बल्कि उसकी स्वीकृति और कृपा, उसका सेवक कहा जाना तथा उसके लिए सेवा का काम करना ही बहुत बड़ा पारिश्रमिक है।'

सैंको—'अपने पुरोहित को यह उपदेश देते सुना है कि केवल प्रेम के लिए प्रेम करो और हम लोगों को भलाई की आशा या बुराई के कष्टों का ख़याल किए बिना अपने सृष्टा से प्रेम करना चाहिए। पर मुझे जो प्राप्त हो सके उसी के बदले में उसे प्यार और उसकी सेवा करना चाहता हूँ।'

डान क्विग्जोट—'तू बे-हिसाब आदमी है। कभी-कभी तू ऐसी समझ की बातें करता है कि उन्हें सुनकर लोग तुझे पंडित समझ सकते हैं।'

सैंको—'पंडित! अफसोस! मैं ईमानदार आदमी हूँ इससे कह देता हूँ कि मैं एक अक्षर भी नहीं जानता।'

निकोलस ने उन्हें इस तरह बातचीत में तन्मय देखकर कहा—'सड़क के किनारे वाले चश्मे से पानी तो पी लीजिए।'

डान क्विग्जोट रुक गया। इस बाधा से सैंको को भी बड़ी खुशी हुई, क्योंकि उसके झूठ का ख़ज़ाना खाली होने जा रहा था। इसके अलावा अपने ही शब्दों के जाल में फँसने का ख़तरा उपस्थित हो गया था, क्योंकि उसने डलसीनिया को कभी देखा नहीं था, यद्यपि जानता था कि वह टोबोसो में रहती है। इस बीच कार्डेनियो ने अपनी पोशाक को डोरोथिया की उस पोशाक में बदल लिया था जिसे उन लोगों ने पहाड़ों में उसे पहने पाया था। यद्यपि वह साधारण पोशाक थी तो भी जिसे उसने उतारा था, उससे अच्छी थी। वे लोग चश्मे के किनारे ठहर गए और पुरोहित के भोजन पर टूट पड़े जो इतने लोगों के बीच में नहीं के बराबर था; क्योंकि सभी भूखे थे। वे लोग इस तरह से अपने को ताजा कर रहे थे कि एक छोकरे की दृष्टि उन पर पड़ी जो उधर से ही जा रहा था। उस जमात को ग़ौर से देखकर वह दौड़ पड़ा और डान क्विग्जोट के पैरों पर गिरकर बड़ी दीनता से बोला—'श्रीमान्, आपने मुझे पहचाना नहीं क्या? आपने अपने एण्ड्रू को पहचाना नहीं जिसे आपने पेड़ के बंधन से छुड़ाया था?' इतना कहने पर वीर योद्धा ने उसे पहचान लिया और उसे उठाकर जमात को लक्ष्य करके बोला—'आप लोगों को जानना चाहिए कि क्षति के प्रतिकार, दुष्टों के दमन तथा मानव-समाज के कल्याण के लिए भ्रमणशील वीर कर्म कितना महत्त्वपूर्ण है। कुछ दिन की बात है मैं जंगल में सफर कर रहा था। मेरे कान में किसी के रोने और चिल्लाने की आवाज़ पड़ी। दुखियों की पीड़ा से द्रवीभूत होकर तथा अपने पेशे के जोश से प्रेरित होकर मैंने उस विलाप का अनुसरण किया। मैंने इस लड़के को ओक के एक पेड़ से बँधा पाया जो आप लोगों के सामने है। मुझे खुशी है कि यह मौजूद है, क्योंकि यह मेरे वृत्तांत की तसदीक़ करेगा। कमर के इधर एकदम

नंगा और मैंने जैसा कहा है इसे ओक के पेड़ से बँधा मैंने पाया और क्रूर किसान लगाम की छोर से इसे निर्दयता से पीट रहा था। मैंने उससे सजा का कारण पूछा। उस उद्दंड व्यक्ति ने जवाब दिया कि अपने नौकर को सजा देने का मुझे पूरा हक है। इसने बदमाशी की है उसी के लिए यह सजा दी जा रही है। इससे उसकी दुष्टता प्रकट हो रही थी।'

छोकरा–'श्रीमान्, उसका मेरे ख़िलाफ़ केवल यही अभियोग था कि मैं उससे अपनी मजदूरी माँगता था।'

डान क्विग्जोट–'इसके मालिक ने जो कुछ कहा उसे मैंने पर्याप्त कारण नहीं जाना। मैंने उसे आदेश दिया कि इसका बंधन खोल दो और इसे अपने साथ ले जाकर इसकी सही-सही मजदूरी दे दो। क्या यह बात अक्षरक्षः सत्य नहीं है, एण्ड्रू? तुमने तो देखा कि किस तपाक से मैंने आदेश दिया था और किस नम्रता से उसने उसे स्वीकार किया था? मेरी बात का जवाब दो और जो कुछ हुआ था वह इन लोगों को सुना दो जिससे लोगों को विदित हो जाए कि भ्रमणशील वीर कर्म का पेशा राह चलने वालों के लिए कितना आवश्यक है।'

अण्ड्रू–'आपने जो कुछ कहा है, सच है। लेकिन जिस तरह से आपने और मैंने सोचा था उस तरह उस मामले की इति नहीं हुई।'

डान क्विग्जोट–'कैसे? क्या किसान ने तुम्हारी मज़दूरी नहीं दी?'

छोकरा–'उसने सूद के साथ चुकाया। आपके पीठ फेरते ही उसने मुझे उसी पेड़ में पुनः बाँधा और इतनी निर्दयता से पीटा कि संत बर्थलोमो की तरह ज़िंदा मेरी चमड़ी उधेड़ दी और हर प्रहार पर वह आप पर कोई-न-कोई व्यंग्य कसता जाता था। यदि उसने मेरे साथ उस तरह का व्यवहार न किया होता तो मैं भी हँसे बिना न रहता। अंत में उसने मुझे ऐसी दयनीय दशा में छोड़ा कि अपने को अच्छा करने के लिए मुझे रेंगकर अस्पताल में जाना पड़ा। उसने इतनी निर्दयता से मुझे पीटा था कि अच्छा होने के लिए मैं आपको धन्यवाद दूँ, क्योंकि यदि आप अपनी राह चले गए होते और इस तरह का हस्तक्षेप न करते, यह समझकर कि आपको किसी ने बुलाया नहीं था और आपसे कोई प्रयोजन नहीं था, तो संभव है कि मेरा मालिक मुझे दस-बीस कोड़े मारकर संतुष्ट हो जाता और बाद को मेरी मजूरी भी दे देता। लेकिन आप इतने क्रुद्ध थे और उसे आपने इतनी गालियाँ दीं कि वह पागल हो गया और आपके पीठ फेरते ही आपका सारा ग़ुस्सा मेरी पीठ पर इस तरह उतारा कि मुझे उम्मीद नहीं है कि मैं फिर पहले का-सा हो सकूँगा।'

वीर योद्धा—'इस दुर्घटना का कारण यह है कि आदेश का पालन कराए बिना ही मैं चला गया; क्योंकि अनुभव से मुझे जानना चाहिए था कि किसान की प्रतिज्ञा का पालन मर्यादा पर नहीं, बल्कि लाभ पर अवलंबित है। लेकिन तुम्हें तो याद होगा अण्ड्रू कि मैंने वचन दिया था कि यदि वह अवज्ञा करेगा तो मैं वापस आकर उसे ढूँढ़ निकालूँगा चाहे वह कहीं भी अपने को छिपावे।'

अण्ड्रू—'लेकिन मेरी पीठ की चोट तो इससे अच्छी नहीं हो जाएगी, श्रीमान्!'

वीर योद्धा—'तुम्हारी शिकायत दूर की जाएगी।'

इतना कहकर वह तमतमाकर उठ खड़ा हुआ और सैंको को रोजिनांटे को कसकर तैयार करने का आदेश दिया जो और लोगों की तरह आराम कर रहा था।

डोरोथिया—'आप क्या करने जा रहे हैं?'

वीर योद्धा—'मैं उस दुष्ट को ढूँढ़कर सजा दूँगा और अण्ड्रू की मजदूरी पाई-पाई चुका देने के लिए बाध्य करूँगा चाहे दुनिया-भर के सभी किसान उसका पक्ष क्यों न लें।'

इस पर डोरोथिया ने उसे प्रतिज्ञा की याद दिलाते हुए कहा कि जब तक वह काम पूरा नहीं हो जाता तब तक आप कोई भी नया उपक्रम नहीं कर सकते। इसलिए मेरे राज्य से वापस आने तक आपको अपना क्रोध दबाकर रखना होगा।

वीर योद्धा—'यह उचित ही है। इसलिए अण्ड्रू को धैर्य से मेरी वापसी की प्रतीक्षा करनी चाहिए। लेकिन वापस आने के बाद मैं तब तक चैन नहीं लूँगा जब तक कि इसका पूरी तरह प्रतिकार न हो जाए और इसका वेतन न मिल जाए। मैं अपनी पुरानी प्रतिज्ञा और वचन को दोहराता हूँ।'

अण्ड्रू—'इसके लिए मैं आप पर भरोसा नहीं कर सकता। यदि आप सेवाइल पहुंचने तक का साधन मुझे दे दें तो आप बदला लेने की जो बात कह रहे हैं उससे अधिक मैं आपका कृतज्ञ होऊँगा। मुझे खाने के लिए कुछ दीजिए और मेरी जेब में कुछ डाल दीजिए और आप तथा अन्य भ्रमणशील वीर योद्धाओं पर भगवान की कृपा हो और वे जिस तरह मेरे बारे में उल्लू साबित हुए उसी तरह अपने कामों में उल्लू साबित हों।'

सैंको रोटी और पनीर का एक टुकड़ा लेकर अण्ड्रू के पास गया और बोला—'दोस्त, इसे लो, तुम्हारी तरह हम लोग भी दुर्घटना के शिकार हो चुके हैं।'

अण्ड्रू—'किस तरह?'

सैंको—'तुम्हें यह रोटी और पनीर का टुकड़ा देकर मुझे इसकी ज़रूरत पड़ सकती है। तुम्हें जानना चाहिए कि वीर योद्धा के हम परिचारकों को बहुधा बिना भोजन के रहना पड़ता है तथा अन्य बातें भी भुगतनी पड़ती हैं जिन्हें कहने की अपेक्षा अनुभव ही किया जा सकता है।'

अण्ड्रू ने उस सामान को ले लिया और यह देखकर कि इससे अधिक की आशा नहीं है वहाँ से कदम बढ़ाया। चलते-चलते उसने मुँह फेरकर डान क्विग्जोट की ओर देखा और कहा—'भ्रमणशील वीर योद्धा महोदय, यदि अपनी यात्रा में मुझसे कहीं फिर भेंट हो जाए, जिसकी आशा नहीं है, तो आप अपनी राह चले जाइएगा और अपनी मूर्खतापूर्ण सहायता से मुझे तंग न कीजिएगा, चाहे मेरी धज्जियाँ ही क्यों न उड़ाई जा रही हों। मैं जाता हूँ। भगवान आपका तथा सभी भ्रमणशील योद्धाओं का बुरा करे।'

वीर योद्धा ने उसे दंड देना चाहा, लेकिन छोकरा इतना फुर्तीला था कि उसका मुकाबला उनमें से कोई नहीं कर सकता था। वह भाग गया और अपने वृत्तांत से डान क्विग्जोट को उत्तेजित करता गया। लोगों ने अपनी हँसी को दबाकर रखा क्योंकि उसका क्रोध खतरे की अवस्था को पहुँच सकता था।

5. डान क्विग्जोट के दल के साथ सराय की घटना

अच्छी तरह खा-पी चुकने के बाद वे लोग वहाँ से चल पड़े। दो दिन तक वे चलते रहे लेकिन कोई उल्लेखनीय बात नहीं हुई जब तक कि उस सराय में नहीं पहुँच गए जिसकी सूरत भी गरीब सैंको के लिए डरावनी थी। वह अपनी मर्जी से उसके अंदर कभी न जाता, लेकिन वह उसका परिहार नहीं कर सकता था। सरायवाला, उसकी पत्नी, उसकी बेटी और मेरिटार्नेस ने डान क्विग्जोट तथा उसके परिचारक का हृदय से स्वागत किया। वीर योद्धा बड़े तपाक के साथ हँसकर उनसे मिला और कहा कि पिछली बार जैसा बिस्तर आप लोगों ने मुझे दिया था उससे अच्छे बिस्तर का इंतजाम कीजिए।

सरायवाली ने कहा—'पहले की अपेक्षा आप अच्छा किराया दीजिए। आपको राजा के समान बिस्तर दिया जाएगा।'

वीर योद्धा के वादा करने पर उसी बड़े कमरे में, जिसमें वह पिछली बार सोया था, सरायवाली ने काम लायक बिस्तर का इंतजाम कर दिया। उसने तुरंत अपना कपड़ा उतारा और शरीर तथा मस्तिष्क दोनों के विकल होने के कारण वह सोने चला गया। कमरे में दाखिल हुआ ही था कि सरायवाली हज्जाम पर झपट

पड़ी और उसकी दाढ़ी पकड़कर बोली—'अब तुम इस पूँछ को दाढ़ी के काम में नहीं ला सकते। मेहरबानी करके मेरी दाढ़ी वापस कीजिए। मेरे पति उसे अपनी चीज़ें, मेरा मतलब कंघी से है, लटकाने के लिए चाहते हैं। इसलिए मैं अपनी पूँछ वापस ले लूँगी। उसके साथ हज्जाम की तब तक खींचा-खींची चलती रही, जब तक कि पुरोहित ने लौटा देने की सलाह नहीं दी। उसने कहा—'तुम अब अपने को प्रकट कर सकते हो और डान क्विग्जोट से कह देना कि उन कैदी गुलामों द्वारा लूटे जाने के बाद तुम इसी सराय में भाग आए। यदि शाहज़ादी के परिचारक के बारे में पूछें तो कह दिया जाएगा कि उसे शाहज़ादी की राजधानी भेज दिया गया है ताकि वह उनकी प्रजा को सूचित कर दे कि ग़ुलामी से उनके उद्धार के लिए रानी बहुत शक्तिशाली वीर को अपने साथ लेकर आ रही हैं।'

इस तरह सिखलाने पर हज्जाम ने सरायवाली की पूँछ तथा उन अन्य सामान को लौटा दिया जो उसने डान क्विग्जोट को जंगल से फुसलाकर लाने के लिए उधार लिया था। डोरोथिया के सौंदर्य और कार्डेनिया के सुडौल शरीर को देखकर सभी चकित थे। पुरोहित ने भोजन के लिए आदेश दिया। सराय वाली ने पैसा मिल जाने का इतमीनान होने के कारण कामचलाऊ भोजन झटपट तैयार करवाया। वीर योद्धा गहरी नींद में था। उन लोगों ने उसे बाधा देना उचित नहीं समझा, क्योंकि गोश्त की अपेक्षा उसके बिगड़े मस्तिष्क को नींद की अधिक आवश्यकता थी। सरायवाली ने लदवाहों के साथ डान क्विग्जोट के झगड़े और सैंको के कंबल में लपेटकर उछाले जाने की कहानी सुनाकर उन लोगों का खूब मनोरंजन किया। उन लोगों की बातचीत का प्रधान विषय डान क्विग्जोट का पागलपन था। पुरोहित इस बात पर जोर दे रहे थे कि इस तरह का विकार रोमांचक पुस्तकों के पढ़ने से उत्पन्न हुआ है।

इस पर सरायवाले ने कहा—'मैं आपसे सहमत नहीं हूँ। मेरा मत है कि इनका पढ़ना अत्यंत मनोरंजक है। मेरे यहाँ उस समय के दो-तीन ग्रंथ हैं, कुछ और छोटी-मोटी किताबें भी हैं जिन्होंने मेरा तथा दूसरों का बहुत अधिक मनोरंजन किया है। कटनी के समय दोपहर की धूप में अनेक कटनी करने वाले यहाँ पीने आते हैं। जो अच्छी तरह पढ़ सकता है, वह इनमें से कोई पुस्तक ले लेता है और शेष लोग—जिनकी संख्या कभी-कभी तीस तक पहुँच जाती है—उसे घेरकर बैठ जाते हैं और इतनी खुशी से सुनते हैं कि सारी चिंता और दुख भूल जाते हैं। जहाँ तक मेरा संबंध है जब मैं उन भ्रमणशील वीर योद्धाओं के भीषण संग्राम और कठोर प्रहार की बात सुनता हूँ तो मुझे भी वैसा ही बनने की इच्छा

होती है और मेरे शरीर में ऐसी फुर्ती और जोश आ जाता है कि बुढ़ौती डरकर भाग जाती है। मैं बैठकर दिन-रात सुन सकता हूँ।'

सरायवाली—'भगवान ऐसा ही करते, तब हम लोगों को कुछ चैन मिलता; क्योंकि कभी-कभी तुम इस कद्र बिगड़े और झल्लाए रहते हो कि हम लोगों की ज़िंदगी नरक हो जाती है।'

मेरिटार्नेस—'पर वह सब सच है। उन पुस्तकों में अनेक सुंदर कथाएँ हैं, ख़ासकर उस सुंदर महिला की कहानी, जिसे उसका वीर योद्धा संतरे के पेड़ के नीचे बड़े प्यार से छाती से लगा लेता है जब कि वह महिला इधर-उधर देखती है कि कहीं कोई आ न जाए! लेकिन यह लालायित होकर चुपचाप खड़ी रहती है। इस तरह की हज़ारों कहानियाँ हैं जिन्हें सुनने के लिए मैं खाना-पीना छोड़ सकती हूँ।'

तब पुरोहित ने सरायवाले की बेटी से पूछा—'और कुमारी तुम्हारा क्या विचार है?'

उसने कहा—'अफसोस महोदय, मैं उन चीज़ों को नहीं समझती, तो भी उन्हें सुनने में मज़ा आता है। लेकिन मुझे वे वाहियात लड़ाइयाँ पसंद नहीं हैं, जिन्हें सुनकर पिताजी को बड़ी खुशी होती है। अपनी प्रेयसियों के लिए उन बेचारे वीर योद्धाओं का करुण विलाप सुनकर मैं कभी-कभी रो पड़ती हूँ।'

डोरोथिया—'तुम्हारा हृदय बड़ा ही कोमल है, तुम अपने प्रेमी को मरने नहीं दोगी।'

लड़की—'मैं नहीं कर सकती कि उस संबंध में क्या होगा लेकिन मैं इतना कह सकती हूँ कि मैं किसी को ऐसा अवसर नहीं दूँगी कि वह मुझे बाघिन, शेरनी तथा इस तरह के अन्य नामों से कोसे, जैसा कि इन महिलाओं के बारे में होता है। मेरा मतलब है कि इससे भी क्रूर नाम के ये पात्र हैं, क्योंकि वे हृदयहीन हैं जो ऐसे वीरों को अपनी सूरत न दिखाकर इस तरह मरने या पागल होने देती हैं। उनकी लज्जाशीलता और आनाकानी क्या प्रकट करती है? अगर वे शालीन महिलाएँ हैं तो वे उनसे विवाह क्यों नहीं कर लेतीं, क्योंकि वीर योद्धा यही तो चाहता होगा?'

सरायवाली—'अपनी बक-बक बंद कर! ये सब बातें तुझे किस तरह मालूम हुईं? इस तरह की बातें तुझे नहीं करनी चाहिए।'

लड़की—'उन सज्जन व्यक्ति ने मुझसे प्रश्न किया। उसका उत्तर न देना असभ्यता होती।'

पुरोहित ने सरायवाले से कहा—'कृपा करके आप उन पुस्तकों को लाइए, मैं उन्हें देखना चाहता हूँ।'

सरायवाले ने कहा—'बड़ी खुशी से!' इसके बाद वह अपनी कोठरी में गया, चमड़े का छोटा संदूक खोला जो ज़ंजीर से बँधा था और तीन मोटी-मोटी जिल्दें तथा स्पष्ट अक्षरों में लिखी पांडुलिपियों का ढेर उसने निकाला। प्रथम जिल्द का नाम डान सिरोंगिलियो ऑफ थ्रेस, दूसरे का फेलिक्समार्टे ऑफ हरसानिया और तीसरा कैप्टेन गोनकेलो हरनांडेज डे कोइडूवा का इतिहास तथा डीगो गर्सिया डे पैरेडेस का जीवन-वृत्त एक में बँधा था।

पुस्तकों का नाम पढ़कर पुरोहित ने हज्जाम की ओर मुड़कर कहा—'संप्रति डान क्विग्जोट की गृह-प्रबंधिका और उसकी भतीजी को इनकी ज़रूरत है।'

हज्जाम—'मैं भी इनका उपचार कर सकता हूँ। मैं पीछे के आँगन का धुआँकश का रास्ता ढूँढ़कर निकल सकता हूँ। वहाँ आग जल रही है, जो इनका काम तमाम कर देगी।'

सरायवाला—'काम तमाम? मैं समझता हूँ कि आप मेरी पुस्तकें जला नहीं देंगे।'

पुरोहित—'केवल दो—यह डान सिरोंगिलियो और उसका साथी फेलिक्समार्टे।'

सरायवाला—'न तो यह धर्म-विरोधी है और न गिरजे के विरुद्ध इनमें कोई बात है। यदि आपको किसी को जलाना ही है तो गोन केलो हरनांडेज और डीगो गर्सिया को जलाइए अथवा उन दोनों को जलाने की अपेक्षा आप मेरे किसी बच्चे को जला दीजिए।'

पुरोहित—'मेरे ईमानदार दोस्त, जिन पुस्तकों से आपको इतना मोह है वे बेहूदी असंगत झूठी बातों तथा बेवकूफ़ियों से भरी हैं और जिसे आप घृणा से देखते हैं वे सच्चा इतिहास हैं और दो व्यक्तियों का सच्चा वृत्तांत हैं। पहले ने अपनी वीरता और साहस के कारण अमर ख्याति पायी और मानव-समाज ने उसे बहुत बड़ा सेनापति माना। दूसरे यानी डीगो गर्सिया डे पैरेडेस कुलीन वंश का था। इस्ट्रेमुंडुरा के ट्रूक्सिलो नगर में पैदा हुआ था। यह असाधारण साहसी था। उसके शरीर में इतना अमोघ बल था कि तेज चाल वाली मिल को भी एक हाथ से रोक सकता था। उसने अकेले बहुत बड़ी सेना का रास्ता पुल पर रोक दिया था। उसके जीवनवृत्त के साथ अनेक कारनामों का संबंध है। वे सारी बातें इतनी शालीनता और पक्षपातहीनता के साथ लिखी गई हैं कि स्पष्ट प्रकट हो जाता है मानो उसने स्वयं अपना इतिवृत्त लिखा हो। यदि कोई दूसरा स्वतंत्रता और

निरपेक्षता के साथ लिखता तो यह हेक्टर, अचेलेस तथा ओरलैंडो के वीर-कर्मों से कहीं बढ़कर प्रतीत होता।'

सरायवाला–'सचमुच, यह तो बड़ा मज़ाक रहा। मेरे पिता ने कुछ दूसरा ही किस्सा कहा होता। मिल के चक्के को रोक लेना? क्या यह बहुत बड़ी वीरता का काम है? महज़ छोटा काम है, आप ज़रा फेलिक्समार्टे के पन्ने उलटिए। आप देखेंगे कि किस तरह उसने तलवार की एक ही मार से हवा में उड़ते हुए पाँच दैत्यों को बीच से इस तरह काट डाला मानो वे पाँच सेम के छिलके हों, जिनसे बच्चे छोटे-छोटे खिलौने के साधु बनाया करते हैं। आगे चलकर आपको पढ़ने को मिलेगा कि उसने सिर से पैर तक हथियारों से लैस सोलह लाख सैनिकों का अकेले मुकाबला किया और भेड़-बकरियों की तरह उन्हें काट डाला। थ्रेस के वीर सिरोंगलियो के बारे में आपका क्या मत है? एक दिन वह किसी नदी को पार कर रहा था कि बीच धार में किसी भयानक साँप ने उस पर प्रहार किया। वह फुर्ती से उसकी पीठ पर चढ़ गया और उसकी पट्टीदार गर्दन को दोनों हाथों से पकड़कर इस तरह दबाया कि साँप का दम घुटने लगा। अपनी जान बचाने के लिए उसे पानी में डुबकी लगाने के लिए मजबूर होना पड़ा। वीर योद्धा ने उसकी गर्दन नहीं छोड़ी। वह उन्हें लेकर नीचे पहुँच गया। वहाँ वीर योद्धा ने विशाल महल और ऐसा सुंदर बाग देखा कि वह चकित हो गया। दूसरे ही क्षण वह साँप बूढ़ा आदमी बन गया और ऐसी बातें कहीं जो न कभी कही गई थीं और न सुनी गई थीं। आपके वीर कप्तान और आपके डीगो गर्सिया इनके सामने तुच्छ हैं।'

यह सुनकर डोरोथिया ने कार्डेनिया से धीरे से कहा–'यह सरायवाला दूसरा डान क्विग्जोट होने के योग्य है।'

कार्डेनिया–'मैं भी यही समझता हूँ, क्योंकि वह उन पुस्तकों में लिखे वृत्तांतों को सच मानता है और बड़े-बड़े साधु-संत भी उसे डिगा नहीं सकते।'

पुरोहित–'दोस्त, वीर-कर्म की उन पुस्तकों में जैसा लिखा है इस तरह के लोग इस दुनिया में कभी थे ही नहीं। तुम्हारे हरसानिया के फेलिक्समार्टे और थ्रेस के सिरोंगलियो केवल बेकार और विलासी मस्तिष्क की कल्पना-मात्र हैं। जिस उद्‌देश्य से आप इन्हें पढ़ते हैं उसी उद्‌देश्य से उन्होंने इन पुस्तकों की रचना की, क्योंकि उन्हें कुछ और नहीं करना था।'

सरायवाला–'आप दूसरा जाल फेंकिए अन्यथा आप एक भी मछली नहीं फँसा सकेंगे। मैं नासमझ नहीं हूँ। मैं भी असली और नकली को पहचानता हूँ। मुझे कहाँ कष्ट है इसे मैं ही सही-सही महसूस कर सकता हूँ। आप किसी घाघ

को जल्द अपने जाल में नहीं फँसा सकते। यह अच्छा मज़ाक़ रहा कि आप मुझे अब यह समझाना चाहते हैं कि ये प्रसिद्ध मनगढ़न्त बातें हैं। क्या छपी नहीं हैं? क्या इनका प्रकाशन रीतिमय नहीं हुआ है? क्या आप समझते हैं कि अधिकारी वर्ग इस तरह की गलत बातों, युद्धों और जादू को प्रकाशित करने का अधिकार देते हैं ताकि लोग पागल न हो जाएँ?'

पुरोहित—'मैंने आपसे कहा है कि बेकारी के क्षणों के लिए हम लोगों को मनोरंजनार्थ इनके प्रकाशन का अधिकार मिला है जिस तरह टेनिस, बिलियर्ड, शतरंज और अन्य मनोरंजन के साधन हैं, ताकि काम न रहने पर इनसे लोग अपना समय काटें। इस तरह की पुस्तकों से ऐसे उपद्रव की संभावना भी सरकार ने नहीं की जिसकी चर्चा आप करते हैं, क्योंकि उनके दिमाग़ में यह बात नहीं समा सकी कि कोई भी समझदार व्यक्ति इनमें वर्णित वाहियात बातों को सच मान लेगा। यदि उपयुक्त अवसर होता तो मैं इस तरह की पुस्तकों के पक्ष में बहुत-सी बातें कहता कि किस तरह कतिपय व्यवस्थापन के साथ इन्हें शिक्षाप्रद और मन को फेरने वाला बनाया जा सकता है। मैंने सोच रखा है कि अवसर मिलते ही इस संबंध में मैं अपना विचार किसी को समझाऊँगा जो उसका उचित उपयोग कर सके। संप्रति तुम अपनी किताबों को रख सकते हो और यदि चाहो तो अभी बातों को सच मानकर फ़ायदा भी उठा सकते हो। भगवान करे, एक दिन तुम भी अपने मेहमान डान क्विग्जोट के चरण-चिह्नों का अनुसरण करो।'

सरायवाला—'यहाँ उसका खतरा नहीं है, क्योंकि मैं भ्रमणशील वीर योद्धा नहीं बनना चाहता। जिन रिवाजों ने उस श्रेष्ठ संस्था को सहारा दिया वे अब पुरानी पड़ गई हैं।'

उनकी बातचीत से बीच में सैंको पहुँच गया। उसे यह सुनकर बहुत दुख हुआ कि भ्रमणशील वीर योद्धा का पेशा समय के अनुकूल नहीं रहा, और वीर कर्म की पुस्तकों में काल्पनिक तथा मूर्खतापूर्ण बातें हैं। वीर कर्म के प्रति उनकी घृणा के बावजूद भी उसने अपने मालिक का साथ देने का निश्चय किया और यदि उसका अभिप्रेत प्रयाण सफल नहीं हो सका तो वह घर लौटकर खेती के काम में तो लग ही जाएगा। सरायवाला किताबों को वापस ले जाने लगा तब पुरोहित ने उन पांडुलिपियों को देखने की इच्छा प्रकट की जिनकी लिखावट सुंदर दीखती थी। उसने उसे आठ पन्ने दे दिए। उनमें से एक पर मोटे-मोटे अक्षों में लिखा था: विचित्र धृष्ट का उपन्यास। पादरी ने कहा, 'शीर्षक तो आकर्षक है, संभवतः यह पढ़ने लायक हो।'

सरायवाला बोला—'संभवतः यह आपके लिए बुरा काम होगा क्योंकि मेरे बहुत-से कम पढ़े-लिखे ग्राहकों ने इसे पढ़कर इसकी अतिशय प्रशंसा की है। उन लोगों ने मुझसे इसे माँगा भी, लेकिन किसी भी हालत में, मैं इसे अपने से अलग नहीं करना चाहता जब तक कि मैं इस चमड़े के संदूक के मालिक को इन्हें नहीं दे देता, जो इसे यहाँ इन किताबों और काग़ज़ों के साथ छोड़ गया है। संभवतः उससे भेंट हो जाए और मैं इन्हें उसके हवाले कर दूँ, क्योंकि सराय का रखवाला होने पर भी अपने पड़ोसियों के समान ही मैं ईमानदार ईसाई हूँ।'

पुरोहित—'यदि मैं इसकी नक़ल करना चाहूँ तब तो इसमें तुम्हें कोई आपत्ति नहीं होगी?'

सरायवाला—'जी नहीं, मुझे उसके लिए कोई आपत्ति नहीं है।'

इसी बीच में कार्डेनियो उसका कुछ अंश पढ़ गया था। उसने पुरोहित से उसकी प्रशंसा करते हुए कहा कि सारी जमात के मनोरंजन के लिए आप इसे पढ़िए। रात के असुविधाजनक समय का आश्रय लेकर, जब कि सोना अधिक उपयुक्त था, खासकर एक महिला के लिए, पुरोहित उसके पढ़ने से विरत हो गया होता, लेकिन डोरोथिया ने कहा कि रोचक कहानी कुछ काल के लिए मुझे अधिक शांतदायक होगी क्योंकि मैं इतनी सुस्त नहीं हो सकी हूँ कि मुझे नींद आ जाए, यद्यपि मैं सो जाना चाहती हूँ। निकोलस और सैंको भी प्रार्थना में शामिल हो गए। तब पुरोहित ने कहा—'तुम लोगों को खुश करने तथा अपनी उत्सुकता मिटाने के लिए मैं पढ़ना शुरू करूँगा। आप लोग ध्यान से सुनें।'

6. 'विचित्र धृष्ट' का उपन्यास

इटली देश के टस्कनी की राजधानी फ्लोरिंस में अनसेलमो और लोथेरियो नाम के दो व्यक्ति रहते थे। उन दोनों में इतनी घनिष्ठता थी कि 'दो दोस्त' उनका नाम ही पड़ गया था। दोनों युवक हम उम्र, अविवाहित और समान प्रकृति के थे। यह भी दोनों के परस्पर स्नेह-संबंध के कायम रखने में बहुत बड़ा सहायक था। अनसेलमो का बहुत अधिक झुकाव प्रणय की ओर था और लोथेरियो बहुत बड़ा शिकारी था। तो भी अन्य बातों का विचार किए बिना ही दोनों एक-दूसरे को खूब चाहते थे और एक-दूसरे को सुखी बनाने के लिए अपना सुख त्याग देते थे। ठीक समय देने वाली घड़ी के विभिन्न पुर्जों की भाँति उनकी प्रवृत्ति उनके मेल की सदा साधक रही और उनकी दोस्ती उसी तरह अक्षुण्ण बनी रही।

उसी नगर के किसी धनी और संपन्न परिवार की युवती से अनसेलमो का प्रेम हो गया। वह अपने सौंदर्य और वैभव के कारण इतनी प्रसिद्ध थी कि अपने मित्र की सलाह से (क्योंकि अपने मित्र की सलाह के बिना वह कुछ नहीं करता था) उसने उससे विवाह करने का इरादा किया। इस काम का भार उसने लोथेरियो को सौंपा। उसने इस खूबी के साथ सारी व्यवस्था की कि चंद दिन में ही उसने अपने दोस्त और कैमिला का मिलन करा दिया। यही उस युवती का नाम था। इससे दोनों को इतना ज़्यादा संतोष हुआ कि दोनों ने लोथेरियो को हज़ारों धन्यवाद दिए, क्योंकि उसके प्रयास से दोनों को समान रूप से सुख मिला था। विवाहोत्सव पर लोथेरियो अनसेलमो के घर पर रहा और आमोद-प्रमोद में हर तरह का सहयोग देता रहा। लेकिन विवाह-संस्कार संपन्न हो जाने के बाद मित्रों द्वारा पति-पत्नी को बधाई मिल चुकने के बाद वह भी अन्य लोगों के साथ विदा हो गया। उसने अपने मित्र के यहाँ आना-जाना भी बंद कर दिया। उसने ठीक सोचा कि विवाह के बाद पहले की तरह उसके यहाँ आना-जाना उचित नहीं होगा। यद्यपि सच्ची दोस्ती में शक-शुबहा और डाह की गुंजाइश नहीं रहती तो भी विवाहित व्यक्ति की मर्यादा इतनी नाजुक और सूक्ष्म होती है कि कभी-कभी निकटतम संबंधी के वार्तालाप से भी अधिक कलंकित होने की संभावना रहती है। अनसेलमो ने लोथेरियो की इस शिथिलता को लक्ष्य किया। उसे अपनी पत्नी से प्रगाढ़ प्रेम था तो भी प्रेमपूर्ण शिकायतों में उसने प्रकट किया कि इसका उस पर क्या असर पड़ा है। उसने कहा—'यदि मुझे मालूम होता कि शादी के फलस्वरूप मुझे इतने प्यारे साथी को खोना पड़ेगा तो केवल काम-वासना की तृप्ति के लिए मैं इतना बड़ा त्याग नहीं करता, और सतर्क तथा सावधान पति होने की व्यर्थ ख्याति के लिए मैं 'दो दोस्त' के समान मधुर और मनोहर नाम को नष्ट करने के लिए तैयार न होता (शादी के पहले जो नाम उन्हें संयोग से मिला था)। इसलिए यदि उस नाम का सार्थक प्रयोग हम लोगों के बीच हो सकता है तो तुम्हें पहले की तरह मिलते-जुलते रहना चाहिए। मैं तुम्हें विश्वास दिलाता हूँ कि मेरी इच्छा ही मेरी पत्नी की इच्छा है। हम लोगों के पुराने संबंध से परिचित होने के कारण इस अप्रत्याशित परिवर्तन से उसे खुद आश्चर्य हो रहा है।'

अपने मित्र के इस प्रेमपूर्ण और आग्रहशील प्रश्न का उत्तर लोथेरियो ने इस बुद्धिमानी और विवेक से दिया कि उसके मित्र को उसके निर्णय की नेकनीयती का इतमीनान हो गया। अंत में इन लोगों के बीच यह तय पाया कि उत्सव के अवसरों के अतिरिक्त लोथेरियो उसके यहाँ सप्ताह में दो दिन भोजन करेगा। पर

लोथेरियो ने इस निर्णय का पूरी तरह पालन नहीं किया। उसने वहीं तक इसके पालन का इरादा किया जहाँ तक उसके मित्र की मर्यादा के अनुकूल था, क्योंकि उसके मित्र की प्रतिष्ठा अपने ही समान उसे प्रिय थी। वह उससे कहा करता था कि सुंदर पत्नी के पति को अपने उन मित्रों से सदा सावधान रहना चाहिए, जिन्हें वह स्वयं अपनी पत्नी तथा अन्य आगंतुक महिलाओं के पास ले जाता है। किसी दोस्त या संबंधी का मकान उस तरह की साज़िशों के लिए सुविधाजनक होता है जिनके लिए गिरजा, बाज़ार तथा सार्वजनिक जलपान-गृहों में सुविधा प्राप्त नहीं होती, जहाँ औरतों के आवागमन को कोई भी पुरुष रोक नहीं सकता। इसके अलावा प्रत्येक विवाहित पुरुष का एक ऐसा दोस्त होना चाहिए जो उसके दोषों को बतलाया करे। क्योंकि पति का प्रेम या तो उसे देखने ही नहीं देता अथवा अपनी पत्नी को नाराज़ करने के डर से वह उसे उन हरकतों से नहीं रोकता जो उसकी कीर्ति के लिए लाभकार या हानिकर हो सकती हैं। इन सब बातों के लिए दोस्त की सलाह और चेतावनी उपयुक्त उपचार हो सकती है। लेकिन अनसेलमो को जैसे मित्र की आवश्यकता थी वैसा सच्चा, ईमानदार और बुद्धिमान दोस्त कहाँ मिल सकता था? लोथेरियो के समान दोस्त ही वैसा हो सकता था जो अपने मित्र की प्रतिष्ठा के लिए इतना चिंतित रहता था कि वह नियत दिन पर भी उसके यहाँ नहीं जाता था ताकि उसके समान संपन्न और बुद्धिमान युवक और प्रतिष्ठित व्यक्ति को कैमिला के समान सुंदरी युवती के यहाँ निरंतर आने-जाने के कारण किसी को बदनामी फैलाने का मौका न मिले। गोकि उसके गुणों की इतनी ख्याति थी कि उसकी बदनामी फैल नहीं सकती थी, तो भी उसे यह अभिप्रेत नहीं था कि उसके या उसके मित्र की प्रतिष्ठा पर कोई अँगुली उठाए। इसलिए अपने मित्र के यहाँ जाने के दिनों को वह दूसरे कामों में लगाता और अपनी अनुपस्थिति का वह ऐसा सटीक कारण बतला देता कि अनसेलमो को उसके औचित्य पर विश्वास न करने का कोई कारण नहीं दीखता। इस तरह एक ओर से प्रेम और मैत्री की कमी की करुण शिकायत तथा दूसरी तरफ से प्रतीयमान बहाने-बाज़ी में दिन बीतने लगे।

एक दिन अनसेलमो अपने दोस्त के साथ मैदान में टहल रहा था। उसने कहा—'ईश्वर के प्रति मैं कृतज्ञ हूँ कि उसकी कृपा से मुझे कुल, संपत्ति और प्रकृति सब कुछ प्राप्त है। ऐसी पत्नी और ऐसे मित्र की प्राप्ति के लिए भी मैं उसका कृतज्ञ हूँ। तुम दोनों मेरे लिए अमूल्य निधि हो। यद्यपि प्रेम और सम्मान दोनों में मैं तुम्हारी बराबरी नहीं कर सकता तो भी मेरे समान भाग्यवान दूसरा

नहीं है। यद्यपि मुझे वह सब प्राप्त है जिससे कोई भी आदमी सुखी कहला सकता है तो भी मैं नितांत असंतोष का जीवन बिता रहा हूँ। मैं यह बताने में असमर्थ हूँ कि मेरी विपत्ति का आरंभ कब हुआ, लेकिन संप्रति मुझे ऐसी असाधारण और विचित्र आकांक्षा भीतर-ही-भीतर यंत्रणा दे रही है कि मैं उसकी कल्पना नहीं कर सकता। मुझे खुद अपने पर आश्चर्य होता है और मैं अपनी बेवक़ूफ़ी को धिक्कारता हूँ और दबाता हूँ और अपनी इच्छाओं को स्वयं अपने से छिपाना चाहता हूँ। पर इस गुप्त उलझन से मुझे उतनी ही शांति नहीं प्राप्त हो सकी के जितनी शांति मुझे उसे प्रकट कर देने से मिलती। लेकिन मैं देखता हूँ कि अब वह प्रकट होकर ही रहेगी। इसलिए मैं इस गुप्त भेद को तुम्हारे ऐसे ईमानदार दोस्त से आगे नहीं ले जाऊँगा, क्योंकि इससे और अपने प्रयास से (क्योंकि मित्र होने के नाते तुम अवश्य ही मेरी मदद करोगे) मैं इस व्यथा से छुटकारा पा सकूँगा और मुझे वह शांति पुनः प्राप्त होगी जिससे मैं अपनी ही बेवक़ूफ़ी के कारण वंचित हो गया हूँ।'

लोथेरियो की समझ में इस विचित्र कथन का अभिप्राय न आने के कारण वह असमंजस में पड़ गया और अपने मित्र की व्यथा के कारण को जानने के लिए वह व्यर्थ अपना दिमाग खपाने लगा, क्योंकि असली कारण की ओर उसका ध्यान जा ही नहीं सकता था। लेकिन इस तरह असमंजस में रहना उचित न समझकर उसने अनसेलमो से कहा :

'तुम अपने मन की बात को स्पष्ट न करके मेरे साथ अन्याय कर रहे हो। संभव है कि वह मेरी सलाह तुम्हारी इच्छा के अनुकूल हो या उसके अनौचित्य को कम करने में सहायक हो।'

अनसेलमो—'तुम्हारा कहना सर्वथा सच है। मैं यह जानने के लिए व्यग्र और उत्कंठित हूँ कि क्या कैमिला उतनी सती-साध्वी है जितना मैं समझता हूँ। जिस तरह सोना तपाए जाने पर ही निखरता है उसी तरह जाँच की कसौटी पर चढ़ाने पर ही उसकी वास्तविकता को आँका जा सकता है। अत्यंत आग्रहपूर्ण परिणय-निवेदन पर भी जो महिला अपने सतीत्व की रक्षा कर सकती है वही सच्ची है; क्योंकि अवसर न मिलने पर तो परी भी सती बनी रह सकती है। वास्तव में वही साध्वी है जो आँसुओं, कसमों, प्रलोभनों, उपहारों और प्रेमी के समग्र अनुरोधों का सामना कर सकती है जिसे अस्वीकार करना सहज नहीं है। जिस युवती को भ्रष्ट करने का कभी किसी ने प्रयास ही नहीं किया उस महिला के सतीत्व की क्या प्रशंसा? जिस पत्नी को कभी कोई प्रलोभन या अवसर नहीं मिला, ख़ासकर

उसका पति ऐसे शक्की स्वभाव का हो कि संदेह मात्र को वह सही समझ ले और जो लेश-मात्र भी आशंका पर मृत्यु-दंड दे सकता है उसकी पत्नी यदि क़ाबू में रहती है तो आश्चर्य ही क्या है? जो महिला भय के कारण या अवसर न मिलने के कारण सती बनी रहती है उसे मैं उतनी श्रद्धा से नहीं देखता जितनी श्रद्धा से मैं उसे देखता हूँ जो शक्तिशाली और सजग प्रेमी के आक्रमणों का सामना करके विचलित नहीं होती और अपनी मर्यादा को अक्षुण्ण रखती है। ये तथा अन्य अनेक बातें हैं, जिन्हें मैं अपने मत के समर्थन में उपस्थित कर सकता हूँ। ये मेरी इच्छा को जागृत करती हैं कि मेरी कैमिला की जाँच किसी प्रेमी की याचनाओं और प्रार्थनाओं से हो और इस तरह की प्रार्थना ऐसे उपयुक्त व्यक्ति द्वारा हो जिसकी पात्रता के बारे में उसकी अच्छी धारणा हो। मुझे विश्वास है, यदि वह इस प्रलोभन का मुक़ाबला कर सकी तो मैं अपने को सबसे बढ़कर सुखी व्यक्ति मानूँगा और मेरी आकांक्षा की पूर्णतः पूर्ति हो जाएगी। तब मैं कह सकूँगा कि मुझे सबसे अधिक साध्वी महिला प्राप्त है, जिसके बारे में सत्पुरुषों का कहना है कि ऐसी महिला किसे प्राप्त होगी? यदि वह झुक गई तो मुझे इस बात का संतोष होगा कि औरतों के बारे में मेरी धारणा सही है और मैं इस अंधविश्वास में नहीं रहूँगा जिसके शिकार अधिकांश पुरुष होते हैं। इतना ही सहारा मेरे उस शोक के लिए पर्याप्त होगा जो मुझे इतने महँगे प्रयोग से प्राप्त होगा। तुम्हारी कोई भी सलाह मुझे इस संकल्प से बिरत नहीं कर सकती, इसलिए मेरे प्यारे दोस्त, मेरी यह उत्कट अभिलाषा है कि स्वयं तुम मेरे उद्देश्य का प्रयोग करो। तुम्हें अपनी इच्छा प्रकट करने का मैं पर्याप्त अवसर दूँगा। उस तरह की सती साध्वी को वश में करने के जो भी संभव उपाय हों उसके प्रयोग में तुम किसी तरह की कमी नहीं करोगे। दूसरों की अपेक्षा तुम्हें चुनने का सबसे प्रबल कारण यह है कि यदि वह कमज़ोर साबित हुई और तुम्हारे अनुनय-विनय और प्रलोभनों के चक्कर में आ गयी तो भी यह सौदा मुझे महँगा नहीं पड़ेगा, क्योंकि मुझे इतमीनान है कि तुम उस तरह का कोई नफ़ा नहीं उठाओगे जिसके लिए दूसरों में कोई विवेक न होगा। फिर मेरी प्रतिष्ठा अक्षुण्ण रहेगी और प्रत्याशित गुप्त भी; क्योंकि तुम कभी मुँह नहीं खोलोगे। मैं अपने दोस्त को इतना अधिक जानता हूँ कि मरकर भी वह मेरे भेद को प्रकट नहीं करेगा। इसलिए यदि तुम मुझे जीवनदान देना चाहते हो और मुझे संदेह की आग की लपटों में जलने से बचाना चाहते हो तो तुम अपनी प्रणय-लीला पूरे वेग, साहस और यत्न के साथ शुरू कर दो। उसकी मैं तुम्हारे समान दोस्त से आशा करता हूँ।'

लोथेरियो ने अनसेलमो की बातें बड़ी प्रसन्नता से सुनीं। उसकी बात का अंत होते देखकर उसके अविवेकपूर्ण प्रस्ताव से आश्चर्यचकित होकर वह इस तरह बोला :

'मेरे प्यारे अनसेलमो, तुमने जो कुछ कहा है उसे यदि मैं मज़ाक़ के अलावा और कुछ समझता तो अब तक मैं चुप नहीं रहता। मैं शुरू में ही टोकता। अनसेलमो, न तो तुमने खुद अपने को पहचाना है, और न मुझे। अगर तुमने यह नहीं सोचा होता कि जिस तरह तुम बदले हुए प्रतीत होते हो उसी तरह मैं भी बदल गया हूँ तो तुम कभी इस तरह के काम में मुझे न जोतते। किसी ने सच कहा है कि जो भगवान को बुरा लगे उसकी चाह अपने मित्र से नहीं करनी चाहिए। लेकिन यदि मित्रता के नाते कोई व्यक्ति नीति के इस वचन का उल्लंघन करता है और अपने मित्र का आग्रह मान लेता है तो उसका यह आचरण केवल वहीं क्षम्य हैं जहाँ उसके मित्र की प्रतिष्ठा या ज़िंदगी संकट में हो। अब इनमें से कौन खतरे में है कि मैं ऐसे घृणित काम में हाथ डालूँ जिसकी इच्छा तुमने प्रकट की है? मैं जोर देकर कह सकता हूँ कि एक भी नहीं। इसके विपरीत तुम उन दोनों पर मुझसे प्रहार करवाना चाहता हो, जिसमें मेरी प्रतिष्ठा भी शामिल है। क्योंकि तुम्हारी प्रतिष्ठा को लूटना तुम्हारी जान लेने के बराबर है। बदनाम जीवन मृत्यु से भी बुरा है। जैसा कि तुम चाहते हो मुझे इस काम का नीच साधन बनाकर, मेरी कीर्ति की हत्या करके मुझे मृत से भी बुरा बनाना चाहते हो। इसलिए तुम्हारी इस वाहियात इच्छा के ख़िलाफ़ मुझे जो कुछ कहना है, उसे सुनो। इसके बाद मैं तुम्हारा उत्तर बिना किसी तरह की बाधा दिए सुनूँगा।'

अनसेलमो की स्वीकृति मिल जाने पर लोथेरियो ने इस तरह कहना शुरू किया :

'मेरी समझ में तुम उन मूरों से भिन्न नहीं हो जिन्हें धर्मशाला, काल्पनिक तर्क अथवा ईसाई मत की बातों से उनके धर्म की भूलों को नहीं मनवाया जा सकता। वे तो गणित के समान प्रत्यक्ष दृष्टांत चाहते हैं और उसे उसी तरह अस्वीकार नहीं कर सकते, जिस तरह यह कहना कि यदि दो समान भागों में से दो समान भाग ले लिए जाएँ तो जो भाग बचा रह जाएगा, वह आपस में बराबर होगा। और जब वे लोग इस साध्य को नहीं समझ सकते, जैसा बहुधा होता है, तब उसे और स्पष्ट करके उनकी बुद्धि में आने योग्य बनाना पड़ता है। तो भी उनके धर्म की निस्सारता प्रकट करने के लिए यह सारा प्रयास व्यर्थ हो जाता है। तुम्हारे साथ भी मेरे प्रयास की यही हालत होगी, क्योंकि तुम्हारी इच्छा इस

तरह की विचार-बुद्धि से इतनी परे है कि तुम्हारी बेवकूफी को समझाने का मेरा सारा प्रयास व्यर्थ जाएगा, क्योंकि मैं उसे बेवकूफी के अलावा दूसरी संज्ञा नहीं दे सकता। यदि मुझे तुमसे प्रेम न होता तो अपनी मूर्खता को चरितार्थ करके अपना सर्वनाश करने के लिए मैं तुम्हें छोड़ देता। अनसेलमो, अपनी बेवकूफी को और भी व्यक्त करने के लिए तुम चाहते हो कि मैं उस महिला की प्रतिष्ठा पर प्रहार करूँ जो तुम्हारे ही कहने के अनुसार अपनी प्रतिष्ठा के प्रति सतर्क है, और प्रेम करने के लिए जिसका झुकाव बहुत अधिक नहीं है। इसलिए जब तुम यह जानते हो कि तुम्हारी पत्नी समझदार, सचेत, सुविचारपूर्ण, मर्यादित और संयत है, तब तुम और क्या जानना चाहते हो? और यदि तुम मेरे ही समान यह समझते हो कि मेरे सारे प्रयासों के बावजूद भी वह विचलित होने वाली नहीं है तो उसकी संप्रति जो प्रतिष्ठा है उससे अधिक तुम उसे क्या दे सकोगे? या तो तुम उसे जैसा जानते हो उससे कहीं बढ़कर समझने के भ्रम में हो या तुम खुद यह नहीं जानते कि तुम्हारी इच्छा क्या जानने की है। यदि तुम यह समझते हो कि वह उतनी सती नहीं है जितना तुम्हें भ्रम है तथा उसको जाँच की कसौटी पर कसना चाहते हो तो तुम्हें उसके साथ उसी तरह का बर्ताव करना चाहिए जिसके योग्य वह है। इसके प्रतिकूल यदि वह वैसी है जैसा तुम्हें विश्वास है तब किसी वास्तविक लाभ की संभावना के लिए सचाई और अच्छाई को प्रलोभन में डालने से क्या लाभ? क्योंकि जाँच समाप्त हो जाने पर भी वह उसी तरह सती रहेगी जैसी वह है और पहले थी। इसलिए यह मानना पड़ेगा कि जिस प्रयास से कोई वास्तविक लाभ नहीं है, बल्कि हाथ डालने वाले को खतरा और हानि है, ऐसा प्रयास जघन्य और अविवेकपूर्ण है—खासकर जब उसकी कोई आवश्यकता नहीं है और जब हम लोग ऐसे प्रयास की मूर्खता को प्रत्यक्ष देख सकते हैं। धर्म और स्वार्थ ही ऐसे उद्‌देश्य हैं जो आदमी को कठिन प्रयास के लिए प्रेरित करते हैं, प्रथम उद्‌देश्य की प्रेरणा से संत लोग इस दुर्बल शरीर से पवित्र जीवन बिताते हैं और दूसरे की प्रेरणा से लोग धन उपार्जन के लिए जल और थल की लंबी यात्रा करते हैं। तीसरा उद्‌देश्य दोनों का मिश्रण है जो मनुष्य को प्रभु की भक्ति और अपने उदय और वृद्धि के लिए प्रेरित करता है। उदाहरण के लिए वीर सैनिक का साहसिक अभियान है जो ईश्वर, राजा और अपने देश के प्रति अपने कर्तव्य से प्रेरित होकर खतरे की संभावना की परवाह न करे भयानक लड़ाई में कूद पड़ता है। इस तरह के काम प्रतिदिन होते रहते हैं और अत्यंत ख़तरनाक होने पर भी वे उसे यश, प्रतिष्ठा और लाभ प्रदान करते हैं जो इस तरह का प्रयास करते हैं।

तुम जिस युक्ति को प्रयोग में लाना चाहते हो उससे न तो तुम प्रभु की कृपा प्राप्त कर सकते हो, न तुम्हें लाभ और यश ही मिल सकता है। तुम्हारे संतोष, प्रतिष्ठा या संपत्ति में इससे कोई वृद्धि नहीं होगी, लेकिन यदि इससे तुम्हारी आशा पर पानी फिर गया तो तुम्हारी हालत नितांत दयनीय हो जाएगी। तुम्हारी इस लज्जाजनक बात के किसी को ज्ञान न होने की तुम्हारी काल्पनिक सुविधा जल्द तुम्हारा साथ छोड़ देगी, जब तुम उस पर विचार करोगे कि इस बात को केवल तुम्हारा जानना तुम्हारे उद्देश्य के लिए काफी होगा। इसके प्रमाण के लिए कवि लूडोविको टेंसिलो की ये पंक्तियाँ पर्याप्त हैं, जिन्हें इसने सेंट पीटर्स[1] के प्रथम भाग के अंत में लिखा है :

''ज्यों ही आरक्त प्रात उसके अपराधों को प्रत्यक्ष कर देता है।
लज्जा, शोक एवं पश्चात्ताप पीटर के हृदय में बढ़ जाते हैं,
जब कोई नहीं देखता, वह सर्वेश्वर स्वयं को देखता है,
और अत्यधिक भयभीत होकर अपनी करुणा का पर्यवेक्षण करता है।
महान सचेतकों की धूलों के प्रति सजग आत्मा को,
पीड़ित रहने के लिए प्रतिबेधक आँखें आवश्यक नहीं होतीं,
वह तो आत्म-प्रताड़ित एवं आत्म-दंडित पड़ा रहता है,
और अपने प्रतिवादक विचारों से अधिक किसी अन्य
साक्षी से भयभीत नहीं होता।''

यहाँ तक कि तुम्हारा तथाकथित गोपन तुम्हारे शोक को घटाने की अपेक्षा उसे बढ़ाने में ही सहायक होगा और तुम भले ही इसे बाहर प्रकट न करो, पर वे भीतर-ही-भीतर तुम्हारे हृदय को जलाती रहेंगी। उस मूर्ख डॉक्टर को इसी तरह रोना पड़ा था जिसने हमारे कवि के अनुसार मग्नशील जहाज पर प्रयोग किया था, जिसे अधिक समझदार रेनाल्डस ने अस्वीकार कर दिया था। यह कवि की कल्पना अवश्य है लेकिन उससे जो शिक्षा मिलती है, वह समझने और अनुकरण करने योग्य है। इसलिए मुझे आशा है कि तुम जो भयंकर भूल करने जा रहे हो

---

1 यह कविता इटली की भाषा में लिखी गई थी। मुआन सेडेनो ने इसका अनुवाद स्पेन की भाषा में और माहर्वी ने फ्रांसीसी भाषा में किया है।

उसे समझोगे, खासकर उन बातों को सुनने के बाद जो मैं तुमसे कहने जा रहा हूँ।

अनसेलमो, मान लो कि तुम्हारे पास एक कीमती हीरा है। अनुभवी और पारखी जौहरी उसे उत्तम बताते हैं। उनकी बात से तुम्हें संतोष नहीं होता और तुम तिराई पर उसकी जाँच कराना चाहते हो। मान लो कि हथौड़े की चोट से वह नहीं टूटा, क्या इससे उसका मूल्य तुम्हारी मूर्खतापूर्ण जाँच के पहले की अपेक्षा रत्ती-भर भी बढ़ जाएगा? मान लो कि वह टूट गया, जैसा संभव है, तब तो उस रत्न के साथ ही उसके मालिक की बुद्धि और कीर्ति दोनों नष्ट हो गईं। मेरे दोस्त, तुम्हारा यह अमूल्य रत्न तुम्हारी कैमिला है। अन्य लोगों और तुम्हारे हृदय में उसका वही सम्मान होना चाहिए। जब तुम्हारी जाँच से उसके वर्तमान मूल्य में किसी तरह की वृद्धि होने वाली नहीं है तब अपनी मूर्खता से उसे पतन के ख़तरे में क्यों झोंका जाए? मान लो कि वह कमज़ोर साबित हुई तब तुम्हें जो संताप होगा उसकी तुम स्वयं कल्पना कर सकते हो। संभवतः उस समय तुम्हें उसका और साथ-ही-साथ अपना भी सर्वनाश करने पर पछतावा भी होगा। लज्जाशील और सती महिला संसार का सबसे मूल्यवान रत्न है, इसलिए महिलाओं के सतीत्व और मर्यादा अन्य लोगों की राय और विचार पर निर्भर है। चूँकि तुम्हारी पत्नी की मर्यादा लोगों और तुम्हारे दोनों की दृष्टि में अक्षुण्ण है, तब फिर बिना किसी प्रयोजन के उसकी असलियत की जाँच के फेर में क्यों पड़ो? मेरे दोस्त, तुम्हें स्मरण रखना चाहिए कि स्त्रियाँ स्वभाव से ही अपूर्ण और कमज़ोर होती हैं। इसलिए हम लोगों को उनके रास्ते में बाधा डालने से दूर रहना चाहिए, बल्कि उसी कारण हम लोगों को हर संभव उपाय से उनकी राह की उन सभी बाधाओं को दूर करते रहना चाहिए जो उनकी पूर्णता में बाधक हों, जिसका दूसरा नाम सतीत्व है।'

यदि प्राणिविज्ञों में तुम्हारी आस्था है तो हिमद्युति अति धवल छोटी चिड़िया है। जब शिकारियों को उसके ठिकाने का पता चल जाता है तब वे उसे कीचड़ और गंदगी से घेर देते हैं और उसी तरफ उड़ने के लिए बाध्य होने पर वह पकड़ लिया जाना पसंद करती है, लेकिन अपनी स्वाभाविक धवलता को गंदा करना नहीं चाहती अर्थात् अपनी स्वतंत्रता और ज़िंदगी की अपेक्षा वह अपने रंग को प्रश्रय देती है। सती स्त्री इसी हिमद्युति पक्षी के समान है, जिसका सतीत्व बर्फ़ से भी धवल है, लेकिन उसके रंग को मलिनता से बचाने के लिए तुम्हें प्रतिकूल उपाय से काम लेना चाहिए। आग्रही प्रेमी की सेवाएँ और पत्र दलदल हैं जिसमें

किसी महिला को नहीं ढकेलना चाहिए; क्योंकि अधिक संभावना इस बात की है कि वह उससे अपने को बचाकर नहीं रख सकती और न उससे वह बाहर निकल सकती है। बल्कि उस दलदल में वह और अधिक फँस जाएगी। उसे हमेशा उसके रास्ते से हटाते रहना चाहिए और सतीत्व का सौंदर्य और निर्मलता तथा सुकीर्ति और सुयश का आकर्षण उसके सामने रखना चाहिए। सती स्त्री बिल्लौर के आईने से भिन्न नहीं होती, बहुत अधिक प्रयोग से वह अनिवार्यतः धूमिल और मलिन होगी। उसके प्रयोग संत के स्मारक के समान करना चाहिए। वह पूजा की वस्तु है, छूने की नहीं; अथवा वह भिन्न-भिन्न कोमल फूलों के बाग के समान है जिससे दूर से ही आँखें तृप्त की जा सकती हैं, लेकिन उनका मालिक प्रत्येक दर्शक को उन्हें कुचलने या छूने की मुमानियत रखता है। मैं एक अभिनव नाटक की कतिपय कविताएँ उद्धृत करूँगा जो वर्तमान प्रसंग के उपयुक्त हैं। उनके अनुसार एक वृद्ध ने अपने पड़ोसी को सलाह दी है कि वह अपनी बेटी को नियंत्रण में रखे। इसके लिए अन्य कारणों के अतिरिक्त वह यह कारण बतलाता है:

''जब नारी और शीशे से अधिक अन्य कोई वस्तु मसृण नहीं है।
वह जो उन्हें गिराएगा, मूर्ख है:
और निश्चय ही वह अज्ञानी मर्त्य इससे भी अधिक बुद्धिहीन है।
जो ऐसे तुनुक तन पर प्रयोग करता है।
सहज ही दोनों नष्ट हो जाते हैं: तब उसे सँजोकर रखो
जिसे कोई कला फिर प्रतिष्ठित नहीं कर सकती, न कोइ
पुनराकृत कर सकता है।
प्रेमी मानव, मेरा सदाशय स्वीकारो, जो इतना मसृण है
उसे, बस, देखो,
क्योंकि यहाँ डानाएस सोयी है, सुनहली दूब उग आएगी!'

मैंने यहाँ तक जो कुछ कहा है उसका संबंध तुमसे है। अब मैं अपने बारे में कुछ कहना चाहता हूँ। अगर मेरी बातें उबाने वाली हों तो भी मुझे क्षमा करना, क्योंकि तुमने अपने को जिस गोरखधंधे में फाँस दिया है उससे तुम्हें बाहर निकालने के लिए मुझे इतना बकने के लिए बाध्य होना पड़ा है। तुम मुझे अपना दोस्त कहते हो तो भी तुम मेरी प्रतिष्ठा लूट लेना चाहते हो, जो मैत्री के सर्वथा

विपरीत है। इतना ही नहीं, तुम चाहते हो कि मैं तुम्हारी प्रतिष्ठा भी नष्ट करूँ। यह प्रत्यक्ष है कि तुम मेरी प्रतिष्ठा नष्ट करना चाहते हो, क्योंकि जब भी मैं कैमिला से अपने प्रेम का निवेदन करूँगा तभी वह मुझे परम विश्वासघाती शैतान के अलावा और क्या समझेगी, जो मैत्री के परम पवित्र नियम को भंग करने में लेश-मात्र भी विचार नहीं करता और जो पापपूर्ण वासना के लिए अपने मित्र के यश और प्रतिष्ठा की हत्या करना चाहता है। अपने साथ मेरे उच्छृंखल व्यवहार को देखकर उसके मन में यह शंका उठना स्वाभाविक है कि मुझे उसकी किसी कमज़ोरी का पता मिल गया है जिससे मुझे आश्वासन मिला है कि मैं उससे यह नाजायज़ प्रस्ताव करूँ। इससे अपनी प्रतिष्ठा में धक्का लगते देखकर—तुम उसके मुख्य अंग होने के कारण, यह स्वाभाविक है कि उस पर मेरे प्रस्ताव का प्रभाव पड़े। यही कारण है कि सावधान और सतर्क रहते हुए तथा स्वयं जिम्मेदार न होते हुए भी पति बदनाम हो जाते हैं यदि उसकी पत्नी बहक जाती है। यदि विचारपूर्वक देखा जाए तो वह दया का पात्र है, न कि घृणा का, यह जानकर कि बदनामी का कारण उसकी कमज़ोरी नहीं है, बल्कि उसकी पत्नी। लेकिन अपनी पत्नी के मर्यादा-उल्लंघन के कारण पति की मानसिक व्यथा का कारण और मान्यता तुम्हारे लिए उपयोगी हो सकती है, इसलिए मैं उसका विस्तृत विवरण यथासाध्य देना चाहता हूँ। चूँकि यह तुम्हारे लाभ के लिए है इसलिए मुझसे दब नहीं जाना।

'जब नारी मनुष्य को सौंपी गई और स्वर्ग में पहले-पहल विवाह की व्यवस्था की गई, पति-पत्नी को एक-शरीरी कहा गया, पति पत्नी का अर्धांग। वह उसका अंगभूत है इसलिए पत्नी पर जो कुछ बीतता है उसका असर पति पर भी पड़ता है यद्यपि वह स्वयं जिम्मेदार नहीं है, जैसा मैंने ऊपर कहा है। चूँकि शरीर के किसी अंग की व्यथा का प्रभाव सारे शरीर पर पड़ता है, जिस तरह पैर के दर्द का दुख सिर को भी भोगना पड़ता है, यद्यपि उसके कारण यह दर्द पैदा नहीं हुआ है। इसी तरह पत्नी की बदनामी से पति को बदनामी का अपना हिस्सा ढोना पड़ेगा यद्यपि अपराध में उसका कोई हाथ नहीं है और पूर्ण रूप से वह अनजान और निर्दोष है। इसलिए मेरे प्यारे अनसेलमो, मैंने जो कुछ कहा है उससे तुम्हारी दृष्टि उस खतरे की तरफ जाए, जिसमें अपनी पत्नी के वर्तमान सुख और शांति में बाधा डालकर तुम पड़ने जा रहे हो। और कैसी व्यर्थ की उत्सुकता, और बेमतलब की खामखयाली के लिए तुम उन अपराध-प्रवण प्रवृत्तियों को आजमाना चाहते हो जो अनतिक्रांत सतीत्व के प्रभाव के नीचे सोयी पड़ी है।

'और सोचो, ऐसी खतरनाक समुद्री यात्रा और ऐसी बहुमूल्य सामग्री को खतरे में डालकर तुम कितने अल्प लाभ की आशा करते हो? क्योंकि जो संपत्ति तुम खो दोगे वह इतनी मूल्यवान है, और इतनी प्यारी भी कि शब्दों द्वारा व्यक्त नहीं की जा सकती। तुम्हें इसकी ज़्यादा क़द्र करनी चाहिए। लेकिन मैंने जो कहा है यदि वह तुम्हारे मूर्खतापूर्ण संकल्प से तुम्हें विरत करने में समर्थ नहीं हो तो तुम अपनी बदनामी और बर्बादी के लिए दूसरा साधन काम में ला सकते हो, गोकि तुम्हारी मैत्री से मुझे हाथ धोना पड़ेगा। मेरे लिए सबसे बड़ी क्षति होगी, तो भी मैं ऐसे काम में हाथ नहीं डाल सकता जो तुम्हारी प्रतिष्ठा के लिए हानिकर हो।'

लोथेरियो चुप हो गया। अनसेलमो उसके चेहरे पर निराशापूर्ण अवसाद देखकर बहुत देर तक चुप और व्याकुल रहा। अंत में उसने कहा—'मेरे दोस्त, तुमने लक्ष्य किया होगा कि मैंने तुम्हारी बातें पूरे ध्यान से सुनी हैं और तुमने जो कुछ कहा है उसका प्रत्येक शब्द तुम्हारी बुद्धि और मैत्री के बड़प्पन को पुष्ट करता है। यह भी मैं स्वीकार करता हूँ कि यदि मैं अपनी इच्छा को तुम्हारे तर्क के ऊपर महत्त्व दूँ तो मैं अच्छाई से घृणा करके बुराई को अपनाने वाला होऊँगा। तो भी मेरे दोस्त, दूसरी तरफ तुम्हें इस बात पर भी विचार करना चाहिए कि मेरी इच्छा उन औरतों से भिन्न नहीं जो कभी-कभी कोयला, चूना अथवा उन चीज़ों को चाहती हैं, जिन्हें देखकर ही घिन उठती है। इसलिए मेरे रोग के दूर करने का प्रयास तनिक कारीगरी से होना चाहिए जो सहज में संपन्न हो सकता है यदि तुम कैमिला के प्रार्थी बनो; चाहे वह शिथिल और दुर्बल ही क्यों न हो। क्योंकि मुझे पक्का विश्वास है कि वह इतनी कमज़ोर नहीं है कि प्रथम आक्रमण में ही ढुलक पड़ेगी। मेरे संतोष के लिए उतना ही काफी होगा। इसमें तुम अपनी शक्तिशाली और प्रवर्तक बुद्धि से मेरी मर्यादा को निरापद करके और मुझे जीवन-दान देकर मैत्री के अपने कर्तव्य का पालन करो। और किसी दूसरे आदमी के सामने अपनी बेवकूफ़ी और कमज़ोरी प्रकट करने में मुझे दोस्त के नाते तुम बचा लोगे; अन्यथा मेरी प्रतिष्ठा खतरे में पड़ जाएगी, जिसकी रक्षा के लिए तुमने इतना कष्ट उठाया है। इस प्रयोग के लिए मैं इतना सन्नद्ध हूँ कि यदि तुम इन्कार करोगे तो मुझे दूसरे का आश्रय लेना होगा। गोकि कुछ काल के लिए कैमिला की दृष्टि में तुम्हारी प्रतिष्ठा घट जाएगी तो भी उसकी सफलता के बाद अपने उद्देश्य की वास्तविकता उसके सामने प्रकट करके तुम उस क्षति की पूर्ति कर सकते हो और उसकी सद्भावना प्राप्त कर सकते हो। इसलिए तुम्हारे रास्ते में जो भी बाधाएँ हों

उनके बावजूद भी मेरा आग्रह है कि तुम मेरी प्रार्थना को स्वीकार करो; क्योंकि जो मैं चाहता हूँ वह इतनी तुच्छ है और उसे मुझे जो आनंद प्राप्त होगा, वह इतना महान है कि मैंने जैसा कहा है, तुम्हारे प्रथम प्रयास से ही मुझे बड़ा संतोष प्राप्त हो जाएगा। तुम एक प्रयोग करोगे तो मानो तुमने उस संबंध में सारे प्रयोग कर डाले।'

लोथेरियो ने स्पष्ट देखा कि अनसेलमो का संकल्प इतना दृढ़ है कि उसके सब कुछ कहने के बावजूद भी वह बदल नहीं सकता। उसने यह भी देखा कि उसके इनकार करने पर वह किसी दूसरे से अपने दिल की बात कहने की धमकी देता है। इसलिए अधिक संकट बचाने के लिए वह उसकी बात मानता हुआ प्रतीत हुआ। उसने सोचा, कैमिला को किसी तरह के संकट में डाले बिना वह अनसेलमो की खामखयाली को दूर करने का गुप्त रूप से उपाय करेगा। इसलिए उसने कहा कि तुम इस बात की चर्चा किसी से मत करना; क्योंकि मैं इस काम को स्वयं करूँगा और जब तुम चाहो तभी प्रवृत्त हो जाऊँगा। अनसेलमो ने उसे छाती से लगाकर प्रगाढ़ आलिंगन किया और इस तरह धन्यवाद देने लगा मानो केवल वचन-मात्र से उसने उसका बहुत बड़ा उपकार किया हो। दोनों ने तुरंत निश्चित विचार किया कि कल ही परीक्षा ली जाए। उस समय अनसेलमो उसे कैमिला के साथ अकेले रहने का अवसर देगा और उसे उपहार में देने के लिए सोने और रत्नों के गहनों का प्रबंध कर देगा। उसने कहा कि प्रणय-प्रार्थना का कोई उपाय तुम बाकी नहीं रखना; जैसे उसकी प्रशंसा में गीत और कविता आदि। यदि इनकी रचना में तुम्हें दिक्कत हो तो मैं स्वयं यह कर दूँगा। लेकिन लोथेरियो ने कहा कि मैं खुद यह सब काम कर लूँगा यद्यपि उसकी युक्ति अनसेलमो से एकदम भिन्न थी।

इस तरह बात तय करके वह दोनों अनसेलमो के घर वापस आए। अपने पति के साधारण समय से देर तक बाहर रह जाने के कारण सुंदरी कैमिला को उन लोगों ने चिंता में उदास पाया। अनसेलमो को पहुँचाकर लोथेरियो अपने घर वापस आया और सोचने लगा कि इस गंदे काम से वह किस तरह खूबसूरती के साथ बाहर निकल आए; क्योंकि इसे अपने हाथ में लेकर उसने अनसेलमो को प्रसन्न और संतुष्ट कर दिया था। उसी रात उसने एक उपाय सोचा, जिससे वह कैमिला के प्रति किसी तरह का अपराध किए बिना ही अनसेलमो को संतुष्ट कर दे। वह दूसरे दिन अनसेलमो के घर गया। कैमिला अपने पति के साथ उसकी असाधारण मैत्री जानती थी इसलिए उसने बड़े आदर और विनय के साथ

उसका स्वागत किया। भोजन के बाद अनसेलमो ने कहा कि मुझे किसी अत्यंत आवश्यक काम से घंटे-डेढ़ घंटे के लिए बाहर जाना है। मेरे आने तक तुम यहीं मेरी पत्नी के पास रहना। कैमिला ने उसे नहीं जाने देना चाहा, लेकिन उसने एक विचित्र काम का बहाना करके अपने दोस्त से रहने की प्रार्थना की और वापसी तक अपने दोस्त के पास से न हटने का कैमिला को आदेश दिया। सारांश यह कि वह अच्छी तरह जानता था कि अनुपस्थित रहने के लिए आवश्यकता किस तरह बनाई जा सकती है, यद्यपि वह आवश्यकता उसकी मूर्खता के कारण ही थी, फिर भी यह कोई नहीं समझ सके कि वह बनावटी है। इस तरह उसने उन दोनों को एकांत का अवसर दिया जिससे उनकी हरकतों को कोई देख न सके; क्योंकि नौकर-चाकर भोजन करने चले गए थे।

इस तरह लोथेरियो ने अपने को संघर्ष में प्रवृत्त पाया, उसका प्रतिद्वंद्वी हज़ारों मर्मभेदी सौंदर्यरूपी अस्त्रों से पूर्ण सुसज्जित उसके सामने था जो उसका मुकाबला करने वाले समस्त पुरुषों को परास्त करने के लिए पर्याप्त था, जिससे उसे अपने परिणाम के लिए भ्रम हो गया। इस समय आक्रमण में पहला काम उसने जो किया वह यह था कि उसने लापरवाही से अपने सिर को अपनी हथेली पर झुका लिया और उससे कहा कि दोस्त के वापस आने तक मैं अपनी कुर्सी पर एक झपकी ले लेना चाहता हूँ। कैमिला ने कहा कि अच्छा होगा कि आप बगल के कमरे में पलंग पर सो जाएँ। उसने कहा कि मैं जहाँ हूँ वहीं मजे में हूँ और अपने दोस्त के वापस आने तक सोता रहूँगा। वापस आने पर अनसेलमो ने अपनी पत्नी को निजी कमरे में और लोथेरियोको नींद में पाकर सोचा कि उसने दोनों को बातचीत करने का दिल की बात कहने का काफी मौका दे दिया था। इसलिए वह अत्यंत गंभीर होकर अपने मित्र के जागने की प्रतीक्षा करने लगा, ताकि दोनों एकांत में जाएँ और वह अपनी सफलता की बात उससे कहे। अंत में लोथेरियो जागा और अपने मित्र के साथ बाहर गया। अपने उद्‌देश्य के बारे में पूछने पर उसने कहा कि संप्रति उसकी बुद्धि और सौंदर्य की कुछ साधारण प्रशंसा से आगे बढ़ना मुझे सुविधाजनक नहीं प्रतीत हुआ। इससे मैं आगे जो कुछ करना चाहूँगा उसका रास्ता साफ हो जाएगा और मैं उससे जो कुछ कहूँगा उसे वह अधिक ध्यान से सुनेगी। चूँकि शैतान पहले हम लोगों के सामने सुखद और प्रतीयमान अच्छाई को रखकर हम लोगों की प्रवृत्ति में इस तरह धीरे-धीरे प्रवेश करता है। इसमें प्रायः उसकी जीत हो जाती है। इससे पहले कि हम लोगों को

उसकी दुरभिसंधि का पता चल जाए उसका छद्म वेश आरंभ में ही हम लोगों के सामने आ जाए।

लोथेरियो ने जो कुछ कहा उससे अनसेलमो को अत्यंत संतोष हुआ और कहा कि इस तरह तुम्हें प्रतिदिन अवसर दिया करूँगा। मैं प्रतिदिन तो बाहर नहीं जा सकता तो भी मैं अपना व्यवहार इस तरह बना लूँगा कि कैमिला को संदेह की कोई गुंजाइश नहीं होगी। जैसा उसने कहा था वैसा ही उसने किया, लेकिन लोथेरियो ने जान-बूझकर उन अवसरों को खो दिया। तो भी वह उसे हर तरह का इतमीनान देकर शांत करता रहा कि तुम्हारी पत्नी अडिग है, उसके सतीत्व पर कोई विजय नहीं पा सकता और उसने धमकी दी है कि यदि मैं फिर गुस्ताखी करूँगा तो वह मेरे प्रयास की चर्चा अपने पति से कर देगी। वह किसी तरह की आशा या उत्साह देने से बहुत दूर है।

अनसेलमो—'यहाँ तक तो सब कुछ सही और दुरुस्त है, लेकिन कैमिला ने केवल शब्दों का प्रतिरोध किया है। हम लोगों को यह देखना चाहिए कि किसी स्थूल प्रलोभन का वह कहाँ तक प्रतिरोध कर सकती है। कल मैं तुम्हें दो सौ सोने के सिक्के उसे देने के लिए तथा उतना ही रत्नों का उपहार देने के लिए दूँगा। क्योंकि स्त्रियाँ खासकर जो सुंदर होती हैं—स्वभावतः कीमती वस्त्रों और आभूषणों से सज-धजकर रहना चाहती हैं, चाहे वे उतनी सती-साध्वी भले ही न रहें। यदि उसने इतने बड़े प्रलोभन पर विजय प्राप्त कर ली तो मैं तुम्हें और कष्ट नहीं दूँगा।'

लोथेरियो—'मैंने इस दुस्साहसिक काम में हाथ डाल दिया है तब मैं अंत तक इसे ले चलूँगा यद्यपि मुझे पक्का विश्वास है कि उसकी वितृष्णा मेरे धैर्य को थका देगी और उसका सतीत्व हर तरह के प्रलोभनों पर विजय प्राप्त करेगा तथा मेरे प्रयासों को विफल कर देगा।'

दूसरे दिन अनसेलमो ने अपने मित्र को चार हज़ार सोने का क्राउन (सिक्का) दिया और उसके साथ ही घोर चिंता, क्योंकि लोथेरियो की समझ में नहीं आ सकता कि अब वह कौन-सी कहानी गढ़कर अपने मित्र का मनोरंजन करे। अंत में उसने यही निश्चय किया कि यह कहकर रुपया लौटा दूँगा कि कैमिला प्रशंसा से जिस तरह विचलित नहीं हुई उसी तरह उपहारों से भी विचलित नहीं हुई। उस पर प्रेम की आहों और सौगंधों का जिस तरह कोई असर नहीं पड़ा उसी तरह वादों का भी असर नहीं पड़ा और इसलिए और अधिक प्रयास निरर्थक होगा।

यही लोथेरियो का इरादा था, लेकिन नियति इतनी गहराई तक इसमें पड़ गई थी कि उसने इसकी युक्ति को व्यर्थ कर दिया।

एक दिन अनसेलमो सदा की भाँति उसे अपनी पत्नी के पास अकेला छोड़कर स्वयं चुपचाप पाखाने में छिप गया और किवाड़ के सूराख से यह देखने लगा कि वे लोग क्या करते हैं। उसने देखा कि आधा घंटा बीत जाने पर भी लोथेरियो ने कैमिला से एक शब्द भी नहीं कहा। इससे वह इस परिणाम पर पहुँचा कि प्रणय-प्रार्थना तथा अस्वीकृत की जिन बातों से वह मेरा मनोरंजन करता रहा है वे एकदम काल्पनिक थीं। लेकिन अपने अनुमान की सचाई की पुष्टि के लिए वह वहाँ से बाहर निकला और अपने मित्र को एकांत में ले जाकर पूछा कि कैमिला ने इस बार तुमसे क्या कहा और अब उसका सुझाव कैसा है?

लोथेरियो—'मैं अब उसकी जाँच नहीं करना चाहता; क्योंकि इस बार उसका उत्तर इतना कठोर और भयानक था कि मुझे साहस नहीं होता कि भविष्य में उससे ऐसा विषय छेड़ूँ जिससे उसे घोर नफरत है।'

अनसेलमो—'आह! लोथेरियो! लोथेरियो! क्या तुम इसी तरह अपना वादा पूरा करते हो? क्या तुम्हारी मैत्री से मुझे यही आशा करनी चाहिए? मैं किवाड़ के सूराख से देख रहा था। तुमने कैमिला से एक शब्द भी नहीं कहा। इसलिए मुझे पक्का विश्वास है कि आज तक तुमने मुझसे जो कुछ कहा है वह सब मनगढंत है। यदि तुम मेरी आकांक्षा पूरी नहीं कर सकते थे तो दूसरे को इसमें लगाने से तुमने मुझे क्यों रोका?'

अनसेलमो ने और कुछ नहीं कहा, लेकिन लोथेरियो को हतबुद्धि करने तथा झूठ बोलते हुए पकड़े जाने की शर्मिंदगी के लिए इतना ही काफी था।

इसलिए अपने दोस्त को शांत करने के लिए उसने सौगंध खाकर कहा—'आज से मैं इस मामले में तत्परता से पड़ूँगा और मैं इस तरह तल्लीन हो जाऊँगा कि यदि तुम फिर कभी छिपकर देखने का कष्ट उठाओगे तो तुम्हें मेरी ईमानदारी का सबूत मिल जाएगा।'

अनसेलमो ने उसकी बात मान ली और उसे पूरा सुयोग देने के लिए उसने अपने किसी दूसरे दोस्त से इस आशय का आग्रहपूर्ण पत्र लिखवाया कि नगर के पास वाले गाँव में मैं आठ दिन रहने के लिए जा रहा हूँ। तुम वहाँ अवश्य आओ, ताकि उसकी पत्नी और दोस्त को किसी तरह का खटका या डर न रहे।

क्या संसार में अनसेलमो से बढ़कर भी कोई हतभाग्य प्राणी हो सकता था, जिसने अपने सर्वनाश और बदनामी के लिए स्वयं ऐसे षड्यंत्र के लिए प्रयास

किया? उसे अति उत्तम पत्नी मिली थी। वह उसके साथ शांति का जीवन बिता रहा था। कोई उससे डाह करने वाला नहीं था। सांसारिक सुख की आशा और अभिलाषा, उसका एकमात्र आनंद और आकांक्षा उसके पति और अपने घर की दीवारों तक सीमित थे। उस (अनसेलमो) की इच्छा ही उसके लिए कानून और उसके आचरण का मापदंड था। जब बिना किसी झंझट और परेशानी के उसे प्रेम, प्रतिष्ठा, सौंदर्य और स्वच्छंदता प्राप्त थी तब उसके पास जो था उसे खतरे और संकट में डालकर उसने उसे पाने की चेष्टा क्यों की, जो कहीं भी संभव नहीं। जो असंभव के लिए प्रयास करता है उसे अपनी गाँठ का कुछ खोना ही चाहिए। जैसा कवि ने कहा है :

"मैं मृत्यु में जीवन की कामना करता हूँ,
रोग में स्वास्थ्य की,
संघर्ष में शांति की कामना करता हूँ,
और दरिद्रता में संपत्ति की,
तथा एक ध्रुव सत्य की कामना करता हूँ अनस्थिर पत्नी में।
किंतु, निश्चय है देव उपेक्षित कर जाते हैं,
अपने आनंद के लिए मेरी उद्भ्रांत कामनाएँ,
मैं कभी भी वह उपलब्ध नहीं कर सकूँगा,
जिसे सहज ही लोग उपलब्ध कर लेते हैं,
क्योंकि मैं जिसकी कामना करता हूँ,
उसे कोई भी मनुष्य नहीं पा सकता।"

दूसरे ही दिन अनसेलमो बाहर चला गया। जाने से पहले उसने कैमिला से कहा कि मेरी अनुपस्थिति में मेरा दोस्त लोथेरियो घर का इंतजाम देखेगा और तुम्हारे साथ बैठेगा। तुम्हें उनका उतना ही खयाल रखना होगा जितना मेरा।

समझदार महिला की भाँति उसकी पत्नी ने उससे कहा कि आपको इन बातों पर विचार करना चाहिए कि वह कितनी अनुचित बात होगी कि आपकी अनुपस्थिति में आपका स्थान दूसरा व्यक्ति ले। यदि गृह-प्रबंध की मेरी योग्यता में आपको संदेह हो तो कम-से-कम इस बार मुझे अवसर दीजिए और मुझे विश्वास है कि आपको इतमीनान हो जाएगा कि सबसे बड़े कामों का प्रबंध भी मैं संतोषजनक रीति से कर सकती हूँ।

अनसेलमो—'मुझसे बहस न करके मेरी आज्ञा को मानना तुम्हारा कर्तव्य है।' इसके उत्तर में उसने कहा कि अपनी इच्छा के विरुद्ध भी मैं इसे स्वीकार करती हूँ।

सारांश यह कि उसका पति चला गया। दूसरे दिन उसके घर में लोथेरियो का उसी आदर और प्रतिष्ठा के साथ स्वागत हुआ जो उसके पति के ऐसे प्रियतम दोस्त के अनुरूप था। पर साथ ही इतनी सावधानी के साथ कि वह उसके साथ कभी अकेली नहीं रही बल्कि सदा किसी-न-किसी दासी को साथ रखा। खासकर लियोनेला को, जिसे वह बहुत मानती थी, क्योंकि बचपन से ही वह उसके पिता के घर में उसके साथ ही पाली-पोसी गई थी।

नौकरों के भोजन करने चले जाने के बाद अवसर मिलने पर भी प्रथम दिन तक लोथेरियो ने उससे कुछ नहीं कहा। बुद्धिमती कैमिला ने लियोनेला से कह रखा था कि वह उसके साथ ही भोजन करे ताकि उसे उसके पास से हटने का अवसर नहीं मिले तो भी वह अपनी मालकिन के इस आदेश का पालन पूरी तरह नहीं करती थी और उन दोनों को बहुधा एकांत में छोड़ देती थी; क्योंकि अपनी प्रवृत्ति के अनुकूल उसे अन्य बातों में अपने मन को लगाना था (जिसे संतुष्ट करने के लिए यही उपयुक्त समय उसे मिलता था)। जैसे ऊपर लिखा गया है लोथेरियो ने इन अवसरों से लाभ नहीं उठाया; क्योंकि वह कैमिला के सतीत्व और शालीनता से भयभीत था। लेकिन उसने लोथेरियो पर मौनावलंबन का जो यह बोझ लाद दिया था उसका परिणाम अंत में एकदम विपरीत हुआ। गोकि उसने मुँह से कुछ कहा नहीं था पर उसके विचार सदा कार्यशील रहे, उसकी आँखें उस पूर्ण सौंदर्य के बाहरी आकर्षण को सदा निरखती और परखती रहीं और ये मुर्दा दिल में भी आग लगाने तथा कठोर-से-कठोर दिल को भी पिघलाने के लिए काफी थीं। मौनावलंबन के इन अवसरों में उसने अनुभव किया कि वह (कैमिला) कितना अधिक प्यार करने लायक है। इन विचारों ने धीरे-धीरे उस प्रत्यय को दबा दिया जो उसके दिल में अपने मित्र के लिए था।

उसके मन में अनेक बार यह विचार उठा कि वह नगर छोड़कर कहीं ऐसी जगह चला जाए जहाँ अनसेलमो से उसकी भेंट न हो और वह कैमिला की खतरनाक सूरत को कभी न देख सके। लेकिन उसके देखने में उसे जो परम आनंद मिल रहा था उसने उसके इस दुर्बल इरादे को नष्ट कर दिया। एकांत में वह धर्म और मित्रता के प्रति अपनी इस दुर्बलता को कोसता और अपने तथा

अनसेलमो में तुलना करके देखता कि अनसेलमो की मूर्खता और पागलपन उसके विश्वासघात की अपेक्षा कहीं अधिक गहरा था और यह कि यदि मनुष्य की तरह प्रभु भी उसके इरादे को सहज में क्षमा कर दे तब वह जो पाप करने जा रहा था उसके लिए दंड पाने के भय को कोई कारण नहीं था। संक्षेप में कैमिला के सौंदर्य ने और खुद उसके पति द्वारा दी गई सुविधाओं ने उसके ईमान और दोस्ती दोनों को परास्त कर दिया। अब उसकी दृष्टि उस सुख को प्राप्त करने के साधनों पर ही केंद्रित हो गई, जिसकी प्रेरणा उसके हृदय में उग्र हो रही थी। अनसेलमो की अनुपस्थिति के तीन दिन बिता देने के बाद प्रेम और नैतिक उत्कर्ष के संघर्ष के बीच उसने प्रत्येक उपाय से कैमिला को राजी करना चाहा। उसके शब्दों और हरकतों में ऐसी कामोत्तेजना थी कि इस अप्रत्याशित आक्रमण से कैमिला घबराकर उस कमरे से भागकर तेज़ी से अपने कमरे में चली गई।

प्रेम हमेशा आशा को जन्म देता है। इस प्रतारणा से भी कैमिला को पुनः प्राप्त करने के उसके प्रयास में लेश-मात्र भी शिथिलता नहीं आई। इस प्रतारणा से वह और भी आकर्षक और उसके प्रयास के योग्य प्रतीत हुई। जिस बात की उसने कभी कल्पना भी नहीं की थी उसे लोथेरियो में पाकर उसकी समझ में नहीं आया कि वह क्या करे। सोचने-विचारने के बाद वह इस परिणाम पर पहुँची कि उसे अपने पति को वापस बुलाने के लिए पत्र लिख देना चाहिए; क्योंकि अपनी मर्यादा और इज्जत को खतरे में डाले बिना वह उसे बात करने का अवसर नहीं प्रदान कर सकती थी। उसने उसी रात को निम्नलिखित पत्र खास आदमी द्वारा अपने पति के पास भेजा।

7. विचित्र धृष्ट की कहानी (2)

"जिस तरह सेनापति के बिना सेना को और शासक के बिना दुर्ग को छोड़ देना उचित नहीं है, उसी तरह मुझे ऐसा प्रतीत होता है कि पति के बिना पत्नी को अकेला छोड़ देना उचित नहीं; खासकर जबकि उसकी अनुपस्थिति का कोई गुरुतर कारण न हो। आपकी अनुपस्थिति से मैं इतना खिन्न और अधीर हूँ कि मैं उसे बर्दाश्त करने योग्य नहीं हूँ। यदि आप तुरंत वापस नहीं आए तो मुझे बाध्य होकर अपने पिता के यहाँ चले जाना पड़ेगा, भले ही मुझे आपका घर बिना किसी रखवाले के छोड़ जाना पड़े। जिस आदमी को आपने घर की देखभाल का भार सौंपा है उसे आपकी चिंता नहीं है, उसे अपने सुख और आनंद की अधिक

चिंता है। आप बुद्धिमान और समझदार हैं। इसलिए मैं अधिक नहीं लिखूँगी और लिखना भी उचित नहीं है।''

यह पत्र पाकर अनसेलमो को कम संतोष नहीं हुआ। इससे प्रकट हुआ कि लोथेरिया ने आक्रमण शुरू कर दिया है जिसे कैमिला ने उसकी आशा के अनुसार ही तिरस्कृत कर दिया था, इसलिए उत्तर दिया कि तुम्हें घर छोड़ने की आवश्यकता नहीं है, मैं शीघ्र ही वापस आ जाऊँगा। इस उत्तर से कैमिला को महान आश्चर्य हुआ। अपने पिता के यहाँ जाने तथा इस घर में रहने, दोनों हालतों से डरकर वह पहले से भी ज़्यादा घबरा गई। अगर वह अपने पिता के घर जाती है तो पति की अवज्ञा होती है। अगर घर पर रहती है तो उसकी मर्यादा ख़तरे में है। अंत में उसने निश्चय किया कि वह घर पर ही रहेगी और लोथेरियो की संगति से परहेज़ नहीं करेगी; क्योंकि इससे नौकरों के मन में संदेह हो सकता था। यह सबसे बुरा निर्णय उसने किया। अनसेलमो के पास ख़त लिखने के लिए वह पछताने लगी; क्योंकि उसे यह आशंका होने लगी कि कहीं अनसेलमो के मन में यह विचार न उठे कि लोथेरियो ने उसे किसी बुरे काम में प्रवृत्त देख लिया जिससे उसकी श्रद्धा उस पर से हट गई और उसके (कैमिला के) समक्ष उसका सतीत्व नष्ट करने का प्रस्ताव रखने का उसे साहस हुआ। लेकिन भगवान और अपनी निर्दोषिता पर भरोसा करे, जिसे उसने लोथेरियो के सारे प्रयासों से दृढ़ समझा था, उसने निश्चय किया कि वह लोथेरियो के किसी प्रश्न का उत्तर नहीं देगी और अपने पति से उसके बारे में किसी तरह की शिकायत भी नहीं करेगी। क्योंकि इससे दोनों दोस्तों में लड़ाई-झगड़ा होने का डर था। इस कारण उसने वह उपाय भी सोच लिया जो अनसेलमो को वैसा पत्र लिखने का कारण पूछने पर बतलाएगी। इस तरह का निर्दोष पर ख़तरनाक इरादा करके दूसरे दिन वह लोथेरियो की हरेक बात को ध्यान से सुनती रही और उसने इतने वेग और शक्ति से आक्रमण किया कि कैमिला की दृढ़ता पिघले बिना नहीं रह सकी और उसका सतीत्व केवल उसकी आँखों को सम्हाल सका कि वे उस कोमल अनुकंपा को प्रकट न होने दें, जो लोथेरियो को सौगंध, प्रार्थना, आहों और आँसुओं के कारण उसके हृदय में जागृत हुए थे। लेकिन लोथेरियो उसे ताड़ गया। इससे उसे संतोष तो हुआ ही, पर साथ ही उसके हृदय की आग और भड़क उठी। उसने देखा कि अनसेलमो की अनुपस्थिति के इस अवसर से लाभ उठाकर बहुमूल्य किले को जीतने के लिए उसे अपनी सारी शक्ति और अभ्यर्थना का उपयोग कर डालना चाहिए। उसने उसके सौंदर्य की प्रशंसा रूपी शक्तिशाली बैटरी से

आरंभ किया, इसका निशाना स्त्री के सबसे दुर्बल बिंदु पर किए जाने से, उसका गर्व अन्यत्र सालता और सुविधा के साथ इतनी बड़ी दरार बना देता है जितना बड़ा कोई प्रेमी चाहे। लोथेरियो अपने आक्रमण में असावधान या कच्चा नहीं था। उसने उसकी प्रशंसा की बैटरी को इतना तेज़ चलाया कि कैमिला का सतीत्व डिगे बिना नहीं रह सकता था चाहे वह कैसी ही दृढ़ चट्टान पर क्यों नहीं खड़ा हो। वह रोया, गिड़गिड़ाया, खुशामद की, वायदे किए, क़समें खायीं, पैरों पड़ा और जो कुछ वह कह रहा था, उसमें ऐसी सच्चाई और ऐसा मनोवेग प्रकट किया, कि उसकी मर्यादा की रक्षा की चिंता को परास्त करके उसे वह सफलता मिली जिसकी उसने कभी आशा नहीं की थी, लेकिन जिसकी उसे सबसे अधिक आकांक्षा थी; क्योंकि अंत में उसने आत्मसमर्पण कर दिया। कैमिला ने भी आत्मसमर्पण कर दिया। लेकिन इस पर किसी को आश्चर्य नहीं होना चाहिए क्योंकि लोथेरियो की सच्चरित्रता और मैत्री भी उस भयानक आक्रमण का मुक़ाबला करने में समर्थ नहीं हो सकी। इससे प्रत्यक्ष हो जाता है कि प्रेम की शक्ति अमोघ है। और भागकर ही उससे रक्षा की जा सकती है और किसी भी मानव को उसका मुक़ाबला करने का साहस नहीं करना चाहिए। क्योंकि मनुष्य के वासनाजनित जोश का मुक़ाबला करके उसे परास्त करने के लिए मनुष्यता के अतिरिक्त किसी और अर्थात् दैवी शक्ति की आवश्यकता होती है। उस गुप्त प्रणय को केवल लियोनेला जानती थी; क्योंकि ये नए प्रेमी और अविश्वासी मित्र उससे किसी भी तरह छिपा नहीं सकते थे। लोथेरियो ने कैमिला से यह नहीं कहा कि उसकी जाँच के लिए उसके पति ने ही उसे यह अवसर प्रदान किया जिससे उसे इतना आनंद प्राप्त हुआ था; क्योंकि उसके मन में यह बात नहीं आनी चाहिए कि उसे स्वयं साग्रह प्रणय-प्रार्थी होने के लिए उसमें प्रेम का अभाव था या यह कि वह सहज में प्राप्त हो गई।

चंद दिनों के बाद अनसेलमो घर वापस आया लेकिन उसको अपनी बर्बादी का पता नहीं चल सका यद्यपि वह सबसे अधिक यही चाहता था। वहाँ से वह लोथेरियो के यहाँ गया और उसे गले से लगाकर आपबीती सुनाने का आग्रह किया।

लोथेरियो—'मेरे दोस्त, मैं ज़ोर देकर कह सकता हूँ कि तुम्हें ऐसी पत्नी का पति होने का गर्व होना चाहिए। वह स्त्रियों में रत्न है, और स्त्रियों के लिए आदर्श-स्वरूप है। शब्द, उपहार, प्रस्ताव, सब उसके सामने व्यर्थ हैं। मैंने कितना ही आँसू गिराने का प्रदर्शन किया, लेकिन उसने उन पर हँस दिया। कैमिला

केवल असीम सौंदर्य की ही रानी नहीं है, बल्कि शालीनता, विवेक, खुशमिज़ाजी तथा अन्य गुणों और पूर्णता की रानी है जो किसी भी महिला की प्रतिष्ठा के सौंदर्य को बढ़ा सकते हैं। इसलिए मित्र, अपना यह रुप्या वापस लो। मुझे इन्हें खर्च करने का अवसर नहीं मिला क्योंकि कैमिला का सतीत्व उपहार और वायदे-जैसी तुच्छ चीज़ों से भ्रष्ट नहीं किया जा सकता। और अब अनसेलमो, तुमने जो जाँच की है उससे संतोष करो और वैवाहिक जीवन के अगाध समुद्र में संदेहों और शंकाओं के जो ख़तरनाक चोर बालू (विश्वासघातक विषय) मिलते हैं उन्हें भाग्य से पार करने के बाद फिर किसी दूसरे मल्लाह के साथ उस जहाज को उछाले जाने का साहस न करो, जिसकी शक्ति का तुम्हें पूरा पता चल गया; बल्कि तुम्हें इस बात का इतमीनान होना चाहिए कि तुम्हारी नाव सुरक्षित बंदरगाह में अपने-आप सहज में आ लगे, जब तक मौत आकर रस्सी को न काटे; क्योंकि कोई भी शक्ति, उपाधि या मर्यादा उसके चंगुल से किसी को नहीं बचा सकती।' लोथेरियो की बातों से अनसेलमो को अत्यंत संतोष हुआ और उसने इस तरह विश्वास किया मानो वह आकाशवाणी हो, तो भी उसने चाहा कि लोथेरियो अपना प्रयास जारी रखे, अगर वह केवल समय काटने के लिए ही हो। पहले की भाँति कैमिला से साग्रह प्रार्थना करने की अब ज़रूरत नहीं थी, बल्कि क्लोरिस नाम देकर उसकी प्रशंसा में कुछ गीत लिखे। मैं कैमिला को यह समझा दूँगा कि जिस महिला को वह प्यार करता है उसकी प्रशंसा में इस नाम से वह गीत लिखता है ताकि उस महिला की मर्यादा और प्रतिष्ठा अक्षुण्ण बनी रहे जो स्पष्ट शब्दों में लिखने से खतरे में पड़ सकती थी।' उसने यह भी कहा कि 'यदि तुम्हें समय न हो और तुम इतने झंझट में नहीं पड़ना चाहते तो मैं खुशी से यह काम तुम्हारे लिए कर सकता हूँ।' लोथेरियो ने कहा कि इसकी आवश्यकता नहीं होगी, क्योंकि कभी-कभी मुझे कविता करने की इच्छा हो जाती है। जैसा तुमने कहा है कैमिला को मेरे बनावटी प्रेम के बारे में समझा देना और मुझसे जैसा हो सकता है वैसी कविता मैं लिखूँगा, यद्यपि वह उस विषय के सर्वथा उपयुक्त नहीं होगी। वह विचित्र धृष्ट अनसेलमो विश्वासघाती दोस्त के साथ इस तरह सलाह कर चुकने पर घर गया और कैमिला से पूछा कि तुमने वह पत्र मुझे क्यों लिखा था? कैमिला को आश्चर्य हुआ कि उसने पहले ही उससे यह प्रश्न क्यों नहीं पूछा। उसने कहा—मेरे उस तरह के खत लिखने का कारण यह था कि मेरे मन में यह ख़याल पैदा हुआ कि आपकी अनुपस्थिति में लोथेरियो मुझे जिस तरह तृषित और कलुषित दृष्टि से देखते थे उस कलुषित और तृषित दृष्टि से आपकी

उपस्थिति में नहीं देखते थे। लेकिन बाद को मैंने देखा कि मेरे संदेह का आधार बहुत कमज़ोर है, क्योंकि प्रेम की अपेक्षा उन्होंने वितृष्णा ही प्रकट की और वे मेरे साथ अकेले रहने से हमेशा बचते रहे। अनसेलमो ने उससे कहा कि तुम्हें लोथेरियो से डरने का कोई कारण नहीं है; क्योंकि नगर की किसी कुलीन युवती महिला से वह प्रेम करता है और उसे क्लोरिस नाम देकर उसकी प्रशंसा में गीत लिखता है। यदि वह इस तरह बंधन में न पड़ा होता तो भी लोथेरियो के चरित्र और मैत्री पर शंका करने की कोई गुंजाइश नहीं थी।

इस बातचीत से कैमिला लोथेरियो से अवश्य ही द्वेष करने लगती यदि उस (लोथेरियो) ने उसे अपनी युक्ति न बतलाई होती कि दूसरी (स्त्री) के प्रेम का बहाना लेकर वह उसके पति का दुरुपयोग करेगा और इस तरह पूरी स्वतंत्रता और सुविधा के साथ उसकी प्रशंसा और अपने प्रेम को प्रकट करेगा।

दूसरे दिन भोजन के समय अनसेलमो ने आग्रह किया कि लोथेरियो ने अपनी प्रेयसी क्लोरिस की प्रशंसा में गीत रचे हैं उन्हें सुना दे। कैमिला की उपस्थिति में भी उन्हें पढ़ने में कोई हर्ज़ नहीं है; क्योंकि वह जानती है कि वह क्लोरिस कौन महिला है। लोथेरियो ने कहा कि अगर कैमिला उसे जानती भी हो तो भी मैं उसकी प्रशंसा के गीत गाने से चुप नहीं रहता जिसके वह योग्य थी; क्योंकि अपनी प्रेयसी की पूर्णता की प्रशंसा करते हुए यदि कोई प्रेमी उसकी क्रूरता की शिकायत करता है तो इससे उस महिला की मर्यादा को धक्का नहीं लगता। इसलिए बिना किसी डर-भय के मैं एक गीत सुनाऊँगा जो मैंने क्लोरिस की बेवफाई में कल लिखा है :

''आधी रात को, जब सारे हृदय,
शांतिदायक नींद के प्रभाव से समुत्सुक पीड़ाओं से मुक्त हो जाते हैं,
जब क्रीतदासों को सपनों में
स्वर्ग और क्लोरिस को उपलब्ध हो जाते हैं,
मैं बेचैन कराहता रहता हूँ।
अरुण प्रात रात्रि के आवरण उतार देता है,
सूर्य, आनंद और दिन लौटते हैं,
पुनरुज्जीवक प्रकाश से सारी प्रकृति उल्लसित हो उठती है,
मैं, केवल मै, कभी शोरमुक्त नहीं हो सकता।
दोपहर को मैं व्यर्थ ही अपनी व्यथा से मुक्ति चाहता हूँ,

ताप बढ़ता है और मेरी पीड़ा बढ़ जाती है,
और फिर भी सुहावनी संध्या में मेरी आत्मा कराहती रहती है,
रात लौटती है और मेरे उपालंभ जीवित हो उठते हैं,
कोई भी क्षण मुझे मुक्त नहीं पाता, व्यर्थ ही मैं कामना करता हूँ
दैव कभी उदार नहीं होते और क्लोरिस कभी व्यथा-मुक्त नहीं करती।''

इस गीत से कैमिला बड़ी खुश हुई, लेकिन अनसेलमो विचलित हो उठा। अतिशय प्रशंसा करते हुए उसने कहा कि वह महिला निदारुण क्रूर होगी जो ऐसी सचाई और उग्र प्रेम का प्रतिदान नहीं करती।

कैमिला—'तब क्या हम लोगों को यह मान लेना चाहिए कि प्रेम में पगा कवि सब कुछ सच ही कहता है?'

लोथेरियो—'श्रीमती, चाहे कवि अतिशयोक्ति से काम ले तो भी प्रेमी उसकी कल्पना की प्रवृत्ति को सुधारकर उसे सच कहने के लिए बाध्य करता है।'

कैमिला की दृष्टि में लोथेरियो की इज़्ज़त बढ़ाने के ख़याल से अनसेलमो ने उसका समर्थन किया। लेकिन कैमिला ने अपने पति के सम्र्थन की परवाह न करके लोथेरियो के प्रति अतिशय अनुराग के कारण उसके प्रत्येक शब्द को सच माना और इसलिए इस रचना से प्रसन्न होकर और इस विचार से और संतुष्ट होकर कि वही असली क्लोरिस है और सारी बातें उसी को लेकर कही गई हैं, उसने कहा कि इस विषय पर यदि आपने और रचना की हो और यदि वे याद हों तो सुनाइए।

लोथेरियो—'मुझे कतिपय गीत याद हैं लेकिन मेरी समझ में वे पहले के समान रोचक नहीं हैं, सुनकर आप स्वतः उसका निर्णय कर सकती हैं।'

''ओ निष्ठुर रूपसि, मैं तुम्हारा लक्ष्य होकर मर रहा हूँ,
और मर रहा हूँ अनिष्पादित,
यदि तुम सोच सकती हो कि तुम्हारा यह दास,
तुम्हारी निर्दयता सह सकता है और जी सकता है।
जब कि मुक्ति की मेरी सारी आशाएँ व्यर्थ हैं,
मैं अब मरने को प्रस्तुत हूँ
और इसलिए कि कहीं तुम इसे मिथ्याकथन न समझो
मैं समर्पित हूँ तुम्हारे चरणों में।

तथापि जब तुम मेरे लहू-लुहान हृदय को देखो,
ओ रूपवती अप्सरे, शोक न मनाना;
क्योंकि दूसरे के लिए जीवित रहने के बदले
मैं तुम्हारे लिए मर जाना चाहता।
मृत्यु और विस्मरण की तमसावृत क़ब्र में
ओह! मुझे सो जाने दो हताश,
क्योंकि यदि तुम पश्चाताप करोगी और शोक मनाओगी तो
मेरी प्रेतात्मा बिलखेगी और व्यथा से विघटित हो जाएगी।"

इस गीत की भी अनसेलमो ने पहले की तरह प्रशंसा की और इस तरह उसने उस आग में घी डाला, जो उसकी मर्यादा को भस्म कर देने वाली थी। उसका नक़ली दोस्त उसकी मर्यादा पर जो प्रहार कर रहा था उसका वह खुद सहायक बना, मानो वह अपना बहुत बड़ा उपकार कर रहा हो। वह उसी भ्रम में था कि अपमान और घृणा की ओर कैमिला जो क़दम बढ़ा रही थी वह उसके सतीत्व की पूर्णता की विजय थी, जिसे प्राप्त करना उस (अनसेलमो) के अभीष्ट की सबसे बड़ी सिद्धि थी।

एक दिन कैमिला ने अपनी दासी से एकान्त में कहा–'मुझे यह सोचकर शर्म आती है कि मैंने इतने सहज में लोथेरियो को अपने ऊपर विजय प्राप्त करने दी। मैंने अपने वास्तविक मूल्य को नहीं समझा। आत्मसमर्पण करने से पहले उसे और अधिक प्रयास करने देना चाहिए था। मुझे भय है कि इतनी जल्दी मेरे राज़ी हो जाने से वह समझेगा कि मेरे स्वभाव में चरित्रहीनता थी। वह इस बात पर ज़रा भी ध्यान नहीं देगा कि उसके सतत और अनवरत प्रयास तथा आक्रमण ने मेरी प्रतिरोध-शक्ति का अपहरण कर लिया।'

लियोनेला–'उसे लेकर आप अशांत न हों, क्योंकि किसी बहुमूल्य पदार्थ को, जिसे आप देना चाहती हैं, जल्द देने से उसका मूल्य नहीं घट सकता। पुरानी कहावत के अनुसार 'तुरत दान, महा कल्याण'।'

कैमिला–'लेकिन तुम्हारी कहावत के जवाब में दूसरी कहावत भी तो है कि 'मुफ़्त माल दिले बेरहम'।'

लियोनेला–'परंतु यह आप पर लागू नहीं होती, क्योंकि यह उस प्रेम के बारे में कहा गया है जो कभी रहता है, कभी भाग जाता है, एक के साथ चंचल रहता है, दूसरे के साथ गंभीर, तीसरे को हतोत्साह करता है और चौथे को जलाता है।

एक को घायल करता है, दूसरे को मार डालता है, वह बिजली की तरह एक ही क्षण में कौंधकर बुझ जाता है, जिस किले पर उसने केवल सुबह घेरा डाला, उसी को रात को समर्पण कर देता है, क्योंकि प्रतिरोध करने योग्य कोई शक्ति नहीं है। चूँकि यह प्रत्यक्ष है, इसलिए आपको अपनी दुर्बलता के लिए चिंतित होने का कोई कारण नहीं है। आपको लोथेरियो की ओर से किसी तरह की शंका नहीं करनी चाहिए, क्योंकि उस पर उसी तरह का ज़बरदस्त आक्रमण हुआ था और वह भी उतनी ही जल्दी परास्त हो गया, क्योंकि प्रेम ने विजय प्राप्त करने के लिए मालिक की अनुपस्थिति के अल्प अवसर से लाभ उठाया। यह (अनुपस्थिति) इतनी अल्प और अनिश्चित थी कि प्रेम ने—जो पहले ही निश्चय कर चुका था कि ऐसा होना चाहिए—प्रेमी को बल और स्फूर्ति प्रदान की कि वह कोई बात समय और अवसर के लिए नहीं छोड़े; क्योंकि अनसेलमो के वापस आ जाने के बाद संभवतः ऐसे सुखद काम को संपन्न करने का अवसर ही न मिले। प्रेम के सहायकों में सबसे तत्पर सहायक अवसर और सुयोग है। यह प्रेम की प्रगति की सभी अवस्था में सहायक होता है, लेकिन आरंभ में और प्रेम के अंकुर के उदयकाल में सबसे अधिक। मैंने जो कुछ कहा है वह राह चलतू गपोड़े वाली बात नहीं है बल्कि अनुभव की बात है। और अनुभव से जो ज्ञान पैदा होता है वह सही और मूल्यवान होता है।

'इसकी चर्चा किसी दिन मैं आपसे करूँगी, क्योंकि मैं भी आपकी ही तरह रक्त और माँस की दुर्बल पुतली हूँ, जवानी और यौवन की आकांक्षाएँ मुझमें भी हैं। लेकिन आपने लोथेरियो के सामने तब तक आत्म-समर्पण नहीं किया जब तक उसकी आँखों, सौगंधों, वायदों और उपहारों से उसके प्रेम का सच्चा सबूत नहीं मिल गया, जब तक कि आपने उसकी शारीरिक और मानसिक श्रेष्ठता को परख नहीं लिया। इन सभी बातों से आपने अपनी दिलजमई कर ली कि वह प्रेम करने योग्य है। इसलिए आपको इस तरह की शंकाओं और चिंताओं से परेशान नहीं होना चाहिए बल्कि अपने भाग्य को सराहना चाहिए। चूँकि आप प्रेम का शिकार होने वाली थीं तभी आप ऐसे योग्य और शौर्यवान का निशाना बनीं जिस पर संदेह नहीं किया जा सकता। आपने ऐसे पुरुष को आत्मसमर्पण किया है जिसमें चार सकार[1] ही नहीं हैं, जो प्रत्येक अच्छे प्रेमी में होने चाहिए, बल्कि कर्कश अक्षरों को छोड़कर वर्णमाला के सभी अक्षरों के

---

1. स्नेह, सहानुभूति, सरसता और स्निग्धता।

गुण उसमें वर्तमान हैं। मेरे मन से वह अभिजात, आज्ञाकारी, ईप्सित, उदार, कोमल, खूबसूरत, गौरवशाली, धनी, चमत्कारी, छरहरा, जोशीला, तत्पर, थिर, दयालु, धीर, निष्ठावान, प्रतिभाशाली, फलप्रद, बहादुर, भड़कीला, मनोज्ञ, युवक, रागयुक्त, विश्वासी, शूर और स्थिर, आपकी मर्यादा और सेवा के लिए है। अपनी दासी के इस वर्णानुक्रमिका पर कैमिला हँसने लगी। उसने देखा कि प्रेम-प्रसंग के व्यावहारिक पक्ष में उसने अब तक जो कुछ प्रकट किया था उससे वह कहीं अधिक पटु है (वह सचमुच वैसी थी)। इसके बाद उसने अपनी प्रेम-कहानी कही कि नगर के किसी युवक से उसे किस तरह प्रेम हो गया है। उसने जो कुछ कहा उसे सुनकर कैमिला बहुत चिन्तित हो गई। उसे डर हो गया कि कहीं इसकी असावधानी से उसकी मर्यादा में बट्टा न लगे। इसलिए उसने पूछा कि उसका प्रेम-प्रसंग बातचीत से आगे भी बढ़ा है? लियोनेला ने बिना किसी डर या शर्म के कह दिया कि किस स्वतंत्रता के साथ वह पत्र-व्यवहार करती है; क्योंकि मालकिन का अपराध नौकर को प्रगल्भ बना देता है और प्रायः वह अपनी मालकिन की दुर्बलता का अनुकरण बिना किसी डर-भय के करने लगती हैं।

कैमिला ने देखा कि उसकी भूल का परिमार्जन नहीं हुआ, इसलिए उसने कहा—'अपने प्रेमी से मेरे प्रणय-प्रसंग की चर्चा न करना और अपने प्रणय-प्रसंग को सावधानी और गुप्त रूप से रखना, ताकि लोथेरियो या अनसेलमो को उसका पता न चल सके।'

लियोनेला ने उसकी आज्ञा के अनुसार चलने का वचन दिया; लेकिन उसने इस तरह उसे जारी रखा कि कैमिला को सदा इस बात का भय बना रहता था कि कहीं उसकी बेवकूफी से इसकी प्रतिष्ठा का लोप न हो जाए; क्योंकि अपनी मालकिन के मर्यादातिक्रमण को जानने के बाद उसे इतना साहस हो गया था कि वह अपने प्रेमी को घर में ही बुलाने लगी। उसे अपनी मालकिन की ज़रा भी परवाह नहीं रही। वह समझती थी कि उन्हें मालिक से कुछ कहने का साहस नहीं होगा; क्योंकि जहाँ मालकिन ने अपने सतीत्व को खोया और नाजायज़ पत्र-व्यवहार शुरू किया वहाँ विवश होकर उन्हें अपने नौकरों पर निर्भर रहना पड़ता है और उन्हें विवश होकर उनके धृष्ट व्यवहारों को सहना पड़ता है; क्योंकि वे हर तरह से लाचार हैं। ठीक यही बात कैमिला के साथ हुई। उसे बाध्य होकर उन दोनों के मिलन पर आँखें बंद करनी पड़ीं, जिसे लियोनेला ने उस मकान के किसी उपयुक्त कमरे में जारी रखा। इतना ही नहीं, उसे अपने प्रेमी को छिपाने के लिए कैमिला को जगह भी देनी पड़ती थी ताकि उसका पति देख न ले।

लेकिन यह सब सावधानी एक दिन लोथेरियो द्वारा उसे देखे जाने से बचा नहीं सकी, जबकि वह सवेरे-सवेरे घर से बाहर निकल रहा था। उसे जो आश्चर्य हुआ उससे उसे उसने भूत समझ लिया था, लेकिन उसका तेज़ी से भागना और पहचाने न जाने के लिए अपने को छिपाने के उसके प्रयास से लोथेरियो ने अपनी भूल महसूस की और वह डाह से जल उठा, जो इन सबका सर्वनाश कर देता यदि कैमिला की बुद्धि और बातों ने उसका निवारण न किया होता। क्योंकि लोथेरियो इस निर्णय पर पहुँचा कि जिस तरह कैमिला ने मेरा जोरदार प्रतिरोध नहीं किया उसी तरह उसने सहज में दूसरे को भी आत्म-समर्पण कर दिया। उसने सोचा कि जिस आदमी को उसने उसके घर से बाहर निकलते देखा था वह उसका नया प्रेम-पात्र था। उसने इस बात पर ध्यान तक नहीं दिया कि उसी मकान में लियोनेला भी रहती है और वह उसका प्रेमी हो सकता है। जब कोई महिला अपने सतीत्व को खो देती है तो वह उस मनुष्य की श्रद्धा भी खो देती है जिसके अनुनय-विनय और आँसुओं ने उसे त्याग के लिए बाध्य किया था। उसे यह विश्वास हो जाता है कि अगर कम नहीं तो उतने ही श्रम से दूसरे के सामने झुक जाएगी। अल्पतम संदेह को भी वह वास्तविकता का एक रूप दे देता है और अत्यल्प छाया को भी वह स्थूल सत्य मान लेता है।

इस तरह अति उग्र डाह से पागल होकर, बिना सोच-विचार के लोथेरियो क्रोध से उबलने लगा और कैमिला से बदला लेने के लिए उतारू हो गया, यद्यपि उसने उसे किसी तरह की क्षति नहीं पहुँचाई थी। वह तुरंत अनसेलमो के पास गया और उसे बिस्तर पर पाकर उससे बोला—'मेरे दोस्त, इधर कई दिनों से मेरे दिमाग़ में बड़ी हलचल मची हुई है। मैंने अपनी सारी शक्ति लगाकर एक बात को तुमसे छिपाना चाहा, लेकिन न्याय और अपनी मित्रता को हानि पहुँचाए बिना अब मैं उसे छिपाकर नहीं रख सकता। तुम जान लो कि अब मैं जो कुछ भी चाहूँ उसे करने के लिए कैमिला तैयार है। मैंने उसे प्रकट करने में देर इसलिए की कि मैं इस बात का इतमीनान कर लेना चाहता था कि वह सचमुच राज़ी है या मेरी परीक्षा लेने के लिए केवल बहाना कर रही है। लेकिन यदि वह वैसी सती होती जैसी हम और तुम समझते थे तो तुम्हारी इच्छा से मैंने उससे जो आग्रह प्रार्थना की उसकी सूचना वह अब तक तुम्हें अवश्य दे देती। लेकिन उसे चुप पाकर और तुम्हें सूचित करते न देखकर मुझे विश्वास करने का पर्याप्त कारण है कि दूसरी बार तुम्हारे शहर से बाहर जाने पर मौका मिलते ही मेरी इच्छा के अनुसार मुझसे तोशकखाने में मिलने का उसने जो पापमय वचन दिया है, वह

पूरी तरह सच निकलेगा। (यह एकदम सही था, क्योंकि वे लोग उसी जगह गुप्त रूप से मिला करते थे) तो भी मैं नहीं चाहता कि आवेश और जल्दबाजी में उसे दंड देने के लिए उद्यत हो, क्योंकि संभव है कि नियत समय तक उसका सतीत्व जाग्रत हो जाए और वह अपनी भूल के लिए पश्चाताप करे। इसलिए आज तक जिस तरह तुमने मेरी सलाह मानी उसी तरह मेरी सलाह मानो ताकि तुम किसी के कहने से कुछ न करो बल्कि अपने इरादे को कार्य रूप में परिणत करने से पहले पूरा सबूत हासिल कर लो। तुम दो या तीन दिन ग़ैरहाज़िर रहने का बहाना करो और जिस तरह संभव हो तोशकखाने में परदे के पीछे छिप रहो जहाँ से बिना बाधा के मेरे साथ कैमिला के आचरण को तुम अपनी आँखों से देख सको। यदि उसका आचरण उतना ही भ्रष्ट हो जितना हम लोग शंका करते हैं तब तुम गुप्त रूप से झटपट उसे वह दंड दो जो उसके अपराध के उपयुक्त हो।' लोथेरियो के समस्त आक्रमणों पर कैमिला की अनुमानित जीत में वह जिस काल्पनिक विजय से मन-ही-मन प्रसन्न हो रहा था उसे धोखा पाकर अनसेलमो इस आकस्मिक विपत्ति से अत्यंत स्तंभित हो गया। बहुत देर तक वह स्तब्ध रहा। उसकी आँखों के सामने अँधेरा छा गया। वह निःशक्त और निर्जीव-सा हो गया। अंत में अपने मित्र की तरफ मुँह फेरकर उसने कहा—'लोथेरियो, तुम्हारे समान सच्चे मित्र से जो आशा की जा सकती थी, वह तुमने किया इसलिए मैं हर तरह से तुम्हारी सलाह मानने के लिए तैयार हूँ। तुम्हारी जो भी इच्छा हो सो करो, लेकिन इस तरह के कामों के लिए जिस पोशीदगी की ज़रूरत है उसे अमल में लाना।

उसको आश्वासन देकर लोथेरियो उससे अलग हो गया, लेकिन उतावलेपन में उससे यह सब कहने का उसने जो अपराध किया था, उसके लिए वह मन-ही-मन पछता रहा था, क्योंकि उससे कम क्रूर और अमर्यादित ढंग से वह पूरा बदला ले सकता था। वह अपनी मूर्खता और संकल्प की दुर्बलता को कोसने लगा, लेकिन अपने विश्वासघात के इस प्रयोग से जिस परिणाम की वह आशा करता था उसके शमन का उसे कोई उपाय नहीं सूझ सका। अंत में उसने विचार किया कि उसने जो कुछ किया है वह कैमिला से कह देगा। उसे आने-जाने की जो सुविधा प्राप्त थी उससे उसे उसी दिन अवसर मिल गया। उसने उसे (कैमिला को) एकांत में पाया। कैमिला ने उससे इस तरह कहना शुरू किया—'मेरे लोथेरियो, मैं ऐसे भीषण संकट में पड़ गई हूँ और उसके कारण मैं इतनी परेशान हूँ कि वह मेरा सुख और शांति हमेशा के लिए नष्ट कर देगी, यदि उसके लिए

तत्काल कोई उपचार नहीं ढूँढ़ निकाला गया। मेरी प्रणय-लीला की बातों को जानने से लियोनेला इतनी ढीठ हो. गई है कि रात-भर अपनी कोठरी में अपने प्रेमी को रखती है। अगर कोई उसे रात के असामयिक समय मेरे घर से बाहर जाते देख ले तो मेरी मर्यादा पर धक्का पहुँच सकता है। मेरी सबसे बड़ी लाचारी यह है कि उसकी धृष्टता और मूर्खता के लिए उसे डाँटने या समझाने का साहस मुझमें नहीं है। हम लोगों के मिलन की उसे जानकारी होने के कारण अपनी कमजोरी छिपाने के लिए वह मुझे विवश करती है लेकिन मुझे डर है कि अंत में यह मेरे सुख में बाधक होगी।'

आरंभ में लोथेरियो यह सोचकर जल उठा कि लियोनेला के बहाने से वह अपने गुप्त मिलन के प्रसंग का एहसान जताना चाहती है लेकिन उसके आँसुओं और उसके चेहरे की प्रत्यक्ष परेशानी से उसे इतमीनान हो गया। उसने उस पर विश्वास किया और उसने जो कुछ कर डाला था उसके लिए अत्यंत विकल और खिन्न हो उठा। कैमिला को धैर्य देते हुए उसने कहा कि मैं इस बात की पूरी व्यवस्था करूँगा कि 'लियोनेला की धृष्टता तुम्हें किसी तरह की क्षति न पहुँचा सके। तुम इस बात की चिंता से नाहक़ अपने को परेशान न करो।' अंत में अपने डाह-जनित क्रोध की दुखद हरकतों की चर्चा करके उसने कहा कि 'तुम्हारी कमज़ोरी को खुद देख लेने के लिए तुम्हारा पति परदे के पीछे छिपकर रहने के लिए राजी हुआ है।' उसने अपनी बेवकूफी के लिए उससे क्षमा माँगी और कहा कि कोई ऐसी युक्ति निकालो जिससे इस विपत्ति से छुटकारा हो और मेरी बेवकूफी के कारण हम लोग जिस दलदल में फँस गए हैं उससे उद्धार पाएँ।'

कैमिला ने अपना क्रोध और भय प्रकट करते हुए उसके विश्वासघात, नीचता और विचार-शून्यता के लिए उसकी भर्त्सना की। तो भी उसका क्रोध और भय शांत हो जाने से और कठिनाइयों के समय पुरुष की अपेक्षा स्त्री की बुद्धि अधिक सक्षम होने के कारण उसने तुरंत उपाय सोच निकला जिससे उस घोर निराशाजनक संकट से वे मुक्ति पा सकें। उसने कहा—'तुम अनसेलमो को कल वहाँ छिपकर रहने के लिए कहना। इससे आनंद लेने का पहले की अपेक्षा अधिक अवसर हम लोगों को मिला करेगा। मैं सारी युक्ति तुम्हें नहीं बतलाना चाहती, लेकिन मेरे पति के छिप जाने के बाद लियोनेला के बुलाने पर तुम ज़रूर आ जाना और मैं जो कुछ पूछूँ उसका सीधा उत्तर देना मानो अनसेलमो वहाँ बैठा सुन नहीं रहा है।'

लोथेरियो ने उसकी सारी युक्ति जान लेने के लिए कोई प्रयास नहीं उठा रखा ताकि वह पूरे इतमीनान के साथ तैयार होकर और उसकी वृत्ति को प्रभावित करने के लिए अधिक उपयोगी हो सके। लेकिन कैमिला ने कहा कि 'तुम्हें केवल इतना ही करना है कि मैं जो कुछ पूछूँ उसका सीधा उत्तर दो।' इससे अधिक उसने नहीं बतलाया, क्योंकि उसे भय था कि कहीं वह उसके विचार से सहमत न हो (जिसका उसे पूरा विश्वास था) और कठिनाई उपस्थित करे और परिणामस्वरूप वे बाधाएँ उसकी युक्ति को वांछित रूप से सफल न होने दें अथवा कोई दूसरी कम उपयोगी युक्ति की ओर प्रेरित करें। लोथेरियो राजी हो गया और प्रत्यक्षतः अनसेलमो ने शहर से बाहर अपने दोस्त के यहाँ गाँव के लिए प्रस्थान कर दिया, लेकिन तोशकखाने में छिपकर बैठने के लिए वह गुप्त रूप से वापस आ गया। इसमें उसे कोई दिक्कत नहीं हुई, क्योंकि कैमिला और लियोनेला ने उसे जान-बूझकर अवसर दे दिया। जिस व्यथा के साथ अनसेलमो छिपकर बैठा उसका सहज में अनुमान किया जा सकता है, क्योंकि उसे अपनी ही बेइज़्ज़ती तथा अपनी प्यारी सुंदरी कैमिला के आलिंगन से उसे जो सुख मिल रहा था उसके नाश का स्वयं साक्षी होना था। दूसरी तरफ यह निश्चय जानकर कि अनसेलमो छिपकर बैठा है, वह लियोनेला के साथ तोशकखाने में बैठी और गहरी तथा विषादपूर्ण आह भरकर उससे बोली—'मेरी लियोनेला, क्या यह उचित नहीं होगा कि अनसेलमो की कटार तू इस पापी कलेजे में भोंक दे, इससे पहले कि मैं अपने उद्‌देश्य को कार्य रूप में परिणत करूँ जिसे मैंने तुममें छिपा रखा है ताकि मुझे निराश करने का प्रयास न करे। तो भी अभी वैसा न हो, क्योंकि यह कहाँ का न्याय है कि मैं दूसरे के अपराध का दंड भोगूँ। नहीं, मैं पहले लोथेरियो से यह पूछूँगी कि मेरे किस आचरण से उसे यह विश्वास हुआ कि वह मुझसे इस तरह की वासना का प्रस्ताव करेगा जो उसके मित्र के लिए और मेरी मर्यादा के लिए हानिकर होगा। खिड़की के पास जाकर उस शैतान को बुला। वह सड़क पर खड़ा होगा, क्योंकि उसकी नीच इच्छा की पूर्ति के लिए यही संकेत है। तो भी पहले मेरे संकल्प की पूर्ति होगी। मेरी मर्यादा का यही तक़ाज़ा है।'

धूर्त लियोनेला ने कहा—'मेरी प्यारी मालकिन, इस कटार से आप क्या करना चाहती हैं? आपका यह सांघातिक उद्‌देश्य अपने लिए है या लोथेरियो के लिए? अफसोस, अपने यश और सम्मान को नष्ट किए बिना आप दो में से किसी पर भी आक्रमण नहीं कर सकतीं। अच्छा यह होगा कि जब तक हम लोग इस मकान में अकेली हैं तब तक उस दुष्ट व्यक्ति को यहाँ आने का अवसर ही न

दें। जरा सोचिए तो, हम लोग दो निस्सहाय स्त्रियाँ हैं, वह मज़बूत है और अपने निश्चय पर अटल है। अपनी इच्छा और वासना की पूर्ति के पहले ही उस पाप को कर डाले तो वह आपके लिए जान देने से भी अधिक हानिकर होगा। हम लोगों को अपने मालिक अनसेलमो को कोसना चाहिए, जो अपने घर को अपवित्र करने के लिए इस तरह की धृष्टता और बेईमान को बार-बार अवसर प्रदान करते हैं। मान लीजिए कि जो आपने सोचा है, आप उसे मार डालें तो उसकी लाश का क्या होगा?'

कैमिला—'क्या हम लोग उसे यहीं छोड़ देंगे कि अनसेलमो उसे दफ़नाए; क्योंकि अपनी बदनामी और अप्रतिष्ठा को अपने हाथों दफ़नाने में उन्हें कष्ट के साथ संतोष भी होगा? इसलिए तू उसे जल्द बुला क्योंकि बदला लेने में जितनी देर हो रही है उतनी ही पति के प्रति मेरी वफ़ादारी में धक्का पहुँच रहा है।'

जो कुछ कहा जा रहा था उसे अनसेलमो बड़े ध्यान से सुन रहा था और कैमिला के प्रत्येक शब्द उसके मन में ऐसा विचित्र परिवर्तन ला रहे थे, यहाँ तक कि अपने मित्र की जान पर उसके घातक प्रहार का संकल्प सुनकर अपने मित्र की जान बचाने के लिए वह बाहर आने से किसी भी तरह अपने को रोक नहीं पा रहा था, लेकिन इस साहसिक संकल्प के अंतिम परिणाम को देखने की आकांक्षा ने उसे इस तरह के अनर्थ को रोकने के लिए प्रकट होना रोक लिया जब तक कि अनिवार्य रहे।

अब कैमिला ने भय और कमजोरी का अभिनय किया जो मूर्च्छा के समान था। वह कमरे में बिस्तर पर धड़ाम से गिर पड़ी और लियोनेला उसे पकड़कर अतिशय करुण विलाप करने लगी। उसने कहा—'मैं बड़ी अभागिन हूँगी यदि मेरी सती-साध्वी और सुंदर मालकिन इस तरह मेरी गोद में मर जाए।' इसी तरह वह ऐसी छलपूर्ण बातें कहती रही कि जो उसे सुन पाता वह यही कहता कि वह सबसे बड़ी सती है और उसकी मालकिन महज सताई हुई तेनेलोप[1] है। कैमिला तुरत होश में आ गई और लियोनेला से बोली—'तूने उस विश्वासघाती और शठ मित्र को क्यों नहीं बुलाया? जा, दौड़, तेरे विलंब करने के कारण मेरा क्रोध और बदला लेने की भावना कहीं महज़ बकबक में ही खत्म न हो जाए।'

---

1. डलिसेस की पत्नी, जो अवधि बढ़ाने के लिए दिन का किया काम रात को बिगाड़ देती थी।

लियोनेला—'मैं जाऊँगी, लेकिन आप पहले वह कटार मुझे दे दीजिए नहीं तो मेरी अनुपस्थिति में यदि आपने अपने ही ऊपर किसी तरह का अत्याचार कर लिया तो आपके सभी इष्ट मित्रों और शुभचिंतकों को अनंत विषाद होगा।'

कैमिला—'तू इस तरह की किसी आशंका से रुक मत। तू इतमीनान रख कि तेरे वापस आने तक मैं कुछ भी नहीं करूँगी। गोकि अपने को कठोरतम दण्ड देने में मुझे लेश-मात्र भी हिचक नहीं होगी तो भी मैं जब तक उसे मार न डालूँ, जो मेरी अप्रतिष्ठा का प्रधान कारण है, तब तक लुकोशिया की तरह अपने को दंड नहीं दूँगी। यदि मुझे मरना होगा तो मैं उससे मुँह नहीं मोडूँगी। लेकिन इससे पहले मैं उससे बदला लेने का संतोष प्राप्त कर लेना चाहती हूँ जिसने मुझे इस अनुचित काम के लिए फुसलाया है ताकि अपने को कलंक से मैं बचा सकूँ और वह अपने अपराध के लिए पछताए।'

बड़ी मुश्किल से कैमिला लियोनेला को उसे अकेली छोड़ने के लिए बाध्य कर सकी। अंत में अपनी स्वामिनी की आज्ञा मानकर वह चली गई। उसके जाने के बाद कैमिला अपने पति को सुनाकर आप-ही-आप कहने लगी—'भगवान! मेरे लिए तो यही उत्तम था कि इस प्रतीयमान स्वीकृति से लोथेरियो के मन में अपने प्रति अनुचित विचार पैदा होने का अवसर देने की अपेक्षा अस्वीकार करती रहती जब तक कि मेरा व्यवहार ही उसकी भूल को प्रत्यक्ष कर देता। वह कुछ हद तक अवश्य समीचीन होता, लेकिन तब मुझे उससे बदला लेने और अपने पति की आहत मर्यादा के परिमार्जन का अवसर नहीं मिला। अच्छा होता यदि किसी तरह का दंड दिए बिना उसे मेरे सतीत्व पर इसी तरह का धृष्टतापूर्ण आक्षेप करने से मोड़ लिया जाता। नहीं, नहीं, उसने जो विश्वासघात और बेईमानी की है उसका प्रायश्चित वह धोखेबाज अपना प्राण देकर और उसके हृदय में काम-वासना की जो आग धधक रही है उसे उसका रक्त ही बुझावे। अगर संसार के सामने कभी मेरी कहानी प्रकट हो तो वह यह जाने कि कैमिला ने अपने पति के प्रति अपनी वफ़ादारी और सतीत्व की रक्षा करना ही पर्याप्त नहीं समझा बल्कि जिस शैतान ने प्रणय-प्रार्थना से उसका सतीत्व नष्ट करना चाहा उससे उसने बदला भी लिया। मैं समझती हूँ कि अपने बदले के विचार को कार्य में परिणत करने से पहले अनसेलमो को यह जता देना उचित होगा। जब इसने पहली बार इस तरह की धृष्टता की थी तब उस देहात में मैंने उनके पास संवाद भेजा था। लेकिन ऐसे कुत्सित लांछन पर उनके ध्यान न देने का कारण एकमात्र मैं यही समझती हूँ कि उनके विचार बड़े ही उदार हैं और अपने मित्र पर उनका ऐसा अटूट विश्वास है

कि उनके मन में यह संदेह आ ही नहीं सकता कि ऐसा अंतरंग मित्र उनके यश और प्रतिष्ठा पर आक्रमण करने का विचार भी मन में ला सकता है। इस तरह का अविश्वास अस्वाभाविक भी नहीं है, क्योंकि सब कुछ देख और सुनकर भी स्वयं मुझे उस बात की सत्यता पर विश्वास नहीं हुआ था और यदि वह अपनी धृष्टता पर नियंत्रण रखता और उत्तम उपहारों, वायदों और अपनी कामातुरता के प्रमाणस्वरूप आँसू न बहाता तो मुझे भी अपनी भूल को सम्झने का अवसर नहीं मिलता। लेकिन अब उस तरह के विचारों का क्या प्रयोजन? अथवा अपने दृढ़ संकल्प के प्रति प्रेरित होने के लिए इन बातों को स्मरण करने की आवश्यकता ही क्या है? गलत विचार दूर हों। बदला लेना ही मेरा कर्तव्य है। आने दो उस विश्वासघाती को, इसे आने दो, उसे मरने दो, उसका नाश होने दो, चाहे इसका जो भी घातक परिणाम हो। मेरे प्यारे अनसेलमो ने मुझ सती और कलंकहीन को अपने क्रोड में लिया था और उसी अवस्था में धरती माता उनके बाहुपाश से मुझे लें। यह घटना जितनी खूँख़ार होनी हो, होगी, इस तरह मेरी सबसे बढ़कर अपवित्रता यही होगी कि मेरे पवित्र रक्त का संगम उस विश्वासघाती और बेईमान दोस्त के अपवित्र और कलुषित रक्त से हो।'

इतना कहकर वह कटार तानकर इस क्रोध के साथ कमरे में तेज़ी से चलने लगी और अपने चेहरे पर ऐसी बेचैनी प्रकट करने लगी कि कोमल कमनीय महिला की अपेक्षा वह उन्मत्त या हत्यारिणी के समान प्रतीत होने लगी।

अनसेलमो ने परदे के पीछे से सब कुछ देखा और सुना। इससे उसे पूरा संतोष हो गया। उसका सारा संशय और संदेह मिट गया। वह अत्यंत व्यग्रता से यह चाहने लगा कि लोथेरियो न आए, ताकि वह खतरे से बच जाए जो उस पर देखने में आने वाला था। यदि उसी क्षण उसने लियोनेला के साथ लोथेरियो को कमरे में प्रवेश करते देख न लिया होता तो संभव था कि प्रकट हो गया होता। ज्यों ही कैमिला ने उसे प्रवेश करते देखा उसने कटार से ज़मीन पर लकीर खींचकर कहा कि यदि तुमने इस लकीर से आगे बढ़ने का हौसला किया तो मैं तुम्हारी छाती में यह कटार भोंक दूँगी। मैं जो कुछ कहती हूँ उसे बिना बाधा दिए ध्यान से सुनो। मेरे कह चुकने के बाद तुम्हें जो कुछ कहना हो, उसे कहने की तुम्हें पूरी स्वतन्त्रता होगी। सबसे पहले मैं तुमसे यह पूछना चाहती हूँ कि तुम मेरे पति को और मुझे जानते हो कि नहीं? यह प्रश्न बहुत कठिन नहीं है। बिना सोचे-विचारे तुम इसका उत्तर दे सकते हो। अविलंब इसका उत्तर दो। उसके पति के परदे के पीछे छिपे होने के कारण उसके उद्देश्य को समझने में लोथेरियो

को देर नहीं हुई। इसलिए उसने उसके प्रश्न का उत्तर इस तरह तैयार किया कि नकली बात भी असली के रूप में आ गई। उसने कहा—'रूपवती कैमिला, मैंने सोचा भी नहीं था कि मेरे प्रिय कार्य के हेतु यहाँ बुलाकर तुम इस तरह का प्रश्न करोगी जिसका मुख्य विषय से कोई संबंध नहीं है। यदि अभिवांछित सुख प्रदान करने में तुम विलंब करना चाहती हो तो तुझे इस तरह की निराशा के लिए तैयार कर लेना चाहिए था। क्योंकि हम लोग जो सुख चाहते हैं उसकी प्राप्ति के लिए जितना ही निकट हम लोग आते हैं उतनी ही अधिक वेदना उसे नष्ट होते देखकर होती है। तुम्हारे प्रश्न के उत्तर में मुझे कहना है कि मैं तुम्हारे पति को जानता हूँ और वह मुझे जानते हैं। हमारा परिचय बचपन से ही बढ़ता आया है। मैं यह भी स्वीकार करता हूँ कि प्रेम से प्रेरित होकर मैं उन्हें जो क्षति पहुँचाने जा रहा हूँ उसके लिए मैं अपने ख़िलाफ़ खुद गवाह बन रहा हूँ। सुंदरी कैमिला, हम लोगों की मैत्री को स्नेहशीलता को तुम भी जानती हो। तो भी मेरी सारी भूलों का पर्याप्त बहाना मेरा प्रेम है। मैं तुम्हें जानता हूँ यह भी प्रत्यक्ष है और उसी के समान तुम्हें प्यार करता हूँ। तुम्हारे सौंदर्य के अतिरिक्त दूसरा कुछ नहीं हो सकता था जो मुझे अपनी मर्यादा और मैत्री के पवित्र नियम को भूलने के लिए बाध्य करता। प्रेम के अनिवार्य दुराचार के कारण मैं उन सबको भूल जाने के लिए बाध्य हुआ हूँ।'

कैमिला—'यदि तुम यह सब स्वीकार करते हो, यदि तुम हम दोनों को जानते हो, तो तुमने ऐसी पवित्र मैत्री को कलुषित करने का साहस कैसे किया और ऐसे सच्चे मित्र को हानि पहुँचाकर मेरे पास इतमीनान से आने का साहस कैसे किया? तुम्हें यह ज्ञात है कि वह मुझे अपने प्रेम का दर्पण मानते हैं जिसमें उस प्रेम का प्रतिबिंब स्पष्ट और निष्कलंक झलकता है। तुम्हें भी उसमें अपने को अच्छी तरह जाँच लेना चाहिए था कि जिस प्रलोभन में पड़कर तुम मुझे क्षति पहुँचाने के लिए उद्यत हुए हो वह कितना ओछा होगा। लेकिन अफसोस! इससे मुझे तुम्हारे पाप का पता चलता है। अकेले रहने पर असावधानी से ज़रूर मुझसे इस तरह की कोई हरकत हो गई जिससे तुम्हारे मन में संदेह अंकुरित हुआ। लेकिन जो कुछ भी रहा हो, तुम इतमीनान रखो कि इस तरह की हरकत का कारण चरित्रहीनता या चरित्र भ्रष्टता नहीं थी, बल्कि वह असावधानी और स्वच्छंदता थी, जिसकी शिकार प्रायः औरतें हो जाया करती हैं जब वे समझती हैं कि उन्हें कोई देख नहीं रहा है। अगर यह कारण नहीं है तो विश्वासघाती तू ही बतला कि मैंने तेरी प्रार्थनाओं पर कब ध्यान दिया या तेरे आँसुओं और सौगंधों की मैंने कब लेश-

मात्र भी परवाह की, जिससे तेरे हृदय में पापपूर्ण अभिलाषा को चरितार्थ करने की आशा का उदय हुआ? क्या मैंने हमेशा तुम्हारी पापपूर्ण वासना को घृणा के साथ अस्वीकार नहीं किया? क्या मैंने तुम्हारी लंबी-चौड़ी बातों पर विश्वास करने की प्रवृत्ति दिखलाई या तुम्हारे प्रचुर उपहारों को कभी ग्रहण किया? लेकिन बिना किसी आशा के प्रेम अधिक काल तक टिका नहीं रह सकता, इसलिए उस घृणित अपराध का कारण मैं अपनी ही किसी असावधानी को मानती हूँ। इसलिए मैं वही सजा अपने को दूँगी जिसके उपयुक्त तुम्हारा अपराध है। तुम्हें यह दिखलाने के लिए कि मैं केवल तुम्हारे प्रति ही क्रूर नहीं होऊँगी, अपने को भी नहीं बचाऊँगी, मैंने तुम्हें उस सच्चे बलिदान का साक्षी होने के लिए बुलाया है जिसे मैं अपने पति की आहत मर्यादा के लिए करूँगी। तुमने अपनी नीचतम प्रवृत्ति से मुझे कलंकित करने की चेष्टा की। तुम्हारी इस प्रवृत्ति के लिए मैं स्वयं अपनी असावधानी और लापरवाही को ज़िम्मेदार नानती हूँ। क्योंकि उसी के कारण तुम्हारे हृदय में इस तरह की पापपूर्ण वासना जागृत हुई। मैं तुमसे पुनः कह देना चाहती हूँ कि सावधानी के अभाव से और अपने विषय में मुझे जितना सतर्क रहना चाहिए था उतना सतर्क न रहने से तुम्हारे मन में इस तरह का व्यभिचारी और घृणित भाव पैदा हुआ। इसकी मुझे सबसे अधिक पीड़ा है और मैं स्वयं उसे कठोर से कठोर दंड देना चाहती हूँ। यदि मैं वह दंड दूसरे के लिए छोड़ दूँ तो इससे मेरा अपराध बढ़ेगा ही। हाँ, मैं मरूँगी, लेकिन पहले बदले की आग को शांत करने तथा निष्पक्ष न्याय के लिए मैं बिना दया और पछतावे के उस घातक कारण को नष्ट करूँगी जिसने मुझे इस निराशाजनक परिस्थिति में डाला है।'

इतना कहकर वह लोथेरियो पर ऐसी तेज़ी और बनावटी क्रोध के साथ नंगी कटार लेकर झपटी कि वह सोच भी नहीं सकता था कि यह बनावटी है, इसलिए उससे हटकर और उसका हाथ पकड़कर अपने को वार से बचा लिया। इस पर उस नकल पर असल का और गहरा रंग चढ़ाने के लिए मानो लोथेरियो से बदला न ले सकने की निराशा से क्रुद्ध होकर उसने कहा—'चूँकि मेरा कुटिल दुर्भाग्य मेरी संगत आकांक्षा की पूर्णतः पूर्ति नहीं होने देना चाहता, कम-से-कम यह तो उसके वश की बात नहीं है कि वह मेरे संकल्प को एकदम सफल न होने दे।' इतना कहकर उसने अपना कटार वाला हाथ लोथेरियो से छुड़ा लिया और उससे अपने शरीर के उस अंग में वार किया जहाँ कम-से-कम क्षति की संभावना थी और तब इस तरह गिर पड़ी मानो चोट के कारण बेहोश हो गई हो। लोथेरियो और लियोनेला इस अप्रत्याशित घटना से घबरा उठे। उसे उस तरह

रक्त से लथपथ ज़मीन पर पड़ा देखकर उन लोगों की समझ में नहीं आया कि वे क्या करें। लोथेरियो का चेहरा पीला पड़ गया और वह थर-थर काँपने लगा। वह उसके हाथ से कटार ले लेने के लिए आगे बढ़ा तो घाव से अत्यंत कम खून बहते हुए देखकर उसका भय दूर हो गया और कैमिला की सूझ-बूझ तथा धूर्तता की मन-ही-मन अत्यधिक प्रशंसा करने लगा। तो भी अपना अभिनय ख़ूबी से अदा करने के लिए और अपने को सच्चा दोस्त प्रकट करने के लिए वह उसके पास बैठकर अति दीनता के साथ विलाप करने लगा मानो वह सचमुच मर गई थी। वह अपने को कोसने लगा और अपने उस मित्र को कोसने लगा जिसने इस काम में उसे लगाया था। यह जानकर कि अनसेलमो उसकी बातें सुन रहा था उसने ऐसी-ऐसी बातें कहीं जिससे कैमिला की अपेक्षा वह इसी के साथ अधिक सहानुभूति जतावे, यद्यपि इस मनहूस अभियान में उसके (कैमिला के) प्राण जा रहे थे।

लियोनेला ने अपनी मालकिन को उठाकर पलंग पर सुला दिया और लोथेरियो से कहा—'किसी ऐसे डॉक्टर को ले आइए जो सारी बातों को पूर्ण रूप से गुप्त रखकर इनका घाव अच्छा कर दे। अगर घाव अच्छा हो जाने से पहले स्वामी वापस आ गए तो उनसे क्या बहाना किया जाएगा?'

लोथेरियो—'जो तुम लोगों के मन में आए सो कहना, मैं सलाह देने की स्थिति में नहीं हूँ। तुम अपनी मालकिन का खून बहना रोकने की कोशिश करो, क्योंकि मैं किसी ऐसी जगह चला जाऊँगा जहाँ तुम लोगों का नाम लेने वाला भी कोई न हो।' इतना कहकर वह उस परिस्थिति के अनुकूल ही विषाद और चिंता प्रकट करता हुआ वहाँ से चला गया। वहाँ से बाहर होते ही वह कैमिला और उसकी इस मामले में दासी के आचरण पर तथा इस दृश्य से अनसेलमो को अपनी पत्नी के सतीत्व पर जो अटूट विश्वास होगा, इन दोनों बातों पर विचार करने लगा। उसने देखा कि अनसेलमो तो अब यही समझेगा कि उसे दूसरी पोर्शिया[1] मिल गई है। इसलिए वह उससे मिलकर उस सुंदर अभिनीत स्वाँग का आनंद लेना चाहता था जिसे इस तरह सत्य का रूप दिया जा रहा था।

लियोनेला ने खून का बहना बंद किया जो उस स्वाँग पर असलियत का रंग चढ़ाने भर के लिए था। उसने घाव को सिर्फ़ शराब से धोकर बाँध दिया। उसकी बातचीत इतनी कारुणिक और कलात्मक थी कि केवल उतना ही अनसेलमो

1. शेक्सपियर के 'किंग लियर' नाटक की नायिका—अनु.

को यह विश्वास दृढ़ करने के लिए पर्याप्त था कि उसकी पत्नी संसार में सबसे बढ़कर सती-साध्वी है। कैमिला भी चुप नहीं थी बल्कि उसने उसके विश्वास को और भी पुष्ट किया। प्रत्येक शब्द से उसने अपनी कायरता और हृदय की मलिनता को धिक्कार जिसके कारण उसे समय और शक्ति नहीं मिली कि वह उस व्यक्ति को समाप्त कर देती जिससे वह दिल से नफ़रत करने लगी थी। उसने लियोनेला से पूछा–'जो कुछ हुआ है उसकी सूचना तू मेरे पति को देगी या नहीं?'

लियोनेला इस घटना को छिपाने के पक्ष में थी, क्योंकि इसका पता लग जाने पर उसके पति लोथेरियो से बदला लेने के लिए तैयार हो जाएँगे। इससे वह भी खतरे में पड़ जाएँगे, क्योंकि ये काम बिना ख़तरे के पूरे नहीं हो सकते। इसलिए अच्छी पत्नी को सदा इस बात की कोशिश करनी चाहिए कि उसका पति किसी तरह के झगड़े में न पड़े। कैमिला राज़ी हो गई। लेकिन उसने कहा कि इस ज़ख़्म का कोई कारण तो ढूँढ़ निकालना होगा, क्योंकि वापस आने पर वे इसे देखेंगे।

लियोनेला–'यह कठिन काम है, क्योंकि मज़ाक में भी मैं सच को छिपाने में असमर्थ हूँ।'

कैमिला–'मेरे साथ भी वही कठिनाई है, क्योंकि झूठ की घृणित आड़ में मैं अपनी जान को भी नहीं बचा सकती, इसलिए झूठ के जाल में फँसने की अपेक्षा क्या यह अच्छा नहीं होगा कि हम लोग सारी बातें सच-सच कह दें।'

लियोनेला–'आप इसके लिए व्यर्थ परेशान न हों, कल सवेरे तक मैं इसकी कोई-न-कोई राह निकाल लूँगी यद्यपि मुझे यह आशा है कि जिस जगह घाव है उनकी नज़रों से छिपा रह सकता है और हम लोग हर तरह के संकट से बचे रह सकते हैं। इसलिए सारी बातें भगवान पर छोड़ दें। वही निर्दोषों की सहायता और रक्षा करता है।'

अनसेलमो ने अपनी प्रतिष्ठा के इस बहिरंग दुखांत नाटक को अतिशय ध्यान से सुना और देखा। जिसके सभी अभिनेताओं ने इस स्वाभाविक ढंग से अपने-अपने अभिनय का निर्वाह किया था, मानो वे सचमुच इस काम में प्रवृत्त रहे हों। वह रात के लिए अधीर हो उठा ताकि वह अपने छिपने के स्थान से निकलकर अपने दोस्त के घर जाए और अपनी पत्नी के सतीत्व के अपने अनुभव पर प्रसन्नता प्रकट करे। कैमिला और उसकी दासी ने उसे निकल जाने का अवसर दिया और अवसर को खो देने के डर से उसने उससे लाभ उठाया। उसने

जिस प्रसन्नता और उल्लास के साथ लोथेरियो को बार-बार छाती से लगाया, अपने भाग्य पर परम संतोष प्रकट किया अथवा कैमिला की अत्यधिक प्रशंसा की उसका वर्णन करना असंभव है। लोथेरियो ने अपने मित्र की इस खुशी में योगदान के लिए बिना ही सब कुछ सुना, क्योंकि उसके मित्र पर जो प्रभाव डाला गया था उसे देखकर उसे बहुत अधिक सदमा पहुँचा था। अपने मित्र की प्रतिष्ठा को नष्ट करने के अपने विश्वासघात की भी उसे व्यथा थी। अनसेलमो ने देखा कि लोथेरियो उसकी खुशी में साथ नहीं दे रहा है। उसने सोचा कि उसके कारण कैमिला को चोट पहुँची है वही उसकी इस उदासी का वास्तविक कारण है। उसने कहा कि 'उस घाव के लिए तुम्हें इतना अधिक चिंतित होने की ज़रूरत नहीं है, क्योंकि घाव ख़तरनाक नहीं है। उसने और उसकी दासी ने उससे छिपा रखने की व्यवस्था कर ली है। तुम्हारे भय का कारण मिट गया इसलिए तुम्हें खुश होना चाहिए; क्योंकि इससे मुझे पूरा संतोष और सुख होगा। मैंने सोचा है कि कैमिला के सतीत्व का उदाहरण भावी संतति के सामने रखा जाना चाहिए। इसलिए उसकी प्रशंसा में मैं कविताएँ लिखूँगा।'

लोथेरियो ने उसके इरादे की प्रशंसा करते हुए कहा कि मैं भी यही करूँगा। इस तरह अनसेलमो धोखे में पड़ा आनंद की प्राप्ति करता रहा। इसलिए अपने यश के साधन लोथेरियो को अपने घर तुरंत ले गया, यद्यपि वहीं उस अयश और अप्रतिष्ठा का कारण था। कैमिला ने उसे इस तरह चेहरा बनाकर देखा जिससे प्रकट होता था कि वह उससे संतुष्ट नहीं है; लेकिन उसके आने से वह मन-ही-मन हर्षमग्न हो रही थी।

कई महीने तक यह चालबाज़ी छिपी रही, लेकिन तब नियति ने अपना चक्र बदला और सभी लोगों को उनकी शैतानी का पता लग गया, जिसे इतनी चतुराई से उन लोगों ने छिपा रखा था। अनसेलमो को अपनी विचित्र धृष्टता के कारण अपने जीवन से हाथ धोना पड़ा।

8. विचित्र धृष्ट की कहानी की समाप्ति

यह कहानी समाप्ति पर थी कि सैंकोपांका डान क्विग्जोट के कमरे से दौड़ता हुआ आया और चिल्लाने लगा—'आप लोग दौड़िए और मेरे मालिक की मदद कीजिए। वे दिल-जान से शाहज़ादी मिकोमिकोना के दुश्मन उस दैत्य से अभी भिड़ गए हैं। मैंने अपनी ज़िंदगी में ऐसा भयानक युद्ध कभी नहीं देखा। उन्होंने

उस पर ऐसा वार किया, ऐसे झपटे कि उसका सिर गाजर-मूली की तरह अलग हो गया है!'

पाठ में बाधा पाकर पुरोहित ने कहा–'सैंको, तू पागल है। क्या तेरे मालिक इतने बड़े वीर हो गए हैं कि तीन हज़ार मील की दूरी पर स्थित दैत्य से लड़ पड़े?'

इसी समय उन्हें कमरे में शोर-गुल और हंगामा सुनाई पड़ा और डान क्विग्जोट के बकने की आवाज़–'ठहर, शैतान! लुटेरे, ठहर! चूँकि तू मुझे यहाँ मिल गया है, तेरी तलवार कुछ मदद नहीं कर सकती।' इतना कहकर दीवार पर पूरी ताकत के साथ तलवार का वार करते हुए उन लोगों ने सुना।

सैंको–'भले आदमियो, यह पूछताछ करने का समय नहीं है। आप लोग दौड़कर उनकी मदद क्यों नहीं करते? पर मैं समझता हूँ कि घर जल जाने के बाद पानी लेकर दौड़ने के समान होगा, क्योंकि इस समय तक दैत्य का अंत हो गया होगा और वह अपने कुत्सित जीवन का लेखा-जोखा देता होगा। मैंने अपनी आँखों से उसका खून कमरे के चारों ओर बहते देखा है। उसका सिर बीच में गिरा पड़ा है। लेकिन कैसा है वह सिर? वह स्पेन के किसी भी शराब के कपड़े के पीपे से बड़ा है।' सरायवाला बोला–'मैं अपने सिर की बाजी लगाकर कहता हूँ कि डान क्विग्जोट या डान डेविल मेरे शराब के चमड़े के पीपों को काट रहा था जो उसके सिरहाने भरकर रखे थे और इस मूर्ख ने पाटी हुई शराब को लहू समझ लिया है।' तब वह सब लोगों के साथ कमरे की तरफ दौड़ा। उन लोगों ने बेचारे वीर योद्धा को विचित्र हालत में पाया।

वह कमीज़ पहनकर खड़ा था। उसके सामने का हिस्सा मुश्किल से उसके पेट तक पहुँचता था और पीछे का हिस्सा बित्ती भर छोटा था। इससे उसका लंबा-पतला पैर और भी विचित्र दीखता था जो जानवरों की तरह गंदा और बालदार था। ऊपर से नीचे तक अपने को एक समान बनाने के लिए उसने सरायवाले की लाल तेलचिट्टी, रात में पहनने की टोपी, पहन रखी थी, ढाल की जगह अपने बाएँ हाथ में सबसे बढ़िया कंबल लपेटे था और दाहिने हाथ में नंगी तलवार लिए था जो कभी-कभी इस तरह घूम जाती थी मानो वह सचमुच किसी दैत्य से युद्ध में रत हो। लेकिन सबसे मज़े की बात यह थी कि वह गहरी नींद में था। जिस साहसिक काम का उसने भार लिया था उससे उसका दिमाग इतना अधिक परिव्याप्त हो गया था कि अपनी विकृत कल्पना के प्रभाव से उसने नींद में मिकोमिकन राज्य और दैत्य का अनुमान किया। स्वप्न में उसने देखा कि वह

उससे लड़ रहा है। उसने चमड़े के पीपों पर ऐसा भीषण प्रहार किया कि कमरे भर में शराब फैल गई। यह सर्वनाश देखकर सरायवाला क्रोध से अभिभूत होकर मुक्का तानकर डान क्विग्जोट पर झपटा। अगर कार्डेनियो और पुरोहित ने उसे पकड़ न लिया होता तो वह सचमुच वीर योद्धा के लिए दैत्य साबित होता। लेकिन इतने पर भी बेचारे डान क्विग्जोट की नींद नहीं टूटी अंत में हज्जाम ने बाल्टी-भर पानी उसके ऊपर डालकर उसे सोते से जाग्रत किया, पर उसके स्वप्न से नहीं।

अपने वीर की कमीज़ को छोटा देखकर डोरोथिया को युद्ध की सरगर्मी का अंदाज मिल गया। सैंको दैत्य का सिर ढूँढ़ने के लिए कमरे में इधर-उधर दौड़ मारने लगा। अपने श्रम को व्यर्थ देखकर उसने कहा—'अब इसमें कोई भी संदेह नहीं रहा कि यह मकान भुतहा है, क्योंकि जब मैं यहाँ पहली बार आया था तब मुझे बेरहमी से पीटा गया था, लेकिन पीटने वाला उसी तरह अदृश्य रहा जिस तरह चंद्रमा का आदमी। संप्रति दैत्य के जिस कटे सिर को मैंने अपनी आँखों से देखा था वह गायब है। और मैं दृढ़ हूँ कि मैंने पंप की तरह उसके शरीर से रक्त निकलते देखा था।'

सरायवाले ने कहा—'मेरी समझ में नहीं आता कि यह रंडी का बच्चा रक्त और खून की बात बार-बार क्यों बकता है! शैतान के बच्चे! मैं कह रहा हूँ कि यह शराब रखने का मेरा चमड़े का पीपा काटा गया है और यह मेरी शराब है जो फर्श पर इस तरह बह रही है। जिसने यह कांड किया है उसे मैं जहन्नुम की सैर कराए बिना नहीं रहूँगा।'

सैंको—'मुझे जोश न दिलाइए। मैं तो यही कहता हूँ कि मुझे दैत्य का सिर नहीं मिल रहा है। उसके साथ ही मेरी सामंती भी चली गई, मैं तो उसी तरह बरबाद हो गया जिस तरह पानी में नमक।'

सच बात तो यह है कि सैंको का जाग्रत स्वप्न वैसा ही मज़ेदार था जैसा उसके मालिक का सुप्तावस्था का स्वप्न। बेवकूफ़ परिचारक को अपने पागल मालिक की तरह बार-बार उसी बात को दोहराते देखकर सरायवाला आपे से बाहर हो रहा था। उसने कहा कि पहले की तरह ये लोग यों ही नहीं चले जा सकते बल्कि इन्हें मेरी शराब का पूरा दाम तथा पीपे की मरम्मत का खर्च देना पड़ेगा। इसका वीर धर्म मेरी शराब के लिए मुआवजा नहीं हो सकता।

इधर डान क्विग्जोट यह समझकर कि उसने अपना साहसिक काम संपन्न कर दिया और पुरोहित को, जिसने उसका हाथ पकड़ रखा था—शाहज़ादी

मिकोमिकोना मानकर उसके सामने घुटने टेककर उस तरह बैठ गया जिस तरह राजा-महाराजाओं के आदर के लिए बैठा जाता है। उसने कहा—'महामहिमामयी शाहज़ादी, अब आप अपने पराजित शत्रु से निश्चिंत और निडर होकर बिना किसी डर-भय के रहें। अब मैं अपने बंधन से मुक्त हो गया, क्योंकि भगवान की मदद से और जिसकी कृपा पर मेरा जीवन और विजय अवलंबित है, उसके अनुग्रह से आपका काम सुखपूर्वक संपन्न हो गया है।'

सैंको—'महाशय लोग, क्या मैंने भी आप लोगों से यही नहीं कहा था? अब कौन नशे में या पागल है? देखिए, क्या मेरे मालिक ने दैत्य को टुकड़े-टुकड़े नहीं कर दिया? यह सौंढ[1] है और मैं सामंत हूँ। सभी लोग (सरायवाले को छोड़कर क्योंकि वह क्रोध से पागल था) मालिक और नौकर के इस प्रलाप पर हँसते-हँसते लोट-पोट हो रहे थे। अंत में हज्जाम, कार्डेनियो और पुरोहित ने बड़ी कठिनाई से डान क्विग्जोट को बिस्तर पर डाला। वह इतना थका हुआ था कि तुरंत ही सो गया। तब उसे छोड़कर वे लोग दैत्य के सिर के गायब हो जाने के कारण सैंकोपांका को शांत करने में लग गए। लेकिन इस तरह शराब तथा पीपे के बरबाद हो जाने से सरायवाले के बिगड़े मिज़ाज को शांत करना आसान नहीं था।

इधर सरायवाली अलग चीखती और चिल्लाती मकान में नीचे-ऊपर दौड़ रही थी। वह कह रही थी—'न जाने किस अशुभ घड़ी में यह अभागा भ्रमणशील वीर योद्धा मेरे घर में आया। यदि यह नहीं आया होता तो कहीं अच्छा था, क्योंकि यह मुझे बहुत महँगा पड़ा है। पिछली बार यह, इसका नौकर, इसका घोड़ा और गधा चारों यहाँ टिके रहे। खाने-पीने, बिस्तर तथा चारा वग़ैरह का एक पैसा दिए बिना ही ये चले गए और यह इसलिए कि साहसिक काम की खोज में था। पर मुझे इसके वीर धर्म या वीर कर्म के नियमों से क्या प्रयोजन है? यदि ये देने का कष्ट नहीं उठाना चाहते तो इन्हें खाने का कष्ट भी नहीं उठाना चाहिए। इन्हीं के लिए वह दूसरा आदमी मेरी अच्छी-सी पूँछ ले गया था। वह भ्रष्ट हो गया, सब बाल उखड़ गए और मेरे पति उसे अब काम में नहीं ला सकते और मेरा चमड़े का पीपा काटकर तथा मेरी शराब बहाकर ये मेरे सिर पर पुनः घहरा पड़े हैं। लेकिन यदि मैंने इस बार पाई-पाई नहीं वसूल कर ली तो मेरा नाम नहीं। उसकी ईमानदार नौकरानी मेरिहोरनेस ने उसका समर्थन किया; लेकिन पुरोहित ने यह कहकर उनका मुँह बंद कर दिया कि पीपा, शराब और ख़ासकर पूँछ जिसके

---

1. सौंढ को आते देखकर स्पेन के लोग बहुत खुश होते हैं।

लिए ये लोग इतना शोरगुल मचा रहे हैं—सबका हर्ज़ाना वह देगा। डोरोथिया ने यह कहकर सैंको को शांत किया कि इस बात का इतमीनान होते ही कि उसके मालिक ने दैत्य को मार डाला है और उसका राज्य उसे वापस दिला दिया है, वह अपने राज्य की सबसे बड़ी सामंतशाही उसे प्रदान करेगी।

इतना सुनकर सैंको पुनः नाच उठा और बोला—'मैंने अपनी आँखों से दैत्य का सिर देखा था और उसकी दाढ़ी लटकते देखकर उसे पहचान लिया था। यदि वह नहीं मिल रहा है तो यह जादू का प्रभाव है। क्योंकि इस मकान की हर चीज़ में जादू का असर है जैसा मुझे पहली बार अनुभव हुआ था। डोरोथिया ने कहा कि तुम्हारी बातें सच हैं। तुम धीरज धरो, सब कुछ ठीक हो जाएगा। सब लोगों के शांत हो जाने पर कार्डेनियो, डोरोथिया तथा अन्य लोगों ने उस उपन्यास को पूरा कर देने की प्रार्थना पुरोहित से की, जो समाप्ति पर था। उनकी बात मानकर उसने कापी उठा ली और पढ़ना शुरू किया :

अनसेलमो को कैमिला के सतीत्व का इतना गहरा विश्वास हो गया कि वह पूरे संतोष और इतमीनान से रहने लगा। इसको पुष्ट करने के लिए कैमिला लोथेरियो के प्रति घृणा प्रकट करती रही। यहाँ तक कि उसने अनसेलमो से कहा कि उसका घर आना-जाना रोक दीजिए, आप देखते हैं कि मुझे उससे घृणा है और उसके संसर्ग से मुझे नफ़रत है। लेकिन अनसेलमो उसकी यह प्रार्थना स्वीकार करने के लिए राज़ी नहीं हो सका और इतना अंधा बना रहा कि अपने संतोष की प्राप्ति में वह अपनी मर्यादा को दिनोदिन गँवाता रहा।

जिस अवस्था में वह रह रहा था उससे केवल उसी को खुशी नहीं थी। लियोनेला भी अपने प्रेम-प्रसंग में इतना अभिभूत हो गई कि अपनी मालकिन की परोक्ष स्वीकृति से निर्द्वंद्व होकर वह अपने प्रेमी के साथ बेरोक-टोक विलास करने लगी। यहाँ तक कि एक दिन उसके मालिक ने उसकी कोठरी में किसी की आवाज़ सुनी। वह पता लगाने के लिए दरवाज़े के पास आया तो दरवाज़ा भीतर से बंद कर लिया गया। धक्का देकर दरवाज़ा खोलते ही उसने किसी को खिड़की से बाहर कूदते देखा। उसने उस आदमी का पीछा किया होता, लेकिन लियोनेला ने उसका पैर पकड़कर कहा कि आप अपना क्रोध और चिंता दूर करें, कूदकर भागने वाला व्यक्ति मेरा पति था। अनसेलमो को उसकी बातों पर विश्वास नहीं हुआ। उसने कटार खींच ली और कहा कि यदि तू सारी बातें सच-सच नहीं कह देती तो मैं तेरी जान ले लूँगा।

भय से घबराकर उसने कहा कि मेरी जान छोड़ दीजिए। मैं आपको ऐसी बातें आपके संबंध में बताऊँगी जिनकी आप कल्पना भी नहीं करते।

अनसेलमो—'जल्द बता, नहीं तो मर!'

लियोनेला—'इस गोल-माल में मेरे लिए कुछ कहना असंभव है जो समझा जा सके। मुझे कल सुबह तक का समय दीजिए। मैं आपके सामने ऐसी बातें रखूँगी जिन्हें सुनकर आप स्तंभित और विस्मित हो जाएँगे। लेकिन आप विश्वास कीजिए कि जो आदमी कूदकर भागा है वह इसी शहर का एक युवक है जिससे मुझे प्रेम है।' इससे अनसेलमो को कुछ संतोष हुआ और सारी बातें कबूल करने के लिए उसने दूसरे दिन तक का समय दे दिया। पिछले अनुभव से उसे कैमिला के सतीत्व के बारे में पूरा इतमीनान था, इसलिए उसे यह संदेह नहीं हो सका कि लियोनेला उसके बारे में कुछ कहेगी। उसने उसे कमरे में बंद कर दिया और उसने जो कुछ कहने का वचन दिया था उसे कहे बिना कमरे से बाहर न आने की धमकी देकर वह कैमिला के पास गया और जो कुछ हुआ था उसे कह डाला। उसने यह भी कह दिया कि कल उसने कुछ विचित्र बातें बताने का वचन दिया है।

इससे कैमिला की परेशानी का सहज में अनुमान किया जा सकता है। उसे ज़रा भी संदेह नहीं रहा कि लियोनेला ने जिस बात के कहने का वचन दिया है वह उसी के विश्वासघात की बाबत होगी। इसकी प्रतीक्षा किए बिना ही कि वही बात है या नहीं, उसी रात को अनसेलमो के सो जाने पर अपना सब ज़ेवर और कुछ रुपया लेकर वह घर से निकल पड़ी और लोरेथियो के यहाँ जा पहुँची। जो कुछ भी हुआ था उसे सुनाकर उसने कहा—'या तो मुझे किसी सुरक्षित स्थान में छिपा दो या मेरे साथ कहीं चले चलो, जहाँ अनसेलमो का डर न हो और हम लोग सुख से जीवन बिताएँ।'

इस बात को सुनकर लोथेरियो इतना घबरा गया कि उसकी समझ में नहीं आया कि क्या करे या कौन-सा मार्ग अपनाए। लेकिन अंत में कैमिला की रज़ामंदी से उसने उसे एक मठ में रख दिया जहाँ उसकी बहन महाचिन थी, और किसी से कुछ कहे बिना ही उसने शहर छोड़ दिया।

सवेरा होते ही अनसेलमो उठा और अपनी पत्नी के बारे में कुछ भी नहीं जानता हुआ, सीधे लियोनेला के कमरे में उसकी बात सुनने के लिए गया। लेकिन वहाँ कोई नहीं था, केवल चादर खिड़की से बँधी थी जिससे प्रकट हुआ

कि किस तरह वह भागकर निकल गई। वह उदास मन से कैमिला के पास आया कि उसे सारा वृत्तांत सुना दे। उसे मकान में कहीं न पाकर तथा नौकरों से भी उसकी जानकारी न हासिल करके उसे अत्यंत विस्मय हुआ। लेकिन खोज करने पर उसका ट्रंक खुला और उसके जेवरों को गायब पाकर उसे उसके कुलटापन पर किसी तरह का संदेह नहीं रहा। बिना पूरा कपड़ा पहने चिंताशील होकर वह लोथेरियोके यहाँ गया कि वह अपनी विपत्ति की बात उससे कहे। उसके नौकरों से मालूम हुआ कि रात को ही अपना सब माल-मत्ता लेकर वह कहीं चला गया है। तब उसकी व्यथा और भी बढ़ गई और शोक से उसकी हालत पागलों की-सी हो गयी। सारांश यह कि जब वह घर वापस आया तो घर खाली पाया; क्योंकि डर से सभी नौकर-चाकर भाग गए थे। उसकी समझ में नहीं आया कि वह क्या सोचे, या करे। उसने देखा कि उसकी पत्नी, दोस्त और नौकर-चाकर सभी ने उसका परित्याग कर दिया है। उसने समझा कि भगवान ने भी उसका त्याग कर दिया। लेकिन उसे सबसे अधिक संताप यश और प्रतिष्ठा के लुट जाने का था, क्योंकि इन सारी परिस्थितियों के योग से कैमिला का अपराध स्पष्ट प्रकट हो रहा था। अनेक तरह के संकल्प-विकल्पों के बाद उसने उसी गाँव में चले जाने का निश्चय किया जहाँ वह लोथेरियो को अपना विनाश करने के लिए अवसर प्रदान करने के लिए गया था। इसलिए उसने अपने घर का दरवाज़ा बंद कर दिया और निराशा और शोक से घिरा हुआ घोड़े पर सवार हो गया। निराशा और शोक का वेग इतना प्रबल था कि उसने आधा रास्ता भी तय नहीं किया था कि उसे उतर जाना पड़ा। उसने घोड़े को पेड़ से बाँध दिया और उसकी छाया में लेट गया और शोक से छटपटाता तथा अनेक तरह के तीव्र वेदनायुक्त विचारों से घायल होकर दिन-भर वहीं पड़ा रहा।

शाम होने से कुछ पहले उसने एक यात्री को उधर ही आते देखा। उसने उससे पूछा कि 'फ्लोरेंस का क्या समाचार है?'

यात्री ने कहा कि सबसे ताज़ा और आश्चर्यजनक समाचार जो नगर के प्रत्येक व्यक्ति की ज़बान पर है, वह यह है कि आज ही रात को लोथेरियो धनी अनसेलमो की पत्नी कैमिला को लेकर भाग गया है। उसी रात खिड़की में दो चादर बाँधकर भागते समय उसकी नौकरानी पकड़ी गयी। उसने अपने बयान में यह सब कहा है। मैं नहीं कह सकता कि यह समाचार कहाँ तक सच है लेकिन इस घटना से सभी लोग आश्चर्यचकित हैं, क्योंकि अनसेलमो के साथ लोथेरियो

की जैसी घनिष्ठता थी, वैसे व्यक्ति से इस तरह के विश्वासघात की कोई शंका नहीं कर सकता था। दोनों 'दो दोस्त' के नाम से विख्यात थे।'

अनसेलमो—'क्या यह भी मालूम हो सका है कि वे लोग किधर गए?'

यात्री—'नगर-शासक ने उन लोगों की बड़ी सरगर्मी से खोज कराई, लेकिन कुछ पता नहीं चल सका।'

अनसेलमो ने इसके बाद और कुछ नहीं पूछा। एक-दूसरे से विदा लेने के बाद अनसेलमो को वहीं छोड़कर यात्री ने अपना रास्ता लिया।

इस दारुण समाचार से अभागे अनसेलमो को इतना गहरा धक्का लगा कि उसी समय उस पर मौत घहरा पड़ी। किसी तरह घोड़े पर सवार होकर वह अपने मित्र के घर पहुँचा। उसे इसकी बेइज़्ज़ती की कोई खबर नहीं थी, लेकिन उसे इस तरह पीला और शोक-संतप्त देखकर उसने अनुमान किया कि कोई बहुत बड़ी विपत्ति उस पर आयी है।'

अनसेलमो ने कहा—'मुझे कमरे में पहुँचवा दो, दवात और काग़ज़ का प्रबंध कर दो और दरवाज़ा बंद करके मुझे अकेला रहने दो।' अपनी मृत्यु निकट देखकर उसने अपनी अचानक और अप्रत्याशित मृत्यु का कारण लिखकर छोड़ जाना चाहा। कलम लेकर उसने लिखना शुरू किया, लेकिन उसने जो कुछ लिखना चाहा था उसे पूरा करने से पहले ही वह अपनी विचित्र धृष्टता से शहीद होकर मर गया। उसके दोस्त ने देखा कि इतनी देर हो गयी तो भी वह आया नहीं इसलिए खुद उसके कमरे में जाकर देखना चाहा कि उसकी क्या हालत है। उसने देखा कि उसका आधा शरीर बिस्तर से बाहर है और हाथ में कलम लिए वह औंधा पड़ा है। उसके सामने कागज़ रखा है। उसे इस दशा में देखकर वह उसके पास चला गया, उसे पुकारा, हिलाया-डुलाया, तब उसे मालूम हुआ कि वह मृत है। उसने अपने नौकरों को बुलाकर इस दुखद घटना का समाचार दिया। फिर उसने उस काग़ज़ को उठा लिया जिसमें अनसेलमो की लिखावट थी। उसने लिखा था :

''मेरी मूर्खतापूर्ण और धृष्ट आकांक्षा के कारण मुझे अपने प्राणों से हाथ धोना पड़ा। यदि कैमिला को मेरी मृत्यु का समाचार मिले तो उससे कह दिया जाए कि मैंने उसे क्षमा कर दिया; क्योंकि असंभव काम करने के लिए वह बाध्य नहीं थी और मुझे भी इस तरह की आशा और आकांक्षा करने का कोई कारण

नहीं था। चूँकि मैंने अपनी मर्यादा को नष्ट करने का उपाय ख़ुद किया इसलिए कोई कारण नहीं है कि...''

अनसेलमो ने यहाँ तक तो लिखा, लेकिन कारणों को लिखने तक के लिए मृत्यु रुकी न रह सकी। दूसरे दिन मकान के मालिक ने अनसेलमो की मृत्यु का समाचार उसके रिश्तेदारों के यहाँ भेज दिया। उन लोगों को तब तक इसकी विपत्ति तथा उस मठ का पता चल गया था, जहाँ कैमिला चली गई थी। वह भी उस मृत्यु के क़रीब थी जिसका अनुसरण उसके पति ने किया था, यद्यपि उसके निधन के कारण नहीं, बल्कि लोथेरियो के लिए, जिसके बारे में उसे उड़ती खबर मिली थी। वह विधवा हो गई थी तो भी तब तक न तो वह संन्यासिन ही बनी और न मठ ही छोड़ा जब तक कि चंद दिन बाद इस समाचार की पुष्टि नहीं हो गई कि नेपुल्स राज्य में महामान्य डे लौट्रेक और महान सेनापति गोजलो फर्नंडेज डे कार्डोना के बीच युद्ध में लोथेरियो मारा गया। इस तरह उस पापी और अंततोगत्वा अनुतप्त मित्र का अंत हुआ। इस समाचार के पाते ही कैमिला ने संन्यास ले लिया और उसके बाद ही शोक तथा वेदना से अभिभूत होकर उसने भी अपना जीवन देकर मर्यादातिक्रमण का मूल्य चुकाया। इस तरह उनका अंत हुआ जिसका कारण उस तरह की धृष्टता थी।

पुरोहित—'यह उपन्यास मुझे पसंद अवश्य है तो भी मैं यह मानने के लिए तैयार नहीं हूँ कि इसमें लेश-मात्र भी सचाई है। यदि यह महज़ कल्पना है तो लेखक ग़लती पर है, क्योंकि एक भी पति ऐसा नहीं हो सकता जो इस तरह का खतरनाक दुस्साहस करे। यदि उसने पति और पत्नी को ही प्रेमी और प्रेयसी बनाया होता तो कहानी अधिक संभव प्रतीत होती। लेकिन जैसा उसने लिखा है वह असंभव है। जो भी हो मैं इतना कह सकता हूँ कि उसके लिखने के तरीक़े के ख़िलाफ़ मुझे कुछ नहीं कहना है।'

सराय की विचित्र घटनाएँ

सरायवाला दरवाज़े पर खड़ा था। उसी समय उसने कुछ लोगों को आते देखा। वह बोल उठा—'और अधिक अतिथि' मैं सच कहता हूँ, ख़ासी जमात है। यदि वे यहाँ ठहर गए तब तो हम लोग आनंद के गीत गाएँगे।'

कार्डेनियो—'वे लोग कौन हैं?'

सरायवाला—'चार आदमी नाटी रकाब वाले घोड़े पर सवार हैं, चेहरे पर काला नक़ाब[1] है और हाथ में भाला ढाल है। साथ में एक महिला भी है। वह सिर से पैर तक सफेद वस्त्र पहने और नकाब लगाए हैं जो अलग घोड़े पर आ रही है और उसके साथ पैदल दो हरकारे दौड़ रहे हैं।'

पादरी—'क्या वे पास ही हैं?'

सरायवाला—'फाटक पर पहुँच गए हैं।'

इतना सुनते ही डोरोथिया ने बुरका ओढ़ लिया और अजनबियों के आँगन में आते ही कार्डेनियो बगल के कमरे में चला गया जिसमें डान क्विग्जोट सो रहा था।

ये चारों घुड़सवार सज्जन व्यक्ति प्रतीत होते हैं। वे घोड़े से उतरकर उस महिला को उतारने गए और उनमें से एक उसे गोद में उठाकर मकान के अंदर ले आया और जिस कमरे में कार्डेनियो चला गया था उसी के द्वार पर उसे कुर्सी पर बिठा दिया। यह सब उन लोगों ने नकाब हटाए या मुँह से कुछ कहे बिना कर डाला। केवल उस महिला ने कुर्सी पर बैठते हुए गहरी आह ली और अपनी बाँहों को इस तरह नीचे झुका दिया मानो वे अत्यंत दुर्बल और निर्जीव हों। उसके इस अनोखे व्यवहार से पुरोहित को अचरज-सा हुआ। पता लगाने के लिए उसने अस्तबल में उनके नौकरों के पास जाकर पूछा कि तुम लोगों के मालिक कौन लोग हैं?'

उनमें से एक ने कहा—'महाशय, यह बतलाना तो अत्यंत कठिन है। वे साधारण व्यक्ति नहीं प्रतीत होते—खासकर वे सज्जन जो इस महिला को गोद में उठाकर अंदर ले आए। बाकी लोग उनकी बड़ी क़द्र करते हैं और उनकी बात ही उन लोगों के लिए क़ानून है।'

पुरोहित—'यह महिला कौन है?'

वह आदमी—'बाकी लोगों की तरह हम लोग भी उनके बारे में कुछ नहीं जानते। हम लोगों ने आज तक उनका चेहरा नहीं देखा है और दूसरे उपाय से उन्हें या और लोगों को जानना भी असंभव है। मुझसे और मेरे साथियों से रास्ते में भेंट हुई। अंडालूसिया तक के लिए उन लोगों ने हम लोगों को रखा है

1. यात्रा में स्पेन के लोग अपने को छिपाने के लिए नहीं, बल्कि गर्द से बचने के लिए काला नक़ाब लगा लेते थे।

और ख़ासी रकम देने का वचन दिया है। उनके साथ इस दो दिन की यात्रा को छोड़कर वे हम लोगों के लिए भी अपरिचित ही हैं।'

पुरोहित—'क्या उन लोगों ने आपस में एक-दूसरे का नाम भी नहीं लिया था?'

हरकारा—'जी नहीं, क्योंकि रास्ते-भर उन लोगों ने जबान तक नहीं खोली, बेचारी यह महिला अवश्य इस तरह करुण उसाँसें ले रही थी कि हम लोगों को ऐसा प्रतीत हुआ कि यह यात्रा उसके अनुकूल नहीं है। हम लोग कारण नहीं बतला सकते; लेकिन अपनी पोशाक से वह संन्यासिन प्रतीत होती है, पर उसके शोक और अवसाद से प्रकट होता है कि वह उसे संन्यासिन बनाने के लिए ले जा रहे हैं जबकि उस ओर उसमें लेश-मात्र भी प्रवृत्ति नहीं जान पड़ती।'

'संभव है'—इतना कहकर पुरोहित उसी जगह लौट आया जहाँ वह डोरोथिया को छोड़ गया था। नकाब वाली इस महिला को बार-बार उसाँसें लेते सुनकर, अबला होने के कारण उसमें स्वाभाविक करुणा जागृत हो उठी। इससे वह उसके विषाद का कारण पूछे बिना नहीं रह सकी। डोरोथिया ने कहा—'श्रीमती, मुझे क्षमा करेंगी। क्या मैं आपके शोक का कारण जान सकती हूँ? मैं आपको विश्वास दिलाती हूँ, बल्कि आपकी सेवा और सहायता करने के उद्देश्य से, यदि आपकी विपत्ति उस तरह की है जिसकी हम महिलाएँ बहुधा शिकार हुआ करती हैं, और यदि उसका उपचार किसी उपाय द्वारा संभव हो तो मैं करूँगी।'

उस विषण्ण महिला ने उसकी प्रार्थना का कोई उत्तर नहीं दिया। डोरोथिया ने नई दलीलों से उसे प्रभावित करना चाहा, लेकिन वह भी बेकार हुआ। इसी समय वह आदमी आ गया जिसे हरकारे ने सरदार बतलाया था। उसने डोरोथिया को टोकते हुए कहा—'श्रीमती जी, उस कृतघ्न औरत पर अपनी उदारता को व्यर्थ न गँवाइए, क्योंकि कृतज्ञता प्रकाश करना उसकी प्रवृत्ति में नहीं है और अपने प्रश्नों के उत्तर की भी आशा न करें, क्योंकि सच बोलना उस़ने सीखा ही नहीं है।'

इस पर उस शोक-संतप्त महिला ने कहा—'महाशय, मेरी इस दुरावस्था का कारण मेरी सचाई और ईमानदारी है और मेरी यातनाएँ यह साबित करने के लिए काफी हैं कि आप सबसे बड़े नीच और दग़ाबाज़ हैं।'

कार्डेनियो और इन लोगों के बीच केवल दरवाज़े का व्यवधान था। उसने इस अंतिम शब्दों को स्पष्ट सुना और तुरंत चिल्ला उठा—'भगवान, मैं यह क्या सुन रहा हूँ? किसी की बोली अभी मेरे कानों में पड़ी।' उसके उद्गार से वह

महिला चौंक पड़ी और कुर्सी से उठ खड़ी हुई। वह उस कमरे में झपट गई होती जहाँ से आवाज़ आ रही थी, लेकिन यह देखकर उस आदमी ने उसे पकड़कर रोक लिया। इससे वह महिला इस तरह अस्त-व्यस्त हो गई कि उसकी नकाब गिर गई, जिससे उसका अद्वितीय परियों के समान सुंदर चेहरा प्रकट हो गया, यद्यपि वह पीला और अत्यधिक अशांत था। उसकी आँखें उत्सुकता के साथ चारों ओर दौड़ रही थीं। वह हतबुद्धि-सी प्रतीत हो रही थी। डोरोथिया तथा अन्य लोग, यह न समझ सकने के कारण कि उसकी आँखें इस तेजी से घूमकर किसे खोज रही हैं, उसकी हालत पर शोक और आश्चर्य प्रकट करने लगे। वह इस तरह छटपटाने लगी और उसे पकड़कर रखने में वह व्यक्ति इस तरह अस्त-व्यस्त हो गया कि उसका भी नकाब गिर गया और डोरोथिया ने, जो उस महिला को सँभालकर रखने में मदद कर रही थी, देखा कि वह उसका पति फर्डिनंड है! उसे पहचानते ही उसके मुँह से वेदना और विषाद से भरी लंबी आह निकली और उसे मूर्च्छा आ गई। संयोगवश हज्जाम उसके पीछे खड़ा था। उसने उसे पकड़कर सम्हाल लिया, नहीं तो वह ज़मीन पर गिर पड़ी होती। पुरोहित उसकी मदद के लिए दौड़ पड़ा और उसके मुँह पर पानी के छींटे देने के लिए उसका बुर्का हटा दिया। फर्डिनंड ने उसे पहचाना और वह भी डोरोथिया की तरह मृतवत् हो गया, लेकिन उसने लुसिंडा को नहीं छोड़ा। वही वह महिला थी जो उसके हाथ से छुटकारा पाने के लिए छटपटा रही थी।

डोरोथिया की आह सुनकर और लुसिंडा की आवाज़ पहचानकर कार्डेनियो अस्त-व्यस्तता के साथ कमरे में दौड़ पड़ा। उसकी दृष्टि सबसे पहले डान फर्डिनंड पर पड़ी, जो लुसिंडा को पकड़े हुए था। लुसिंडा ने कार्डेनियो को तुरंत पहचान लिया। सभी आश्चर्य-चकित और स्तब्ध हो गए। डोरोथियो की दृष्टि डान फर्डिनंड पर स्थिर थी, डान फर्डिनंड की कार्डेनियो पर और उसी तरह कार्डेनियो और लुसिंडा की दृष्टि एक-दूसरे पर स्थिर थी। अंत में लुसिंडा ने इस मौन को भंग किया। डान फर्डिनंड को लक्ष्य करके उसने कहा—''महामान्य, अपना हाथ हटाइए और मुझे जाने दीजिए। चाहे अपनी उदारता से अथवा अपनी कायरता से मुझे छोड़ दीजिए। चूँकि होना यह ही है, ताकि मैं अमर बेलि की तरह अपने एकमात्र संरक्षक के सहारे में जाऊँ और जिससे आपकी धमकी, विनती, उपहार या वादा कभी भी मेरे प्रेम को हटा नहीं सकते। इन विचित्र और असंभावित साधनों से नियति से न लड़िए, जिसकी शक्ति ही मुझे मेरे पति के समक्ष ला सकी। आपके इतमीनान के लिए हज़ारों उदाहरण मिल चुके हैं कि मृत्यु के बाद

ही मैं उनको भूल सकती हूँ। कम-से-कम यही आपके प्रेम को क्रोध में बदल दे और उससे प्रेरित होकर आप यहाँ मेरे पति के सामने ही मेरे जीवन के साथ मेरी यातनाओं का अंत कर दें। मुझे प्राण खोने में गर्व होगा और उन्हें विश्वास होगा कि ज़िंदगी के अंतिम क्षण तक मैंने अपने प्रेम और अपनी मर्यादा को अक्षुण्ण बनाए रखा।'

इस समय तक डोरोथिया सँभल चुकी थी। लुसिंडा की बातों को उसने समझ लिया कि वह कौन है। यह देखकर कि डान फर्डिनंड उसको छोड़ नहीं रहा है, वह परिस्थिति की विषमता से लाभ उठाते हुए उसके पैरों पर गिर पड़ी और आँखों में आँसू भरकर बोली—''महाभाग, सौंदर्य की जिस प्रतिमा को आपने पकड़ रखा है, उससे यदि आपकी आँखें चौंधियाँ नहीं गई हैं तो आप अपने पैरों-तले पड़ी कभी सुखी लेकिन अब दीन डोरोथिया को देखें। मैं वही ग़रीब और दीन देहाती लड़की हूँ जिसे आपकी उदार कृपाओं ने, आपका प्रेम करने का हौसला मैं नहीं कह सकती किसी दिन आपकी अपनी कहलाने का सौभाग्य प्रदान किया था। मैं वही हूँ जो किसी दिन सरल, शांत जीवन बिताती थी, अपने जीवन से पूर्ण संतुष्ट थी और एक दिन आपकी साग्रह प्रार्थनाओं, सम्मान-प्रदर्शनों और प्रतारक वायदों के जाल में पड़कर अपने पथ से विचलित हुई और अपनी स्वतंत्रता को आपके अधीन कर दिया। मेरे शोक तथा इस विचित्र स्थान पर पाए जाने से ही अन्दाज़ किया जा सकता है कि मुझे ऐसा पुरस्कार मिला। मैं यहाँ किसी बदनीयती से नहीं आई, बल्कि आपके द्वारा परित्यक्ता होने के कारण शोक और निराशा से संतप्त होकर आई। आपकी इच्छा से मैं आपके साथ उस कठोर बंधन में पड़ी। आप जो भी कहें पर आप सदा मेरे ही रहेंगे। मेरे स्वामी, आप इस बात को सोचें कि मेरा अद्वितीय प्रेम उस व्यक्ति के सौंदर्य और कुलीनता का मुकाबला कर सकता है जिसके लिए आप मुझे त्यागना चाहते हैं। वह आपके प्रेम में हिस्सा नहीं बँटा सकती, क्योंकि वह मेरा है और कार्डेनियो के हृदय में उसके लिए जो प्रेम है, वह कोई हिस्सेदार नहीं बर्दाश्त कर सकता। अपनी चंचल आकांक्षाओं को बटोरकर उस पर केंद्रित करना सहज है जो आपको पूजती है, बनिस्बत उसे अपनी ओर आकृष्ट करने के, जो आपसे नफरत करती है। स्मरण कीजिए कि आपने मेरी हीनता को जानते हुए भी मुझ नाचीज़ से किस तरह प्रार्थनाएँ की थीं और मेरे सतीत्व की प्रशंसा की थी। उसके साथ-साथ जिन मर्यादित शर्तों के साथ मैं आपकी इच्छा के सामने झुक गई, वे प्रकट करती हैं कि न मैं बदनीयत थी और न मेरा उद्‌देश्य बुरा था। इन अकाट्य तथ्यों पर

विचार कीजिए। अपनी प्रतिष्ठा का कुछ लिहाज़ कीजिए। स्मरण रहे कि आप ईसाई हैं। तब आप उसके जीवन का इस तरह अंत क्यों होने दें जिसका आरंभ आपकी कृपा से इतना सुखद हुआ? यदि मुझे आप पत्नी का सौभाग्य और आदर नहीं देना चाहते तो मुझे दासी की तरह अपनी सेवा करने दीजिए। इस तरह मैं आपकी हूँ। यद्यपि मुझे बहुत नीचा पद मिलेगा तो भी मैं शिकायत नहीं करूँगी। अपने पति के इस तरह अलग हो जाने के कारण छिद्रान्वेषी संसार की अपवादपूर्ण निंदा का शिकार मुझे मत होने दीजिए। मेरे मातृ-पिता की बुढ़ौती में उन्हें शोकाकुल न कीजिए। आप और आपके परिवार के प्रति वफादारी के कारण उन्हें उपयुक्त पुरस्कार मिलना चाहिए। यदि आप यह सोचते हों कि मेरे रक्त के सम्मिश्रण से आपका कुलीन रक्त दूषित हो जाएगा तो आपको विचारना चाहिए कि कितने कुलीन वंश इस धारा में बहे हैं। इसके अलावा संतान की कुलीनता के लिए मातृवंश आवश्यक नहीं समझा जाता। आपको यह समझाना चाहिए कि सचाई ही सबसे बड़ी कुलीनता है और मेरे साथ अन्याय करके यदि आप उसे कलंकित करते हैं तो आप अपने परिवार पर जो कलंक लगाते हैं वह मेरे साथ विवाह कर लेने की अपेक्षा कहीं अधिक गहन होगा। संक्षेप में, मेरे स्वामी, आप न तो मुझे पत्नी के रूप में अस्वीकार कर सकते हैं, और न अस्वीकार करना ही चाहिए। इस सचाई के समर्थन के लिए मैं आपके ही शब्दों की याद दिलाना चाहती हूँ, जो अवश्य सच्चे होंगे यदि आपको प्रतिष्ठा का कोई खयाल है और उस कुलीनता का भी, जिसके अभाव के कारण आप मुझसे घृणा करते हैं। आप अपनी प्रतिज्ञाओं और सौगंधों की याद कीजिए। आप उन देवता का स्मरण कीजिए जिसकी बार-बार दुहाई आपने अपने वचन के समर्थन में दी थी और यदि इन सबका कोई असर न पड़े तो अंत मैं आपकी ही अंतश्चेतना की दुहाई देती हूँ, जिसका डंक मेरे प्रति किए गए अत्याचार को सदा ताजा करता रहेगा और अतिशय उल्लास में भी आपके सुख में बाधा देता रहेगा।'

इस तरह की अनेक तर्कयुक्त बातें शोकाकुल डोरोथिया ने उपस्थित कीं। उस शोकाकुल अवस्था में भी वह इतनी सुंदर प्रतीत होती थी कि डान फर्डिनंड के साथी तथा अन्य लोगों की सहानुभूति उसके प्रति जागृत हो उठी। लुसिंडा उसकी बुद्धि तथा सौंदर्य से जितनी प्रभावित हुई उतना ही उसके आँसुओं से। इस तरह गिड़गिड़ाने के बाद उसने जिस करुणा के साथ विलाप करना, उसाँसें लेना शुरू किया उससे वह उसके पास जाकर उसे ढाढ़स बँधाती यदि फर्डिनंड उसे रोके नहीं रखता, क्योंकि वह उसी तरह उसे पकड़े हुए था।

फर्डिनंड घबराहट के साथ बहुत देर तक डोरोथिया की ओर स्थिर दृष्टि से देखता रहा। अंत में वह अपना हाथ खींचकर लुसिंडा को मुक्त करता हुआ बोला—'सुंदरी डोरोथिया, तुमने मुझे जीत लिया। इस तरह की सचाई और सौंदर्य, दोनों का प्रतिरोध करना असंभव है।'

लुसिंडा तब भी इस तरह व्याकुल और कमजोर थी कि फर्डिनंड के छोड़ देने पर वह गिर पड़ती यदि अपनी रक्षा की परवाह न करके कार्डेनियो ने झट-पट उसे अपने बाहुपाश में न ले लिया होता और उत्सुकता तथा हर्ष से उसे छाती से न लगा लिया होता। उसने ज़ोर से चिल्लाकर कहा—'मेरी प्यारी और वफ़ादार पत्नी, उस दयालु भगवान को धन्यवाद है। तुम्हारे दुखों का अब अंत हो गया, क्योंकि मेरी भुजाओं के अतिरिक्त तुम अधिक सुरक्षित और कहाँ रह सकती हो जो आज तुम्हें सहारा दे रही हैं जिस तरह एक बार पहले सहारा दिया था जब मेरे सौभाग्य ने पहले-पहल तुम्हें मेरा बनाया था।'

लुसिंडा ने अपनी आँखें खोलीं और अपने को कार्डेनियो के बाहुपाश में पाकर उसने शालीनता और लोकलज्जा का विचार किए बिना अपनी बाँहों को उसके गले में डाल दिया और उसके मुँह पर अपना मुँह रखकर बोली—'तुम वही हो और तुम ही मेरे स्वामी हो। तुम्हीं इस उत्पीड़ित कैदी के असली मालिक हो। अब भाग्य चाहे कितना भी विपरीत हो, भय या धमकी कोई भी मुझे अपने जीवन के एकमात्र आश्रय और सुख के साधन से वंचित नहीं कर सकते।' यह दृश्य डान फर्डिनंड तथा अन्य दर्शकों के लिए अत्यंत असाधारण था। डोरोथिया ने देखा कि डान फर्डिनंड के चेहरे का रंग बदल रहा है और कार्डेनियो पर प्रहार करने के लिए वह अपनी तलवार की मूठ पर हाथ रख रहा है। वह एकाएक धरती पर घुटनों के बल बैठ गई और अतिशय प्रेम के साथ फर्डिनंड के पैरों से लिपटकर उसने उसे इतने जोर से जकड़ लिया कि वह हिल-डुल नहीं सका। उसने आँखों में आँसू भरकर कहा—'मेरी आशा के एकमात्र आधार, आपका क्या अभिप्राय है? यहाँ देखिए, आपकी प्यारी पत्नी आपके चरणों के नीचे है। सच्चे पति के रूप में आप इसके आलिंगन का सुख भोगेंगे। मेरे स्वामी, आप सोचें कि आपका प्रयास कितना अनुचित है कि आप इस बंधन को तोड़ना चाहते हैं जिसे भगवान ने इतना कड़ा कर दिया है। क्या आप इससे अपने उद्‌देश्य की सिद्धि की बात कभी सोच सकते हैं या आशा कर सकते हैं जो हर तरह के खतरों की परवाह न करके अपनी मर्यादा और स्थिरता में सदा अटल रहकर आपकी आँखों के सामने अपने प्रेमी के हृदय से लगी हर्ष और प्रेम के आँसुओं की वर्षा कर

रही है? भगवान के नाम पर मैं आपसे प्रार्थना करती हूँ, आपके ही शब्दों में मैं आपसे विनती करती हूँ कि आप अपने क्रोध को शांत कीजिए और उस प्रतिज्ञा-परायण जोड़े को सुख का उपभोग करने के लिए छोड़ दीजिए और अपने जीवन के शेष दिन शांति से बिताने दीजिए। इस तरह आप प्रकट करें कि आप सचमुच उदार हैं और महान हैं और संसार में प्रमाणित करें कि आपका विवेक आपके साथ है और आप अपने विचारों पर नियंत्रण रखते हैं।'

उधर कार्डेनियो यद्यपि लुसिंडा को अपने बाहुपाश में जकड़े हुए था, तो भी उसकी सतर्क दृष्टि डान फर्डिनंड पर ही थी। उसने निश्चय कर लिया थ कि यदि डान फर्डिनंड उसके सम्मान के विरुद्ध कोई आचरण करेगा तो वह उसे और संभवतः उसके आदमियों को उसका पूरा मज़ा चखा देगा, चाहे उसे अपने प्राणों से ही हाथ क्यों न धोना पड़े; लेकिन फर्डिनंड के साथी, पुरोहित, हज्जाम तथा अन्य सभी लोग (ईमानदार सैंकोपांका सहित भी) डान फर्डिनंड के पास जमा हो गए और डोरोथिया के आँसुओं पर अनुग्रह दर्शाने की उससे प्रार्थना की। उन लोगों ने कहा—'उसने जो कुछ कहा है, और जिसकी सचाई प्रकट की है, उसे दृष्टि में रखते हुए उसकी जायज़ आशाओं को विफल करना घोर अन्याय होगा। उन लोगों के इस तरह अचानक और विचित्र मिलन को संयोग की बात नहीं कही जा सकती, बल्कि भगवान की अगम्य प्रेरणा का फल है (पुरोहित ने इस बात पर विशेष ज़ोर दिया)। केवल मृत्यु ही कार्डेनियो को लुसिंडा से अलग कर सकती है। शायद तुम्हारी तलवार की धार उन्हें अलग कर सके, लेकिन तब वे ज़िंदा रहकर जितना सुख भोगते उससे कहीं अधिक सुखी तुम उन्हें मारकर बना दोगे। अनिवार्य घटना में नियति के सामने सिर झुका देना और अपनी इच्छा का समर्पण करना सबसे बड़ी बुद्धिमानी ही नहीं प्रकट करता बल्कि बहुत बड़ा साहस और उदारता प्रकट करता है। भगवान के वरदान से जो सुख इस जोड़े को प्राप्त हुआ है उससे तुम्हें डाह नहीं होनी चाहिए। तुम्हें अपनी दृष्टि डोरोथिया के शोक की ओर फेरनी चाहिए, उसके असीम सौंदर्य को देखना चाहिए। उसके सच्चे अकपट प्रेम ने अपने वंश की हीनता के लिए बहुत अधिक प्रायश्चित्त किया है। यदि तुम्हें कुलीनता और ईसाइयत का गर्व है, तो तुम्हारा कर्तव्य है कि तुम अपने वचन को अक्षुण्ण रखो, क्योंकि मानव-समाज के विचारवान लोग अन्यथा न तो संतुष्ट ही हो सकते हैं और न तुम्हारा आदर कर सकते हैं। और भी, सौंदर्य का यह विशेष अधिकार है कि वह किसी भी पद का दावा कर सकता है यदि उसमें सतीत्व के गुण का उत्कर्ष हो और वह शालीनता से विभूषित हो। इसके

लिए उस व्यक्ति की निंदा या बदनामी नहीं हो सकती जो उसे ऊपर उठाता है। आनंद की उत्कट प्रेरणा का एक बार उपभोग कर लेने के बाद उसमें प्रवृत्त होना निंदनीय नहीं समझा जाता बशर्ते कि नाजायज़ न हो।' सारांश यह कि इस तरह के तर्कों से उन लोगों ने ऐसी बहस की कि डान फर्डिनंड के समान सज्जन व्यक्ति उन उचित तर्कों का प्रतिरोध नहीं कर सका, बल्कि झुक गया और डोरोथिया को गले से लगाकर बोला—'उठो, जिसने मेरे हृदय को जीत लिया है, उसे मेरे पैरों के नीचे पड़े रहना उचित नहीं है। यदि मैंने आज तक तुम्हारा उचित सम्मान नहीं किया तो यही संभवतः भगवान का आदेश था कि इससे तुम्हारी स्थिरता और अच्छाई का और भी अधिक प्रमाण पाकर मैं तुम्हारे गुणों की और भी अधिक कद्र करूँ। भविष्य में तुम्हारी जो इज्जत और सेवा मैं करूँगा वह अतीत की मेरी उपेक्षा के क्षमा-स्वरूप हो और मेरे प्रेम का प्रबल आवेश इसका साधन हो, जिसने तुम्हें छोड़ देने के लिए मुझे प्रेरित किया। अब लुसिंडा के उत्फुल्ल नेत्रों को देखो और वहाँ हज़ार अधिक कारण देखो। मैं वचन देता हूँ कि आज से मैं उसकी शांति-भंग करने का यत्न नहीं करूँगा और वह अपने प्यारे कार्डेनियो के साथ अनंतकाल तक सुख और संतोष की ज़िंदगी बिताए और उसी तरह की ज़िंदगी मैं अपनी प्रियतमा डोरोथिया के साथ बिताने की आशा करता हूँ।' इतना कहकर उसने उसे स्नेह के साथ पुनः छाती से लगा लिया। बड़ी कठिनाई से वह अपने आँसुओं को रोक सका, जिन्हें छिपाने की उसने पूरी कोशिश की, क्योंकि अपने पश्चात्ताप के इस तरह के दुर्बल सबूत को प्रकट करते हुए उसे शर्म आ रही थी।

कार्डेनियो, लुसिंडा तथा उस जमात के अधिकांश लोग अपने को रोक नहीं सके बल्कि सब-के-सब आनंद में रो पड़े, यहाँ तक कि सैंकोपांका भी आँसू बहाने से अपने को रोक नहीं सका, यद्यपि जैसा उसने बाद को स्वीकार किया उसके आँसू शोक के कारण नहीं थे, बल्कि यह जानकर कि डोरोथिया मिकोमिकन की रानी नहीं है, जैसा उसने समझा था और जिससे उसने उपहारों और वृत्ति की आशा की थी। कार्डेनियो और लुसिंडा डान फर्डिनंड के पैरों पर गिर पड़े और अतिशय कृतज्ञता प्रकट करते हुए उसे धन्यवाद दिया। उसने उन्हें उठाया और बड़ी नम्रता के साथ उनकी कृतज्ञता को स्वीकार किया। उसके बाद उसने डोरोथिया से पूछा कि तुम यहाँ किस तरह आ गईं? उसने कार्डेनियो से जो कुछ कहा था उसे दोहरा दिया, लेकिन ऐसी शालीनता के साथ कि उसके दुर्भाग्य की कहानी को उन लोगों ने बड़े चाव से सुना। उसके कह चुकने के बाद डान

फर्डिनंड ने वह सब कह सुनाया जो लुसिंडा के शरीर से उसे पत्र के मिलने के बाद उस पर बीती थी; जिस पत्र से प्रकट हुआ कि लुसिंडा का पति कार्डेनियो है। यदि उसके माता-पिता ने रोका न होता तो किसी तरह वह उसे मार डालता, किस तरह क्रोध और शर्म से पागल होकर बदला लेने के अधिक उपयुक्त अवसर की प्रतिज्ञा में उसने नगर को छोड़ा, किस तरह थोड़े दिनों के बाद ही उसे मालूम हुआ कि लुसिंडा साधुनियों के मठ में भाग गई है और उसने निश्चय किया है कि यदि कार्डेनियो से मिलन नहीं हुआ तो वह अपना जीवन वहीं बिताएगी; किस तरह इन तीनों आदमियों को राज़ी कर हम लोग मठ में गए और फाटक खुलने पर दो को फाटक पर चौकसी के लिए छोड़कर एक के साथ मैं भीतर गया और लुसिंडा को संन्यासिन के साथ मठ में बातें करते हुए पाया। 'यहाँ से हम लोग उसे जबर्दस्ती एक गाँव में ले आए जहाँ हम लोगों ने अपनी सुविधा से भागने के लिए अपने को छिपा रखा जिसे हम लोगों ने सहज में संपन्न किया, क्योंकि मठ शहर से दूर मैदान में स्थित था; लुसिंडा अपने को हम लोगों के अधीन पाकर किस तरह बेहोश हो गई और होश में आने के बाद वह लगातार रोती और उसाँसें लेती रही, लेकिन जबान खोलने का नाम नहीं लिया और उसी हालत में वे लोग यात्रा करते-करते अंत में इस सराय में पहुँचे जो स्वर्ग साबित हुआ, क्योंकि सभी सांसारिक विपत्तियों का यहाँ अंत हो गया।

10. शाहजादी मिकोमिकोना की कथा तथा अन्य अभियान

इस जटिल समस्या के सुखपूर्वक संपन्न हो जाने से उस जमात की खुशी वर्णनातीत थी। डोरोथिया, कार्डेनियो तथा लुसिंडा के भाग्य में ऐसा विचित्र और अचानक परिवर्तन हुआ कि उन्हें सहसा भरोसा नहीं होता था। भाग्य ने उनके साथ ऐसी छलना की थी कि उन्हें इस सुख पर सहसा विश्वास नहीं हुआ। डान फर्डिनंड ने भगवान को अनेक धन्यवाद दिए कि उसने अपने असीम अनुग्रह से उसे जंजाल से निकालकर बाहर किया जिसमें उसकी मर्यादा और उत्कर्ष, दोनों के नष्ट हो जाने की संभावना थी। इस मेल-मिलाप में पुरोहित का बहुत बड़ा हाथ था इसलिए उसे भी अत्यंत खुशी हुई। लोगों की इस खुशी में किसी को असंतुष्ट न होने देने के विचार से कार्डेनियो और पुरोहित ने सरायवाले की उस क्षति की पूर्ति कर दी जो डान क्विग्जोट के कारण उसे हुई थी। केवल सैंकोपांका खिन्न हो गया। उसने अपनी सामंतशाही और आशा को धुएँ के समान विलीन होते देखा, शाहज़ादी मिकोमिकोना डोरोथिया बन गई और दैत्य डान फर्डिनंड में

बदल गया! इस तरह मलिन और शोकाकुल वह अपने मालिक के कमरे में घुस गया जो अब तक सो रहा था और उसे जगाया जिसे जो कुछ हो गया था उसका लेश-मात्र भी पता नहीं था।

सैंको ने कहा—'मनहूस आकृति वाले वीर योद्धा महोदय, मैं आशा करता हूँ कि आपका जल्दी जाग पड़ना हानिकर नहीं होगा। लेकिन यदि आप चाहें तो अब प्रलय-काल तक सो सकते हैं। अब आप दैत्य को मारने और शाहज़ादी का राज्य वापस दिलाने के लिए अपना सिर न खपायें क्योंकि वह सब आपके हाथ से संपन्न हो गया है।'

वीर योद्धा—'यह बहुत अधिक संभव है, क्योंकि दैत्य के साथ मेरा ऐसा असाधारण, प्रकांड और विकराल युद्ध हुआ है जैसा मेरे जीवन में न तो कभी हुआ ही था और न होगा ही। एक बार में ही मैंने उसका सिर ज़मीन पर लुटा दिया और पानी की तेज धार की तरह उसमें से रक्त की धारा बह गई।'

सैंको—'आपका अभिप्राय शराब की धारा से है। आपको जान लेना चाहिए (आपको अभी तक मालूम नहीं है) कि आपका मृत दैत्य काटा हुआ शराब का पीपा है और रक्त तीस गैलन लाल शराब है जो उसमें रखी थी और जिस गरदन को आपने बड़ी सफाई से काटा, वह कुछ नहीं है, इसलिए शैतान सैंको के लिए दैत्य, सिर दोनों को तथा सबको साथ ही ले जाए।'

डान क्विग्जोट—'पागल आदमी, तू क्या बकता है? तू निश्चय ही पागल है।'

सैंको—'उठिए और उठकर देखिए कि आपने अपने लिए क्या ही अच्छा काम कर डाला है। यहाँ कितना बड़ा झंझट उठ खड़ा हुआ है। आपकी महारानी संभ्रांत महिला डोरोथिया में बदल गई और इसी तरह की कुछ बातें हो गई हैं, जो चकित कर देने वाली हैं।'

डान क्विग्जोट—'यहाँ मुझे किसी से विस्मय नहीं हो सकता जहाँ सारी बातें, मैंने तुमसे पहले ही कहा था, जादू पर आश्रित हैं।'

सैंको—'मैं उसे मानता यदि कंबल में लपेटकर मेरा उछाला जाना इस तरह का होता; लेकिन मेरा उछाला जाना इसी तरह का था जिस तरह अन्य चीज़ों को कंबल में लपेटकर उछाले जाते मैंने देखा। मुझे अच्छी तरह याद है कि यही सरायवाला उन लोगों में था जो मुझे उछाल रहे थे और मैं उसके लिए इतना कह सकता हूँ कि वह उसी होशियारी और आनंद से मुझे उछाल रहा था जिस तरह उछालना कोई भी मनुष्य चाह सकता है। अंत में मुझे यहाँ तक शक होने लगा

और आज भी शक करता हूँ कि हम लोगों की जादू की सारी बातों का अंतिम परिणाम चोट खाने और हड्डी टूटने के सिवा और कुछ नहीं होगा।'

वीर योद्धा—'भगवान सबका प्रतिकार करेगा इसलिए मैं कपड़ा पहनकर इन परिवर्तनों को देखने चलूँगा।'

इधर सैंको उसे तैयार करने लगा और उधर पुरोहित ने डान क्विग्जोट के पागलपन से डान फर्डिनंड तथा शेष लोगों को अवगत करा दिया। उसने उस युक्ति को भी बतलाया जिसका प्रयोग करके वह उसे उस निर्जन पहाड़ी प्रदेश से हटा रहा था जहाँ उसकी प्रेयसी की तथाकथित उपेक्षा के कारण वह कल्पना में निर्वासित कर दिया गया था। सैंको के अभियान की भी उसने चर्चा की जिससे उन लोगों का बहुत मनोरंजन हुआ। उसने कहा—'चूँकि डोरोथिया के भाग्य-परिवर्तन ने इनकी युक्ति को व्यर्थ कर दिया इसलिए उसे बहकाकर घर ले चलने के लिए कोई दूसरी युक्ति निकालनी होगी। कार्डेनियो ने अपनी सेवाओं को अर्पित करते हुए कहा कि डोरोथिया का स्थान लुसिंडा लेगी।'

डान फर्डिनंड—'नहीं-नहीं, यदि उस गरीब का घर बहुत दूर नहीं हो तो डोरोथिया इस प्रहसन के अंत तक काम करेगी।'

पुरोहित—'केवल दो दिन का सफर है।'

डान फर्डिनंड—'ऐसे उपयोगी और धर्मार्थ काम के लिए मैं चार दिन तक खुशी से साथ देने के लिए तैयार हूँ।'

अब तक सिर से पैर तक हथियारों से लैस और मैम्ब्रिनो का शिरस्त्राण पहने (जिसमें बहुत बड़ा छेद था) डान क्विग्जोट ने प्रवेश किया। उसके बाएँ हाथ में ढाल थी और दाहिने से वह अपने भाले पर झुका था। उसका बुचका और पीला कृश चेहरा, बाँस की तरह लमबा शरीर, उसके कवच के उपादानों का विचित्र मिश्रण तथा उसकी गंभीरता और संजीदगी से डान फर्डिनंड और उसके साथी अभिभूत हो गए और वीर योद्धा ने डोरोथिया की ओर देखकर गंभीरता और विनय के साथ यों कहना शुरू किया :

''सुंदरी, मेरे इस परिचारक ने सूचना दी है कि आपका बड़प्पन मटियामेट हो गया और आप महीयसी शाहज़ादी और रानी नहीं रहीं, जैसा कि आप थीं; और आप साधारण महिला हो गई हैं! यदि इस तरह के परिवर्तन का कारण आपके जादूगर पिता का कोई आदेश है (जिन्हें आपको राजगद्दी पर पुनः बैठाने के लिए मेरे बाहुबल की क्षमता और सफलता पर संदेह हुआ हो) तो मैं उनसे कह देना चाहता हूँ कि इन मामलों में वे सही भविष्य-वक्ता नहीं हैं और अपने पेशे

में प्रवीण नहीं हैं। वीर-कर्म के विकास में तो उनकी जरा भी गति नहीं है। यदि वे भ्रमणशील वीर योद्धाओं के वृत्तांत से मेरे समान अवगत होते तो उन्हें मालूम होता कि प्रत्येक युग में डान क्विग्जोट ला मांचा से भी कम प्रसिद्धि प्राप्त वीरों ने इससे भी अधिक भयानक अभियानों को पूरा किया है। चूँकि एक निरीह दैत्य को मार डालना, चाहे वह कैसा भी उद्धत क्यों न हो, कोई बहुत बड़ी सफलता नहीं है। अभी कुछ ही देर पहले एक से मेरी ही भिड़ंत हो गयी थी, मैं इसकी सफलता की चर्चा नहीं करूँगा, क्योंकि कुछ लोगों का अविश्वासी स्वभाव उसकी वास्तविकता पर विश्वास नहीं करता, लेकिन सभी चीज़ों को प्रकाश में लाने वाला समय किसी दिन अचानक इसे प्रकाश में लाएगा।'

सरायवाला—'चुप रहो। जिससे तुमने युद्ध किया था, वह दैत्य नहीं था बल्कि शराब के दो पीपे थे।'

डान फर्डिनंड ने सरायवाले को चुप कराया और बाधा देने के लिए उसे मना किया।

डान क्विग्जोट—'राज्य से च्युत महीयसी महिला, यदि उपरोक्त कारणों से आपके पिता ने आपके शरीर में इस तरह का रूपांतर कर दिया है तो उनका विश्वास न कीजिए, क्योंकि संसार में ऐसा कोई खतरा नहीं है जिससे होकर मेरी तलवार राह नहीं निकाल सकती। आप इतमीनान रखें कि चार दिनों में ही आपके दुश्मन के सिर को काटकर यह (मेरी तलवार) आपके सिर पर वह ताज पहना देगी जो आपकी जायज पैतृक संपत्ति है।' इतना कहकर डान क्विग्जोट शाहजादी के उत्तर के लिए रुक गया।

डान क्विग्जोट के घर पहुँचने तक इस प्रहसन को जारी रखने के लिए डान फर्डिनंड की अनुमति पाकर उसने गंभीर चेहरा बनाकर कहा—'मनहूस आकृति वाले वीर योद्धा, जिसने आपको यह सूचना दी है कि मेरी हालत बदल गयी है, उसने आपको गलत सूचना दी है। क्योंकि मैं कल जैसी थी वैसी ही आज भी हूँ। यह सच है कि कुछ असंभावित, पर सौभाग्यपूर्ण घटनाओं ने मेरे भाग्य की कुछ परिस्थितियों को बदल दिया है जिनसे मुझे लाभ ही हुआ है। यद्यपि मैंने वैसी आशा नहीं की थी, लेकिन न तो मुझमें और न अपने लाभ के लिए आपके दुर्धर्ष और अजेय बाहुबल के प्रयोग के इरादे में किसी तरह का परिवर्तन हुआ है। इसलिए मैं आपकी सहज उदारता से प्रार्थना करती हूँ कि आपने मेरे पिता की अप्रतिष्ठा में जो कुछ कहा है उसे वापस ले लें और मेरे अपकार के इन सहज और अकाट्य साधनों को उनकी ही बुद्धिमानी और नीति का मुख्य प्रभाव

मानें। क्योंकि मेरे वर्तमान सौभाग्य का कारण भी आपके ही असाधारण कारनामे हैं, जिसकी ये उपस्थित महामान्य तसदीक़ करेंगे। इसलिए भगवान की इच्छा से सुखद और सफल परिणति तथा आपके असाधारण साहस पर निर्भर करके हम लोगों को कल सवेरे प्रस्थान करने के मार्ग में कौन-सी बाधा है?'

बुद्धिमती डोरोथिया के कह चुकने के पर डान फर्डिनंड क्रोध से अभिभूत होकर सैंकों की तरफ घूमकर बोला :

'चिड़ियों के पीछे दौड़ने वाले कुत्ते! स्पेन-भर में तू सबसे बड़ा शैतान है! बोल पाजी, बदमाश, क्या तूने मुझे अभी नहीं कहा कि शाहजादी डोरोथिया नाम की साधारण महिला में बदल गई हैं और मैंने दैत्य की जो गरदन काटी वह तेरी वेश्या माँ थी तथा उसी तरह की अन्य बे-सिर-पैर की बातें और अब भगवान की शपथ (अपना दाँत पीसता हुआ ऊपर की ओर देखकर) मैं तुझे ऐसा सबक देना चाहता हूँ कि भावी पीढ़ी के सभी परिचारकों के लिए उदाहरण हो जाए, जो किसी भ्रमणशील वीर योद्धा से झूठ बोलने का साहस करे।'

सैंको—'महामान्य, मेरी प्रार्थना है कि आप धीरज धरें हो सकता है कि शाहजादी मिकोमिकोना के बारे में मुझसे भूल हुई हो, लेकिन इतना तो मैं अपनी सौगंध खाकर कहता हूँ कि दैत्य का सिर शराब का चमड़े का पीपा था और खून वही लाल शराब थी। क्या कटे और छिद्रयुक्त चमड़े के पीपे आपके सिरहाने नहीं थे और आपके कमरे में शराब नहीं फैली? अभी आपको वास्तविकता का पता चल जाएगा, क्योंकि खीर का स्वाद तो खाने पर ही मालूम होता है। यदि इस सराय के मालिक ने तुमसे वसूल न करना चाहा तब तो बात ही दूसरी है; क्योंकि ये उदार और सज्जन हैं।'

डान क्विग्जोट—'सैंको, मैं तुझे पागल समझकर क्षमा कर देता हूँ, और कर दिया है।'

डान फर्डिनंड—'इतना काफी है। शाहजादी के आदेश के अनुसार आज रात को हम लोग आराम करेंगे और कल सवेरे डान क्विग्जोट महोदय के साथ उस अभियान के लिए प्रस्थान करेंगे जिसका बीमा उन्होंने लिया है, क्योंकि हम सभी लोग उसके अद्वितीय साहस को देखने के लिए अधीर हैं।'

डान क्विग्जोट—'महामान्य, आपकी सेवा करना मेरे लिए गौरव की बात होगी और यह मेरा बहुत बड़ा सौभाग्य होगा कि आपके समान माननीय और प्रतिष्ठित व्यक्ति मुझे सम्मान दें। मैं अपने रक्त की अंतिम बूँद देकर भी उस गौरव की रक्षा करने और बढ़ाने का यत्न करूँगा।'

डान क्विग्जोट तथा डान फर्डिनंड इस तरह एक-दूसरे की बड़ाई कर ही रहे थे कि एक अजनबी आ पहुँचा और उन लोगों की बातचीत में बाधा पड़ गई। उसकी पोशाक से प्रतीत होता था कि हाल ही में बारबरी से लौटा कोई ईसाई है। वह नीले रंग के पकड़े का नाटा कोट पहने था जिसकी बाँहें छोटी थीं और वह कालर-रहित था। उसका पाज़ामा नीले सूती कपड़े का था और उसी की टोपी भी। उसका मोज़ा खजूर के रंग का था और दुपट्टे से तलवार लटक रही थी, जिसे उसने काँखासोटी बाँध रखा था। उसके साथ एक स्त्री भी थी, जो मूरों की पोशाक में थी। उसने बुर्क़ा ओढ़ रखा था। उसके सिर पर सोने के तार की टोपी थी और उसने तुर्कों का लबादा पहन रखा था जो गर्दन से पैर तक लटक रहा था। वह आदमी सुडौल और मजबूत था। उसकी उम्र चालीस के लगभग होगी। चेहरा कुछ-कुछ लाल था, उसकी मूँछें लंबी और दाढ़ी खूबसूरत थी। कहने का मतलब यह कि साधारण पोशाक में भी उसके शरीर से बड़प्पन टपकता था। उसने एक कमरा चाहा और यह मालूम होने पर कि सभी कमरे फँसे हैं, वह किंचित् परेशान दीख पड़ा। जो भी हो वह अपने साथ वाली स्त्री के पास गया और उसे गधे से उतारा। उसकी मूरों के समान पोशाक पर दोनों महिलाओं को आश्चर्य हुआ। वे विस्मय के साथ उसके पास चली गईं। डोरोथिया ने देखा कि वह महिला तथा उसका साथी थके हैं; इसलिए उसे बुरा मालूम हुआ कि उन्हें कमरा नहीं मिला। उसने कहा—'मैं आशा करती हूँ कि आप अपने उस दुर्भाग्य को धैर्य से सहन करेंगी, क्योंकि सरायों में कमरों का अभाव असुविधाजनक दुघर्टना है। लेकिन यदि आप हम लोगों के साथ रहना चाहें (लुसिंडा की तरफ इशारा करते हुए), तो रास्ते में आपको जो असुविधा हुई थी उससे कम ही असुविधा यहाँ होगी।' उस अज्ञात महिला ने कोई उत्तर नहीं दिया। वह उठकर खड़ी हो गई, अपने हाथ को छाती पर रखा, अपना सिर झुकाया, अपने शरीर को नत किया और इस तरह उनकी कृपा को स्वीकार किया। उसके मौनावलंबन से उन लोगों ने उसे मूर समझा जो स्पेन की भाषा नहीं बोल सकती थी।

उस समय तक उसका साथी अस्तबल से वापस आ गया था। उसने उन महिलाओं से कहा—'आपके प्रश्नों का उत्तर न देने के लिए आप इन भद्र महिलाओं को क्षमा करेंगी, क्योंकि ये हम लोगों की भाषा नहीं जानतीं।'

लुसिंडा—'हम लोग केवल स्थान देने की बात इनसे कर रही हैं, जो अजनबियों—खासकर स्त्री जाति के लिए सौजन्य का तकाजा है। रात-भर हम

लोगों के साथ रहने की ये कृपा करें और हम लोगों के सुख-दुख में शामिल हों। यहाँ जो कुछ सुख-सुविधा प्राप्त है वह सब हम लोग इन्हें प्रदान करेंगी।'

अजनबी—'इस कृपा के लिए मैं इस महिला और अपनी तरफ़ से आप लोगों को धन्यवाद देता हूँ। वर्तमान अवस्था में तथा दाता की मर्यादा का खयाल करते हुए इस कृपा का बहुत बड़ा मूल्य है।'

डोरोथिया—'ये महिला ईसाई हैं मूर? हम लोग तो यही चाहते हैं कि ये ईसाई हों; लेकिन पोशाक से ये मूर प्रतीत होती हैं।'

अजनबी—'बाहर से तो ये नूर दीखती हैं, लेकिन हृदय से यह कट्टर ईसाई हैं जो इनकी ईसाई धर्म ग्रहण करने की इच्छा से पूर्णतः प्रमाणित हो जाता है। इनकी जन्मभूमि अलजीयर्स से प्रस्थान करने के बाद मुझे मौका नहीं मिला कि मैं इन्हें दीक्षा दूँ। मृत्यु का भी ऐसा कोई ख़तरा नहीं उपस्थित हुआ है कि उसके पहले इन्हें ईसाई धर्म में दीक्षित करा दिया जाए। लेकिन भगवान के अनुग्रह से मैं शीघ्र ही इनकी मर्यादा के अनुकूल दीक्षांत समारोह संपन्न करने की आशा करता हूँ। इन्हें या मुझे आप जिस पोशाक में देखती हैं उससे कहीं अधिक प्रतिष्ठित ये हैं।'

उन बातों से उन लोगों की उत्सुकता और भी बढ़ गई और वे यह सब जानने के लिए अधीर हो उठे कि यह नूर महिला तथा उसका पथ-प्रदर्शक कौन हैं। लेकिन उन लोगों ने उनके बारे में और जानकारी हासिल करने का उपयुक्त समय नहीं समझा; क्योंकि यात्रा के बाद उन्हें भोजन और आराम की आवश्यकता थी।

डोरोथिया ने उस महिला को अपने पास करके उससे बुर्का हटाने के लिए कहा। उस महिला ने अपने साथी की ओर इस तरह देखा मानो वह यह जानना चाहती थी कि डोरोथिया ने क्या कहा। उसके साथी ने डोरोथिया का अभिप्राय उसे अरबी में समझाते हुए खुद भी वही प्रार्थना की। उसने बुर्का हटा दिया। ऐसा सुंदर चेहरा प्रकट हुआ कि डोरोथिया ने उसे लुसिंडा से बढ़कर सुंदरी समझा और लुसिंडा ने उसे डोरोथिया से अधिक सुंदर माना। उस जमात के अधिकांश लोगों ने उसे दोनों से अधिक सुंदर समझा। चूँकि सौंदर्य में यह विशेष गुण या जादू है कि वह पुरुष की प्रवृत्ति को अपनी ओर आकृष्ट करता है, इसलिए सभी लोग उस नूर महिला की सेवा करने के लिए तैयार हो गए। डान फर्निनण्ड ने उसका नाम पूछा तो अजनवी ने लेला जोरैंडा बतलाया। उस महिला ने उसकी बात सुनकर और उनके प्रश्न का अन्दाज लगाकर बड़ी तत्परता के साथ नम्र भाव से

एकाएक कहा कि जोरैंडा नहीं, 'मेरिया, मेरिया'। उसने उन्हें यह बतलाना चाहा कि उसका नाम जोरैंडा नहीं मेरिया है।

इस शब्द को उसने इतनी उत्सुकता से कहा कि प्रत्येक व्यक्ति में एक तरह का कुतूहल जाग्रत हो गया। ख़ासकर महिलाओं में, जिनकी स्वाभाविक कोमलता उनके आँसुओं में प्रकट हुई और लुसिंडा ने उसे कसकर छाती से लगाते हुए कहा—'ऐ, ऐ, मेरिया, मेरिया'। इन शब्दों को नूर महिला ने उत्तर में दोहराया। उसने जोरैंडा, मैंकेंजे शब्द कहा, यह प्रकट करने के लिए कि वह जोरैंडा नहीं है, बल्कि मेरिया? मेरिया है। रात रो रही थी और डान फर्डिनंड के दोस्तों के आदेश से सरायवाले ने भोजन तैयार कराया था। इससे वे लोग भोजन करने बैठ गए। बहुत आग्रह के बाद डान क्विग्जोट मुख्य अतिथि के रूप में शामिल होने के लिए राजी हुआ। उसने कहा कि शाहजादी मिकोमिकोना को मेरी बगल में बैठना होगा। इसके बाद सब लोग सुविधा के अनुसार यथास्थान बैठ गए और रुचि से भोजन करने लगे। डान क्विग्जोट ने सबका ध्यान अपनी ओर आकृष्ट करने के लिए भोजन की चिंता न करके जिस उत्साह से प्रेरित होकर उसने गड़रियों को उपदेश दिया था, उसी उत्साह से प्रेरित होकर उसने यों कहना शुरू किया—'महोदयगण, यदि हम लोग ठीक-ठीक विचार करें तो जो लोग भ्रमणशील वीर कर्म को अपना पेशा बना लेते हैं उनके सामने बहुधा विचित्र और अद्भुत संयोग उपस्थित हो जाता है। अगर कोई व्यक्ति इस समय किले में आ जाए और हम लोगों को इस तरह साथ बैठे देख ले तो उसे क्या पता लगेगा कि हम लोग वास्तव में कौन हैं? किसे यह मालूम हो सकेगा कि मेरी बगल में बैठी यह महिला रानी है, जैसा कि आप सब लोग जानते हैं और मैं मनहूस आकृति वाला वीर योद्धा हूँ जिसकी ख्याति दिग्दिगंत में फैली है! यहाँ संदेह की कोई गुंजाइश नहीं रह जाती कि यह पेशा मनुष्य-निर्मित सब पेशों से बढ़कर है और यह जितना खतरनाक है उतना ही प्रतिष्ठित भी है। मुझसे यह कहने की धृष्टता कोई न करे कि कलम तलवार से बढ़कर है। वे जो कोई भी हों मैं उनसे कह दूँगा कि आप जो कुछ कहते हैं, उसे समझते नहीं। उनका तर्क यह है और उसी तर्क पर वे जोर देते हैं कि शारीरिक श्रम से मानसिक श्रम श्रेष्ठतर है। मानो शरीर का उपयोग कुलियों का काम है, जहाँ केवल ताक़त की ज़रूरत रहती है। या मानो यह, जिसे अपनाने वाले वीर कर्म की संज्ञा देते हैं, धैर्य और सहिष्णुता की अपेक्षा नहीं करता जो बहुत अधिक बुद्धि पर निर्भर करता है अथवा मानो वह वीर, जो सेना का संचालन करता है या किसी आक्रांत नगर की रक्षा करता है, शरीर के

साथ-साथ दिमाग़ से काम नहीं लेता है। अगर ऐसी बात नहीं है तो अनुभव से हम लोगों को जानना चाहिए कि केवल शारीरिक बल से किसी भी व्यक्ति को शत्रु की नीयत का अंदाज लगा सकना कैसे संभव है? युक्ति निकालना, शत्रु को चकमा देने का जाल रचना, कठिनाई को दूर करना और खतरों की परवाह न करना, ये सभी बुद्धि के काम हैं; यहाँ शरीर कुछ नहीं करता। यह प्रत्यक्ष हो जाने पर कि शस्त्रों के प्रयोग के लिए मस्तिष्क और शिक्षा दोनों आवश्यक हैं, जब हम लोगों को यह देखना चाहिए कि अधिक मानसिक परिश्रम विद्वान को करना पड़ता है या सिपाही को। दोनों के उद्‌देश्यों के अध्ययन से इसे अच्छी तरह समझा जा सकता है क्योंकि जिस उद्‌देश्य का लक्ष्य सबसे अधिक उच्च हो उसी की सबसे अधिक प्रतिष्ठा होनी चाहिए। शिक्षा का उद्‌देश्य और लक्ष्य, मेरा मतलब मनुष्य की शिक्षा से है (मैं यहाँ धार्मिक शिक्षा की बात नहीं कह रहा हूँ, जिनका उद्‌देश्य आत्म को मुक्ति का मार्ग दिखलाना है, क्योंकि ऐसे महत् उद्‌देश्य का मुक़ाबला कोई नहीं कर सकता) सबके साथ समान रूप से न्याय कराना, सबको अपने जायज हक पर पहुँचाना और कल्याणकारी कानूनों का निर्माण कराना और प्रशंसनीय है तो भी यह उस उद्‌देश्य का मुकाबला नहीं कर सकता जो वीर कर्म की प्रेरणा का फल है जिसका उद्‌देश्य और लक्ष्य है शांति, जिसकी सबसे अधिक आकांक्षा मनुष्य करता है और इसलिए संसार को जो प्रथम शुभ संदेश मिला, जिसे रात को देवदूत ले जाए, जो हम लोगों के दिन का आरंभ था, जबकि उन लोगों ने खुले आकाश में गाया, भगवान की जय हो, धरती पर शांति हो और मनुष्य को सदाकांक्षा मिले और प्रणाम-नमस्कार का एक ही तरीका स्वर्ग स्थित परम पिता ने धरती पर के अपने मित्रों और कृपा-पात्रों को सिखलाया वह यही था कि किसी के घर में प्रवेश करने पर वे कहें कि इस घर में शांति विराजे। यह यत्न और विरासत उस दाता के अनुरूप है, ऐसा अनुपम रत्न कि उसके बिना धरती या स्वर्ग में कहीं भी सुख नहीं प्राप्त हो सकता। यही शांति युद्ध का वास्तविक लक्ष्य है, क्योंकि युद्ध और हथियार दोनों एक ही चीज़ हैं। इस सत्य को स्वीकार कर लेने पर कि युद्ध का लक्ष्य शाति है और इस लक्ष्य में यह शिक्षा श्रेष्ठतर है, अब हम लोगों को विद्वान और सैनिक के शारीरिक श्रम की तुलना करनी चाहिए और देखना चाहिए कि दोनों में कौन श्रेष्ठ है।'

इस प्रवचन में डान क्विग्जोट ने जिस भाषा का प्रयोग किया और जिस तरीक़े से बोला उसे जानकार कोई भी नहीं कह सकता था कि वह पागल है, बल्कि इसके प्रतिकूल उनमें से अधिकांश ऐसे भद्र लोग थे जिन्हें अस्त्रों के प्रयोग

में श्रद्धा थी, वे लोग ध्यान से उसकी बात सुनते रहे। उसने कहना शुरू किया—'पहले मैं उन कठिनाइयों और मुसीबतों की चर्चा करना चाहता हूँ जिन्हें किसी विद्वान को उठाना पड़ता है। सबसे पहले दरिद्रता (सभी ग़रीब नहीं होते, लेकिन उदाहरण सबसे निकृष्ट लिया जाता है)। उन्हें ग़रीबी का सामना करना पड़ता है। इतना कह देने के बाद उनके कष्टों के वर्णन के लिए और कुछ कहना आवश्यक नहीं है, क्योंकि जो ग़रीब है वह सुख का उपभोग नहीं कर सकता, बल्कि हर हालत से उसे ग़रीबी का सामना करना पड़ता है, कभी वह भूखा रहता है, कभी वह ठंड से काँपता है, कभी वह नंगा रहता है, और कभी-कभी ये सभी मुसीबतें साथ ही घहरा पड़ती हैं; तो भी उसकी दरिद्रता इतनी भयानक नहीं है, क्योंकि उसे भोजन तो मिलता है, चाहे समय पर भले ही न मिले, चाहे वह धनिकों का टुकड़ा हो अथवा विद्वानों का सबसे बढ़कर (दुर्भाग्य जिसे उनकी भाषा में भिक्षावृत्ति कहते हैं) होता है। विद्वान को किसी-न-किसी के यहाँ तापने को मिल ही जाता है, जहाँ वह थोड़ा बहुत अपने शरीर को गर्म कर लेता है, यद्यपि उसे पूरी गर्मी नहीं प्राप्त होती। रात को कम-से-कम वह घर में सोता तो है। मैं उन बातों की चर्चा नहीं करना चाहता जो उतनी संगीन नहीं हैं, जैसे कपड़ों का अभाव, जूते का अभाव और उनका डटकर खाना-पीना, यदि भाग्य से उन्हें कहीं ऐसा अवसर मिल जाए तो।'

'इस कठिन और दुर्गम मार्ग पर जिस पर वे चलते हैं, कभी ठोकर खाकर गिरते हैं, फिर उठते हैं और आगे बढ़ते हैं, फिर वे उस पूर्णता पर पहुँच जाते हैं जो उनका लक्ष्य है। वहाँ पहुँचने पर हम लोगों ने बहुतों को देखा है, जिन्हें भाग्य रूपी तूफान मरुभूमि से टकराते रहकर किसी ऐसे पद पर पहुँचा देता है कि वे संसार का शासन करते हैं। उनकी भूख की ज्वाला संतुष्टि में, उनकी ठंड सुखद गर्मी में, उनका नंगापन उत्तमोत्तम वस्त्रों में और जिन चटाइयों पर वे सोया करते थे वे गुलगुले गद्देदार पलंग में बदल जाते हैं। यह उनकी विद्वता का पुरस्कार है। लेकिन यदि उनकी यातनाओं की तुलना किसी सैनिक की यातनाओं से की जाए तो वे कहीं घटकर साबित होंगी, जिनका दिग्दर्शन मैं आगे कराऊँगा।'

11. विद्या और शस्त्र पर डान क्विग्जोट का प्रवचन

डान क्विग्जोट—'विद्वानों की चर्चा हम लोगों ने उनकी दरिद्रता और उसके विविध उपांगों से आरंभ की थी। अब हम लोगों को यह देखना चाहिए कि क्या सिपाही उससे किसी तरह संपन्न है? हम लोग देखेंगे कि दरिद्रता भी उससे

दरिद्र नहीं है, क्योंकि उसे अपने नगण्य वेतन पर निर्भर रहना पड़ता है, जो उसे गाहे-बगाहे मिल जाता है, या शायद कभी नहीं भी। जब अपनी जान को खतरे में डालकर और अपनी अंतरात्मा को पीड़ा देकर वह उसके लिए लूट-मार करता है। पहनने के कपड़ों की उसे इतनी तंगी रहती है कि फटा-पुराना चमड़े का कोट ही उसकी अवकाश की पोशाक और कमीज़ रहती है और भीषण सर्दी में खुले मैदान में रहने के कारण सर्दी से रक्षा करने का उसके पास कोई साधन नही रहता, सिवा उसके मुँह की साँस के जो खाली पेट से बहिर्गत होने के कारण, मुझे मानना पड़ेगा कि वह खुद सर्द रहती है, यद्यपि यह प्रकृति के विपरीत है। अब यह देखिए कि उसके लिए जो बिस्तर तैयार रहता है, वह रात में उसकी इन मुसीबतों का कहाँ तक सामना करता है। यदि उसकी अपनी ग़लती नहीं हो तो बिस्तर की तंगी उसे नहीं रहती; क्योंकि वह जितना चाहे उतनी ज़मीन पर पसर सकता है और चादर के खोने का संकट के बिना वह जी-भर लोट-पोट सकता है। इन सबके ऊपर जब वह दिन आएगा जब कि उसे अपने पेट के व्यायाम को कार्य रूप में परिणत करना है, और उन्नति प्राप्त करने का यत्न करना है अर्थात् जब युद्ध का दिन आएगा तब प्रतिष्ठा के चिह्न-स्वरूप कपड़े की एक टोपी उसके सिर पर पहना दी जाएगी अर्थात् गोली के घाव पर पट्टी बाँध दी जाएगी, अथवा हाथ या पैर कट जाने के कारण वह उठाकर ले जाया जाएगा और यदि यह नहीं हुआ और दयामय भगवान ने उसकी ज़िंदगी और उसके अंगों की रक्षा की तो वह पहले ही की तरह ग़रीब बना रहेगा और उसे अनेक संघर्षों और युद्धों में जूझना पड़ेगा और थोड़ी तरक़्क़ी पाने के लिए सदा जीतते रहना होगा, पर इस तरह का भाग्य कम को ही नसीब होता है। मैं आप लोगों से पूछना चाहता हूँ कि यदि आप लोगों ने इस बात का अध्ययन किया हो तो आपको अनुभव होगा कि युद्ध में जितने लोग मारे जाते हैं, उनकी अपेक्षा उचित इनाम पाने वालों की संख्या कितनी कम रहती है? निश्चय ही आपका उत्तर यही होगा कि दोनों में कोई तारतम्य नहीं रहता। जो मर गए उनकी गिनती नहीं की जा सकती और जो ज़िंदा रहते हैं और इनाम पाते हैं, उनकी संख्या तीन अंकों तक ही जा सकती है अर्थात् सौ से अधिक नहीं होती।

'लेकिन विद्वानों के साथ बात बिलकुल उलटी है। केवल उन लोगों की बात नहीं जो कानून का पेशा अख्तियार करते हैं बल्कि उन लोगों को भी, जो किसी-न-किसी उलटे-सीधे उपाय से जीविकोपार्जन कर लेते हैं। इस तरह यद्यपि सिपाहियों की कठिनाइयाँ अधिक हैं, तो भी उसका पुरस्कार कहीं कम है।'

'इसके उत्तर में कहा जा सकता है कि तीस हज़ार सैनिकों की अपेक्षा दो हज़ार विद्वानों को पुरस्कृत करना आसान है, क्योंकि विद्वानों को जनता से पुरस्कार मिलता है। वे उन्हें नौकरी देते हैं, जिनका दिया जाना उस पेशे के लोगों के लिए अनिवार्य है, लेकिन सिपाहियों को तो वे ही पुरस्कृत कर सकते हैं जो उन्हें नियुक्त करते हैं। यही बात मेरे तर्क को और भी पुष्ट करती है। हम लोगों को यह बात किनारे रख देना चाहिए; क्योंकि इसका निर्णय करना कठिन है। हम लोगों को इस बात पर विचार करना चाहिए कि विद्या से शस्त्र को क्यों तरजीह दी जाए? यह अभी भी विवाद का विषय है और प्रत्येक दल अपने पक्ष में समर्थन में पुष्ट दलीलें पेश करता है। अन्य दलीलों में एक यह है कि उसके बिना युद्ध नहीं चल सकता, क्योंकि अन्य बातों की तरह युद्ध के भी नियम हैं, जो उसका संचालन करते हैं, और नियम, विद्या विद्वानों के क्षेत्र हैं। इसके उत्तर में सिपाही क्या कहता है कि उसके बिना कानून का पालन नहीं हो सकता, क्योंकि शस्त्रों से ही संघ राज्यों की रक्षा होती है, राज्यों का पालन होता है, नगर आपद्-शून्य किए जाते हैं, सड़कें सुरक्षित की जाती हैं और समुद्री डाकुओं से जल-मार्ग आतंक-रहित किया जाता है। सारांश यह कि यदि वे न रहें तो संघ-राज्य, राज्य, नगर, सड़कें और जल-मार्ग सभी जगह उसी तरह का गोल-माल रहेगा, जिस तरह का गोल-माल युद्ध के दिनों में रहता है, क्योंकि युद्ध का यह विशेष अधिकार है कि वह अपनी असीम शक्ति का मनचाहा प्रयोग करे। इसके अलावा यह तो निर्विवाद है कि महँगे सौदे की अधिक कद्र होती है और होनी ही चाहिए। जो व्यक्ति विद्या में प्रसिद्धि प्राप्त करना चाहता है, उसे समय, प्रतीक्षा, भूख, नंगापन, सिर में चक्कर, पेट में कमज़ोरी तथा अन्य असुविधाएँ होती हैं, जो उनके परिणाम हैं जिनकी अंशतः चर्चा मैं कर चुका हूँ। लेकिन अच्छा सैनिक होने के लिए धीरे-धीरे ऊपर उठने में उन सारी असुविधाओं का सामना पूरी तरह करना पड़ता है जो विद्योपार्जन के लिए आवश्यक है। लेकिन सैनिक की असुविधाएँ इतनी संगीन होती हैं कि इसकी तुलना उससे नहीं की जा सकती, क्योंकि प्रतिक्षण उसकी जान खतरे में रहती है। सैनिक जिस तरह के खतरों में रहता है उस तरह के खतरों में शिक्षार्थी को कब रहना पड़ता है? किसी मजबूत स्थान में घिरा हुआ सैनिक यह देखता है कि शत्रु उस जगह सुरंग लगा रहा है जहाँ वह पहरे पर है, चाहे वह स्थान किले से बाहर हो या भीतर बुर्ज पर हो, तो भी उसे अपने स्थान से हटना नहीं होगा और उस आसन्न खतरे को उपेक्षा से देखना होगा। अधिक से अधिक वह अपने सेनापति को इसकी सूचना दे देगा कि

वे इसका प्रतिकार करें, लेकिन उसे चुपचाप खड़ा रहना होगा। वह इसी प्रतीक्षा में कातर रहेगा कि वह बिना पंख के ही किसी क्षण आकाश नें पहुँच जाएगा और इच्छा के विरुद्ध फिर ज़मीन पर पटक दिया जाएगा। यदि यह ख़तरा साधारण समझा जाए तो हम लोगों को यह देखना चाहिए कि वह खतरा बहुत बड़ा होगा कि नहीं जब विशाल समुद्र के बीच में दो जहाज आमने-सामने आकर एक-दूसरे पर प्रचंड आक्रमण करते हैं। जब वे इस तरह एक-दूसरे से उलझे हुए हैं कि सैनिक उस तंग गली में फँस जाता है जो दो फुट चौड़ी-मात्र है। वह देखता है कि मृत्यु के अनेक दूत उसे डरा रहे हैं, क्योंकि दूसरे जहाज पर अनेक बंदूकों का मुँह उसकी ही तरफ है जो उसके एकदम निकट हैं। वह यह भी जानता है कि जरा भी पैर फिसला कि वह समुद्र के अगाध तल में चला जाएगा। इन सब बातों के होते हुए भी प्रतिष्ठा के विचार से निर्भीक हृदय से उन बंदूकों का सामना करता हुआ वह उसी तंग रास्ते से दुश्मन के जहाज में पहुँचने का प्रयास करता है। सबसे प्रशंसा की बात तो यह है कि एक के गिरते ही—जहाँ से वह फिर उठने वाला नहीं है, दूसरा उस स्थान पर पहुँच जाता है और यदि वह भी समुद्र के पेट में गया, जो शत्रु की भाँति उस पर घात लगाए रहता है, तो तीसरा और चौथा उसका स्थान ग्रहण करता है और एक-दूसरे की मृत्यु में किसी तरह का व्यवधान नहीं आने देता। इस तरह का संकल्प और साहस दूसरे किसी तरह के युद्ध में नहीं मिल सकता। वे युग धन्य थे जिनमें युद्ध के इन संहारक साधनों का ज्ञान लोगों को नहीं था, जिनके आविष्कारक निश्चय ही नर्क में अपने जघन्य आविष्कार का फल भोग रहे होंगे। इन साधनों से कभी-कभो कायर भी बड़े-बड़े साहसियों का अंत कर देता है। उस साहस और दृढ़ संकल्प के बीच में जो किसी साहसी वीर को उत्साहित करता है, अचानक एक गोली (संभवतः ऐसे व्यक्ति द्वारा दागी गई जो भाग खड़ा हुआ था और गोली की चमक से ही डर गया था) न जाने कहाँ से और किस तरह आकर क्षण-भर में उस वीर का अंत कर देती है, जिसे बहुत दिनों तक ज़िंदा रहना चाहिए था। इस पर विचार करने पर मैं यह कह सकता हूँ कि इस घृणित युग में भ्रमणशील वीर योद्धा का पेशा अख़्तियार करने के कारण मुझे बहुत अधिक संताप है। यद्यपि मैं खतरे से नहीं डरता तो भी मुझे सदा यह शंका बनी रहती है कि कहीं गोली और बारूद मुझे तलवार के बल से संसार में अपनी ख्याति स्थापित करने के अवसर से वंचित न कर दें। लेकिन भगवान की जो इच्छा हो वह करे, यदि मैं अपने उद्देश्य में सफल हुआ तो मेरी और भी अधिक प्रतिष्ठा होगी क्योंकि जिन ख़तरों का मुझे सामना करना

पड़ रहा है वे अतीत युग के भ्रमणशील योद्धाओं की अपेक्षा कहीं अधिक संगीन हैं।'

जमात के लोग भोजन करने में व्यस्त थे, लेकिन डान क्विग्जोट मुँह में एक कौर डाले बिना ही इतनी भूमिका बाँध गया। यद्यपि सैंकोपांका ने कई बार कहा कि आप भोजन कर लें, आप जो भी कहना चाहेंगे उसे कहने का बाद में भी बहुत समय मिलेगा। जिन लोगों ने उसकी बातें सुनी, उन्हें पुनः दया आ गई कि जो आदमी अन्य बातों में ऐसे सुंदर विचार और स्पष्ट समझ रखता है, वह भ्रमणशील वीर कर्म की चर्चा सुनते ही इस तरह पागल हो जाता है!

पुरोहित ने कहा—'अस्त्र-शस्त्र की प्रतिष्ठा में तुमने जो कुछ कहा है, वह सर्वथा सत्य है। मैं स्नातक और विद्वान हूँ, फिर भी मेरा यही मत है।'

भोजन समाप्त हो जाने पर सरायवाले, उसकी पत्नी, बेटी तथा मोरिटोनेस ने मिलकर डान क्विग्जोट वाले कमरे में महिलाओं के सोने का प्रबंध कर दिया ताकि वे रात-भर आराम करें। डान फर्डिनंड ने उस गुलाम से आग्रह किया कि वह अपनी दास्तान सुनाए। उसने अनुमान किया कि जोरैडा के साथ आने के कारण उसकी दास्तान निश्चय ही बड़ी रोचक होगी।

गुलाम—'मुझे कोई आपत्ति नहीं है, लेकिन आप जैसी आशा करते हैं, वैसा संतोष मेरी दास्तान से आपको नहीं होगा तो भी मैं आपकी आज्ञा की अवहेलना न करके जैसा मुझसे संभव हो सकता है, सुनाऊँगा।' पुरोहित तथा अन्य लोगों ने उसे धन्यवाद दिया और फिर उसी प्रार्थना को दोहराया। इस तरह लोगों को प्रार्थना करते देखकर उसने कहा—'आग्रह करने की ज़रूरत नहीं है। आप लोगों की आज्ञा शिरोधार्य करके मैं जो सच्ची दास्तान सुनाने जा रहा हूँ, वह उन गाथाओं से कहीं बढ़-चढ़कर होगी जो बड़ी होशियारी और ढंग से लिखी जाती है।'

यह सुनकर सब लोग गंभीर होकर बैठ गए तब उसने अपनी दास्तान यों शुरू की।

12. गुलाम की दास्तान

मेरे परिवार का आदि-स्थान लियोन के पहाड़ हैं। मेरे परिवार पर भाग्य की अपेक्षा प्रकृति की अधिक कृपा थी। उस प्रदेश के लोग यद्यपि ग़रीब थे तो भी उनमें मेरे पिता धनी समझे जाते थे। सच बात तो यह है कि वे धनी अवश्य होते यदि अपनी आमदनी के अपव्यय करने की अपेक्षा उसे बचाकर रखने की उनमें

क्षमता होती। लेकिन मेरे पिता सैनिक थे। उनकी सारी जवानी उसी नौकरी में बीती थी। इसलिए बुढ़ापे में उदारता के नाम पर उनमें खर्च करने की प्रवृत्ति थी। युद्ध वह स्कूल है जहाँ लोभी उदार हो जाते हैं और उदार फ़िज़ूलखर्च। सैनिक का कंजूस होना एक तरह की आश्चर्यजनक घटना है, जो बिरले लोगों में देखने में आती है। मेरे पिता उन लोगों में नहीं थे। वे उदारता की सीमा को पार करके फ़िज़ूलखर्ची को पार कर रहे थे। वह वैवाहिक जीवन के अनुकूल नहीं होता है क्योंकि संतान, वंश के नाम के साथ-साथ संपत्ति की भी उत्तराधिकारी है। हम लोग तीन भाई थे और तीनों बालिग थे। मेरे पिता ने देखा (जैसाकि उन्होंने कहा था) कि फ़िज़ूलखर्ची की अपनी आदत छोड़ने का एकमात्र यही उपाय है कि वे अपनी जमींदारी से निवृत्त हो जाएँ (जिसके बिना स्वयं सिकंदर भी उसी दिक्कत में हो जाते) एक दिन उन्होंने हम तीनों को अपने कमरे में बुलाकर कहा :

''मेरे बेटो, तुम्हें यह जतलाने के लिए कि मैं तुम्हें प्यार करता हूँ, मेरा इतना ही कहना काफी होगा कि मैं तुम्हारा पिता हूँ और तुम सब मेरी संतान हो। इसके विपरीत मुझे निर्दयी समझने का तुम लोगों के पास पर्याप्त कारण है, यह सोचकर कि जो एक दिन तुम्हारा होगा उसकी रक्षा करने में मैं कितना असावधान हूँ। लेकिन तुम लोगों को यह विश्वास दिलाने के लिए मुझ में पिता का हृदय है, मैंने एक संकल्प किया है और कई दिनों तक उस पर विचार भी करता रहा हूँ। तुम लोग बालिग़ हो गए हो, इसलिए अपनी प्रवृत्ति के अनुसार तुम लोग अपने जीवन का पथ चुन सकते हो, अथवा ऐसे किसी काम में प्रवृत्त हो सकते हो जिससे किसी दिन तुम्हें धन और यश दोनों प्राप्त हों। इसलिए मैंने सारी संपत्ति को चार भागों में बाँटकर तीन भाग तुम लोगों को दे देने और एक भाग अपने लिए रख लेने का निश्चय किया है, जिससे मैं अपनी बुढ़ौती के दिन काटूँ जब तक ईश्वर की मर्जी मुझे ज़िंदा रखने की हो। अपना-अपना हिस्सा पा जाने के बाद मैं तुम लोगों को कुछ काम बतलाऊँगा जिसे तुम लोग अपनी प्रवृत्ति के अनुसार अपना सकते हो। हम लोगों की ज़बान में एक कहावत प्रचलित है। इस तरह की कहावतों में प्रायः सचाई रहती है, इसलिए मैं इसकी सचाई का क़ायल हूँ। अनुभवी लोगों ने अनुभव के आधार पर इन छोटी-छोटी कहावतों को तैयार किया है। वह कहावत यह है: गिरजा, समुद्र या दरबार? मानो यह कहावत स्पष्ट निर्देश करती है कि जो व्यक्ति जीवन में सफल होना चाहता है उसे इन तीनों में से किसी एक को अपनाना चाहिए। चाहे वह गिरजे में प्रवेश करे, चाहे व्यापारी बनकर समुद्र में अपने भाग्य की आज़माइश करे, चाहे अपने राजा के

दरबार में सेवा का काम करे। एक दूसरी कहावत है: राजा की भूसी भी दूसरों के अनाज से अच्छी। मैं यह इसलिए कह रहा हूँ कि मेरी इच्छा है कि तुम लोगों में से एक गिरजे में प्रवेश करे, दूसरा व्यापार करे और तीसरा राजा की सेना में काम करे। दरबार में प्रवेश पाना जरा कठिन काम है। यद्यपि युद्ध से जल्द संपत्ति नहीं मिलती, लेकिन यश और प्रतिष्ठा तो प्रायः मिलती ही है। आठ दिन के भीतर मैं तुम लोगों को हिस्सा दे दूँगा और तुम लोग खुद जाँचकर देख लोगे कि मैं एक पैसे की भी कमी तुम्हारे हक में नहीं करूँगा। अब मैं यह जानना चाहता हूँ कि संसार में प्रवेश करने के लिए क्या तुम लोग मेरी सलाह मानने के लिए तैयार हो?'

'इतना कहकर वे मेरी तरफ मुड़े और कहा कि सबसे बड़ा होने के कारण पहले तुम्हीं उत्तर दो।'

'मैंने कहा कि हम लोगों के कारण न तो आप अपनी संपत्ति का बँटवारा करें और न अपने रहन-सहन का तरीक़ा ही बदलें। हम लोग युवक हैं। हम लोग संसार में अपना रास्ता ठीक कर लेंगे। जहाँ तक मेरी बात है, मैं सैनिक बनूँगा और उस पेशे में रहकर राजा और भगवान की सेवा करूँगा। मेरे मँझले भाई ने उसी तरह का सम्मान-युक्त प्रस्ताव रखा। उसने कहा कि मैं इंडिया जाऊँगा और अपना हिस्सा व्यापार में लगाऊँगा। हम लोगों के सबसे छोटे और मैं समझता हूँ कि सबसे बुद्धिमान भाई ने कहा कि मैं गिरजे में प्रवेश करूँगा। उसके लिए वह सलमंका जाकर अपनी धार्मिक शिक्षा पूरी करेगा। इसके बाद पिताजी ने हम तीनों को छाती से लगा लिया और चंद दिनों में जो कुछ कहा था उसे पूरा कर डाला। जहाँ तक मुझे स्मरण है उन्होंने हम लोगों में से प्रत्येक को तीन हज़ार डकेत[1] नकद दिया। हम लोगों के एक चाचा थे। वे नहीं चाहते थे कि परिवार की संपत्ति किसी बाहर वाले के हाथ जाए, इसलिए उन्होंने हमारी ज़मीन खरीद ली। इसके थोड़े दिन बाद हम लोग अपने पिता से अलग हुए। विदा होते समय मेरे मन में यह विचार आया कि इस तंगी की हालत में बूढ़े को छोड़ देना अमानुषिक होगा। इसलिए मैंने उठकर अपनी रक़म में से दो हज़ार डकेत उन्हें दे दिए और कहा कि सैनिक साधनों को संपन्न करने के लिए एक हजार काफी होगा। मेरे आचरण का प्रभाव मेरे भाइयों पर भी पड़ा और प्रत्येक ने अपने-अपने हिस्से से एक-एक हज़ार डकेट दे दिया। इस तरह मेरे पिता के पास चार हज़ार

1. स्पेन का सिक्का, जो नौ शिलिंग के बराबर होता है।

डकेट नगद और तीन हज़ार की ज़मीन रह गई जिसे उन्होंने बेचकर रखना ही पसंद किया। सारांश यह है कि शोकाकुल और आँखों में आँसू भरकर हम लोगों ने अपने पिता और चाचा से—जिसकी चर्चा ऊपर की है—अंतिम विदा ली। उन लोगों ने कहा कि जब कभी अवसर मिले अपनी हालत से हम लोगों को सूचित करते रहना। हम लोगों ने इसे स्वीकार किया और अपने बूढ़े पिता का आशीर्वाद लेकर हम लोग विदा हो गए—एक सलमंका गया, दूसरा सेविल और मैं अलिकैंड, जहाँ मुझे सूचना मिली थी कि जिनाओ के जहाज में जिनोवा के लिए ऊन लादा जा रहा है।

'आज से बाईस साल पहले मैंने अपने पिता का घर छोड़ा था। इस अवधि में मैंने अनेक खत लिखे, लेकिन न तो पिताजी के यहाँ से, न भाइयों के यहाँ से कभी उत्तर मिला। अब मैं संक्षेप में अपने इन बाईस वर्षों का वृत्तांत कह दूँगा। मैं अलिकैंट में जहाज पर सवार हुआ और सकुशल जिनोवा पहुँचा। वहाँ से मिलान आकर मैंने सैनिक का सामान खरीदा और निश्चय किया कि पीडमोंट में जाकर सेना में भर्ती हो जाऊँगा। मुझे मालूम हुआ कि अलबा के महान ड्यूक होना के साथ फ्लैंडर जा रहे हैं। इससे मैंने अपना पहला विचार बदल दिया। मैं उनकी सेना के साथ हो गया और उनकी सभी लड़ाइयों में मौजूद रहा। काउंडट एग्मंट और होर्न की मृत्यु भी मेरे ही सामने हुई। और अंत में गुआलाडा जारा के एक सुविख्यात कप्तान डीगा के डराबिना के अधीन मुझे दो फीतों का बिल्ला मिला। फ्लैंडर में मेरे पहुँचने के कुछ दिन बाद मुझे समाचार मिला कि पोप पीयू पाँचवें ने स्पेन को मिला करके समान दुश्मन तुर्कों के ख़िलाफ़ एक संघ क़ायम किया है, क्योंकि तुर्कों ने उस समय बीनिस वालों से साइप्रस टापू छीन लिया था। ईसाई संप्रदाय के लिए यह बहुत ही दयनीय और शोचनीय क्षति थी। यह भी निश्चित था कि इस संघसेना के सेनापति हम लोगों के सुशील राजा डान फिलिप के अपने सगे भाई आस्ट्रिया के डान तुअन थे। इस महान युद्ध की बृहत् तैयारी के समाचार से मेरे मन में जोश पैदा हुआ कि मुझे भी इस युद्ध में शामिल होना चाहिए, जो इन तैयारियों के बाद ही शुरू होने वाला था। यद्यपि मुझे आश्वासन मिला था कि कप्तान की जो पहली जगह खाली होगी वह मुझे दी जाएगी, लेकिन मैंने इन प्रलोभनों पर कोई ध्यान नहीं दिया और इटली लौट जाने का इरादा किया। सौभाग्य से मैं उस वक्त पहुँचा जब आस्ट्रिया के डान मुअन वेनिस की नौसेना में शामिल होने के लिए नेपल्स जाने के हेतु जिनोवा पहुँचे थे। मेसिना में शामिल हो गए। सारांश यह कि पैदल सेना के कप्तान की हैसियत से

मैं लैपैंडों के युद्ध में शामिल हुआ, कप्तान के जिस पद पर मैं अपनी योग्यता से नहीं, बल्कि भाग्य से पहुँच गया था और वह दिन समस्त ईसाई संसार के लिए बहुत बड़ी खुशी का दिन था, क्योंकि लोगों में यह भ्रांत धारणा जड़ जमाकर बैठी थी कि समुद्र में तुर्क अजेय हैं। जिस दिन पहले-पहल तुर्क साम्राज्य का घमंड चूर किया गया और जो समस्त ईसाइयों के लिए सुखद था, उन लोगों के लिए भी, जो लड़ाई में मारे गए जिनकी संख्या उन लोगों से कहीं अधिक थी जो जीवित और विजयी थे। मैं ही सबसे अभागा आदमी था, क्योंकि नौसेना के उपहार के बदले जिसकी मैं रोम वालों के युग में आशा कर सकता था, मैंने उसी रात को अपने को गुलाम पाया। मेरे हाथों में हथकड़ी और पैरों में बेड़ी डाल दी गईं। यह इस प्रकार हुआ। अलजियर्स के राजा, बेहाली, जो वीर और साहसी समुद्री डाकू थे, माल्टा के जहाज कैपिटाना पर चढ़ गए और उस पर कब्ज़ा कर लिया। इस जहाज में केवल तीन वीर योद्धा ज़िंदा बचे थे, वे भी सख्त घायल। जोन अंड्रिया डोरिया का जहाज उनके उद्धार के लिए चला। इस जहाज में मुझे भी अपनी टुकड़ी के साथ जाना पड़ा। अपने कर्तव्य का पालन करते हुए इस अवसर पर मैं शत्रु के जहाज पर कूद पड़ा। यह जहाज, जो मिरू वालों को चढ़ाना चाहता था, हमारे जहाज से अलग हो गया और मेरे सैनिक इस पर नहीं आ सके। मैं दुश्मनों के बीच में अकेला फँस गया। मैं अकेले उनका मुकाबला नहीं कर सकता था, घायल भी हो गया था। कैद कर लिया गया, जैसा बतला चुका हूँ। बेहाली अपने दल के साथ बचकर निकल गया और मैं उसका कैदी बना। मैं ही एक अभागा था और उतने आजाद व्यक्तियों में मैं ही एक कैदी था, क्योंकि उस दिन 15,000 से अधिक ईसाइयों ने, जो तुर्कों के जहाज में डाँड चलाते थे, अपनी चिरवांछित स्वतंत्रता प्राप्त की। मुझे कुस्तुन्तुनिया ले जाया गया। वहाँ प्रधान मालिक सलीम ने मेरे स्वामी बेहाली को समुद्र का सेनापति बना दिया, क्योंकि युद्ध में उसने अद्भुत वीरता का परिचय दिया था और अपनी वीरता के सबूत में माल्टा का झंडा अपने साथ ले आया था।

'अपने जेल-जीवन के दूसरे साल में नवारिना में कैपिटाना जहाज में गुलाम था। मैंने ईसाइयों की भूल देखी कि इस बंदरगाह के तुर्कों के समस्त बेड़े पर कब्जा कर लेने का सुयोग उन्होंने खो दिया, जो उन्हें प्राप्य था। समस्त जोतिसरी और अलजियर्स के समुद्री डाकू आक्रमण की हर तरह की संभावना से घबराकर बिना युद्ध किए ही थल पर भाग जाने के लिए तैयारी कर चुके थे। हम लोगों के बेड़े की विभीषिका उनके दिलों में बहुत समाई हुई थी। लेकिन भगवान की मर्जी

कुछ दूसरी थी, इसमें ईसाई सेनापति की कोई गलती नहीं थी, ईसाई समुदाय के पापों का फल था, और यह उनकी इच्छा थी कि हम लोगों को दंड देने के लिए कोई-न-कोई दुश्मन रहे। बेहाली नबरिनो के पास ही मोडन द्वीप में चला गया और वहाँ अपने आदमियों के साथ उतरकर उसने बंदरगाह का प्रवेश-मार्ग दृढ़ बना दिया और वहाँ सुरक्षित रहा जब तक कि डान जुबन को बाध्य होकर अपने बेड़े को लेकर वापस नहीं आना पड़ा। इस चढ़ाई में ला प्रेसा जहाज, जिसका कप्तान बारवरीसा का पुत्र था, उल्फ नामक नेपुल्स के सैनिक जहाज द्वारा पकड़ लिया गया, जिसका संचालक युद्ध के उस लौह पुरुष, सैनिकों के पिता, सुखी और अजेय कप्तान सांतकुर्ज के मार्क्विस डान अल्वरो दे वेकन थे। जिस तरह यह जहाज पकड़ा गया उसकी चर्चा भी मैं नहीं छेड़ सकता। बारबरोसा का पुत्र अतिशय निर्दयी था। वह अपने गुलामों के साथ बड़ी क्रूरता से पेश आता था। उल्फ को उनका पीछा करते देखकर उन सबने डाँडा रख दिया और जब कि उसका सेनापति उनके बीच में जहाज के तल पर टहल रहा था, उन लोगों ने उसे पकड़ लिया और जहाज के एक कोने से दूसरे कोने तक हाथों-हाथ पार कर दिया और इस तरह पार करने में उन लोगों ने उसे इस तरह पीटा कि मुख्य मस्तूल तक पहुँचने के पहले ही उसकी आत्मा कूच करके नरक में पहुँच गई। यह उसकी क्रूरता और उसकी घृणा का परिणाम हुआ।

'इसके बाद हम लोग कुस्तुन्तुनिया लौट आए और दूसरे साल अर्थात् 1573 में समाचार मिला कि आस्ट्रिया के डान जुबन ने तुर्कों से टूनिस राज्य को जीतकर भुले हमीद को दे दिया और इस तरह वहाँ के शासक भुले हमोदा की सारी आशाओं पर पानी फेर दिया। यह भुले हमीद मूरों में सबसे बड़ा निर्दयी पर साथ ही बहुत बड़ा वीर था। इस पराजय से प्रधान मालिक बहुत घबरा गया और ईसाइयों के साथ अपनी सहज धूर्तता का प्रयोग करके बोनिसवाली के साथ संधि कर ली, जिसके लिए उसकी अपेक्षा वे लोग कहीं अधिक उत्सुक थे।

'इसके दूसरे साल यानी 1574 में उसने गोलेटा तथा उस किले पर चढ़ाई कर दी जिसे डान जुबन ने बनवाना शुरू किया था और जो टूनिस से आधा भी नहीं बन पाया था। मैं तब तक जहाज खेने वाला गुलाम ही था, उद्धार की कोई आशा नहीं थी। मैं रुपया देकर अपना छुटकारा नहीं चाहता था, क्योंकि मैंने संकल्प कर लिया था कि अपनी विपत्ति की सूचना अपने पिता को न दूँगा। कुछ प्रतिरोध के बाद गोलेटा और किला दोनों दखल कर लिए गए। तुर्की की सेना में 75000 वैतनिक तुर्क सिपाही और समुद्र के पास के अफ्रीका वालों और

मूरों को मिलाकर सब 4,00,000 से ऊपर थे। उनके पास युद्ध की हर तरह की इतनी सामग्री थी और इतने लड़ाके थे कि वे मुट्ठी-मुट्ठी-भर धूल से गोलेटा और किले को नोच सकते थे। गोलेटा पर पहले कब्जा हुआ, यद्यपि वह उससे पहले अजेय समझा जाता था। लेकिन इसमें रक्षा करने वालों का दोष नहीं था, क्योंकि जो कुछ संभव था उन लोगों ने सब किया, बल्कि इसका कारण यह था जो जाँच से यह प्रकट हुआ कि उस बलुई ज़मीन में खाई खोदना असंभव था। लोगों की धारणा थी कि ज़मीन में दो फुट के नीचे पानी था, लेकिन तुर्क दो गज से भी गहरा खोद गए, पर पानी कहीं नहीं मिला। इस उपाय से उन लोगों ने बालू भरकर और एक के ऊपर एक बोरा रखकर इतना ऊँचा बना लिया कि वे किले के ऊपर पहुँच गए और समूचा किला उनके सामने हो गया। ऐसी अवस्था में न तो कोई दीवार तक आ सकता था और न सुरक्षित रह सकता था। बहुत लोगों का यह मत था कि हमारे लोगों ने गोलेश में बंद रहने की भूल की। हमारे लोगों को बाहर आकर उनके चढ़ने में रुकावट डालनी चाहिए थी। लेकिन लोग इस तरह की बातें बिना वास्तविक जानकारी के यों ही कर दिया करते हैं, क्योंकि उस समय गोलिश और किला दोनों में मिलाकर केवल 7,000 सैनिक थे और इतने थोड़े लोग, यद्यपि वीरता में उनकी बराबरी कोई नहीं कर सकता था, शत्रु की इतनी बड़ी सेना का मुक़ाबला खुले मैदान में कैसे कर सकते थे? इतनी बड़ी सेना से घिर जाने पर और किसी तरह की मदद न मिलने पर उसे किस तरह बचाया जा सकता था और खासकर उन लोगों से, जो उसी मुल्क के थे? लेकिन बहुतों का यह विचार है और मैं उससे सहमत हूँ कि स्पेन पर भगवान की यह विशेष कृपा हुई और वह यह चाहता था कि अन्याय और यातना का वह खजाना और धन की अनवरत बर्बादी का यह स्थान विनष्ट हो जाए; क्योंकि बे-मतलब वहाँ असंख्य धनराशि खर्च की गई थी, मात्र एक सम्राट् (चार्ल्स पाँचवें) की विजय की स्मृति की रक्षा के लिए! मानो उसके यज्ञ की परंपरा को कायम रखने के लिए यह आवश्यक था कि उन पत्थरों को क़ायम रखा जाए। इस तरह किला हाथ से गया लेकिन उसे दखल करने में तुर्कों को कदम-कदम आगे बढ़ना पड़ा, क्योंकि वहाँ से सैनिकों ने बाईस आक्रमणों का मुकाबला किया था और शत्रु के 25,000 जंगली सिपाहियों को मार गिराया था। उस किले के पतन के समय केवल 300 रक्षक जीवित मिले, जो सब-के-सब घायल थे। यह उनकी वीरता और रण-कौशल का प्रत्यक्ष प्रमाण था। उसी लपेट में एक और छोटा किला दख़ल किया गया, जो झील के बीच में था। वहाँ बैलैशिया के वीर

सैनिक डान पेड्रो पुस्टों केरेरो क़ैद कर लिए गए थे। उस स्थान के हार जाने का उन्हें इतना गहरा सदमा हुआ कि कुस्तुन्तुनिया पहुँचने से पहले ही वे रास्ते में मर गए, जहाँ वे लोग ले जाए जा रहे थे। उन लोगों ने किले के सेनापति गौब्रियल सरवेलन को भी कैद कर लिया था। यह मिलान-निवासी इंजीन्यिर और वीर सैनिक भी उन दोनों किले में अनेक योग्य व्यक्तियों सहित मारे गए। उनमें सुप्रसिद्ध डान अंड्रिया का भाई पेगन डोरिया भी था। उसकी मौत इसलिए भी करुण है कि उसे अरबों ने मारा, जिनकी शरण में वह दुर्ग के पतन के बाद चला गया था और जिन्होंने उसे मूर की पोशाक में छिपाकर तबकों पहुँचा देने का वचन दिया था। उसी किनारे पर जिनोवा वालों के अधिकार में यह छोटा-सा दुर्ग था, जहाँ मूँगे का कारोबार होता था। लेकिन उन लोगों ने उसका सिर काट लिया और तुर्क सेनापति के पास ले गए। इस कुकर्म ने स्पेन की उस कहावत को चरितार्थ किया कि विश्वासघात खुश कर देता है; लेकिन विश्वासघाती घृणा के योग्य है; क्योंकि उसे ज़िंदा न लाने के कारण सेनापति ने उन्हें तुरंत फाँसी पर चढ़वा दिया। जो ईसाई किले में पकड़े गए थे उनमें अंडालूसिया के किसी नगर का पेड्रो के आगुइलर भी था। वह किले का झंडाबरदार था और बहुत बड़ा वीर और बुद्धिमान व्यक्ति था। मुकाबला करने में तो उसकी बुद्धि विलक्षण थी। मैंने उसकी चर्चा इसलिए की है कि वह मेरे ही साथ जहाज में गुलाम था और उसे बेंच में बाँधा गया था। बंदरगाह छोड़ने के पहले उसने गोलेटा और किले की याद में दो गीत बनाए थे। मैं उन्हें सुनाना चाहता हूँ, क्योंकि मैंने उन्हें याद कर लिया था। उनसे आप लोग ऊबेंगे नहीं, बल्कि आप लोगों का मन-बहलाव ही होगा।'

गुलाम ने ज्यों ही डान पेड्रो आगुइलर का नाम लिया कि डान फर्डिनंड ने अपने साथियों की ओर देखा और उन लोगों ने मुस्करा दिया। उसने जब गीतों की चर्चा की तब उनमें से एक ने गीत का पाठ याद करने से पहले कहा, 'मैं यह जानना चाहता हूँ कि डान पेड्रो डे आगुइलर का क्या हुआ, जिसकी चर्चा आपने की है?'

गुलाम—'मैं इतना जानता हूँ कि दो साल तक कुस्तुन्तुनिया में रहने के बाद वह अरनांट का वेश बदलकर एक यूनानी गुप्तचर के साथ भाग गया। लेकिन मैं नहीं बतला सकता कि उसे मुक्ति मिली कि नहीं, यद्यपि मेरा विश्वास है कि उसे मुक्ति मिल गई होगी, क्योंकि एक साल बाद मैंने उस यूनानी को कुस्तुन्तुनिया में देखा था, लेकिन उसकी यात्रा की सफलता के बारे में पूछने का मुझे अवसर नहीं मिला।'

तब उसने कहा—'जिन डान पेड्रो की आपने चर्चा की है वे मेरे सगे भाई हैं। वे संप्रति घर पर हैं। उन्होंने विवाह कर लिया है। उनके तीन बच्चे भी हैं और काफी संपत्तिशाली हैं।'

गुलाम—'ईश्वर ने उन पर जो कृपा की है उसके लिए उसे कोटिशः धन्यवाद है, क्योंकि गई हुई स्वतंत्रता को पुनः प्राप्त करने से बढ़कर दूसरा सुख नहीं है।'

वह सज्जन—'मेरे भाई ने जो गीत रचे थे, उनका पाठ मैं भी कर सकता हूँ।'

गुलाम—'तब कृपा करके उनका पाठ कीजिए, क्योंकि यह तो निर्विवाद है कि मेरी अपेक्षा आप सुंदर पाठ कर सकेंगे।'

वह सज्जन—'बड़ी खुशी से। गोलेटा पर यह गीत थाः

सानेट

महान आत्माएँ, जीवन की पीड़ा के बोझ से मुक्त,
जिनके सद्गुण तुम्हारे लिए स्वर्ग में प्रवेश के प्रमाण-पत्र बन गए,
तुमने वहाँ और भी अनुकूल भाग्य की प्राप्ति की
जब कि तुम अपनी आस्था के लिए साहसपूर्वक मरकर ऊर्ध्वगामी हुए।

जब पावन आवंश ने रंगों में प्रवाहित होकर
इस कृतघ्न तट पर तुम्हारे रक्त को उपासित किया,
तुमने जिन प्रत्येक बूँदों को खोया, शहीदों के समूह से क्रीत हुई,
जिसकी संजीवनी रक्तिमा ने पार्श्व की नदी को आप्लावित किया।

असंगतियों और विनाश के तत्त्वों से संकुचित होने पर भी
तुम उस अखंड कीर्ति, उस अविनश्वर यश के अधिकारी हो।
सच्चे नायकों की तरह जिसे तुमने उपलब्ध करने का प्रयास किया
जीवन से वंचित होकर भी उन आदर्शों की रक्षा की तुमने
सिद्ध हुआ साहस तुम्हारा अद्वितीय
विजयी तुम्हारे निरे जीवन के मोह पर
ऐसी पराजय निश्चय ही विजय है।'

गुलाम—'ठीक यही गीत है।'

वह सज्जन—'अब मैं उस गीत का पाठ करता हूँ जिसकी रचना किले के बारे में की गई थी:

इन उजाड़ खेतों, धराशायी मीनारों,
मरणासन्न वीर की यश-शय्या में
ईसाई संतों के तीन सहस्र सरदारों ने
नया जीवन पाया और पाई समाधि में नई उपलब्धि।

देर तक उनके अस्त्रों को उनके आविष्ट शत्रुओं ने खंडित किया,
फिर भी व्यर्थ ही लाशों से खेतों को पाटते रहे,
पीटा तथा श्रम से क्लांत होकर पावन हृदय नायक भू-पतित हुए
या वध होने के लिए और भी कुलीनता के साथ जीवित रहे।

प्राचीन काल के कुकृत्यों के लिए प्रसिद्ध
यश-शोक-ग्रस्त भूमि, भय की पीठिका, योद्धाओं की समाधि,
प्रत्येक युग में वीरों के लिए सांघातिक रही थी
तथापि स्वर्ग को इतनी सामर्थ्य कभी संप्रेषित नहीं हुई,
जितनी परिदर्शित हुई थी, और न पृथिवी ने ही
गर्भ में अधिक कुलीन व्यक्तियों को धारण किया था।'

गीत लोगों को बहुत पसंद आए। अपने साथी और दोस्त के इस शुभ संवाद से गुलाम को बड़ी खुशी हुई। इसके बाद उसने अपनी कथा यों जारी की:

'तुर्को ने गोलेटा को ढहा देने का आदेश दिया, किला तो घेरे से ही ढहकर उनके हाथ लगा था। उन लोगों ने जो सुरंग लगाई उससे उसकी प्राचीन दीवारें उड़ाई नहीं जा सकीं, यद्यपि लोग उसे महल का सबसे कमजोर भाग मानते थे लेकिन नई किलेबंदी, जिसे इंजीनियर फ्रेटिन ने बनाया था, आसानी से धराशायी हो गई। संक्षेप में यह कि तुर्की का बेड़ा विजयी होकर कुस्तुन्तुनिया लौट गया। थोड़े ही दिनों बाद मेरा मालिक बेहाली मर गया जिसे तुर्क लोग बेहाली फारटेक्स कहा करते थे; तुर्की भाषा में जिसका मतलब नीच धर्म बदलने वाला होता है, जो वह सचमुच था। तुर्क लोग अपने गुणों या अवगुणों के अनुसार ही नाम धर देते हैं। इसका कारण यह है कि आटपन वंश से केवल चार परिवारों का

उद्‌भव हुआ और जैसा मैंने कहा है बाकी का नामकरण किसी शारीरिक दोष या मानसिक योग्यता के कारण हुआ है। यह नीच गुलाम प्रधान सेनापति के जहाज में चौदह साल तक डाँड चलाता रहा। इस समय इसकी उम्र चौंतीस साल की हो गई थी। इसी समय इसने अपना धर्म बदला एक तुर्क से बदला लेने के लिए जिसने उसका कान ऐंठ दिया था जब कि वह डाँडों के साथ ज़ंजीरों से बँधा हुआ था। बदला लेने के लिए मज़हब छोड़ने के बाद उसने ऐसी वीरता और दूरदर्शिता प्रकट की कि वह अलार्गमरन का राजा बन गया और तुर्की बेड़े का नौसेनापति, जिसका समूचे साम्राज्य के सेनापतियों में तीसरा स्थान था। वह जन्म से कैलोब्रियन था। वह अपने गुॅलामों के प्रति उदार था और सबके साथ नेकनीयती से पेश आता था। उसके पास निजी 3000 गुॅलाम थे। उसके वसीयतनामे के अनुसार उसकी मृत्यु के बाद वे प्रधान सेनापति, उसके बेटों और धर्म-परिवर्तित अनुयायियों के बीच में बाँट दिए गए। मैं वेनिस के एक धर्म-परिवर्तित के हिस्से में पड़ा। वह वेनिस के किसी जहाज में बाल-भृत्य था। इस जहाज को बेहाली ने पकड़ा था। वह इस लड़के को इतना चाहता था कि इसका कृपा-पात्र नौकर बना। यह बहुत बड़ा क्रूर धर्म-परिवर्तित था। इसका नाम अजातया था। उसे इतनी संपत्ति मिली कि उसके बल पर वह अलार्गिस का राजा बन गया। उसके साथ मैंने कुस्तुन्तुनिया छोड़ा। मुझे इस विचार से संतोष हुआ कि मैं स्पेन के इतना निकट था, इसलिए नहीं कि मैं अपनी विपत्ति की बात किसी मित्र को लिख सकता था, बल्कि मैंने यह आशा की थी कि यहाँ रहकर मैं अपने उद्धार के प्रयास में अधिक सफल हो सकूँगा, जो कुस्तुन्तुनिया में संभव नहीं हो सका था। वहाँ से भाग निकलने के मैंने हजारों उपाय किए लेकिन एक को भी कार्य में परिणत नहीं कर सका। उन्हें अलजियर्स में मैं अधिक सफलता के साथ संपन्न कर सकता था, क्योंकि अपने उद्धार के लिए जितने भी उपाय किए उनकी असफलताओं के बावजूद भी मैं निराश नहीं हुआ था। जेल या मकान की कैद में इसी आशा पर जीवित रहा। तुर्क लोग इस जेल को बैगनियों कहते हैं। इसी में वे लोग ईसाई गुलामों, राजा के गुलामों, अन्य लोगों के गुलामों तथा सार्वजनिक गुॅलामों को रखते हैं, जो सार्वजनिक काम में लगाए जाते हैं और जिन्हें एल अल्मेसुन कहते हैं। अंत वाली श्रेणी के गुलामों को बड़ी कठिनाई से स्वतंत्रता मिली है क्योंकि उनका कोई मालिक न होने के कारण रुपया रहते भी ये किसी से अपने छुटकारे की रक़म के बारे में बातचीत नहीं कर सकते। राजा के गुलामों का उद्धार रुपया देने पर हो जाता है। उन्हें अन्य गुलामों की तरह

काम नहीं करना पड़ता, लेकिन रुपया पैदा करने में देर होने पर उन्हें भी औरों की तरह लकड़ी लाने के काम में लाया जाता है, जो सहज काम नहीं है। इससे रुपया कुछ जल्दी मिल जाता है। मैं उन लोगों में था जिनका उद्धार रुपए से हो सकता था। जब उन लोगों को मालूम हुआ कि मैं कप्तान के पद पर था, यद्यपि मैंने उनसे कहा कि मैं ग़रीब हूँ, इसलिए रुपया लेकर मेरा उद्धार नहीं कराया जा सकता तो भी उन लोगों ने मुझे इस श्रेणी में रखा जिसमें रहने वालों का छुटकारा कराया जा सकता था। उन लोगों ने पहचान के उद्देश्य से मुझे बाँधकर रखा। इस तरह मैं अनेक प्रतिष्ठित लोगों के साथ उन लोगों में रहने लगा जिनका छुटकारा रुपया देने पर हो सकता था। वहाँ अन्न और वस्त्र की हम लोगों को बहुधा तकलीफ हुआ करती थी, लेकिन सबसे अधिक व्यथा हम लोगों को यह देखकर और सुनकर हुआ करती थी कि हम लोगों का मालिक अन्य ईसाई कैदियों के साथ बड़ी क्रूरता से पेश आता था। किसी दिन एक को फाँसी दे देता था, तब दूसरे को सूली पर चढ़ा देता, तीसरे का कान काट लेता था। यह सब भी ऐसे छोटे-छोटे कारणों से कि तुर्क लोग बहुधा कहते थे कि ऐसा करने में उसे मज़ा आता था और इसलिए कि वह मानव-समाज का शत्रु था। केवल स्पेन का एक सैनिक सिपाही ही उसके साथ समूचा बना रहा। उसका नाम सावेड्रा था। उसने अपनी स्वतंत्रता हासिल करने के लिए ऐसे-ऐसे काम किए जिन्हें तुर्क लोग भूल नहीं सकते थे, तो भी उसके मालिक ने न तो कभी उस पर प्रहार किया और न उसे गाली दी, न उसके साथ बुरा व्यवहार किया। यद्यपि हम लोगों को सदा इस बात का भय बना रहता था कि अपने जरा से कौतुक के लिए वह सूली पर लटका देगा।

यदि आप लोगों के बहुमूल्य समय के नष्ट होने का ख़याल न होता तो मैं उसके बारे में ऐसी बातें कहता कि मेरी इस कहानी से कहीं अधिक मनोरंजन आप लोगों का होता और आप लोग चकित हो जाते। इसलिए मैं अपनी ही कहानी को जारी रखता हूँ। हम लोगों की जेल के आँगन की तरफ एक बहुत धनी मूर के मकान की खिड़की थी। वहाँ की प्रथा के अनुसार वह झरोखा-मात्र था, उसे खिड़की कहना उचित नहीं होगा, तो भी भीतर से बंद होने वाली झिलमिली उनमें लगी थी। एक दिन की बात है जब सभी ईसाई गुलाम काम पर चले गए थे, केवल हम लोग तीन ही रह गए थे। जब हम लोग जेल से किसी ऊँचे स्थान पर थे। अपने दिल-बहलाव के लिए हम लोगों ने यह देखना चाहा कि बेड़ी के साथ कौन सबसे दूर तक कूद सकता है। सहसा मेरी नज़र खिड़की पर

गई। मैंने खिड़की से लंबा बेंत लटका देखा। उसमें कपड़े का एक टुकड़ा बँधा था और बेंत नीचे-ऊपर आता-जाता था, मानो इस आशा से कि हम लोगों में कोई उसे पकड़े।

'हम सबने उसे देखा और हम लागों में से एक उसके नीचे जाकर खड़ा हो गया, यह देखने के लिए कि कोई उसे नीचे गिराता है या नहीं। लेकिन ज्यों ही वह वहाँ गया त्यों ही बेंत ऊपर खींच लिया गया और आगे-पीछे इस तरह झुलाया जाने लगा मानो कोई ऐसा इशारा कर रहा हो जैसे किसी बात की अस्वीकृति के लिए लोग सिर हिलाते हैं। वह वहाँ से हट गया। पहले की तरह बेंत फिर ऊपर-नीचे होने लगा। मेरा दूसरा साथी उसके पास गया। बेंत की फिर वही हालत हुई। यह देखकर मैंने भी अपने भाग्य की आज़माइश करने का विचार किया। मैं ज्यों ही बेंत के नीचे आया, वह मेरे पैरों पर गिर पड़ा। मैंने उसे उठा लिया और तुरंत कपड़े को खोला। उसमें दस जियानिन बँधे थे। यह एक तरह का टहला सोना है जिसे मूर लोग काम में लाते हैं। यह हम लोगों के दो क्राउन के बराबर होता है। यह तो कहने की आवश्यकता नहीं कि उसकी प्राप्ति से हम लोगों को कितनी खुशी हुई। हम लोग चकित थे—खासकर मैं यह न जान सकने के कारण कि हम लोगों का, विशेषतः मेरा यह भाग्योदय कहाँ से हुआ। इतना तो स्पष्ट था कि मेरे साथियों की अपेक्षा वह मेरे लिए था, क्योंकि उन्हें इनकार कर दिया गया और मेरे लिए बेंत गिरा दिया गया था। मैंने रुपया ले लिया, बेंत को तोड़ दिया और चबूतरे पर जाकर एक गोरे हाथ को तेज़ी से खिड़की को खोलते और बंद करते देखा। उससे मैंने अनुमान किया कि उस मकान में रहने वाली किसी महिला ने हम लोगों पर यह कृपा की थी। अपनी कृतज्ञता ज्ञापित करने के लिए मूरों की रीति से हम लोगों ने छाती पर हाथ रखकर सिर झुका दिया। कुछ देर के बाद उसी खिड़की में बेंत का एक क्रॉस प्रकट हुआ, जो तुरंत भीतर खींच लिया गया। उससे हम लोगों को यह विश्वास हो गया कि उस मकान में कोई ईसाई महिला गुलाम है। उसी ने हम लोगों पर यह कृपा की थी। लेकिन हाथों का गोरापन और बाँहों के कीमती कंगन, जिनकी एक झलक हम लोगों को मिली थी, उस विचार को नष्ट करते प्रतीत हुए। तब हम लोगों ने स्थिर किया कि कोई ईसाई महिला मुसलमान हो गई है, जिनसे उनके मालिक शादी करके बहुत खुश होते हैं, क्योंकि अपने देश की स्त्रियों की अपेक्षा वे हम लोगों की स्त्रियों की कहीं ज़्यादा क़द्र करते हैं। लेकिन इस तरह क़यास करने में हम लोग असली बात से कहीं दूर थे। हम लोगों ने तय किया

कि खिड़की पर हम लोग बड़ी सतर्कता से नज़र रखेंगे, क्योंकि वह हम लोगों का ध्रुवतारा था। उसके बाद पंद्रह दिन तक न तो हम लोगों को हाथ दिखाई पड़ा, न बेंत और न कोई चिह्न। इस अवधि में हम लोगों ने यह पता लगाने की पूरी कोशिश की कि उस मकान में कौन रहता है और क्या उस मकान में कोई ईसाई महिला है जिसने अपना मज़हब बदल दिया है? लेकिन हम लोगों को केवल इतना ही मालूम हुआ कि वह मकान किसी धनी मूर सरदार का है, जिसका नाम अगिभोरेये है। वह पाटा का किलाधीश था, जेलर था। उन लोगों में इस पद की बड़ी प्रतिष्ठा थी। एक दिन, जब हम लोगों ने सोने की वर्षा के जारी रहने की लेश-मात्र भी आशा नहीं की थी, हम लोगों ने उसी होशियारी से अचानक बेंत बाहर आते देखा। उसमें कपड़े का दूसरा टुकड़ा बँधा था और गाँठ पहले से बड़ी थी। उस दिन भी बैगनियों में दूसरे गुलाम नहीं थे। पहले की तरह हम लोगों ने अपने भाग्य की परीक्षा की और उसी तरह की सफलता भी मिली; क्योंकि इस बार भी बेंत मेरे ही पैरों पर गिरा। मैंने गठरी खोली। उसमें स्पेन के चालसी सोने के क्राउन थे। उसके साथ अरबी में लिखा एक पत्र था जिसके ऊपर क्रॉस का एक चिह्न बना था। मैंने क्रॉस को चूमा, क्राउन को ले लिया और चबूतरे पर आकर हम लोगों ने मूरों की तरह अभ्यर्थना की। खिड़की फिर खुली और मेरे इशारा करने पर कि मैं पत्र को पढ़ूँगा, खिड़की बंद हो गई। जो कुछ हुआ था उससे हम लोग अतिशय प्रसन्न भी थे और आश्चर्यचकित भी तथा पत्र का आशय जानने के लिए अत्यंत उत्सुक। हम लोगों में से कोई भी अरबी नहीं जानता था और उपयुक्त दुर्भाग्य ढूँढ़ निकालना और भी कठिन था। अंत में मैंने मुर्सिया के एक धर्म-परिवर्तित को विश्वास में लाने का इरादा किया। उसने मुझ पर अनेक कृपाएँ की थीं। हम लोगों ने आपस में एक-दूसरे को इतमीनान दिलाया और जहाँ तक उसका संबंध था वह मेरे भेद को गुप्त रखने के लिए बाध्य था, क्योंकि जो धर्म-परिवर्तित अपने देश में वापस जाने का विचार रखते थे उन्हें वहाँ के किसी भद्र गुलाम से इस आशय का प्रमाण-पत्र लेना पड़ता था कि यह धर्म-परिवर्तित व्यक्ति ईमानदार रहा है, ईसाइयों के प्रति दयालु रहा है और अवसर मिलते ही यह निकल भागना चाहता था। इनमें से कुछ तो सदुद्देश्य से इस तरह प्रमाण-पत्र लेते थे और आजीवन ईसाइयों में रहते थे और कुछ ही समुद्री डकैती में इसका प्रयास करने के लिए लेते थे ताकि ईसाई किनारों पर पकड़े जाने पर या जहाज के टूट जाने पर वे इन प्रमाण-पत्रों को पेश करके यह प्रकट कर सकें कि छुटकारा पाने की गरज से तुर्की के साथ आए थे, ताकि

ईसाई-संप्रदाय आने का फिर उन्हें एक बार मौक़ा मिल जाए। इस उपाय से वे ईसाइयों के प्रथम कोप का भाजन बनने से बच जाते थे और बिना किसी क्षति के ईसाई धर्म में प्रवृत्त होते थे, लेकिन अवसर मिलते ही वे बारपरी वापस आ जाते थे और अपने पुराने पेशे में लग जाते थे।

'इनमें एक धर्म-परिवर्तित मेरा दोस्त था। उसने हम सभी लोगों से प्रमाण-पत्र लिया था, जिसमें हम लोगों ने उसकी बड़ी प्रशंसा की थी। यदि उस प्रमाण-पत्र के साथ मूरों ने उसे पा लिया होता तो वे उसे ज़िंदा जला देते। वह न केवल अरबी ज़बान जानता था, बल्कि वह धड़ल्ले से बोल और लिख भी सकता था। लेकिन उसका पूरा विश्वास करने से पहले मैंने उसे वह ख़त पढ़ने के लिए कहा, जो मुझे संयोग से मिल गया था। उसने उसे खोला और बहुत देर तक उस पर आँखें गड़ाकर अपने आप उसका अभिप्राय समझता रहा। मेरे यह पूछने पर कि क्या वह उसे समझता है, उसने कहा कि अच्छी तरह; और यदि काग़ज़ और क़लम मिले तो वह उसका अक्षरक्षः अनुवाद लिख सकता है। हम लोगों ने कलम-दवात का इंतज़ाम कर दिया और वह लिखने बैठ गया। अनुवाद समाप्त करके उसने कहा कि इस कागज में अरबी में जो कुछ लिखा है उनका अक्षरक्षः अनुवाद मैंने स्पेन की भाषा में कर दिया है। सिर्फ़ इतना स्मरण रखना कि जहाँ काग़ज़ में लेला मेरियन लिखा है वहाँ उसका अभिप्राय हम लोगों की कुमारी मेरी से है। वह पत्र इस प्रकार है :

''मेरे बचपन में पिता की एक गुलाम स्त्री थी। उसने मुझे मेरी जबान में ईसाई-संप्रदाय की उपासना सिखलाई और लेला मेरियन के बारे में मुझे अनेक बातें बतलाईं। वह मर गई और मुझे पूरा विश्वास है कि नर्क में वह नहीं गई, बल्कि भगवान (अल्लाह) के साथ है, क्योंकि तब से मैंने उसे दो बार देखा है। उसने कहा है कि लेला मेरियन से मिलने मैं ईसाइयों की भूमि में जाऊँ। वे बड़ी दयालु हैं। मेरी समझ में नहीं आता कि बात क्या है। इस खिड़की से मैंने अनेक ईसाईयों को देखा, लेकिन तुम्हारे समान भद्र पुरुष मुझे दूसरा कोई प्रतीत नहीं हुआ। मैं अति सुंदर और कमसिन हूँ। अपने साथ पर्याप्त धन तथा अन्य संपत्ति ले चल सकती हूँ। क्या तुम ऐसी व्यवस्था नहीं कर सकते कि मुझे लेकर भाग चलो? तुम्हारे देश में पहुँचकर मैं तुमसे शादी कर लूँगी। क्या तुम राजी हो? यदि तुम सहमत नहीं हो तो भी कोई हर्ज

नहीं, क्योंकि लेला मेरियन मेरे लिए पति की व्यवस्था कर देंगी। मैंने यह ख़त खुद लिखा है। बड़ी सावधानी से इसे किसी को पढ़ने के लिए देना। किसी मूर का विश्वास न करना; क्योंकि वे सबके सब दग़ाबाज होते हैं। इससे मैं बहुत घबराई हुई हूँ। क्या ही अच्छा होता कि किसी से पढ़ाने की ज़रूरत नहीं पड़ती, क्योंकि यदि मेरे पिता को मालूम हो गया तो निश्चय ही मुझे कुएँ में ढकेल देंगे और ऊपर से पत्थर से ढाँक देंगे। मैं बेंत में डोरी बाँध दूँगी, उसी में तुम अपना उत्तर बाँध देना। अगर अरबी में लिखने वाला तुम्हें कोई न मिले तो अपना अभिप्राय मुझे इशारे से समझा देना, क्योंकि लेला मेरियन उसे समझने में मेरी मदद करेंगी। वे और अल्लाह तुम्हारी तथा इस क्रॉस की रक्षा करें जिसे मैं उस ग़ुलाम स्त्री के कहने के अनुसार बहुधा चूमा करती हूँ।''

उस पत्र के विषय को जानकर हम लोगों की खुशी का अनुमान आप लोग कर सकते हैं। हम लोग आनंद से इतना विह्वल हो उठे और उसे इस तरह खुलकर प्रकट कर दिया कि वह धर्म-परिवर्तित भी यह समझ गया कि वह खत हम लोगों को अचानक कहीं नहीं मिला था, बल्कि हमीं लोगों में से किसी को लिखा गया था। उसने अपनी शंका प्रकट कर दी और कहा कि मेरा पूरा विश्वास कीजिए। आप लोगों के उद्धार के लिए आप लोगों के साथ मैं जान की बाजी लगाने के लिए तैयार रहूँगा। इतना कहकर उसने छाती के भीतर से पीतल का क्रॉस निकाला। आँखों में आँसू भरकर उसने उस ईश्वर की शपथ खायी जिसका प्रतिनिधित्व वह क्रॉस करता था और नीच पापी होने पर भी जिसमें उसकी आस्था थी। उसने कहा कि आप लोग मुझसे जो कुछ कहेंगे उसे मैं हर तरह से गुप्त रखूँगा; क्योंकि उसने लक्ष्य किया कि जिस महिला ने यह खत लिखा था उसकी मदद से हम लोग अपनी खोयी आज़ादी को पुनः प्राप्त कर सकते हैं और खासकर वह उस वस्तु को प्राप्त कर लेगा जिसे पुनः प्राप्त करने की उसे बहुत दिनों से उत्कट अभिलाषा थी अर्थात् वह ईसाई-संप्रदाय में पुनः ग्रहण कर लिया जाएगा जिससे वह अकारण ही निकम्मा करार देकर अलग कर दिया गया था। उस धर्म-परिवर्तित ने ये सब बातें इस तरह रोकर और पश्चात्ताप प्रकट करके कहीं कि हम सब लोग उसका विश्वास करने के पक्ष में हो गए और सारी बातें बतला देनी चाहीं। हम लोगों ने उसे उस छोटी खिड़की को दिखलाया जिससे

होकर बेंत आता था और वहाँ से उसने उस मकान को अच्छी तरह मन में बैठा लिया ताकि वह पता लगा सके कि वह किसका मकान है। इसके बाद हम लोगों ने तय किया कि उस मूर महिला के पत्र का उत्तर देना ज़रूरी है। इसलिए मैंने जो कुछ लिखा था उसे उसने तुरंत अरबी में कर दिया। मुझे वह खत अक्षरक्षः याद है, क्योंकि उस साहसिकता की छोटी-से-छोटी बातें भी मुझे याद हैं और जब तक मैं ज़िंदा रहूँगा तब तक मैं उन्हें भूल नहीं सकता। उस पत्र में मैंने लिखवाया था :

> ''महाभागे, सर्वशक्तिमान अल्लाह और पूजनीया कुमारी आपकी रक्षा करें, जो ईश्वर की सच्ची माता है और जिन्होंने आपको ईसाइयों की भूमि में जाने की प्रेरणा दी है। आप उनसे प्रार्थना करें कि वे आपको रास्ता दिखाएँ कि आप उनके आदेश को चरितार्थ करें; क्योंकि वे इतनी दयालु हैं कि आपका पथ-प्रदर्शन अवश्य करेंगी। जहाँ तक मेरा और मेरे साथी ईसाइयों का संबंध है हम लोग अपनी जान को ख़तरे में डालकर भी आपके लिए सब कुछ करने के लिए तैयार हैं। आप मुझे खत अवश्य लिखें और अपने इरादों को सूचित करें। मैं आपके पत्रों का बराबर उत्तर दूँगा। सर्वशक्तिमान अल्लाह ने हम लोगों के बीच एक ईसाई ग़ुलाम भेज दिया है जो आपकी भाषा को पढ़ और लिख सकता है, जो इस पत्र से आपको प्रकट होगा ताकि आप बिना डर-भय के अपने इरादों की सूचना हम लोगों को दे सकें। आपने जो यह विचार प्रकट किया है कि ईसाइयों की भूमि में पहुँचने पर आप मेरी पत्नी बन जाना चाहती हैं, सच्चे ईसाई के नाते मैं आपको वचन देता हूँ कि पत्नी के रूप में मैं आपकी स्वीकार करूँगा। आपको यह इतमीनान होना चाहिए कि मूरों की अपेक्षा ईसाई अपने वचन का निर्वाह तत्परता और ईमानदारी से करते हैं। महाभागे, अल्ला और उनकी कुमारी मेरी आपकी रक्षा करें।''

इस ख़त को लिखकर बंद कर देने के बाद मुझे दो दिन प्रतीक्षा करनी पड़ी कि बैगनियो खाली हो जाए। उसके बाद हम लोगों की बातचीत के मामूली स्थान, चबूतरे पर मैं यह देखने के लिए गया कि बेंत लटक रहा है या नहीं। थोड़ी देर बाद ही वह हिलता दीख पड़ा। उसे देखते ही मैंने अपना ख़त दिखला दिया ताकि बेंत में डोरा बाँध दिया जाए। यह तुरंत कर दिया गया। बेंत के

लटकाए जाने पर मैंने खत उसमें बाँध दिया। उसके थोड़ी ही देर बाद पोटली गिराई गई। मैंने उसे खोला तो उसमें सोने और चाँदी के अनेक टुकड़े मिले, जो पचास क्राउन के बराबर थे। इससे हम लोगों को बहुत अधिक संतोष हुआ। उसी शाम को वह धर्म-परिवर्तित आया और कहा कि मैंने उस मकान के मालिक का पता लगा लिया है। वह वही मूर अगिमोरेटों है, जिसकी सूचना हम लोगों को पहले मिल चुकी थी। वह बहुत बड़ा धनी था और उसकी सारी संपत्ति की वारिस उसकी वही एकमात्र पुत्री थी। शहर भर में इस बात की शोहरत है कि समूचे बारबरी में वह सबसे बढ़कर सुंदरी है। कितने ही बड़े-बड़े लोग उसके पाणि-प्रार्थी हुए, लेकिन उसने सदा विवाह करने से इनकार कर दिया। उसने यह भी कहा कि मुझे मालूम हुआ है कि उसके यहाँ एक ईसाई गुलाम स्त्री थी, जो मर गई है। यह बात खत के विषय से एकदम मिलती थी। हम लोगों ने तत्काल उस धर्म-परिवर्तित से सलाह-मशविरा किया कि किस तरह उस मूर महिला को लेकर हम लोग एक साथ ही ईसाई प्रदेश पहुँच सकते हैं। हम लोगों ने यही तय किया कि हम लोगों को जोरैदा के उत्तर की प्रतीक्षा करनी चाहिए। यही उस महिला का नाम है, जो अब मेरी के नाम से पुकारी जानी चाहती है। हम लोगों की धारणा थी कि हम लोगों के रास्ते में जो कठिनाई थी उसे दूर करने का वही उत्तम उपाय बता सकेगी। इस निर्णय के बाद उस धर्म-परिवर्तित ने हम लोगों को पुनः इतमीनान दिलाया कि या तो वह हम लोगों का उद्धार करेगा या मर मिटेगा।

'चार दिन तक बैगनियो लोगों से खचाखच भरा रहा। इससे उन दिनों में बेंत के दर्शन नहीं हुए। लेकिन ज्यों ही वहाँ सन्नाटा हुआ त्यों ही पहले से बड़ी पोटली बेंत के साथ दिखाई पड़ी। उसे खोलने पर उसमें एक पत्र और सोने का एक सौ क्राउन मिला। उस दिन वह धर्म-परिवर्तित भी हम लोगों के साथ था। हम लोगों ने खत उसे पढ़ने के लिए दिया। उसमें लिखा था :

> ''मैं यह नहीं बतला सकती कि एक साथ स्पेन पहुँचने का क्या उपाय किया जाए। मैंने विनती-प्रार्थनाएँ कीं, लेकिन लेला मेरियन भी कोई रास्ता नहीं बतला सकीं। मैं इस खिड़की से तुम्हें बहुत धन दे सकती हूँ। उससे तुम अपनी और अपने दोस्तों की मुक्ति प्राप्त करो और तुममें से एक व्यक्ति स्पेन जाकर छोटा जहाज ले आए और उसी में सबको ले जाए। मैं तुम लोगों से बवासी गेट के पास नगर से बाहर समुद्र के किनारे अपने पिता के बाग में मिलूँगी। गर्मी-भर मैं वहाँ

अपने पिता और अपनी दासी के साथ रहूँगी। वहाँ से रात को बिना किसी डर-भय के तुम मुझे अपने जहाज में ले जा सकोगे। लेकिन याद रखो कि तुम्हें मेरा पति बनना है। यदि तुमने धोखा दिया तो मैं लेला मेरियन से तुम्हें दंड देने की प्रार्थना करूँगी। अगर तुम्हें अपने किसी दोस्त पर भरोसा न हो तो अपनी मुक्ति के लिए धन देकर तुम खुद जहाज लाने जाओ। मुझे विश्वास है कि दूसरों की अपेक्षा तुम जल्दी वापस आओगे, क्योंकि तुम भद्र और ईसाई हो। मेरे पिता के बाग का पता लगाओ। मैं बैगनियो पर नज़र रखूँगी और उसके खाली होते ही काफ़ी धन दूँगी। अल्ला मेरे स्वामी की रक्षा करें।''

दूसरे पत्र का यही विषय था। इसे पढ़ने के बाद हम लोगों में से हरेक जहाज लाने के लिए जाने और ठीक समय पर लेकर आने के लिए तैयार हो गया। लेकिन धर्म-परिवर्तित ने इस प्रस्ताव का विरोध किया। उसने कहा कि शेष लोगों को छोड़कर किसी एक को अपनी मुक्ति नहीं खरीदनी चाहिए; क्योंकि मुझे इस बात का अनुभव है कि स्वतंत्र हो जाने पर लोग अपने उन वादों को भूल जाते हैं जो गुँलामी के दिनों में करते थे। दो-एक उदार चित्त गुँलामों ने इस उपाय का अवलंबन किया भी। उन लोगों ने रुपया देकर बैलशिया या मेजीर्का जहाज लाने के लिए आदमी भेजा कि वे जहाज लेकर आएँ तथा अन्य लोगों को ले जाएँ लेकिन वे लोग कभी वापस नहीं आए। अपनी स्वतंत्रता को प्राप्त करने की खुशी तथा उसे पुनः खो देने के डर से अपना वादा भूल गए और अपने कर्तव्य की याद को भी स्मृति से हटा दिया।

'अपने कथन के समर्थन में उसने एक विचित्र कहानी सुनाई, जो वहाँ घटित हुई थी; जैसा कि गुँलामों के बीच बहुधा हो जाया करता है। इसके बाद उसने कहा कि जिस रुपए से हम लोगों में से किसी एक की मुक्ति होनी चाहिए उस रुपए से मेरे लिए एक जहाज खरीदा जाए। ऐसा जहाज मैं अलजियर्स में खरीद सकता हूँ। व्यवसाय के बहाने मैं अलजियर्स और टेटुअन के बीच जहाज चलाता रहूँगा। इस उपाय से, जहाज का मालिक होने के कारण, सबको इस बैगनियो से बाहर करने का रास्ता मैं सहज में निकाल लूँगा और जहाँ पर ले जाऊँगा और खासकर यदि मूर महिला अपने वायदे के अनुसार रुपया दे दे और हम लोगों की मुक्ति हो जाए तो हम लोग दिन-दहाड़े जहाज पर सवार हो सकते हैं। लेकिन सबसे बड़ी दिक्कत यह होगी कि मूर धर्म-परिवर्तितों को छोटा जहाज नहीं रखने

देते, बल्कि ईसाइयों को लूटने योग्य बड़े जहाज; क्योंकि उनकी धारणा है कि कोई धर्म-परिवर्तित—खासकर स्पेन-निवासी केवल देश को लौट जाने के उद्देश्य से ही छोटा जहाज खरीदता हे। लेकिन इस कठिनाई को हल करने का उपाय मुझे मालूम है। मैं किसी टैगरिन मूर को जहाज और व्यवसाय दोनों में अपना साझीदार बना लूँगा। इस उपाय से मैं जहाज का मालिक हो जाऊँगा और तब बाकी काम आसान हो जाएगा।

उस महिला की सलाह के अनुसार हम लोगों में से प्रत्येक स्पेन जाकर जहाज लाने के लिए बहुत अधिक उत्सुक था तो भी हम लोग उस आदमी की राय का विरोध नहीं कर सकते थे। हम लोग उसके पंजे में थे। हम लोगों को भय था कि विरोध करने पर कहीं वह हम लोगों का यह भेद खोलकर हम लोगों को खतरे में न डाल दें। सबसे ज्यादा भय हम लोगों को जोरैंदा के भेद के खुलने का था; क्योंकि उसके छुटकारे के लिए हम लोग अपनी जान तक दे सकते थे। इसलिए हम लोगों ने अपने को भगवान और उस धर्म-परिवर्तित के हवाले कर दिया। साथ ही हम लोगों ने जोरैदा को लिखा कि आपने जो कुछ लिखा है वही सही रास्ता है, लैला मेरियन ने ही आपको यह मार्ग सुझाया है और हम लोग उसी के अनुसार काम करेंगे। इस युक्ति को काम में लाने का साधन प्रदान करना अब आपके हाथ में है। मैंने उससे शादी करने की बात पुनः दोहरा दी। दो दिन के बाद बैगनियो पुनः खाली हुआ तब उसने बेंत के ज़रिये दो हज़ार सोने का क्राउन दिया। इसके साथ एक पत्र भी था जिसमें उसने लिखा था कि अगले जुम्मे यानी शुक्रवार को वह अपने पिता के बाग़ में चली जाएगी, जाने से पहले वह और धन दे जाएगी। लेकिन यदि उतना पर्याप्त न हो तो हम लोगों के लिखने पर वह आवश्यक धन की व्यवस्था कर देगी, क्योंकि उसके पिता इतने धनी थे कि उतना सब उसके लिए कुछ नहीं था। खज़ाने की कुंजी मूर ने उसे ही सौंप रखी थी। हम लोगों ने पाँच सौ क्राउन उसे जहाज खरीदने के लिए दे दिया और अपनी मुक्ति के लिए आठ सौ क्राउन बैलेंलिया के एक सौदागर के पास जमा कर दिया जो उस समय अलगियर्स में था। उसी ने राजा से सौदा किया। वह प्रतिश्रुति (पैरोल) पर मुझे छोड़कर अपने घर इस शर्त पर ले आया कि बैलशिया से जहाज आते ही वह रकम दे दी जाएगी। यदि उसने तत्काल रुपया दे दिया होता तो राजा के मन में यह बात उठती कि रुपया मौजूद था और अपने लाभ के लिए इस सौदागर ने चुरा रखा था। और यह भी बात थी

कि उसकी अविश्वासी और नीच प्रकृति को जानते हुए मैं अपने स्वामी को नकद रुपया नहीं दे सकता।

शुक्रवार को जोरैदा बाग में आने वाली थी, इससे उसने एक हज़ार सोने का क्राउन और दिया। उसने मुझे यह भी लिखा था कि अपने छुटकारे की रकम दे चुकने पर मैं उसके पिता के बाग का पता लगाकर उससे गुप्त रूप से मिलूँ। मैंने उसे संक्षेप में लिखा कि जैसा वह चाहती है वैसा हम लोग करेंगे, वह लैला मेरियन से हम लोगों के लिए उस ईसाई गुलाम स्त्री के बताए गए तरीके से प्रार्थना करती रहे। इसके बाद अपने तीनों साथियों की मुक्ति के लिए रुपया जमा करने का भी हुकमनामा ले लिया गया, नहीं तो मुझे स्वतंत्र देखकर और अपने को नहीं, यद्यपि उनकी मुक्ति के लिए काफी रुपए थे तो भी उनके दिमाग में उथल-पुथल मचने लगती और वे शैतान के बहकावे में आकर ऐसा कोई काम कर बैठते जो जोरैदा के लिए अहितकर होता, यद्यपि उनकी महत्ता का ख़याल करके मुझे उनकी ओर से निश्चिंत रहना चाहिए था तो भी उस मामले में कोई भी खतरा नहीं उठाना चाहता था। इसलिए मेरी ही तरह उसी सौदागर द्वारा उन लोगों की मुक्ति का भी उपाय हुआ। इन लोगों के लिए भी रुपया उसके यहाँ जमा कर दिया गया। लेकिन हम लोगों ने अपने षड्यंत्र की चर्चा उनसे नहीं की, क्योंकि ऐसा करने में जो ख़तरा था उसमें हम लोग पड़ना नहीं चाहते थे।

13. गुलाम की दास्तान (2)

हम लोगों के धर्म-परिवर्तित ने दो हफ़्ते में बढ़िया जहाज खरीदा, जिसमें तीस आदमी मज़े से यात्रा कर सकते थे। किसी अन्य उद्देश्य की शंका के निवारण के लिए वह जहाज लेकर सरगंल की यात्रा कर आया जो ओरन की तरफ अलजियर्स से 40 या 45 मील पूरब की ओर था और जहाँ सूखे अंजीर का बहुत बड़ा कारोबार था। अपने साथ टैगरिन मूर को लेकर उसने उस स्थान की दो-तीन बार यात्रा की। बारबरी में उन मूरों को टैगरिन कहते हैं जो आरागन से भगा दिए गए थे जिस तरह वे लोग ग्रनाडा के मूरों को मुद्रा जरंस कहते हैं और उन्हें ही फेज के राज्य में इलचेस कहते हैं। ये राजा के सर्वश्रेष्ठ सैनिक माने जाते हैं।

वह जहाज लेकर जब इस किनारे पर आता तो वह एक छोटी खाड़ी में लंगर डालता। यह स्थान जोरैदा के बाग के अति निकट था जहाँ वह हम लोगों की प्रतीक्षा में थी। वहाँ वह अपने मूर मल्लाहों को 'साला' बनाने में लगा देता,

जो उन लोगों का एक तरह का उत्सव होता है, या किसी अन्य काम में लगा देता। इस बहाने वह मज़ाक में उस बात का अभ्यास करता जो उसे सचमुच करना था। इसलिए वह कभी-कभी जोरैदा के बाग में जाता और फल माँगता और उसके पिता उसे फल देते, यद्यपि वे उसे जानते नहीं थे। उसने जैसा बाद को मुझसे कहा कि वह सदा जोरैदा से मिलने के अवसर को ताक में रहता था कि वह उसे बतला दे कि वही उसका उद्धार करके उसे ईसाइयों के देश में ले जाएगा, इसलिए उसे विश्वास नहीं करना चाहिए। लेकिन उसे इसका अवसर नहीं मिल सका, क्योंकि मूर या तुर्क महिलाएँ अपने पिता या पति के अलावा अपनी ही जाति के किसी अन्य पुरुष के सामने नहीं होतीं जब तक कि पिता या पति का आदेश न हो। लेकिन जहाँ तक ईसाई गुलामों की बात है उनमें सामने होने देते हैं और बिना किसी शक के मिलने-जुलने देते हैं। अगर इस धर्म-परिवर्तित ने जोरैदा को देख लिया होता या उससे बातें की होतीं तो मुझे बड़ा संताप होता क्योंकि उसे इस बात से बड़ी व्यथा हुई होती कि मैंने उसके उद्धार का काम किसी धर्म-परिवर्तित के जिम्मे किया था। लेकिन भगवान ने ऐसा किया कि उसे निराश होना पड़ा। उसने जब यह देखा कि बिना किसी तरह के संदेश के वह जहाँ कहीं समुद्र के किनारे आ-जा सकता है और जहाँ कहीं चाहे वहीं लंगर डाल सकता है और उसका साझीदार टेगरिन मूर हर बात में उससे सहमत है, तथा मैं मुक्त हो गया हूँ और हम लोगों के जहाज को खेने के लिए कतिपय ईसाइयों की ही ज़रूरत रह गई है तब उसने मुझसे कहा कि यह तय कर लेना चाहिए कि जिन्हें छुटकारा मिल गया है उनके अलावा और किसे साथ ले जाना है तथा अगले शुक्रवार के लिए सारी तैयारी हो जानी चाहिए, क्योंकि उसी दिन रवाना होने का उसने निश्चय किया था।

उसके इरादे की सूचना पाकर मैंने बारह लालची स्पेन वालों से बातें कीं, जो अच्छे खेने वाले थे और जो आसानी से नगर से बाहर हो सकते थे। यह भाग्य की बात थी कि ऐसे संकटजाल में हम लोगों को इतने मिल गए, क्योंकि बीस से ऊपर जहाज बाहर जा चुके थे और डाँडा खेने योग्य सभी गुलामों को वे अपने जहाजों पर ले गए थे। हम लोगों को ये भी नहीं मिल सकते थे यदि उनका मालिक उस गर्मी में उस जहाज को पूरा करने के लिए घर पर ही नहीं रह गया होता, जिसे वह लूट के काम के लिए बनवा रहा था, जो उस समय कारखाने में था। मैंने उन लोगों से सिर्फ़ इतना ही कहा कि अगले शुक्रवार की शाम को तुम लोग चुपचाप शहर से चंपत होना और अगिमोरेटो के बाग को जाने वाले रास्ते

में मेरी प्रतीक्षा करना। मैंने हर एक से अलग-अलग बातें कीं और हिदायत दे दी कि वे किसी ईसाई से भी न कहें। मुझे इससे भी अधिक महत्त्वपूर्ण काम करना था अर्थात् जोरैदा को यह सूचित कर देना था कि हम लोगों ने क्या उपाय किया है, हम लोगों का काम कहाँ तक आगे बढ़ गया है और उसे अल्प सूचना पर चल देने के लिए तैयार रहना होगा, यदि हम लोग अचानक उसके यहाँ पहुँच जाएँ तो उसे चकित नहीं होना चाहिए; यहाँ तक कि ईसाई-जहाज के पहुँचने की बात उसके मन में आने से पहले भी यह संभव था। इससे मैंने तय किया कि मुझे उसके बाग में जाकर उससे मिलने की कोशिश करनी चाहिए। अतः एक दिन जड़ी लेने के बहाने मैं बाग में घुस गया और घुसते ही उसके पिता से भेंट हो गई। उन्होंने मुझसे उस भाषा में बात की जो तुर्क साम्राज्य-भर में प्रचलित थी। यह भाषा मूर और ईसाई भाषा की खिचड़ी है जिस भाषा में हम लोग एक-दूसरे की बात क़ुस्तुन्तुनिया से अलजियर्स तक समझते थे। उन्होंने मुझसे पूछा कि तुम कौन हो और इस बाग में क्या ढूँढ़ रहे हो? मैंने कहा कि मैं अरनोटे ममी का (मुझे मालूम था कि यह व्यक्ति उसका घनिष्ठ मित्र था) गुलाम हूँ और सलाद बनाने के लिए कुछ खोज रहा हूँ। उसने मुझसे पूछा कि तुम्हारी गिनती मुक्ति पाने वाले गुलामों में है कि नहीं और तुम्हारा मालिक कितना धन चाहता है? जोरैदा ने मुझे पहले ही देख लिया था। इस बातचीत के दरमियान वह बहुत पास वाले बाग़ के मकान में चली आयी थी। चूँकि मूर महिलाएँ बेरोक-टोक ईसाई गुलामों के सामने होती थीं इसलिए वह बिना संकोच के वहाँ चली आई जहाँ मैं उसके पिता से बातें कर रहा था। उसके पिता ने कोई आपत्ति नहीं प्रकट की, बल्कि उसे पास बुला लिया। जोरैदा के सौंदर्य, बहुमूल्य वस्त्र तथा आकर्षक रूप को देखकर मुझे जो आश्चर्य और विश्वास हुआ उसका वर्णन करना मेरे लिए असंभव है। वह सिर से पैर तक बहुमूल्य रत्नों से जड़ी थी। उस देश की रीति के अनुसार उसके पाँव खाली थे। घुटने पर वह एक प्रकार का सोने का कड़ा पहने थी जिसमें बहुमूल्य हीरे जड़े थे। बाद को उसने मुझे बतलाया कि प्रत्येक जोड़े की कीमत दस हज़ार पिस्टल थी। उसकी कलाई में भी उसी मूल्य के कंगन थे। मोतियों की लड़ें सबसे उत्तम जाति की थीं, क्योंकि मूर महिलाएँ उनकी बड़ी कद्र करती हैं और संसार में सबसे अधिक तरह के मोती पहनना पसंद करती हैं। अलजियर्स में सबसे उत्तम मोती उसके पिता के पास थे जिनकी कीमत दो लाख से भी अधिक स्पेन के क्राउन बतलाई जाती थी। उस समय यही महिला, जो आपके सामने है, उन सबकी मालकिन थी, लेकिन संप्रति वह केवल मात्र मेरी

मालकिन है। इतनी यातना के बाद भी उसमें जो सौंदर्य वर्तमान है उससे आप उसके सुखद दिनों के सौंदर्य का अनुमान कर सकते हैं। कतिपय महिलाओं के सौंदर्य का समय और काल होता है और परिस्थिति तथा उम्र के अनुसार उनमें कम या अधिक घटती या बढ़ती होती रहती है जो उसकी कान्ति को बढ़ाती या कम करती है और कभी-कभी उसे एकदम मटियामेट कर देती है। मैं सिर्फ़ इतना ही कह सकता हूँ कि उस समय वह मुझे संसार में सबसे बढ़कर सुंदरी और वेश-भूषायुक्त महिला प्रतीत होती है। मेरे ऊपर कृतज्ञता का जो भार था उससे मैंने उसे स्वर्ग की देवी माना, जो मेरे त्राण और सुख के लिए धराधाम पर अवतरित हुई थी। पास आने पर उसके पिता ने अपने देश की भाषा में उनसे कहा कि मैं उनके दोस्त अरनोटे ममी का गुलाम हूँ और सलाद तोड़ने बाग में आया हूँ। उसने इशारा समझ लिया और मुझसे अपनी मातृभाषा में पूछा कि यदि मैं भद्र पुरुष हूँ तो मैं अपना छुटकारा क्यों नहीं करा लेता? मैंने कहा कि मैं छुटकारा पा चुका हूँ और मुझे जो कीमत देनी पड़ी है उससे उसका अंदाज़ आप इतने से ही लगा सकती हैं कि मेरे मालिक ने मुझे 1500 सेंट में खरीदा था। इसके उत्तर में उसने कहा कि यदि तुम मेरे पिता के गुलाम होते तो उससे दूनी रकम में भी मैं तुम्हें छुटकारा न देने देती, क्योंकि तुम ईसाई लोग कभी सच नहीं बोलते और मूरों को ठगने के लिए तुम लोग गरीब बन जाते हो। मैंने कहा कि आपका कहना सच हो सकता है लेकिन मैंने अपने मालिक के साथ सचाई और ईमानदारी का व्यवहार किया है और जिन लोगों के साथ मेरा सरोकार होगा उनके साथ उसी ईमानदारी और सचाई का व्यवहार करूँगा। उसने पूछा कि तुम अपने घर कब जा रहे हो? मैंने कहा कि कल ही एक फ्रांसीसी जहाज प्रस्थान करने वाला है। मैं यह मौक़ा खोना नहीं चाहता, इससे मैं कल ही रवाना हो जाऊँगा। इसके उत्तर में जोरैदा ने कहा कि क्या स्पेन के किसी जहाज के लिए रुक जाना अच्छा नहीं होगा? तुम्हें उसी जहाज में जाना चाहिए, फ्रांसीसी जहाज में नहीं; क्योंकि मैंने सुना है कि फ्रांस के लोग तुम लोगों के साथ सद्भावना नहीं रखते।

'मैं भी नहीं रखता। अगर स्पेन के किसी जहाज के आने की पक्की खबर हो तो मैं प्रतीक्षा करने के लिए तैयार हूँ। यद्यपि अधिक संभावना यही है कि मैं फ्रांसीसी जहाज का ही उपयोग करूँगा, क्योंकि मैं घर पहुँचने के लिए और अपने प्रेमी-जनों से मिलने के लिए इतना उत्कंठित हूँ कि सुविधा या असुविधा के विचार मुझे रोक नहीं सकते।'

जोरैदा—'यह तो ठीक है। स्पेन में तुम्हारी शादी हो गई है और तुम अपनी पत्नी से मिलने के लिए अधीर हो।'

मैं—'मैं विवाहित तो नहीं हूँ, लेकिन मैं एक महिला से वचनबद्ध हूँ कि अपने देश में पहुँचते ही विवाह कर लूँगा।'

जोरैदा—'क्या तुम्हारी मँगेतर अतिशय सुंदरी है?'

मैं—'वह इतनी सुंदरी है कि उसके वर्णन में मैं यही कह सकता हूँ कि वह आपके ही समान है।'

यह सुनकर उसका पिता खिलखिलाकर हँस पड़ा और बोला—'ईसाई, अगर वह मेरी बेटी के समान है तब मैं सच कहता हूँ कि वह अति सुंदर है, क्योंकि मेरी बेटी इस राज्य में सबसे बढ़कर सुंदर है। इसे ग़ौर से देखो, तब तुम्हें मालूम होगा कि मैं सच कह रहा हूँ।'

हम लोगों की बातचीत में जोरैदा के पिता दुभाषिए का काम करते रहे, क्योंकि जोरैदा हम लोगों की ज़बान समझ तो लेती थी लेकिन बोल नहीं सकती थी। इसलिए वह अपना अभिप्राय शब्दों की अपेक्षा इशारों में प्रकट करती थी।

हम लोग इस तरह की बातचीत कर ही रहे थे कि एक मूर दौड़ा हुआ आया और बोला कि चार तुर्क बाग में दीवार फाँदकर चले आए हैं और फलों को तोड़ रहे हैं, यद्यपि वे पके नहीं हैं। इस पर वह बूढ़ा घबरा गया और जोरैदा भी; क्योंकि मूर तुर्कों से—खासकर तुर्क सैनिकों से बहुत डरते थे। वे इतने उद्दंड होते हैं कि वे मूरों के साथ गुलामों का-सा बर्ताव करते हैं। मूर ने अपनी बेटी से अंदर जाकर कमरा बंद कर लेने के लिए कहा और वह खुद उनसे निपटने गया। उसने मुझसे कहा कि तुम अपनी राह शांति से लो। भगवान तुम्हें सकुशल अपने देश पहुँचा दें। मैंने उसे झुककर प्रणाम किया और वह जोरैदा को मेरे पास छोड़कर तुर्कों का पता लगाने चला। जोरैदा ने अंदर जाने का उपक्रम प्रकट किया जैसा कि उसके पिता ने आदेश दिया था। लेकिन उसके पिता की आँखों से ओझल होते ही वह लौट पड़ी और आँखों में आँसू भरकर अपनी भाषा में मुझसे कहा—'ईसाई, तू जा रहा है, तू जा रहा है?'

मैं—'जी हाँ, लेकिन आपके बिना नहीं, अगले शुक्रवार को मैं जाऊँगा। हम लोगों को देखकर अचरज नहीं कीजिएगा, क्योंकि हम लोग निश्चय ही ईसाइयों के देश जाएँगे।'

मैंने इस बातों को ऐसे उद्वेग के साथ कहा कि उसने मेरा अभिप्राय समझ लिया और अपनी एक बाँह मेरी गर्दन में डालकर वह काँपती हुई धीरे-धीरे घर

की ओर बढ़ी। संयोग की बात कि हम लोग इस तरह चले जा रहे थे, जो हम लोगों के लिए दुर्भाग्य का कारण होता, क्योंकि हम लोगों ने अगिमोरेटो को तुर्कों के पास से वापस आते देखा। उन्होंने भी उस स्थिति में हम लोगों को देख लिया था, लेकिन जोरैदा ने मेरी गर्दन पर से हाथ नहीं हटाया बल्कि तुरंत उस्तादी से मेरे और नज़दीक सरक आई, अपना सिर मेरे सीने में झुका दिया और पैरों को इस तरह शिथिल कर दिया मानो वह बेहोश हो गई हो। मैंने भी ऐसा भाव प्रकट किया कि अपनी इच्छा के विरुद्ध उसका भार ढोने में मुझे बहुत कष्ट हो रहा है।

उसका पिता तेज़ी से हम लोगों के पास पहुँचा और अपनी बेटी को इस हालत में देखकर उससे पूछा कि क्या बात है? उसके उत्तर न देने पर उसने कहा कि इन तुर्कों से डरकर बेहोश हो गई है। उसने उसे अपनी बाँहों में ले लिया। होश में आने की मुद्रा प्रकट करती हुई जोरैदा ने गहरी साँस ली और आँखों में आँसू भरकर इस तरह कहा–'जाओ, ईसाई, जाओ!' उसके उत्तर में उसके पिता ने कहा–'बेटी, यह थोड़ी देर ठहरा रहे। मेरे कहने पर तुर्क चले गए हैं।'

मैंने कहा–'तुर्कों के कारण ये डर गई थीं, चूँकि यह जाने के लिए कह रही हैं इससे मैं जाता हूँ। किसी दूसरे दिन आकर सलाद ले जाऊँगा। मेरे मालिक कहते थे आपके बाग की जड़ी सबसे उत्तम होती है।'

जोरैदा के पिता–'तुम जब चाहो तब आकर जो चाहो सो ले जाओ, क्योंकि मेरी बेटी ईसाइयों को बुरा नहीं समझती। वह तुर्कों के जाने की बात कह रही थी, गलती से तुम्हारा नाम मुँह से निकल गया कि चले जाओ या जल्द जड़ी उखाड़कर अपना रास्ता लो।'

इसके बाद मैंने उन लोगों से छुट्टी ली और जोरैदा आँखों में व्यथा प्रकट करती हुई अपने पिता के साथ चली गई। जड़ी उखाड़ने के बहाने मैं बाग में घूम-घूमकर यह देखने लगा कि भीतर आने तथा बाहर जाने के लिए कौन सुगम रास्ते हैं, बाग़ में कितने लोग रहते हैं तथा हमारे काम को पूरा करने के लिए और कौन सुभीते हैं। इतना कह चुकने के बाद मैं वहाँ से चला गया और सारी दास्तान उस धर्म-परिवर्तित तथा अपने अन्य साथियों से कह दी और उत्सुकता से उस समय की प्रतीक्षा करने लगा जब बिना किसी बाधा के मैं अपनी प्रियतमा जोरैदा के साथ रहूँगा। अंत में वह शुभ घड़ी आई और हम लोगों की युक्ति पूरी तरह सफल हुई। जोरैदा से भेंट होने के बाद वाले शुक्रवार की शाम के वक्त हम लोग अपना जहाज लेकर अपनी प्रेयसी के निवास-स्थान के पास ही आ गए और लंगर डाल दिया। जिन ईसाइयों को डाँडा खेने के लिए नियुक्त करना था वे

नियत स्थान पर इधर-उधर छिपकर मेरी प्रतीक्षा करने लगे और जो जहाज उनके सामने खड़ा उस पर कब्जा कर लेने के लिए उत्सुक थे, क्योंकि धर्म-परिवर्तित से मेरी साँठ-गाँठ का उन्हें पता नहीं था। उन लोगों ने सोचा, जहाज पर के मूरों को मारकर बल-प्रयोग से वे लोग परिवहन का साधन और स्वतंत्रता प्राप्त कर लेंगे। ज्यों ही मैं और मेरे साथी वहाँ पहुँचे वे सब अपने छिपने की जगह से निकलकर हम लोगों के पास आ गए। इस समय तक नगर का द्वार बंद हो गया था और हम लोगों को आस-पास कोई भी नहीं दिखलाई पड़ रहा था। इकट्ठा होने पर हम लोगों के सामने पहला प्रश्न यह था कि पहले हम लोग जोरैदा को ले जाएँ या जहाज पर के मूरों को अपने कब्जे में कर लें। हम लोग यह सलाह कर ही रहे थे कि वह धर्म-परिवर्तित आया और हम लोगों की इस तरह की ढिठाई की बातें सुनकर बोला कि जहाज के सभी मूर आराम करने चले गए हैं और अधिकांश सो गए हैं। हम लोगों ने उसे अपनी कठिनाई बतलाई। उसने तुरंत उत्तर दिया कि पहले जहाज पर क़ब्ज़ा कर लेना सबसे आवश्यक है जो आसानी से बिना खतरे के हो सकता है और उसके बाद हम जोरैदा को लाएँगे।

हम सभी उससे सहमत हो गए। इसलिए बिना किसी झंझट के हम लोगों को लेकर वह जहाज की तरफ चल पड़ा और उस पर कूदकर तलवार खींच ली तथा मूरों की जबान में बोला—'तुम लोगों में से कोई भी अपनी जगह से नहीं हिले-डुले, जो ऐसा करेगा उसे जान से हाथ धोना पड़ेगा।' उसने इतना कहा था कि बाकी भी ईसाई जहाज पर चढ़ गए। मूर स्वभावतः डरपोक होते हैं, अपने मालिक को इस तरह कहते सुनकर वे डर गए और बिना विरोध के वे सब बेड़ियों से जकड़ दिए गए। यह काम ईसाइयों ने बड़ी तत्परता से किया और उनसे कहा कि यदि शोर-गुल किया तो उनका गला काट दिया जाएगा। यह सब हो जाने पर हम लोगों में से आधे तो उनकी रखवाली के लिए रह गए और शेष धर्म-परिवर्तित के साथ अमोरे टोके बाग में गए। हम लोगों का भाग्य ऐसा था कि धक्का देते ही फाटक इतनी आसानी से खुल गया मानो वह बंद ही नहीं किया गया था। सावधानी के साथ हम लोग चुपचाप मकान की तरफ बढ़े।

जोरैदा खिड़की पर थी। हम लोगों के पैरों की आवाज़ सुनकर उसने धीरे से पूछा—'क्या तुम लोग ईसाई हो?'

मैंने कहा—'जी हाँ, आप नीचे आइए।'

मेरी बोली पहचानते ही उसने क्षण-भर की भी देर नहीं की। वह चुपचाप नीचे उतर आई और दरवाज़ा खोल दिया। हम लोगों को वह साक्षात् देवी प्रतीत

हुई। उसके सौंदर्य और उसकी कीमती पोशाक का वर्णन नहीं किया जा सकता। उसे देखते ही मैंने उसका हाथ पकड़कर चूम लिया। धर्म-परिवर्तित तथा मेरे साथियों ने भी वैसा ही किया। इस तरह अपनी मुक्ति के लिए हम लोगों में अपनी कृतज्ञता उसने ज्ञापित की। धर्म-परिवर्तित ने उससे मोरिस्वों में पूछा—'क्या आपके पिता बाग में हैं?'

जोरैदा—'वे सो गए हैं।'

धर्म-परिवर्तित—'हम लोग इन्हें जगाकर कैद कर लेंगे और घर में जो कुछ है, सब ले लेंगे।'

जोरैदा—'नहीं, मेरे पिता पर हाथ नहीं लगाना होगा। और यहाँ ऐसी कोई संपत्ति नहीं है जो उसकी बराबरी कर सके जो मैं साथ ले चलूँगी। मेरे पास जो कुछ है वही तुम लोगों को धनी और संतुष्ट करने के लिए काफी है।'

इतना कहकर वह अंदर चली गई और हम लोगों को चुपचाप रहने के लिए कहती गई। उसने कहा कि मैं जल्द वापस आऊँगी।

मैंने धर्म-परिवर्तित से पूछा कि तुम लोगों में क्या बातचीत हुई। उसने सब कुछ सुना दिया।

मैंने उससे कहा कि जोरैदा की मर्ज़ी के ख़िलाफ़ कुछ नहीं किया जाएगा। वह अपने साथ छोटा-सा ट्रंक ले आई थी। उसमें इतना सोना भरा था कि वह मुश्किल से उसे ढो सकती थी। हम लोगों के दुर्भाग्य से उसी समय उसके पिता की नींद टूट गई। बाग में आवाज़ सुनकर उसने खिड़की खोली और बाहर झाँका। बाग में ईसाइयों को देख वे अरबी में चिल्लाने लगे—'चोर! चोर! ईसाई! ईसाई!' उनकी इस चिल्लाहट से हम लोग डरकर घबरा गए। खतरा उपस्थित होते देखकर तथा उसके कारण किसी के पहुँचने से पहले अपने साहसिक काम को संपन्न हो जाने की आवश्यकता को महसूस कर वह धर्म-परिवर्तित अपने कुछ आदमियों को लेकर अगिमोरेटो के पास चला गया, क्योंकि मैं जोरैदा को किसी भी हालत में छोड़ नहीं सकता था जो मेरी बाँहों के बीच बेहोश हो गई थी। जो लोग ऊपर गए उन लोगों ने ऐसी तत्परता से काम लिया कि वे लोग अगिमोरेटो का हाथ-पाँव बाँधकर साथ ले आए और उसके मुँह में कपड़ा ठूँस दिया ताकि वह बोल न सके। उन लोगों ने उसे धमकाया भी कि यदि वह एक शब्द भी बोलने की कोशिश करेगा तो जान से हाथ धोना पड़ेगा। होश आने पर जोरैदा ने अपने पिता को देखते ही आँखें बंद कर लीं ताकि उस दृश्य को न देखे। उसके पिता को तो और भी अधिक विस्मय हुआ, क्योंकि वह नहीं जानता था

कि अपनी मर्ज़ी से वह हम लोगों के साथ थी। अध्यवसाय ही हम लोगों के लिए सबसे अधिक उपयुक्त था और हम लोगों ने अध्यवसाय से इस तरह काम लिया कि हम लोग जहाज पर ठीक वक्त पर पहुँच गए, उस घड़ी हम लोगों के जहाज पर के आदमी चिंतित हो गए थे कि हम लोग अवश्य किसी दुर्घटना के शिकार हो गए हैं। दो घंटा रात गए हम लोग जहाज पर पहुँचे थे। जहाज पर पहुँचते ही सबसे पहले इन लोगों ने जोरैदा के पिता का बंधन खोल दिया और मुँह में से कपड़ा हटा दिया, पर साथ ही धमकी भी दी कि यदि मुँह खोला तो जान ले ली जाएगी। अपनी बेटी को जहाज पर देखकर वह दीर्घ उसाँसें लेने लगा, और भी अधिक जब उसने मुझे उसे छाती से लगाते तथा उसे बिना विरोध के इसे स्वीकार करते देखा। वह चुपचाप यह सब देखता रहा, क्योंकि उसे भय था कि कहीं धर्म-परिवर्तित की धमकी चरितार्थ न कर दी जाए।

हम लोगों को जहाज पर सवार देखकर तथा यह जानकर कि जहाज अब खुलने ही वाला है, जोरैदा ने धर्म-परिवर्तित से मुझसे कहने के लिए कहा कि यदि उसके पिता और मूर कैदियों को जहाज से उतार नहीं दिया जाएगा तो वह समुद्र में कूद जाएगी, क्योंकि वह यह नहीं देख सकती थी कि जिस पिता ने मुझे इतना प्यार किया वह उसकी आँखों के सामने उसके कारण बंदी बनाया जाए। धर्म-परिवर्तित ने मुझसे ये बातें कहीं तो मैं राज़ी हो गया, लेकिन धर्म-परिवर्तित इसे भिन्न विचार का था। उसने कहा—'यदि हम लोग इन्हें किनारे पर उतार देंगे तो ये लोग हो-हल्ला मचाकर नगर में खतरे का संवाद भेज देंगे। इसका परिणाम यह होगा कि कोई हलका जंगी जहाज हम लोगों की खोज में रवाना कर दिया जाएगा और समुद्र तथा हम लोगों के बीच में इसके आ जाने पर हम लोगों को बचकर निकल जाना असंभव होगा। अधिक-से-अधिक यही किया जा सकता है कि ईसाइयों के जिस सबसे पहले टापू पर हम लोग पहुँचें, वहाँ इन्हें मुक्त कर देंगे।

यह हम लोगों को इतना उचित प्रतीत हुआ कि बतलाए जाने पर कि संप्रति हम लोग उसकी बात न मानने के लिए क्यों लाचार हैं, वह भी सहमत हो गई। तुरंत ही चुपचाप और इतमीनान से हम लोगों ने अपना डाँडा चला दिया। हृदय से भगवान से प्रार्थना करते हुए हम लोग भेजोकी की तरफ चले, जो सबसे निकटस्थ ईसाई टापू था। लेकिन उत्तरी हवा तेज़ होने से और समुद्र हवा के अनुकूल होने के कारण हम लोग इस रास्ते पर नहीं टिक सके बल्कि किनारे-किनारे और तरफ जाने के लिए बाध्य हो गए। इस रास्ते पर हम लोगों का पता लग जाने का खतरा था, क्योंकि इस रास्ते पर सरगेल पड़ता था जो अलजियर्स

से 40-45 मील उसी किनारे पर था। हम लोगों को डच वालों के उन जहाजों से मुठभेड़ हो जाने का भी भय था जो माल लादकर टिटुअन से आते थे। यद्यपि सच बात तो यह है कि उन जहाजों से हम लोगों को डर नहीं था, क्योंकि यदि वे दुश्मन के जहाज न हों तो हम लोग वैसा जहाज चाहते थे जिसे हम लोग ले लेते और हम लोगों को ले जाने के लिए अच्छा जहाज हो जाता। जोरैदा अपने मुँह को बराबर मेरे हाथों से ढँके रही ताकि अपने पिता को वह यों ही देख सके। वह बराबर लेला मेरियन से मदद की प्रार्थना करती रही। सवेरा होते-होते हम लोग तीस मील चले गए थे। हम लोगों ने तय किया कि टापू के किनारे पहुँचते ही जोरैदा के पिता को वहाँ छोड़ देंगे।

हम लोगों ने अपने को किनारे से एक मील भीतर पाया। वह ऊजड़ सुनसान स्थान प्रतीत हुआ तो भी हम लोग समुद्र के बीच में जाने के लिए तेज़ी से डाँडा चलाते रहे; क्योंकि देखे जाने का भय हम लोगों को बराबर लगा रहा। समुद्र में तीन मील चले जाने के बाद मैंने कहा कि मल्लाह लोग बारी-बारी से डाँडा चलाएँ और यों विश्राम करते चलें। लेकिन डाँडा पर के आदमियों ने कहा कि अभी विश्राम करने का समय नहीं है, हम लोग डाँडा चलाते जाएँगे और खाते भी जाएँगे; यदि वे लोग, जो डाँडा नहीं चला रहे हैं, खाने-पीने में हम लोगों की मदद करें। हम लोगों ने वैसा ही किया। थोड़ी देर बाद अनुकूल हवा होने पर डाँडा चलाना छोड़ दिया गया और पाल तान दिया; क्योंकि दूसरा रास्ता नहीं पकड़ा जा सकता था। हम लोगों को लुटेरों के जहाज से मुठभेड़ हो जाने के अलावा किसी बात का भय नहीं रह गया था। हम लोग आठ मील प्रति घंटे के हिसाब से चले। हम लोगों ने अपने मूर कैदियों को भोजन दिया और धर्म-परिवर्तित उन्हें यह कहकर सान्त्वना देता रहा कि वे कैदी नहीं हैं बल्कि अवसर मिलते ही छोड़ दिए जाएँगे। वही बात जोरैदा के पिता से भी कही गई। उसने कहा—'ईसाइयो! मैं तुम्हारी सुजनता से शायद दूसरी आशा कर सकता हूँ। मैं इतना सीधा नहीं हूँ कि यह मान लूँ कि तुम मुझे आजाद कर दोगे। यदि तुम लोग मुझे इतने सहज में छोड़ देने का इरादा रखते, तो मुझे मेरी मुक्ति के लिए तुम्हें कितनी रकम देनी पड़ेगी? यदि मुझे बतला दो कि मेरे और मेरी इस अभागो बेटी के छुटकारे के लिए अथवा केवल उसी के छुटाकारे के लिए, क्योंकि वह मुझे सबसे अधिक प्यारी है—तुम लोग कितनी रकम चाहते हो तो मैं इसी क्षण उतनी रकम का वचन दे सकता हूँ।'

इतना कहकर वह इस तरह फफककर रो पड़ा कि जोरैदा उसकी तरफ देखे बिना न रह सकी। हम लोग सब-के-सब, खासकर जोरैदा, करुणा से द्रवीभूत हो उठे। यहाँ तक कि वह मेरी बाँहों से अलग होकर अपने पिता के पास जा पहुँची और अपना सिर उसकी बाँहों में रखकर ऐसा करुणाजनक और दयनीय दृश्य उपस्थित किया कि उसके शोक में हम लोग भी आँसुओं को नहीं रोक सके। उसके पिता ने उसे उस कीमती पोशाक में और आभूषणों से युक्त देखकर अपनी भाषा में पूछा—'बेटी, इसका क्या मतलब है? इस विपत्ति के आगमन के पहले कल रात को तू साधारण पोशाक में थी और इन सब चीज़ों के पहनने के लिए मुश्किल से समय मिल सकता था। अब मैं तुझे उन उत्तम वस्त्रों और गहनों से अलंकृत पाता हूँ, जिन्हें मैंने तुझे दिया था। मानो हम लोग आजाद होकर सुखी हैं। इस विपत्ति से अधिक विस्मय और कष्ट मुझे यह देखकर हो रहा है। मुझे उत्तर दो।'

मूर ने जो कुछ कहा उसे धर्म-परिवर्तित ने हम लोगों को समझा दिया और हम लोगों ने देखा कि जोरैदा ने इसके उत्तर में कुछ शब्द भी नहीं कहा।

एकाएक मूर की नज़र उस संदूक पर पड़ी जिसमें जोरैदा अपने आभूषणों को रखा करती थी, जिसे उसने समझा था कि वह अलजियर्स में छोड़ आई थी। इससे और भी विस्मय हुआ। उसने जोरैदा से पूछा कि ट्रंक इन लोगों के हाथ कैसे लगा और उसमें क्या है?

जोरैदा से इसके उत्तर की प्रतीक्षा न करके धर्म-परिवर्तित ने कहा—'तुम अपनी बेटी से इतने तरह के सवाल करके अपने को नाहक़ परेशान कर रहे हो, क्योंकि मैं उन सभी प्रश्नों का उत्तर एक ही शब्द में दे सकता हूँ। तुम्हें जानना चाहिए कि वह ईसाई है। उसी की कृपा से हम लोगों की बेड़ियाँ कटीं और हम लोग मुक्त हुए। वह अपनी मर्ज़ी से हम लोगों के साथ है और उसी तरह प्रसन्न और संतुष्ट है जिस तरह अंधकार से प्रकाश में आने वाला या मौत से ज़िंदगी में आने वाला खुश होता है।'

मूर—'क्या यह सच है, बेटी?'

जोरैदा—'हाँ, पिताजी!'

मूर—'तब तू सचमुच ईसाई है? और तूने अपने पिता को उसके दुश्मनों के पंजे में फँसाया है?'

जोरैदा—'मैं ईसाई अवश्य हूँ लेकिन आपको इस दशा में लाने में मेरा कोई हाथ नहीं है। मेरा उद्‌देश्य केवल अपना भला करना था, न कि अपने पिता को क्षति पहुँचाना।'

मूर—'तूने अपना क्या भला किया है?'

जोरैदा—'इस संबंध में आप लेला मेरियन से पूछिए, क्योंकि वे ही आपको समुचित उत्तर दे सकती हैं।'

इतना सुनते ही बूढ़ा क्रोध से पागल हो उठा और समुद्र में कूद पड़ा। यदि उसके लंबे और ढीले-ढीले कपड़े कुछ देर तक उसे पानी के ऊपर न रख पाते तो वह निश्चय ही डूब गया होता। जोरैदा सहायता के लिए चिल्ला उठी। हम लोगों ने इतनी तत्परता और मुस्तैदी से काम लिया कि उनकी फतूही पकड़कर हम लोगों ने ऊपर उठा लिया, लेकिन वह आधा डूब चुका था और बेहोश था। इससे जोरैदा शोकाकुल होकर अपने पिता के शरीर से लिपट गई और इस तरह रोने लगी मानो वह सचमुच मर गया हो। हम लोगों ने उसका सिर नीचे की तरफ कर दिया, इससे उसके पेट से बहुत अधिक पानी निकला और प्रायः दो घंटे में उसे होश हुआ। इस बीच में हवा तेज हो गई और हम लोगों को किनारे की तरफ ले चली। थल पर जाने से बचने के लिए हम लोगों को डाँडा चलाना पड़ा। सौभाग्य से हम लोग एक छोटी खाड़ी में पहुँच गए, जो एक पहाड़ के कारण बन गई थी। उसका नाम था कारा रुमिया अंतर्द्वीप, जिसे हम लोगों की भाषा में शैतान ईसाई औरत का अंतरीप कहते हैं। मूरों में यह कथा प्रचलित है कि काउंट जूलियन की पुत्री कावा, जो स्पेन के पतन का कारण थी, वहीं डूब गई थी। उनका विश्वास है कि उस खाड़ी में जहाज का चला आना अशुभ है; क्योंकि नितांत आवश्यक होने पर ही वे उस खाड़ी में जाते हैं। लेकिन हम लोगों के लिए यह मनहूस बंदरगाह नहीं था, बल्कि सुरक्षित विश्राम-स्थल—खासकर इसलिए कि उस समय समुद्र अत्यंत चंचल हो उठा था। हम लोगों ने किनारे पर पहरा बैठा दिया लेकिन मौका आने पर तुरंत जहाज चला देने के लिए डाँडा तैयार रखा। धर्म-परिवर्तित जो कुछ भोजन का सामान साथ ले आया था उसे हम लोगों ने खाया और भगवान तथा कुमारी मेरी से प्रार्थना की कि वे हम लोगों की रक्षा करें और सही-सलामत हम लोगों को घर पहुँचा दें। जोरैदा के कहने पर हम लोगों ने उसके पिता तथा अन्य मूरों को मुक्त कर देने का निश्चय किया, जिन्हें कसकर बाँधकर रखा गया था; क्योंकि उसका कोमल हृदय यह नहीं सह सकता था कि उसके ही सामने उसके पिता और उसकी जाति के लोगों के साथ दुर्व्यवहार हो। हम लोग प्रस्थान

करने के समय उन्हें रिहा करना चाहते थे, क्योंकि वह स्थान जनशून्य होने तथा आसपास बस्ती न होने के कारण हम लोगों को किसी तरह की क्षति वे लोग नहीं पहुँचा सकते थे।

हम लोगों की प्रार्थना बेकार नहीं गई। हवा गिरी और समुद्र शांत हो गया, मानो वह हम लोगों को यात्रा करने के लिए निमंत्रण दे रही हो। हम लोगों ने कैदियों के बंधन खोल दिए और उन्हें एक-एक करके किनारे पर उतार दिया। इससे उन्हें अतिशय विस्मय हुआ। जोरैदा के पिता तब तक स्वस्थ हो गए थे। जब हम लोग उन्हें उतारने के लिए आए तो उन्होंने कहा—'ईसाई, तुम समझते हो यह बदजात लड़की मेरा छुटकारा क्यों चाह रही है? इसका कारण यह है कि मेरी उपस्थिति में वह बर्दाश्त नहीं कर सकती जो इसकी बुरी वासना को कार्य में परिणत करने में बाधक है। तुम्हें यह नहीं समझना चाहिए कि उसने तुम्हारा धर्म कबूल कर लिया है, क्योंकि वह तुम्हारे और मेरे धर्म के अंतर को समझती है, बल्कि इसलिए कि उसने सुन रखा है कि अपने घर की अपेक्षा तुम्हारे देश में वह अधिक असंयत जीवन बिता सकती है।'

फिर वह जोरैदा की तरफ घूमा। हम लोग उसे जोर से पकड़े हुए थे ताकि वह किसी तरह की ज्यादती न कर सके। उसने कहा—'ओ बदजात अंधी युवती, हम लोगों के जन्मजात दुश्मन इन कुत्तों के अधिकार में तू कहाँ जा रही है? लानत है उस घड़ी को जब मैंने तुझे पैदा किया और लानत है उस प्यार और यत्न को जिससे मैंने तुझे पाला-पोसा।' यह देखकर कि वह अपने उद्गारों को जल्द खत्म करने वाला नहीं है, मैंने जल्दी से उसे किनारे उतार दिया जहाँ से वह हम लोगों को गालियाँ और अभिशाप देता रहा। घुटने के बल बैठकर वह मुहम्मद से प्रार्थना करने लगा कि ख़ुदा से वे निवेदन करें कि हम लोगों का नाश कर दें। लेकिन जहाज के चल देने पर हम लोग उसकी बातें नहीं सुन सके, पर उसकी हरकतें देखते रहे। वह ज़मीन पर लोट रहा था और अपने केश तथा दाढ़ी को नोच रहा था। लेकिन एक बार उसने इतने जोर से चिल्लाकर कहा कि हम लोग उसकी आवाज़ सुन सकें। उसने कहा—'बेटी, तू लौट आ। मैंने तुम सब को माफ कर दिया। जो संपत्ति जहाज पर है उन्हें ले लेने दो लेकिन तू अपने व्याकुल पिता को सांत्वना प्रदान करने के लिए चली आ। यदि तू नहीं आती तो वह इसी मरुभूमि में प्राण-विसर्जन कर देगा।'

जोरैदा ने यह सब सुना। उसकी आँखें गीली हो गईं, लेकिन उसने कोई उत्तर नहीं दिया। जिस लेला मेरियन ने उसे ईसाई बनाया था उससे उसने प्रार्थना

की कि वे उसके पिता को शांति प्रदान करें। उसने कहा—'ईश्वर जानता है कि मैंने जो कुछ किया है उसे मैं रोक नहीं सकती थी। ये ईसाई मेरे कृतज्ञ हों या न हों, मुझे तो यह किए बिना शांति नहीं मिल सकती थी। पिताजी, आपको बहुत बुरा लग रहा है!' उसने ये बातें तब कहीं, जब हम लोग इतनी दूर निकल गए थे कि उसका पिता सुन नहीं सकता था, वह हमें दिखलाई तक नहीं पड़ता था।

जहाँ तक संभव था मैंने जोरैदा को धीरज बँधाया और अपनी यात्रा के काम में जुट गए। हवा हम लोगों के इतनी अनुकूल थी कि हम लोगों को पूरा विश्वास हो गया कि दूसरे दिन सुबह तक हम लोग स्पेन के किनारे पर पहुँच जाएँगे। लेकिन जैसा कि बहुधा होता है कि सुख बढ़ता नहीं है बल्कि दुख का अंग उसके साथ जुटा ही रहता है। चाहे हम लोगों के दुर्भाग्य से अथवा उस मूर के अभिशाप से (क्योंकि पिता के अभिशाप से डरना चाहिए, चाहे वह पिता कैसा भी हो) रात के बारह बजे हम लोगों ने डाँड हटाकर पाल पूरी तरह तान दी थी, चंद्रमा के प्रकाश में हम लोगों ने अपने पास ही गोल वाले जहाज को अपनी ओर आते देखा जिसके सभी पाल तने हुए थे। वह हम लोगों के इतना पास आ गया कि उससे टकराने से बचने के लिए हम लोगों को पाल गिरा देना पड़ा। हम लोगों को यह भी प्रतीत हुआ कि वह हमें जाने नहीं देना चाहता है। जहाज वाले हम लोगों को इतना निकट यह पूछने के लिए आए थे कि हम लोग कहाँ से आ रहे हैं और कहाँ जा रहे हैं? उनकी फ्रांसीसी जबान सुनकर धर्म-परिवर्तित ने हम लोगों को बोलने से रोक दिया। उसने कहा कि ये फ्रांसीसी समुद्री लुटेरे हैं जिनके लिए सभी कुछ लूट के लिए है। इससे हम लोग चुप रहे। जब हम लोग आगे बढ़े तब वायु का वेग उनके अनुकूल होने के कारण उन लोगों ने हम लोगों पर दो बंदूकें चलाईं। दोनों एक साथ ही छोड़ी गई थीं, क्योंकि एक ने भी हमारे मस्तूल को जहाज पर गिरा दिया और दूसरी बिना किसी की जान लिए हम लोगों के बीच से निकल गई। लेकिन हम लोगों ने अपने को डूबते हुए देखकर उन्हें पुकारकर कहा कि हम लोगों को अपने जहाज पर ले लें। क्योंकि हम लोग डूबे जा रहे हैं। तब उन लोगों ने अपनी पाल गिरा दी और अपनी नाव समुद्र में डालकर करीब एक दर्जन फ्रांसीसी हथियारों से लैस मशाल के साथ हम लोगों के जहाज के पास आए। नज़दीक आने पर हम लोगों को कम संख्या में पाकर उन लोगों ने हम लोगों को अपनी नाव पर चढ़ा लिया और कहा कि जवाब न देने के कारण ऐसा हुआ। धर्म-परिवर्तित को इतना मौका मिला कि उसने जोरैदा के संदूक को उन लोगों की आँख से बचाकर जहाज के पानी में फेंक दिया जिसमें

उसका सारा धन था। उनके जहाज पर हम लोगों के पहुँच जाने के बाद और हम लोगों की सारी बातें सुन लेने पर वे लोग इस तरह वस्त्र-मोचन करने लगे मानो हम लोग उनके जानी दुश्मन थे। उन्होंने जोरैदा के सारे आभूषण उतरवा लिए। लेकिन उसके लिए हम लोग इतने विकल नहीं थे जितने चिंतित हम लोग उसके सतीत्व के लिए थे जिसे वह अपनी सबसे मूल्यवान निधि समझती थी। उस तरह के लोग संपत्ति प्राप्त करने के अलावा दूसरी तरह की कोई चाह नहीं रखते और अतुल संपत्ति उनकी आँखों के सामने थी। उससे उनका लोभ इतना अधिक बढ़ गया कि हम लोगों के गुलामों के कपड़े भी उन्हें ललचाने लगे। वे लोग सलाह-मशविरा करने लगे कि हम लोगों का क्या करें। उनमें से कुछ का विचार था कि हम लोगों को पाल में लपेट कर जहाज से पानी में फेंक दें, क्योंकि अपने को ब्रिटेन के रहने वाले कहकर वे स्पेन के किसी बंदरगाह में ठहरना चाहते थे। यदि वे लोग हम लोगों को साथ ले जाते तो उन्हें दंड मिलता और उनकी शैतानी प्रकट हो जाती। लेकिन उनका कप्तान, जो जोरैदा को लूटकर धनवान बन गया था, बोला कि हम लोग स्पेन के किसी बंदरगाह में नहीं रुकेंगे बल्कि रात में मलाका होते हुए रोथेल लौट चलेंगे, जहाँ से आए थे।

यह निश्चय करके उन लोगों ने हम लोगों को अपनी लंबी नाव तथा राह के लिए आवश्यक भोजन सामग्री देने का विचार किया। सवेरा होते ही हम लोगों को स्पेन का किनारा दिखाई दिया। उसे देखते ही हम लोगों की सारी तकलीफ़ क्षण-भर में गायब हो गई, क्योंकि स्वतंत्रता बहुत प्रिय होती है। वे लोग चीज़ों को तैयार करने लगे। दोपहर के करीब उन लोगों ने हम लोगों को नाव पर चढ़ा दिया। हम लोगों को दो पीपे पानी और थोड़े बिस्कुट दिए। कप्तान को जोरैदा पर दया आ गई। विदा होते समय उसने उसे सोने के चालीस क्राउन दिए और जो वस्त्र उसके शरीर पर उस वक़्त रह गए थे उन्हें अपने आदमियों को नहीं लेने दिया। हम लोगों ने बुरा मानने के बदले उन्हें धन्यवाद दिया और नाव पर चढ़ गए। वे लोग मलाका की तरफ चले और हम लोग उत्तर की तरफ थल की ओर चले। हम लोग डाँड चलाते रहे और शाम होते होते इतने निकट पहुँच गए कि अँधेरा होने से पहले ही हम लोग जमीन पर उतर पड़ते। लेकिन यह देखकर कि चंद्रमा बादलों में छिप गया है और चारों ओर अंधकार फैल रहा है, किनारे का ज्ञान न होने से हम लोगों ने रात को उतरना उचित नहीं समझा। यद्यपि हम लोगों में से अनेक स्वतंत्र होने के इच्छुक थे और खतरे से बचना भी चाहते थे कि सुनसान चट्टानों पर भी उतर पड़ते और इस तरह टिटुअन आदि स्थानों

के बारबरी किनारों के समुद्री डाकुओं से कम-से-कम अपने को बचा लेते जो रात को अपने घरों से निकलते हैं और खूब तड़के स्पेन के किनारों पर पहुँचते हैं। वहाँ से वे बहुधा लूट-मार करके उसी दिन अपने घर पहुँच जाते हैं। लेकिन दूसरा विचार ही मान्य हुआ कि धीरे-धीरे डाँड चलाया जाए और यदि समुद्र और किनारा अनुकूल हो तो कहीं भी उतर पड़ें। हम लोगों ने यही किया और प्रायः बारह बजे रात को हम लोग एक बड़े पहाड़ के नीचे पहुँचे। वह किनारा बलुआ का था, इससे हम लोग सहज में उतर सकते थे। यहाँ हम लोग जहाँ तक संभव था, नाव को किनारे ले गए और उतर पड़े। हम लोगों ने उल्लास के साथ धरती को चूमा और अपने उद्धार के लिए भगवान को आँखों में आँसू भरकर धन्यवाद दिया। इसके बाद हम लोगों ने भोजन की सामग्री उतारी और पहाड़ पर चढ़ गए, क्योंकि वहाँ हम लोग अधिक सुरक्षित रह सकते थे। कारण कि हम लोग यह नहीं कह सकते थे कि जहाँ हम लोग उतरे थे वह ईसाई भूमि थी। हम लोगों ने समझा कि सवेरा देर से हुआ है और तब हम लोग पहाड़ के ऊपर चढ़ गए। यह देखना था कि कहीं आबादी है या नहीं, लेकिन हम लोगों को कहीं कोई घर, आदमी या रास्ता नहीं दीख पड़ा। हम लोगों ने आगे बढ़ते जाने का फैसला किया। हम लोगों की धारणा थी कि कोई-न-कोई तो जरूर मिल जाएगा जो वह बतला सके कि हम लोग कहाँ हैं। मुझे सबसे अधिक व्यथा जोरैदा को नुकीली चट्टानों के बीच पैदल चलते देखकर होती थी। मैं उसे अपने कंधे पर उठाकर कुछ दूर ले चलता, लेकिन उसके लिए मैं जो कष्ट उठा रहा था उससे वह उतनी ही परेशान थी जितना व्याकुल वह अपने कष्ट से थी। वह उसे सह रही थी। मेरा सहारा लेकर वह धैर्य से चलती रही। करीब पौन मील चलने पर हम लोगों को बंसी की मद्धिम आवाज़ सुनाई पड़ी। इससे हम लोगों ने अनुमान किया कि आस-पास कहीं भेड़ें हैं। चारों ओर गौर से देखने पर हम लोगों ने कार्क के पेड़ के नीचे एक गड़रिये को देखा जो बड़ी तन्मयता से अपने चाकू से छड़ी बना रहा था। हम लोगों ने उसे पुकारा। हम लोगों की ओर देखते ही वह तेजी से भागा। ऐसा मालूम होता है, जैसा बाद को हम लोगों ने सुना, कि सबसे पहले उसकी नज़र धर्म-परिवर्तित और जोरैदा पर पड़ी और उन्हें मूरों की पोशाक में देखकर उसने समझा कि बारबरी के सभी मूर उस पर चढ़ आए हैं। जंगल में भागकर रास्ते भर ज़ोरों से चिल्लाना शुरू किया कि मूर आ गए हैं। हथियार लेकर दौड़ो। उसकी चिल्लाहट सुनकर हम लोगों की समझ में नहीं आया कि क्या करें, लेकिन यह सोचकर उस गड़रिए की चिल्लाहट सुनकर लोग दौड़ पड़ेंगे और किनारे पर

के घुड़सवार रक्षक हम लोगों का पीछा करेंगे इससे हम लोगों ने तय किया कि धर्म-परिवर्तित अपनी तुर्की पोशाक उतार दे और गुलामों का कपड़ा पहन ले। हम लोगों में से एक ने अपना कोट उतारकर उसे दे दिया और वह खाली कमीज़ में रह गया। इस तरह भगवान का भरोसा करके हम लोग उसी तरफ चले, जिधर गड़रिये का लड़का भागा था। हम लोग सोच रहे थे कि किसी भी समय घुड़सवार आ धमकेंगे। हम लोगों का अनुमान गलत नहीं निकला; क्योंकि दो घंटे के भीतर ही हम लोग ज्योंही पहाड़ से उतरकर मैदान में आए हम लोगों ने पचास घुड़सवारों को अपनी ही ओर ही घोड़ों को सरपट दौड़ते आते देखा। उन्हें देखकर हम लोग उनकी प्रतीक्षा में खड़े हो गए। पास आने पर मूरों के बदले ईसाई गुलामों को देखकर वे आश्चर्यचकित हो गए। उन लोगों में से एक ने पूछा—'क्या तुम्हीं लोगों को देखकर गड़रिए के लड़के ने खतरे की सूचना दी थी?'

मैंने कहा—'जी हाँ', और मैं बतलाने लगा कि हम लोग कौन हैं और कहाँ से आ रहे हैं। हम लोगों के साथियों में से एक ने उस घुड़सवार को पहचान लिया जिसने पूछताछ की थी। मुझे बीच में ही रोककर उसने कहा—'भगवान को अनेक धन्यवाद है, कि उसने हम लोगों को ऐसे अच्छे इलाके में पहुँचा दिया। यदि मैं भूल नहीं कर रहा हूँ तो हम लोग वेलेज मलागा के पास हैं और यदि इतने दिनों की गुलामी ने मेरी स्मृति को मुझसे छीन नहीं लिया है तो मैं यह कह सकता हूँ कि आप, जिसने सवाल पूछा है, मेरे चाचा डान पेड्रो वस्टामेंटे हैं।' ईसाई गुलाम ने इतना कहा ही था कि वह भद्र पुरुष अपने घोड़े पर से कूदकर उस युवक गुलाम को छाती से लगाने के लिए दौड़ पड़ा और बोला—'मेरे भतीजे, मेरे आनंद, मेरे जीवन, मैं तुझे पहचानता हूँ। तुझे खोकर मैं, तेरी माँ तथा अन्य सगे-संबंधी जो अब तक जीवित हैं, अत्यंत शोकाकुल हैं। भगवान ने उन्हें ज़िंदा रखा है, ताकि तुझसे मिलने की खुशी उन्हें प्राप्त हो। हम लोगों ने सुना था कि तू अलजियर्स में है। तेरी और तेरे साथियों की पोशाक देखकर मैं अनुमान करता हूँ कि भगवान ने ही तुम लोगों का उद्धार किया है।'

युवक—'जी हाँ, ये महान् आश्चर्यजनक घटनाएँ हैं। सारा वृत्तांत आपको पीछे सुनाऊँगा।'

बाकी घुड़सवारों को जब मालूम हुआ कि हम लोग ईसाई हैं और गुलामी से छूटकर आए हैं तब वे लोग भी घोड़ों से उतर पड़े और वेलेज मलागा तक आने के लिए हम लोगों को घोड़े देने लगे, जो वहाँ से करीब ढाई-तीन मील था। कुछ लोग हम लोगों की नाव पर गए और उसे बंदरगाह में ले आए और बाकी

हम लोगों को अपने पीछे बैठकार ले चले। जोरैदा उस युवक के चाचा उस भद्र पुरुष के पीछे बैठी। सभी लोग जिन्हें हम लोगों की इस साहसिक यात्रा का थोड़ा बहुत समाचार मिला, हम लोगों से मिलने आए। उन्हें कैदियों से छुटकारा पाने और मूर कैदियों को देखकर आश्चर्य नहीं हुआ, क्योंकि उस समस्त किनारे पर वे लोग उसके अभ्यस्त थे। लेकिन उन्हें जोरैदा के सौंदर्य पर आश्चर्य हुआ, जो उस समय अपनी चरम सीमा पर था; क्योंकि चाहे यात्रा के उद्वेग के कारण हो, चाहे पुनः पकड़े जाने की आशंका से रहित होने के कारण अथवा ईसाई भूमि पर पहुँच जाने की खुशी के कारण हो, उसके चेहरे का रंग इतना सुंदर निखर आया था कि पक्षपात करने का दोष न हो तो मैं कह सकता कि वैसा सुंदर रूप मैंने कभी नहीं देखा था। हम लोग इस कृपा के लिए भगवान को धन्यवाद देने गिरिजाघर गए। हम लोगों के भीतर जाने पर वहाँ के चित्रों को देखकर जोरैदा ने कहा कि यहाँ कई ऐसे चित्र हैं जिनका चेहरा लेला मेरियन से मिलता-जुलता है। हम लोगों ने बतलाया कि वे लेला मेरियन के चित्र हैं और धर्म-परिवर्तित ने जहाँ तक उसके लिए संभव था, उनका इतिहास बतलाया; ताकि वह प्रत्येक को असली लेला मेरियन मानकर उनकी पूजा करे। जोरैदा की बुद्धि इतनी तीक्ष्ण थी कि चित्रों और मूर्तियों के बारे में जो कुछ कहा गया उसे उसने पूरी तरह समझ लिया। इसके बाद हम लोग अलग-अलग होकर नगर के भिन्न-भिन्न मकानों में बँट गए। वह युवक ईसाई गुलाम मुझे, जोरैदा और धर्म-परिवर्तित को अपने पिता के घर ले गया जहाँ अपनी हैसियत के अनुसार उन्होंने हम लोगों को बड़े आराम से रखा और अपने पुत्र की तरह हम लोगों का आदर किया। वेलेज में छः दिन रहने के बाद अपने कर्तव्य के बारे में आवश्यक जानकारी प्राप्त करके धर्म-परिवर्तित गुनाडा चला गया ताकि पवित्र धार्मिक संस्था द्वारा वह पुनः ईसाई धर्म में ग्रहण कर लिया जाए। बाकी ईसाई अपनी इच्छा के अनुसार जहाँ चाहें वहाँ जाने के लिए स्वतंत्र थे। जोरैदा और मेरे पास उन चालीस क्राउन के अतिरिक्त, जिन्हें विदा होते समय फ्रांसीसी लुटेरों के कप्तान ने दिया था और कुछ नहीं था। उससे मैंने यह गधा खरीदा जिस पर वह चलती है और नाव पर से उतरने के बाद से मैं उसका पिता और दोस्त हूँ, लेकिन पति नहीं। अब मैं यह देखने जा रहा हूँ कि मेरे पिता जी जीवित हैं या नहीं, मेरे भाइयों का भाग्य मुझसे अच्छा रहा है या नहीं, चूँकि भगवान की असीम कृपा से मुझे जोरैदा प्राप्त हुई है और मुझे उसका साथी बनाया है, मैं मानता हूँ कि इससे बढ़कर मेरे भाग्य में और कुछ नहीं हो सकता। दरिद्रता की असुविधा को वह जिस धैर्य के साथ बर्दाश्त

कर रही है और ईसाई हो जाने की जो उत्कट इच्छा वह प्रकट करती है उससे मैं बराबर उसकी प्रशंसा करता हूँ और यावज्जीवन उसकी सेवा और उसे प्यार करने के लिए बाध्य हूँ। मैं यह स्वीकार करता हूँ कि उसका हो जाने की आशा इस बात की आशंका से ज़रा भी क्षीण नहीं हुई है कि अपने गाँव में मेरा कोई स्वागत करेगा या नहीं अथवा उसके साथ ज़िंदगी बिताने के लिए मुझे कहीं ठाँव प्राप्त होगा या नहीं। संभवतः काल ने मेरे परिवार की स्थिति को इतना बदल दिया होगा कि यदि मेरे पिता और भाई मर गए होंगे तो मुझे पहचानने वाला भी कोई नहीं होगा।

संक्षेप में यह मेरी कहानी है। यह रोचक है या नहीं, यह तो आप ही लोग समझ सकते हैं। मैं उसे और विस्तार से कहना चाहता था, लेकिन आप लोग उकता न जाएँ, इस आशंका से मुझे कहानी के कई अंशों को संक्षिप्त करना पड़ा है।

14. सराय की अलौकिक घटना

उस अजनबी ने अपनी दास्तान समाप्त की। उस समय जमात की ओर से बधाई के तौर पर डान फर्डिनंड ने कहा—'सचमुच कप्तान, आपके भाग्य का विचित्र और आश्चर्यजनक खेल ही मनोरंजक नहीं है, बल्कि आपके कहने का अनोखा और मनोरम ढंग भी उतना ही असाधारण है। हम लोग इसके लिए आपके कृतज्ञ हैं। मेरा तो यह विश्वास है कि यदि आप इसका वर्णन दोबारा करें और कल तक होता रहे तो भी हम लोगों को आनंद ही आएगा।' कार्डेनियो तथा जमात के अन्य लोगों ने डान फर्डिनंड के साथ मिलकर उसे पुनः बसाने में पूरी सहायता का वचन दिया। उसकी बातों में इतनी सचाई और ईमानदारी थी कि कप्तान को पूरा भरोसा हो गया। डान फर्डिनंड ने तो यहाँ तक कहा कि यदि आप मेरे साथ चलना चाहें तो मैं अपने भाई मार्क्विस से जोरैदा के धर्मपिता बनने के लिए अनुरोध करूँगा और यहाँ मर्यादित तथा प्रतिष्ठित ढंग से रहने की सारी व्यवस्था कर दूँगा। लेकिन कप्तान ने उन कृपाओं के लिए उन लोगों को धन्यवाद दिया और कहा कि संप्रति मुझे इन चीज़ों की ज़रूरत नहीं है।

उस समय शाम होने को आ गई थी। तभी एक गाड़ी सराय के सामने आकर रुकी। उसके साथ कतिपय घुड़सवार भी थे। उन लोगों ने रहने का स्थान चाहा, सरायवाली ने कहा कि सराय ठसाठस भरी है, तिल रखने तक को जगह नहीं है। इस पर उन घुड़सवारों में से एक ने कहा—'यदि इससे दस गुना भी

सराय भरी होती तो भी तुम्हें महाविचारपति के लिए तो जगह देनी ही पड़ती, जो इस गाड़ी में हैं।'

सुनकर सरायवाली घबरा गई और उसने कहा—'महाशय, मामला स्पष्ट है, सराय में एक बिछावन भी खाली नहीं है। यदि महामान्य के पास अपना बिछावन हो, जिसकी बहुत कुछ संभावना है, तो यह घर उनका है। हम पति-पत्नी उनके लिए अपना कमरा ख़ाली कर देंगे।'

इस पर उन घुड़सवारों ने कहा—'यही करो।'

इसी समय एक भद्र पुरुष गाड़ी से उतरा जो देखने से ही बहुत प्रतिष्ठित और ऊँची मर्यादा का व्यक्ति प्रतीत होता था। यह उसके लंबे लबादे और ढीली आस्तीन से प्रकट होता था। उसके साथ सोलह साल की एक युवती थी, जो यात्रा की पोशाक में थी। उसके असीम सौंदर्य और आकर्षक व्यक्तित्व से सबकी आँखें उसकी ओर खिंच गईं। यदि दूसरी महिलाएँ वहाँ उपस्थित न होतीं तो उसके बाहरी सौंदर्य की तुलना करना कठिन होता।

उन्हें द्वार के पास देखकर डान क्विग्जोट ने कहा—'महोदय, आप इतमीनान से इस क़िले में प्रवेश करें और अपनी थकान मिटा लें। यद्यपि यह छोटा है और साधारण स्थिति का है, तो भी यहाँ वीरों और विद्वानों की बहुत अधिक क़द्र होती है और खासकर आपके समान उन वीरों और विद्वानों की, जो सौंदर्य को अपना पथ-प्रदर्शक बनाकर चलते हैं। इस सुंदरी महिला के आगमन पर केवल इस किले को ही अपना फाटक नहीं खोल देना चाहिए बल्कि इनके स्वागत-सत्कार के लिए चट्टानों को फटकर तथा पहाड़ों को झुककर स्थान बनाना चाहिए। इसलिए आप इस स्वर्ग में प्रवेश कीजिए। यहाँ आपको अनेक चमकते नक्षत्र मिलेंगे जो आपके साथ के स्वर्गीय सौंदर्य के साथ मिलकर और भी चमक उठेंगे। यहाँ आपको हथियार और सौंदर्य दोनों की उत्कृष्टता देखने को मिलेगी।'

डान क्विग्जोट की विचित्र वेशभूषा तथा बातों से विचारपति चक्कर में पड़ गया और अचानक तीन महिलाओं के आगमन से उसे और भी अधिक आश्चर्य हुआ, जो विचारपति तथा उस युवती के आगमन का समाचार सुनते ही उसके स्वागत के लिए आ गई थीं। डान फर्डिनंड, कार्डेनियो तथा पुरोहित ने विचारपति से ऐसे लहजे में बातें कीं कि उसने समझ लिया कि उसकी भेंट भद्र तथा प्रतिष्ठित लोगों से हुई है। यद्यपि डान क्विग्जोट की पोशाक और व्यवहार ने उसे स्तब्ध कर दिया था, क्योंकि उसकी अनर्गल बातों को वह नहीं समझ सका था। दोनों तरफ से साधारण शिष्टाचार के बाद उन लोगों ने सब बातों पर विचार

करके यही तय किया कि सभी महिलाएँ डान क्विग्जोट वाले कमरे में रहें और पुरुष उनकी रक्षा के लिए बाहर रहें। विचारपति अपनी पुत्री को उन महिलाओं के साथ रखने के लिए राजी हो गए और अपना तथा सरायवाले का बिछावन वग़ैरह मिलाकर उसने तथा उन भद्र पुरुषों ने रात बिताने का निश्चय किया।

विचारपति को देखते ही कप्तान के मन में यह विचार उठा कि यह मेरा ही भाई है। उसने नौकरों से उसका नाम और पूरा पता पूछा। नौकर ने कहा कि इनका नाम जुयान परेज डे बीडमा है और मुझे सूचना मिली है कि इनका जन्म लियोन की उपत्यका में हुआ था। यह तथा उसकी दृष्टि ने उसके इस खयाल को पुष्ट कर दिया कि वह उसका वही भाई है जिसने शिक्षा को अपना उद्‌देश्य चुना था। इस पर उसने डान फर्डिनंड, कार्डेनियो तथा पुरोहित को अलग ले जाकर यह खुशखबरी सुनाई। उसके नौकरों ने यह भी बतलाया कि उनके मालिक मैक्सिको की अदालत के विचारपति नियुक्त हो गए हैं और इंडीज जा रहे हैं। वह युवती उनकी एकमात्र बेटी थी। उसकी माँ बचपन में ही मर गई और अपने दहेज का एक हिस्सा अपनी बेटी को दे गई। तब से वह विधुर हैं और अत्यंत संपन्न हैं।

ये सब बातें बतलाकर उसने कहा—'आप लोगों की क्या राय है? क्या मैं तुरंत अपने भाई को अपना परिचय दे दूँ अथवा किसी उपाय से यह जानने की कोशिश करूँ कि अपने खोए हुए भाई के प्रति उनका क्या भाव है जिससे यह प्रकट हो जाए कि वे मेरा किस तरह से स्वागत करेंगे।'

पुरोहित—'आपके मन में इस तरह की आशंका क्यों उठ रही है?'

कप्तान—'चूँकि मैं गरीब हूँ, इससे किसी उपाय से उनके स्नेह की थाह लेना चाहता हूँ, क्योंकि यदि उन्हें मुझे अपना भाई स्वीकार करने में शर्म मालूम होगी तो मुझे अपने को प्रकट करने में उससे भी अधिक शर्म आएगी।'

पुरोहित—'तब इसकी व्यवस्था मेरे हाथ में छोड़ दीजिए। विचारपति का सौजन्य और सुशील व्यवहार प्रकट करता है कि उनमें घमंड का लेश-मात्र भी नहीं है। वे निश्चय ही सहर्ष आपका स्वागत करेंगे। पर आप उनके मन की बात जान लेना चाहते हैं, इसलिए मैं जानने का उपाय करूँगा।'

भोजन तैयार हो गया था। इससे सब लोग खाने बैठ गए। केवल कप्तान इन लोगों के साथ नहीं बैठा। उसने बगल के कमरे में औरतों के साथ खाना खाया। भोजन समाप्त हो जाने पर पुरोहित ने विचारपति से कहा :

'महामान्य, कई साल की बात है मैं कुस्तुन्तुनिया में बंदी था। वहाँ मेरा परिचय आप ही के नाम के एक सज्जन से हुआ। स्पेन की पैदल सेना के वे बड़े

ही सुयोग्य कप्तान थे। वे जितने वीर और साहसी थे उतने ही अधिक अभागे भी थे।'

विचारपति—'उनका क्या नाम था?'

पुरोहित—'रुई परेज डे बीडमा, लियोन पहाड़ों के किसी नगर के रहने वाले थे। उन्होंने अपने भाइयों, अपने तथा अपने पिता के बारे में विचित्र कहानी सुनाई थी। यदि किसी साधारण हैसियत के आदमी ने कहा होता तो मैं उसे निरी गप्प समझता। उन्होंने कहा था कि उसके पिता ने अपनी सारी संपत्ति को अपने बेटों में बराबर बाँट दिया था और उन्हें ऐसी उचित सलाह दी थी जैसी कैटो ही दे सकता है। उस सज्जन ने सैनिक सेवा को चुना। इसमें उन्हें इतनी सफलता मिली कि चंद साल में ही (अपनी वीरता से) वे पैदल सेना के कप्तान बना दिए गए। उनके कर्नल हो जाने की पूरी उम्मीद थी। लेकिन जहाँ उन्होंने भाग्य के वरदान की आशा की थी वहीं भाग्य ने उन्हें धोखा दिया। लेपेंटो के प्रसिद्ध युद्ध में कितने ही ईसाइयों को गुलामी से मुक्ति मिली लेकिन वे स्वयं गुलाम हो गए। मैं गोलेटा में बंदी बना लिया गया था। भाग्य के थपेड़ों में भटकते हुए अंत में कुस्तुन्तुनिया में हम लोगों का परिचय हुआ। वहाँ से हम लोग अलजियर्स लाए गए। अलजियर्स में उसके साथ जो विचित्र घटना घटी उसकी तुलना नहीं की जा सकती। इसके बाद पुरोहित ने कप्तान और जोरैदा की सारी कहानी सुना दी कि (विचारपति इतने ध्यान से सुनते रहे जितने ध्यान से वे अदालत में शायद मुकदमा भी नहीं सुनते होंगे) किस तरह फ्रांसीसी लुटेरों ने उनका सब कुछ छीन लिया और यह कि उस समय से उनका कोई समाचार नहीं मिला कि वे स्पेन वापस आए या फ्रांसीसियों द्वारा कैद कर लिए गए।

कप्तान एक कोने में खड़ा होकर सुन रहा था और पुरोहित की वार्ता सुनकर अपने भाई के चेहरे पर जो परिवर्तन हो रहा था उसे देख रहा था। पुरोहित के कह चुकने पर विचारपति ने गहरी साँस ली और आँखों में आँसू भरकर कहा—'आपको यदि यह मालूम हो जाए कि आपके वर्णन का मुझ पर क्या प्रभाव पड़ रहा है तो आप इन आँसुओं के प्रबल प्रवाह को क्षमा कर देंगे। जिस कप्तान की आपने चर्चा की है वे मेरे बड़े भाई हैं। वे शरीर से भी बहुत तगड़े थे और उनका हृदय भी बड़ा विशाल था। आपके साथी ने जैसा कहा था मेरे पिता ने जो तीन प्रस्ताव रखे थे उनमें एक सैनिक सेवा भी थी, जिसे उन्होंने अपनाया। मैंने शिक्षा को अपनाया और मेरे दूसरे भाई ने पेरू में बहुत बड़ी जमींदारी खरीदी। उन्होंने पिताजी को उसमें से उतना दे दिया कि वे अपनी उदार प्रवृत्ति को मजे

से चरितार्थ कर सकें। उन्होंने मुझे भी अपना अध्ययन जारी रखने के लिए तथा इस वर्तमान पद पर पहुँचने के लिए काफी धन दिया। मेरे पिताजी अभी तक जीवित हैं, लेकिन अपने सबसे बड़े बेटे का कोई समाचार न पाने के कारण दिनों-दिन छीजते जा रहे हैं और भगवान से प्रतिदिन प्रार्थना करते हैं कि अनंत निद्रा की गोद में आँखें मूँदने से पहले एक बार वे अपने उस बेटे का मुँह देख लें। अन्य बातों में उनके सद्विचारों का खयाल करके यह विचित्र मालूम होता है कि उन्होंने अपने सुख या दुख के बारे में पिताजी को कभी एक शब्द भी नहीं लिखा। यदि उन्हें या हम लोगों को उनके पकड़े जाने का लेश-मात्र भी पता मिल गया होता तो हम लोग उनके उद्धार के लिए उस मूर महिला के बेंत वाली अद्भुत घटना की प्रतीक्षा नहीं करते। आपकी बातों से मैं घोर चिंता में पड़ गया हूँ कि अपनी लूट को छिपाने के लिए कहीं फ्रांसीसियों ने उन्हें मार डाला हो। इस विचार से मेरी यात्रा का सारा आनंद किरकिरा हो जाएगा, जिसे मैं अत्यंत सुख से संपन्न करना चाहता था। मेरे प्यारे भाई, यदि तुम्हारा पता मुझे मिल जाए तो तुम्हारे उद्धार के लिए मैं अपनी सारी संपत्ति और प्राण भी ख़तरे में डाल दूँगा। यदि पिताजी को यह मालूम हो जाए कि तुम ज़िंदा हो। यद्यपि तुम बारबरी के अंधकारमय और जघन्य जेल में हो, उनका, मेरा और भाई का सारा धन तुम्हारे उद्धार के लिए निछावर कर दिया जाएगा। उस उदार और सुंदरी जोरैदा को हम लोग क्या मुआवज़ा दे सकते हैं और किन शब्दों में अपनी कृतज्ञता प्रकट कर सकते हैं? भगवान करे मुझे वह शुभ घड़ी देखनी नसीब हो जब जोरैदा का आत्मिक पुनर्जन्म हो, वह ईसाई-संप्रदाय में दीक्षित हो, मेरे भाई के साथ उसका आत्मिक और वैवाहिक संबंध संपन्न हो। उस दिन हम लोगों को न जाने कितनी खुशी होगी।'

इस तरह के उद्गारों को विचारपति ने इस उद्देश्य के साथ प्रकट किया कि सभी का दिल करुणा से भर गया।

पुरोहित ने अपनी युक्ति को सफल होते देखकर और अधिक जाँच करने की आवश्यकता नहीं समझी। सभी लोगों को इस उत्कंठा की अवस्था से मुक्त करने के लिए वह महिलाओं के कमरे में गया तथा अन्य महिलाओं के साथ वह जोरैदा को पकड़ लाया तथा दूसरे हाथ से कप्तान को पकड़कर उसने दोनों को विचारपति के सामने उपस्थित करते हुए कहा—'महामान्य, अपने शोक को दूर करें और अपने हृदय को आनंद का उपभोग करें। आपके प्यारे भाई और उनका उद्धार करने वाली सुंदरी आपके समक्ष उपस्थित हैं। यही कप्तान बीडमा

है और यही अलजियर्स की सुंदरी है। फ्रांसीसियों ने केवल इन्हें इस अधोदशा को पहुँचाया है ताकि आपकी उदारता के लिए जगह हो जाए।'

कप्तान विचारपति को गले लगाने के लिए बढ़ा। उन्होंने दोनों हाथों से पकड़कर उसे रोक रखा और अच्छी तरह से उनका निरीक्षण करके उसे पहचानने के बाद इस तरह उनसे लिपट गए कि सबों के दिलों में करुणा उभर आई। दोनों भाई प्रेम-भाव से बातें करने लगे और उन दोनों का परस्पर प्रेम इतना हृदयग्राही और असाधारण था, उनकी खुशी इतनी व्यापक थी कि उसकी केवल कल्पना ही की जा सकती है।

इसके बाद वे दोनों भाई अपने-अपने भाग्य में चित्र-विचित्र खेलों की चर्चा करने से और बीच-बीच में भ्रातृ-जनित प्रेम से एक-दूसरे से लिपटते रहे। फिर बाद में विचारपति ने जोरैदा को छाती से लगा लिया और कहा कि मेरी सारी संपत्ति तुम्हें अर्पित है। अपनी बेटी से भी उन्होंने जोरैदा का आलिंगन करने के लिए कहा। उस सुंदरी ईसाई युवती और खूबसूरत मूर महिला की सरल बातें इतनी हृदयग्राही थीं कि सारी जमात की आँखों से आनंदाश्रुओं की वर्षा होने लगी।

उधर डान क्विग्जोट इन विचित्र घटनाओं को गौर से देखता रहा और आश्चर्य करता रहा। उसे वह केवल जादू का प्रभाव मानता था जैसा कि वीर धर्म में होता ही रहता है।

सारी जमात की सलाह से जोरैदा और कप्तान ने अपने भाई के साथ सैबिल जाने का निश्चय किया, जहाँ से कप्तान अपने पिता को अपने छुटकारे और आगमन की सूचना दे, ताकि बूढ़ा जोरैदा को ईसाई धर्म में दीक्षित करे तथा दोनों की शादी का यथासंभव जल्दी आयोजन भी कर डाले। विचारपति इंडीज के लिए रवाना हुए। वे रुक नहीं सकते थे, क्योंकि नए स्पेन जाने के लिए जुडियन जहाजी बेड़ा सैबिल में तैयार था जो उसी महीने खुलने वाला था।

जमात के सभी लोगों के मन के अनुकूल सारी बातें हो जाने के बाद तथा रात अधिक बीत जाने के कारण सभी लोग सोने चले। लेकिन डान क्विग्जोट ने कहा कि मुझे पहरा देना आवश्यक है; क्योंकि इस किले में सौंदर्य का जो अतुल ख़जाना जमा हो गया है कहीं उसके लोभ में कोई ज़ालिम या दैत्य रात को खतरा न उपस्थित कर दे। सब लोगों ने इसके लिए उसे धन्यवाद दिया। उसके पागलपन की बात सुनकर विचारपति भी कम खुश नहीं हुए।

सो न सकने के कारण सैंकोपांका बहुत ही बेचैन और झुँझलाया हुआ था। जीन को बिछाकर उसने अपने लिए बिस्तर का प्रबंध कर लिया था, लेकिन वह उसे बहुत महँगा पड़ा, जैसा कि आगे प्रकट होगा। महिलाएँ अपने कमरे में सोने चली गईं, पुरुष भी विश्राम करने लगे। डान क्विग्जोट किले के फाटक पर पहरा देने लगा। इसी समय किसी के गाने की ऐसी मधुर धुन सुनाई पड़ी कि उसने ध्यान अपनी ओर खींच लिया—खासकर डोरोथिया का, जिसके साथ विचारपति की बेटी क्लारा डे वीडमा सो रही थी। किसी की समझ में वह बात आ भी नहीं सकती कि बिना वाद्ययंत्र के ऐसा मधुर संगीत कौन प्रस्तुत कर सकता है। कभी वह धुन आँगन से और कभी अस्तबल से आती प्रतीत होती थी। यह सुनकर कार्डेनियो ने धीरे से महिलाओं के कमरे का दरवाज़ा खटखटा कर पूछा—'क्या आप लोग जाग रही हैं? ऐसे मधुर संगीत के होने पर भी क्या कोई सो सकता है? आप लोग सुन नहीं रही हैं क्या? क्या कोई हरकारा ऐसा मीठा गा रहा है?'

डोरोथिया—'जी हाँ, हम लोग अच्छी तरह सुन रही हैं।'

डोरोथिया और अधिक ध्यान से वह गाना सुनने लगी:

15. युवक खच्चर वाले की विचित्र दास्तान

शंकाओं और आशंकाओं से आक्रांत मैं प्रेम के तूफानी सागर
पर तिरा हूँ,
आराम से दूर, तट से दूर मैं किसी रूपसी का उपहार हूँ,
सौभाग्य का खिलौना,
फिर भी मेरा हृदय नैराश्य को स्वीकार नहीं करता जब कि
मैं अपनी पथप्रदर्शक तारिका की खोज करता हूँ,
किंतु गंभीरता बादल की तरह यदा-कदा
उसकी किरणों को ढक देती है,
दृष्टि को तीख्ण करते हुए उस अंधकार को भेदो, अपनी
चमक की तरह मांगलिक बनो
तुम जब अपनी किरणों को छिपा लेती हो या तीव्र कर देती हो,
तुम्हारा प्रेम डूबने लगता है या तिरने लगता है।

डोरोथिया ने सोचा कि डोना क्लारा को ऐसे मधुर संगीत को सुनने का अवसर देना अनुचित न होगा। इसलिए उसने धीरे से हिलाकर उसे जगाया।

उसके जाग जाने पर डोरोथिया ने कहा—'इस तरह तुम्हारी नींद में बाधा डालने के कारण मुझे क्षमा करना। तुम यह जानकर मुझे क्षमा कर दोगी कि मैंने तुम्हें इसलिए जगाया है कि इस अद्वितीय मधुर संगीत का तुम आनंद लो।' डोना क्लारा पूरी तरह चैतन्य नहीं थी। इसलिए डोरोथिया की बात उसकी समझ में नहीं आई। इसलिए उसने उन बातों को फिर से कहने का आग्रह किया। डोरोथिया के पुनः कहने पर डोना क्लारा सुनने के लिए बाध्य हो गई, लेकिन उस संगीत के दो पद सुनने से वह इस तरह काँपने लगी मानो उसे जड़ैया बुखार आ गया हो और तब डोरोथिया का प्रगाढ़ आलिंगन करके उसने गहरी उसाँसें लेकर कहा—'आपने मुझे क्यों जगाया? यदि मैं अपना कान बंद कर लेती तो मुझे सबसे अधिक खुशी होती। ओह, अभागा गायक!'

डोरोथिया—'क्या बात है? क्या तुम्हें मालूम है कि वह गायक कोई खच्चर वाला है?'

डोना क्लारा—'जी नहीं, वह वैसा कुछ नहीं है। वह बहुत बड़ो जमींदारी का उत्तराधिकारी है। मेरे हृदय पर उसका ऐसा जबरदस्त अधिकार है कि यदि वह उसकी उपेक्षा नहीं करेगा तो यह सदा उसका ही रहेगा।'

इस युवती की उस तरह की प्रणय-संबंधी बातें सुनकर डोरोथिया को महान आश्चर्य हुआ; क्योंकि उस तरह की कम उम्र के लोगों से वे बातें बहुत आगे थीं। उसने कहा—'तुमने इस रहस्यपूर्ण ढंग से कहा है कि मैं तुम्हारी बात ठीक-ठीक नहीं समझ सकती, जब तक कि तुम अपने दिल और आहें तथा इस गायक के बारे में साफ-साफ कुछ न बतलाओ, जिसकी आवाज़ ने तुम्हारी यह हालत कर दी है। खैर उन बातों की अभी चर्चा मत करो, क्योंकि मैं उसके संगीत के सुख से वंचित होना नहीं चाहती। मुझे ऐसा प्रतीत होता है कि वह दूसरा गीत गाने जा रहा है।'

डोना क्लारा—'आप खुशी से सुनें।' इतना कहकर उसने अपने कानों को बंद कर लिया, ताकि वह न सुन सके। उस पर भी डोरोथिया उसकी प्रशंसा करने से नहीं चूकी। फिर संगीत सुनने लगी। उसने निम्नलिखित गीत सुना:

आशा

आशे अपराजिते! भय हुआ भयभीत तुझसे
शूरों का अंत तक साथ देती तू है,
जब कातर प्राणी पाता शान्ति तेरी गोद में
मृत्यु जी उठती उसे तू जो देती छू है।

धैर्य की तू आत्मा है, कुछ नहीं होकर भी सब-कुछ सदा से,
सुख के भविष्य का वर्तमान मसविदा है तू।
प्राणदायक रसायन, तू दयालु छलिया।
मित्र मुझे छोड़ दे, भाग्य मुझे ठग जाए
प्रेमिका मेरी मुझे तज दें, सुख साथ छोड़ दे
प्रेम और तू—आशे—नहीं छोड़ सकती मुझको।

आशा शार्दूल पक्षिराज पारकर कितने मरुथल,
उड़ता अबाधित अपने लक्ष्य की ओर अविरल
मरकर भी निज भस्म से जो जी उठे बार-बार
बुद्धि होती भ्रमित और राह दीखती न कहीं
तू विश्वास बनकर हाथ धरकर हमारा
ऐसे में भी आगे बढ़ जाती हमें प्यार से सराहती
अनुचित होकर भी कहीं न तू निन्द्य है,
कष्ट विघ्नकारिणी, द्रुत आनंदविधायिनी।

दासी तू न, स्वामिनी तू, शत्रु-संहारिणी!
भाग्य वह राजा है जो पराक्रमी योद्धा को
ही देता कृपा अपनी
लोग कहते हैं प्रेम सदा आशावान होता है।
अतएव मैं अपनी प्रेयसी का पीछा न कभी छोड़ूँगा
वह सकुचाई 'ना' 'ना' करती
भागती भले रहे:
सत्य है कि इस क्षण लोटता हूँ धरती पर
थका-हारा मैं अभागा
पर वह दिन भी होगा जब रीझकर मुझ पर
मुझे उठा बाहुपाशबद्ध कर लेगी
मेरी स्वामिनी।

यहाँ आकर आवाज़ समाप्त हो गई और डोना क्लारा की आहें शुरू हुईं, इससे डोरोथिया के मन में अति तीव्र उत्सुकता जागृत हो उठी कि इस तरह विचलित कर देने वाले संगीत और उस तरह के करुण उलाहने का कारण जाने।

उसने डोना क्लारा से उन बातों के कहने का आग्रह किया जिसे उसने शुरू किया था। क्लारा के मन में इस बात की आशंका उठी कि कहीं लुसिंडा उसकी बातें सुन न ले। इसलिए वह डोरोथिया के एकदम पास चली आई और उसके कान के पास अपना मुँह इस तरह सटा दिया कि किसी के सुनने की आशंका उसे नहीं रही। तब उसने यों कहना शुरू किया :

"यह गायक अरागन के एक भद्र पुरुष का पुत्र है। इसका पिता बहुत बड़ा ज़मींदार है। मैड्रिड में इसका मकान मेरे पिता के मकान के सामने था। यद्यपि जाड़े में खिड़कियों पर टाट का और गर्मी में झिलमिली[1] लगी रहती थी, तो भी मैं नहीं कह सकती कि किस तरह उसने—जो इस समय स्कूल का छात्र था—मुझे देख लिया। मैं नहीं कह सकती कि उसने मुझे गिरजे में देखा था या कहीं अन्यत्र। सारांश यह कि वह मुझ पर आसक्त हो गया। मेरी खिड़की के सामने उसकी खिड़की थी। उससे अनेक तरह के इशारों और आँसुओं से उसने अपने प्रेम को मुझ पर इस तरह प्रकट किया कि मैं उसकी तरफ आकृष्ट हो गई और उसके प्रेम पर विश्वास करके उससे प्रेम करने लगी। नहीं जानती थी कि मैं ऐसा क्यों कर रही हूँ। जो इशारे वह करता था उसमें एक इशारा दोनों हाथ जोड़कर विवाह की इच्छा प्रकट करने का था। मैं हृदय से यह बात चाहती थी तो भी मैं किसी से कह नहीं सकती थी। मैं मातृहीना थी और मेरे पास कोई ऐसा नहीं था जिसके हाथ मैं इस तरह का नाज़ुक काम सौंपती। इसलिए मैं चुपचाप इसे बर्दाश्त करती रही। मैंने उसे और कोई प्रोत्साहन नहीं दिया; सिवा इसके कि जब मेरे और उसके पिता बाहर रहते थे तब मैं टाट या झिलमिली को ज़रा-सा हटा देती थी और वह मुझे देख लेता था। इससे उसे इतनी खुशी होती कि कोई देखता तो उसे पागल समझता। अंत में मेरे पिता को अपने काम से बाहर जाना पड़ा। उतनी जल्दी तो नहीं, लेकिन उस युवक को न जाने किस तरह उनके प्रस्थान से पहले यह बात मालूम हो गई। मेरे लिए उसके पास संवाद भेजना असंभव था। इससे उसे इतनी गहरी चोट लगी कि, जहाँ तक मैं समझती हूँ, वह बीमार पड़ गया। इतना कि प्रस्थान के दिन मुझे उसकी झलक तक नहीं मिली कि मैं उसे विदा होते समय देख लेती। दो दिन की यात्रा के बाद एक गाँव की सराय में जब हम पहुँचे, जो यहाँ से एक दिन का रास्ता है, मैंने उसे सराय के फाटक पर देखा। उसने खच्चर वाले की पोशाक इस तरह पहन रखी

1. स्पेन में खिड़की में शीशा लगाने का रिवाज नहीं था।

थी कि उसे पहचान सकना मेरे लिए असंभव होता यदि उसका चित्र मेरे तरुण हृदय पर अंकित न होता। मैंने उसे पहचाना और उसे देखकर मुझे अत्यंत खुशी हुई। उसने भी मुझे देखा, लेकिन पिताजी को इसका पता नहीं चल सका। यात्रा में जब वह सामने आ जाता है अथवा जब हम लोग सराय में पहुँचते हैं तब वह पिताजी की दृष्टि बचा जाता है। मैं जानती हूँ कि वह कौन है और इस तरह पैदल चलने में उसे कितनी पीड़ा और थकान होती होगी। मेरे कारण उसे जो कष्ट उठाना पड़ रहा है उसकी याद करके मैं मर जाने के लिए तैयार हूँ। जहाँ कहीं वह अपना पैर रखता है वहाँ मैं अपनी आँखें बिछा देती हूँ। मेरी समझ में नहीं आता कि इस प्रयास में उसका क्या उद्‌देश्य है। मैं नहीं समझ पाती कि वह अपने पिता से भागकर किस तरह आ सका। उसका पिता उसे अत्यंत प्यार करता है; क्योंकि पहले तो उसकी कोई दूसरी संतान और वारिस नहीं है, दूसरे यह लड़का बहुत गुणी है। उसे देखकर तुम भी स्वीकार करोगी। मैं ज़ोर देकर कह सकती हूँ कि उसने अभी जो कुछ गाया है वह उसी की रचना है; क्योंकि मैंने सुना है कि वह बहुत बड़ा विद्वान और कवि है। मैं जब कभी उसे देखती हूँ या गाते सुनती हूँ तो इस तरह चौंक उठती हूँ और काँपने लगती हूँ मानो मैंने कोई भूत देखा हो। डर लगता है कि कहीं मेरे पिता को मालूम न हो जाए। मैंने उनसे आज तक एक शब्द भी नहीं कहा है। यही इस गवैये का परिचय है, जिसके संगीत से आप इतनी आनंदित हुई हैं। केवल इतने से ही आपको विश्वास हो जाएगा कि वह कोई साधारण खच्चरवाला नहीं है, जैसा कि आपने कहा था, बल्कि यह बहुत बड़ी ज़मींदारी का और मेरे हृदय का मालिक है, मैं कह रही हूँ।'

डोरोथिया ने उसे अनेक बार चूमकर कहा—'बस, सब ठीक है। तुम सुबह तक धीरज धरो। मैं भगवान में विश्वास करती हूँ कि तुम्हारे इस मामले को मैं इस तरह सुलझा दूँगी कि इसका आरंभ जितना निष्पाप है, उसका अंत भी उतना ही सुखद होगा।'

क्लारा—'मैं कैसे इस सुखद अंत की आशा कर सकती हूँ? उसका पिता इतना धनी है और ऐसे कुलीन वंश का है कि वह मुझे अपने पुत्र की नौकरानी के योग्य भी नहीं समझेगा, उसकी पत्नी होने की बात तो दूर रही। इसके साथ मैं किसी भी हालत में पिताजी की अनुमति के बिना शादी नहीं कर सकती। मैं केवल इतना ही चाहती हूँ कि यह भद्र पुरुष घर लौट जाए और मेरा पीछा करना छोड़ दे। संयोग की बात है कि हमें बहुत दिनों तक यहाँ से अनुपस्थित रहना है

और दूरी इतनी है कि जो व्यथा मुझे संप्रति विकल कर रही है, वह बहुत कुछ कम हो जाएगी। यद्यपि मुझे भय है कि जिसे मैं अपना उपचार समझ रही हूँ कहीं वही मेरी बीमारी का कारण न बन जाए। मैं नहीं सोच सकती कि कहाँ से और किस तरह उसके लिए यह अनुराग मेरे हृदय में जाग उठा; क्योंकि हम दोनों अभी युवक हैं, दोनों समान उम्र के ही होंगे। मेरे पिताजी कहते थे कि संत माइकल के अगले भोग (अर्थात् 29 सितंबर) से पहले मैं सोलह साल की होऊँगी।'

उस युवती को इतनी सिधाई से बातें करते सुनकर डोरोथिया हँसे बिना नहीं रह सकी। बोली—'जितनी रात बाकी है उतनी में हम लोगों को सो लेना चाहिए। सवेरा होने पर हम लोग तुम्हारे दुख को सुख में परिणत कर देंगे। आशा है कि मेरा निर्णय मुझे धोखा नहीं देगा।'

इसके बाद वे दोनों सोने चली गईं। सराय में पूरा सन्नाटा छा रहा था, केवल सरायवाले की बेटी और मेरिटोर्नेस जाग रही थीं। डान क्विग्जोट की कमज़ोरी को अच्छी तरह जानने के कारण और यह कि वह फाटक के बाहर घोड़े पर सवार पहरा दे रहा था, उन दोनों के मन में खुराफात सूझी। उन दोनों ने उसके साथ मज़ाक करना चाहा ताकि उसका अनर्गल प्रलाप सुनने का उन्हें मौक़ा मिले।

आप लोगों को यह जान लेना चाहिए कि सराय में मैदान की तरफ केवल एक खिड़की थी। वह भी खिड़की क्या थी, केवल कूड़ा फेंकने के लिए छेद था ये दोनों औरतें उसी छेद के पास आईं। वहाँ से उन लोगों ने देखा कि डान क्विग्जोट घोड़े पर बैठा हुआ और अपने भाले पर झुका हुआ कभी-कभी ऐसी गहरी और शोकाकुल आँहें लेता है मानो प्रत्येक आह के साथ उसका कलेजा फटकर निकला जा रहा हो। उन्होंने यह भी लक्ष्य किया कि वह मन्द प्रणयशील बोली में कह रहा था :

'ओ! स्वर्ग की देवी डलसीनिया डेल टोबोसा! समग्र पूर्णता की देवी! विवेक की पूर्णता और सार! सुकोमल आकृति और आचरण का आगार! सद्गुणों का खजाना! और एक शब्द में विश्व की समग्र शालीनता, सौंदर्य और गुणों की मूर्ति! इस घड़ी तू कौन-से उत्कृष्ट काम में लगी होगी? मैं आशा करता हूँ कि तेरा ध्यान तेरे उस कैदी वीर योद्धा में निमग्न होगा जो तेरे लिए हर तरह के खतरों का सामना अपनी इच्छा से करता है। ओ, त्रिआंकुर प्रकाश पुंज! मुझे उसका कुछ समाचार दो! संभवतः इस समय तुम उसे डाह से देख रहे हो जबकि

वह अपने विशाल प्रासाद के किसी बरामदे में टहल रही है या अपनी आरामदेह खिड़की पर झुकी हुई यह सोच रही है कि किस तरह अपनी मर्यादित और बड़प्पन की रक्षा करती हुई वह मेरी यातनाओं को कम करे और मधुर बनावे जो उसके प्रेम के कारण मेरे हृदय को व्यथित कर रही है। मेरी व्यथा के लिए वह क्या पुरस्कार देगी, मेरी चिंताओं को वह किस तरह शमन करेगी, मेरी मृत्यु को वह क्या जीवन-दान देगी और मेरी सेवाओं के लिए वह क्या उपहार देगी और तू प्रकाशमान नक्षत्र, जो इस समय तक मेरी उपास्य डलसीनिया के यहाँ जल्द-से-जल्द पहुँचने के लिए अपने घोड़ों को जोते हों, मैं तुझसे प्रार्थना करता हूँ कि उसके पास पहुँचकर सबसे पहले मेरी नम्र प्रणति उससे कहना। लेकिन इस बात का खयाल रखना कि उसके साथ साक्षात् होने पर जब तुम उससे बातें करो तब तुम उसका मुँह मत चूम लेना। अगर तुमने वैसा किया तो मैं तुमसे उससे कहीं अधिक डाह करने लगूँगा जितनी डाह तुम्हें उस तेज चाल वाले कृतघ्न से हुई थी।... जिसने तुम्हें थैसली के मैदान में या पेन्यूस के किनारों पर दौड़ाया था और परेशान किया था। मुझे स्मरण नहीं कि प्रेम और डाह से चलता हुआ तू उनमें से किस राह होकर दौड़ा था।'

इतना सुनकर सरायवाले की बेटी ने उसे धीरे से पुकारकर कहा—'वीर योद्धा महोदय, कृपया जरा इस तरफ तो आइए!'

यह सुनते ही डान क्विग्जोट ने अपना सिर घुमाया और चंद्रमा के शुभ प्रकाश में उसने देखा कि छेद से उसे कोई बुला रहा है जिसे उसने सुसज्जित लोहे की छड़ों से पूर्ण बड़ी खिड़की समझा था, जो विशाल किले के उपयुक्त होती; क्योंकि उसने सराय को किला मान रखा था। अचानक उसके ध्यान में आया कि उसके शरीर के सौंदर्य से आकृष्ट होकर किले की स्वामिन की बेटी, सुंदरी युवती उससे प्रेम करने आई है, जैसाकि उसने पहले एक बार किया था। इस विचार से कि वह असभ्य और कृतघ्न न प्रतीत हो, उसने रोजिनांटे का रुख फेरा और छेद के पास आया। वहाँ दो सुंदरी छोकरियों को देखकर उसने कहा—'सुंदरी युवतियो! मुझे खेद है कि आपने ग़लत जगह अपना प्रेम आश्रित किया है क्योंकि आपकी योग्यता और सौंदर्य के अनुसार वहाँ से प्रतिदिन मिलना असंभव है। तो भी इस उदासीनता के लिए आप लोग इस अभागे भ्रमणशील वीर योद्धा की निंदा करें, क्योंकि प्रेम ने उसे इतना हीन बना दिया है कि वह उसके सिवा दूसरे का गुलाम नहीं हो सकता जिसने उसके हृदय पर पूरा अधिकार जमा रखा है। इसलिए सुंदरियो, मुझे क्षमा करो और अपने कमरे में वापस जाओ। मैं आपसे प्रार्थना

करता हूँ कि प्रेम-प्रसंग की इससे अधिक चर्चा करके मुझे उससे कम कृतज्ञ या विनम्र न बनावें जितना मैं होना चाहता हूँ। लेकिन मेरे लिए आपके हृदय में जो अनुराग है उसके कारण प्रेम के अतिरिक्त यदि आप मुझसे कोई दूसरी सेवा चाहती हैं तो आप स्वतंत्रता से उसका आदेश कर सकती हैं और मैं अपनी अनुपस्थिति पर सर्वसुंदरी दुश्मन (प्रेयसी) की शपथ खाकर कहता हूँ कि मैं आप लोगों की हर तरह की सेवा करने के लिए तैयार हूँ। चाहे वह मेडूसा का बाल ही क्यों न हो जो केवल साँप ही है, अथवा काँच की बोतल में बंद सूर्य की किरणों में आपकी माँग क्यों न हो।'

मेरिटोर्नेस—'वीर योद्धा महोदय, मेरी महारानी इन चीज़ों में से एक भी नहीं चाहती।'

डान क्विग्जोट—'तब उनका क्या आदेश है?'

मेरिटोर्नेस—'केवल आपके सुंदर हाथ को प्राप्त करने का गौरव-मात्र; ताकि उनके उत्कट प्रेम की अल्प तुष्टि हो जाए जिसके कारण अपनी मर्यादा को ख़तरे में डालकर वे यहाँ तक आई हैं। क्योंकि यदि यह बात उनके पिता को मालूम हो जाए तो इसकी सबसे कम सज़ा इनका एक कान काट लेना होगा।'

डान क्विग्जोट—'क्या वे ऐसा साहस कर सकते हैं? लेकिन मैं जानता हूँ कि वे ऐसा साहस नहीं कर सकते यदि अपनी प्रणयिनी पुत्री के शरीर का एक अंग काटने की क्रूरता करके अपने प्राण नहीं बचाना चाहते हों।'

मेरिटोर्नेस को पक्का विश्वास हो गया कि डान क्विग्जोट निश्चय ही उसकी इच्छा पूरी करेगा। अपनी सारी तरकीब पहले से ही स्थिर कर लेने के कारण वह अस्तबल में दौड़ गई और क्षण-भर में सैंकोपांका के गधे का पगहा खोलकर और लेकर ठीक उस समय छेद के पास पहुँची जब डान क्विग्जोट रोजिनांटे की जीन पर खड़ा हो रहा था जिससे उसका हाथ छड़दार खिड़की तक पहुँच सके जहाँ प्रणयिनी युवती के होने की कल्पना उसने कर रखी थी। अपना हाथ उसकी तरफ बढ़ाकर उसने कहा—'लीजिए वह हाथ, जो संसार के सभी बुरा काम करने वालों का संहारक है। लीजिए वह हाथ, जिसे आज तक किसी महिला ने नहीं छुआ। नहीं, उसने भी नहीं, जिसका मेरे शरीर पर पूरा अधिकार है। मैं इसलिए हाथ नहीं बढ़ा रहा हूँ कि आप इसे चूमें बल्कि इसलिए कि आप इसकी नसों का गठन, पुट्ठों का बंधन तथा रक्त की नलियों का फैलाव देखें जिससे आप यह जान सकें कि इस हाथ की बाँहें कितनी बलिष्ठ होंगी।'

मेरिटोर्नेस—'हम लोग अभी इसका निरीक्षण करेंगी।'

इतना कहकर उसने पगहे में जो फंदा बनाया था उसे डान क्विग्जोट की कलाई में डाल दिया और तब छेद से नीचे उतरकर उसने पगहे के दूसरे छोर को दरवाजे की साँकल में कसकर बाँध दिया।

डान क्विग्जोट ने महसूस किया कि जो कंगन उसे प्रदान किया है वह बहुत ही रूखा है। उसने कहा—'आप लोग मेरे हाथ की प्रशंसा न करके उसका दुरुपयोग कर रही हैं। लेकिन उसके साथ ऐसी बेरहमी का बर्ताव न करें, क्योंकि मेरे प्रेम प्रकट न करने का कारण वह नहीं है। यह भी उचित नहीं है कि आप अपने क्रोध का सारा वेग इस तुच्छ अंग पर उतारें। सोचिए कि जिन्हें सच्चा अनुराग है वे बदला लेने के लिए इतने क्रूर नहीं हो सकते।'

लेकिन उसके उद्‌गारों को सुनने वाला वहाँ कोई नहीं था, क्योंकि उसका हाथ बाँधने के बाद ही वह अपनी युवती मालकिन के साथ हँसते-हँसते बेदम होकर भाग गई थी और उसे इतनी कड़ाई से बाँध दिया था कि छुटा लेना असंभव था।

वह रोजिनांटे की जीन पर उसी तरह खिड़की में बाँहें डाले खड़ा रहा और पगहा साँकल में बँधा रहा। उसे इस बात का गहरा भय था कि यदि रोजिनांटे एक पग भी इधर-उधर सरक गया तो वह फिसल जाएगा और बाँह के बल लटका रहेगा; इसलिए वह रत्ती भर भी नहीं हिला-डुला। यद्यपि वह अच्छी तरह जानता था कि रोजिनांटे इतना शांत व नरम प्रकृति का है कि यदि उसे उकसाया न जाए तो अपने मन से किसी भी हालत में जन्म भर भी हिल-डुल नहीं सकता।

अपने को इस तरह बँधा पाकर और औरतों को गायब देखकर वह तुरंत इस नतीजे पर पहुँचा कि यह सब जादू का प्रभाव है जिस तरह पहली यात्रा में इसी किले में जादू से प्रभावित मूर (लदवाहे) ने उसे बुरी तरह आहत किया था। तब वह अपनी बुद्धि और आचरण को कोसने लगा कि एक बार उस दुर्गति के साथ उसे किले से बचकर निकल जाने के बाद भी उसने दोबारा वहाँ आने का साहस किया—क्योंकि भ्रमणशील वीर योद्धाओं के बारे में यह अनुभव सिद्ध हुआ कि यदि प्रथम प्रयास विफल गया तो वह इस बात का संकेत है कि उनसे वह काम पूरा नहीं हो सकता, बल्कि उसे कोई दूसरा ही पूरा करेगा और इसलिए वे उस काम में पुनः हाथ नहीं डालते। उसने अपना हाथ खींचने का साहस किया यह देखने के लिए कि वह अपने को मुक्त कर सकता है या नहीं, लेकिन बंधन इतना दृढ़ था कि उसका सारा प्रयास व्यर्थ गया। उसने बड़ी सावधानी और सतर्कता से हाथ को खींचा था, क्योंकि रोजिनांटे के हट जाने का उसे भय था।

वह निश्चय ही जीन पर बैठ गया होता लेकिन उसने देखा कि या तो वह खड़ा रहे या अपनी बाँह से हाथ धोए। सैकड़ों बार उसे अमाडिस की तलवार की याद आई जिस पर जादू का कोई असर नहीं होता था। तब वह अपने भाग्य को कोसने लगा। उसने सोचा कि जब तक मैं उस जादू के प्रभाव के अंदर रहूँगा तब तक संसार की बड़ी क्षति होगी। जादू की बात पर उसे पक्का विश्वास था तभी उसे अपनी उपास्य डलसीनिया की याद आई। उसने अनेक बार अपने विश्वासी परिचारक सैंकोपांका का नाम लेकर पुकारा, जो प्रगाढ़ निद्रा के वशीभूत होकर अपने गधे की पलीती पर लंबा पसरा पड़ा था। उसे दीन दुनिया की सुध नहीं थी। तब अभागे वीर योद्धा ने जादूगर लिगैर्निडयो और अलकुइफे से अपनी मदद के लिए प्रार्थना की। निराशा और लज्जा से अभिभूत साँड की तरह चिल्लाते हुए उस पर प्रातःकाल का आक्रमण होने को हुआ। उसे इस बात की आशा नहीं थी कि वह दिन होने पर अच्छा हो जाएगा या उसके कष्ट का शमन होगा, जिसे वह अनंत मानता था। रोजिनांटे भी पहाड़ की तरह अटल था और हिलता-डुलता नहीं था। वह यह समझता था कि वह या उसका घोड़ा रोजिनांटे तब तक खा-पी या सो नहीं सकेंगे और उसी हालत में पड़े रहेंगे जब तक कि उसके बुरे ग्रह का प्रभाव दूर नहीं होगा या कोई उससे भी शक्तिशाली जादूगर उस जादू के प्रभाव को नष्ट नहीं करेगा।

लेकिन यह भ्रांत विचार था, क्योंकि सवेरा होने से पहले ही चार घुड़सवार युद्ध-वेश से पूर्ण, जीन के उन्नत भाग में बंदूक लटकाए हुए वहाँ आ पहुँचे और सराय का फाटक बंद पाकर उसे ठोकने और ज़ोर-ज़ोर से चिल्लाने लगे। यह शोर-गुल डान क्विग्जोट के कान में पड़ा। वह जहाँ था वहीं से दंभ और रुखाई से बोल उठा—'वीर योद्धा का परिचारक या और जिस किसी श्रेणी के तुम हो इस किले के दरवाज़ों को अब मत खटखटाओ। तुम्हें जान लेना चाहिए कि जो लोग इस किले के अंदर हैं वे इस समय या तो शांति के साथ सो रहे हैं अथवा वे तब तक किले का फाटक खोलने के आदी नहीं है जब तक कि फीनस (सूर्यदेव) धरती पर प्रकट नहीं हो जाता। इसलिए वहाँ से हटकर सूर्योदय की प्रतीक्षा करो और तब हम लोग देखेंगे कि तुम्हारे लिए फाटक खोलना संभव है या नहीं।' उनमें से एक ने कहा—'क्या बकबक करता है, यह कौन-सा किला या दुर्ग है कि हम लोग बाहर खड़े होकर प्रतीक्षा करते रहें?'

उन्होंने कहा—'मित्र, तुम यदि सराय के मालिक हो तो कृपा करके फाटक खोलने के लिए कह दो, क्योंकि हम लोगों को आगे बढ़ने की जल्दी है और यहाँ हम लोग केवल घोड़ों को दाना खिला देना चाहते हैं।'

डान क्विग्जोट—'महोदय, तब क्या मैं सराय वाला-सा लगता हूँ!'

दूसरा घुड़सवार—'तू कैसा लगता है, यह तो हम नहीं जानते; पर तू पागलों की तरह बातें करता है जो इस सराय को किला कहता है।'

डान क्विग्जोट—'यह किला ही है, और इस इलाके का सर्वोत्तम किला। इसके अंदर वह है जिसके हाथ में राजदंड था और सिर पर ताज।'

यात्री ने कहा—'इसके प्रतिकूल यह कहना उपयुक्त होता कि राजदंड उसकी पूँछ में और ताज उसके हाथ में है। यह असंभव नहीं है कि सराय के भीतर उन घुमक्कड़ों की जमात हो जो बहुधा इस तरह का दंड हाथ में और ताज सिर पर रखते हैं, जिनकी तू डींग हाँक रहा है; क्योंकि हाथ में राजदंड और सिर पर ताज रखने वाला कोई भी व्यक्ति इस तरह की तुच्छ सराय में डेरा नहीं डाल सकता, जहाँ किसी की आवाज़ तक सुनाई नहीं देती।'

डान क्विग्जोट—'तुम्हें संसार का बहुत अधिक अनुभव नहीं है, क्योंकि भ्रमणशील वीर कर्म में जो दुर्घटनाएँ होती हैं, उनका तुम्हें ज्ञान नहीं है।'

जो घुड़सवार डान क्विग्जोट के साथ इस तरह की बे-मतलब की बातें कर रहा था उसके साथी उसकी मूर्खतापूर्ण बातों से तंग आ गए और इसलिए इतने ज़ोर से फाटक को पीटना शुरू किया कि सरायवाला और उसके सभी मेहमान जाग गए। सरायवाला यह पूछने के लिए उठा कि फाटक पर कौन है।

इधर रोजिनांटे, उदास और मनमारे, अपने कानों को लटकाए हुए निश्चलता के साथ अपने स्वामी को पीठ पर लादे था जो उस पर खड़े थे। इसी समय उन घुड़सवारों के घोड़ों में से एक घोड़ा रोजिनांटे को सूँघने के लिए उसके पास तक आया।

रोजिनांटे शुद्ध अँग्रेजी रक्त का था, यद्यपि लकड़ी का कुंदा-सा हो गया था, संज्ञाहीन नहीं रह सका। जो घोड़ा उसे तसल्ली देने और मन-बहलाव करने आया था उसे सूँघने के लिए घूमने से बाज़ नहीं आ सका। लेकिन वह अपनी जगह से मुश्किल से एक इंच ही हटा था कि डान क्विग्जोट के पैर जो अब तक एक साथ थे, फैल गए और जीन से लड़खड़ाकर ज़मीन पर आ गया होता यदि उसकी कलाई पगहे से कसकर बँधी न होती। उससे उसे इतनी पीड़ा होने लगी कि उसने समझा कि उसका हाथ कटा जा रहा है या उसकी बाँह शरीर से अलग

की जा रही है। वह ज़मीन के इतना पास था कि वह अपने पंजे की नोक से धरती को छू सकता था। उससे उसकी पीड़ा और भी बढ़ गई। वह देख रहा था कि जमीन पर पैर रखने के लिए उसे कितना कम नीचे सरकने की ज़रूरत है। वह उसके लिए हिल-डुलकर पूरा प्रयत्न करने लगा। उसकी हालत ठीक उन लोगों के समान थी जिन्हें रस्से में बाँधकर लटकाया जाता है। वे भी इसी भ्रम में अपने अंगों को फैलाते हैं कि एकाध इंच फैल जाने पर उनका पैर ज़मीन पर आ जाएगा। इस तरह वे अत्यधिक पीड़ा की यातना उठाते हैं।

16. सराय की विचित्र घटना (2)

डान क्विग्जोट का आर्त स्वर सुनकर सराय वाला फाटक पर पहुँचा और दरवाज़ा खोल दिया। इस तरह की भयानक चीख सुनकर वह घबरा गया था और वे अजनबी भी कम विस्मित नहीं हुए थे। उस चिल्लाहट से मेरिटोर्नेस की नींद भी टूट गई और उसका कारण समझकर वह सीधे साँकल के पास दौड़ी और पगहे को खोल दिया। उसके खोलते ही डान क्विग्जोट धड़ाम से ज़मीन पर गिर पड़ा। सरायवाला तथा वे अजनबी उसके इस अभाग्य का कारण जानने के लिए उसके पास पहुँच गए। उनके सवालों की उपेक्षा करके उसने अपनी कलाई को बंधन-मुक्त किया, ज़मीन से उछलकर खड़ा हो गया, रोजिनांटे पर सवार हो गया, अपना भाला सम्हाला, ढाल को सामने किया और मैदान का बड़ा गोल चक्कर काटकर सरपट वापस आया और बोला—'कौन यह कहने का साहस या हौसला कह सकता है कि मुझ पर जादू किया गया था? यदि शाहजादी मिकोमिकोना मुझे छुट्टी दे दें तो मैं उसकी झुठाई को साबित कर सकता हूँ और तत्काल द्वंद्व-युद्ध करके अपनी बात को सिद्ध कर सकता हूँ।'

डान क्विग्जोट की बातें सुनकर वे घुड़सवार आश्चर्य करने लगे, लेकिन सरायवाले ने उसके पागलपन की बात कहकर उन्हें शांत किया और कहा कि उस ओर ध्यान देने की ज़रूरत नहीं है। तब उन लोगों ने सरायवाले से पूछा कि क्या कोई सोलह साल का युवक खच्चर वालों की पोशाक में तुम्हारी सराय में ठहरा है? उन्होंने और शिनाख़्त और पहचान बताई, जो डोना क्लारा के प्रेमी से एकदम मिलती-जुलती थी। सरायवाले ने कहा कि इस समय सराय में इतने लोग ठहरे हैं कि इस तरह के वेश वालों पर कोई विशेष ध्यान नहीं दिया जा सकता। इसी समय एक घुड़सवार की निगाह विचारपति की गाड़ी पर जा पड़ी। उसने अपने साथियों से कहा—'यह वही गाड़ी प्रतीत होती है जिसका अनुसरण

करने की बात हमारे मालिक के बारे में कही जाती है। इसलिए यह निश्चित है कि वे यहीं होंगे। हम लोगों को समय नहीं खोना चाहिए। एक आदमी फाटक पर चौकसी के लिए रहे और बाकी लोग भीतर घुसकर उनकी खोज करें। लेकिन ठहरो! एक आदमी को मकान के पीछे चला जाना चाहिए, नहीं तो वे पीछे के रास्ते से भागकर निकल सकते हैं।' दूसरे ने कहा कि तुम्हारा कहना सही है और इस तरह वे लोग बँट गए। सरायवाला यद्यपि यह समझ गया कि जिसका हुलिया उन्होंने बतलाया है उसी युवक की खोज वे कर रहे हैं, पर उसकी समझ में नहीं आया कि इतनी तत्परता से खोज-ढूँढ़ का कारण क्या है?

इस वक्त तक दिन निकल आने से तथा डान क्विग्जोट की चिल्लाहट से सराय के सभी लोग जाग पड़े थे—खासकर वे दो महिलाएँ, डोरोथिया और डोना क्लारा, जिन्हें बहुत कम नींद आई थी। डोना क्लारा इस खयाल के कारण कि उसका प्रेमी उसका इतने निकट था और डोरोथिया इस कारण से कि उसे देखने की उत्कट लालसा उसके मन में थी।

डान क्विग्जोट यह देखकर कि घुड़सवार उसकी तथा उसकी ललकार की लेशमात्र भी परवाह नहीं कर रहे हैं, क्रोध और घृणा से फट पड़ने के लिए तैयार था। यदि वह वीर धर्म के नियमों की उपेक्षा कर सकता—जिसके अनुसार वीर योद्धा जब तक एक अभियान को पूरा नहीं कर ले तब तक दूसरे अभियान के लिए अग्रसर नहीं हो सकता—तो वह उन पर प्रहार कर देता और उन्हें इस तरह क्षति पहुँचाकर बाध्य करता; लेकिन शाहज़ादी मिकोमिकोना को राजगद्दी पर बैठाने के लिए वचनबद्ध होने के कारण उसके हाथ बँधे हुए थे। इसलिए वह अपने को रोकने के लिए बाध्य हो गया। यह देखने के लिए कि उनकी खोज-ढूँढ़ का काम कहाँ समाप्त होता है उनमें से एक ने उस युवक को साईसों के पास गहरी नींद में सोया पाया। उसे स्वप्न में भी वह शंका नहीं थी कि कोई उसका पीछा कर रहा है या उसका पता लग जाएगा। उसका हाथ पकड़कर झकझोरते हुए उस घुड़सवार ने कहा—'ऐ, ऐ, डान लेविस, जिन वस्त्रों को तुमने पहन रखा है वे बड़े ही सुंदर हैं और तुम्हारी हैसियत के भद्र पुरुष के अनुकूल भी। तुम्हारी माँ ने जिस यत्न और दुलार से तुम्हें पाला-पोसा उसके उपयुक्त ही तुम्हारा यह हेय बिस्तर भी है!' उस युवक ने अपनी उनींदी आँखें मलीं और उन्हें उनकी ओर फेरते ही उसने पहचान लिया कि वह उसके पिता का नौकर है। वह आश्चर्य से स्तब्ध रह गया।

वह घुड़सवार कहता गया—'बस, आपके लिए केवल एक ही रास्ता है। हिम्मत बाँधिए और अपने पिता के पास लौट चलिए; क्योंकि यदि आप वापस नहीं गए तो उनकी मृत्यु निश्चित है।'

डान लेविस—'मेरे पिता को कैसे मालूम हुआ कि मैं इस निवास में इधर ही आया?'

घुड़सवार—'तुमने अपनी बात अपने एक सहपाठी से कही थी। तुम्हारे गायब हो जाने से तुम्हारे पिता का विलाप देखकर उसे करुणा आ गई और उसी ने सारी बातें बतलाईं। बूढ़े मालिक ने तुम्हारी खोज के लिए हम चार नौकरों को तुरंत रवाना किया और हम चारों आपकी सेवा के लिए प्रस्तुत हैं। हम लोगों की खुशी का ठिकाना नहीं है। अपने प्रिय पुत्र को पास पहुँचा देने के लिए वे हम लोगों की तारीफ करेंगे।'

डान लेविस—'यह तो मेरी खुशी और भगवान पर निर्भर है।'

घुड़सवार—'घर लौट चलने के अलावा भगवान और आप और क्या चाहेंगे? उठिए, इस संबंध में अधिक बात करने की ज़रूरत नहीं है, आप घर चलेंगे और आपको चलना ही पड़ेगा।'

जो साईस डान लेविस के पास सोया था, यह विवाद सुनकर अपनी जगह से उठा और सारी बातें डान फर्डिनंड, कार्डेनियो तथा उन अन्य लोगों से कहीं, जो कपड़े पहन चुके थे। सारी बातचीत बतलाकर उनसे यह भी कहा कि इस युवक को वे लोग डान (प्रतिष्ठा की उपाधि) कहते हैं। वे लोग उसके मधुर सुर से पहले से ही प्रभावित थे। उसके बारे में ये सब बातें सुनकर उन्हें और भी विस्मय हुआ। यह सोचकर कि यदि उसके साथ किसी तरह का ज़ोर-ज़ुल्म किया जाएगा तो उसकी मदद करेंगे, वे लोग उस जगह तुरंत पहुँचे जहाँ वह अपने पिता के नौकर से बहस कर रहा था।

इस समय तक डोरोथिया अपने कमरे से निकल आई थी उसके साथ डोना क्लारा भी, जो अस्त-व्यस्त हालत में थी। डोरोथिा ने कार्डेनियो को एकांत में ले जाकर डान लेविस तथा डान क्लारा की बातें संक्षेप में कह दीं। कार्डेनियो ने उसे बतलाया कि उसके पिता तथा नौकर उसे लेने आ गए हैं। डान क्लारा ने उनकी बातें सुन लीं। उसे इतनी ज्यादा घबराहट हुई कि यदि डोरोथिया ने दौड़कर उसे पकड़ न लिया होता तो वह बेहोश होकर ज़मीन पर गिर जाती। कार्डेनियो ने कहा कि मैं इस मामले को सफल रीति से सुलझाने का प्रयत्न करूँगा। तुम इस अस्वस्थ महिला को लेकर कमरे में जाओ।'

अब तक उसे खोजने वाले चारों घुड़सवार उसके पास आ गए थे और उससे आग्रह कर रहे थे कि अपने पिता को शांत करने के लिए उसे तुरंत घर वापस चलना चाहिए।

डान लेविस—'जिस काम को मैंने अपने हाथ में ले लिया है उस पर मेरी मर्यादा और भावी सुख निर्भर है, इसलिए उसे पूरा किए बिना लौटना असंभव है।'

घुड़सवार—'आपको पा जाने के बाद आपको साथ लिए बिना वापस जाना हमारे लिए असंभव है। यदि आप राज़ी से नहीं चलेंगे तो आपको ज़बरदस्ती उठाकर ले जाएँगे।'

लेविस—'मुझे मारकर ही ऐसा कर सकते हो।'

इस पर सभी लोग उस विवाद में शामिल हो गए; डान फर्डिनंड, कार्डेनियो, उसके साथी, विचारपति, हज्जाम, पुरोहित और डान क्विग्जोट भी; क्योंकि किले की रखवाली करना अब उसने अनावश्यक समझा।

कार्डेनियो को उस युवक की दास्तान मालूम थी। उसने घुड़सवारों से पूछा—'किस कारण अथवा किस अधिकार से आप इस युवक को ज़बरदस्ती ले जाएँगे?'

एक घुड़सवार—'महाशय, हम लोग जो करने जा रहे हैं, उसका गुरुतर कारण है। इनके पिता का जीवन इनके लौट जाने पर ही निर्भर करता है।'

डान लेविस—'महोदयगण, मैं अपनी बातें कहकर आप लोगों को परेशान नहीं करना चाहता, मैं केवल इतना ही कहना चाहता हूँ कि मैं भद्र लोगों में से हूँ और मैं किसी का आश्रित नहीं हूँ कि मेरी प्रवृत्ति के ख़िलाफ़ कुछ भी करने के लिए कोई मुझे बाध्य करे।'

घुड़सवार—'जी नहीं, विचार-बुद्धि आपको बाध्य करेगी। वह आपको भले ही द्रवित न करे, लेकिन हम लोग तो उससे बाध्य हैं कि हम लोगों को जो आदेश मिला है उसका हम पालन करें। आपको वापस चलने के लिए विवश करके हम लोग केवल उस आदेश का पालन करेंगे।'

विचारपति—'ठहरो, पहले हम लोगों को सारी बातें समझ लेने दो।'

उनमें से एक घुड़सवार विचारपति को पहचानता था। उसने कहा—'महामान्य विचारपति! क्या आप अपने पड़ोसी के पुत्र को नहीं पहचानते? वह अपने पिता के घर से भाग आया है और इन वस्त्रों को पहन रखा है जो उसके कुल के लिए भारी कलंक हैं। आप अच्छी तरह समझ सकते हैं।'

विचारपति ने गौर से देखकर उसे पहचान लिया। उसे प्रणाम करके उन्होंने कहा—'यह क्या मज़ाक है, डान लेविस? तुम किस षड्यन्त्र के फेर में हो कि तुमने यह वेश बना रखा है, जो तुम्हारी मर्यादा के सर्वथा विपरीत है?'

वह युवक कोई उत्तर नहीं दे सका। उसकी आँखें सजल हो गईं। उसकी बेचैनी देखकर विचारपति ने उन चारों नौकरों से कहा—'तुम लोगों को कष्ट उठाने की ज़रूरत नहीं है। इनको मेरी देख-रेख में छोड़ दो। मैं तुम लोगों के संतोष के अनुरूप ही सब कुछ करूँगा।'

इतना कहकर वे डान लेविस को अपने साथ ले आए और उसके इस तरह भागने का कारण पूछा।

इस बातचीत के बीच में उन लोगों को सराय के फाटक पर बहुत शोर-गुल सुनाई दिया। इसका कारण दो पादरी थे, जो रात-भर सराय में टिके थे और सवेरे सारे परिवार को उन घुड़सवारों के मामले में फँसा देखकर बिना भाड़ा चुकता किए ही चंपत हो जाना चाहते थे। लेकिन सरायवाले को दूसरों के काम की अपेक्षा अपने काम का कहीं ज्यादा ख़याल रहता था। उसने ठीक मौके पर उन्हें पकड़ा और उनकी कमीनी चाल की कड़ी निंदा करता हुए अपना भाड़ा माँगा। इसके बदले में उन लोगों ने उसे इस तरह थप्पड़ और ठोकरों से मारना शुरू किया कि बेचारा मदद के लिए चिल्ला उठा। उसकी पत्नी और पुत्री ने सबसे अधिक बेकार डान क्विग्जोट को पाया। उसकी बेटी ने उसकी खुशामद करते हुए कहा—'भगवान ने आपमें जो क्षमता दी है उसका उपयोग करके मेरे पिता की रक्षा कीजिए, जिनका दो शैतान भुर्ता बना रहे हैं।'

डान क्विग्जोट ने बड़े इतमीनान के साथ गंभीर वाणी में कहा—'सुंदरी! आपकी प्रार्थना संप्रति स्वीकार नहीं की जा सकती। मैंने जिस साहसिक काम का बीड़ा उठा रखा है उसे पूरा किए बिना मैं दूसरे काम में हाथ न डाल सकने के लिए विवश हूँ। मुझसे अधिक-से-अधिक इतनो ही सेवा की आशा कर सकती हो कि इस महत्त्वपूर्ण काम में मैं जो सलाह दूँ उसे करो। तुम अति शीघ्रतापूर्वक अपने पिता के पास जाओ और उनसे कहो कि वह दृढ़ता के साथ मोर्चे पर डटे रहें तब तक उनकी मदद के लिए मैं शाहज़ादी मिकोमिकोना से आदेश लेकर आता हूँ। उनका आदेश मिल जाने पर मैं तुम्हारे पिता के बचाव के लिए जो कुछ करूँगा उस पर किसी तरह का संदेह नहीं करना चाहिए।'

मेरिटोर्नेस ने उसकी बात सुनकर कहा—'मैं भी कैसी बदक़िस्मत हूँ। जब तक तुम यह आदेश प्राप्त करोगे तब तक तो मेरे स्वामी दूसरी दुनिया में पहुँच जाएँगे।'

डान क्विग्जोट—'अगर वे नर्क में या शैतान के पास होंगे तो भी मैं उन्हें वापस लाऊँगा अथवा उनके पतन का उनके दुश्मनों से इतना भयानक बदला लूँगा कि उनके ज़िंदा दोस्तों को पूरा संतोष हो जाएगा।'

उसने बातचीत का सिलसिला तोड़ा और डोरोथिया के पास जाकर उसके सामने साष्टांग पड़कर उससे विचित्र ढंग से प्रार्थना की—'इस किले का शासक बहुत ही खतरनाक युद्ध में संलग्न होने के कारण मरने वाला है। आप मुझे आदेश दें कि मैं यहाँ से प्रस्थान करके उसकी रक्षा करूँ।'

शाहजादी ने उसे बड़ी खुशी से रवाना किया। इस पर उसने अपनी ढाल सम्हाली और तलवार लेकर सराय के फाटक की ओर दौड़ा जहाँ दोनों मुसाफिर बड़ी निर्दयता के साथ सरायवाले को पीट रहे थे। वहाँ पहुँचकर वह एकाएक रुक गया, यद्यपि सरायवाली और मेरिटोर्नेस ने उससे दो-तीन बार गिड़गिड़ाकर पूछा कि वचन देकर आप सहायता करने से क्यों हट रहे हैं?

डान क्विग्जोट—'क्योंकि वीर धर्म के नियमों का आदेश है कि मैं ऐसे किसी व्यक्ति के ख़िलाफ़ हथियार नहीं उठा सकता जो वीर योद्धा-संप्रदाय का नहीं है। तुम लोग मेरे परिचारक को बुलाओ। यह उसका क्षेत्र है।'

इस बीच सराय के फाटक पर डंडों और मुक्कों से खूब मार-पीट हुई और गरीब सरायवाला बुरी तरह पीटा गया। डान क्विग्जोट के इस तरह पीछे पैर रखने से तथा सरायवाले के असमान लड़ाई के कारण सरायवाली और उसकी बेटी और मेरिटोर्नेस, जो वहाँ खड़ी थीं, पागल-सी हो गईं।

दूसरी ओर विचारपति उस युवक से यात्रा करने का कारण पूछ रहे थे। विचारपति के प्रश्न से उसकी आँखों से इस तरह आँसू बह चले मानो वह अत्यंत शोक-संतप्त हो। उसने बड़े उद्वेग के साथ अपने हाथों को मोड़ा और कहा :

'महामान्य, मैं बिना किसी भूमिका या आडंबर के आपसे कहना चाहता हूँ कि भगवान ने जिस दिन आपको मेरा पड़ोसी बनाया और मैंने आपकी पुत्री तथा अपनी प्रेयसी डोना क्लारा को देखा उसी दिन मैंने अपना सारा स्नेह उस पर उड़ेल दिया। आपको मैं अपना पिता मानता हूँ। आपसे नहीं छिपा सकता कि वह इसी क्षण मेरी पत्नी बनने के लिए तैयार है। उसी के लिए मैंने अपने पिता के घर का त्याग किया है, उसी के लिए मैंने अपने को इस तरह छिपाया है और

इसी तरह मैं दुनिया के अंत तक उसका अनुकरण करता रहूँगा। मेरा पथ-प्रदर्शन करने के लिए वही मेरा ध्रुवतारा है और मेरी इच्छाओं का वही अंतिम ध्येय है। मेरे अनुराग की बात उसके कानों ने नहीं सुनी हैं, लेकिन मेरी आँखों से बहते आँसुओं से वह इसे समझ सकती है। आप मेरे वैभव और मेरे वंश को जानते हैं। यदि उनका कोई मूल्य है तो मैं उन्हें उसके चरणों में अर्पित करता हूँ और तब आप इसी क्षण मुझे पुत्र रूप में स्वीकार करें। यदि मेरे पिता, इस समय विपरीत कारणों से प्रेरित होकर मेरी इच्छा को स्वीकार न करें, तो एक दिन आकर रहेगा जब उनका मत बदल जाएगा।'

इतना कहकर वह प्रेमी युवक चुप हो गया। उसके प्रेम की इस अनोखी चर्चा से विचारपति को अत्यधिक विस्मय हुआ। उनकी समझ में नहीं आया कि ऐसे नाजुक मामले में वह एकाएक क्या निर्णय लें। इसलिए उन्होंने उससे कहा–'तुम अपने को शांत करो और अपने नौकरों के साथ वापस जाओ और उन्हें राजी करो कि वे मुझे एक दिन का समय दें कि मैं विचार करूँ कि क्या करना उचित होगा।'

डान लेविस ने बलात् विचारपति का हाथ चूमकर अपनी कृतज्ञता प्रकट की। उसकी आँखों से इस तरह आँसुओं की धारा बह चली कि पशु का भी हृदय पिघल जाता, विचारपति तो सांसारिक जीव थे। उन्हें अपनी पुत्री के लिए ऐसा सुयोग्य वर मिल रहा था। परंतु डान लेविस के पिता की अनुमति प्राप्त करने में उन्हें संदेह था, क्योंकि वह अपने पुत्र का विवाह किसी कुलीन वंश में करना चाहते थे।

इस समय तक डान क्विग्जोट की धमकी की अपेक्षा अनुनय-विनय से सराय के फाटक पर झगड़ा खत्म हो गया था और अपना किराया देकर दोनों यात्री चले गए थे तथा लेविस के नौकर विचारपति के साथ उसकी बातचीत का परिणाम जानने की प्रतीक्षा में थे। इसी समय (यह भी एक दुर्घटना ही थी) वह हज्जाम आ गया जिसे डान क्विग्जोट ने मैम्ब्रिनो के शिरस्त्राण से वंचित किया था और सैंको ने पलानी से। वह चुपचाप अपने जानवर को अस्तबल में ले जा रहा था कि उसने सैंको को पलानी की मरम्मत करते देख लिया। उसने उसे तुरंत पहचान लिया और बेसब्री के साथ उस पर झपटकर बोला–'चोर और पाजी कहीं का! अंत में मैंने तुझे अपने गधे की पलानी के साथ पकड़ ही लिया!'

इस तरह अचानक मार पड़ने तथा इस अश्लील तरीक़े से गाली दिए जाने के कारण सैंको ने एक हाथ से कसकर पलानी को पकड़ा और दूसरे हाथ से

हज्जाम के जबड़े पर ऐसा घूँसा मारा कि उसके दाँतों से खून बहने लगा। फिर भी हज्जाम उस चीज़ को पकड़े रहा जिसे सैंको ने भी पकड़ रखा था। वह इतनी ज़ोर से चिल्लाया कि उस झगड़े और शोर-गुल से मकान के सभी लोग डर-से गए। हज्जाम ने कहा :

'महानुभावो, राजा के नाम पर मेरी सहायता कीजिए, क्योंकि इस पाजी ने मुझे आम सड़क पर लूट लिया है और अब मैंने अपना माल पकड़ा है तो यह मुझे मार डालना चाहता है।'

सैंको—'यह झूठ है। यह आम सड़क पर लूट नहीं थी, बल्कि मेरे स्वामी डान क्विग्जोट ने लड़ाई के मैदान में लड़कर इसे जीता था, यह जीत का माल है।'

इसी वक्त डान क्विग्जोट भी आ पहुँचा। इस अवसर पर अपने परिचारक के व्यवहार से उसे अत्यंत गर्व था। उसने उसे जोशीला आदमी समझा और अवसर मिलते ही उसे वीर योद्धा की उपाधि से विभूषित कर देने का उसने निश्चय किया। उसने देखा कि उसका साईस इस संप्रदाय के लिए भूषण होगा! अन्य चीज़ों के बीच जिस पर हज्जाम ने अपना दावा साबित करना चाहा, उसने कहा—'महोदयगण, यह पलानी मेरी है। यह उतना ही सत्य है जितनी सत्य मेरी मृत्यु। मैं इसे खूब पहचानता हूँ मानो यह मेरे साथ ही जन्मी हो। इतना ही नहीं मेरा गधा भी मेरी ओर से गवाही देगा। आप इस पलानी को उसकी पीठ पर आज़माइए, यदि यह उसकी पीठ पर सटीक न बैठ जाए तो आप लोग मुझे झूठा करार दीजिए। इतना ही नहीं, जिस दिन इन लोगों ने मेरी यह पलानी छीनी थी उसी दिन मेरा नया बर्तन भी छीन लिया जो कभी काम में नहीं लाया गया था और जिसका मूल्य एक क्राउन मुझे देना पड़ा था।'

डान क्विग्जोट अब चुप नहीं रह सका। वह दोनों के बीच में घुस गया और दोनों को अलग करके पलानी को ज़मीन पर तब तक के लिए रखवा दिया जब तक कि अंतिम फैसला न हो जाए। उसने कहा—'इस माननीय जमात को मालूम होना चाहिए कि यह आदमी कितनी भूल कर रहा है। आप लोग ध्यान दीजिए कि यह उस चीज़ को बर्तन बतलाकर उसका कितना अधिक अपमान कर रहा है जो वास्तव में मैम्ब्रिनो का शिरस्त्राण था, है और रहेगा। इसे मैंने लड़ाई के मैदान में इससे जीता और अपने बाहुबल से अपने को इसका मालिक बनाया। जहाँ तक पलानी की बात है उसकी चर्चा करना मेरी मर्यादा से बहुत नीचे है। उस संबंध में मैं इतना ही कह सकता हूँ कि मेरे परिचारक ने मुझसे प्रार्थना की कि उस विजित कायर घोड़े की जीन लेकर अपने जानवर पर कस लूँ। उस काम के लिए

उसे मेरी आज्ञा प्राप्त थी और उसने उसे कस लिया। घोड़े की जीन को गधे की पलानी में बदल देने के बारे में केवल इतना ही कहा जा सकता है कि वीर कर्म में इस तरह के परिवर्तन प्रायः होते रहते हैं। इसकी पुष्टि के लिए सैंको, तुम उस शिरस्त्राण को हाजिर करो जिसे यह बर्तन बतलाता है।'

सैंको–'मैं ईमान से कहता हूँ कि यदि आपको केवल इतना ही कहना है तो मैम्ब्रिनो का शिरस्त्राण सचमुच तुच्छ बर्तन साबित होगा जिस तरह के इस आदमी का साज साधारण पलानी है।'

डान क्विग्जोट–'मैं जो कहता हूँ उसका पालन करो। मैं यह मानने के लिए तैयार नहीं हूँ कि इस किले में सभी बातें जादू के सहारे चलेंगी।'

सैंको बर्तन ले आया। डान क्विग्जोट ने उसे अपने हाथ में ले लिया और कहा–'आप ही लोग बतलाइए कि यह किस मुँह से यह धृष्ट इसे साधारण बर्तन बतलाता है, मैम्ब्रिनो का शिरस्त्राण नहीं? जिस वीर कर्म में मैं दीक्षित हूँ उसकी सौगंध खाकर कहता हूँ कि यह वही शिरस्त्राण है जिसे मैंने इस आदमी से जीता था। इसमें किसी तरह की घटी-बढ़ी नहीं हुई है।'

सैंको–'यह तो मैं भी सौगंध खाकर कहता हूँ कि इस शिरस्त्राण को पहनकर मेरे स्वामी केवल एक बार लड़े थे। यह वही युद्ध था जिसमें उन्होंने उन कृतघ्न नाव चलाने वाले कैदी गुलामों को छुटकारा दिलाया जिसके पुरस्कार में रोड़ों की वर्षा से उन लोगों ने इनका सिर चकनाचूर कर दिया होता, यदि इस शिरस्त्राण ने इनकी खोपड़ी की रक्षा नहीं की होती।'

17. बर्तन और शिरस्त्राण के झगड़े का फैसला

हज्जाम–'महोदयगण, इस बारे में हम लोग आपका मत जानना चाहते हैं। मैं समझता हूँ कि आप लोग इस शिरस्त्राण को बर्तन ही बतलाएँगे।'

डान क्विग्जोट–'जो इस तरह की बात कहने का साहस करता है, वह अगर वीर योद्धा है तो स्पष्ट झूठ बोल रहा है और यदि साधारण आदमी है तो घृणा के योग्य है।'

पुरोहित के साथ हज्जाम (जो सारी बातों को जानता था) इस मज़ाक को और भी मनोरंजक बनाने के लिए और विनोद को कुछ देर जारी रखने के लिए दूसरे हज्जाम से बोला–'हज्जाम महाशय, यदि मैं आपको किसी उपाधि से संबोधित नहीं कर रहा हूँ तो इसके लिए क्षमा चाहता हूँ। आपको मैं यह बतला देना चाहता हूँ कि आपके पेशे का मैं भी काम सीख चुका हूँ और तीस

वर्षों से स्वतंत्र रूप से काम करता आ रहा हूँ इसलिए मुझे यह नहीं सीखना है कि हजामत के काम के लिए किन चीज़ों की ज़रूरत होती है। आपको यह भी जानना चाहिए कि जवानी में मैं सैनिक भी रहा हूँ इसलिए मैं यह कहना चाहता हूँ कि हम लोगों के समक्ष विवाद की जो यह वस्तु है, यह बर्तन से उतनी ही भिन्न है जितना भिन्न अंधकार से प्रकाश; दूसरी तरफ मैं भी कहूँगा कि यद्यपि यह शिरस्त्राण है तो भी यह पूरा नहीं है।'

डान क्विग्जोट—'बिलकुल सही बात है, इसका निचला भाग और मुखबंध नहीं है।'

पुरोहित, कार्डेनियो, डान फर्डिनंड तथा उसके साथी सभी लोग एक स्वर से बोल उठे—'यह मामला तो एकदम स्पष्ट है, एकदम स्पष्ट है। विचारपति भी (यदि लेविस के प्रसंग को लेकर चिंतित नहीं होते तो) इस मनोरंजन में योगदान करते।

वह बेचारा हज्जाम खिन्न होकर बोला—'प्रभु हम लोगों पर रहम करें। क्या ऐसे सुसंस्कृत लोग भी शिरस्त्राण और बर्तन में भेद को नहीं समझ सकते और इस तरह की बातें कहते हैं? ईश्वर की सौगंध, मैं स्पेन के विश्वविद्यालय के सबसे बड़े विद्वान को चुनौती देता हूँ कि वह इसे शिरस्त्राण साबित करे। जब आप लोग इसे शिरस्त्राण कहते ही रहे, बात खत्म हुई। और उसी नियम के अनुसार मेरी पलानी भी गायब हो जाएगी, जैसा कि इन महाशय ने कहा है।'

डान क्विग्जोट—'मैं यह अस्वीकार करता हूँ कि देखने में यह ज़रूर पलानी है, लेकिन मैं पहले ही कह चुका हूँ कि इस झगड़े के बीच में मैं नहीं पड़ना चाहता।'

पुरोहित—'यदि डान क्विग्जोट कुछ नहीं कहेंगे तो इस झगड़े का फैसला नहीं हो सकेगा; क्योंकि वीर धर्म के मामलों में इनकी ही राय सबसे ऊपर मानी जाएगी।'

डान क्विग्जोट—'महोदयगण, मैं सौगंध खाकर कह सकता हूँ कि इस किले में ऐसी विचित्र घटनाओं का मुझे सामना करना पड़ा है कि मैं कह सकता हूँ कि उन सब पर जादू का प्रभाव पड़ा है। पहली बार मैंने जब इस सराय में प्रवेश किया तब जादू से प्रभावित एक मूर ने मुझे तंग किया जो यही था और उसके नौकर ने सैंको की भी उसी तरह दुर्दशा की। कल रात को मैं इस बाँह से दो घंटे तक लटकता रहा। मैं हर तरह से लाचार था। अपने इस दुर्भाग्य के लिए मुझे कोई भी उपयुक्त कारण नहीं प्रतीत होता। इसलिए इस तरह के गोल-माल और

जटिल मामलों में किसी तरह की राय देना प्रगल्भना समझी जाएगी। शिरस्त्राण के बारे में जो विवाद है उस पर मैं अपना अंतिम निर्णय दे चुका हूँ, पर पलानी के बारे में कोई निश्चित मत नहीं दे सकता। उसे आप लोगों के निर्णय पर ही छोड़ देता हूँ। संभव है कि जादू का प्रभाव आप लोगों पर पड़े; क्योंकि आप लोग वीर धर्म में दीक्षित नहीं हैं। आप लोगों का विचार स्वतंत्र हो सकता है और आप लोगों की न्याय-बुद्धि इसकी असली तह तक जा सकती है। केवल बाहरी बातें देखकर कोई निर्णय आप लोग नहीं करेंगे।'

डान फर्डिनंड—'ठीक ही है। डान क्विग्जोट के मत के अनुसार इस विषय का निर्णय हम लोगों की बुद्धि के अनुसार होगा। इस मामले पर पूरी तरह विचार-विनिमय हो और हम लोग ठोस तथा पुष्ट आधार पर काम करें। हम इस पर आप लोगों का मत जानना चाहेंगे। आप लोगों में से प्रत्येक आदमी अपना मत मेरे कान में कह दे, फिर मैं समिति को ठीक-ठीक निर्णय सुना दूँगा।'

जो लोग डान क्विग्जोट को जानते थे उन्हें वह मज़ेदार खेल प्रतीत हुआ। लेकिन जो लोग—डान लेविस और उसके चारों नौकर उसकी प्रकृति को नहीं जानते थे उन्हें वह बहुत भद्दा प्रतीत हुआ। उसी समय तीन और यात्री पहुँच गए थे, जो पवित्र थे, भ्रातृ-संघ के अफसर या अनुयायी थे। उन लोगों ने समझा कि वे सभी लोग सचमुच जादू के प्रभाव में हैं। लेकिन वह हज्जाम तो यह देखकर खफा था कि उसका बर्तन जो उसकी आँखों के सामने मौजूद था, मैम्ब्रिनो का शिरस्त्राण बन गया था। उसी तरह उसकी पलानी भी घोड़े की कीमती जीन बनने जा रही थी! हरेक आदमी को इस बात पर हँसी आ रही थी कि पलानी के प्रश्न पर प्रत्येक व्यक्ति को अपनी राय डान फर्डिनंड ने अपने कान में कहने का आग्रह किया था। अपने दल के प्रत्येक व्यक्ति के पास घूम आने के बाद, जो सभी इस प्रहसन में शामिल थे, उसने ज़ोर से कहा—'महोदयगण, मैं इस महत्त्वपूर्ण प्रश्न को पूछते-पूछते थक गया, इसका उत्तर प्रत्येक व्यक्ति की जबान पर था कि इसे पलानी कहना पागलपन होगा। यह सर्व-सम्मति से घोड़े की जीन है, बल्कि बहुत बड़े घोड़े की जीन है। इसके अलावा दोस्त (हज्जाम) तुम्हारी शिकायत और सबूत कोई दम नहीं रखते इसलिए तुम्हारे गधे के और तुम्हारे बावजूद भी हम लोगों का फैसला मुद्दाअले के पक्ष में है कि यह घोड़े की जीन है और रहेगी, इतना ही नहीं, बहुत बड़े घोड़े की।'

हज्जाम—'मुझे शैतान ले जाए, यदि आप लोगों को गहरा धोखा नहीं हो रहा है और यदि मेरा मन यह स्पष्ट नहीं कह रहा है कि यह पलानी है तो मुझे फाँसी

पर लटका दिया जाए! लेकिन कानून के अनुसार मैंने इसे खो दिया, इसलिए यही सही होगा। फिर भी इतना निश्चित है कि न तो मैं पागल हूँ, और न मैंने शराब ही पी है।'

हज्जाम का प्रलाप डान क्विग्जोट की चिल्लाहट से घटकर मनबहलाव का साधन नहीं था। उसने कहा—'फैसला हो गया। अब हरेक आदमी अपनी-अपनी चीज़ सँभाले। भगवान उसे खुश रखें।'

चारों नौकरों में से एक ने कहा—'यह मज़ाक है, महज मज़ाक है। निश्चय ही महोदयगण, आप लोग वास्तव में ऐसा नहीं कह सकते। आप लोगों के समान बुद्धिमान व्यक्ति इस तरह की बातें नहीं कह सकते। मेरा तो यही कहना है कि किसी भी तरह हज्जाम के साथ अन्याय नहीं होना चाहिए। निश्चय ही यह बर्तन है और वह गधे की पलानी है।'

पुरोहित—'क्या यह गधी की पालनी नहीं हो सकती?'

वीर नौकर—'एक ही बात है। यह प्रश्न नहीं है कि वह गधे की या गधी की पलानी है। मुख्य विषय यह है कि यह पलानी है या नहीं?'

पवित्र भ्रातृ-संघ का एक अफसर—जो सारी बातें सुन रहा था—इस तरह की भूल को जायज करार देने पर बिगड़ उठा। उसने कहा—'मैं जोर देकर कह सकता हूँ कि यह घोड़े की जीन नहीं है। जो इसके प्रतिकूल कहता है वह या तो पागल है या नशे में है।'

वीर योद्धा ने कहा—'तुम असभ्य दुष्ट आदमी की तरह झूठ बोलती हो।'

इतना कहकर उसने अपने भाले से, जिसे वह इस तरह के अवसरों के लिए सदा तैयार रखता था, उस अफसर पर ऐसा भीषण प्रहार किया कि यदि वह उछलकर बगल में न हो गया होता तो चित्त हो जाता। भाला टूटकर टुकड़े-टुकड़े हो गया। बाकी अफसरों ने अपने साथी पर इस तरह आक्रमण होते देखकर मदद के लिए चिल्लाना शुरू कर दिया। उन्होंने कहा कि 'पवित्र भ्रातृ-संघ की मदद करना प्रत्येक व्यक्ति का कर्तव्य है।'

सरायवाला उस संघ का सदस्य था। वह अपनी तलवार और डंडा[1] लाने के लिए दौड़ पड़ा और अपने संघ वालों के साथ हो गया। डान लेविस के नौकर अपने मालिक के बचाव और इस गोल-माल से बचने के लिए उसे घेरकर खड़े हो गए। हज्जाम ने सभी लोगों को अस्त-व्यस्त देखकर पलानी को उठा लिया,

---

1. पवित्र भ्रातृ-संघ के लोगों के पास पद का चिह्न 'डंडा' होता है।

लेकिन सैंको की नज़र बराबर उसकी गतिविधि पर थी, उसने उसका दूसरा छोर पकड़ लिया। डान क्विग्जोट ने तलवार खींच ली और अफसरों की पूरी मरम्मत की। डान लेविस ने अपने नौकरों को आदेश दिया कि वे डान क्विग्जोट तथा उसके पक्ष वालों का साथ दें; क्योंकि कार्डेनियो, डान फर्डिनंड और उसके साथियों ने डान क्विग्जोट का पक्ष लिया था। पुरोहित चिल्लाता रहा, सरायवाली चीखती रही, उसकी बेटी रोती रही, मेरिटोर्नेस गुर्राती रही। डोरोथिया भय से व्याकुल हो गई। लुसिंडा की समझ में नहीं आया कि क्या करना चाहिए और डोना क्लारा बुरी तरह डर गई। सैंको और हज्जाम एक-दूसरे पर प्रहार करने लगे। डान लेविस का एक नौकर हज्जाम को पकड़ने गया, लेकिन उसने उसके जबड़े पर ऐसा मुक्का मारा कि उसके दाँत टूट जाते, विचारपति ने उसे बचा लिया। डान फर्डिनंड ने एक अफसर को पटककर उसकी मरम्मत करनी शुरू कर दी। सरायवाला पवित्र भ्रातृ-संघ की मदद के लिए उसी तरह चिल्ला रहा था। यहाँ तक कि सारा मकान शोर-गुल, चिल्लाहट, चीख, गोल-माल, भय, आतंक, दुर्घटना, थप्पड़, मुक्का, मारपीट और रक्तपात का केंद्र बन गया।

इस गोल-माल की विषम परिस्थिति में डान क्विग्जोट के दिमाग में यह बात उठी कि वह राजा अग्रामेंट की छावनी के गोल-माल और अस्त-व्यस्तता में निश्चित रूप से फँस गया है। वह इतनी जोर से चिल्ला उठा कि सारा मकान गूँज उठा। उसने कहा—'बहादुर वीर योद्धाओ, अपने खूँखार हाथों को रोको। अपनी तलवारों को म्यान में रख लो, कोई भी वार करने का साहस न करे; नहीं तो उसे मृत्यु का सामना करना पड़ेगा। पहले मेरी बातें सभी सुन लें।'

उसकी तीखी और कर्कश आवाज़ सुनकर सभी लोग ठमक गए। तब उसने कहना शुरू किया—'महोदयगण, मैं आप लोगों से पहले ही कह चुका हूँ कि यह महल जादू से प्रभावित है और इसमें दैत्यों के दल का निवास है। आप लोग स्वयं मेरी बातों की सत्यता की पुष्टि कर सकते हैं। क्या आप लोग नहीं देख रहे हैं कि राजा अग्रामेंट की विचित्र और विशृंखल सेना यहाँ आ पहुँची है और उसने हम लोगों में मार-पीट शुरू करा दी है? देखिए, वे लोग तलवारों के लिए तथा घोड़ों के लिए लड़ रहे हैं। देखिए, कुछ लोग किस तरह शिरस्त्राण के लिए और कुछ लोग झंडे के लिए लड़ रहे हैं! हम लोग नहीं कह सकते कि वे क्यों लड़ रहे हैं। इसलिए महामान्य विचारपति और पूज्य पुरोहित, एक राजा अग्रामेंट का प्रतिनिधित्व करें और दूसरा राजा सोब्रिनो और अपनी बुद्धि से इस झगड़े को शांत करें। क्योंकि यहाँ जो महामान्य लोग एकत्रित हैं उन्हें इस तरह की तुच्छ

बात के लिए लड़ना प्रतिष्ठा के विरुद्ध होगा और वीर धर्म पर बहुत बड़ा कलंक होगा।'

उन अफसर लोगों के लिए डान क्विग्जोट की बातें सर्वथा अज्ञेय थीं। कार्डेनियो, डान फर्डिनंड तथा उसके साथियों ने उनके साथ जो दुर्व्यवहार किया था उसे वे इतने सहज में खत्म करना नहीं चाहते थे। लेकिन हज्जाम चुप हो गया, क्योंकि इस झगड़े में सैंको ने उसकी दाढ़ी और पलानी दोनों को नष्ट कर दिया था। अपने स्वामी के शब्द सुनते ही सैंको तो पीछे हट गया। डान लेविस के नौकर भी ठंडे हो गए थे, क्योंकि शांत रहने में ही उन्होंने अपना कल्याण देखा। लेकिन सरायवाला ज़िद पकड़े हुए था। वह इस बात पर अड़ा रहा कि उस पागल आदमी को कुछ-न-कुछ सजा मिलनी चाहिए, क्योंकि वह हर घड़ी यहाँ कुछ-न-कुछ हंगामा मचाता ही रहता था। लेकिन अंत में यही तय हुआ कि यदि डान क्विग्जोट यही चाहता है तो प्रलय-काल तक पलानी घोड़े की जीन और वह बर्तन मैम्ब्रिनो का शिरस्त्राण तथा वह सराय किला ही माना जाएगा। इसके बाद डान लेविस के मामले पर विचार होने लगा। डान फर्डिनंड, कार्डेनियो तथा पुरोहित की सलाह से विचारपति ने यह तय किया कि डान लेविस की तरफ से डान फर्डिनंड अपने अधिकार का प्रयोग करे और उसके नौकरों से कह दे कि वह उसे अपने साथ अंडालूसिया ले जाएँ जहाँ उसके भाई मार्क्विस के साथ वह अपनी हैसियत के अनुसार रखा जाएगा और वे लोग इस बात का विरोध न करें, क्योंकि उन्होंने देखा कि डान लेविस यह नहीं चाहता कि उसके पिता के पास उसे जबरदस्ती ले जाया जाए। डान फर्डिनंड की मर्यादा और डान लेविस की दृढ़ता देखकर वे नौकर भी इस पर राजी हो गए कि एक नौकर तो डान लेविस के साथ रह जाए और तीन वापस जाकर अपने मालिक को समाचार दें। इस तरह राजा अग्रामेंट के अधिकार और राजा सोब्रिनो की बुद्धिमानी से इस भयानक गोल-माल और हंगामे को शांत किया गया।

लेकिन शांति के दुश्मन ने उनको लड़ाने के अपने सारे प्रयासों को इस तरह व्यर्थ होते देखकर अपनी बुद्धि की पुनः परीक्षा करनी चाही और आपस में लड़ने के लिए उन्हें दुबारा उकसाना चाहा। क्योंकि अफसर लोग अपने प्रतिद्वंद्वियों की प्रतिष्ठा का खयाल करके विरत होने के लिए यद्यपि तैयार थे तो भी उनमें एक को, जिसे डान फर्डिनंड ने बड़ी क्रूरता से पीटा था, सहसा याद आ गया कि उसके पास के वारंट डान क्विग्जोट की गिरफ़्तारी के लिए भी था; क्योंकि उसने उन कैदी नाविक गुलामों को भगा दिया था (जिनके बारे में सैंको को पहले

से ही आशंका थी)। उसने यह जाँचना शुरू किया कि वारंट में जो हुलिया और शिनाख़्त दी गई है वे डान क्विग्जोट से मिलते हैं या नहीं। एक थैला निकाल कर उसने वारंट खोला और डान क्विग्जोट के चेहरे से मिलाता हुआ उसे पढ़ने लगा। इसके बाद उसने थैले को बंद किया, वारंट को बाएँ हाथ में लिया और दाहिने हाथ से उसने वीर योद्धा की नरेटी पकड़कर कहा—'तुम राजा के कैदी हो। महानुभावगण, मैं अफसर हूँ। मेरे पास यह वारंट है। आप लोगों का कर्तव्य है कि आप लोग पवित्र भ्रातृ-संघ की मदद करें।'

जिस आदमी को उसने साधारण आवारा समझा था उसके द्वारा इस तरह का दुर्व्यवहार होता देखकर डान क्विग्जोट क्रोध से पागल हो उठा, उसका सारा शरीर घृणा से काँपने लगा। उसने दोनों हाथों से उसकी गर्दन पकड़कर इस तरह दबाई कि यदि उसके साथियों ने आनन-फानन उसे छुड़ाया न होता तो गिरफ़्त छोड़ने से पहले ही वीर योद्धा उसका गला घोंट देता।

सरायवाले ने अपने बंधु अफसरों की मदद करना अपना कर्तव्य समझा और वह उनके साथ हो गया। सरायवाली अपने पति को फिर झगड़े में पड़ता देखकर पुनः चिल्लाने लगी, उसकी बेटी और मेरिटोर्नेस उसके साथ शामिल होकर कभी प्रार्थना करतीं, कभी चिल्लातीं और कभी डाँटती-डपटतीं। सैंको ने यह सब देखकर कहा—'मैं ईश्वर की सौगंध खाकर कहता हूँ कि मेरे मालिक ने ठीक ही कहा है कि यह स्थान जादू से प्रभावित है। यहाँ एक घंटा भी शांति से नहीं बीतता। अंत में डान फर्डिनंड ने डान क्विग्जोट और उस अफसर को अलग किया। लेकिन अफसर लोग कैदी को पकड़ने के लिए दृढ़ थे कि उसके हाथ-पाँव बाँधकर उनके हवाले किया जाए। उन्होंने लोगों से एक बार पुनः अपील की कि आम सड़क पर लूट करने के अपराध में इसे गिरफ़्तार करने में लोग उनकी मदद करें।

उन अफसरों के तथाकथित बुद्धूपन पर डान क्विग्जोट को हँसी आ गई। अंत में उसने गंभीर चेहरा बनाकर कहा—'तुम नारकीय कीड़े, शैतान के बच्चे, जो बंधन में हों उन्हें मुक्त करने, गुलामों को छुड़ाने, दीन-दुखियों की मदद करने, गिरे हुओं को उठाने और दरिद्रों की सहायता करने को नीच बुद्धि का कमीना तू इन सब कामों को लुटेरापन कहता है? तेरी बुद्धि इतनी नीच और कमीनी है कि तू वीर धर्म के महत्त्व को नहीं समझ सकता। अन्यथा तू समझता कि भ्रमणशील वीर योद्धा की परछाईं भी तेरी पूजा की वस्तु है। तू सब अफसरों की जमात है लेकिन वास्तव में तू सब शैतानों की जमात है और अधिकार प्राप्त लुटेरा है।

किस मूर्ख मजिस्ट्रेट ने मेरे समान भ्रमणशील योद्धा की गिरफ़्तारी के लिए वारंट जारी किया है? क्या उस मूर्ख को इतना भी मालूम नहीं था कि वीर योद्धा अदालत के दायरे से बाहर है? हम लोगों का साहस ही अदालत है, हम लोगों की इच्छा ही साधारण कानून है और हम लोगों की तलवार ही न्याय का विधान करती है। क्या उसकी मूर्खता ने उसे इतनी समझ नहीं दी कि वह जाने के किसी कुलीन या सामंत को भी उतना अधिकार और उतनी छूट नहीं है। क्या वह एक भी ऐसी नज़ीर पेश कर सकता है कि कभी किसी भ्रमणशील वीर योद्धा ने कर दिया है? क्या किसी घाट पार करने या कहीं ठहरने का किराया दिया है? क्या किसी दर्जी ने कभी उसकी पोशाक का मूल्य उससे लिया? क्या किसी किलेदार ने किले में उसे ठहराने के लिए कभी किराया माँगा? किस बादशाह को उसकी संगति प्रिय नहीं है? किस रमणी को उसका प्रेम प्रिय नहीं है? और अंत में क्या तुमने कभी पढ़ा है कि ऐसा भ्रमणशील वीर योद्धा कभी हुआ है? है? या होगा? जो एक बार में तुम्हारे समान चार सौ शैतानों को मौत के घाट उतार दे जो उसका मुकाबला करने की धृष्टता करें?'

18. पवित्र भ्रातृ-संघ वालों की वार्ता

उधर डान क्विग्जोट उस लहजे में बातचीत कर रहा था इधर पुरोहित उन अफसरों को समझा रहा था कि उसकी बातों और हरकतों से वे लोग बख़ूबी समझ सकते हैं कि उसका दिमाग ठिकाने नहीं है। इसलिए यदि उसे मजिस्ट्रेट के सामने उपस्थित किया गया तो पागल करार देकर वह तुरंत छोड़ दिया जाएगा।

जिसके पास वारंट था, उसने कहा–'यह पागल है या नहीं, इसकी जाँच करना मेरा काम नहीं है। मैं गिरफ्तार करने के लिए भेजा गया हूँ और मेरा कर्तव्य उस आदेश का पालन करना है। तदनुसार मैंने उसे अपने बड़े अफसर के पास हाजिर करने का निश्चय किया है। इतना कह चुकने के बाद वे चाहें तो इसे पाँच सौ बार रिहा कर सकते हैं।'

उसकी बहस के बावजूद भी पुरोहित ने उन लोगों से बहुत अधिक आग्रह किया कि संप्रति वे लोग डान क्विग्जोट को अपने साथ न ले जाएँ, मैं आप लोगों से स्पष्ट कह देना चाहता हूँ कि वीर योद्धा को आप किसी भी तरह अपने कब्जे में नहीं कर सकेंगे। उसने इतना कहा और वीर योद्धा ने भी ऐसी हरकतें की थीं कि यदि उन लोगों ने उसका पागलपन स्प्ष्ट न समझा तो वे लोग उससे कहीं बढ़कर मूर्ख समझे जाते।

इससे वे लोग केवल विरत ही नहीं बल्कि हज्जाम और सैंकोपांका के झगड़े का निपटारा करने के लिए भी तैयार हो गए। वे लोग न्याय-विभाग के अफसर थे इसलिए उनकी मध्यस्थता मान ली गई। उन्हें इतनी सफलता मिली कि दोनों दलों ने उसका फैसला मान लिया यद्यपि उससे उन लोगों को पूरा संतोष नहीं हुआ। उनका फैसला था कि पलानी बदल ली जाए, लेकिन पगहा-पेटी नहीं। पुरोहित ने बर्तन का झगड़ा भी खत्म कर दिया। उसने चुपचाप हज्जाम को उसके लिए आठ रील दिया और उससे लिखवा लिया कि बर्तन तथा अन्य चीजों पर उसका कोई दावा नहीं है।

ये दोनों संगीन झगड़े इस सुखद तरीके से शांत हो गए। समग्र शांति के लिए अब केवल लेविस का और सरायवाले का मामला रह गया था। नौकरों को राज़ी कर लिया गया कि विचारपति के प्रस्ताव को स्वीकार कर लें कि तीन तो घर वापस चले जाएँ और चौथा डान लेविस के साथ वहाँ रहे जहाँ डान फर्डिनंड नियत करें। इस तरह यह झंझट भी दूर हुआ। इससे डोना क्लारा और जोरैदा दोनों को बहुत खुशी हुई। वहाँ जो कुछ हो रहा था वह जोरैदा की समझ में नहीं आ रहा था तो भी वह दूसरों के चेहरों, खासकर अपने प्रेमी स्पेन-निवासी के चेहरे की रंगत देखकर कभी उदास और कभी प्रसन्न होती रही, क्योंकि उसकी आँखें सदा अपने प्रेमी के चेहरे पर ही स्थिर अटकी रहती थीं।

सरायवाले को किसी तरह मालूम हो गया कि हज्जाम को बर्तन का मूल्य दिया गया है। इससे उसने भयंकर हंगामा खड़ा किया कि कोई कारण नहीं है कि दूसरों की तरह इस तरह उसे भी मुआवजा न दिया जाए उसने कहा कि सराय से हटने से पहले रोजिनांटे और सैंको के गधे को उसके मालिक की ज्यादतियों के लिए मुआवज़े के रूप में उसे दे दिया जाए। पुरोहित ने उसे शांत किया और डान फर्डिनंड ने उसका हिसाब चुका दिया। इस तरह सारा झंझट खत्म हो जाने के बाद सराय में अग्रामेंट के खेमे का गोल-माल न रहा बल्कि आगस्टन के शासन की भाँति वहाँ पूर्ण शांति विराजने लगी। पुरोहित और डान फर्डिनंड के प्रयास से यह झंझट जिस तरह दूर हुआ उसके लिए सब लोगों ने उन्हें हृदय से धन्यवाद दिया।

जो कठिनाई और दिक्कतें उसके रास्ते में बाधक हो रही थीं उनसे छुटकारा पाने के बाद डान क्विग्जोट ने देखा कि जिस काम को संपन्न करने का भार उसने अपने ऊपर लिया था उसे पूरा करने में काफी विलंब हो गया है। इसलिए उसने तय किया कि उसे अपनी यात्रा तुरंत आरंभ कर देनी चाहिए। वह

डोरोथिया के सामने घुटने टेककर बैठ गया। लेकिन उसने कहा कि उस हालत में वह उसकी बात सुनने के लिए तैयार नहीं है और उसे खड़ा होने के लिए राज़ी कर लिया।

इसके बाद डान क्विग्जोट ने अपने मामूली तरीके से उसे लक्ष्य करते हुए कहा—'अति सुंदरी महिला, कहावत प्रसिद्ध है कि बुद्धि सफलता की जननी है। हम लोगों ने देखा है कि युद्ध में सबसे बड़ी सफलता शीघ्रता और तत्परता से, शत्रु की युक्ति को रोककर और आक्रमण के पहले विजय प्राप्त कर लेने से मिलती है। महा महीयसी महिला, इससे मैं इस नतीजे पर पहुँचा हूँ कि इस किले में सदा रहना हम लोगों के उद्देश्य के लिए हितकर नहीं है, बल्कि घातक सिद्ध हो सकता है। हम लोगों को यह मान लेना चाहिए कि गुप्तचरों के द्वारा या किसी अन्य गुप्त उपाय से हम लोगों के शत्रु उस दैत्य को हम लोगों की योजना का पता और वह हम लोगों के प्रयासों के मुकाबले के लिए अपने को किसी अभेद्य किले में सुरक्षित कर लेगा। इसका परिणाम यह होगा कि मेरे अजेय बाहुबल का प्रयास व्यर्थ हो जाएगा। इसलिए हम लोगों को तुरंत प्रस्थान करना चाहिए और बुद्धि से काम लेकर उसके उस तरह के हर उपाय को रोकना चाहिए। जो भी साधन सामने आ जाए उसे न खोकर अपने अच्छे भाग्य को सफल बनाना चाहिए।'

इतना कहकर वह शाहजादी के उत्तर के लिए रुक गया उसने डान क्विग्जोट की फ़िज़ूल बातों के अनुरूप गंभीर चेहरा बनाकर कहा—'सुयोग्य वीर योद्धा, उत्पीड़ितों की सहायता तथा दीनों के उद्धार के लिए आपकी प्रवृत्ति और अभिलाषा मानव-समाज की प्रशंसा और धन्यवाद के योग्य है। आपने मेरी सहायता के लिए जो चिंता और तत्परता प्रकट की है उसके लिए मैं खास तरह से आपकी कृतज्ञ हूँ। मैं भगवान से विशेष रूप से प्रार्थना करूँगी कि मेरे लिए आपकी उदार युक्ति शीघ्र ही सफल हो ताकि मैं अपनी जाति (स्त्री जाति) के अनुरूप आपकी सेवा करने योग्य हो जाऊँ। जहाँ तक आपके प्रस्थान का प्रश्न है, यह आपकी अपनी इच्छा पर निर्भर करता है, जिसके अधीन मैंने अपने शरीर को ही नहीं, बल्कि अपनी सारी शक्ति को अर्पित कर दिया है।'

डान क्विग्जोट—'चूँकि आप मेरे आदेशों के अनुसार चलना चाहती हैं, भगवान की कृपा से मैं आपको राजगद्दी पर बैठाने के किसी भी अवसर को हाथ से नहीं जाने दूँगा। इसलिए हम लोगों को एकाएक प्रस्थान कर देना चाहिए, क्योंकि मेरी उत्सुकता, यात्रा की दूरी और विलंब होने के कारण खतरे की

संभावना सभी मुझे तुरंत प्रस्थान करने के लिए प्रेरणा दे रही हैं। ईश्वर ने न तो आज तक ऐसा कोई आदमी पैदा किया और न शैतान ने ऐसा कोई आदमी देखा जिससे मैं डरूँ। सैंको, दौड़कर रोजिनांटे पर जीन रखो, अपने गधे को तैयार करो और महिलाओं के खच्चरों को कसो। हम लोग इस किले के शासक तथा अन्य महानुभावों से विदा होकर यहाँ से अविलंब चल देंगे।'

इन सब बातों को सुनकर सैंको ने अपना सिर हिलाते हुए कहा—'मेरे मालिक, मेरे स्वामी, जितना कहा जाता है, उससे कहीं अधिक चालबाजी शहरों में है (अदब के साथ इसे भी कहना पड़ता है)।'

डान क्विग्जोट—'शैतान! मेरी ख्याति पर कलंक लगाने वाली कौन-सी चालबाजी शहरों में हो सकती है?'

सैंको—'यदि आप क्रोध करते हैं तो मैं अपनी ज़बान बंद किए लेता हूँ। क्या इतने से ही बातें खत्म हो जाएँगी, कुछ बातें ऐसी हैं जिन्हें आपको सुन लेना चाहिए। मैं वैसी ही बातें कहूँगा जिन्हें एक ईमानदार और विश्वसनीय भृत्य को कह देना चाहिए।'

वीर योद्धा—'तुझे जो कुछ कहना हो कह डाल, लेकिन कायरता की बात न हो; क्योंकि यदि तू डरता है तो तू उसे अपने ही तक रख और मुझे डर की बातों से तंग मत कर; क्योंकि मैं भय से नफरत करता हूँ।'

सैंको—'गोली मारिए डर-भय को। बात यह नहीं है। मैं आपसे वह बात कहना चाहता हूँ जो इतनी ही सच है जितनी चेहरे पर नाक। ये श्रीमती जी, जो अपने को मिकोमिकोन के विशाल राज्य की शाहजादी बतलाती हैं उसी तरह रानी नहीं हैं जिस तरह मेरी दादी। आप गौर कीजिए कि यदि वे कोई रानी होतीं जैसा कि आप समझते हैं तो क्या कोई भी कल्पना कर सकता है कि वह लोगों का मुँह चाटा करतीं और किसी खास व्यक्ति का चुंबन करती रहतीं जो इस जमात में है? लेकिन मैं उसका नाम नहीं लेना चाहता।'

सैंको की बातों से डोरोथिया शरमा गई, क्योंकि यह बात सच थी कि एकांत में मौका मिलने पर डान फर्डिनंड ने अपने प्रेम के पुरस्कार-स्वरूप डोरोथिया का चुंबन लिया था। संयोग की बात है कि सैंको ने देख लिया था। उस पर उसने जो धारणा बना ली थी वह उसकी मर्यादा के अनुपयुक्त थी। उसने उन्हें किसी बाज़ारू औरत से अधिक महत्त्व नहीं दिया। तो भी डोरोथिया ने उसके आक्षेप की फिक्र नहीं की और उसे अपना कथन जारी रखने दिया।

सैंको ने कहा—'मैं इसलिए कह रहा हूँ कि रात-दिन कठोर श्रम हम लोगों को उठाना पड़ेगा, हर तरह की यातनाएँ हम लोगों को सहनी होंगी, सराय के ये सज्जन उसका नफा उठाएँगे और हम लोगों के श्रम के फल का उपभोग करेंगे। इसलिए मैं समझता हूँ कि रोजिनांटे पर जीन रखने, अपने गधे को कसने और महिलाओं के खच्चरों को तैयार करने की कोई भी ज़रूरत नहीं है। हम लोग जहाँ हैं, वहीं रुका रहना ठीक है, फिर जिसकी जो इच्छा हो करे।'

सैंको के उन अपमानजनक शब्दों को सुनकर वीर योद्धा क्रोध से भड़क उठा। उसका सारा शरीर काँपने लगा, उसकी जबान लड़खड़ाने लगी और उसकी आँखें लाल अंगार हो गईं। उसने कहा :

'शैतान मूर्ख, उद्धत, अविनयी, निंदक, अपवादी, इस तरह के कुत्सित और नीच विचार मन में लाने का तूने साहस कैसे किया? तेरी यह मजाल कि तू इस तरह की मर्यादाहीन और असभ्य संदेह की बात को मेरे सामने तथा इन माननीय सज्जनों के सामने मुँह खोलकर कहे! शैतान का पुतला, झूठ का भंडार, धोखेबाज़ी की पिटारी, शठता का ख़ज़ाना, परछिद्रान्वेषी, मर्यादा का शत्रु, मेरे सामने से दूर हो। हट जा यहाँ से और मुझमें क्रोध की आग भड़काने के लिए अपनी सूरत मत दिखला।'

तब अपनी क्रुद्ध भौंहों को सिकोड़कर, गालों को फुलाकर और धरती पर अपने पैरों को पटककर उसने आँखें तरेरकर सैंको की ओर इस तरह देखा कि वह बेचारा डर गया कि कहीं जलकर भस्म न हो जाए।

संकट की इस चरम सीमा पर गरीब परिचारक केवल इतना ही कर सका कि वह चुपचाप कमरे के बाहर हो गया। लेकिन वीर योद्धा के स्वभाव का भान करके डोरोथिया ने उसके क्रोध को शांत करने का प्रयास किया। उसने कहा, 'मनहूस आकृति वाले वीर योद्धा महोदय, मेरी करबद्ध प्रार्थना है कि आप क्रोध शांत करें। अपने परिचारक की इन बे-सिर-पैर की बातों पर क्रुद्ध होना आपकी मर्यादा के अनुकूल नहीं है। मैं यह कह सकती हूँ कि उनके कथन में सत्य का कुछ अंश है। उनकी समझ या ईमानदारी पर झूठे अपवाद का कलंक लगाना उचित नहीं होगा। इस मामले की गहराई में जाकर हम लोगों को खोज-ढूँढ़ करनी चाहिए। आपने देखा है कि इस किले में सारी घटनाएँ जादू से प्रभावित हैं। मेरी धारणा है कि इस तरह की कोई बात सैंको के साथ भी हुई है और जादू से प्रभावित उसकी आँखों के सामने उस तरह का चित्र आया जिसका लांछन वह मुझ पर लगाता है।'

वीर योद्धा—'भगवान की अपार शक्ति से आपने इस गाँठ को खोला। उस बेचारे के अशिष्ट व्यवहार का कारण अवश्य ही जादू का प्रभाव है या किसी दुष्ट प्रेत की छाया की शक्ति है, क्योंकि वह इतना सीधा-सादा और सरल है कि इतने बड़े झूठ की कल्पना भी नहीं कर सकता और न वह किसी की प्रतिष्ठा पर इस तरह का आक्रमण ही कर सकता है।'

डान फर्डिनंड—'यह प्रत्यक्ष है। इसलिए हम सबों की प्रार्थना है कि सैंको को पुनः आपकी कृपा प्राप्त हो जाए, जैसी कृपा आपकी उसके ऊपर जादू के इस प्रभाव से पहले थी।'

डान क्विग्जोट राज़ी हो गया। पुरोहित थर-थर काँपते हुए सैंको को अंदर ले आया। वह घुटनों के बल बैठ गया। उसने अपने अपराध को स्वीकार किया और प्रार्थना की कि 'अपने हाथ का चुंबन देकर स्वामी मेरे अपराध की क्षमा की पुष्टि करें।' डान क्विग्जोट ने अपना हाथ दे दिया और उसे आशीर्वाद देकर कहा, 'अब तो तुम विश्वास करोगे कि इस किले की सभी बातें जादू से प्रभावित हैं, जैसा मैं तुमसे बहुधा कहता रहता हूँ।'

सैंको—'मुझे कंबल में लपेटकर जो उछाला गया उसे छोड़कर मैं सभी बातों को जादू से प्रभावित मानूँगा, क्योंकि यह घटना साधारण स्वाभाविक रूप से हुई थी।'

डान क्विग्जोट—'सैंको, तू इसे माने या न माने, पर यदि इसके प्रतिकूल मेरी धारणा नहीं होती तो पूरा बदला लिया जा सकता था, लेकिन न तो तब और न अब मुझे ऐसी कोई वस्तु मिली है जिस पर मैं अपना क्रोध या नाराज़गी प्रकट करूँ।'

सभी लोगों ने इस संबंध की पूरी बात जाननी चाही। इस पर सैंको के उछाले जाने का पूरा वृत्तांत सरायवाले ने सुना दिया। इस पर सब लोग खूब हँसे। सैंको को इस पर क्रोध आ गया होता अगर उसके मालिक ने उसे पुनः इस बात का आश्वासन न दिया होता कि वह केवल धोखा था। विश्वास न होने पर भी परिचारक को अपनी जबान बंद रखनी पड़ी। दो दिन सराय में रहने के बाद उन लोगों ने प्रस्थान करने का विचार किया। पुरोहित और हज्जाम (निकोलस) ने ऐसा उपाय निकाला जिससे वे डान क्विग्जोट को घर वापस ले जाएँ और डान फर्डिनंड तथा डोरोथिया को उसे संतुष्ट रखने के लिए झंझट न उठाना पड़े।

एक गाड़ी वाला अपने बैलों के साथ उधर से जा रहा था। उन दोनों ने उसे राज़ी किया कि वह उन्हें घर पहुँचा दे। फिर लकड़ी का इतना बड़ा पिंजरा

बनवाया जिसमें वीर योद्धा आराम से उठ, बैठ या सो सकें। अब सराय के सभी लोगों ने अपना-अपना रूप बदला। किसी ने नक़ाब लगा ली, किसी ने चेहरा रँग लिया और किसी ने अपनी पोशाक इस तरह बदल ली ताकि डान क्विग्जोट उन्हें पहचान न सके। इतना कर चुकने के बाद वे लोग चुपचाप कमरे में घुसे, जहाँ डान क्विग्जोट हाल ही थकान से गहरी नींद में सो रहा था। उन लोगों ने उसे जबरदस्ती पकड़ लिया, उसके हाथ-पैरों को इतना कसकर बाँध दिया कि उसको घेरकर जो विचित्र सूरतें वहाँ खड़ी थीं उन्हें आँख फाड़कर देखने के अलावा वह न तो हिल-डुल सका और न कुछ कह ही सका। अब उसके खब्ती दिमाग में जो बात घुसी थी उसकी पुष्टि हो गई। उसे पूरा विश्वास हो गया कि वह जादू से प्रभावित है तथा वे विचित्र आकृतियाँ उस जादू के किले के दैत्य या प्रेत हैं। यहाँ तक तो पुरोहित की युक्ति पूरी तरह सफल रही। एकमात्र सैंको ही अपने असली रूप और होश में था जो धैर्य के साथ सारी बातें देख रहा था। वह सबको पहचानता था तो भी अपना मुँह खोलने से पहले वह उस कांड को पूरा हो जाने देना चाहता था। उसके स्वामी ने भी कुछ नहीं कहा। चुपचाप अपने दुर्भाग्य की प्रतीक्षा करता रहा। इसी समय उन लोगों ने उसे बिस्तर से उठा लिया और उसे पिंजरे में डालकर दरवाज़ा बंद करके इस तरह से उसे जकड़ दिया कि उसे खोलने के लिए असाधारण ताकत की ज़रूरत थी। उन लोगों ने पिंजरे को कंधे पर उठा लिया और कमरे से बाहर ले चले। इसी समय उनके कानों में हज्जाम की तेज़ आवाज़ पड़ी। उसने कहा—'ओ मनहूस आकृति वाले वीर योद्धा, इस तरह बंदी हो जाने से अधीर न होना; क्योंकि तुम्हारे अतुलनीय साहस ने जिस अध्यवसाय को हाथ में लिया है उसे शीघ्र पूरा करने का यही उपाय नियति ने स्थिर किया है। वह उसी समय पूरा होगा जब मांचा का शेर टोबोसो के पंछी के साथ विवाह के उच्च बंधन में बँध जाएगा और दोनों के असाधारण संयोग से वीर शावक पैदा होंगे जो अपने वीर पिता के दुर्दांत पद-चिह्नों का अनुकरण करेंगे। और यह काम उस भगोड़ परी के देदीप्यमान पीछा करने की अपनी स्वाभाविक द्रुत गति से समुज्ज्वल और संकेत के पास पहुँचने के लिए दो चक्कर लगाने से पहले ही संपन्न हो जाएगा। और सर्वश्रेष्ठ तथा वफ़ादार परिचर, जिसने तलवार कभी धारण नहीं की, जिसे दाढ़ी है या सूँघने की शक्ति है, वीर कर्म के इस अद्वितीय रत्न के बंदी होने से असंतुष्ट या हतोत्साह नहीं होना। सृष्टा की इच्छा के अनुसार तुम शीघ्र उस ऊँचे पद पर पहुँच जाओगे जिसकी तुम कल्पना तक नहीं कर सकते और मैंटनियाना के संत के आदेश से मैं कहता हूँ कि तेरे प्रभु ने जो

वचन दिया है उससे तू किसी तरह भी वंचित नहीं किया जाएगा। इसलिए तू भी जादू से प्रभावित साहसी बंदी वीर योद्धा के पीछे-पीछे जा; क्योंकि यही आदेश है कि तुम दोनों साथ जाओ और साथ ही रहो। नियति ने इससे अधिक कोई आदेश नहीं दिया है। इसलिए विदा। अब जब मैं वहीं वापस जाता हूँ जहाँ मुझे जाना है।'

अपनी भविष्यवाणी के अंतिम अंश में हज्जाम ने स्वर के प्रवाह को ऐसा बना लिया था कि जो लोग इस मज़ाक में शामिल थे उन्होंने भी इसे अलौकिक समझा!

इस भविष्यवाणी से डान क्विग्जोट को बहुत अधिक संतोष हुआ। उसके भाव को समझकर उसने यह अर्थ लगाया कि डलसीनिया डेल टोबोसो से उसकी शादी होगी जिसके गर्भ से शेर बच्चे (उसके पुत्र) पैदा होंगे जिनसे ला मांचा की कीर्ति अमर होगी। इस विश्वास पर उसने लंबी साँस लेकर जोर से कहा—'तुम जो कोई भी हो मैं तुम्हारा निर्देशन स्वयं स्वीकार करता हूँ। तुमसे मेरी साग्रह प्रार्थना है कि जिस जादूगर की देख-रेख में मैं हूँ उससे निवेदन करना कि कैदखाने में वह रक्षा करें, ताकि मुझे जो आशा दिलाई गई है उसके पूरा होने से पहले मैं मर न जाऊँ। उस आशा को फलवती होने के लिए मैं इस बंदोगृह को महल, अपनी बेड़ियों को स्वतंत्रता और इस कठोर बिस्तर को, जिस पर मैं पड़ा हूँ, अति कोमल सेज या विलासपूर्ण निवास समझूँगा। मेरे परिचारक सैंको को जो तसल्ली दी गई है उसके बारे में मैं कह सकता हूँ कि उसकी ईमानदारी का मुझे पूरा भरोसा है। अनेक साहसिक कामों में उसने इतनी वफ़ादारी से मेरा साथ दिया है कि मेरे भाग्य में किसी तरह का परिवर्तन क्यों न हो वह मेरा साथ छोड़ने वाला नहीं है। मेरे या उसके दुर्भाग्य से यदि मैं उसे टापू न दे सका या उसके समान कोई वस्तु न दे सका, जिसे देने का मैंने उसे वचन दिया है, तो भी मेरे अंतिम वसीयतनामे के अनुसार उसका वेतन सुरक्षित रहेगा। उसे जो कुछ मिलेगा वह उसकी सेवा और योग्यता के अनुसार न होकर मेरी और मेरी ज़मींदारी की क्षमता के अनुसार होगा।'

सैंकोपांका ने उसे तीन-चार बार झुककर प्रणाम किया और उसके दोनों हाथ चूम लिए (दोनों हाथ बँधे रहने के कारण वह एक को नहीं चूम सकता था)। दूसरे ही क्षण दैत्यों ने पिंजरे को उठा लिया और बैलों की जोड़ी में ठीक तरह बाँध दिया।

19. डान क्विग्जोट पर जादू का प्रभाव आदि घटनाएँ

डान क्विग्जोट अपने ऊपर जादू के प्रभाव से इतना चकित नहीं था जितना उसके तरीक़े से। कहा :

'वीर कर्म की मैंने जितनी भी किताबें पढ़ी हैं। उनमें मुझे कहीं भी ऐसा नहीं मिला कि कोई भी भ्रमणशील वीर योद्धा बैलगाड़ी में ले जाया गया हो अथवा इतमीनान के साथ बैल के समान धीमी चाल वाले जानवरों द्वारा उसकी गाड़ी खींची गई हो, क्योंकि वे तो काले बादलों में अत्यंत द्रुत वेग से उड़ाए जाते थे अथवा आग के रथ में पंख वाले गीध या इसी तरह के तेज़ चाल वाले पक्षी द्वारा उड़ाकर लाए जाते थे। लेकिन इस तरह बैलों की जोड़ी की गाड़ी पर अपने को चलते देखकर मेरी बुद्धि कम चक्कर में नहीं है। यद्यपि आधुनिक युग के जादूगर अतीत युग के जादूगरों से भिन्न तरीका अख्तियार करते हैं। शायद बुद्धिमान जादूगरों ने मेरे लिए नया उपाय ढूँढ़ निकाला हो, क्योंकि मैं वीर धर्म का प्रथम उद्धारक हूँ जो अभी तक गर्भ में खो-सा गया था और वीर धर्म को लोग भूल-से गए थे। प्रिय सैंको, तुम क्या समझते हो?'

सैंको–'मेरी समझ में कुछ नहीं आता, क्योंकि मैंने उन चीज़ों को अच्छी तरह आप-जैसा नहीं पढ़ा है, लेकिन एक बात मैं ज़ोर देकर कह सकता हूँ कि ये भूत जो हम लोगों के साथ चल रहे हैं वास्तव में भूत नहीं हैं।'

डान क्विग्जोट–'मेरे दोस्त, जब वे शैतान हैं तब असली कैसे हो सकते हैं? हम लोगों को अचानक इस हालत में डालने के लिए ही इन्होंने यह छद्मवेश धारण किया है। अपने इतमीनान के लिए तुम इन्हें छुओगे तो तुम्हें मालूम होगा कि इनका शरीर ठोस नहीं है, बल्कि सूक्ष्म हवा है, यह केवल बाहरी रूप है इनका।'

सैंको–'मैं सौगंध खाकर कहता हूँ कि मैंने इन्हें बार-बार छूकर देखा है। मैंने देखा है कि आस-पास चलने वाले इन शैतानों का शरीर मुर्गे की तरह मोटा और स्थूल है। इसके अलावा इनमें दूसरा तत्त्व भी है जो शैतान से एकदम भिन्न है, क्योंकि लोग कहते हैं कि शैतान की गंध गंधक या अन्य गंदी चीज़ों की तरह होती है, लेकिन इन लोगों के शरीर से ऐसी बढ़िया गंध आ रही है कि पौन मील तक उसकी महक जाती है' (उसका अभिप्राय डान फर्डिनंड से था जिसका वस्त्र संभवतः उसके समान भद्र पुरुषों की तरह सुगंध से सज्जित था)।

डान क्विग्जोट–'आह! ईमानदार सैंको, तू इतना सीधा-सादा है कि इन शैतानों के छल को तू समझ नहीं सकता। तुझे मानना चाहिए कि असली प्रेतों में किसी तरह की गंध नहीं होती। अगर उनमें किसी तरह को गंध हो तो वह निश्चय ही कोई सड़ी-गली दुर्गंध होगी, क्योंकि वे नरक की दुर्गध को अपने साथ ले चलते हैं। उनके शरीर से सुगंध की खुशबू आना तो कल्पना से परे की बात है। इसलिए तेरे इस भ्रम का कारण यही हो सकता है कि तेरी नाक पर भी जादू का असर है।'

मालिक और परिचारक का यह वार्तालाप सुनकर कार्डेनियो और डान फर्डिनंड को यह आशंका हो गई कि सैंको सारा खेल बिगाड़ देगा। इसलिए उन लोगों ने सरायवाले से चुपचाप कहा कि रोजिनांटे और सैंको के गधे को तैयार किया जाए। पुरोहित ने उन अफसरों को भी रोजाना भत्ते पर राजी कर लिया कि वे उन्हें घर तक पहुँचा दें। कार्डेनियो ने डान क्विग्जोट की ढाल रोजिनांटे की जीन के उधड़े भाग पर एक तरफ और बर्तनों को दूसरी तरफ लटका दिया। उसने इशारे से सैंको को आदेश दिया कि वह गधे पर सवार हो जाए और रोजिनांटे की लगाम पकड़कर चले और गाड़ी के दोनों तरफ दो बंदूकधारी अफसरों को तैनात कर दिया।

इस तरह प्रस्थान करने के लिए तैयार होने पर सरायवाली, उसकी बेटी और मेरिटोर्नेस वीर योद्धा को विदा करने के लिए फाटक पर आईं। उसके इस दुर्भाग्य के लिए उन्होंने अतिशय बनावटी शोक प्रकट किया। डान क्विग्जोट ने कहा–'माननीय महिलागण, आप लोग अपने आँसुओं को रोकिए, मेरे पेशे वालों के साथ तो इस तरह की दुर्घटना होती ही रहती है। इस तरह की दुर्घटनाओं से हो हम लोग अपने यश और प्रसिद्धि की गणना करते हैं। यह डाह का परिणाम है। इस तरह के महान कार्यों के साथ यह लगा ही रहता है। जिन राजाओं और वीर योद्धाओं को हम लोगों के यश और प्रतिष्ठा से जलन होने लगती है वे प्रकारांतर से इस तरह का उपद्रव बरपा कर देते हैं। लेकिन इन यातनाओं और जादू के प्रथम आविष्कारक जोरोस्ट्रेस के समय से ही इस जादू के बावजूद भी उत्कर्ष की सदा विजय होती रही है। हर तरह के विघ्नों पर विजय प्राप्त करता हुआ अंत में वह योद्धा उसी तरह चमक उठेगा जिस तरह संसार को प्रकाश देने के लिए सूर्य प्रकाशमान होता है। यदि अज्ञान या असावधानीवश आपके अनुरूप आदर मैंने नहीं किया हो तो आप लोग मुझे क्षमा कर देंगी। मैंने जान-बूझकर कभी कोई भूल नहीं की है। किसी दुष्ट जादूगर ने मुझे जिस बंधन में डाल दिया है उससे

मुक्ति-लाभ करने के लिए आपकी प्रार्थना की मैं अपेक्षा करता हूँ। इस बंधन से छुटकारा पाने पर सबसे पहले आपके प्रति मैं अपनी कृतज्ञता प्रकट करूँगा उन सुख और सुविधाओं के लिए, जो मुझे इस किले में प्राप्त हुई हैं।'

इधर डान क्विग्जोट महिलाओं से इस तरह बातें कर रहा था उधर पुरोहित और हज्जाम अपने साथियों से विदा हो रहे थे। परस्पर गले लगने के बाद उन लोगों ने एक-दूसरे को अपने बारे में लिखने का वचन दिया। डान फर्डिनंड ने पुरोहित से कहा—'डान क्विग्जोट के अभियानों के बारे में मुझे बराबर लिखते रहिएगा। यह आपकी सबसे बड़ी कृपा होगी। मैं अपनी शादी, लुसिंडा के अपने पिता के पास सकुशल पहुँच जाने तथा लेविस के प्रणय की सफलता और जोरैदा के ईसाई धर्म में दीक्षित होने का समाचार आपको अवश्य दूँगा।'

पुरोहित ने डान फर्डिनंड की प्रार्थना को सहर्ष स्वीकार किया। अंतिम अभिवादन के बाद वह चलने ही वाला था कि सरायवाले ने उसके हाथ में काग़ज़ का पुलिंदा देते हुए कहा—'कपड़े के जिस थैले में 'विचित्र धृष्ट' वाला उपन्यास मिला था उसी में यह भी था। इसे आप अपने साथ ले जाएँ क्योंकि इस बात की संभावना बहुत कम है कि इसका मालिक माँगने आएगा, और मैं इसे पढ़ नहीं सकता। इसका सर्वोत्तम उपयोग यही हो सकता है।'

पुरोहित ने उसे हृदय से धन्यवाद दिया। बंडल खोलकर देखने पर उसे यह शीर्षक मिला—*रिंकोनेटे और कोर्टाडिलो की कहानी।*

इस शीर्षक से उसने इसे भी कोई उपन्यास ही समझा जिसे 'विचित्र धृष्ट' के लेखक ने लिखा था, क्योंकि उसी थैले में यह भी मिला था। उसने अपनी जेब में उसे इस इरादे से रख लिया कि अवसर मिलते ही वह उसे पढ़ेगा। इसके बाद अपने साथी हज्जाम के साथ सवार होकर और नकाब ओढ़कर जमात के साथ इस क्रम से चला—गाड़ीवान बैलों को लेकर सबसे आगे था, उसके पीछे गाड़ी पर पिंजरा था, जिसके दोनों तरफ दो अफसर बंदूक के साथ चल रहे थे, उनके पीछे सैंको अपने गधे पर रोजिनांटे की लगाम पकड़कर चल रहा था और सबसे पीछे पुरोहित और हज्जाम अपने खच्चरों पर थे। सबने गंभीर चेहरा बना रखा था और बैलों से किसी भी तरह उनकी चाल तेज़ नहीं थी। डान क्विग्जोट के दोनों हाथ बँधे थे। वह पैर फैलाकर पिंजरे पर झुका था। वह इतना खामोश और स्थिर था कि उसे देखकर लोग मनुष्य के बदले उसे पुतला समझ सकते थे।

वे लोग इतमीनान के साथ धीरे-धीरे तीन मील रास्ता तय कर चुके जब उनके पथ-प्रदर्शक ने एक छोटी घाटी की ओर इशारा करके कहा कि खा-पी लेने

के लिए वह उपयुक्त स्थान है। लेकिन हज्जाम ने कहा कि यहाँ से थोड़ी दूर पर इससे अच्छी घाटी है जहाँ घास भी अधिक है तथा अन्य बातों की भी सुविधा है इसलिए वहीं पहुँचकर रुकना अच्छा होगा। वे लोग बहुत दूर नहीं बढ़े थे कि पुरोहित ने हथियारों से सुसज्जित छः या सात आदमियों को तेज़ कदम अपने पीछे आते देखा। अपनी तेज़ चाल से वे गिरजे वालों के खच्चरों पर सवार प्रतीत होते थे। उनके खच्चर डान क्विग्जोट की सवारी के बैलों की तरह सुस्त नहीं थे। वे लोग धूप तेज़ होने से पहले सराय में पहुँच जाना चाहते थे, जो वहाँ से एक मील आगे थी। इन लोगों की जमात के पास वे शीघ्र पहुँच गए। उनमें से एक, जो टेलिडो का धर्माध्यक्ष था और जो लोग उसके साथ आ रहे थे उनका सरदार था, हम लोगों को इस तरह गाड़ी, संतरी, सैंको, रोजिनांटे, पुरोहित और पादरी—जूलस बनाकर चलते, खासकर पिंजरे में बंद डान क्विग्जोट को देखकर यह पूछे बिना न रह सका कि उस व्यक्ति को इस तरह बंद करके ले जाने का क्या कारण है? यद्यपि रक्षकों को देखकर उसने यही समझा था कि पवित्र भ्रातृ-संघ के बंधन में यह कोई बदनाम बदमाश था। भ्रातृसंघ के एक अफसर ने कहा कि इस वीर योद्धा की गिरफ़्तारी का कारण मैं नहीं बतला सकता लेकिन वह खुद बतला सकता है, क्योंकि उसे वर्णन करना खूब आता है।

उनकी बात सुनकर डान क्विग्जोट ने कहा—'महाशय, यदि आप भ्रमणशील वीर धर्म की बातों में रुचि रखते हों, तो मैं अपने दुर्भाग्य की कहानी आपसे कहूँ, यदि आपको रुचि नहीं हो तो मैं व्यर्थ कष्ट क्यों उठाऊँ?'

धर्माध्यक्ष—'दोस्त, सच बात तो यह है कि विल पैपर्डो के उपदेश की अपेक्षा वीर कर्म की पुस्तकों को मैंने कहीं अधिक पढ़ा है। यदि तुम्हें केवल इतनी ही बात का एतराज है तो तुम इतमीनान से अपनी बात कह सकते हो।'

डान क्विग्जोट—'भगवान की कृपा से ऐसा ही हो। तो आपको यह जानना चाहिए कि किसी जादूगर ने डाह और जलन से मुझ पर जादू कर दिया है और उसी जादू के प्रभाव से मैं इस पिंजरे में ले जाया जा रहा हूँ। गुणों की कदर करने वाले अच्छे लोग कम ही होते हैं लेकिन उससे जलने वाले बुरे लोग बहुत होते हैं। मैं पेशे से भ्रमणशील वीर योद्धा हूँ और मैं आपको विश्वास दिलाता हूँ कि मैं उन लोगों में नहीं हूँ जिनके कारनामों का उल्लेख यश के खाते में नहीं हुआ। मैं वह हूँ जो ईर्ष्या के बावजूद फ़ारस के जादूगर, भारत के ब्राह्मण तथा इथोपिया के संन्यासियों के बावजूद अमरता के मंदिर में स्थान प्राप्त करेगा और जो आने वाली पीढ़ी के लिए आदर्श और नमूना होगा जिसके पद पर चल कर

आने वाली पीढ़ी के भ्रमणशील वीर योद्धा, वीरता की प्रतिष्ठा की चरम सीमा पर पहुँच सकेंगे।'

पुरोहित ने उसके पास जाकर कहा—'माननीय डान क्विग्जोट डेलामांचा सही बात कह रहे हैं। वे इस गाड़ी में जादू के प्रभाव से कैद हैं। इसका कारण उनकी अयोग्यता नहीं है, बल्कि उन लोगों का नीच विश्वासघात है जो गुणों से जलते हैं और वीरता से नफ़रत करते हैं। ये मनहूस आकृति वाले वीर योद्धा हैं जिनकी चर्चा आप लोगों ने सुनी होगी, जिनके महान कार्य उन पीतलों और संगमरमरों पर अंकित होंगे जो कभी नष्ट नहीं हो सकते और ईर्ष्या, डाह और जलन उन्हें मिटाने या छिपाने के प्रयास में थक जाएँगे।'

कैदी और उसके रक्षक को एक ही शैली में बातें करते सुनकर धर्माध्यक्ष को विस्मय हुआ। वह और उसके साथी आश्चर्य में डूबे ही थे कि सैंकोपांका स्थिति को सुधारने की गरज से उनके पास चला आया और बोला—'आपको अच्छा लगे या बुरा, पर मैं सच-सच कहूँगा। मेरे मालिक पर जाूद का उसी तरह प्रभाव नहीं है जिस तरह मेरी माँ पर नहीं हो सकता। उनका दिमाग सही और दुरुस्त है, वे खाते हैं, पीते हैं, तथा अन्य लोगों की तरह सभी आवश्यकताओं की पूर्ति करते हैं जैसा कि वे पहले किया करते थे। तो भी ये लोग चाहते हैं कि जो आदमी यह सब कर सकता है, उसे मैं सचमुच जादू से प्रभावित मानूँ। वे बातचीत भी कर सकते हैं। यदि ये लोग उन्हें बात करने की आज़ादी दे दें तो ये बीस वकीलों के बराबर अकेले बोल सकते हैं।' इतना कहकर वह पुरोहित की तरफ घूमा और बोला—'पुरोहित महोदय, क्या आप समझते हैं कि मैं आपको नहीं पहचानता और मैं नहीं जानता कि इस नई जादूगरी का क्या मतलब है?'

'आप लोग चाहे जिस तरह अपना चेहरा छिपा लें, मैं आप लोगों को पहचानता हूँ और आप लोगों की धूर्तता के बावजूद भी आप लोगों के उद्देश्य को समझता हूँ। लेकिन मसल मशहूर है कि धारा के प्रवाह से भिड़ना मूर्खता है और जब शैतान की मर्जी होती है दुर्बल ही मारा जाता है। यदि आपने हम लोगों का खेल बिगाड़ा न होता तो अब तक मेरे मालिक की शादी शाहजादी मिकोमिकोना के साथ हो गई होती और मैं कम-से-कम अर्ल बन गया होता। बुरे-से-बुरा होने पर भी मेरा इतना हो जाना निश्चित ही था लेकिन फिर वही पुरानी कहावत सच उतरी की भाग्य रथ के पहिए की तरह चक्कर खाता रहता है। जो कल शिखर पर था वही आज ज़मीन पर है। पुरोहित महोदय, मुझे आश्चर्य हो रहा है कि धर्माधिकारी होकर भी आपमें अधिक चेतना नहीं है। आप

सोचें कि मेरी पत्नी और संतान हैं, वे सभी सुख से रहना चाहते हैं, और मेरे मालिक को अनेक अच्छे काम करने हैं। आप क्या यह नहीं समझते कि एक दिन आपको इन सब बातों के लिए उत्तर देना पड़ेगा?'

सैंको को इस तरह बातें करते सुनकर हज्जाम ने कहा—'तू नौकर है और नौकर की तरह काम कर। मूर्ख, क्या अपने मालिक की तरह तेरा भी माथा खराब हो गया है! अगर यह बात है तो तुझे भी उसी पिंजरे में उनके साथ रहना होगा। वह कौन-सा जादू का टापू है जो तेरे दिमाग में घूम रहा है? शैतान कौन-सी स्त्री का रूप धरकर तेरी कल्पना में नाच रहा है और तेरे हृदय में उस तरह की आशा गर्भ में रखकर जन्म देने वाला है?'

सैंको—'गर्भ! आपका क्या मतलब है? मैं आपके शब्दों से घृणा करता हूँ। इस देश का बड़े-से-बड़ा आदमी, यहाँ तक कि राजा भी मुझे गर्भ धारण नहीं करा सकता। भगवान राजा का भला करे। यद्यपि मैं गरीब आदमी हूँ तो भी मैं ईमानदार हूँ और जन्मजात ईसाई हूँ। मैं किसी की एक पाई भी नहीं धरता। मैं टापू चाहता हूँ, लेकिन दूसरे लोग यहीं पास में ही हैं जो उससे भी बुरी चीज़ चाहते हैं। हरेक आदमी अपने कर्मों का फल पाता है। मैं भी मनुष्य हूँ। किसी टापू के शासक होने की बात कौन कहे, मैं रोम का पोप तक हो सकता हूँ। खासकर यह सोचकर कि मेरे मालिक जितनों को जो देना चाहें उतने के लिए प्रयत्न कर सकते हैं। इसलिए हज्जाम महोदय, जो कुछ कहना हो समझकर कहिए; क्योंकि दाढ़ी बनाने में ही सब कुछ नहीं है और आम तथा इमली में कुछ फ़र्क़ होता है। मैं ऐसा इसलिए कह रहा हूँ कि हम लोग एक-दूसरे को जानते हैं और मुझे कोई धोखे में नहीं डाल सकता। जहाँ तक मेरे मालिक पर जादू का प्रभाव है, वह उसी तरह रहे, भगवान उसे खूब समझते हैं। उकसाने के लिए डंक मारना बहुत बुरा है।'

सैंको की वाचालता को रोकने के लिए हज्जाम ने चुप रहना ही अच्छा समझा। पुरोहित को चिंता हो गई कि वह कहीं सारा खेल खराब न कर दे। उसने धर्माध्यक्ष से कहा कि आप आगे बढ़ चलें तो मैं पिंजरे में बंद वीर योद्धा का सारा रहस्य आपको बतला दूँगा। इस तरह का मनोरंजक वृत्तांत संभवतः आपने कहीं भी न सुना होगा।

धर्माध्यक्ष अपने साथियों सहित पुरोहित के साथ आगे बढ़ गया। पुरोहित ने उसे डान क्विग्जोट की योग्यता और जीवन-चरित बतलाते हुए उसके पागलपन और अभियान की चर्चा की। उसके पागलपन के कारणों की चर्चा करते हुए

आरंभ से उसके पिंजरे में बंद होने तक का इतिहास सुनाकर कहा कि उसे अच्छा करने के लिए ही हम लोग घर ले जा रहे हैं।

उसकी विचित्र दास्तान को सुनकर सभी आश्चर्य प्रकट करने लगे और धर्माध्यक्ष ने पादरी से कहा :

'मेरा यह दृढ़ मत है कि वीर कर्म की ये किताबें जनता के लिए नितांत हानिकर हैं। निष्प्रयोजन के मनोरंजन के लिए यद्यपि मैं इस विषय की सभी प्रकाशित पुस्तकों का आरंभिक अंश पढ़ गया हूँ लेकिन मैं अंत तक भी पुस्तक नहीं पढ़ सका; क्योंकि मुझे ऐसा प्रतीत होता है कि सभी पुस्तकों में एक ही बात है। जो बातें एक में दी गई हैं वही बाकी सबों में हैं। उनका विषय और शैली मिलेसिनय की कहानियों के समान हैं, जो केवल मनोरंजन के लिए बे-मतलब के किस्से हैं। उनसे कोई नसीहत नहीं मिलती। ये उन कहानियों की तरह नहीं हैं जिन्हें नीति की कथाएँ कहते हैं, जो मनोरंजन होने के साथ ही साथ उपदेशप्रद भी होती हैं। उस तरह की पुस्तकों का प्रधान उद्देश्य मनोरंजन है, पर मेरी समझ में नहीं आता कि वे मनोरंजन भी किस तरह प्रदान कर सकती हैं, क्योंकि उनमें कल्पनातीत बातों का समावेश है। जो आनंद मन को छूता है वह उन चीज़ों में निहित सौंदर्य और संगति से प्राप्त होना चाहिए जो प्रत्यक्ष दीख पड़े या जिनकी कल्पना की जा सके। लेकिन कोई अप्रत्यक्ष या असंगत वस्तु वास्तविक आनंद नहीं प्रदान कर सकती। लेकिन ऐसी पुस्तकों के संपूर्णतः या अंशतः पढ़ने से क्या मिल सकता है जिनमें सोलह साल का एक युवक तलवार के एक ही वार से विशाल दैत्य को बीचोबीच से इस तरह काट देता है मानो वह कूट का बना हो। या जब वे लोग हम लोगों के समक्ष किसी युद्ध का वर्णन उपस्थित करते हैं और कहते हैं कि शत्रु की सेना में दस लाख सैनिक थे और पुस्तक का नायक अकेला था। लोगों को विश्वास करना पड़ता है, बल्कि लोग यह मान लेते हैं कि उस वीर ने अपने बाहुबल के प्रताप से उन पर विजय प्राप्त की और उस वृत्तांत के बारे में क्या कहना है कि कोई स्वतंत्र रानी या महारानी किसी अज्ञात कुलशील भ्रमणशील योद्धा के बाहुपाश में आसानी से चली जाती है: कौन मनुष्य जो एकदम असभ्य और संस्कारहीन नहीं है, इस बात पर विश्वास करेगा कि सैनिकों से पूर्ण विशाल बुर्ज जहाज की तरह वायु के प्रतिकूल समुद्र को चीरता हुआ पार निकल गया और शाम को वह इटली से चलकर सुबह होते-होते प्रेस्टर जाने के मुल्क में या किसी अन्य जगह पहुँच गया जिसका नाम न तो टालमी जानता है और न जिसे मार्कोपोलो ने देखा है।

'अगर यह कहा जाए कि इन पुस्तकों के लेखक सर सर झूठ लिखते हैं, इसलिए उन्हें न तो शालीनता की ओर ध्यान देने की ज़रूरत है और न सचाई के पालन की आवश्यकता है, तो मैं इसका उत्तर देना चाहता हूँ कि झूठ की प्रशंसा तभी है जब वह सच से मिलता-जुलता हो। संशययुक्त होने पर भी जो संभावित होने से उसमें आनंद मिलता है। काल्पनिक कहानियाँ पाठक के कयास के अनुकूल होनी चाहिए। उनका गठन इस तरह होना चाहिए कि असंभव न प्रतीत हो, सभी दुर्वह घटनाएँ संभव प्रतीत हों और मन हमेशा उत्कंठा में अटका रहे और कथानक से एक साथ ही विस्मय और आनंद की उपलब्धि हो ताकि आनंद और प्रशंसा दोनों साथ-ही-साथ चलें। लेकिन यह उससे संभव नहीं है जो संभावना से उठकर नकल पर आता है और जो कुछ लिखा गया है वही इसकी पूर्णता है। मैंने वीर कर्म की एक भी ऐसी पुस्तक नहीं देखी है जो इस तरह की कल्पना करें जिसका मध्य भाग आदी के अनुकूल हो और अंत आरंभ और मध्य के अनुकूल हो। इसके प्रतिकूल उन्हें वे भिन्न-भिन्न भागों में लिखते हैं कि वे समानुपात में न होकर दैत्य या भयानक जंतु हो जाती हैं। इन बातों के अलावा उनकी शैली कुत्सित और उनका विषय अविश्वसनीय, उनका प्रेम तैश में, उनका सौजन्य धृष्ट, उनके युद्ध विरक्तिकर, उनकी भाषा असंगत, उन्की समुद्री यात्राएँ असंभव होती हैं। सारांश यह कि उन कथाओं में ठोस बुद्धि-कौशल का सर्वदा अभाव रहता है। इसलिए उन्हें निकम्मा और हानिकर करार देकर ईसाई संघ से हटा देना चाहिए।'

पुरोहित गौर से उसकी बातें सुनता रहा। उसने उसे अत्यंत समझदार व्यक्ति माना और जो कुछ उसने कहा उसे पूर्ण सत्य समझा। इसलिए उसने कहा—'मैं आपके विचारों से सर्वथा सहमत हूँ। डान क्विग्जोट के पास वीर कर्म की जितनी भी पुस्तकें थीं मैंने सबों को जला दिया। उनकी संख्या अगणित थी।' इसके बाद उसने अपनी जाँच की चर्चा की कि किन्हें उसने जला दिया था और किन्हें रख लिया था।

उसकी बातें सुनकर धर्माध्यक्ष ज़ोर से हँसा और बोला :

'उन किताबों के विपक्ष में मैंने जो कुछ कहा है उसके बावजूद भी उनमें एक चीज़ मुझे अच्छी जँची। समझदार व्यक्ति को अपनी बुद्धि के प्रयोग की सामग्री उसमें मिल जाती है, क्योंकि बिना किसी नियंत्रण के लेखनी को अतिशयिता के साथ अंकित करने का अवसर वे प्रदान करती हैं। उनमें जहाजों के ध्वंस होने, तूफानों, लड़ाइयों और युद्धों का वर्णन रहता है और वे ऐसे

सेनापति को प्रस्तुत करती हैं जो वीर, धीर और साहसी हैं तथा ऐसे अवसरों के उपयुक्त उसमें पूरी योग्यता है। वे दिखलाती हैं कि किस तरह दुश्मनों की युक्तियों को व्यर्थ कर देने में वह अपनी असाधारण प्रतिभा प्रकट करता है, किस खूबी के साथ वह निर्णय करता है, उत्तरदायित्व का किस तत्परता से निर्वाह करता है और आक्रमण को व्यर्थ कर देने में वह कैसी वीरता प्रकट करता है। वह कभी हम लोगों के सामने अत्यंत दुखद और शोकजनक घटना भी उपस्थित करता है। एक में वह सुंदर, शालीन, समझदार और संयत महिला का चित्र उपस्थित करता है, तो दूसरे में एक ईसाई के अनुरूप वीर और विनयशील भद्र पुरुष को भी चित्रित करता है। एक जगह वह प्रचंड, निर्दय और घमंडी बदमाश को उपस्थित करता है, तो दूसरी जगह शिष्ट, वीर और बुद्धिमान राजा को भी प्रस्तुत करता है और वहाँ वह प्रजा का पूर्ण अनुराग और राजभक्ति तथा राजा की उदारता और सदाशयता को भी चित्रित करता है। कभी-कभी वह ज्योतिष विद्या, भूगोल, संगीत का भी अपना ज्ञान यदि चाहे तो प्रकट कर सकता है और जादूगरी के अपने ज्ञान के प्रदर्शन के अवसर का भी उसे अभाव नहीं रहता। वह यूलिसेस की चतुरता, ऐनियस की धर्मपरायणता, अचिलेस की वीरता, हैक्टर का दुर्भाग्य, सिनन का विश्वासघात, यूरियनस की मैत्री, अलेक्जेंडर की उदारता, सीजर का पराक्रम, टार्जन की दयालुता और ईमानदारी, जोपिरस की विश्वस्तता और कैटो की विचक्षणता का भी वर्णन कर सकता है। संक्षेप में क्रिया-कलापों से पूर्ण वीर प्रदर्शित होते हैं। उन सभी गुणों को एक ही व्यक्ति में सन्निहित कर सकता है। कभी-कभी वह उन गुणों को विभिन्न व्यक्तियों में भी प्रकट करता है। यह सुंदर शैली में वर्णन किए जाने पर तथा जहाँ तक संभव हो सत्य के निकटतम कल्पनाओं से युक्त होने पर ऐसी सुंदर रचना होगी कि पूरा हो जाने पर इसकी गणना उत्तम ग्रंथों में होगी, और जैसा मैंने पहले कहा है कि इनसे आनंद और उपदेश दोनों प्राप्त होंगे। वर्तमान पुस्तकों में जो अनियंत्रित तरीक़ा अपनाया गया है उससे लेखक को स्वतंत्रता मिल गई है कि वह महाकाव्य, नीतिकाव्य, नाट्यकाव्य तथा काव्य की अन्य शैलियों को एक ही जगह जुटा ले, क्योंकि महाकाव्य गद्य और पद्य दोनों में लिखे जा सकते हैं।'

20. धर्माध्यक्ष का वीर कर्म की पुस्तकों पर प्रवचन

पुरोहित ने कहा—'आपका कहना बिलकुल सही है। अब तक जिन लोगों ने उस तरह की पुस्तकों की रचना की है वे दोषारोपण के योग्य हैं, क्योंकि उन्होंने

कला और नियम की कोई पाबंदी नहीं की जिसका समुचित पालन करके उन लोगों ने अपने गद्य में अपने को उतना ही प्रसिद्ध कर लिया होता जितना कि ग्रीक और लैटिन पद्य में कई ने किया।'

धर्माध्यक्ष—'मुझे एक बार वीर कर्म पर ग्रंथ उन नियमों का पालन करते हुए लिखने का प्रलोभन हुआ था। सच बात तो यह है कि मैंने एक सौ पृष्ठ के लगभग लिखे भी। मैंने उन कतिपय विद्वानों और विचारवानों को जो इस विषय के पारंगत थे तथा उन साधारण व्यक्तियों को जिन्हें केवल अतिशयोक्ति में आनंद आता है, उस अंश को इस उद्देश्य से दिखलाया कि उसमें मेरी आशा की पूर्ति होती है या नहीं। उन सब लोगों ने मुझे संतोषजनक उत्तर दिया तो भी मैंने लिखने के काम को आगे नहीं बढ़ाया, क्योंकि एक तो मैंने उस काम को अपने पेशे के अनुकूल नहीं समझा और दूसरे मैंने यह देखा कि विद्वानों की अपेक्षा मूढ़ों की संख्या अधिक है। यद्यपि मूर्खों के समुदाय द्वारा नफरत से देखे जाने की अपेक्षा चंद विद्वानों की प्रशंसा का मूल्य अधिक होगा। तो भी मैंने उन मूर्खों की आलोचना के खतरे में नहीं पड़ना चाहा, क्योंकि ऐसी पुस्तकों को पढ़ने वाले अधिकांश वे ही होते हैं। उस पुस्तक को अलग रख देने और न लिखने का प्रधान कारण मेरा अपना मत था जो मैंने रंगमंच पर खेले जाने वाले नाटकों से बनाया था। मैंने सोचा कि ऐतिहासिक तथा काल्पनिक नाटक, जो संप्रति रग-मंच पर खेले जाते हैं, इनमें से कुल नहीं तो अधिकांश अवश्य असंबद्ध और असंगत सामग्री से भरे पड़े हैं। ऐसी सामग्री जिनका न कहीं छोर है और न कूल-किनारा; तो भी जन-साधारण उन्हें बड़े संतोष से देखते हैं और उन्हें पसंद करते हैं यद्यपि उनमें कोई अच्छाई नहीं होती। यदि उनके रचयिता, लेखक और उनका अभिनय करने वाले कहते हैं कि उनकी रचना किसी प्रकार से अन्यथा नहीं होनी चाहिए, क्योंकि दर्शक-मंडलों के अधिक लोगों को वही पसंद है। जो रचनाएँ नियम और निष्ठा का पालन करते हुए लिखी जाती हैं, उन्हें इने-गिने विद्वान ही पसंद करते हैं और समझते हैं। बाकी लोग न तो उस स्तर तक पहुँच सकते हैं और न समझ सकते हैं। इसलिए लेखक और अभिनेता कहते हैं कि अल्पसंख्यक लोगों की प्रशंसा की अपेक्षा बहुमत वालों से अपनी जीविका कमाना उनके लिए श्रेयस्कर है। मैंने सोचा कि मेरी पुस्तक को भी इसी तरह सफलता प्राप्त होगी अर्थात् नियमों का पालन करने के लिए मैं अपना दिमाग खपाऊँगा और उससे मुझे केवल यह लाभ होगा कि लोग मेरी हँसी उड़ाएँ। मैंने अभिनेताओं को यह समझाने की कोशिश की कि उनकी धारणाएँ भ्रांत हैं और संप्रति प्रचलित नाटकों

की अपेक्षा नियमित नाटकों से उनकी प्रतिष्ठा बढ़ेगी और उन्हें अच्छे दर्शक मिलेंगे लेकिन वे अपने मूल मत के इतने पक्के हैं कि कोई भी तर्क उनके दिमाग में इस बात को घुसा नहीं सकता। मैं एक बार इस पेशे के एक जिद्दी आदमी से बातें कर रहा था। मैंने उससे कहा—क्या तुम्हें याद नहीं है कि इन चंद सालों के बीच हम लोगों के प्रसिद्ध लेखक के तीन दुखान्त नाटक अभिनीत हुए? वे इतने उत्तम साबित हुए कि जनसाधारण से लेकर उच्च शिक्षित वर्ग तक जिसने देखा वही मुग्ध हो गया और मुक्तकंठ से उनकी प्रशंसा की। उन्हीं तीन नाटकों से लेखक को इतना आर्थिक लाभ हुआ जितना आर्थिक लाभ उसके बाद के लिखे तीस नाटकों से नहीं हो सकता था। इस पर अभिनेता ने कहा—आपका मतलब इसाबेला, फिसिल और अलेक्जेंड्रा से है? मैंने कहा—हाँ, मेरा मतलब उन्हीं से है, उन्होंने क़ायदे-कानून की पाबंदी की थी कि नहीं? और क्या ऐसा करने से उनकी ख्याति में किसी तरह की कमी आई या वे लोगों को संतुष्ट कर सके? इससे प्रत्यक्ष है कि ऊल-जलूल चीज़ें पसंद करने वाले दर्शकों में दोष नहीं है, बल्कि उन लोगों में है जो उन्हें दूसरी वस्तु देना नहीं जानते। अन्य अनेक नाटकों में भी कोई भद्दी बात नहीं थी। उदाहरण के लिए उग्रेटिट्यूड रिवेञ्ड, न्यूमेंशिया, दी अमरस मर्चेंट और दी फेवरबुल शी-एनिमी। इस तरह के अन्य अनेक नाटक भी हैं जिनकी रचना विचारवान लेखकों ने की है जिससे उनकी प्रतिष्ठा और ख्याति बढ़ी और जिन लोगों ने उनका अभिनय किया, उन्हें लाभ हुआ। मैंने और भी अनेक लाभ बतलाए जिससे उसे घबराहट हुई लेकिन उसे न तो संतोष हुआ और इतमीनान, जिससे उसकी गलत धारणा में परिवर्तन हो।'

पादरी—'आपने ऐसे विषय की चर्चा छेड़ दी जिससे वर्तमान समय में अभिनीत होने वाले नाटकों के प्रति मेरी पुरानी घृणा पुनः जागृत हो गई जो उस घृणा से किसी तरह कम नहीं है जो मुझे वीर कर्म की पुस्तकों के प्रति है। सिरो के अनुसार नाटकों को मानव-जीवन का प्रतिबिंब, अच्छे चाल-चलन का नमूना और सत्य का प्रतिनिधि होना चाहिए लेकिन आजकल जिन नाटकों का अभिनय होता है वे वाहियात बातों के प्रतिनिधि, बेवकूफियों के नमूने और अश्लीलता के मूर्त स्वरूप हैं। उदाहरण के लिए, इससे बढ़कर भद्दी बात और क्या हो सकती है कि प्रथम दृश्य में एक व्यक्ति पलने पर झूलने वाला बच्चा है और दूसरे दृश्य में वही पूर्ण मनुष्य बन जाता है? इससे बढ़कर उपहासास्पद और क्या हो सकता है कि किसी बूढ़े को वीर योद्धा, युवक को कायर, साईस को कवि, खानसामा को, राजनीतिज्ञ राजा को असभ्य और शाहजादे को असंस्कृत उपस्थित

किया जाए? जिस समय में घटनाएँ हुईं चित्रित की जाती हैं उसके बारे में तो कुछ कहना ही व्यर्थ है, क्योंकि उनमें प्रथम दृश्य यूरोप में आरम्भ होता है, दूसरा एशिया में और तीसरा अफ्रीका में समाप्त होता है। यदि चौथा दृश्य भी होता तो संभवतः उसे अमेरिका में घसीटकर ले जाते। इस तरह उस नाटक की घटना विश्व के चार हिस्सों में घटित होती!'

'यदि अनुकरण नाटक का मुख्य अंग है तो जो घटना राजा पेथिन या शलिमेन के काल में हुई, उसे सम्राट हरक्यूलियस के काल में चित्रित करना और उसे क्रास लेकर जेरूसलम में लाना और बोलोन के उबड़ फ्रे की तरह उससे पवित्र समाधि का जितवाना कितना भद्दा है जबकि इन घटनाओं के बीच काल का बहुत बड़ा अंतर है? इस तरह वे लोग अपनी कल्पना के साथ इतिहास की सच्ची घटना जो जहाँ-तहाँ से लेकर जोड़ देंगे और कल्पित बातों के साथ उन बातों को मिला देंगे जो कई युगों में भिन्न-भिन्न लोगों के साथ घटित हुई थीं। इसे भी वे लोग बिना किसी ऐसी युक्ति के करते हैं जो देखने में संभव प्रतीत हों। उनमें ऐसी प्रत्यक्ष भूलें रहती हैं कि उन्हें किसी भी तरह क्षमा नहीं किया जा सकता। लेकिन सबसे अधिक दयनीय बात तो यह है कि ऐसे भी मूर्ख हैं जो इन्हें पूर्ण समझते हैं और अन्य सभी बातों को महज पांडित्य प्रदर्शन मानते हैं। यदि आप धार्मिक नाटकों की जाँच करें तो आप उनमें झूठी लौकिक घटनाएँ पाएँगे। कितनी भूलें और कितनी परस्पर-विरोधी बातें! बहुधा एक मत की अलौकिक घटना दूसरे मत के माथे मढ़ दी जाती है। इतना ही नहीं, अधार्मिक नाटकों में भी वे अलौकिक घटना का इस खयाल और अकर्मण्यता से समावेश कर देते हैं कि यह अलौकिक काम नाटकों को अलंकृत करेगा। साधारणतया नाटक देखने में सब बातें सत्य पर आक्षेप, इतिहास पर कलंक और स्पेन जाति की बुद्धि पर प्रहार हैं! दूसरे देशों के लोग नाटक के नियमों के पालन में बहुत ही तत्पर रहते हैं। जब वे हम लोगों के नाटकों में इस तरह की वाहियात और ऊल-जलूल बातें पाते हैं तो हम लोगों को मूर्ख और जंगली समझते हैं। यह कहना कोई जायज बात नहीं है कि सभी अच्छे शासक नाटकों के सार्वजनिक अभिनय की स्वीकृति केवल इसलिए देते हैं कि उचित मनोरंजन से साधारण जनता का मनोविनोद हो और इस तरह बैठे रहने से उनके दिमाग में जो खुराफ़ात पैदा हो सकती है उससे उनके चित्त की वृत्ति को हटाकर रख जाए। चूँकि यह उद्‌देश्य किसी तरह के नाटक से भी सिद्ध हो सकता है, चाहे वह अच्छा हो या बुरा, इसलिए उनके लिए किसी नियम का विधान करना या

लेखकों और अभिनेताओं से कहना कि वे ऐसे ही नाटक लिखें और खेलें जो विधिसंगत हों, व्यर्थ होगा। इस संबंध में मेरा कहना है कि बुरे नाटकों की अपेक्षा अच्छे नाटकों से इस उद्देश्य की पूर्ति अधिक सुचारु रूप से हो सकती है। जो नियमित तथा विधिसंगत नाटकों को देखता है, वह उसके प्रहसन को देखकर खुश भले ही हो, पर गंभीर अंशों से जानकारी प्राप्त करता है, अनेक तरह की घटनाओं से आश्चर्यचकित होता है, अपनी भाषा सुधारता है, धोखेबाज़ी से सचेत होता है, उदाहरणों से नसीहत लेता है, बुराई से दूर रहना सीखता है और गुणों को ग्रहण करता है। किसी भी अच्छे नाटक के देखने से ये सब भाव आदमी के हृदय में अवश्य जागृत होंगे। इन गुणों से युक्त नाटक उन लोगों को क्यों नहीं संतुष्ट, आनंदित और प्रसन्न कर सकेगा जिन्हें नाटक देखने में रुचि है?

'इन नाटकों के लेखकों का कोई दोष नहीं है, क्योंकि उनमें से कई एक तो अपनी भूलों को खूब समझते हैं और अपने कर्तव्य को पूरा करने के सर्वथा योग्य भी हैं। लेकिन वर्तमान युग में नाटक रूप के वश में हैं, बिक्री की चीज़ हो रहा है। इसलिए लेखकों का यह कहना उचित ही है कि यदि उनके नाटक उस तरह के नहीं होंगे तो अभिनेता उन्हें खरीदेंगे ही नहीं। लेखक को अभिनेता की रुचि का अनुसरण करना पड़ता है, क्योंकि उसी से उसे पारिश्रमिक मिलता है। इसके प्रमाण के लिए कोई भी व्यक्ति उन अनेक नाटकों को देख सकता है जिन्हें स्पेन के प्रतिभा-संपन्न लेखक ने लिखा है। वे आमोद-प्रमोदपूर्ण हैं, उनकी भाषा और गीत उत्कृष्ट हैं। उनकी शैली में इतना ओज है कि उसकी ख्याति दिग्दिगंत में फैली हुई है, तो भी चूँकि उसने अभिनेताओं की रुचि का अनुसरण किया, इससे उसके अनेक नाटक पूर्णता से कहीं हटकर हैं। दूसरे इतने अविचार से नाटक लिखे हैं कि अभिनीत होने के बाद अभिनेताओं को सजा के डर से भाग जाना पड़ा है। ऐसा कई जगह हुआ है, क्योंकि उसमें राजा तथा राज-परिवार का अपमान किया गया था। ये तथा इस तरह के अन्य कुपरिणाम, जिनकी चर्चा मैं नहीं करता, बंद हो जाएँगे यदि समझदार और विवेकपूर्ण व्यक्तियों की अदालत कायम की जाए और मंच पर आने से पहले वे सभी नाटकों की जाँच कर लें, केवल उन्हीं नाटकों को नहीं जो अदालत में उपस्थित किए जाते हैं, बल्कि स्पेन के सभी नाटकों की। उनका प्रमाण-पत्र प्राप्त किए बिना कोई भी नाटक अभिनीत न हो। इस तरह लेखक अपने नाटकों को अदालत में लाने के लिए सतर्क रहेंगे और तभी वे इतमीनान से खेले भी जा सकेंगे। नाटकों के लेखक सावधान रहेंगे, क्योंकि उन्हें उन जाँचकर्त्ताओं का सदा ध्यान रहेगा। इस उपाय

से हम लोगों को उत्तम नाटक मिल सकेंगे और उसके वास्तविक उद्देश्य की पूर्ति हो सकेगी अर्थात् जनता का मनोरंजन होगा और स्पेन की कदर होगी, अभिनेता सुरक्षित रहेंगे और सरकार को उन्हें दंड देने की परेशानी नहीं उठानी पड़ेगी। यदि उन्हीं लोगों को वीर कर्म की नई पुस्तकों की जाँच का भार दे दिया जाए तो निःसन्देह कतिपय पुस्तकें उसी पूर्णता के साथ प्रकाशित होंगी जिनकी चर्चा आपने की है अर्थात् उनसे हमारी भाषा समृद्ध होगी और पुरानी किताबों का लोप हो जाएगा, नई किताबें उन्हें खत्म कर देंगी। इनसे केवल उन्हीं लोगों का निर्दोष मनोरंजन नहीं होगा जिन्हें कोई काम-धंधा नहीं है, बल्कि उन लोगों का भी जो काम में व्यस्त रहते हैं। धनुष हमेशा झुका नहीं रह सकता, बिना जायज मनोरंजन के माननीय सबलता ज़िंदा नहीं रह सकती।

पुरोहित और धर्माध्यक्ष की बातचीत यहाँ तक पहुँची थी कि हज्जाम उनके पास आकर बोला—'दिन की गर्मी और धूप से बचने के लिए मैंने यही जगह पड़ाव के लिए चुनी है।' धर्माध्यक्ष को वह जगह बहुत पसंद आई, पुरोहित की बात से भी उसे बड़ा आनंद आया था। वह डान क्विग्जोट के बारे में और बातें भी जानना चाहता था इसलिए वह उन लोगों के साथ हो गया और अपने कुछ साथियों को यह कहकर आगे वाली सराय में भेज दिया कि यदि खाद्य-सामग्री वाले खच्चर आ गए हों तो उसके लिए भोजन इसी घाटी में भेज दिया जाए, क्योंकि पेड़ों की शीतल छाया और दृश्य की सुंदरता ने उसे इस तरह आकृष्ट किया था कि वह वहीं भोजन करना चाहता था, सराय में जो कुछ मिल जाए उससे वे लोग अपना और अपने खच्चरों का काम चला लें।

इधर सैंको, पुरोहित और हज्जाम से अलग हो जाने पर अपने मालिक से अकेले में बातचीत करने का मौका पाकर पिंजरे के पास चला गया, जिसमें उसका मालिक बैठा था। उसने कहा—'अपनी आत्मा को शांति प्रदान करने के लिए मैं आपसे इस जादू की बात सच-सच कह देना चाहता हूँ। क्या आप जानते हैं कि वे दोनों व्यक्ति जो अपना चेहरा छिपाकर चल रहे हैं, कौन हैं? वे हम लोगों के पुरोहित और हज्जाम के अतिरिक्त और कोई नहीं हैं। वे जानते हैं कि आपके काम उनसे कहीं ज्यादा प्रसिद्धि प्राप्त करेंगे, इससे वे आपसे घृण ने हैं और आपके विरुद्ध इन्होंने यह षड्यंत्र किया है। इसे मान लेने पर
निकलता है कि आप पर जादू नहीं किया गया है, बल्कि धोखा
और अपमानित किया गया है। यदि आप मेरे एक प्रश्न का उत्तर

तो आपकी समझ में आ जाएगा कि यह सरासर धोखा है, आप पर जादू नहीं है बल्कि केवल आपकी बुद्धि भ्रमित हो गई है।'

वीर योद्धा–'प्रिय सैंको, तुम कोई भी सवाल पूछ सकते हो, मैं खुशी से उसका उत्तर दूँगा। लेकिन तुम्हारा यह कहना कि जो मेरी रखवाली कर रहे हैं वे पुरोहित और हज्जाम हैं, सरासर गलत है। जादूगरी में यह ताकत है कि वह किसी चीज़ का रूप किसी भी तरह बदल सकती है। संभव है कि उन दैत्यों ने अपना रूप उनके समान ही बना लिया हो ताकि तुम्हारी बुद्धि भ्रमित हो जाए और तुम इस तरह के गोल-माल में पड़ जाओ और मैं संदेह की और अधिक गहराई में चला जाऊँ, इस जादू के प्रभाव की खोज में अपनी बुद्धि को और अधिक ख़तरे में डाल दूँ। यह जादू हर हालत में उनसे भिन्न है जिसके बारे में मैंने पढ़ा है। इस बात का इतमीनान रखो कि जैसे मैं तुर्क नहीं हूँ उसी तरह वे लोग वे नहीं हैं जैसा तुम समझते हो। अब तुम अपना सवाल पूछो। मैं उत्तर देने की कोशिश करूँगा।'

सैंको–'मुझ पर कृपा करें, यह तो पागलपन पर पागलपन है, अब मेरे एक प्रश्न का उत्तर दीजिए। मुझे यह बतलाइए, जैसा आप सोचते हैं कि आप इस पिंजरे से मुक्त किए जाएँगे और आप अपने को मेरी मालकिन श्रीमती डलसीनिया के बाहुपाश में पाएँगे, और आप उस बात को सोचते नहीं, चूँकि आप...'

डान क्विग्जोट–'बातों में मुझे बहलाने की ज़रूरत नहीं है, बल्कि सीधे अपना प्रश्न करो, क्योंकि मैंने सही-सही उत्तर देने का वचन दिया है।'

सैंको–'मैं भी तो यही चाहता हूँ कि आप सही-सही उत्तर दें; न कम न वेश।'

डान क्विग्जोट–'भूमिका बाँधना छोड़ दो, मैं कहता हूँ कि मैं सही-सही उत्तर दूँगा।'

सैंको–'मैं बड़े अदब के साथ यह जानना चाहता हूँ कि पिंजरे में बंद किए जाने या जादू से प्रभावित होने के बाद से, चूँकि आप समझते हैं कि आप जादू से प्रभावित हैं, इसलिए वहीं रहे, आपने मैदान की हालत महसूस की है या नहीं।'

डान क्विग्जोट–'मैंने तेरे उन शब्दों का अर्थ नहीं समझा।'

सैंको–'ऐं, आपने मेरा मतलब नहीं समझा। हमारे देश का अबोध बच्चा भी जिसे अक्षर का ज्ञान है, इसका मतलब बलता सकता है। मेरे कहने का मतलब

यह है कि क्या आप यह काम करना चाहते हैं कि जिसे आपके लिए कोई दूसरा नहीं कर सकता।'

डान क्विग्जोट–'अब मैंने तेरा मतलब समझा, सैंको। और तेरे प्रश्न का सीधा उत्तर यह है कि 'हाँ, अनेक बार'। इसलिए इस क्लेश से त्राण पाने में तू मेरी सहायता कर। सच बात तो यह है कि मैं उतना स्वच्छ और साफ नहीं हूँ जितना मुझे होना चाहिए।'

21. अपने मालिक के साथ सैंको का परामर्श

सैंको–'मेरे स्वामी! अंत में आपको पकड़ ही लिया! इसी को मैं आपसे सच-सच जानना चाहता था। देखिए, अब आप यह अस्वीकार नहीं कर सकते कि जब कोई अपने आपे में नहीं रहता अर्थात् न वह भोजन करता है, न पीता है और न सोता है और शरीर के उस धर्म का पालन नहीं करता जिसे आप समझते हैं तब हम लोग कह सकते हैं कि उस पर जादू किया गया है। इससे यह निष्कर्ष निकाला जा सकता है कि जो खाना खा सकते हैं बोलने पर बातचीत कर सकते हैं और हालत मालूम होने पर मैदान जा सकते हैं, वे जादू से प्रभावित नहीं हैं।'

डान क्विग्जोट–'एक तरह के जादू के प्रभाव के लिए तुम्हारा निष्कर्ष सही है, लेकिन जैसा कि मैंने तुम्हें बतलाया है, जादू भी अनेक प्रकार के होते हैं। रीति-रिवाज तथा काल के अनुसार उनमें इतने परिवर्तन होते रहते हैं कि यह कहना कठिन है कि अतीत में क्या था और वर्तमान में क्या है। जहाँ तक मेरा संबंध है मुझे पक्का विश्वास है कि मैं जादू से प्रभावित हूँ। इस खयाल से मेरी विकलता छिपी हुई है। यदि उसके विपरीत कुछ कहा जाए तो वह उमड़ सकती है। यदि मुझ पर जादू का प्रभाव न रहता तो मैं यह कभी बर्दाश्त नहीं कर सकता था कि मुझे इस अपमान के साथ पिंजरे में बंद करके ले जाया जाए और मैं कायरों की तरह चुपचाप अपने काम से विरत होकर बैठा रहूँ। जब कि सैकड़ों दीन-दुखिया मेरी सहायता की अपेक्षा करते हों।'

सैंको–'उन सब बातों को सोचकर आपको स्वतंत्र होने की कोशिश करनी चाहिए। मुझे आज्ञा दीजिए, मैं आपको स्वतंत्र कर देता हूँ, विश्वास करिए आपको रोजिनांटे पर चढ़ाकर चल दूँगा, और इन लोगों को अँगूठा दिखा दूँगा। बेचारा रोजिनांटे इस तरह मुर्दा होकर चल रहा है मानो उस पर भी जादू किया गया हो। कम-से-कम अब एक बार तो मेरी सलाह मानिए और सारी बातें अपनी इच्छा के अनुकूल न हों तो इस पिंजरे में पुनः घुस जाने के लिए आपको काफी

समय मिलेगा। ईमानदार परिचारक की तरह मैं आपको वचन देता हूँ कि आपके साथ मैं भी इसी पिंजरे में प्रवेश करूँगा और आपके साथ ही तब तक जादू से प्रभावित रहूँगा जब तक आप चाहेंगे।'

डान क्विग्जोट–'मैं अपने छुटकारे का भार तुम्हारे ऊपर छोड़ता हूँ मित्र सैंको। तुम अवसर की ताक में रहो, तुम मुझे हर तरह से तैयार पाओगे, यद्यपि मुझे अभी भी शंका है कि गलतफ़हमी के कारण जो चाल चलने जा रहे हो वह व्यर्थ ही जाएगी।'

वीर योद्धा और उसके परिचर ने षड्यंत्र कर लिया। अब वे उस जगह पहुँचे जिस जगह को ठहरने के लिए पुरोहित, धर्माध्यक्ष और हज्जाम ने चुना था। पिंजरा उतार लिया गया और बैलों को चरने के लिए जुए से अलग किया गया। तब सैंको ने पुरोहित से कहा–'क्या आप मेरे स्वामी और प्रभु को पिंजरे से बाहर निकाल देंगे ताकि वे ज़रूरी काम से फ़ुरसत पा लें, नहीं तो कैदखाना इतना साफ नहीं रहेगा कि मेरे स्वामी की स्थिति के लोग उसमें रह सकें।'

पुरोहित ने उसकी बात समझकर कहा–'मैं बाहर कर तो दूँगा लेकिन मुझे भय है कि स्वतंत्र होने पर डान क्विग्जोट भाग न जाए।'

सैंको–'मैं जमानत दूँगा, शरीर के बदले शरीर।'

धर्माध्यक्ष–'उनके वचन मात्र देने से उन्हें तत्काल छुटकारा दिया जाना चाहिए।'

वीर योद्धा–'मैं वचन दे दूँगा। इसके अलावा, जादू के प्रभाव के अतिरिक्त, आपको किसी तरह की हिफाजत की ज़रूरत नहीं है, क्योंकि जिस जादूगर के जादू से लोग प्रभावित रहते हैं, उनके आदेश के बिना प्रभावित व्यक्ति न तो कुछ करने के लिए स्वतंत्र है और न एक स्थान से दूसरे स्थान पर जा ही सकता है। जादू का प्रभाव उन्हें एक ही स्थान पर तीन सौ वर्षों तक जकड़कर रख सकता है और यदि वे भागकर कहीं चले भी जाएँ तो एक क्षण में उन्हें तेज़ हवा की तरह उड़ाकर वापस ला सकता है। अंत में मुझे बाहर करने का सबसे बड़ा कारण यह है कि यदि मुझे बाहर नहीं किया जाता है और एकांत में भी नहीं जाने दिया जाता है तो मुझे बाध्य होकर आप लोगों की प्राणेंद्रिय को क्षति पहुँचानी पड़ेगी।'

उन लोगों ने उसका अभिप्राय समझ लिया और उसे बाहर कर दिया। बाहर निकलकर उसने तीन-चार बार अँगड़ाइयाँ लीं और अपने जकड़े अंगों को सीधा किया। इसके बाद रोजिनांटे के पास आया और उसके चूतड़ पर दो-तीन बार थपकी दी और कहा–'मुझे भगवान में विश्वास है, वह घोड़ों का अग्रणी और

यशवर्धक है। हम लोग शीघ्र ही अपनी पूर्णावस्था को प्राप्त होंगे। मैं तेरी पीठ पर रहूँगा और तू मेरी टाँगों के बीच में जब कि मैं उस काम में निरत रहूँगा जिसके लिए भगवान ने मुझे धरती पर भेजा है।' इसके बाद सैंको के साथ जरा एकांत में चला गया। कुछ देर बाद वहाँ ठहरकर वापस आया। उस वक्त उसका शरीर बहुत हलका और दिमाग परिचर की युक्तियों से भरा था।

धर्माध्यक्ष ग़ौर से उसे देखता रहा और उसके असाधारण पागलपन पर आश्चर्य प्रकट करता रहा, क्योंकि अन्यथा उसकी बातें और उत्तर सभी विचारपूर्ण होते थे और जैसा कि हम लोग देख चुके हैं कि वीर कर्म की बातों को छिड़ने पर ही वह प्रलाप करता था। इससे धर्माध्यक्ष को उस पर दया आ गई। उसके खाद्य की सामग्री की प्रतीक्षा में सब लोगों के बैठ जाने के बाद धर्माध्यक्ष ने डान क्विग्जोट से कहा—'क्या यह संभव है कि वीर-धर्म की पुस्तकों के पढ़ने से आप पर उनका इतना ज्यादा प्रभाव पड़ गया कि आप विचारशून्य हो गए और आप यह मानने लगे कि जादू से प्रभावित हैं तथा इस तरह की अन्य वाहियात बातों में विश्वास करने लगे, जो सचाई से उतनी ही दूर हैं जितनी दूर स्वयं सचाई झुठाई से है? यह कैसे संभव है कि मनुष्य की बुद्धि स्वीकार कर ले कि संसार में उस तरह के भ्रमणशील वीर योद्धा ट्रेवीजांड के उतने बादशाह, उतने अमाडिस हिकोनिया के फलिक्स मार्टेस, घोड़ी पर सवार पर्यटनशील महिलाएँ, नाग, दैत्य-दानव, अलौकिक साहसिक काम, उतने गहरे जादू, उतनी लड़ाइयाँ, भयंकर मुठभेड़, आडंबरपूर्ण रहन-सहन और खेल-कूद, प्रणयशील शाहजादियों की उतनी महिलाएँ तथा संक्षेप में उतनी तरह की अविश्वसनीय बातें होतीं जो वीर कर्म की उन पुस्तकों में उल्लिखित हैं? जहाँ तक मेरी निजी बात है मैं तो यह कहता हूँ कि जब मैं उन पुस्तकों को पढ़ता हूँ मैं उन्हें झूठ और बेवकूफी के अतिरिक्त और कुछ नहीं मानता। हाँ, उनसे मेरा थोड़ा मनोरंजन-मात्र हो जाता है। लेकिन ज्यों ही मुझे उनकी वास्तविकता का स्मरण हो आता है मैं उस विषय की अच्छी-से-अच्छी पुस्तकों को भी अलग रख देता हूँ और यदि मेरे पास आग हो तो मैं उन्हें उसके हवाले भी कर दूँ। वे उसी योग्य हैं, क्योंकि प्रचारक की भाँति उनका प्रभाव प्रकृति की साधारण रीति के विरुद्ध होता है। वे एक नए संप्रदाय के सिद्धांत के समान हैं, जीवन का नया तरीका है जो अपढ़ देहाती समाज को भ्रम में डाल देता है कि उनकी वाहियात बातों को सच मानें। इतना ही नहीं, कभी-कभी ये ग्रंथ बुद्धिमान और भद्र लोगों के मस्तिष्क को भी विकृत कर देते हैं, आप पर उनके प्रभाव से जैसा प्रकट होता है। उन्होंने अपने दिमाग

को इस तरह विकृत कर दिया कि आपको पिंजरे में बंद करके बैलगाड़ी में जान-बूझकर ले जाना आवश्यक हो गया है मानो आप कोई शेर या सिंह हों जिसे जगह-जगह घुमाकर दिखाना हो। आप अपने ऊपर रहम कीजिए, अपने विकृत मस्तिष्क को सही रास्ते पर ले आइए और भगवान ने आपको जो योग्यता दी है उसका सदुपयोग कीजिए, अपनी बुद्धि को ऐसी चीज़ों के पढ़ने में लगाइए जो आपके लिए हितकर और आपकी मर्यादा के अनुकूल हों। अगर अपने स्वाभाविक झुकाव के कारण आप वीरता और बड़े-बड़े साहसिक कामों की पुस्तकों को पढ़ना चाहते हैं तो आप पवित्र धार्मिक पुस्तक में न्यायाधीशों की कथा पढ़िए जहाँ आपको आश्चर्यजनक सत्य और अद्‌भुत कार्य मिलेंगे जिन पर शंका नहीं की जा सकती। लुसिटानिया में विरीयेटस, रोम में सीजर, कार्थेज में हैनिवल, यूनान में सिकंदर, कैस्टाइल में काउंट फरनान गोंजेलेज, वैलेशिया में सिड, अंडालूसिया में गौजेलों फत्तांस, इस्ट्रेमिंडुरा में डीगो गार्शिया के परहेज, जैरेज में गर्सिया, पैरेज के वरगस, टोलेडो में गर्मिला सो और सेविल में डान मैनुएल डेलिअन थे, जिनके वीरतापूर्ण कार्यों के पढ़ने से मनोरंजन, शिक्षा, आनंद, विस्मय विचारवान पाठकों को भी मिलता है। इनका अध्ययन आपकी योग्यता के अनुरूप होगा। इनसे आप में इतिहास का ज्ञान बढ़ेगा, उत्कर्ष के साथ प्रेम का विकास होगा, अच्छाई की जानकारी होगी, चाल-ढाल में सुधार होगा, उद्‌दण्डताहीन साहस बढ़ेगा और कायरताशून्य सतर्कता का आगम होगा। इन सबों से भगवान की महिमा का मन में विस्तार होगा, आपकी उन्नति होगी और ला मांचा प्रदेश की प्रतिष्ठा होगी जहाँ आपका जन्म हुआ है।'

डान क्विग्जोट धर्माध्यक्ष की बातों को बड़े ग़ौर से सुनता रहा। उसका उपदेश समाप्त होने पर उसकी ओर वह देर तक गौर से देखता रहा। फिर उसने कहा—'महोदय, मुझे प्रतीत होता है कि आपके कथानक के अनुसार भ्रमणशील वीर योद्धा का कभी अस्तित्व ही नहीं था, वीर कर्म की सारी किताबें झूठी हैं, दंतकथाएँ हैं, जनता के लिए अहितकर हैं! इन्हें मेरा पढ़ना अनुचित था, उन्हें सच मानना गलत था, इनका अनुकरण करके मैंने बहुत बुरा काम किया जो मैंने वीर धर्म का पेशा अख्तियार किया। आपका कहना यह है कि गाल या यूनान में अमाडिस नाम का कोई व्यक्ति नहीं था, और जिन-जिन वीर योद्धाओं की चर्चा उन पुस्तकों में है, वे भी नहीं थे।'

धर्माध्यक्ष—'जो कुछ आपने कहा है वह सब ऐसा ही है।'

डान क्विग्जोट–'आपने यह भी कहा है कि उन पुस्तकों के पढ़ने से मेरी क्षति हुई है। उनसे मेरी बुद्धि भ्रमित हो गई है और मैं पिंजरे में बंद करके ले जाया जा रहा हूँ। इसलिए मेरे लिए उचित है कि मैं अब भी सचेत हो जाऊँ और उन पुस्तकों के पढ़ने में लगूँ जिनसे मुझे सच्चा आनंद और उत्तम शिक्षा मिलेगी।'

धर्माध्यक्ष–'आप ठीक कह रहे हैं।'

डान क्विग्जोट–'अब मुझे पूरा विश्वास हो गया कि आप स्वयं जादू से प्रभावित हैं और प्रलाप कर रहे हैं, चूँकि आपने सर्वमान्य सत्य की निंदा करने का दुस्साहस किया है। आपकी तरह जो उनकी निंदा करने का दुस्साहस करता है, उसे वही दंड मिलना चाहिए जो दंड आप उन पुस्तकों को देना चाहते हैं जिन्हें पढ़ना आपके लिए अरुचिकर और हानिकर हैं। अगर यह कह देना आसान है कि अमाडिस कभी था ही नहीं, या साहसिक कर्म के वीर योद्धा कभी थे ही नहीं, जिनका क्रिया-कलाप अनेक इतिहास-ग्रंथों की सामग्री है, तब यह कह देना भी आसान है कि सूर्य प्रकाश नहीं देता, कुहरा ठंडक नहीं देता और धरती हम लोगों को धारण नहीं करती। यह कौन विश्वास कर सकता है कि राजकुमार फ्लोरियस, बर्गंडी के गुई तथा शलिमेन के शासनकाल में टिबुलकेप्रल की कायापलट के बारे में जो कुछ लिखा गया है उसमें कोई सचाई नहीं है? मैं दावे से कह सकता हूँ कि वे बातें उतनी ही सच हैं जितना इस घड़ी दिन का होना सच है। अगर यह असत्य है तो आप यह भी कह सकते हैं कि हैक्टर, अचिलेस, ट्रोजन युद्ध, फ्रांस के बारह सामंत या ब्रिटेन का राजा आर्थर–जो कावा में बदल दिया गया है और हर क्षण अपने राज्य में वापस जाने की प्रतीक्षा में है–नाम के लोग थे ही नहीं। कुछ लोग यह भी कह सकते हैं कि गएरिनो मोचिनो का इतिहास और संत ग्रियल का प्रयास दोनों झूठे हैं, सर ट्रिस्टान और रानी इसिओ का प्रेम काल्पनिक है। उसी तरह रानी गुइनेवर और लांसलोट ऑफ लेक का प्रणय-प्रसंग भी काल्पनिक है। इसके विपरीत अभी भी ऐसे लोग ज़िंदा हैं जिन लोगों ने श्रीमती क्विण्टानोना को देखा है जो ब्रिटेन को किसी महिला की सेवा में रह चुकी हैं। मुझे इसका पूरा विश्वास है। मुझे अच्छी तरह याद है कि मेरी दादी जब किसी बूढ़ी दाई को बुरका ओढ़े देखतीं तो कह उठतीं, मेरे पोते, यह औरत ठीक बूढ़ी क्विण्टानोना की तरह है। इससे मैं समझता हूँ कि वे उन्हें जानती थीं या चित्र में देखा हो। सुंदरी मलगौना और पियरेस के इतिहास की सचाई को कौन इनकार कर सकता है, जब आज वह कील राजा के शस्त्रागार में देखी जा सकती है, जिसे वीर पियरेस अपने काठ के घोड़े पर सवार करके हवा में उठा

ले गया था। वह कील गाड़ी के बम से कहीं बड़ी है। टान्सेस बेलेस में आलण्डो की बिगुल रखी है जो घर के समान बड़ी है। इससे यह परिणाम निकलता है कि बारह सामंत भी थे, पिपरेल के समान लोग थे और सुविख्यात थे। इनके अलावा अनेक साहसिक कार्य करने वाले योद्धा थे जिनका नाम हरेक आदमी जानता है।

'आप तो यह भी कह सकते हैं कि वीर पुर्तगाली जांनडे मर्लो भ्रमणशील वीर योद्धा नहीं था। वह वर्गंडी नहीं गया जहाँ रास नगर में वह चर्बी के अधिपति मोसेस पियरी तथा बेसिलनगर में मोसिस हेनरी डे रेमेस्टन से लड़ा और दोनों जगह विजयी होकर यशस्वी बना। स्पेन के उन दो वीरों, पेड्रो आर मुटियर क्विजोडा (मेरा पूर्व-पुरुष होता है) के साहसिक कामों और युद्धों को भी अस्वीकार करेंगे जिन्होंने वर्गंडी में संत पाल के अर्ल के बेटों को परास्त किया था। आप यह भी कह सकते हैं कि डान फर्डिनंड डे गुएवारा साहसिक कामों की खोज में जर्मनी गया ही नहीं जहाँ उसने आस्ट्रिया के ड्यूक के दरबार के वीर योद्धा सर जार्ज से युद्ध किया था। आप कहेंगे कि कैस्टाइल के वीर योद्धा डान गोव्जेलो डे गुजमैन के साथ स्वेरो डे क्विनोनेस डेल पेसो का मल्लयुद्ध और मेसिस लेविस डे फाल्सेस के साहसिक कार्य महज काल्पनिक कहानियाँ हैं और इसी तरह ईसाई वीर योद्धाओं के वीर कर्म तथा स्पेन वालों के वीर कर्म भी गलत हैं। ये सब इतने सच और प्रामाणिक हैं कि मैं बार-बार कहता हूँ कि जो इन्हें इनकार करता है उसे न तो अक्ल है और न दिमाग।'

डान क्विग्जोट ने झूठी और सच बातों का जिस तरह गोल-माल किया था उन्हें सुनकर धर्माध्यक्ष हैरत में आ गया और साथ ही उसने यह भी देखा कि भ्रमणशील वीर योद्धाओं के वृत्तांतों का उसने कितना अध्ययन किया था। उसने कहा—'मैं इस बात से इनकार नहीं कर सकता कि आपने जो कुछ कहा है उसमें सचाई का अंश, खासकर स्पेन के भ्रमणशील वीर योद्धाओं के बारे में आपने जो कुछ कहा है, नहीं है। मैं यह भी स्वीकार करता हूँ कि फ्रांस में बारह सामंत थे, लेकिन मैं यह मानने को तैयार नहीं हूँ कि उन्होंने वे सब काम किए जिनका वर्णन अर्च बिशप दर्निप ने उनके संबंध में किया है। मैं समझता हूँ कि वे वीर लोग थे और फ्रांस के राजा ने उन्हें चुनकर रखा था और सामंत की उपाधि से विभूषित किया था। वे सब-के-सब समान वीर और योग्य पुरुष थे। और यदि नहीं भी थे तो उन्हें ऐसा ही होना चाहिए और जिस तरह हम लोगों में सेंट जागो पा केलेट्वा हैं उसी तरह वे भी एक तरह के सैनिक समुदाय के थे जिनमें वे सब बातें होंगी जो कही जाती हैं, मानी जाती हैं या होनी चाहिए अर्थात् वे कुलीन

वंश के थे और वीरता के लिए विख्यात थे। जिस तरह हम लोग संप्रति सेंट जान या अलकटारा के वीर योद्धा कहलाते हैं उसी तरह उस युग नें वे बारह सामंत भी वीर योद्धा कहलाते थे; क्योंकि उस युग में सैनिक संप्रदाय के केवल बारह थे। इसमें संदेह नहीं कि वर्नार्डो डेन कर्पियो और सिड नाम के लोग थे, लेकिन यह बात संदेह से खाली नहीं है कि उसके संबंध में जिन वीर कर्मों की चर्चा की जाती है, उन्हें उन्होंने संपन्न भी किया था। आपने काउंट पिपरे की जिस कील की चर्चा की है और जिसे आपने वेविएका केजीन के साथ खड़ा होना बतलाया है, उसके बारे में मैं अपनी अजानकारी स्वीकार करता हूँ और मैं यह भी स्वीकार करता हूँ कि मेरी दृष्टि इतनी ख़राब है कि मैंने जीन को तो देखा, लेकिन मैं कील नहीं देख सका। यदि वह उतनी बड़ी है तो यह भी एक विचित्र बात है।'

डान क्विग्जोट–'निस्संदेह वह वहाँ है। लोग यह भी कहते हैं कि मोर्चे से बचाने के लिए उसे चमड़े की म्यान में रखा गया है।'

धर्माध्यक्ष–'यह संभव है लेकिन पुरोहित की बात को सच मानना चाहिए। स्मरण नहीं है कि मैंने उसे वहाँ कभी देखा है। लेकिन इससे उन सबके होने की धारणा को बल नहीं मिलता और न उन अनेक भ्रमणशील वीर योद्धाओं के अस्तित्व को प्रमाणित किया जा सकता है जिनकी चर्चा लोग करते हैं। मुझे तो कोई कारण नहीं दीखता कि आपके समान योग्य, विचारशील और शिक्षित व्यक्ति यह माने कि वीर कर्म की उन वाहियात पुस्तकों में, जो काल्पनिक और असाधारण तौर पर लिखी गई हैं, कुछ भी सचाई है।'

23. धर्माध्यक्ष और डान क्विग्जोट की बहस

डान क्विग्जोट–'अच्छी बात है, तब वे सब किताबें महज़ दंतकथाएँ होंगी! राजा से उन्हें लाइसेंस प्राप्त है, परीक्षकों से अनुमोदित हैं, और जिन्हें बड़े-छोटे, अमीर-गरीब, विद्वान और अपढ़, अमीर-उमरा और साधारण व्यक्ति, सभी चाव से पढ़ते और प्रशंसा करते हैं, सो क्यों? उन्हें सभी श्रेणी और अवस्था के लोग पढ़ते हैं। उनमें सचाई इतनी अधिक प्रतिभासित है कि उनमें माता, पिता, देश, परिवार, युग, काल तथा उन वीर योद्धाओं के कार्य-कलापों का दैनिक वर्णन है। शर्म के लिए तो उनके बारे में इस तरह की निंदायुक्त बातें करने से विरत होइए। मेरी सलाह है कि इस मामले में आपका व्यवहार साझेदारों के समान होना चाहिए। उन्हें पढ़कर तो देखिए कि उनसे आपको कितनी अधिक तृप्ति होती है। मुझे यह बतलाइए कि जिस वर्णन के पढ़ने से आपकी आँखों के सामने निम्नलिखित

अभियान का चित्र उपस्थित हो जाता है उससे बढ़कर रोचक कोई कथा हो सकती है? फाले अलकतरे की खौलती हुई विस्तृत झील, जिसमें नागों, साँपों, मगरों तथा अन्य तरह के खूँखार और भयानक जानवरों का समूह इधर से उधर तैर रहा हो, किसी वीर योद्धा के दृष्टिपथ पर आती है। झील के बीच से किसी की आवाज़ सुनाई देती है—ओ वीर योद्धा! चाहे जो भी तू हो, इस भयानक झील को देख रहा है। अगर तू इस मनहूस पानी के भीतर छिपा हुआ स्वर्गीय आनंद प्राप्त करना चाहता है तो इस काली खौलती तरंग में कूदकर अपनी वीरता को स्थापित कर। ऐसा न करने पर इन मनहूस तरंगों के बीच स्थित सातों परियों के सातों किलों में जो महान आश्चर्य छिपा हुआ है उन्हें देखने के योग्य नहीं हो सकेगा। इस आवाज़ का अंतिम शब्द उस वीर योद्धा के कान में पड़ते ही वह भगवान और अपनी प्रेयसी का नाम लेकर सीधे उस खौलती झील में कूद पड़ता है। जिस खतरे में वह अपने को डालने जा रहा था उसका न तो विचार करता है और न अपने अति भारी कवच को उतारता है। वह कल्पना भी नहीं करता कि उसके पैर कहाँ टिकेंगे। अचानक वह अपने को हरे-भरे खेत में पाता है जिसकी बराबरी स्वर्ग भी नहीं कर सकता। वहाँ का आकाश उसे अतिशय पारदर्शी और सूर्य दूने प्रकाश के साथ चमकते दीख पड़ता है। इसके बाद उसकी नजर एक झुरमुट पर पड़ती है जो छायादार सुंदर वृक्षों से सजा हुआ है, जिनकी विविधता और हरियाली उसकी दृष्टि को आनंदित करती है और उसके कान असंख्य विचित्र सुंदर पक्षियों के जंगली पर साथ ही सुमधुर कलरव से मुदित हो उठते हैं। वे टेढ़ी-मेढ़ी टहनियों पर फुदकती, खेलती और चोंचें मारती हैं। यहीं उसे एक सुंदर झरना दीख पड़ता है जिसके दोनों किनारे पुष्पों की कतार से सुशोभित हैं और जो चमकती रेत पर होकर मंद गति से बहता है, तह के स्वच्छ स्फटिक खंडों से टकराकर मरमर ध्वनि करता है, और अपने तरल स्फटिक द्वारा सुवर्ण और समुज्ज्वल मोती के समान आँखों को तृप्त करता है। वहाँ उसे चिकने संगमरमर और रंग-बिरंगी कपिशमणि का नकली फव्वारा दिखाई देता है और उसी के पास दूसरा वीभत्स फव्वारा भी है जिससे सफेद पीले और सीप के बीच-बीच छोटे शंख बेतरतीब सफदे स्फटिक और नकली पन्ने के साथ जुड़ी हुई हैं, देखने में मनोरम। प्रकृति के अनुकरण पर की गई यह कारीगरी प्रकृति को भी मात करती प्रतीत होती है। अचानक उसकी नज़र सुदूर स्थित एक दृढ़ किले या विशाल महल पर पड़ती है, जिसकी दीवारें ठोस सोने की, प्राचीर हीरे की और फाटक मणियों के हैं। संक्षेप में उसकी बनावट इतनी आश्चर्यजनक है कि

सभी सामग्री हीरे, पद्मराग मणि, लाल, मोती, सोने और पन्ने के अलावा और कुछ नहीं हैं। कारीगरी मूल्य से कहीं बढ़-चढ़कर है। यह सब देखने के बाद सुंदर और बहुमूल्य पोशाकों से सुसज्जित सुंदरियों की जमात को महल से निकलते हुए देखने से बढ़कर आकर्षक और कोई बात नहीं हो सकती। इतिहास में उनका जो वर्णन दिया गया है यदि मैं उसी तरह उनका वर्णन करने लगूँ तो अंत नहीं हो सकता। और तब सौंदर्य की एक देवी प्रकट होती है जो उन सभी सुंदरियों को मालकिन प्रतीत होती है। जो वीर योद्धा खौलती झील में कूद पड़ा था वह उसका हाथ पकड़ लेती है और मुँह से एक शब्द कहे बिना उसे एक विशाल महल में ले जाती है। वहाँ उसके सारे वस्त्र उतार लिए जाते हैं और उसे मादरजात नंगा कर दिया जाता है। उसे खूब मल-मलकर नहलाया जाता है और अतिशय क़ीमती सुगंधित द्रव्य उसके शरीर में लेप किए जाते हैं। फिर उसे क़ीमती वस्त्र पहनाए जाते हैं और वह सुंदरी उसके कंधे पर कीमती लबादा रखती है जिसका मूल्य कम-से-कम एक हज़ार होगा। कैसा वह दृश्य है, जब वे उसे महल के दूसरे कमरे में ले जाते हैं। वहाँ वह टेबुलों को इस किले के साथ आच्छादित देखता है कि वह विस्मित और आश्चर्यचकित हो जाता है। वहाँ वे लोग सुगंधित द्रव्यों तथा फूलों से सुवासित पानी से उसके हाथ धोते और उसे हाथी दाँत की कुर्सी पर बैठाते हैं। जो युवतियाँ उसकी सेवा में प्रस्तुत हैं वे जबान तक नहीं खोलतीं। ऐसे-ऐसे सुंदर पदार्थ परसे जाते हैं और उनकी तैयारी ऐसी अनोखी है कि उन्हें देखकर उसकी भूख कुंद हो जाती है, उसकी समझ में नहीं आता कि किस पदार्थ से वह अपनी भूख बुझाए। साथ ही सुमधुर गीत उसके कानों को मुग्ध करते हैं लेकिन पता नहीं चलता कि गीत कौन गा रहा है और उसकी मधुर ध्वनि कहाँ से आ रही है। सबके ऊपर हम लोग यह देखकर क्या कहेंगे कि भोजन समाप्त होने तथा टेबुल हटा दिए जाने के बाद जब कि वीर योद्धा अपनी आदत के अनुसार दाँतों को कुदेरता हुआ कुर्सी पर उठंग बैठा है उसी समय एक दूसरी अप्सरा, जो उन सबों से कहीं बढ़कर सुंदर है, कमरे में अचानक प्रवेश करती है, और वीर योद्धा के पास बैठकर उसे बतलाने लगती है कि यह कौन किला है और वह जादू के प्रभाव से उसमें किस तरह कैद है। वह अन्य अनेक बातें कहती है जिन्हें सुनकर वीर योद्धा को आश्चर्य होता है और जो इस इतिहास को पढ़ते हैं उन्हें विस्मय। मैं इस विषय को और विस्तार से नहीं कहना चाहता, क्योंकि जो कहा गया है उससे यह नतीजा निकाला जा सकता है कि वीर कर्म की किसी भी पुस्तक के किसी अंश के पढ़ने से पाठक को विस्मय और आनंद दोनों प्राप्त

होते हैं। क्या आप मेरी बात मानेंगे और जैसा मैंने पहले कहा है इन पुस्तकों को पढ़ेंगे? आप देखेंगे कि यदि आपका हृदय विषादपूर्ण है तो विषाद दूर हो जाएगा और यदि आपका हृदय कठोर है तो वह कोमल हो जाएगा। मैं अपने बारे में कह सकता हूँ कि भ्रमणशील वीर योद्धा बनने के बाद ही मैं वीर, विनयी, उदार, दानी, कुलीन, नम्र, साहसी, शिष्ट, धीर और विपत्तियों, जेल और जादू के प्रभाव के लिए सहनशील बन गया हूँ। यद्यपि अभी मैं पिंजरे में पागल की तरह कैद कर दिया गया हूँ तथापि अपने बाहुबल के प्रताप से, यदि भगवान की कृपा हुई और भाग्य ने मेरी युक्ति को व्यर्थ नहीं किया तो चंद दिनों में ही किसी राज्य का मालिक बनूँगा ताकि मैं अपनी आंतरिक कृतज्ञता और उदारता का सबूत दे सकूँ। मेरा विचार है कि गरीब आदमी अपनी उदारता का परिचय नहीं दे सकता चाहे उस ओर उसका स्वाभाविक झुकाव ही क्यों न हो। जो कृतज्ञता केवल इच्छा-मात्र में सीमित है उसे मृत ही समझना चाहिए, जिस तरह बिना अच्छे काम के धार्मिक विश्वास मृत है। यही कारण है कि मैं चाहता हूँ कि भाग्य मुझे कोई अवसर शीघ्र प्रदान करे ताकि मैं बादशाह बन जाऊँ और अपने दोस्तों खासकर अपने परिचर इस गरीब सैंकोपांका को—जो संसार में सबसे निरीह प्राणी है, ऊपर उठाकर अपनी उदारता का परिचय दूँ। मैं खुशी से उसे अर्ल बना दूँगा। मैंने उसे बहुत पहले से वचन दे रखा है यद्यपि मुझे आशा नहीं है कि उसमें प्रबंध और शासन की उचित क्षमता या योग्यता है।'

अपने मालिक का अंतिम शब्द सुनकर सैंको ने कहा—'हुजूर इस बारे में आप अपने दिमाग को परेशान न कीजिए। आपको केवल मेरे लिए वह अर्लडम प्राप्त करना है और मुझे उसके प्रबंध के लिए छोड़ देना है। मैं ठीक वही करूँगा जो मेरे समान परिचरों ने पहले किया है। मैं कोई नौकर या सहायक रख लूँगा जो मेरा सारा झंझट मेरे हाथ से ले लेगा और मैं बड़े आदमी की तरह आराम से पड़ा रहूँगा, केवल मालगुजारी लेता रहूँगा, कोई काम नहीं करूँगा, आनंद से रहूँगा, भले ही लोग सैंको से जला करें।'

धर्माध्यक्ष—'जहाँ तक तुम्हारी मालगुज़ारी का संबंध है, तुम्हारा सहायक या नौकर मज़े में काम कर सकता है, लेकिन जहाँ तक न्याय करने का सवाल है वहाँ तो मालिक को प्रयास करना ही पड़ेगा और इसके लिए केवल सच्ची और अच्छी नीयत से ही काम नहीं चलेगा, बल्कि विचारशील मस्तिष्क की ज़रूरत है जो समुचित रीति से छान-बीन कर सके, न्याय कर सके और बुद्धिमानी से चुनाव कर सके। यदि मालिक में इन बातों की कमी रही तो सब गलत हो जाएगा।'

सैंको–'आपकी बात मेरी समझ में नहीं आई। मैंने जो कुछ कहा था उसे पुनः कहता हूँ कि मुझे ऐसा ही अर्लडम चाहिए जिसका मैं शासन कर सकूँ, क्योंकि मेरी आत्मा उतनी ही विशाल है जितनी किसी भी दूसरे की, और मेरा शरीर उतना ही बलिष्ठ है जितना और लोगों का। अपने शासन में पहला काम मैं यह करूँगा कि मेरा नियंत्रण करने वाला कोई नहीं होगा, मैं सर्वेसर्वा रहूँगा। जो अपनी मर्ज़ी के अनुसार काम कर सकता है, वही आनंद प्राप्त कर सकता है और जो आनंद प्राप्त कर सकता है वही संतुष्ट रह सकता है। जो संतुष्ट रहेगा उसे किसी चीज़ की चाह नहीं रहेगी। यहीं मामला खत्म हो जाता है। चाहे जो कुछ हो मैं संतुष्ट हूँ। अगर टापू मिलता है तो मैं उसका स्वागत करता हूँ, अगर नहीं मिलता है तो कोई परवाह नहीं। हम लोगों की हालत बुरी नहीं रहेगी, जैसा कि एक अंधे ने दूरे अंधे से कहा था।'

धर्माध्यक्ष–'तुम्हारा तर्क बुरा नहीं है। यद्यपि अर्लडम के बारे में जितना तुम सोचते हो उससे ज्यादा कहने की ज़रूरत है।'

डान क्विग्जोट–'निश्चय ही, लेकिन मैं अपने अमाडिस डेगाल के अनुसार काम करना चाहता हूँ जिसने अपने परिचर को फर्म टापू का गैंडेलिन अर्ल बना दिया था। इस नज़ीर के अनुसार सैंको को वह पद दिया जा सकता है। इसकी योग्यता भी उस पद के सर्वथा अनुकूल है।'

डान क्विग्जोट के रीतिमत और सुश्रृंखल पागलपन पर धर्माध्यक्ष को आश्चर्य हो रहा था जिसका प्रदर्शन, उसने नाइट ऑफ दी लेक के अभियान के वर्णन और जिन पुस्तकों को पढ़कर उसके दिमाग में इस तरह की ग़लतफ़हमी पैदा हुई थी, कर रहा था। अर्लडम के लिए उस तरह आग्रह करने की सैंको की सिधाई पर भी उसे आश्चर्य हो रहा था। उससे जमात भर का मनोरंजन हो रहा था।

इस समय धर्माध्यक्ष का नौकर भोजन का सामान लेकर आ पहुँचा। पेड़ों की छाया में घास पर दरी बिछाकर वे लोग भोजन करने बैठ गए। उसी समय उन्हें घास की झाड़ी में छोटी घंटी की आवाज़ सुनाई पड़ी और दूसरे ही क्षण इन लोगों ने झाड़ी में से एक सुंदर बकरी को छलाँग मारकर बाहर निकलते देखा जिसका सारा शरीर काला, सफेद और भूरे रंग के दागों से भरा था। उसके पीछे एक गड़रिया दौड़ रहा था जो अपनी परिचित जबान में उसे रुकने और झुंड में शामिल होने के लिए कह रहा था। लेकिन वह भगोड़ बकरी डर से हाँफती हुई उस जमात की तरफ भागी और उनके पास जाकर इस तरह खड़ी हो गई मानो उनसे रक्षा की भीख माँग रही हो। गड़रिया उसके पास पहुँच गया और उसके

सींग पकड़कर इस तरह झिड़कने लगा मानो बकरी उसकी बात समझ रही हो। उसने कहा—'अरी उद्धत और उद्दंड बकरी, धूर्त चितकबरी, तुझे इस तरह भागने की क्या ज़रूरत थी? किस भेड़िए ने तुझे डराया था? बोल री मूर्ख, क्या बात है? हूँ। बात स्पष्ट है। तू मादा है, इसलिए तू कभी शांत नहीं रह सकती। तेरी और तेरी समस्त जाति की चंचलता को धिक्कार है! चल मेरी प्यारी, वापस चल, यद्यपि तू झुंड से तुष्ट नहीं है, लेकिन तू अपने साथियों के साथ वहाँ सुरक्षित रह सकती है; क्योंकि तू जो झुण्ड को रास्ता दिखाने वाली है, इस तरह भाग जाएगी तो झुंड वाली बकरियाँ क्या करेंगी? उनका क्या होगा?'

अपनी बकरी के साथ गड़रिये की बातचीत सारी जमात, विशेषकर धर्माध्यक्ष के लिए बड़ी मनोरंजक थी। उसने उसे बुलाकर कहा—'मित्र, जरा धैर्य से काम लो और क्षण-भर के लिए इस बकरी को स्वतंत्र घूमने दो। जैसा तुम कहते हो कि यह बकरी है निश्चय ही घेरकर रखने के तुम्हारे सारे प्रयत्नों के बावजूद भी यह अपनी सहज प्रवृत्ति का अनुसरण करेगी। इसलिए आओ, कुछ खा लो और एक गिलास शराब पी लो, इसके बाद तुम्हारा मिज़ाज ठीक हो जाएगा।'

इतना कहकर उसने खरगोश का पैर उसकी ओर बढ़ा दिया और एक गिलास शराब उसको दे दी। शराब पीकर उसका मिज़ाज शांत हुआ। धन्यवाद देते हुए उसने कहा :

'महोदयगण, मैं अपने निर्बुद्धि जानवर से जिस तरह गंभीर बातें कर रहा था उससे आप लोग मुझे मूर्ख न समझिएगा, क्योंकि मेरे शब्दों के अर्थ रहस्यमय होते हैं। जैसा कि आप देख रहे हैं कि मैं एक देहाती हूँ और असंस्कृत भी, लेकिन उतना मूर्ख नहीं हूँ। मैं आदमियों और जानवरों के साथ बातें कर सकता हूँ।'

पुरोहित—'यह आश्चर्य की बात नहीं है, क्योंकि मैं जानता हूँ कि जंगलों में भी विद्वान पैदा होते हैं और सीधे-सादे भेड़ों के बाड़ों में दार्शनिक रहते हैं।'

गड़रिया—'कम-से-कम उनमें वे लोग तो रहते ही हैं जिन्हें संसार का कुछ ज्ञान है। इसकी सत्यता प्रमाणित करने के लिए मैं एक दास्तान सुनाना चाहता हूँ जो आपके कथन की पुष्टि करती है यदि मेरी उपस्थिति आपको अरुचिकर और मेरी प्रार्थना धृष्ट न प्रतीत हो तो।'

डान क्विग्जोट—'जहाँ तक मेरा सवाल है मैं तुम्हारी बातें ध्यान से सुनूँगा, क्योंकि तुम्हारे इस तरह आने में कोई ऐसी बात है जो वीर कर्म के अभियान के समान प्रतीत होती है। मैं समझता हूँ कि तुम्हारी कहानी मनोरंजक, आश्चर्यजनक और सुंदर होगी। मुझे विश्वास है कि इस जमात का कोई भी व्यक्ति उसे सुनने

से इनकार नहीं करेगा। इसलिए दोस्त, तुम आरंभ करो, हम लोग ध्यान से सुनेंगे।'

सैंको–'मुझे आप लोग क्षमा करें, क्योंकि इस छोटी झील पर मैं इस बर्तन के साथ गुप्त काम के लिए थोड़ी देर के लिए जाना चाहता हूँ, क्योंकि कल और परसों तक के लिए मैं अपना पेट भर लेना चाहता हूँ। मेरे स्वामी डान क्विग्जोट बहुधा कहा करते हैं किसी भ्रमणशील वीर योद्धा के परिचारक को जब कभी उत्तम पदार्थ खाने के लिए मिल जाए तो उसे उस पर टूट पड़ना चाहिए और इतना खाना चाहिए कि उसका पेट फटने लगे, क्योंकि वे घने जंगलों में पाँच या छह दिन तक लगातार भटकते रह सकते हैं। इसलिए यदि किसी ने अपना पेट पहले से नहीं भर रखा है या झोले में काफ़ी सामान नहीं है तो उसे कौवे के ढोर से गिरे गोश्त पर ही निर्भर करना पड़ेगा।'

डान क्विग्जोट–'सैंको, तुम्हारा कहना सही है, लेकिन अभी तो मेरा पेट भरा है और इस समय मुझे दिमागी खुराक की ज़रूरत है जो मुझे इस ईमानदार आदमी की कहानी से मिल जाएगी।'

सभी लोग डान क्विग्जोट की राय से सहमत हो गए, तब गड़रिये ने अपनी बकरी को दो-तीन बार थपथपाकर कहा :

'अरी चितकबरी मूर्ख, मेरे पास पड़ी रह, क्योंकि घर पहुँचने के लिए काफी समय मिलेगा।' ऐसा प्रतीत हुआ कि वह जानवर उसकी बात समझता था, क्योंकि अपने मालिक के बैठते ही वह उसकी बगल में लेट गई और उसके चेहरे की तरफ इस तरह देखने लगी मानो वह उससे कह रही हो कि मैं तुम्हारी बात समझती हूँ। इसके बाद गड़रिये ने अपनी कहानी आरंभ की।

24. गड़रिये की कहानी

इस घाटी से करीब पाँच मील पर एक गाँव है। गाँव छोटा होने पर भी आस-पास में सबसे संपन्न है। उस गाँव में एक किसान रहता था जिसका लोग बहुत आदर करते थे। धन की पूजा होना यद्यपि साधारण बात है तो भी इस व्यक्ति का सम्मान धन की अपेक्षा गुणों के कारण अधिक होता था। वह जिस बात के लिए अपने को अत्यंत सुखी मानता था, वह उसकी बेटी थी जो असाधारण सुंदरी, बुद्धिमती, समझदार और गुणवती और यहाँ तक कि जो भी उसे देखता वही उसकी प्रशंसा करता कि भगवान और प्रकृति दोनों ने मिलकर उसे उत्कृष्ट बनाने की भरपूर चेष्टा की है। बचपन में ही वह सुंदर थी, लेकिन

सोलह साल की होने पर तो उसके सौंदर्य का निखार चरम सीमा पर पहुँच गया। उसके सौंदर्य की ख्याति आसपास के गाँवों में फैलने लगी, और फिर क्या कहूँ—चारों ओर दूर-दूर तक फैली, यहाँ तक कि राजाओं तथा हर तरह के लोगों के कानों तक पहुँची। वे सुदूर देशों से उसे असाधारण या स्रष्टा की विशेष रचना समझकर देखने आने लगे। उसके पिता उस पर कड़ी नज़र रखते थे, और स्वयं भी वह अपने तईं बहुत सतर्क थी, क्योंकि अपनी सतर्कता और सावधानी के अलावा किसी महिला की रक्षा न संतरी, न ताला और न कोई कर सकता है। उसके पिता की संपत्ति और उसके सौंदर्य से आकृष्ट होकर उस इलाके के तथा बाहर के अनेक लोग उसके पाणिप्रार्थी होकर आए। उनकी संख्या इतनी अधिक थी कि बूढ़ा घबरा गया और अपनी पसंद को तय न कर सका कि ऐसे कीमती रतन को वह किसे सौंपे। उसके प्रशंसकों की जमात में एक मैं भी था। मुझे अपनी सफलता की पूरी आशा थी। उसी स्थान का निवासी होने के कारण उसके पिता अच्छी तरह जानते थे कि मैं ऊँचे वंश का हूँ, जवान हूँ, संपत्तिशाली हूँ और विद्या-बुद्धि में भी कम नहीं हूँ। मेरे गाँव का एक और भी व्यक्ति उसी योग्यता का था जो मेरे साथ ही उसका प्रणय-प्रार्थी था। इससे उसके पिता असमंजस में पड़कर यह जानने के लिए रुक गए कि उनकी बेटी हम दोनों में से किसे पसंद करती है। इसलिए समस्या को जल्द हल करने के लिए उसने लिएंड्रा (यही उस सुंदरी का नाम था) को यह समझाने का इरादा किया कि चूँकि हम दोनों सभी बातों में समान हैं इसलिए उसे यह चुनाव करने की पूरी स्वतंत्रता है कि हम लोगों में से वह किसे ठीक समझती है। यह उदाहरण उन सभी माता-पिताओं के लिए अनुकरणीय है, जिन्हें अपनी संतति के प्रति अनुराग है। मेरे कहने का मतलब यह नहीं है कि उन्हें गंदी या निर्मम चीज़ें चुनने की स्वतंत्रता दी जानी चाहिए, उसके सामने अच्छी चीजों को ही उपस्थित करना चाहिए और उसमें से उन्हें अपनी प्रवृत्ति के अनुसार चुन लेने देना चाहिए। मैं नहीं जानता कि लिएंड्रा ने इस सुझाव को किस रूप में ग्रहण किया, लेकिन उसके पिता ने हम दोनों को यह कहकर टाल दिया कि मेरी बेटी अभी नादान है, इस उम्र में उसकी शादी नहीं करूँगा। उसने हम दोनों के साथ ऐसा बर्ताव किया कि न तो हम लोग उससे खुश हो सकते थे, न नाखुश ही। मेरे प्रतिद्वंद्वी का नाम अनसेल्मो और मेरा यूजेनियो है। इस सुखद घटना से संबंधित व्यक्तियों का नाम आप लोगों को जान लेना चाहिए। उस घटना का परिणाम अभी नहीं प्रकट हुआ है, यह सहज में जाना जा सकता है कि वह दुखद ही रहा होगा। उसी समय हमारे गाँव में

विंसेंट डेला रोजा नाम का एक युवक आया। वह पड़ोस के गाँव के एक मजदूर का बेटा था। वह इटली का था। वह सैनिक था। बारह साल की उम्र में ही एक कप्तान की दृष्टि उस पर पड़ी, जो उधर से अपनी पलटन के साथ जा रहा था उसे अपने साथ लेता गया और बारह साल के बाद वह सैनिक पोशाक में, हज़ारों तरह के रंग-बिरंगे रंगों के साथ प्रफुल्ल और गौरवमय हज़ारों तरह के स्फटिक के खिलौनों से सुसज्जित तथा हथियारों से सजकर लौटा। आज वह एक सुंदर पोशाक पहनता तो कल दूसरी, लेकिन सब नकली, जाली और झूठी थीं। देहात के लोग, जो साधारणतः ईर्ष्यालु होते हैं और बेकारों में रहने के कारण बहुत डाही होते हैं, उन लोगों ने उसे खूब समझ लिया और उसकी सारी उत्तम चीज़ों का अंदाज़ लगाकर देखा कि उसके पास केवल तीन जोड़ी पोशाकें हैं जो भिन्न-भिन्न रंग की हैं और उन्हीं रंगों के मोजे और उन्हें बाँधने के फीते उसके पास हैं। लेकिन वह उन्हें इस चालाकी से पहनता था कि जिन लोगों ने गिनती नहीं की थी वे यही समझते कि उसके पास दस जोड़ों से अधिक पोशाकें हैं और बीस से अधिक कलगियाँ। उसकी पोशाक तथा अन्य प्रसाधनों की इस विस्तृत चर्चा को आप मेरी धृष्टता नहीं समझिएगा। मैंने इसका विस्तृत वर्णन इसलिए किया है कि सारी कहानी इसी पर अवलंबित है। पीपल की सघन छाया में बेंच पर बैठकर—जो पेड़ हम लोगों के रास्तों में बहुतायत से खड़े हैं—वह हम लोगों को अपने साहसिक कामों की कथा सुनाया करता था और जो आश्चर्यजनक बातें वह कहता उन्हें हम लोग विस्मय के साथ सुना करते थे। वह कहता कि इस धरती पर ऐसा कोई भी देश नहीं है जिसे उसने न देखा हो अथवा ऐसा कोई युद्ध नहीं हुआ जिसमें वह शामिल न हुआ हो। उसने अकेले ही उतने मूरों को मार डाला था जितने मोरोक्को और टूनिस को मिलाकर भी नहीं होंगे और गांटे, लूना, डीगो, गार्सिया डे परडेज तथा हज़ारों अन्य अनेक वीर जिनका नाम वह लेता था, जितने द्वंद्व-युद्ध में शामिल हुए थे उनसे अधिक द्वंद्व-युद्धों में वह शामिल हुआ था और सबमें वह विजयी हुआ था! उसे न तो कहीं चोट लगी थी और न उसका एक बूँद रक्त गिरा था! वह हम लोगों को जख्मों के निशान दिखाने का बहाना करता, यद्यपि एक भी निशान नहीं दीख पड़ता था तो भी वह यह प्रकट करता कि ये बंदूक की गोलियों के निशान हैं जो अनेक लड़ाइयों में उसे प्राप्त हुए थे। सारांश यह कि वह अपनी बराबरी वालों के साथ धृष्टता के साथ पेश आता और जो लोग उसके नीच वंश की बात जानते थे उन्हें भी वह यह जतलाने से नहीं चूकता था कि उसके हथियार ही उसके जनक हैं, उसके कारनामे ही उसकी अभिजात

हैं, और सैनिक होने के अतिरिक्त अपनी किसी योग्यता के लिए वह राजा के प्रति कृतज्ञ नहीं है, अन्य बातों में राजा के ही समान है!

'इन हवाई योग्यताओं के अतिरिक्त वह थोड़ा-बहुत गवैया भी था। वह थोड़ा-बहुत सितार बजा सकता था, लेकिन कविता करने में वह अपने को बहुत योग्य मानता था। अपने कवित्व-प्रदर्शन के लिए वह इतना आतुर रहता था कि हर एक तुच्छ अवसर पर वह अपनी ताड़ के समान लंबी-लंबी रचनाएँ पेश कर डालता था। इस सैनिक विंसेंट डेला रोजा को, जिसका वर्णन मैंने किया है, इस वीर को, इस संगीतज्ञ को, इस कवि को लिएंड्रा अकसर अपनी खिड़की से देखा करती थी, जो उसकी सामने वाली सड़क की ओर थी। वह उसकी पोशाक की तड़क-भड़क से चकित हुई, उसकी कविताओं से आकर्षित हुई, जिनकी अनेक प्रतियाँ वह बाँट देता था; उसके साहसिक कामों का वर्णन सुनकर उसे तृप्ति मिलती। कहने का मतलब यह कि वह उस पर आसक्त हो गई, उसके पहले ही कि वह अपना प्रणय उस पर प्रकट करने का हौसला करे। प्रेम-प्रसंग में, जहाँ स्त्रियों का दिल पहले फँस जाता है, मामला जल्द सुलझ जाता है, उसी तरह यहाँ भी लिएंड्रा और विंसेंट को भी अपने संबंध की बातें करने में किसी तरह की कठिनाई नहीं हुई और उसके झुकाव की अन्य पाणि-प्रार्थियों को भनक मिलने से पहले ही उसने अपना काम पूरा कर लिया और वह उस सैनिक के साथ अपने पिता के घर से भाग गई (उसकी माता मर चुकी थी)। जिन साहसिक कामों की वह डींग मारा करता था उनकी अपेक्षा वह अपने इस साहसिक काम में बिलकुल सफल हुआ। इस घटना से सारा गाँव तथा अन्य लोग, जिन्होंने सुना, चकित हो गए। मुझे विस्मय हुआ, अनसेल्मो को विषाद हुआ, उसके पिता रो पड़े, उसके सगे-संबंधियों का अपमान हुआ। सब लोग न्याय की माँग करने लगे। अफसरों का एक दल भेजा गया। उन लोगों ने राह जंगल सब जगह खोज की। तीन दिन की खोज के बाद उन लोगों ने बेचारी प्रेम-परायणा लिएंड्रा को पहाड़ की एक गुफा में एकदम नंगा पाया। अपने पिता के घर से वह जो कुछ रुपया और गहने ले गई थी सब छीन लिए गए थे। वे लोग उसे उसके पिता के पास ले आए। पूछताछ करने पर उसने साफ-साफ कबूल किया कि विंसेंट डेला रोजा ने उसे ठग लिया और विवाह का प्रलोभन देकर उसके पिता के घर से बहकाकर ले गया था और संसार के सबसे संपन्न और सुंदर नगर नेपुल्स में ले जाने का वचन दिया था। अपनी मूर्खता से उसने उसका विश्वास किया, अपने पिता को लूटा और जिस रात को वह गायब हुई उसी रात को उसने अपने को उसके हवाले कर

दिया था। वह उसे जंगली ऊबड़-खाबड़ पहाड़ी में ले गया और उस गुफा में रख दिया जहाँ वह पायी गई थी। उसने कहा कि मेरे पास जो कुछ था उससे उसने मुझे वंचित किया, लेकिन मेरी मर्यादा नष्ट करने का प्रयास उसने कभी नहीं किया, उस तरह छोड़कर भाग गया।

किसी के लिए भी यह विश्वास करना कठिन था कि उस सैनिक ने आत्म-संयम से काम लिया होगा, लेकिन उसने इतनी कसमें खाकर उस बात को कहा कि उसके पिता की व्यथा के शमन में वह अंशतः सहायक हो गया जो अपनी पुत्री की प्रतिष्ठा को सबसे मूल्यवान समझता था। जिस दिन लिएंड्रा लौटी उसी दिन हम लोगों की नज़रों से वह ओझल-सी हो गई, क्योंकि उसके पिता ने यह सोचकर कि समय पाकर उसकी बेइज्जती को लोग भूल जाएँगे, उसे गाँव के पास के ही एक मठ में रख दिया। जिन लोगों को लिएंड्रा में कोई खास दिलचस्पी नहीं थी, उन्होंने उसकी कच्ची उम्र का खयाल करके उसकी बातों पर परदा डाल दिया, लेकिन जिन लोगों को उसकी बुद्धि और समझ की जानकारी थी उन लोगों ने उसकी इस नाजायज़ हरकत का कारण उसकी अज्ञानता को नहीं माना, बल्कि उसके दिमाग की चंचलता और प्रगल्भता को माना, जो स्त्रियों में स्वाभाविक है। लिएंड्रा के इस तरह बंद किए जाने के बाद अनसेल्मो को किसी वस्तु से सुख या शांति नहीं मिलती थी। मुझे भी लिएंड्रा की अनुपस्थिति में हर एक चीज़ फीकी और मनहूस लगती थी। ज्यों-ज्यों हम लोगों का धैर्य घटता गया त्यों-त्यों हम लोगों का अवसाद बढ़ता गया। हम लोग उस सैनिक की तड़क-भड़क और क्षुद्र पोशाक तथा लिएंड्रा के पिता की सावधानी की निंदा करते। अंत में हम दोनों—अनसेल्मो और मैंने—गाँव छोड़कर इस घाटी में चले आने का फैसला किया। यहाँ उसके पास भेड़ों का और मेरे पास बकरियों का झुंड है जो हम लोगों की अपनी संपत्ति है। यहाँ हम लोग अपने प्रेम के उद्गारों को प्रकट करके पेड़ों के नीचे अपना समय काटते हैं, साथ-ही-साथ कभी लिएंड्रा की प्रशंसा और कभी निंदा के गीत गाते हैं या अकेले बैठकर आहें भरते हैं, और अपने दुर्भाग्य के लिए दैव को दोष देते हैं। हम लोगों की देखा-देखी लिएंड्रा के अनेक प्रेमी इन ऊबड़-खाबड़ पहाड़ों में आ बसे हैं और भेड़ों को चराते हैं। यहाँ उनकी तादाद इतनी ज्यादा है कि यह स्थान अरकाडिया बन गया है जिसके बारे में हम लोगों ने पढ़ा है। उस पहाड़ के ऊपर इतने गड़रिये और उनकी झोंपड़ियाँ हैं कि उसका कोई भी ऐसा भाग नहीं है जहाँ लिएंड्रा का नाम नहीं सुनाई देता हो। एक आदमी उसे प्रगल्भ और कामुक कहता है तो दूसरा उसे चंचल और अस्थिर; एक उसे क्षमा कर देता

है तो दूसरा उसकी निंदा करता है; एक उसके सौंदर्य की प्रशंसा करता है तो दूसरा उसके दुर्गुणों की शिकायत करता है। संक्षेप में, सभी उसकी निंदा करते हैं पर उसकी उपासना सभी करते हैं!

'इतना ही नहीं, रोग इतना बढ़ गया है कि ऐसे लोग भी, उसकी उपेक्षा की शिकायत करने वाले, यहाँ जमा हो गए हैं जिन्होंने उससे कभी बात तक नहीं की थी। ऐसे लोग भी हैं जो उन कृपाओं के लिए ईर्ष्या प्रकट करते हैं जिनकी वर्षा उसने किसी पर भी नहीं की; क्योंकि जैसा मैंने बतलाया है कि उस बदनामी के पहले उसके झुकाव का किसी को भी पता नहीं था। पहाड़ की एक भी ऐसी गुफा, झील का एक भी किनारा या पेड़ों का छायादार झुरमुट नहीं है जहाँ कोई-न-कोई प्रेमी गड़रिया नहीं पाया जाए तो अपनी करुण कहानी वायु को न सुना रहा हो। प्रतिध्वनि ने लिएंड्रा का नाम दोहराना सीख लिया है, सभी पहाड़ लिएंड्रा प्रतिध्वनित करते हैं, सभी झरने लिएंड्रा का निनाद करते हैं। लिएंड्रा ने हम सब पर जादू कर दिया है, हम सब लोग निरर्थक आशा लगाए बैठे हैं और डर का कारण न जानते हुए भी डरते हैं।

'इस मूर्ख-मंडली में मेरा प्रतिद्वंद्वी मात्र अनसेल्मो है जो सबसे अधिक समझदार होते हुए भी सबसे कम समझ प्रकट करता है। वह सारी शिकायतों को भूल गया है। उसे केवल शिकायत उसकी अनुपस्थिति की है। बाँसुरी बजाने में दक्ष होने के कारण वह स्वयं गीत रचता है और बाँसुरी पर बजाता है जिससे उसकी प्रतिभा प्रकट होती है। मैंने दूसरा ही रास्ता अख़्तियार किया है। मैं औरतों की चंचलता, अस्थिरता, बेवफ़ाई, वादाख़िलाफ़ी, आडंबरप्रियता और अदूरदर्शिता की चर्चा करना ही सबसे उत्तम और सहज रास्ता समझता हूँ। यहाँ आने पर मैंने अपनी बकरी को जिन शब्दों से संबोधित किया था उसका यही कारण था। यह मेरे झुंड की सबसे उत्तम बकरी है, पर है यह मादा; इससे मैं इसे घृणा से देखता हूँ।'

'यही कहानी है जिसे कहने का मैंने वचन दिया था। यदि यह कहानी लंबी थी तो आपने जिस धैर्य से इसे सुना इसके बदले में मैं आपकी हर तरह की सेवा करने के लिए तैयार हूँ। पास ही मेरी झोंपड़ी है जहाँ ताजा दूध और उत्तम पनीर है तथा अनेक तरह के फल हैं। मुझे पूरी आशा है कि आपको वे देखने और खाने, दोनों तरह से पसंद आएँगे।'

25. डान क्विग्जोट के साथ गड़रिये का द्वंद्व-युद्ध तथा अन्य घटनाएँ

गड़रिये की कहानी सब लोगों को बहुत अधिक पसंद आई। धर्माध्यक्ष उससे बहुत अधिक प्रभावित हुए, क्योंकि उसके वर्णन के ढंग का पर्यवेक्षण वे बड़े गौर से कर रहे थे। उसके वर्णन की शैली असभ्य गड़रिये की न होकर सुशिक्षित भद्र पुरुष की-सी थी। इससे उसने पुरोहित के इस कथन के सत्य को स्वीकार किया कि पहाड़ों में भी विद्वान और बुद्धिमान पैदा होते हैं। उन लोगों ने मूजनियो को अपनी मैत्री और सेवाएँ अर्पित कीं लेकिन डान क्विग्जोट सबसे आगे बढ़ गया। उसने गड़रिये को लक्ष्य करके कहा—'यदि संप्रति मैं कोई साहसिक काम हाथ में लेने की अवस्था में होता तो मैं इसी क्षण से तुम्हारी सेवा में जुट जाता। मैं लिएंड्रा को शीघ्र ही मठ से छुड़ा लाता जहाँ निश्चय ही वह अपनी मर्जी के ख़िलाफ़ बंद है। उसके सहायकों के विरोध के बावजूद भी मैं उसे लाकर तुम्हें सौंप देता और तुम्हीं एकमात्र उसके मालिक होते। मैं यह वीर-धर्म के नियमों के अनुसार ही करता जिसका आदेश है कि किसी महिला के साथ ज्यादती नहीं करनी चाहिए। मुझे परमेश्वर में विश्वास है कि उस नीच जादूगर का प्रभाव मेरे दोस्त जादूगर के प्रयास से शीघ्र ही नष्ट होगा। जिस दिन यह संभव होगा उसी दिन मैं तुम्हारी सहायता के लिए तैयार हो जाऊँगा, क्योंकि अपने पेशे के अनुसार पीड़ित व्यक्तियों की सहायता करना मेरा धर्म है।'

गड़रिये ने डान क्विग्जोट पर अभी तक कोई खास ध्यान नहीं दिया था। अब उसने उसकी ओर ग़ौर से देखा और उसका मनहूस चेहरा तथा विचित्र पोशाक देखकर उसे विश्वास नहीं हुआ कि उस आदमी से इतना बड़ा काम हो सकता है। उसकी बगल में हज्जाम बैठा था। उसने उससे पूछा—'यह लंबी डींग हाँकने वाला आदमी कौन है? अपनी ज़िंदगी में इस तरह की विचित्र आकृति मैंने कभी नहीं देखी।'

हज्जाम—'न्याय को स्थापित रखने वाले लोगों को जो हानि पहुँचाए, उससे बदला लेने वाले महिलाओं के त्राता, दैत्यों के आतंक और युद्धों के अजेय विजेता डान क्विग्जोट डे ला मांचा के अतिरिक्त यह अन्य कौन हो सकता है?

गड़रिया—'आपने इस आदमी का जो वर्णन किया है वह रोमांचक और वीर-धर्म की पुस्तकों की तरह है जिनके बलवान और साहसी महाशयगण अपनी असीम हिम्मत और सफलता के लिए भ्रमणशील वीर योद्धा कहे जाते थे। मुझे तो ऐसा प्रतीत होता कि आप मज़ाक कर रहे हैं और इस भले आदमी के मस्तिष्क ने अपना स्थान छोड़ दिया है।'

डान क्विग्जोट—'तू निर्लज्ज और धृष्ट नीच व्यक्ति है। तेरी खोपड़ी खाली कोठरियों से भरी है। तेरी वेश्या माँ ने जिस दिन तेरे निकम्मे मांस-पिंड को अपने गर्भ में धारण किया उस दिन उसे जितनी समझ थी उससे कहीं अधिक समझ मुझ में है।'

इतना कहकर उसने अपने निकट से एक पाव रोटी उठा ली और उससे गड़रिये को इतना कसकर मारा कि उसकी नाक चपटी हो गई।

गड़रिया इस तरह के व्यवहार का अभ्यस्त नहीं था। यह देखकर कि उसके साथ असभ्य व्यवहार किया गया है, जो लोग भोजन कर रहे थे, उनकी कोई परवाह न करके वह क्रोध से अभिभूत होकर डान क्विग्जोट पर झपटा और दोनों हाथों से उसकी गरदन पकड़कर इस तरह दबाया कि यदि ठीक मौके पर सैंकोपांका ने पहुँचकर उसे पीछे से न खींचा होता तो वह उसका गला घोंट देता।

सैंको ने उसे पीछे की ओर टेबुल पर खींच लिया जिससे तश्तरियाँ टूटीं, गिलास फूटे और उस पर जो कुछ था सब इधर-उधर बिखर गया। अपना छुटकारा पाने पर डान क्विग्जोट पुनः गड़रिये पर झपटा जो खून से तर-बतर सैंको के पैर के नीचे दबा हुआ इधर-उधर चाकू या काँटा खोजने लगा। वह घातक आक्रमण करना चाहता था। लेकिन पुरोहित और धर्माध्यक्ष ने सावधानी से काम लिया और उसके उद्देश्य को सिद्ध नहीं होने दिया। इसी बीच हज्जाम की युक्ति से गड़रिया डान क्विग्जोट को अपने नीचे ले आया और इस तरह घूँसे जमाने शुरू किए कि बेचारे वीर योद्धा के चेहरे से उसी तरह खून बहने लगा जिस तरह गड़रिये के चेहरे से बह रहा था। जब दो कुत्ते लड़ने लगते हैं तब जिस तरह लोग उन्हें डाँटते हैं उसी तरह दोनों अफसर उछलते, कूदते और ललकारते रहे। पुरोहित और धर्माध्यक्ष की हँसी फूट पड़ने वाली थी। उस जमात में केवल सैंकोपांका परेशान जो अपने को हर तरह के खतरे में डाल रहा था और पागलों की तरह चिल्ला रहा था, क्योंकि वह धर्माध्यक्ष के नौकर से पार नहीं पा रहा था जो उसे अपने मालिक की सहायता करने से रोक रहा था। सारांश यह कि उन दोनों अभागे लड़ाकों और सैंको को छोड़कर सभी आनंद ले रहे थे। उन दोनों ने एक-दूसरे को बुरी तरह घायल कर दिया। इसी समय उन लोगों को कहीं से तुरही की ऐसी मनहूस आवाज़ सुनाई पड़ी कि लोगों का ध्यान उसी तरफ चला गया। लेकिन इस मनहूस आवाज़ से सबसे अधिक परेशानी डान क्विग्जोट को हुई जो इच्छा न रहते हुए भी गड़रिये के नीचे पड़ा था और बुरी तरह घायल और विक्षत हो गया था। उसने कहा—'मित्र शैतान! निश्चय ही तुम शैतान हो,

क्योंकि किसी दूसरे की इतनी ताकत नहीं हो सकती कि मेरा मुकाबला करे। हम लोगों को कम-से-कम एक घंटे के लिए लड़ाई बंद कर देनी चाहिए, क्योंकि उस तुरही का मनहूस शब्द मेरे दिल में जो आतंक पैदा कर रहा है उतनी व्यथा तुम्हारे मुक्कों की मार से मुझे नहीं हो रही है। मैं समझता हूँ कि मुझे किसी नए साहसिक काम के लिए वह प्रेरणा दे रही है।'

इस पर गड़रिये ने मेल कर लिया, क्योंकि वह भी मारने और मार खाने से थक गया था। वीर योद्धा उठकर खड़ा हो गया और उसने धीरे-धीरे उस तरफ कदम बढ़ाया जहाँ से वह मनहूस आवाज़ आती प्रतीत हो रही थी। उसने आदमियों के एक दल को सफेद पोशाक में आते देखा। यह उपासकों का दल था जो ऊँची भूमि से उतर रहे थे। बात यह थी कि लोग साल भर से वर्षा की प्रतीक्षा कर रहे थे। पानी बरसाने के लिए भगवान से प्रार्थना करने के लिए उन लोगों ने इलाके-भर में प्रार्थना, जुलूस और उपासना की व्यवस्था की थी। इसी उद्देश्य से इस जगह के पास के एक गाँव के लोग उस घाटी के पास की पहाड़ी पर स्थित मंदिर में पूजा के लिए जुलूस बनाकर आ रहे थे।

उनकी विचित्र पोशाक देखकर और इस बात का विचार न करके कि इस तरह का जुलूस उसने पहले भी बहुत देखा था, उसने सोचा कि यह कोई नया अभियान है और उससे भी उसे अकेले भिड़ना है, क्योंकि वीर धर्म के नियमों के अनुसार वह बाध्य था। उनके साथ एक प्रतिमा भी थी जिसे उसने कोई महिला समझा जिसे ये दुष्ट और असभ्य वीर योद्धा जबरदस्ती लिए जा रहे थे! इस विचार ने उसके पागलपन को और भी बढ़ा दिया। उसके दिमाग में वह पागलपन ज्योंही समाया, वह अत्यंत वेग के साथ रोजिनांटे की तरफ बढ़ा, जो मैदान में घूम-फिरकर चर रहा था। उसने पलानी से उसकी लगाम और अपनी ढाल खींच ली जो उससे लटक रही थी और क्षण-भर में उसे लगाम पहना दी। इसके बाद सैंको के हाथ से तलवार छीनकर वह क्षण-भर में रोजिनांटे पर सवार हो गया और अपनी ढाल को सामने करके उपस्थित मंडली से उसने चिल्लाकर कहा—'वीर साथियो, अब आपको मालूम हो जाएगा कि मानव-समाज के लिए इन महान पुरुषों की कितनी आवश्यकता है जिन्होंने वीर धर्म का पेशा अख्तियार किया है। आप लोग देखेंगे कि मैं उस महिला का किस तरह उद्धार करता हूँ जो उस तरह बनाई जाकर दुर्दशा और निर्दयता के साथ ले जाई जा रही है। इससे प्रकट होगा कि वीर योद्धा की सबसे अधिक कद्र करनी चाहिए।'

इतना कहकर कील के अभाव में उसने अपनी एड़ी से ही रोजिनांटे को कोंचा और उसे दुलकी चलाकर (क्योंकि इस सच्चे इतिवृत्त में यह कहीं नहीं लिखा पाया कि रोजिनांटे कभी सरपट दौड़ा) पुरोहित, धर्माध्यक्ष और हज्जाम के रोकते रहने पर भी वह उन उपासकों का मुक़ाबला करने के लिए जा डटा। सैंकोपांका की चिल्लाहट भी उसे नहीं रोक सकी। उसने चिल्लाकर कहा–'मालिक, आप कहाँ जा रहे हैं? क्या सचमुच आप पर जादू हुआ है? क्या शैतान ने आपको गिरजे के ख़िलाफ़ जाने के लिए उभारा है? ओह! मैं भी कैसा अभागा हूँ! ज़रा देखिए, यह उपासकों की जमात है और जिस महिला को वे लिए जा रहे हैं, वह हम लोगों की पूज्या कुमारी माता की प्रतिमा है। जो कुछ आप करने जा रहे हैं उसे समझकर कीजिए, क्योंकि इसी क्षण लोग अवश्य समझ जाएँगे कि आपका दिमाग कितना खराब है।'

लेकिन सैंको को अपनी पुकार दूसरे अवसर के लिए रखनी चाहिए थी, क्योंकि वीर योद्धा उन सफेद पोशाक वालों का मुकाबला करने के लिए और उस शोकार्त्त महिला का उद्धार करने के लिए इतना अधिक कटिबद्ध था कि उसने उसका एक शब्द भी नहीं सुना, और यदि सुना भी होता तो राजा की भी प्रत्यक्ष आज्ञा पर वह वापस आने वाला नहीं था। अंत में जुलूस के पास पहुँचकर और रोजिनांटे को रोककर, जो स्वयं विश्राम के लिए व्यग्र था, उसने मनहूस और कर्कश आवाज़ में कहा–'तुम लोगों ने अपना चेहरा इसलिए ढँक रखा है कि तुम लोगों को अपने ऊपर, और जो पाप तुम लोग करने जा रहे हो उसके लिए, शर्म आ ही है। जो कुछ मैं कह रहा हूँ उसे ध्यान और सावधानी से सुनो।'

इस चेतावनी पर सबसे पहले वे लोग रुके जो प्रतिमा लिए हुए थे। तब उन चार पुरोहितों में से एक, जो भजन गा रहे थे, डान क्विग्जोट की विचित्र आकृति को और रोजिनांटे के क्षीण शरीर को देखकर तथा अन्य बातों को वीर योद्धा में देखकर जिनसे आप-से-आप हँसी आ सकती है, इस तरह बोला–'यदि आप हम लोगों से कुछ कहना चाहते हैं तो शीघ्रता कीजिए, क्योंकि जिन बेचारों को आप देख रहे हैं, वे बुरी तरह थके हुए हैं, इसलिए न तो हम लोगों के लिए संभव है और न उचित ही कि हम लोग उन बातों को सुनने के लिए तकलीफ़ उठाते फिरें जो दो शब्दों में नहीं कही जा सकती।'

डान क्विग्जोट–'मैं एक ही शब्द में कह दूँगा। मेरा कहना यह है कि उस सुंदरी महिला को आप लोग तुरंत मुक्त कर दें जिसके आँसू और विचारपूर्ण चेहरा स्पष्ट प्रकट करते हैं कि तुम लोग उसे ज़बरदस्ती लिए जा रहे हो और उसके

साथ कोई भारी ज़्यादती की है। यह करो, अन्यथा मैं जो हर तरह के अत्याचारों के प्रतिकार के लिए पैदा हुआ हूँ, उसे लेकर एक कदम भी तुम लोगों को आगे नहीं बढ़ने दूँगा जब तक कि उसे यह स्वतंत्रता नहीं मिल जाती जिसे वह हृदय से चाहती है और उचित है।'

उसके अंतिम वाक्य से उन लोगों ने समझ लिया कि यह वीर योद्धा अवश्य पागल है। इससे वे सब लोग हँस पड़े। लेकिन इसने आग में घी का काम किया और डान क्विग्जोट को इस तरह क्रुद्ध कर दिया कि बिना और कुछ कहे उसने तलवार की मूठ पर हाथ रखकर उन लोगों पर प्रहार कर दिया जो लोग प्रतिमा ढो रहे थे। उसी समय उनमें से एक ने अपना स्थान छोड़कर उस डंडे को खींच लिया जिस पर वे लोग सवारी को सहारा दे रहे थे, जब वे लोग सुस्ताने के लिए रुकते थे। उससे उसने डान क्विग्जोट के प्रहार को रोका। डान क्विग्जोट की तलवार की चोट से डंडा दो टुकड़े हो गया। लेकिन उसके हाथ में जो टुकड़ा रह गया था उससे उसने वीर योद्धा पर कसकर ऐसा प्रहार किया कि देहाती के उस प्रहार को उसकी ढाल सँभाल नहीं सकी। डान क्विग्जोट के बाएँ कंधे पर ऐसी गहरी चोट लगी कि वह बुरी तरह आहत होकर ज़मीन पर गिर पड़ा।

सैंकोपांका उसके पीछे उतना तेज़ दौड़कर गया था कि जितना उसके लिए संभव था। अपने मालिक को गिरते हुए देखकर उसने उसके प्रतिद्वंद्वी से चिल्लाकर कहा—'उस बेचारे को मारिए नहीं, यह गरीब योद्धा जादू से प्रभावित है। इसने अपनी ज़िंदगी में कभी भी किसी को क्षति नहीं पहुँचाई।' लेकिन सैंको के अनुनय-विनय से उस देहाती ने अपना हाथ नहीं रोका। इसका मुख्य कारण यह था कि उसे भय हो गया था कि उसने वीर योद्धा को मार डाला है, क्योंकि उसने वीर योद्धा को निश्चल पड़े देखा। अपने कोट को कमर में लपेटकर वह शिकारी कुत्ते की भाँति तेज़ी के साथ मैदान में भागा। इधर डान क्विग्जोट के साथी वहाँ आ पहुँचे जहाँ वह पड़ा था। जुलूस के आदमियों ने जब उन्हें पवित्र भ्रातृसंघ के अफसरों के साथ अपनी ओर दौड़कर आते देखा, तो उन लोगों को उनसे खतरे की आशंका अवगत हुई और वे लोग प्रतिमा को घेरकर खड़े हो गए, भजन गाने वालों ने अपना मस्तकावरण हटा दिया और कोड़ों को इस मजबूती से पकड़ लिया जिस तरह पादरी मोमबत्ती पकड़ते हैं। वे वीरता के साथ मार-पीट का सामना करने के लिए तैयार हो गए। उन्होंने तय कर लिया कि जहाँ तक संभव होगा हम लोग दुश्मनों के प्रहार को रोकेंगे और उन पर प्रहार करेंगे। लेकिन उन्होंने जैसी शंका की थी उससे कहीं उत्तम व्यवस्था का विधान ईश्वर

ने किया था, क्योंकि जब सैंको अपने मालिक के शरीर पर पड़ा बिलख रहा था और अपने सज्जन और उदार मालिक की संभावित मृत्यु पर बहुत बुरी तरह से रो रहा था, वीर योद्धा के दल का पुरोहित जुलूस के पादरी के पास पहुँच गया। दोनों पूर्व-परिचित थे इसलिए मार-पीट का डर जाता रहा। वीर योद्धा के दल के पुरोहित ने जुलूस के पादरी को परिस्थिति का परिचय दिया। इस पर वह अपनी जमात के साथ यह जानने के लिए वहाँ गया कि वीर योद्धा जिंदा है या मर गया। उन लोगों ने देखा कि अपने मालिक की लाश पर पड़ा सैंकोपांका बिलख-बिलखकर रो रहा है। वह कह रहा था—'वीर योद्धाओं के नायक, उस घातक प्रहार से एक ही वार में आपका असमय अंत हो गया। आप अपने कुल के आभूषण और लामांचा की ख्याति के कारण थे, बल्कि इसके साथ-साथ सारे जगत के भी। जिसने मुझे केवल आठ महीने की तुच्छ सेवा के लिए सबसे उत्तम टापू दिया वह नमकीन पानी (आँसू) में बह गया! आप दंभियों के लिए नम्र और नम्रों के लिए अहंकारी थे। आप खतरों में पड़ जाते थे और अपमान को शांति से बर्दाश्त करते थे। आप प्रण पर थे, लेकिन कोई नहीं जानता था कि क्यों? आप भले आदमियों का सच्चा नमूना थे, दुष्टों के संहारक और दुश्चरित्रों के जन्मजात शत्रु थे। यदि एक शब्द में कहना हो तो यही कहा जाएगा कि आप वीर योद्धा थे।'

परिचर की रुलाहट के अंत में डान क्विग्जोट का होश लौटा और गहरी आह भरकर उसने सबसे पहले अपनी अनुपस्थित डलसीनिया की याद की। उसने कहा :

'सुंदरी डलसीनिया! तेरी नज़रों से अलग होकर जो निरीह प्राणी दर-दर भटक रहा है वह इससे भी अधिक यातनाएँ सह सकता है।' अपने स्वामिभक्त परिचर की ओर देखकर बोला—'अच्छे सैंको, मुझे उठाकर उस जादू की गाड़ी में रख दो, क्योंकि मैं रोजिनांटे की पीठ पर चढ़ने के लायक नहीं हूँ। यह गर्दन टुकड़े-टुकड़े हो गई है।'

सैंको—'बड़ी खुशी से, मालिक! मेरी सलाह है कि इन लोगों के साथ हम लोग घर लौट चलें, क्योंकि ये आपके सच्चे शुभचिंतक हैं। घर पहुँचकर हम लोग दूसरी यात्रा की व्यवस्था करेंगे, जो इससे अधिक लाभदायक और प्रतिष्ठित होगी।'

डान क्विग्जोट—'सैंको, तूने समझदारी की बात कही है। जब तक हम लोगों के ग्रहों का दुष्ट प्रभाव समाप्त नहीं हो जाता तब तक चुपचाप बैठना ही उचित

होगा।' इस संजीदा निर्णय को धर्माध्यक्ष, पुरोहित और हज्जाम सभी ने पसंद किया, जो लोग सैंकोपांका के करुण विलाप से बहुत ही चिंतित हो गए थे। डान क्विग्जोट पहले की भाँति गाड़ी पर रखा गया, जुलूस पुनः पहले की तरह संगठित हुआ और अपनी राह चला। गड़रिये ने सबसे छुट्टी ली। चूँकि भ्रातृसंघ के अफसरों को अब आगे जाना ज़रूरी नहीं था, इसलिए पुरोहित ने उनका पारिश्रमिक दे दिया। धर्माध्यक्ष ने पुरोहित से कहा कि आप डान क्विग्जोट का इसके बाद का विवरण भेज देंगे, क्योंकि मुझे यह जानने की उत्सुकता रहेगी कि उसका उन्माद घटा या बढ़ा। इसके बाद वह छुट्टी लेकर अपनी यात्रा पर लौट गया। इस तरह केवल पुरोहित, हज्जाम, डान क्विग्जोट और सैंकोपांका रह गए और रोजिनांटे भी, जो अपने मालिक की तरह ही शांति से सब कुछ बर्दाश्त कर रहा था। गाड़ीवान ने गाड़ी में बैलों को जोता और डान क्विग्जोट को पुआल के ढेर पर लिटाकर मंदगति से पुरोहित के बताए मार्ग पर चला। छह दिन में वे लोग वीर योद्धा के गाँव में जा पहुँचे। दोपहर के बाद उन लोगों ने नगर में प्रवेश किया। रविवार होने के कारण गाँव के सभी लोग उस बाज़ार में थे, जिधर डान क्विग्जोट की गाड़ी जाने वाली थी। हर एक आदमी यह जानने के लिए उत्सुक था कि गाड़ी में क्या है और जब उन्होंने उसमें अपने नगर-निवासी को देखा तो उन्हें महान आश्चर्य हुआ। वे लोग इस तरह का अचरज कर ही रहे थे कि एक लड़का दौड़कर डान क्विग्जोट के घर गया और घर की रक्षिका तथा उसकी भतीजी से कहा कि उनके मालिक और चाचा वापस आ गए हैं और वे इतने दुबले, क्षीण और पीले पड़ गए हैं मानो भूत हों।' वे गाड़ी में पुआल के ढेर पर पड़े हैं और बैलगाड़ी उन्हें ढोकर ला रही है।

उन दोनों बेचारियों का रोना-धोना बहुत करुणाजनक था। वीर धर्म की सारी पुस्तकों की निंदा और भर्त्सना करते हुए वे दोनों जितना अधिक रोती थीं, उतने ही ज़ोर-ज़ोर से अपनी छाती पीटती थीं, लेकिन जब डान क्विग्जोट ने घर में प्रवेश किया तब तो उनका विलाप चरम सीमा पर पहुँच गया। उसके आगमन का शोर-गुल सुनकर सैंकोपांका की पत्नी अपने पति का समाचार जानने के लिए वहाँ दौड़ी आई, क्योंकि उसे खबर मिली थी कि वह वीर योद्धा का परिचर होकर गया था। सैंकोपांका पर उसकी नज़र पड़ते ही उसने सबसे पहला सवाल यह किया :

'गधे की हालत अच्छी है या नहीं?'

सैंको—'अपने मालिक की अपेक्षा वह अच्छी हालत में वापस आया है।'

पत्नी—'इस शुभ समाचार के लिए प्रभु को अनेक धन्यवाद है। मैं तुमसे यह जानना चाहती हूँ कि परिचर के इस नए पद से तुम्हें क्या प्राप्ति हुई? क्या तुम अपने साथ कुछ रुपया-पैसा, मेरे लिए कपड़ा या बच्चों के लिए जूते लाए हो?'

सैंको—'मेरी प्यारी पत्नी, मैं तेरे लिए यह सब तो नहीं लाया, लेकिन मैं उससे अच्छी चीज़ें लाया हूँ।'

पत्नी—'यह बहुत अच्छा है। मुझे उन सुंदर चीज़ों को दिखलाओ, मैं उन्हें देखने के लिए आतुर हूँ। उन्हें देखकर मेरे दिल को अत्यधिक तसल्ली होगी, जो तुम्हारे जाने के बाद से ही शोक से कातर होकर फटने को था।'

सैंको—'घर आने पर मैं तुझे उन सब चीज़ों को दिखाऊँगा। तब तक के लिए इतमीनान रखो। यदि ईश्वर की कृपा हुई और थोड़े ही दिनों के बाद हम लोग दूसरे अभियान के लिए बाहर निकल सके तो वापस आने पर तुम मुझे किसी टापू का शासक या किसी अर्ल के रूप में पाओगी। यह संसार में सबसे उत्तम बात होगी।'

पत्नी—'भगवान करे यह घटित हो, क्योंकि मेरे पति, मैं इसे हृदय से चाहती हूँ। लेकिन टापू शब्द का क्या अर्थ है? मैं उसका अर्थ नहीं जानती।'

सैंको—'सब कुछ समय पर पत्नी, शहद गधे के लिए नहीं बना है। इसका मतलब मैं तुझे बाद में समझाऊँगा। तुम्हें सुनकर आश्चर्य होगा कि तुम्हारे सभी नौकर-चाकर और रैयत तुम्हें श्रीमती, रानी जी आदि शब्दों के बिना तुमसे बातें नहीं करेंगे।'

जोआनपांजा ने—यही उसकी पत्नी का नाम था, यद्यपि उसका और उसके पति का गोत्र एक नहीं था, लेकिन स्पेन में यह रिवाज था कि पत्नियाँ पतियों की उपाधियों से पुकारी जाती थीं—कहा, 'श्रीमती, टापू और रैयत से तुम्हारा क्या अभिप्राय है, सैंको?'

सैंको—'जोआन, इन बातों को तुरंत समझ लेने के लिए अपना सिर नहीं खपाओ, और सारी बातों को एक साथ ही मत जानना चाहो। इतना ही काफी है कि मैं तुमसे सच कह रहा हूँ, इसलिए जबान बंद रखो। तो भी प्रसंगतः मैं तुम्हें एक बात का इतमीनान दिला दूँगा कि इस संसार में किसी ईमानदार आदमी के लिए इससे बढ़कर कोई पद नहीं है कि वह किसी भ्रमणशील वीर योद्धा का परिचर हो जाए, बशर्ते कि वह साहसिक कामों की खोज में हो। यह सही है कि अधिकांश साहसिक कामों में उसे वैसी सफलता नहीं मिलती जैसी वह आशा करता है, क्योंकि एक सौ साहसिक कामों में निन्यानवे कठिन और असफल होते हैं। इस बात का मुझे व्यावहारिक ज्ञान है। मुझे कई बार ठोकरें खानी पड़ी हैं,

उछाला गया हूँ, खूब पीटा भी गया हूँ। यह सब होते हुए भी अवसर की प्रतीक्षा में रहना, जंगलों को पार करना और भटकना, पहाड़ों को लाँघना या रेंगकर उन्हें पार करना, किलों में रहना और जब भी जी में आए तब सरायों में टिक रहना और हर वक़्त मौत का सिर पर मँडराते रहना आदि बातों में अतिशय आनंद मिलता है।'

जब घर की रक्षिका और उसकी भतीजी डान क्विग्जोट के कपड़े उतार रही थीं, उस समय सैंकोपांका उपरोक्त बातों से अपनी पत्नी की दिलजोई कर रहा था। कपड़े उतारकर उन लोगों ने उसे बिस्तर पर लिटा दिया। बिस्तर पर पड़ा वह वक्र-दृष्टि से उन्हें देख रहा था, लेकिन उसकी समझ में नहीं आ रहा था कि वह कहाँ है।

पुरोहित ने उसकी भतीजी से कहा कि 'डान क्विग्जोट के बारे में पूरी सावधानी बरतना और बड़ी नर्मी से पेश आना। उन पर कड़ी नज़र रखना; नहीं तो वह फिर भाग जाएँगे।' उन्होंने उसे बतलाया कि कितना खर्च करके और किस कठिनाई से उन्हें घर वापिस लाया गया है।

इतना सुनकर वे औरतें पुनः विलाप करने लगीं और वीर धर्म की पुस्तकों को कोसने और गालियाँ देने लगीं कि उन सबको नरक में डाल देना चाहिए। उन लोगों ने कहा कि उन आकर्षक कल्पित कहानियों और झूठी गप्पों को रौरव नर्क में फेंक देना चाहिए, क्योंकि उन्हें इस बात का भय सता रहा था कि अच्छा हो जाने पर कहीं उनके मालिक और चाचा पुनः गायब न हो जाएँ।

यद्यपि इस इतिवृत्त के लेखक ने डान क्विग्जोट के साहसिक कामों के तृतीय अभियान के वृत्तांत की खोज-ढूँढ़ में बहुत अधिक परिश्रम किया है तो भी उसे सही-सही विवरण किसी ऐसे व्यक्ति से नहीं मिल सका, जिस पर पूरा विश्वास किया जा सके। उसके यश और परंपरा ने ही लामांचा के प्राचीन कागज़-पत्रों और संस्मरणों में कुछ विवरण को सुरक्षित रखा था, और यह भी कि तृतीय अभियान में वीर योद्धा सरगोसा के किसी प्रसिद्ध टूर्नामेंट और घुड़सवारों के मल्लयुद्ध में शामिल हुआ था, जिसमें उसने अपनी बुद्धि और पराक्रम के अनुसार ही फल प्राप्ति की थी। लेकिन वीर योद्धा की मृत्यु किस प्रकार हुई इसका पता इस इतिवृत्त के लेखक को कभी न मिलता यदि भाग्य से उसकी मुलाकात एक पुराने जमाने के हकीम से न हुई होती जिसके पास एक बहुत बड़ा संदूक था। यह उसे किसी मठ के ध्वंसावशेष में मिला था जब कि उसका जीर्णोद्धार हो रहा था। इस संदूक में गोथिक अक्षरों में लिखे कतिपय कागज़ों के पुलिंदे थे, लेकिन उनमें जो कविता थी वह स्पेनिश भाषा में लिखी थी जिसमें वीर योद्धा के उत्तन

कारनामों का वर्णन, डलसीनिया डेल टोबोसो के सौंदर्य की प्रशंसा और सैंकोपांका के स्वामिभक्ति की प्रशंसा के गीत थे। उसमें रोजिनांटे का भी वर्णन था। उसमें डान क्विग्जोट की कब्र का भी वर्णन था और उसके जीवन तथा वार्तालाप पर सराहना के अनेक लेख थे। उनमें से जो भली-भाँति पढ़कर नकल किए जा सकते थे उन्हें इस नए और अद्वितीय इतिवृत्त के ईमानदार लेखक ने ज्यों-का-त्यों रख दिया है। लामांचा के विविध कागज़-पत्रों की खोज-ढूँढ़ करके इस इतिवृत्त को लिखने में उसने जो अथक परिश्रम किया है उसके लिए वह अपने पाठकों से केवल इतना चाहता है कि वे लोग उसकी सच्चाई और ईमानदारी की उतनी ही दाद दें जितनी वीर-धर्म की पुस्तकों के लेखन की लोग दिया करते हैं और जिस वीर-कर्म को लोग प्रायः अपना रहे हैं। यही उनकी सबसे बड़ी आकांक्षा है। इससे उसे पर्याप्त संतोष होगा और इससे उत्साहित होकर वह पाठकों के लिए मनोरंजन की दूसरी सामग्री भी प्रस्तुत करेगा जो सत्य पर इस तरह आधारित न होने पर भी काफी मनोरंजक और दिल बहलाव का साधन होगी। उस बड़े संदूक के कागज़ पर सबसे ऊपर जो लिखा गया था वह इस प्रकार है :

'डान क्विग्जोट की मजार पर आगमासिल्ला की प्रशंसा के गीतः

डान क्विग्जोट का समाधि-लेख

यहाँ शांति की गोद में सोया ऐसा वीर
शत विघ्नों के सामने, सदा रहा जो धीर।
रोजिनांटे अश्व पर चढ़कर, मारे उछाह,
तक की जिसने अनगिनत उल्टी-सीधी राह
और पास ही सैंको अनुचर सोया मौन
निज स्वामी की कर सका इतनी सेवा कौन?
इस मूरख की याद कर हँसें न आप अधीर,
महाजनों के पंथ पर अडिग रहा वह वीर।

डलसीनिया का समाधि-लेख

यहाँ पड़ी डलसीनिया, महिला-रत्न महान,
मांसल, तगड़े, चुलबुले थे जिसके तन-प्राण,
अब दुबली हो, अनमनी, पड़ी मौत की गोद

आज म्लान हैं, मौन हैं, जिसके मुखर विनोद
वह देहाती बाँकुड़ा, क्विग्जोट नामक शूर
प्रिय-प्रेम परिताप में रहा दूर का दूर।
वह नारी डलसीनिया रही गर्व में चूर,
निज प्रेमी का अंत तक उसको रहा गरूर।'

ये वे कतिवाएँ थीं जो पढ़ी जा सकीं। बाद में अक्षर मिट गए थे और कीड़ों ने खा लिए थे, वे विश्वविद्यालय के एक छात्र को दे दी गईं ताकि उनके अर्थ के संबंध में अपना खोजपूर्ण विचार प्रकट कर सकें। हम लोगों को सूचना मिली है कि अत्यंत परिश्रम और रात-रात भर जागकर काम करने के बाद उसने पाटों को ठीक कर लिया है, और प्रकाशित करना चाहता है। इसके साथ ही उसने डान क्विग्जोट के तृतीय भ्रमण का वृत्तांत भी प्रस्तुत करने की आशा दिलाई है।

❑❑❑